폴른 : 저주받은 자들의 도시

THE FALLEN

폴른 : 저주받은 자들의 도시

데이비드 발다치 장편소설 | 김지선 옮김

북로드

신디와 존 하케스에게,
두 사람을 친구로 둔 건 진정 축복이에요.

0 001

누가 당신을 죽였는가?

또는, 누가 당신을 살해했는가?

이 두 질문에는 뚜렷한 차이점이 있었다. 에이머스 데커는 동료 FBI 요원인 알렉스 재미슨을 따라 그녀의 언니 집에 묵으러 왔다. 집 뒤편 데크에 나와 그날 저녁 세 번째로 딴 맥주병을 두 손가락으로 움켜쥔 채 이 질문을 곱씹어보고 있었다. 사람들은 이런 문제 따위는 생각하지 않는다. 그래야 할 이유가 없지 않은가. 하지만 후자의 질문에 정확히 대답하는 것은 데커의 직업적 삶, 다시 말해 데커에게 남은 삶의 전부였다.

데커는 이 두 질문의 차이점이 생각보다 복잡하다는 사실을 알았다. 예컨대, 법적으로는 살인을 저지르지 않으면서도 누군가를 죽일 수 있다. 우선 사고로 인한 죽음이 있다. 운전을 하다가 다른 차를 들이받아 인명 피해를 일으키거나, 실수로 떨어뜨린 총이 자동 발사되는 바람에 지나가던 사람이 총탄에 맞는다거나. 둘 다 누군가 죽었지만 법적으로는 살인으로 인정되지 않는 경우다.

조력을 받은 자살도 있다. 말기 질환으로 고통받고 있어서 이제는 삶을 끝내고 싶은 사람을 도와주는 사례다. 지역에 따라 합법 불법이 갈린다. 역시 누군가 죽는다. 사고사와는 달리 이 죽음은 **의도에 따른 행위지만**, 살인과 동일하지는 않다. 망자가 자신의 삶을 끝내려고 스스로 죽음을 택했기 때문이다.

합리화할 수 있는 살인도 있는데, 가장 좋은 예는 정당방위이다. 다인을 해치려는 의도가 있었다 해도, 법은 우리가 자신을 방어할 권리가 있음을 인정한다. 살인도 다양한 급으로 **나뉜다**. 만약 우리가 부주의로 교통사고를 일으키거나 총기를 떨어뜨려 누군가 죽는다면, 과실치사죄로 기소될 수 있다. 우발적 폭행으로 죽음을 초래한 경우는 과실치사보다 더 심각한 범죄로 기소될 수 있다. 과실치사의 사촌격인 2급 살인은 고의성이 있고 잔혹할지언정 사전에 계획하지는 않은 경우다.

데커는 맥주를 홀짝이며 다른 사람의 생명에 종지부를 찍는 사건과 관련된 법적 요건들을 머릿속으로 훑었다. 데커가 생각하기에 최악은 마지막 경우였다. 1급 살인은 대부분 고의와 모의, 그리고 **살의** 같은 구체적인 요소들이 수반된다. 자신의 이득을 챙기려고 누군가의 죽음을 원하고, 숨통을 확실히 끊어놓기 위해 미리 계획을 세워야 한다. 이런 악랄한 행위에는 가장 가혹한 법적 처벌이 내려진다. 데커는 성인이 된 이후 거의 평생에 걸쳐 이런 유형의 범죄자들을 추적해왔다.

데커는 맥주를 또 한 모금 마셨다.

나는 살인자들을 잡는다. 실제로 내가 잘하는 유일한 일이다.

데커는 북서부 펜실베이니아의 밤하늘을 올려다보았다. 배런빌이라는 이 소도시는 오하이오주 경계선 근처에 있었다. 듣기로는 예전에 제분소와 광산으로 한창 번영을 누렸단다. 배런빌이란 이름은 광산을 채굴하고 제분소를 지어 도시를 일으킨 배런 가문에서 유래했다. 하지만 이런 번영의 엔진은 이미 오래전에 멈춰버렸고 이제는 변변찮은 찌꺼기만 남았다. 사람들은 저마다 다양한 방식으로 삶을 꾸려나갔다. 물론 잘사는 사람이 있는가 하면 그렇지 못한 사람도 있었다. 미국 전역의 어느 도시에서나 들을 수 있는 이야기다.

집 안에서는 재미슨이 언니 앰버 미첼과 백포도주 한 잔을 나눠 마시면서, 곧 여섯 살이 되는 조숙한 조카 조이에게 이야기를 들려주고 있었다. 워싱턴 FBI에서 범죄를 해결하는 특수 임무를 맡고 있는 데커와 재미슨은 잠시 휴가를 받아 이곳에 왔다. 상관인 특수 요원 보거트가 데커에게 휴가 비슷한 거라도 좀 내라고 닦달하지 않았다면 선뜻 재미슨을 따라나서지 못했으리라. 사실 재미슨이 언니 집에 들를 예정인데 같이 가도 좋다고 말했을 때, 달리 갈 만한 데가 단 한 군데도 떠오르지 않았다.

그래서 나는 여기 와 있지.

맥주를 또 한 모금 들이켜고 자신의 320밀리미터 크기의 발을 곰곰이 뜯어보았다. 두 사람은 여기 도착해서 으레 하는 소개와 포옹과 안부 인사를 나누었고 재미슨은 언니와 조카에게 집들이 선물을 주었다. 앰버의 가족이 여기 이사 온 지 얼마 안 됐기 때문이다. 저녁 식사를 마치고 얼마 되지 않아 사교에 도움이 될 만한 이야깃거리와 생각할 거리는 모두 동나고 말았다. 그때 데커를 다른 누구보다 잘 알고 있는 재미슨이 이제 그만 맥주를 들고 밖으로 나가봐도 된다고 귀띔해주었다. 남자가 없는 틈에 자매끼리 회포를 풀고 싶다는 핑계를 대면서.

데커가 늘 이처럼 사교적인 자리를 어색해했던 것은 아니었다. 키 198센티미터에 체중 130킬로그램이 넘는—음, 단순히 **넘는다** 는 말로는 부족하겠지만—프로 미식축구 선수였던 데커는 한때 외향적이고 사교적인 성격에 재미있는 일을 찾아다녔으며 언제고 농담을 던질 준비가 되어 있었다. 하지만 경기 도중 머리에 심각한 부상을 입으면서 삶과 인간성 자체가 완전히 바뀌고 말았다. 뇌에 심각한 외상을 입어 죽음의 문턱까지 갔더랬다. 겨우 살아남긴 했 지만, 극심한 충격을 받은 데커의 뇌는 살아남기 위해 변할 수밖에 없었다. 이 과정은 두 개의 뚜렷한 표지를 남겼다.

하나는 과잉기억증후군, 다른 말로 완벽한 기억력이었다. 다른 이들은 이 놀라운 능력을 자신과 관련된 정보에만 활용할 수 있었 고 삶의 다른 영역에서는 평균에 못 미치는 경우가 흔했다. 하지만 데커는 그렇지 않았다. 마치 누군가 데커의 머릿속에 저장 용량이 무한대인 카메라를 설치한 듯했다. 데커는 모든 것을 기억하는 남 자, 아무것도 잊지 못하는 남자였다. 알고 보니 이건 축복이자 저 주였다. 또 하나는 점차 발전하는 공감각이었다. 데커는 기묘한 것 들, 예를 들면 죽음을 색깔과 연관 지었다. 죽음은 목덜미의 솜털 이 곤두서고 토할 것처럼 위가 울렁거리는 가운데 형광 푸른빛으 로 지각되었다. 거의 본능에 가까운 반응이었다.

뇌의 변화와 더불어 성격 역시 변했다. '사교적이고 재미있는 일 을 찾아다니는 농담꾼은 영원히 사라졌고, 대신 **내가** 남았지.' 이제 다시는 미식축구 경기장에서 뛸 수 없게 되었지만 데커는 주저앉 지 않았고 고향 마을인 오하이오주의 벌링턴에서 경찰에 입문해 강력계 형사가 되었다. 카산드라는 멋진 여자와 결혼해 몰리라는 어여쁜 딸도 두었더랬다.

두었더랬다.

모두 과거시제로 적은 이유는 멋진 아내도 어여쁜 딸도 이제는 없기 때문이다.

누가 당신을 죽였는가?

누가 당신을 살해했는가?

데커는 누가 자신의 가족을 앗아갔는지 알아냈고, 살인자는 결국 대가를 치렀다. 하지만 이는 데커가 치렀던 대가에 비하면 아무것도 아니었다. 숨을 내쉬는 마지막 순간까지 치러야 할 대가.

"알렉스 이모가 그러는데 아저씨는 아무것도 까먹지 않으신다면서요."

생각에 잠겼던 데커는 목소리의 주인공을 찾아 고개를 돌렸다. 조이였다. 금발은 양 갈래로 묶고 분홍 꽃무늬가 찍힌 긴소매 셔츠를 입은 여자아이가 데크의 출입문에서 자못 흥미롭다는 눈길로 데커를 올려다보고 있었다. 흰 반바지 밑으로는 무릎 보조개가 드러나 있었다.

데커가 말했다. "내 기억력은 꽤 좋은 편이지. 맞아."

조이가 종이 한 장을 들어올렸다. 열 자리가 넘는 긴 숫자가 쓰여 있었다.

아이가 기대감에 찬 얼굴로 물었다. "이거 몽땅 다 외우실 수 있어요?"

데커는 종이를 쓱 보고 아이에게 돌려주었다.

주근깨가 난 아이의 얼굴에 실망감이 역력히 드러났다. "못 외우세요?"

"아니, 이미 다 외웠단다."

데커는 종이에 적힌 순서대로 숫자를 읊어주었다. 사진 촬영을 한 것처럼 머릿속에 숫자가 보였기 때문이다.

아이가 이를 드러내고 씨익 웃으며 말했다. "완전 멋있어요."

데커가 물었다. "그렇게 생각하니?"

아이의 연푸른색 눈이 휘둥그레지더니 되물었다. "아저씨는 안 그래요?"

"가끔은, 그래. 멋질 때도 있지."

데커는 데크 닌긴에 몸을 기댄 채 아이의 눈길을 의식하며 맥주를 홀짝였다.

"알렉스 이모가 그러는데 아저씨는 나쁜 사람들을 잡으신다면서요."

"이모랑 같이 일한단다. 너희 이모는 감이 좋거든."

데커의 대답에 조이가 아리송한 표정을 지었다.

데커가 설명했다. "이모는 사람들을 정말 잘 읽어. 또, 다른 사람들이 못 보는 것도 볼 수 있지."

"나는 이모들 중에서 알렉스 이모가 제일 좋아요."

"이모가 몇이나 되는데?"

아이가 한숨을 푹 쉬고는 말했다. "엄청 많아요. 하지만 알렉스 이모만큼 멋진 이모는 하나도 없어요." 그러더니 얼굴이 환해졌다. "이모는 제 생일에 맞춰서 오신 거예요. 곧 여섯 살이 되거든요."

"알고 있단다. 그날 다 같이 맛있는 거 먹으러 가자고 했거든."

뚫어져라 쳐다보는 아이의 눈길을 피해 데커는 어색하게 시선을 돌렸다.

"아저씨는 진짜진짜 크시네요." 아이가 감탄했다.

"처음 듣는 말은 아니구나."

아이가 느닷없이 불안한 표정을 짓더니 걱정스러운 말투로 물었다. "아저씨는 나쁜 사람들이 알렉스 이모를 다치게 하려 들면 혼내주실 거죠?"

맥주를 막 들이켜려던 데커는 동작을 멈추고 천천히 병을 내려놓더니 말했다. "아무렴. 아저씨는 그런 일이 일어나지 않도록 최선을 다할 거란다." 덧붙이는 말이 어째 좀 군색하게 들렸다.

멀리서 천둥소리가 은은하게 들렸다.

뭔가 화제를 바꿀 방법을 애써 찾던 데커가 재빨리 말했다. "폭풍이 오려나 보다."

조이를 본 데커는 티 없이 맑은 시선이 여전히 자신에게 꽂혀 있음을 알았다. 마음이 불편해져서 다시금 천둥이 포효하기를 기다리며 고개를 돌렸다. 여름은 이미 다 갔지만, 가을이 올 때 종종 함께 찾아오는 폭풍우가 덮치려는 듯했다.

데커가 조이에게 하는 말이라기보다는 혼잣말에 가까운 투로 말했다. "확실히 가까워지고 있어."

뒤쪽에 있는 집의 뒷마당을 보았다. 두 집은 마치 복제 주택 같았다. 동일한 면적, 뒤편에 딸린 동일한 나무 데크. 좁은 마당. 시든 잔디밭 한복판에 서 있는 단풍나무. 그렇지만 한 가지 차이가 있었다. 저쪽 집에서는 지금 전등이 깜빡거리고 있었다. 불이 들어왔다 나갔다 다시 들어왔다 나갔다.

데커는 하늘을 올려다보았다. 천둥만 우르릉거릴 뿐 벼락은 아직 떨어지기 전이었다. 적어도 데커의 눈에는 보이지 않았다. 또한 기온이 살짝 떨어졌고, 구름이 모여들고 안개가 낮게 깔려 하늘이 더욱 흐릿해졌다. 잠시 후에는 붉은 빛들이 머리 위로 지나갔다. 비행기는 눈에 보이지 않았지만, 한바탕 폭풍이 몰아치기 전에 도착하거나 출발하려는 비행기가 틀림없다고 생각했다.

뒤쪽에 있는 집을 돌아보니 전등이 들어왔다 나가는 것이 보였다. 마치 모스 부호 같았다. 습기 때문일지도 몰라. 데커는 생각했다. 전선에 습기가 차면 저렇게 깜빡일 수 있지. 다른 데서 뭔가 소리가 들렸다. 다시 한 번. 이어서 또 한 번. 동일한 소리가 거듭 들려왔다. 정확히 말하면 서로 다른 두 가지 소리였다. 하나는 단단한 물건이 부딪히는 쿵 소리, 또 하나는 뭔가를 긁는 소리였다. 이어 차에 시동을 거는 소리가 들렸다. 지금 보고 있는 집의 앞길에서 나는 게 분명해, 데커는 판단했다. 곧 시작될 폭풍의 한복판으로 드라이브라도 할 셈인가.

몇 분이 지나서 처음으로 번개가 하늘을 갈랐다. 눈앞에서 곧장 땅속으로 사라지는 것처럼 보였다. 이어 훨씬 요란한, 콰직— 하는 천둥의 굉음이 뒤따랐다. 하늘이 갈수록 어둡고 불길한 빛을 띠었다. 바람이 공기를 빠르게 움직이고 있었다.

조이가 불안하게 말했다. "그만 들어가는 게 좋겠어요. 엄마가 그러는데 사람들은 생각보다 더 자주 벼락에 맞는대요."

데커가 다른 집을 가리키며 물었다. "저 집에는 누가 살고 있니, 조이?"

아이는 이미 집 쪽으로 몸을 돌려 문에 손을 얹은 상태였다. "몰라요."

데커의 시선이 갑작스러운 번쩍임을 포착했다. 빛은 뒷집의 창문 쪽에서 비쳤다. 단순히 집 안에서 나온 빛이 유리에 반사된 걸까, 아니면 뭔가 좀 복잡한, 어쩌면 위험한 일이 벌어지는 걸까, 알고 싶어졌다. 데커는 맥주병을 내려놓고 서둘러 데크를 내려갔다. 무슨 일인지 알아내야만 했다.

조이가 등 뒤에서 외쳤다. "어디 가시는 거예요?" 목소리에 당황한 기색이 담겨 있었다.

데커가 돌아보며 외쳤다. "안으로 들어가렴, 조이. 아저씨는 확인하고 싶은 게 좀 있단다."

다시 한 번 번개가 번쩍이고 이어서 귀가 멀 것 같은 천둥소리가 터져 나오자 조이는 재빨리 집으로 들어갔다. 데커는 뒷집을 향해 내달렸다. 덩치는 커다랗지만 오랜 세월 뛰어난 운동선수였기에 매우 민첩했다. 두 집을 갈라놓는 담장 꼭대기를 움켜쥐고 단숨에 몸을 날려 반대편 마당에 뛰어내렸다. 잔디밭을 가로질러 서둘러 집으로 향했다. 폭풍이 부근을 완전히 에워싸면서 기온이 확 떨어지는 것이 느껴졌다. 거세진 바람에 몸이 휘청거렸다. 중서부에서 자란 데커는 마치 돌연변이 세포를 낳는 암처럼 토네이도를 일으켜 휘몰아치게 하는, 오하이오 밸리의 악천후에 익숙했다.

데커는 이제 비가 가까워지고 있음을 직감했다. 세찬 비의 장막이 앞뒤 양옆으로 드리울 터였다. 가압식 방부 처리 목재로 만들어진 데크에 이르러 계단을 뛰어 올라갔다. 이때 앰버의 집을 돌아보았더라면 자신을 찾아 다급히 주위를 둘러보는 재미슨을 볼 수 있었으리라.

반사된 빛이 보였던 창가로 갔다. 이제는 냄새를 맡을 수 있었다. 의심이 더욱 굳어졌다. 전선이 액체로 젖었다. 방화와 관련된 살인 사건들을 조사한 경험이 있기에 이런 냄새를 절대 놓칠 리 없었다. 집 안에서 화재가 난 것이다. 얼굴을 유리창에 바짝 붙이고 안쪽을 엿보았다. 전기로 인한 화재는 벽 안쪽에서 번지는 탓에 너무 늦게야 발견되고 더 급속히 번지기에 십상이었다. 잠시 후, 날름대는 불길과 피어오르는 연기가 눈에 들어왔다. 두려워했던 최악의 사태가 벌어진 것이다.

이윽고 번개가 일대를 환히 밝힌 순간, 데커는 오른쪽을 보았다. 환한 빛 속에서 눈에 들어온 광경에 몸이 꽁꽁 얼어붙었다. 잠시 후에 마비 상태에서 풀려난 데커는 뒷문 쪽으로 달려갔다. 망설임 없이, 미식축구에서 상대의 블로킹을 들이받을 때처럼 어깨로 문을 들이받았다. 큰 충격을 받은 헐거운 문이 바로 떨어져 나갔다. 이제는 폭풍이 바로 머리 위에서 비명을 지르고 있어서, 데커는 재미슨이 자기를 부르는 소리를 듣지 못했다. 재미슨이 데크를 급히 뛰어 내려왔고, 데커가 문을 부술 즈음에는 뒤 담장을 향해 달려가고 있었다. 이제는 굵은 빗줄기가 떨어지고 있었고, 바람에 힘입어 살갗을 찌르는 창으로 바뀌었다. 폭풍이 수백만 갤런의 물을 이곳, 펜실베이니아주의 서쪽 가장자리에 쏟아부었다. 알렉스는 담장에 채 절반도 이르기 전에 흠뻑 젖었고 뛰다가 신발마저 벗겨졌다.

데커는 물에 빠진 생쥐 꼴로 주방으로 뛰어 들어가 오른쪽으로 몸을 틀었다. 베레타 권총을 꺼내 앞쪽을 향해 겨누었다. 맥주를 많이 마신 게 후회가 되었다. 평소의 뛰어난 운동 능력이 필요한 게 바로 이런 때일 텐데. 한쪽 벽에 몸을 붙인 채 어두운 복도를 민첩하게 나아갔다. 몸이 벽을 스치는 순간 뭔가 바닥으로 떨어졌다. 사진이었다. 데커는 이 범죄 현장을 오염시킨 자신에게 욕설을 퍼부었다. 다른 사람이 저질렀다면 용서하지 못할 행위였다. 하지만 어쩔 수 없는 일이었다. 여기서 무슨 일이 일어나고 있는지 알지 못했으니까. 앞서 본 광경은 어쩌면 빙산의 일각일지도 몰랐다.

모퉁이에서 조심스레 우선 총부터 내민 후 머리를 들이밀었다. 길게 두어 번 훑어본 후 자세를 바로잡았다. 데커는 이제 무엇이 불꽃을, 이어 커다란 불길을 일으켰는지 알았다. 깜박이는 빛들의 정체도. 노출된 전선들이 액체로 젖어 있었다. 하지만 그건 물이 아니었다. 피였다.

0 002

"에이머스?"

모퉁이를 엿본 데커는 자신이 방금 지나온 복도 저편에서 흠뻑 젖은 채 맨발로 서서 덜덜 떨고 있는 재미슨을 보았다.

데커가 재빨리 물었다. "총 가지고 있어요?" 형광 푸른빛이 잇따라 파도처럼 밀어닥쳤다. 메스껍고 어지러웠다.

재미슨이 고개를 저었다. 데커가 이쪽으로 오라고 손짓을 했다. 서둘러 모퉁이를 돌아 다가온 재미슨은 데커가 이미 본 광경을 보고 우뚝 멈춰 섰다.

"하느님 맙소사!"

데커가 고개를 끄덕였다. 두 사람이 본 광경에 꼭 들어맞는 표현이었다. 어쨌거나, 남자는 천장에 목이 매달려 **있었으니까.** 밧줄은 지금 바닥에 놓인 샹들리에가 원래 매달려 있던 고리에 걸려 있었다. 남자의 목에는 올가미가 감겨 있었다. 보통은 목을 매서 죽으면 출혈이 일어나지 않는다. 데커는 목재로 된 마룻바닥을 응시했다. 피가 고여 벽을 향해 흘렀고 벽에서 거실등의 낡은 전선과 만나 누전을 일으켰다. 재미슨이 합류하기 전에 데커는 전선을 뽑고 발로 밟아 스파크를 꺼뜨렸다. 정사각형 카펫의 일부와 길게 찢겨서 대롱거리는 벽지 조각에 불이 붙어 있었다. 젖은 재킷을 이용해 벽에 옮겨붙은 불길을 끄고, 카펫에 붙은 불을 죽이려고 카펫을 돌돌 말았다. 그 후 범죄 현장을 더는 오염시키지 않으려고 뒤로 물러섰다. 바로 그때 재미슨이 데커를 부른 것이다.

데커의 눈길이 시신을 위아래로 훑으며 엄청난 출혈의 원인일 상처를 찾았다. 아무것도 보이지 않았다. 한데 지금은 더 깊이 조사할 수도 없었다. 경찰을 기다려야 하는 일이었다. 하지만 더 기다릴 수 없는 일도 있는 법이다.

마치 데커의 머릿속 생각을 읽기라도 한 것처럼 재미슨이 속삭였다. "집 안에 혹시 다른 사람이 있을까요?"

"그걸 알아내야 해요. 휴대전화 있어요?"

"없어요."

"나도 없어요. 그런데 여긴 전화가 안 보여요. 좋아요, 언니 집으로 돌아가서 경찰에 전화를 해요. 나는 이 집 수색을 마저 할게요."

"에이머스, 일단 경찰을 기다려야 해요. 지원 요원이 없잖아요."

"다친 사람이 있을지도 몰라요. 아니면 살인자가 몸을 숨기고 있을 수도 있고요."

재미슨이 화난 어조로 낮게 말했다. "내가 걱정하는 게 그 두 번째 가능성이에요."

데커가 대꾸했다. "나는 경관**이에요**. 이런 일을 하도록 훈련받았고 총도 있어요. 그리고 살인자가 아직 여기 **있다면**, 나보다 덩치가 작을 확률이 높아요. 자, 이제 그만 가봐요."

재미슨은 천천히 뒤로 돌아 복도를 달려 빗속으로 나갔다. 데커는 1층을 모두 확인했다. 집은 2층인데, 재미슨 언니네 집하고 정말 똑같다면 지하실도 있을 터였다. 데커는 복도를 걸어 2층으로 이어지는 층계로 다가갔다. 한 번에 두 칸씩 계단을 뛰어 올라가는데 허벅지를 쳐들 때마다 근육이 땅겼다. 오하이오에서 강력계 형사였고 이전 10년간은 제복 경관이었던 데커는 사람들이 죽은 집에 들어가 본 적이 있었다. 가능한 한 안전하게 내부 공간을 확인하려면 따라야 힐 절차들이 있었고, 이는 데커의 뇌에 아로새겨져 있었다. 그렇다고는 해도 자전거를 타는 일과 같다고 할 수는 없었다. 자전거는 총질을 하지 않으니까.

위층에는 벽장이 딸린 작은 침실 두 개가 있고, 그 사이에는 양쪽 방과 통하는 문이 달린 욕실이 있었다. 데커는 모든 방을 점검했지만 아무것도 발견하지 못했다. 버려진 집처럼 보였다. 어쩌면 목매달아 죽은 것으로 보이는 남자 말고는 아무도 없는 걸까, 데커는 다시 아래층으로 살금살금 내려가 지하실로 가는 문을 찾았다.

계단 꼭대기에 전등 스위치가 있었지만 켜지 않기로 했다. 누전이 다른 조명에도 영향을 미쳤을지는 알 수 없지만, 적어도 지금은 어둠이 내 편이니까. 체중이 온전히 실리기 전에 계단을 한 칸 한 칸 시험하듯 내려갔다. 그럼에도 작게 삐걱거리는 소리가 몇 번인가 나서 얼굴을 찌푸렸다. 하지만 계단 맨 밑에 닿을 때까지, 누군가 불시에 공격해오는 일은 일어나지 않았다. 주위를 둘러보았다. 이 아래는 무척 어두워서 앞이 잘 보이지는 않았지만, 마감이 덜 된 공간처럼 보였다. 종종 마감이 덜 된 지하실을 생각하면 자동으로 떠오르는 퀴퀴한 냄새가 풍겼다. 경계하며 앞을 향해 움직이던 데커는 하마터면 마룻바닥에 자빠질 뻔했다. 다시 균형을 잡으면서 재빨리 뒤로 물러섰다.

지금은 위험을 무릅쓰고 불빛을 비춰보아야 했다. 데커는 민첩하게 도로 계단을 올라가 스위치를 켰다. 불이 들어왔다. 총을 겨눈 채로 서서히 계단을 내려가 아까 무엇 때문에 걸려 넘어질 뻔했는지 확인했다. 푸른색 전기 맥동이 한 번 더 드럼처럼 때려대기 시작하는 가운데, 데커는 자신을 올려다보는 얼굴을 마주 보았다. 이 남자는 30대 후반인 듯했다. 검은 머리카락에 피부는 창백했고 몸집은 보통 정도였다. 마루에 누워 있어서 정확히 추정하기는 어렵지만 키는 177센티미터 정도 돼 보였다. 경찰로 오래 일한 덕분에 스캔하듯 시신의 정보를 파악하고 흡수했다. 한데 놀랍게도 남자는 경찰 제복을 입고 있었다!

데커는 남자 옆에 무릎을 꿇고 앉아 목의 맥박을 확인했다. 아무것도 느껴지지 않았고, 살갗은 몹시 차가웠다. 사지를 만져보았다. 뻣뻣했다. 사후경직이 이미 시작됐다는 뜻이었다. 강력계 형사 시절의 경험을 바탕으로 데커는 사망 원인과 시각을 추정했다. 시신의 몸을 위아래로 훑으며 상처를 찾았지만, 아무것도 보이지 않았다. 시신을 움직일 생각은 없었다. 범죄 현장 훼손이라면 이미 할 만큼 한 터였으니까. 남자의 입에 시선의 초점을 맞췄다. 거품이 살짝 보였다. 사망 원인을 적어도 두 가지 정도 짐작해볼 만한 단서였다.

발작. 또는 독살.

좋아, 사망 원인은 명확하지 않다. 그럼 사망 시각은?

남자의 콧구멍을 들여다보았다. 검정파리. 암컷. 파리들이 이미 알을 낳았지만, 체내로는 거의 침입하지 않았다. 수 킬로미터 떨어진 데서도 시신의 냄새를 맡을 수 있는 이 파리는 경찰에겐 가장 훌륭한 도우미였다. 생물학적 사망 시계가 똑딱거리면 시신을 파고 드는 검정파리는 사망 시각을 추정하는 데 도움을 주기 때문이다.

데커가 범죄과학수사의 요건들을 짜맞추고 있는 동안 머릿속에서 경보음이 울리기 시작했다. 이건 말이 안 된다. 사지가 뻣뻣하다면, 사망자가 죽은 지 시간이 좀 지났다는 뜻이다. 사실, 시신은 대근육부터 소근육에 이르기까지 경직이 풀려가는 중인지도 몰랐다. 죽은 지 꽤 지났을 경우 그렇다. 이는 시신이 차갑다는 사실에는 합치하지만, 데커가 관찰한 사실들과는 아귀가 맞지 않았다.

다가오는 사이렌 소리에 생각의 맥이 끊겼다. 재빨리 계단을 도로 올라가, 총을 총집에 넣고 현관으로 나가 기다렸다. 15초쯤 지나자 순찰차 한 대가 집 앞에 와 섰다. 비록 번개가 여전히 찌지직거리고 천둥도 우르릉거렸지만 데커가 안에 있는 사이 폭풍은 약간 잦아든 듯했다. 적어도 더는 빗방울이 바람에 수평으로 날리고 있지 않았다.

경관들이 차에서 내리자 데커는 큰 소리로 외치며 FBI 신분증을 들어올렸다. 경관 두 사람이 무기를 꺼냈고 하나는 데커에게 손전등을 겨눴다.

젊어 보이고 약간 불안해하는 티가 나는 경관이 외쳤다. "우리가 볼 수 있게 양손을 들어올려!"

데커는 이미 경관들이 확실히 볼 수 있게 양손을 허공으로 들어올리고 있었다. "나는 FBI 요원입니다. 신고한 사람은 동료 요원입니다."

경찰들이 앞으로 다가와서 현관 계단에 다다랐다. 40대로 보이는, 희끗희끗한 턱수염을 말끔하게 다듬은 경관이 총을 총집에 넣고 데커의 신분증을 받아 확인하고는 얼굴을 손전등으로 비췄다.

경관이 물었다. "무슨 일입니까?"

"안에 시신 두 구가 있습니다. 하나는 거실에 목이 매달려 있습니다. 하나는 지하실에 있고요." 데커는 남자의 제복을 응시했다. "경찰인지 아닌지는 모르지만, 지하실의 남자는 당신하고 같은 종류의 제복을 입었습니다."

40대로 보이는 경관이 되물었다. "뭐라고요?"

아직 총을 겨눈 채로 젊은 경관이 물었다. "죽었다고 했습니까?"

데커의 시선이 젊은 경관에게로 향했다. "그래요, 죽었습니다. 총기를 나 말고 다른 데로 좀 겨눠주시죠?"

젊은 경관이 반사적으로 동료를 보자, 나이 든 경관이 데커의 신분증을 돌려주며 고개를 끄덕였다.

나이 든 경관이 명령했다. "앞장서시죠."

순간, 재미슨이 모퉁이를 돌아 달려왔다. 젊은 경관이 총을 휘둘러 재미슨을 겨냥했다.

데커가 고함을 쳤다. "안 돼!" 앞으로 뛰쳐나가 발사 직전에 경찰의 팔을 쳤다.

총알이 재미슨의 머리를 아슬아슬하게 스쳐 지나갔다. 재미슨은 잔디밭에 대자로 누웠다. 젊은 경관이 비틀대며 뒷걸음질 치더니 데커의 머리에 총을 겨눴다.

데커가 으르렁거렸다. "우리 요원이에요. 저 사람이 신고자라고. 알렉스, 괜찮아요?"

재미슨은 천천히 일어서서 흐느적거리는 걸음으로 그들을 향해 다가왔다. 숨을 깊이 들이쉰 후에 고개를 끄덕였다. "그래요, 난 괜찮아요." 말은 이렇게 했지만 토할 것 같다는 표정이었다.

나이 든 경관이 동료를 꿰뚫을 듯한 눈으로 노려보더니 재미슨에게 신분증을 요구했다. 이어 신분증을 돌려주고 나서 동료에게 쏘아붙였다.

"넌 방금 FBI 요원을 죽일 뻔했어, 도니. 그러니 이제 의자에 궁둥이를 철썩 붙이고 앉아서 서류 작업을 1톤어치는 해야 할 거야. 그리고 내부감사팀이 너를 있는 대로 들볶아대겠지. 축하한다." 엄한 어조였다.

젊은 경관은 무기를 집어넣고 험악한 표정으로 입을 꾹 다물었다.

나이 든 경관이 다시 말했다. "앞장서시죠."

데커가 대꾸했다. "이쪽입니다."

0 003

나이 든 경관, 윌 커리가 말했다. "나는 모르는 사람입니다."

커리는 집 안으로 들어가는 길에 본인 이름을 알려주었다. 커리의 동료 경관도 고개를 저었다. 누군지 모른다는 뜻이었다. 일행은 지하실 바닥에 누운 제복 입은 남자를 내려다보고 있었다. 위층 시신은 이미 보았는데, 두 경관 모두 모르는 남자였다.

커리가 남자의 가슴팍을 가리켰다. "명찰이 없네요. 우린 모두 명찰을 다는데."

데커가 물었다. "누군지 모르는 게 이상한 일인가요? 제 말은, 여기서는 경찰들끼리 다 아는 사입니까?"

커리가 잠시 생각하더니 대답했다. "나는 제복 경관을 모두 알지는 못하지만, 그래도 꽤 많이 아는 편입니다."

데커가 말했다. "저 남자의 총집에는 총이 없습니다."

커리가 고개를 끄덕였다. "맞아요, 저도 봤습니다. 소지품도 없어요. 보세요, 상부에 보고해야 합니다. 아마 강력계에서 사건을 말을 겁니다. 도니, 이 주변에 테이프를 쳐. 그리고 아무도 접근 못하게 해."

커리가 휴대전화를 꺼내 지하실 저쪽 구석으로 걸어가 통화를 하는 동안 도니가 맡은 일을 처리했다. 데커는 무릎을 꿇고 시신을 내려다보았다.

재미슨은 데커의 어깨 너머로 들여다보고는 물었다. "어떻게 죽은 걸까요?"

"위층 남자처럼 상처가 눈에 띄지 않아요. 피는 이렇게 흥건한데."

재미슨이 말했다. "목매달아 죽으면 피가 날 일이 없잖아요. 장기가 파열돼서 피가 흘러나온다면 모를까."

데커가 대꾸했다. "남자의 옷에는 피가 없었어요. 어떻게 이런 일이 가능한지 이해가 안 가네요."

커리가 돌아왔다. "좋아요, 나는 두 분의 진술을 들어야겠습니다. 두 분 다 여기서 나가세요. 형사들이 두 분을 발견하면 제 목이 날아갈 테니까요."

일행은 도로 위층으로 올라가 한 사람씩 뒷문을 나섰다. 커리가 문이 부서져 있음을 알아차렸다. "저건 어쩌다 저렇게 된 겁니까?"

데커가 말했다. "내가 들어올 때 들이받아서 그랬을 겁니다."

폭풍이 거의 지나가자 하늘이 약간 맑아져 머리 위로 별 몇 개가 보였다.

커리가 수첩을 꺼냈다. "좋아요, 들어봅시다."

우선 데커가, 이어 재미슨이 상황을 설명했다. 말을 마친 두 사람의 귀에 누군가 외쳐 부르는 소리가 들렸다.

"알렉스, 별일 없니?"

다 같이 돌아보니 두 집을 가르는 담장 뒤에 앰버와 조이가 서 있었다.

재미슨이 대답했다. "안에 들어가 있어. 나도 조금 있다 갈게."

앰버와 조이가 집으로 들어가자 그녀는 커리를 돌아보았다.

"언니하고 조카 조이예요. 우리는 언니 집에 다니러 왔어요."

커리가 물었다. "그럼 저분들은 저기 사십니까?"

"그래요."

"저희는 저분들하고도 이야기를 나눠야 합니다. 이 사건과 관련해 뭔가를 보셨을지도 모르니까요."

재미슨이 말했다. "그럼요, 괜찮아요."

커리가 물었다. "두 분이 FBI에서 하시는 일이 뭔가요?"

데커가 대꾸했다. "우리는 다른 사람들을 해치는 자들을 쫓습니다. 말하자면 이 집에서 일어난 사건의 장본인들을 추적하지요."

커리는 데커의 말에 숨은 의도를 눈치챈 모양이었다. "이건 연방 사건이 아닌데요."

데커가 대꾸했다. "처음에는 이렇게 보였던 일이 나중에는 저렇게 변하는 게 재미있는 부분이죠. 그러니 우리가 도움이 될지도 모르겠습니다."

재미슨이 기분 상한 어조로 한마디 했다. "데커, 우린 여기 휴가 차 와 있어요. 그런 일에서 좀 떨어져 있으려고 온 거라고요."

데커가 말했다. "아마 당신은 그렇겠죠. 하지만 나는 '그런 일'에서 떨어져 있을 이유가 없는데요."

커리가 끼어들었다. "내가 상관할 일은 아니지만, 강력계 친구들하고 말씀을 나눠보시죠."

데커가 대꾸했다. "그게 좋겠군요."

커리가 수첩을 덮으며 물었다. "이왕 여기 계신 김에 여쭤보자면, 뭔가 짐작 가는 바가 있습니까?"

데커가 집을 돌아보았다. "누군가를 목매다는 것은 개인적인 일입니다. 지배욕과 관련이 있죠. 살인의 방식으로는 끔찍한데, 왜냐하면 단순히 목이 졸려 죽었을 수도 있지만, 척추가 압박을 견디다 못 해 뚝 부러졌을지도 모르거든요. 어느 쪽이든 시간이 좀 걸리는 일이죠."

커리가 물었다. "그럼 피는요?"

"피가 어디서 나왔느냐고요? 남자가 어딘가 다른 데서 피를 흘렸고 그걸 여기로 가져와 마룻바닥에 뿌렸다면, 왜 굳이 그런 짓을 했을까요?"

커리가 다시 물었다. "지하실에 있는 남자는요?"

"경찰이냐 아니냐를 물으시는 거죠? 아니라고 한다면, 왜 제복을 입었을까요? 그리고 어떻게 죽었을까요? 명확한 상처는 눈에 띄지 않았지만, 입가에 있던 거품으로 보아 독극물을 흡입했을지도 모릅니다. 또 하나, 이 집 주인은 누구죠? 두 남자 중 하나일까요? 아니면 누구 다른 사람?"

커리가 수첩을 다시 펼쳐 뭐라고 끄적였다. "다른 건요?"

"음, 여기 검시관이 사망 시각을 확정하는 데 다소 어려움을 겪을 것 같다는 생각이 듭니다."

"왜죠?"

"왜냐하면 내가 오늘 밤 본 광경은 범죄과학수사의 원칙에 비추어 볼 때 불가능한 일에 가깝거든요."

0 004

앰버는 자고 싶어 하지 않는 조이를 침대로 보내고 동생과 데커와 함께 거실에 앉아 있었다.

앰버가 떨리는 목소리로 물었다. "남자 두 명이 죽었다고? 살해당했단 말이지? 믿어지지가 않는다. 바로 우리 뒷집에서? 맙소사!"

재미슨이 말했다. "조만간 경찰이 와서 이야기를 듣고 싶어 할 거야."

앰버가 극도의 흥분을 억누르며 물었다. "왜? 우린 아무것도 모르는걸."

데커가 끼어들어 달래는 목소리로 말했다. "정해진 절차입니다. 범죄 현장과 가까워서 그래요. 늘 하는 일이니 불안해하지 않아도 됩니다."

재미슨이 언니의 어깨를 매만지며 물었다. "프랭크한테는 전화했어?"

프랭크 미첼은 앰버의 남편이다.

"전화를 안 받지 뭐니. 사무실로 걸었더니 회의에 들어갔대. 일을 시작한 지 얼마 안 돼서 터무니없이 늦은 시간까지 야근을 해야 해."

데커가 물었다. "무슨 일을 하시는데요?"

"물류 센터의 부팀장인데 여러 회사의 온라인 주문 건을 처리해요. 우리는 프랭크가 여기 일자리를 구해서 이사를 왔어요. 켄터키에서도 같은 회사에서 일했지만 여기 오면서 승진을 했고요. 그이기 몸담은 회사는 많은 사람들을 고용한답니다."

재미슨이 잘 안다는 투로 말을 보탰다. "물류업계는 요즘 일자리를 엄청 늘리고 있지. 관련 기사를 읽은 적이 있어. 임금은 최저임금 이상을 주니 나쁘지 않은 수준이고 혜택도 있지만 정말 힘든 일이라던데."

앰버가 말했다. "누가 아니라니. 켄터키에 살 때 프랭크는 집하 담당이었어. 잠시도 쉬지 않고 계속 움직이는 일이야. 얼마나 많은 택배를 처리하느냐에 따라 고과점수를 매기거든. 관리직으로 승진했으니 '오, 하느님 감사합니다'지. 그이는 30대이고 몸도 좋지만 일이 사람을 갉아먹는 바람에 늘 쑤시고 아프다고 했어."

앰버가 뒤쪽 창 밖으로 두 남자의 시신이 발견된 집을 내다보았다. "우린 새 출발을 할 거라고 생각했는데 이런 곳에 와 있네. **살인** 사건 현장 코앞에."

재미슨이 위로했다. "이 동네하고는 전혀 상관없는 일일지도 몰라. 저기 있는 두 남자는 다른 지방 출신인지도 몰라."

앰버는 납득하지 못한 기색이었다. "조이한테는 뭐라고 해야 하지? 워낙 섬세하고 관찰력이 좋은 아이라 질문을 천 가지는 퍼부을 텐데."

"언니가 그러길 바란다면 내가 말해줄 수 있어. 아니면 에이머스가 해도 되고."

데커는 화들짝 놀란 눈치였다. "당신이 말하는 편이 좋겠어요, 알렉스."

"아까 당신이 데크에서 아이하고 얘기하는 걸 봤는걸요."

"바로 그래서 당신이 말하는 게 좋다는 얘기예요."

재미슨이 언니를 위로했다. "앰버, 괜찮을 거야."

"너는 몰라서 그래."

데커가 물었다. "뭘 모른다는 말입니까?"

"최근 이 도시에서 또 다른 살인 사건이 일어났어요. 텔레비전에서 봤어요."

데커가 재빨리 말했다. "자세히 말해주세요."

앰버가 막 대답하려는데 누군가 앞문을 두드렸다.

앰버가 문을 열자 모르는 남녀가 침울한 표정으로 계단에 서 있었다. 남자는 50대로, 머리가 새치로 덮여 있었다. 키는 180센티미터쯤이고 경사진 가슴은 작고 처진 똥배로 이어졌다. 한편 30대로 보이는 여자는 키 160센티미터 정도로 작고 여위었지만 강단 있어 보이는 체구에 금발을 어깨까지 길렀고 예쁘장했다. 남자는 구겨진 정장 차림이었다. 흰 셔츠 목깃에 검은 얼룩이 하나 찍혀 있었고 타이는 비뚜름했다. 고르지 않은 치아는 니코틴 때문에 검게 물들었다. 여자는 맵시 있는 검은 바지 정장에 새것 같은 흰 블라우스를 입고 작은 키를 보정하는 5센티미터짜리 통굽 구두를 신었다. 치아는 하얗게 반짝거렸다.

두 사람은 배지를 내밀며 안으로 들어가도 되겠느냐고 물었다.

신분을 밝힌 남자가 앰버에게 물었다. "마티 그린 형사와 도나

래시터 형사입니다. 여기 사십니까?"

앰버가 고개를 끄덕이며 말했다. "나는 앰버 미첼이라고 해요."

그린이 데커와 알렉스를 보았다. "그렇다면 이쪽 분들이 현장에 처음 있었겠군요. FBI 소속이라고 들었습니다. 신분증을 보여줄 수 있을까요?"

데커와 재미슨이 신분증을 꺼냈다. 그린은 신분증에 대충 눈길을 주었지만 래시터는 꼼꼼히 살펴보았다.

그린이 말했다. "두 분의 진술서는 읽고 왔습니다. 이제 두 분 말씀을 직접 듣고 싶군요."

다 같이 거실에 둘러앉았다. 래시터가 앰버에게 말했다. "부인, 저희가 두 분과 얘기를 나누는 동안 다른 방에서 기다려주실 수 있을까요? 감사합니다. 물론 나중에 부인과도 얘기를 나눌 겁니다."

앰버가 재빨리 일어서서 동생에게 불안한 눈길을 던지고 자리를 떴다. 강력계 형사들은 남은 두 사람에게 눈길을 꽂았다.

래시터가 말했다. "신분증에 따르면 두 분은 특수 요원이 아니더군요."

재미슨이 말했다. "맞아요. 저희는 FBI의 특수수사팀을 위해 일하는 민간인입니다."

그린이 데커를 보며 물었다. "민간인이라고요? 오랫동안 경찰 일을 해온 제 감에 따르면 저하고 같은 과이신 것 같은데요."

"오하이오주 벌링턴시에서 10년간 순경으로 일했어요. 이어 10년 동안 형사로 있다가 FBI에 들어갔습니다."

그린이 헛기침을 하고는 수첩을 펼쳤다. "좋습니다. 오늘 밤 일어난 일을 확인해보죠."

데커와 재미슨이 차례로 말을 이었다. 그린은 종이에 진술을 체계적으로 적어나갔다. 데커는 래시터가 소형 전자수첩 자판 위로 야무지게 손가락을 놀리는 모습을 눈여겨보았다.

두 사람이 진술을 모두 마친 후에 데커가 말했다. "사망 원인은 확정했나요? 그리고 신원 확인은요?"

그린이 입을 열어 뭐라고 말하려는데 래시터가 선수를 쳤다. "죄송하지만 질문은 저희 몫이고, 두 분은 대답을 하는 입장입니다."

데커가 그린을 보고 물었다. "두 질문 모두에 '아니요'라고 답한 거라고 받아들이면 되겠습니까?"

그린이 말했다. "알아보는 중입니다. 다량의 피가 있었지만, 우리는 아직 원인을 밝혀내지 못했습니다."

"그래요, 매달린 남자한테서는 상처가 전혀 보이지 않았습니다. 하지만 혈액을 대조해서 사망자가 흘린 피인지 확인해야 할 겁니다. 범인들이 남자를 죽이고 피를 빼낸 후 목을 매달았을 수도 있습니다."

그린이 인상을 찌푸렸다. "이건 컬트 쪽에서나 할 법한 짓거리처럼 들리는데요. 희생 제물처럼요."

래시터가 말했다. "만약 피해자의 피가 아니라면요?"

"그러면 다른 사람의 피겠지요. 어쩌면 데이터베이스에서 찾을 수 있을지도 모릅니다." 데커가 잠시 멈추더니 말을 이었다. "인간의 피가 아닐 가능성도 있고요."

래시터와 그린은 경악한 눈치였다.

그린이 물었다. "왜 그렇게 생각하죠?"

"내가 그렇게 생각한다는 말이 아닙니다. 그냥 동물의 피를 받아 옮겨놓는 쪽이 수월하다는 얘깁니다. 인간보다는요. 이쪽으로 차를 타고 올 때, 암소, 염소, 그리고 돼지를 키우는 농장 몇 곳을 지나왔습니다. 나는 단순한 가능성을 제기했을 뿐입니다. 자 이제, 지하실 남자 말인데, 그쪽 소속입니까?"

래시터가 뭐라고 말하려 했지만 이번에는 그린이 선수를 쳤다. "아니요, 아니었습니다. 그렇지만 남자가 입은 옷은 저희 제복이 **맞습니다.**" 이어 덧붙였다. "중요한 질문은, 제복이 도대체 어디서 났을까 하는 겁니다. 우리는 집주인을 추적하는 중입니다. 두 남자 모두 신분증이 없었습니다."

대화를 나누는 동안 래시터는 굳이 분노를 숨길 생각도 없는 듯한 표정으로 동료를 보고 있었다. 그린에게 몸을 기울이긴 했지만, 데커와 재미슨이 명확히 들을 수 있는 목소리로 말했다. "마티, 우리는 이 두 사람을 용의선상에서 배제하지 않았어요."

동료를 쳐다본 그린의 표정에서 자신감이 사라졌다. 그가 데커를 보며 말했다. "우리는 문제의 시각에 두 분이 어디 있었는지 확인해야 합니다."

데커가 고개를 끄덕였다. "우리는 어젯밤 6시에 여기 왔습니다. 도착 직전에 가스를 채우려고 잠깐 차를 세웠는데, 신용카드 거래 기록과 주유소의 CCTV로 확인할 수 있을 겁니다. 저녁을 먹은 후에 나는 뒤편 현관으로 나왔습니다. 이미 어두워져 있었습니다. 잠시 후 앰버의 딸이 밖으로 나왔고, 알렉스는 안에서 언니와 이야기를 나누고 있었습니다. 8시 15분쯤, 내가 불꽃을 보고 뒷집으로 달려가서 시신들을 발견했습니다. 몇 분 후 알렉스가 911에 신고 전화를 했습니다. 경관들이 바로 도착했고요." 데커가 잠시 멈추었다가 말을 이었다. "나는 아래층 남자가 죽었는지 확인하려고 맥박을 짚어봤습니다. 매달린 남자한테는 굳이 그럴 필요가 없었죠. 지하실이 춥지 않았는데도 시신은 아주 차가웠습니다. 사지는 뻣뻣했고요. 콧구멍에 검정파리가 있었는데 이미 알을 낳은 것처럼 보였습니다. 하지만 체내 침입은 거의 없었습니다." 데커는 말을 멈추고 두 사람의 반응을 살폈다.

그린이 말했다. "만약 두 분의 알리바이가 확인된다면, 피해자의 사망 시각에 근거해 두 분을 용의선상에서 배제할 겁니다." 그리고 곁눈질로 동료를 흘끔 보고는 말을 이었다. "강력 사건을 얼마나 많이 다루었습니까, 데커 요원님?"

데커가 말했다. "수백 건이요. 오하이오주와 FBI에서요. 나는 지금 휴가를 보내고 있어요. 추가 인력을 원하신다면, 내가 도와드릴 수 있습니다."

재미슨이 나무랐다. "에이머스, 당신이 사건을 맡으면 어떻게 '휴가'를 보낸다고 할 수가 있어요?"

래시터가 끼어들었다. "말도 안 돼요."

데커는 그린에게서 눈길을 떼지 않았다. "이 동네에서 또 다른 살인 사건이 일어났다고 하던데요."

래시터가 날카롭게 따졌다. "누가 그런 말을 하던가요?"

데커가 되물었다. "사실입니까?"

그린이 래시터를 힐끗 보고는 고개를 끄덕였다. "불행히도, 사실입니다."

퉁- 퉁.

시체 이동 차량의 뒷문이 닫히고 신원 미상의 시신 두 구가 그곳을 떠났다. 데커와 재미슨은 순찰차와 함께 떠나는 차량을 응시했다. 폭풍이 남기고 간 미풍에 경찰이 쳐놓은 테이프가 파닥거렸다. 래시터가 집 안으로 들어갔고 그린 형사는 두 사람에게 다가갔다.

그린이 말했다. "저희는 피해자들의 지문을 확인할 겁니다. 모쪼록 신원이 밝혀졌으면 좋겠군요."

재미슨이 지적했다. "데이터베이스에 들어 있지 않은 사람이 많을 텐데요."

그린이 반박했다. "들어 있는 사람들도 많습니다."

데커가 말했다. "그럼 다른 강력 사건들에 관해 말해주시죠."

그린이 껌 포장지를 벗겨 둥글게 말아 주머니에 넣은 후 입을 오물거리기 시작했다.

그 모습을 지켜보던 데커가 말했다. "오하이오주에서 제 동료가 늘 껌을 씹었지요. 담배를 끊으려고요."

그린이 말했다. "그 암 유발자와 결별한 지 2년 됐어요. 덕분에 이젠 이가 닳아 없어지기 직전이죠."

데커가 집요하게 물었다. "그래서, 다른 강력 사건들은 뭡니까?"

"이 동네에는 문제가 많습니다. 가게들은 문을 닫고 집들은 담보로 넘어갔지요. 많은 사람이 일자리를 잃었고 앞으로 구할 가망도 없어요. 마약성 진통제 중독률이 천정부지로 치솟았죠."

재미슨이 말했다. "여기뿐만 아니라 어디나 다 그래요."

그린이 말을 이었다. "내가 어렸을 때는 광산과 제분소들이 돌아가고 있었어요. 사람들 수중에 돈이 있었죠. 아버지들은 일을 했고 어머니들은 집에서 아이를 키웠습니다. 일요일이면 다들 교회에 갔지요. 시내는 활기가 넘쳤습니다. 세월이 흘러 광산과 제분소들이 자빠지면서 죄다 무너지기 시작했습니다. 광산과 제분소에 너무 의존했던 탓이지요. 애당초 우리 도시는 이 둘 때문에 **존재했거든요.**"

재미슨이 말했다. "배런빌 말이죠? 언니한테 들은 이야기가 좀 있어요."

그린이 껌을 씹으며 고개를 끄덕였다. "오래전에, 존 배런 1세가 이 지역에서 석탄을 발견했습니다. 광산에서 일할 노동자들이 필요해서 이 시를 세웠죠. 큰돈을 벌었고, 석탄과 코크스(석탄으로 만드는 연료—옮긴이) 공장, 이어서 방직 공장, 나중에는 제지 공장까지 세웠습니다. 이후 천연가스를 발견해서 더욱더 많은 돈을 벌었죠. 저희 할아버지 말씀이 배런 1세의 평생에 잘 안 풀린 일은 단 하나뿐이었대요. 세상을 떠날 무렵 방직 사업이 잘 안 돼서 매각해야 했다는 거지요. 그것만 제외하면, 사업에 관한 한 단 한 번도 실수를 하지 않았습니다. 거대한 저택을 짓고 왕처럼 살았지요. 그렇지만 배런이 죽자 상황이 내리막길로 치닫기 시작했습니다. 사업들이 망해서 죄다 매각되기 시작했지요. 1970년대에 경제 불황이 닥치고 제조업체가 해외로 떠나자, 결국은 모두 문을 닫아야 했습니다. 잔치는 끝났고, 배린빌의 선량한 주민들은 길에 나앉아야 하는 처지가 되고 말았습니다. 이후로 줄곧 그랬지요."

조바심 나는 표정으로 데커가 물었다. "강력 사건에 관해 말해줄 겁니까, 아니면 배린빌 역사 수업을 계속할 겁니까?"

그린이 껌을 뱉고 데커를 똑바로 보았다.

"범죄 현장 두 곳에서 피해자 네 명이 발견됐습니다. 공교롭게도 사건이 일어난 지 2주도 안 됐고, 한 건은 겨우 일주일 전에 일어났죠."

데커가 잇따라 질문했다. "유사점은요? 패턴은?"

역겹다는 표정으로 입술을 일그러뜨리며 그린이 대꾸했다. "그냥 모두 기괴하다는 것뿐입니다."

재미슨이 물었다. "실마리는 없고요?"

"따라갈 만한 실마리는 없습니다. 아시다시피, 시간이 흐를수록 사건을 해결할 확률은 더 떨어지죠."

데커가 말했다. "자세한 이야기를 들려주십시오."

순간 래시터가 집에서 나와 그린을 향해 손짓했다. "마티, 와서 좀 봐줄 수 있어요?"

그린의 시선이 잔디밭을 건너 래시터를 향했다. "뭔데?"

래시터가 데커에게 눈길을 주며 대꾸했다. "**자격 없는** 사람들 앞에서 말하고 싶지 않아요."

그린이 데커를 돌아보았다. "나는 내일 아침에 서에 있을 겁니다. 우리 서는 배런 대로에 있어요. 괜찮다면 한번 들러주시죠."

데커가 지적했다. "또 배런이군요."

"여기 있다 보면 배런이라는 이름에 욕지기가 날 겁니다."

재미슨이 물었다. "여기에 남아 있는 배런 집안 사람이 있나요?"

그린이 대꾸했다. "한 명이요." 그러고는 젖은 잔디밭을 가로질러 터덜터덜 걸어갔다.

재미슨이 데커를 휙 돌아보았다. "당신이 또 살인 사건 조사에 휘말리다니 믿어지지가 않네요. 워싱턴디시에서는 목격자였죠. 펜실베이니아 애비뉴 사건은 말할 것도 없고. 여기 **펜실베이니아**주에 와서는 시신을 두 구나 발견했고요."

"이왕 여기 왔으니 살인자가 누구인지 알아봐야죠."

재미슨이 피로한 투로 물었다. "당신은 질리지도 않아요?"

"이게 내 일이니까요. 나한테는 이 일이 전부예요."

재미슨이 쏘아붙였다. "아, 더 많은 사람들이 살인 사건으로 행복을 느낄 수 있다면 얼마나 좋을까."

"알렉스, 어째 독설처럼 들리네요."

"**독설이니까요!** 한데 저 사람들이 당신을 끼워줄 것 같지가 않네요. 래시터 형사가 하는 말 들었잖아요."

"동료 경관이 하는 말도 들었어요. 그린 형사는 지금 도움을 원해요. 래시터 형사는 달가워하지 않더라도요."

재미슨이 다시 지적했다. "어쨌거나 저쪽 사람들은 우릴 반기지 않을 거예요."

"살인 사건이 여럿 일어났다면, 저들도 도움이 필요할 겁니다."

"보거트한테 전화해서 이 건에 개입하라고 요청하지는 말아요."

데커가 떠보는 듯한 눈길로 재미슨을 보았다. "그럼 **당신이** 전화하면 어때요?"

"아니, 안 돼요. 당신은 나를 이 일에 밀어 넣을 수 없어요."

"알렉스, 배런빌에서는 **최근** 살인 사건이 여섯 건이나 일어났어요. 아직 해결되지 않았고요."

재미슨이 얼굴을 붉히더니 쏘아붙였다. "나도 알아요!"

"당신 언니와 가족이 여기 살고 있지요. 최근 살인 사건은 바로 뒷집에서 일어났고요."

재미슨이 입을 쩍 벌렸다. "데거, 딩신이 죄책감 카드를 써믹으려 하다니 믿을 수가 없네요."

"사람들이 죽었어요, 알렉스."

"누가 그랬는지는 여기 경찰이 알아낼 일이에요."

"과연 그들이 해낼 수 있을지 잘 모르겠네요."

"왜요?"

"왜냐하면 두 형사는 범죄 현장에서 전혀 앞뒤가 안 맞는 점을 발견하지 못했으니까요. 내가 그걸 알아차릴 기회를 주었지만, 형사 양반들은 미끼를 물지 않더군요."

"앞뒤가 안 맞다니, 무슨 말이에요?"

"그냥 내 말을 믿어봐요. 여기 경찰이 사건을 해결할 깜냥이 되는지 잘 모르겠다, 그게 다예요."

재미슨은 뭔가 말하려고 입을 열었지만 포기하고 죽은 남자들이 발견된 집 쪽을 보았다. 이어 언니의 집을 물끄러미 보고는 길게 한숨을 내쉬었다. "알았어요, 알았다고요." 낙담한 어조였다.

"당신은 아무 일도 할 필요 없어요, 알렉스. 사건은 나 혼자 해결하게 두고 언니 가족과 함께 휴가를 즐겨요."

재미슨의 얼굴이 붉게 상기됐다. "당신 혼자 동분서주하는 걸 구경만 하고 있을 수는 없잖아요. 어떻게 그런 말을 할 수 있는지 믿어지질 않네요."

데커가 어쩔 줄 몰라 하는 표정을 지었다. "그건…… 조이 때문이에요."

"그애가 왜요?"

"조이한테서 나쁜 사람들이 당신을 해치지 못하게 해달라는 부탁을 받았거든요."

"고마워요, 에이머스, 정말이에요. 하지만 혹시 모를까 봐 하는 말인데 나는 성인 여자예요. FBI에서 훈련받은 덕에 몸 상태도 생애 최상이고 총을 다룰 수도 있어요. 내게 맡겨진 임무를 해낼 준비가 돼 있다고요."

데커가 어렴풋이 웃음을 지어 보였다.

재미슨이 따지듯 물었다. "뭐예요?"

"나도 몸 상태가 생애 최상이라고 말할 수 있었으면 좋겠네요."

"당신은 프로 미식축구 선수였잖아요. 그 당시의 몸으로 돌아간다는 건 아무래도 좀 무리일 것 같은데요. 하지만 걱정 말아요."

"무슨 뜻이죠?"

이제는 재미슨이 웃을 차례였다. "**내가 당신을** 보살펴줄게요."

프랭크가 말했다. "미친 것 같아요."

프랭크는 앰버, 데커, 그리고 재미슨과 함께 거실에 앉아 있었다. 자정이 지난 시각이지만 겨우 몇 분 전에야 귀가한 터였다. 집으로 오는 길에 프랭크는 앰버에게 전화해서 살인 사건에 관해 전해 들었다. 185센티미터 정도의 키에 탄탄한 근육질 몸매를 자랑하는 프랭크는 곱슬거리는 금발에 구레나룻을 길게 길렀다. 목깃이 벌어진 흰 정장 셔츠에 타이를 느슨하게 두르고 검은 정장 바지를 입었다. 양말은 살짝 흘러내렸고 검은 정장 구두는 코가 까여 있었다. 프랭크는 옆자리에 앉은 아내를 보호하려는 듯이 아내의 팔을 감싸 안았다.

앰버가 말했다. "텔레비전에서 살인 사건들에 관한 보도를 보고 얼마나 놀랐는지 몰라. 이렇게 작은 동네에서 무슨 이런 일이 다 있담. 괜히 여기로 왔나 싶어."

프랭크가 못 믿겠다는 표정으로 아내를 보았다. "나는 여기로 **발**

령이 난 거야, 앰버. 내가 선택한 게 아니라고."

데커가 물었다. "다른 살인 사건들에 관해 말해줄 수 있나요? 텔레비전에서 봤다고 하셨죠?"

앰버가 어깨를 으쓱했다. "지역 방송을 봤어요. 신경 써서 들은 게 아니라 자세한 내용은 몰라요. 그냥 몇 사람인가 살해당해서 경찰이 조사하는 중이라고 하더라고요. 보다가 조이가 방으로 들어오기에 텔레비전을 꺼버렸죠."

프랭크가 타이를 벗어 커피 탁자에 던지고는 목을 문질렀다. 회한에 찬 미소가 입가에 떠올랐다. "쫙 빼입고 출근하기가 아직 익숙지 않아서요." 소파에 몸을 기대며 말을 이었다. "말씀드렸듯이 이 일자리를 맡지 않았다면 켄터키에서 계속 라인 작업을 했을 거예요." 프랭크가 데커를 응시하고 말했다. "물류 센터에 들어오기 전에는 판매직에 있었어요. 그렇지만 다들 온라인 쇼핑을 선호하는 추세라 쇼핑몰들은 망해가고 있었죠. 나는 대학을 마치지 못했어요. 그래서 이러고 살고 있지요."

앰버가 격려하는 투로 말했다. "당신은 어머니가 앓아누우시는 바람에 학교를 그만둬야 했잖아, 여보. 열심히 일해서 회사에서 승진하고 있고."

프랭크가 살짝 미소 지으며 아내의 팔을 다독였다. "그래, 맞아. 어쨌든 당분간은 배런빌에 있어야 해. 돈을 거의 두 배나 벌고 훨씬 더 나은 혜택을 받잖아. 물가도 정말 싸고. 사실 그래서 대도시나 인근에 물류 센터를 안 지으려고 하는 거지. 땅값을 비롯해서 모든 게 너무 비싸니까."

재미슨이 지적했다. "음, 이런 지역은 일자리가 있으면 확실히 도움이 되죠."

"문제는 일자리를 채울 사람이 부족하다는 거야."

재미슨이 물었다. "왜죠? 사람들이 찾아가서 일자리를 달라고 마구 문을 두드릴 것 같은데요."

프랭크가 말했다. "맞아. 하지만 그들은 약물검사를 통과하지 못해. 이제는 주의 다른 지역에 사는 지원자들도 받으려는 참이야. 심지어 오하이오주 경계 너머에 사는 사람들까지."

앰버가 말했다. "우리는 그만 자는 게 좋겠어, 프랭크. 하루 종일 일하느라 피곤할 텐데. 저녁은 좀 믹있어, 어보?"

"피자를 시켜주기에 먹었어. 나는 괜찮아." 프랭크가 데커와 재미슨을 보고 수줍은 듯이 웃었다. "다시 만나니 좋군, 알렉스. 만나서 반가워요, 에이머스. 하필 여기 왔을 때 이런 끔찍한 일이 일어났네요. 안타깝습니다."

데커가 프랭크를 보았다. "경찰이 부인께는 이미 확인했는데요, 혹시 저 뒷집에서 사람을 본 적이 있습니까?"

질문을 받은 프랭크가 잠시 생각에 잠겼다. "아니요, 없습니다. 나는 앰버하고 조이보다 몇 달 먼저 여기로 들어왔어요. 이 도시를 좀 익히고, 일을 배우고, 집도 꾸며두어야 해서요. 아침 일찍 나가서 늦은 밤에야 귀가했죠. 얼마 동안은 그렇게 생활했어요. 이제는 관리 업무를 해야 하니까 배울 게 많거든요. 시간을 더 투자해야 합니다."

"거기 뒷마당에서 아무도 본 적이 없다는 거죠? 아니면 창문이나 뒷문 쪽에서도?"

프랭크가 고개를 젓고는 앰버에게 눈길을 보냈다.

이번에는 앰버가 말했다. "정말이지 뒷마당에는 나가본 적도 없어요. 집 안에서 할 일이 어찌나 많은지. 어휴, 아직도 이삿짐 상자들을 풀고 있는걸요. 경찰한테도 그렇게 말했어요."

프랭크가 물었다. "사람들이 어떻게 죽은 건가요?"

데커가 말했다. "경찰은 아직 확실히 모릅니다."

앰버가 말했다. "하지만 시신들을 발견했잖아요. 어떻게 죽었겠구나, 하고 짐작은 할 텐데요."

"그렇습니다. 하지만 들려드릴 수 있는 얘기가 아니라서요."

앰버가 아리송한 표정을 짓자 동생이 재빨리 끼어들었다. "우리는 이 수사에 협력할 수도 있어. 당연히 비밀을 유지해야 해."

"수사에 협력한다고! 하지만 나는 네가 휴가를 온 줄 알았는데."

재미슨은 언니 말에 대답하기 전에 데커에게 날카로운 눈길을 보냈다. "나도 그런 줄 알았지. 하지만 살인 사건은 스케줄에 따라 일어나진 않는 모양이야. 적어도 내 스케줄에 따라서는."

앰버가 무심결에 몸서리를 쳤다. "맙소사, 아직도 믿어지질 않아. 우리 뒷마당에서 살인 사건이 일어나다니." 이어 데커를 응시하더니 말했다. "당신은 틀림없이 이런 일에 익숙하겠지요?"

데커가 앰버와 눈길을 마주쳤다. "그렇지도 않습니다." 이어 재미슨을 응시하더니 말했다. "잠깐 드라이브할래요?"

재미슨은 데커를 잠시 멍하니 보았지만 체념했는지 고개를 끄덕였다.

* * *

그들은 차량을 렌트했다. 재미슨의 차가 소형이라 데커가 타려면 커다란 덩치를 거의 반으로 접어야 했기 때문이다. 긴 여행을 앞둔 상황이라 그리 달가운 일이 아니었다. GMC 유콘이 다리와 머리를 욱여넣기에는 공간이 훨씬 넉넉했다.

재미슨이 말했다. "**잠깐** 드라이브하자면서요. 이런, 우리가 가는 곳을 맞혀볼게요."

"그냥 다음 거리까지만 가봐요, 알렉스."

"이유 정도는 물어봐도 되죠? 이미 갔다 온 데를 굳이 다시 가는 이유요."

"그냥 봐두고 싶은 게 좀 있어요."

"그냥 걸어가도 될 텐데요."

"차로 가는 쪽이 더 편할 거예요."

데커가 길목에 붙은 표지판을 가리키며 말했다. "막다른 길이에요. 출구가 없어요."

재미슨이 한마디 했다. "흠, **막다른** 길이라, 오늘 밤 이 거리에 걸맞은 표지판이네요."

경찰은 여전히 사건 현장에서 뭔가를 하는 중이었고, 경관 하나가 차를 타고 지나가는 두 사람을 빤히 보았다. 그러나 재미슨은 경관이 반응할 짬을 주지 않고 차를 몰아 집을 지나쳤다. 거리 끝까지 가서 차를 돌려 범죄 현장에서 여섯 집쯤 떨어진 연석에 SUV를 세우고 등을 껐다. 두 사람이 지켜보는 사이에 그린과 래시터가 집 앞문에 나타났다. 현관등의 불빛이 열띤 대화를 나누는 두 경관을 비췄다.

재미슨이 하품을 하며 물었다. "혹시 당신이 봐두고 싶다는 게 저거예요?"

데커는 고개를 저었다. 여기 온 이유는 주차된 차와 거리를 확인하기 위해서였다. 이 거리의 집들에는 차고가 없어서, 차를 세울 데라곤 간이차고 아니면 길거리뿐이었다. 경찰차들과 두 사람이 탄 SUV를 빼면 거리에는 차들이 보이지 않았고, 범죄 현장 근처에는 한 대도 없었다. 데커는 거리 이쪽저쪽의 집들을 훑어보았다. 불이 들어와 있는 집은 한 곳도 없었는데 시간이 늦은 탓일지도 몰랐다.

"대부분은 사람이 살았던 집처럼 보이지 않네요."

"음, 들었다시피, 배런빌은 딱히 번잡한 동네가 아니니까요."

"범죄 현장을 드나든 사람들에 관한 정보를 우리한테 제공할 수 있는 사람이 많지 않다는 뜻이기도 해요. 범인들은 두 남자를, 죽여서든 살려서든 거기에 들어야 했어요. 저 집에는 차고가 딸려 있지 않으니, 범인들은 어느 지점에선가 노출되었을 텐데⋯⋯."

"아니면 두 남자가 제 발로 걸어 들어간 후에 살해당했을 수도 있고요."

데커는 눈을 감고, 누전 때문에 조명이 깜빡거리기 전에 보고 들은 것을 생각했다. 하늘을 날아가던 비행기. 연이어 들려온 소음. 쿵 소리와 긁는 소리. 차 시동 거는 소리. 비행기? 확실히, 사건과 관련은 없다. 기묘한 소음? 어쩌면 관련이 있을 수도. 차 소리는 시신들을 버린 후에 출발하는 소리였을까? 데커는 눈을 좀 더 질끈 감았다. 완벽한 기억력은 시각적 요소들에 가장 강력한 위력을 발휘했다. 하지만 청각 요소들의 경우에도 평균을 훨씬 웃돌았다.

재미슨이 물었다. "뭐 하고 있어요?"

자신이 들은 소음을 정확히 재생하려고 애쓰던 데커는 재미슨의 목소리가 끼어들자 인상을 찌푸렸다.

"에이머스, 이제 새벽 1시가 다 됐고 나는 녹초가 됐어요. 우리는 여기 오려고 여섯 시간도 넘게 운전을 했다고요. 아니, **내가** 여기 오려고 여섯 시간도 넘게 운전을 했죠."

데커의 인상이 부드러워졌다. "당신 언니네 집에 온 거잖아요. 우리 누나네 집에 가는 길이었다면 내가 운전했을 거라고요."

"당신 누나 두 분은 캘리포니아하고 알래스카에 살잖아요. 행선 지가 캘리포니아나 알래스카라면 차를 운전해서 가지 **않겠죠**."

"음, 우린 그쪽으로는 갈 일이 없겠네요."

재미슨은 한숨을 쉬고는 뒤로 기대앉아 운전대에 붙은 방향지 시등 버튼을 만지작거렸다. "이 일이 왜 그렇게 중요하죠? 물론 이 건 끔찍한 살인 사건이에요. 하지만 당신이 마주치는 모든 살인 사 건을 조사할 수는 없잖아요."

데커가 퉁명스럽게 물었다. "왜 그럴 수 없죠?"

재미슨이 콧김을 내뿜으며 대꾸했다. "왜냐하면 불가능하니까요."

데커가 고개를 저었다. "그냥 당신하고 내가 생각이 다른 걸로 해둡시다."

잠시 침묵이 흐른 후 재미슨이 입을 열었다. "당신은 카산드라와 몰리를 죽인 자를 알아냈어요, 에이머스. 범인들은 응당 치러야 할 대가를 치렀고요. 하지만 당신이 마주치는 모든 살인 사건을 해결 할 수는 없어요. 그건 불가능해요. 실패를 자초하는 거나 다름없다 니까요."

데커는 아무런 대꾸도 하지 않았다. 차창 밖으로 자신이 시신을 발견한 집을 응시할 따름이었다.

마침내 재미슨이 말했다. "이제 우리, 언니네 집으로 돌아가도 돼요? 아니면 나는 그냥 뒷좌석에 웅크려서 자야겠어요."

"이제 가도 돼요."

재미슨은 재빨리 차를 출발시켰다.

두 사람은 위층 손님방에 머무르고 있었다. 큰 방 하나를 둘로 나늦다고 앰버가 알려주었다. 조이가 여섯 살이 다 됐지만, 앰버와 프랭크는 아이를 더 가지고 싶어 했다. 재미슨은 아직 잠자리에 들지 않고 기다리고 있던 언니에게 간략히 이야기하고 잘 자라는 인사를 했다. 이어 두 사람은 층계를 올라가 각자 자기 방으로 향했다.

데커는 창가에 앉아 거리를 내다보았다. 고향인 오하이오와 무척 비슷해 보였다. 반쯤은 살아 있고 반쯤은 죽어 있는 곳. 실제로는 죽은 쪽에 더 가까울지도 모른다. 옷을 벗고 침대에 누워 천장을 올려다보았다. 어떤 의미에서, 어쩌면 중요한 의미에서, 재미슨은 아까 정곡을 찔렀다.

나는 카산드라와 몰리의 살인자를 몇 번이고 다시 잡으려 하고 있어. 이 일은 절대 끝나지 않을 거야. 세상에는 늘 살인자들이 있을 테니까. 그러니 이게 내 세상이다. 내 세상에 온 걸 환영한다.

0 007

이튿날 아침 데커가 막 신발을 신었을 때 휴대전화가 울렸다. 그린 형사였다.

데커가 물었다. "무슨 일입니까?"

"집 마룻바닥의 피 있잖습니까?"

"그런데요?"

"요원님 말이 맞았어요. 인간의 피가 아닙니다."

"30분 후에 뵙죠."

* * *

35분 후, 데커는 시신을 하나씩 눕혀놓은 두 개의 금속 탁자를 내려다보고 있었다. 둘 다 해부를 당했다. Y자로 절개한 부위를 접합한 호치키스 자국이 마치 가슴팍을 가로지르는 지퍼 철로처럼 보였다. 재미슨은 진이 빠진 얼굴로 데커의 오른쪽에, 그린 형사는 물기 하나 없는 눈으로 왼쪽에 섰다. 검시관은 탁자 맞은편에 있었다. 래시터 형사는 아직 나타나지 않았다.

데커가 물었다. "인간 피가 아닌 거, 확실합니까?"

남은 머리가 얼마 되지 않고 올챙이배에 회색 턱수염을 기른 땅딸막한 검시관이 고개를 끄덕였다.

"어젯밤에 검사했습니다. 아니 더 정확히 말하자면 오늘 아침에, 내가 당직을 서고 있을 때요." 검시관이 하품을 하고 말했다. "간단한 검사죠. 인간 혈액의 특정 성분이 없어요. 그렇지만 혈액은 **맞아요**. 아마도 합성 피라기보다는 동물의 피겠죠. 검사를 좀 더 해서 정확히 뭔지 알아낼 겁니다."

그린이 말했다. "그렇다면 누군가, 거실에 목매달린 남자 밑에 다량의 동물 피를 쏟아부은 거군요."

데커가 물었다. "교살당한 것은 **사실입니까?**"

검시관이 고개를 끄덕이고 대답했다. "모든 신호가 그걸 가리킵니다. 목의 묶음실징후와 터져버린 눈의 모세혈관도요."

데커가 멍하니 내뱉었다. "눈 공막의 점상출혈."

순간 그린 형사의 눈빛이 날카로워졌다.

데커는 검시관의 도움을 받아 시신 하나를 모로 눕히고 등을 응시했다. "이쪽이 목매달렸던 남자입니까?"

그린이 대답했다. "그렇습니다."

데커는 시신을 다시 바로 눕히고 남자의 발, 귀, 손, 그리고 고환을 점검했다. 얼굴이 저절로 찌푸려졌다.

재미슨이 물었다. "뭐예요, 데커?"

그 질문은 듣지도 못한 듯 데커가 말했다. "양손은 묶여 있지 않았습니다. 한데 방어흔이 보이지 않네요. 목을 매달려고 하면 보통

저항을 할 텐데요. 이 남자는 덩치가 크고 꽤 건강했던 것으로 보이고요."

검시관이 죽은 남자의 뒤통수 쪽을 가리켰다. "여기에 타박상이 있습니다. 둔기에 의한 외상이죠. 기절한 다음에 목이 매달린 것 같습니다. 그러면 속박할 필요가 없지요."

역시 모로 눕힌 둘째 시신에 눈길을 꽂은 채 데커가 물었다. "그럼 이쪽은요? 이 남자의 입에는 거품이 있었습니다. 보통은, 익사를 의미하죠. 아니면 독극물에 당했거나요."

검시관이 말했다. "독극물 검사를 하고 있습니다. 하지만 폐에는 물이 없으니 익사는 배제됩니다. 약물 과용일 수도 있겠죠. 하느님도 아시겠지만 이 동네에는 그런 일이 넘쳐나니까요. 이곳의 시신 냉동고는 스무 구를 수용합니다. 예전에는 꽉 차는 일이 절대 없었어요. 그런데 마약성 진통제 사태가 쓰나미처럼 덮쳐오는 바람에 시에서 냉동 트레일러를 따로 구입해야 했지요. 주차장에 두었는데 이제는 그것도 늘 가득 차 있는 형편이에요. 내가 모든 시신을 해부하기는 불가능합니다. 시간이 충분하지 않거든요. 팔에 바늘이 꽂혀 있는 시신이 실려오면, 그걸로 바로 사인을 판정합니다."

데커는 믿어지지 않는다는 눈길로 잠시 검시관을 보았다. 하지만 검시관은 알아차리지 못한 눈치였다.

시신을 도로 눕힌 데커가 말했다. "천장에 목이 매달린 남자는 약물 과용으로 설명이 되지 않습니다. 피를 봐도 그렇고요."

그린이 동의했다. "맞아요, 그렇죠."

방으로 들어오는 문이 열리고 전날 밤과 동일한 옷차림을 한 래시터 형사가 걸어 들어왔다. 집에 들어가지 않은 모양이었다.

그린이 말했다. "도나, 눈 좀 붙였어야지."

래시터는 그린을 보고 있지 않았다. 데커와 재미슨을 빤히 보고 있었다.

"우리가 합의를 한 줄 알았는데……."

그린이 검시관을 돌아보며 말했다. "동물 피라는 얘긴데…… 이 걸로 뭘 알 수 있을까요?"

검시관이 어깨를 으쓱했다. "나는 그냥 사람들이 어떻게 죽었는지만 알아낼 뿐입니다. 조사관은 여러분이죠." 이어 데커를 보고는 씨익 웃으며 말했다. "나는 법의학자가 아닙니다. 법의학자는 수가 많지 않고 비용은 아주 많이 들죠. 이런 작은 시에서는 감당할 수 없고요. 나는 은퇴를 앞둔 동네 의사일 뿐입니다. 비뇨기과 전공이죠. 이 일은 시간제로 하는 겁니다. 그렇지만 주에서 지정해준 강좌를 들어야 합니다. 교육도 정기적으로 받아야 하고요."

"그런 정도로는 부족할 것 같은데요." 데커의 말에 검시관이 살짝 얼굴을 찌푸렸다.

데커가 그린을 돌아보았다. "피는, 일종의 상징일까요? 메시지? 의식?"

그린이 대답했다. "아직은 알 수 없죠."

래시터가 등 뒤로 문을 닫고 탁자로 다가오더니 데커 바로 옆에 섰다. 데커는 미처 의식하지 못하는 듯했다.

데커가 물었다. "이 남자들의 신원은 확인했습니까?"

그린이 말했다. "지문자동검색시스템을 돌려보았습니다. 일치하는 결과가 나오지 않았어요. 물론 시스템이 완벽하진 않습니다. 만약 이들이 범죄자들이었다면 체포된 적이 없다는 얘깁니다."

데커가 말했다. "다른 데이터베이스도 돌려보세요. 일반인들이 취직 같은 일로 신원조회를 받는 경우가 있으니까요."

래시터가 말했다. "그거라면 이미 하고 있어요."

데커가 몸을 돌려 바로 뒤에 서 있는 형사를 보았다.

형사는 하이힐을 신었는데도 데커보다 30센티미터 가까이 작았다. 데커는 형사를 내려다보고 형사는 데커를 올려다보았다.

"좋아요." 데커는 시신들을 보려고 다시 몸을 돌려 말했다. "두 남자가 사건이 일어난 집하고는 아무 관련이 없다고 봐도 되겠죠? 주인은 아닌 걸로?"

래시터가 불쑥 내뱉었다. "그걸 어떻게 아세요?"

데커가 말했다. "집주인이라면 신원이 확인됐을 테니까요. 그런데 **실제** 집주인이 누구죠?"

그린이 대꾸했다. "은행입니다. 담보가 잡혀 있었어요. 전 주인은 융자를 갚지 못해서 거의 1년 전에 이곳을 떠났죠. 집은 버려진 거나 다름없습니다."

데커가 말했다. "하지만 집에 전기가 들어와 있었을 겁니다. 피로 인해 누전이 일어났으니까요. 상당히 오랜 시간이 지났는데 왜 아직도 전기가 들어올까요?"

그린이 대답했다. "그게, 우리 시에는 불법 거주자들이 있어서요. 버려진 집들에 몇 주나 몇 달씩 들어와 살고, 불법으로 전기를 연결해 쓰죠. 더러 은행이 집을 빌려줄 때도 있어요. 팔리기 전까지 수익을 좀 올리려고요. 그러면 전력 공급을 해야 할 겁니다."

재미슨이 물었다. "은행 쪽이 그 집을 세놓은 적이 있나요?"

"확인 중이지만, 그렇지는 않은 것 같습니다."

데커가 말했다. "동네가 텅 빈 거나 다름없어 보이더군요. 거리에 주차된 차가 하나도 없던데요."

그린이 말했다. "주변에 수상한 것은 전혀 없습니다. 배런빌은 인구의 거의 절반을 잃었어요. 광산과 제분소들과 공장들이 모두 크랭크를 돌리던 시절에는 두 배나 많은 사람들이 살았어요. 지금의 에리 규모였죠. 하지만 더는 아닙니다.”

데커가 말했다. “요는, 우리를 도울 수 있는 사람이 많지 않다는 거군요.”

그린이 말했다. “그 거리에는 사람이 살고 있는 집이 겨우 세 채밖에 안 됩니다. 나와 도나가 한 집씩 맡아 진술을 들었는데 전혀 보지도 듣지도 못했다더군요. 또 어젯밤 이전에는 문제의 집에서 아무런 움직임이 없었답니다.”

데커가 말했다. “아무것도요?”

그린이 대꾸했다. “그분들 말에 따르면요.”

재미슨이 물었다. “주민들 중 누군가 연루되었다고 의심할 만한 구석은 없나요?”

래시터가 대답했다. “마틴 부인은 연세가 있는 여자분인데 배런빌에서 평생을 살아왔어요. 사실 그분은 내가 잘 알아요. 저희 주일학교 선생님이셨거든요. 둘째 집은 프레드 로스라는, 휠체어에 앉은 나이 든 남자분이 주인이에요. 마지막 집은 범죄 현장하고 가장 가깝지만, 거기 사는 남자분인 댄 본드 씨는 눈이 멀었어요. 나는 본드 씨하고 이야기를 했고, 제 동료는 마틴 부인하고 이야기를 했어요. 제 생각엔 두 분은 용의선상에서 배제해도 문제없을 것 같은데요.”

데커가 다시 몸을 틀어 래시터를 마주 보았다. “왜 그렇죠?”

래시터가 눈을 깜빡였다. “빤하다고 생각지 않으시나요?”

데커가 그린을 응시했다. “살인 사건 수사에는 빤한 것들이 몇 가지 있습니다. 한 차례의 접촉이나 가정을 바탕으로 누군가를 용의선상에서 배제하는 일은 거기 속하지 않습니다."

래시터의 얼굴이 붉어지고 보기 싫게 일그러졌지만 데커는 개의치 않았다.

"그래서 본드 씨와 마틴 부인은 신문을 받았군요. 프레드 로스 씨하고는 왜 아직 이야기하지 않았지요?"

그린이 말했다. "당시 집에 없었거든요. 뭐 그래도 확인하려던 참입니다."

데커가 물었다. "죽은 남자가 입고 있던 경찰 제복이 어디서 나왔는지 혹시 짐작 가는 바가 있습니까?"

"전혀요. 우리가 아는 한 그 어떤 제복도 함부로 유출될 수 없습니다."

재미슨이 말했다. "그럼 제복은 어디서 났을까요?"

분노를 억누르지 못하는 기색으로 래시터가 끼어들어 말했다. "확인 중인 사항이에요. 우리가 제비뽑기로 경찰이 되진 않았어요. 잘 아시겠지만."

데커는 그 말을 무시하고 지하실에서 발견된 남자의 어깨 부위 한 지점을 가리켰다. "저건 뭐지요?"

검시관이 말했다. "제 보고서에 적었습니다. 어쩌면 뭔가를 붙였다가 나중에 뗀 자국인지도 모릅니다."

"뭘까요?"

"뭐든 가능합니다. 예를 들자면 의료용 패치라거나. 아니면 금연 패치일 수도 있고요."

재미슨이 물었다. "흡연자였나요?"

"폐에 흡연으로 인한 손상이 약간 보입니다, 맞아요. 내가 추정하기로 아직 40대가 안 되었으니까, 금연을 했다면 폐가 재생될 가능성이 높습니다."

그런이 말했다. "그건 중요하지 않을 것 같군요."

검시관이 말했다. "독소 검사를 해보면 뭐가 있었는지 알 수 있겠죠. 그게 의료용 패치이고, 약물이 여전히 체내에 남아 있다면 말이죠. 패치를 뗀 지가 오래됐다면 약물은 체내에서 빠져나갔을 겁니다."

데커가 시신을 자세히 들여다보고는 말했다. "그렇다면, 중요한 질문은 이거군요. 사망 시각은 확정했습니까?"

검시관이 말했다. "내가 집으로 들어갔을 때는 둘 다 사지가 뻣뻣했으니, 강직 상태였습니다. 내 생각으로는 죽은 지 20시간 이상이 지난 듯합니다. 실제로는 강직이 **풀리고** 있었을 가능성도 있으니까요. 나중에 더 확실히 알 수 있겠죠."

"심부 체온은 측정하셨습니까?"

검시관이 짜증 섞인 투로 말했다. "제 장비에 뭔가 문제가 생겼습니다. 이상한 숫자를 내놓지 뭡니까."

"아주아주 낮은 온도가 나왔다는 뜻인가요?"

검시관이 놀란 표정으로 말했다. "맞습니다. 어떻게 아셨죠?"

"그래서, 심부 체온도 모르는 상태에서 20시간 이상 지났다는 최종 판정을 내리신 겁니까? 확신하세요?"

검시관은 데커가 자신의 판단을 의심한다고 여겼는지 표정에 분노가 어렸고 말투도 딱딱해졌다. "그래요, 확신합니다. 음, 그 남자들은 죽은 지 적어도 20시간은 지난 상태였습니다. 왜죠?"

"또, 시신들이 이동되지 않았다고 확신합니까?"

검시관이 시신들을 잠깐 보고는 다시 데커를 응시했다.

"그래요, 제 말은, 거의 확실합니다. 왜 그러시죠?"

"당신은 최소한의 요구 수준을 넘어 검시 강좌를 추가로 들어야겠습니다. 사후 부검을 할 필요가 없는 일을 찾아보는 게 더 좋겠지만요."

검시관이 욱해서 따져 물었다. "도대체 뭐라고 떠드는 겁니까?"

"제 생각엔 무척 명확히 말씀드린 것 같은데요." 데커가 그린을 돌아보고 말했다. "그런데, 우리가 이 조사를 계속해도 되는 겁니까? 같이 일하는 건가요?"

호기심 어린 눈길로 잠시 데커를 응시하던 그린이 말했다. "당신은 **모든 것**을 우리에게 보고해야 합니다. 예외는 없습니다."

데커가 재빨리 말했다. "동의합니다."

그린이 물었다. "이 일을 실제로 어떻게 진행하고 싶습니까?"

데커가 대꾸했다. "다뤄야 할 사건 현장이 많으니, 2 대 2로 하죠. 두 팀이 범죄 현장 한 곳씩을 맡을 수 있으니까요."

래시터가 끼어들었다. "좋아요, 나는 당신하고 같이 가고 당신 동료는 마티하고 같이 가면 되겠군요."

재미슨이 놀란 얼굴로 이의를 제기했다. "왜죠? 당신은 당신 팀이 있고 우리는 우리 팀이 있는데."

래시터가 대꾸했다. "그래야 양쪽이 조사하는 상황을 다 알고 최신 정보를 얻을 수 있을 테니까요. 장황한 보고서를 올리거나 질질 끌거나 이미 했던 설명을 반복하는 일은 없어야 해요. 시간과 노력을 낭비하지 않을 수 있죠."

"나는 좋습니다." 딴 데 정신이 팔린 투로 대답하는 데커를 재미슨이 재빨리 흘끗 보았다.

시체안치소를 나설 때, 재미슨이 래시터를 자기 옆으로 슬쩍 끌어당겼다.

"그냥 알아두시라고, 제 동료는 같이 일하기가 좀 힘들어요."

래시터가 대꾸했다. "나를 믿으세요. 나는 그걸 스스로 알아냈거든요."

"아니요, 나는 형사님이 전체 상황을 제대로 파악한 것 같지 않아요."

"음, 마티도 항상 좋은 동료는 아니에요. 하지만 우리 여자들은 남자들 영역에 있잖아요, 맞죠? 우리는 이런 상황에 대처하는 법을 배우게 되죠."

이 예기치 않은 말에 재미슨은 웃음 지었다. "형사님이 한 말 중에 내가 처음으로 동의하는 말이네요."

"앞으로는 더 많아졌으면 좋겠네요."

0 008

범죄 현장 2호.

데커는 머릿속으로 그렇게 지정했다. 바로 자동차 정비소였다. 살인이 일어날 거라고 예상할 법하지 않은 장소다. 따지고 보면, 살인에 관해 예상할 법한 것은 전혀 없다. 데커와 래시터는 차에서 내렸다. 이 래시터의 차는 연푸른빛 4도어 프리우스인데, 데커 같은 덩치 입장에서는 다리를 뻗을 공간이 넉넉지 않았다. 자기네 부서에는 형사들에게 차를 제공할 예산이 없다고, 오던 길에 래시터가 말했다.

데커가 말했다. "혹시나 해서 말씀드리지만, 나는 여기까지 오는 길에 적어도 여섯 건의 마약 거래 현장을 목격했습니다."

래시터가 대꾸했다. "일곱 건이죠. 뒷좌석에 어린 여자애를 태운 애 엄마를 못 보셨군요. 아이를 어린이집에 내려주기 전 마지막 신호등 앞에서 남자한테 약을 사고 있었죠."

데커가 말했다. "그런데 못 본 척한 겁니까?"

"눈에 띄는 마약 거래를 모두 적발하려면 나는 먹을 시간도, 잘 시간도 없을걸요. 심지어 화장실도 못 가요. 공교롭게도 내가 아는 여자예요. 지금은 약을 하지 않아요. 나중에, 집에서 할 거예요. 남편이 같이 있을 때."

"이 동네에서 즐겨 찾는 약물은 뭡니까?"

"예전에는 옥시콘틴이었다가 이후 펜타닐이 됐어요. 펜타닐이 훨씬 강력한데도 지금은 헤로인으로 옮겨갔고요."

"틀림없이 이곳 범죄율에 영향을 미치겠군요."

"중독자들은 약을 살 수 있는 현금을 얻으려고 이웃집을 털어서 장물들을 팔아요. 아니면 아들이 엄마의 은행 계좌를 털기도 하고요. 아니면 할머니가 손녀의 돼지저금통을 훔치기도 하고. 그런 미친 짓이 매일 일어나죠."

"헤로인 1그램은 대략 50달러에 살 수 있고, 음, 길거리에서 개당 80달러에 거래되는 펜타닐이나 옥시콘틴 알약보다 오래 지속되기 때문에 더 인기가 많겠죠?"

"젠장, 이제는 그걸 사려고 밖에 나갈 필요도 없어요. 바로 집까지 배달해주니까. 피자처럼. 아니면 약국에서 구하거나 지역 보이스카우트 지도자한테 얻기도 해요. 아니면 인근의 약물 공급선을 통해 배급받거나요. 가루로 만들어서 코로 흡입하기도 하고 주사를 놓기도 하죠. 심지어 약효를 높이려고 펜타닐 패치를 살갗에 붙이는 대신 그냥 씹기도 해요."

"어쩌면 죽은 남자의 몸에 남은 흔적은 펜타닐 패치 때문일 수도 있겠네요."

래시터가 고개를 끄덕였다. "그럴 수도 있죠. 우리 동네 마약 과용 비율은 작년에 비해 70퍼센트 가까이 뛰었어요. 우리가 조사한

최근 열 건의 경우 중독자의 나이대가 예순다섯 이상이었죠. 누군 가는 그걸 '러스트 벨트(미국의 퇴락한 공업 지대—옮긴이)형 은퇴'라 고들 한다더군요."

"나는 오하이오에서 마약성 진통제 문제가 심각해지기 전에 경찰직을 떠났습니다. 그때도 이미 우리는 마약성 진통제를 좀비 아포칼립스라고 불렀죠."

"그래서 우리는 나르칸(마약성 진통제 과다 복용자를 응급 치료하는 데 사용하는 비강 스프레이 옮긴이)을 항상 가지고 다니죠."

"마약 과다 복용자를 회생시키려고?"

래시터가 고개를 끄덕였다. "시에서는 착한 사마리아인 법을 통과시켰어요. 그래서 약물 과용을 신고할 경우 곤란한 상황에 처하지 않죠. 신고자 역시 약물을 하고 있다 해도요. 우리가 아까 지나온 여자요? 남편이 집에 늘 나르칸을 두고 있어요. 시의 재활원에서 나눠주기 시작했죠. 어떤 사람들은 그게 마약을 합법화한다고 비난해요. 하지만 나는 우리가 이 문제를 해결할 때까지 사람들을 살려두는 편이 낫다고 생각해요. 중독자들은 1개 대대 규모나 되는데 우리한테는 침대 스무 개를 구비한 재활 센터밖에 없거든요. 도저히 이해가 안 가요. 제 생각엔 이 도시가 그냥 질려버린 것 같아요. 누가 죽든 말든 관심도 없는 사람들이라 가뜩이나 빠듯한 세금을 중독자에게 쓰고 싶어 하지 않죠. 메타돈 치료 센터라는 말을 들으면 메타돈이 중독을 치료하는 데 쓰는 약물이 아니라 메스칼린 중독자들이 뽕 가려고 복용하는 것인 줄 안다니까요. '이런' 사람들이 자기들 주변에 있는 걸 원치 않고, '이런' 사람들이 자기 식구가 될 수도 있다는 사실을 이해하지 못하죠. 그런 작자들은 죽게 놔두라고, 없어지면 차라리 다행이라고 말하는 사람들도 있어요."

"하지만 형사님은 그렇지 않은가 보죠?"

"이건 저한테는 무척 민감한 주제예요, 데커. 아니요, 나는 인간한테 잘 죽었다고 말하지 않아요."

데커가 물었다. "혹시 가족분이?"

래시터가 무뚝뚝하게 대꾸했다. "그 얘긴 하지 맙시다."

정비소 문 앞에 다다랐을 때 데커가 물었다. "형사님이 어릴 때 마틴 부인이 주일학교 교사였다고 했죠?"

"맞아요. 나는 대학을 필라델피아에서 나왔지만요. 템플대학에서 형사행정학을 공부했죠. 여기 돌아와 경찰에 들어가서 4년간 순경으로 일한 후 형사로 승진했어요."

"꽤 고속 승진을 하셨네요."

"죽어라 일했으니까요."

"분명 그러셨겠죠. 남자들이 그래야 했던 것보다."

"제 비위 맞춰줄 필요 없어요, 데커."

"범죄가 일어난 이후 정비소를 폐쇄했나요, 아니면 원래 닫혀 있었나요?"

"여길 운영하던 남자가 60만 달러짜리 복권에 당첨되자마자 도시를 떴어요."

"열쇠 있어요?"

래시터가 주머니에서 열쇠를 꺼내 앞문을 열었다.

작은 손님맞이 공간이 있고, 문이 달린 유리벽 너머로 세 개의 정비 구역이 보였다.

"좋아요, 저한테 단계별로 설명해주시죠."

"우리는 도둑이 들었다는 신고 전화를 받았어요. 출동한 제복 경관들이 시신을 발견했어요."

"신고 전화를 한 사람은 누구였습니까?"

"이름은 밝히지 않았어요. 추적하려 했지만 실패했죠."

"이상한 일이군요. 보통 사람들은 추적 불가능한 전화를 갖고 있지 않을 텐데요. 시신들이 발견된 장소는 어디입니까?"

래시터가 데커를 정비 구역으로 인도했다.

래시터가 현장을 가리켰다. "첫 번째 희생자는 이 정비 구역의 기름 웅덩이에서 발견됐어요."

"사인은요?"

"두부에 난 총상이 결정적이었죠."

"신분은요?"

"마이클 스완슨. 30대 초반의 흑인. 하급 길거리 마약상. 고등학교를 졸업하자마자 이 업계에 뛰어들었죠. 잡범으로 체포된 전력이 있어요. 지역 유치장에 짧게 두 차례 순회공연을 다녀왔죠. 그렇지만 심각한 짓은 저지르지 않았어요. 우리가 아는 한 마지막 주소지는 시 외곽의 아파트였어요. 월세가 아주 싼 구역이었죠."

"두 번째 시신은요?"

래시터가 차량의 엔진 블록을 들어올리는 기계로 데커를 데려갔다.

"사슬에 감겨서 여기 매달린 채로 발견됐어요."

"사인은요?"

"스완슨하고 동일해요. 하지만 이마에 표식이 찍혀 있었어요."

"표식이라니, 어떤 종류의?"

"마음의 준비 됐어요?"

"아마도요."

"불꽃 모양이었는데, 다만 위아래가 거꾸로였죠."

"횃불 말이죠? 그리스 신화에 나오는 죽음의 신, 타나토스의 상징이군요."

래시터의 입이 쩍 벌어졌다. "그걸 어떻게 알았어요?"

"예전에 책에서 본 적이 있습니다. 그림이 있는. 피살자는 누구죠?"

"브래들리 코스타. 서른다섯 살, 백인. 비교적 근래에 이곳으로 이사 왔어요. 배런빌 내셔널 뱅크에서 일했고요. 전무였죠."

"30대 남자치고는 퍽 높은 직책이네요."

"월가 출신이고 경력이 탄탄했어요. 여기서 보기 힘든 유형이죠. 야심이 큰 사람이었다고들 하더군요."

"스완슨하고는 어떤 관계가 있나요?"

"우리가 입증할 수 있는 바로는 없어요. 스완슨의 고객이었을지도 모르죠. 은행가라고 마약을 하지 않는단 법은 없으니까. 코스타의 직업을 감안하면, 돈세탁이나 회계 비리 같은 범죄를 짐작해볼 법하죠. 하지만 아무런 실마리도 발견하지 못했어요. 스완슨이 돈세탁이 필요할 정도로 현금을 넉넉히 모았을 것 같지도 않고요."

데커가 공간을 둘러보면서 말했다. "그런데도 둘이 함께 이곳에서 최후를 맞았군요. 두 남자가 어떻게 이곳에 왔죠?"

"몰라요. 우리가 알기로 코스타는 가족이 없었지만, 은행의 상사가 실종 신고를 했어요. 스완슨은 아무도 신고하지 않았고요. 내 짐작엔 스완슨은 자기가 속한 무리에서 자주 사라진 모양이에요. 확실히 주류는 아니었죠."

데커가 바로잡았다. "주류라는 게 **남아 있다면** 말이죠?"

"맞아요."

"뭔가 유용한 실마리라도?"

"지문이 전혀 없어요. 사용된 탄약통 같은 것도. DNA가 담긴 버려진 꽁초도. 피해자들의 혈흔만 남았을 뿐이죠."

"그들이 여기서 살해당했다고 확신하는 건가요?"

"피가 뿌려진 흔적에 따르면 그래요. 검시관 말로는 여기서 총상이 생기고 출혈이 일어났다고 보기에 충분한 피가 있대요."

"내가 오늘 만난 검시관 말인가요?"

"그래요, 찰리 덩컨. 왜요?"

데커는 대꾸하지 않았다.

래시터가 물었다. "당신은 그 사람이 강좌를 더 들어야 한다고, 아니 아예 검시라는 업을 그만둬야 한다고 했는데, 무슨 뜻이죠? 그가 확정한 사망 시각이 틀렸다고 생각하세요?"

"덩컨은 두 가지 앞뒤가 안 맞는 점을 놓쳤어요. 중대한 오류입니다." 데커가 래시터를 돌아보고 말했다. "형사님과 동료 역시 마찬가지죠."

래시터가 방어적인 말투로 물었다. "예를 들면 뭐죠?"

"습한 지하실에서 스무 시간 넘게 있었고 사후경직이 진행된 시체에 파리 몇 마리와 부화되지 않은 알 몇 개만 있다, 이건 사리에 맞지 않죠. 검정파리는 시체의 위치를 파악해 사망 후 몇 분 내에 도착할 수 있습니다. 위층에 매달린 시신에서는 검정파리가 한 마리도 보이지 않았습니다. 지하실의 시신에는 겨우 몇 마리밖에 없었고요. 검정파리 한 마리당 알을 200개 이상 깔 수 있고, 알들이 구더기가 되기까지는 여덟 시간에서 스물네 시간이 걸립니다. 그래서 처음 현장에 도착한 경관한테 내가 관찰한 사실이 범죄과학적으로 불가능하다고 말했던 겁니다. 곤충 침입이 극도로 적고 알은 하나도 부화하지 않은 뻣뻣한 시체? 한데 검시관은 경직에만 초점을 맞추고 곤충학적 사실, 신체 부패의 결여, 심부 체온 같은

요소에는 신경을 쓰지 않았어요. 시신이 왜 그렇게 차가운지, 즉 왜 실온보다 낮은지를 알아내려고 더 깊이 파헤치는 대신 자기 장비가 맛이 가서 심부 체온을 잘못 쟀다고 가정했습니다. 유능한 검시관은 전체를 보아야 합니다. 모든 것은 다른 모든 요소에 영향을 미치죠. 이런 점을 모두 감안하지 않으면 수사는 엉망이 되고 나쁜 놈이 멀쩡하게 걸어 나가게 됩니다."

래시터는 데커의 말에 충격을 받은 얼굴이었다. "좋―아요." 래시터가 느릿느릿 말했다. "당신이 무슨 말을 하는지는 알겠어요. 하지만 시신들은 실내에서 발견됐어요. 그래서 파리 수가 적은 게 아닐까요?"

"그럴 수 있어요. 하지만 검정파리가 어떤 곳까지 들어갈 수 있는지 알면 놀랄 겁니다. 여기는 빈틈과 구멍이 아주 많은, 오래된 지하실이 딸린 텅 빈 집이죠. 장담하건대, 시신이 지하실에 20시간 이상 있었다면 검정파리들은 거기 들어가고도 남았을 겁니다."

"**둘째**로 앞뒤가 안 맞는 점은 뭔가요?"

"혈액 강하, 다른 말로는 사반이라고 하죠. 심장이 펌프질을 멈추고 신체 내부에서 부패가 시작되면 혈관은 다공성을 띠고 혈액은 중력에만 반응해 가장 낮은 지점을 향합니다. 목매달린 남자의 경우 손가락 끝, 귓불, 그리고 발에 혈액이 모인다는 뜻입니다. 심지어 사후 발기 현상이 나타날 수도 있어요."

"뭐요? 사후 발기라고요?"

"왜냐하면 수직으로 세워진 상태에서 죽으면, 혈액은 고환에도 모이기 때문이죠. 물을 채운 풍선처럼요. 심장이 더는 혈액순환을 하지 않으니까, 일단 거기 도착한 혈액은 빠져나갈 방법이 없죠. 시체안치소에서 내가 목매달린 남자의 시신을 확인했을 때 남자의 등에 그런 자국이 있었습니다. 거기서 스무 시간 넘도록 매달려 있던 게 사인이 아니라는 뜻이죠."

"그럼 다른 데서 살해당한 후 옮겨졌다?"

데커가 고개를 끄덕였다. "검시관은 이와 관련해 아무 말도 하지 않았죠. 아예 몰랐든가 아니면 일을 엉망으로 한 겁니다."

"돌아가서 검시관한테 확인해봐야겠어요."

"행운을 빕니다. 한데 왜 남자들을 여기서 죽이죠?"

"버려진 집이니까요. 기름 웅덩이가 있었고. 누군가를 목매달 장비도."

"아, 그게 아니라 왜 배런빌일까요?"

0 009

한 식탁에서 두 사람이 산탄총에 맞아 죽었다. 방금 그린이 재미슨에게 알려준 바에 따르면 그랬다. 최후의 만찬이 따로 없었다. 두 사람은 죽은 남자들이 발견된 집과 매우 비슷해 보이는 집에 와 있었다.

그린이 껌을 씹으며 말했다. "내가 본 것들 중에 가장 망할 놈의 광경이었습니다. 바로 거기 앉아서, 빵!! 두 사람 다 즉사했다고, 검시관이 그러더군요. 가까운 거리에서 산탄총에 맞으면 보통 그렇게 되죠."

"피해자들이 여기 살았나요?"

"저희가 알기로는 아닙니다. **법적으로는** 아무도 여기에 살지 않았어요. 이 집도 은행 소유였죠."

"두 사람의 관계는요?"

그린이 경찰관 수첩을 확인한 후 대답했다. "우리가 아는 바로는 없습니다. 살아온 길도 달랐고요. 서로 엮일 일이 없었어요."

"피해자들에 관해 알려주세요."

"조이스 태너는 백인이고 쉰세 살이었습니다. JC 페니가 문을 닫기 전까지 거기서 일했죠. 사망 당시 실업자였어요. 이혼했고 아이는 없었고요. 전남편은 오래전에 여길 떠났습니다. 아직 소재를 알아보는 중이긴 하지만, 이 일과 관련이 있다고 믿을 만한 이유는 없어요. 토비 배벗은 백인으로 마흔 살이었고 업무상 재해로 장애가 생겼습니다."

"배벗힌데는 가족이 있었나요?"

"결혼한 적이 없고, 우리가 알아낸 바로는 아이도 없었어요."

"두 사람 다 배런빌 출신인가요?"

"아니요. 배벗은 한 6년 전에 피츠버그에서 이사 와서 에어컨 부품 제조 공장에서 일했습니다. 공장이 문을 닫은 후로는 이런저런 잡일을 했고요."

"태너는요?"

"부모님이 코네티컷에서 자동차 사고로 사망했어요. 숙모와 삼촌과 함께 한 40년 전에 여기 눌러앉았죠. 두 분이 여기서 태너를 키웠는데 그분들도 돌아가셨죠." 그린이 한마디를 덧붙였다. "자연사였고요."

"두 사람이 여기서 죽은 이유가 뭘까요. 짐작 가는 거라도?"

"없어요. 사건이 일어난 후 우리는 이 동네를 조사했어요. 요원님도 보면 알겠지만, 이 주변에는 무언가를 보았을 만한 사람이 많지가 않아요. 아무 실마리도 없죠."

"두 사람은 저녁 식사를 하던 중이었나요?"

"아니요. 강제로 의자에 앉혀진 다음 총에 맞은 것 같습니다."

재미슨이 물었다. "다른 흥미로운 점은요?"

그린이 여전히 살인 사건의 혈흔이 남아 있는 벽을 가리켰다. "살인자는 마커로 뭔가를 저기에 썼어요. 우리는 그걸 도려내서 증거로 보관하고 있죠."

"뭐였죠?"

"성경 구절이요."

"어떤 구절입니까?"

"잘 알려진 대목은 아니에요. 나는 독실한 감리교도입니다. 매주 일요일이면 교회에 가죠. 그런데도 성경을 찾아보고서야 알 수 있었어요."

그린이 수첩을 내려다보더니 몇 페이지를 팔락팔락 넘겼다. "**사환들아 범사에 두려워함으로 주인들에게 순종하라. 부당하게 고난을 받아도 하느님을 생각함으로 슬픔을 참으면 이는 아름다우나⋯⋯.**"

그린이 수첩을 덮고 재미슨을 올려다보았다.

재미슨이 곧장 말했다. "베드로 전서 2장 18절이네요."

그린이 놀란 표정으로 재미슨을 보았다. "맞아요. 어떻게 아셨어요?"

"저하고 가장 가까운 삼촌이 목사셨거든요. 그분이 주일학교에서 설교 준비를 할 때 도와드렸어요. 저한테 성경을 통째로 읽게 하셨죠. 삼촌은 또 존경받는 종교학자여서 나는 이 주제에 관한 저술과 논쟁 들을 접했어요."

"그럼 종교학자에 빙의해서 해당 구절의 맥락을 좀 설명해줄 수 있나요?"

"베드로는 신앙 때문에 감옥에 갇히고 매를 맞았어요. 아무리 끔찍한 사태에 처하더라도 신념을 잃지 않아야 한다는 말일 수 있죠. 당시에는 노예들이 많았잖아요. 어쩌면 노예제도를 정당화하거나,

반란을 찍어 누르려는 시도였을지도 모르죠. 제 말은, 하느님이 괜찮다고 말씀하시는데 너희가 어쩔 거야? 뭐 그런 얘기죠." 재미슨이 얼굴을 찌푸리고는 중얼거렸다. "무척 사악하죠, 사실은."

"더 해줄 얘기는 없나요?"

"과연 베드로가 그런 편지를 썼을지 의심하는 종교학자들이 많아요."

"왜죠?"

"왜냐하면 고급 그리스어 지식을 갖추고 철학 수련을 해야 쓸 수 있는 글인데 베드로는 그런 사람이 아니었거든요. 기독교인들에 대한 대대적인 박해는 베드로가 죽고 한참이 지나서야 시작되었고요."

그린이 웃음을 지었다. "음, 백과사전이 따로 없네요. 감사합니다."

재미슨이 다시 얼굴을 찌푸렸다. "하지만 이 근처에 인신매매 조직이라도 있다면 모를까, 이게 우리가 조사를 진척시키는 데 무슨 도움이 될지 모르겠네요."

"어쩌면 경고일지도 모르죠. 우리를 거스르면 너도 이렇게 될 것이다. 그렇지만 심지어 서로를 알지도 못하고 이렇다 할 관계도 없는 사람들을 죽인다? 나는 이해가 안 갑니다. 그냥 '묻지마식 살인'일 수도 있겠죠, 제 짐작엔."

재미슨은 생각에 잠겼다. "보세요, 배런빌은 대도시가 아니에요. 지금 범죄 현장이 세 곳 있죠. 피해자들이 두 명씩 있고 서로 매우 가까운 곳에서 사건이 일어났어요. 여기에는 벽에 암호 같은 성경 구절이 쓰여 있고요. 게다가 우리가 우연히 발견한 범죄 현장에는 동물 피가 있었어요. 에이머스와 형사님 동료가 가 있는 곳은 어떤가요?"

그린이 말했다. "한 남자의 이마에 사망 표지가 찍혀 있었죠. 사실 그것도 기묘한 점이지요."

"요컨대, 이 모든 살인 사건이 전혀 연관되어 있지 않다? 도저히 믿을 수 없는 일이에요. 나는 우리가 한 명의 살인자, 아니면 한 무리의 살인자들을 쫓고 있다고 확신해요, 형사님."

그린이 체념한 듯이 한숨을 쉬었다. "끝내주네요. 배런빌에서 연쇄살인이라. 막 다시 일어서려는 참인 이 도시에 이런 거지 같은 일이 일어나다니. 조만간 소문이 쫙 퍼질 거예요. 그러면 누가 와서 살려고 하겠습니까."

"지원 요청을 할까 생각하고 계신가요? 혹시 주 경찰에?"

"솔직히 말씀드려서, 그쪽도 제 코가 석 자예요. 문제가 있는 시가 여기뿐만이 아니라서요. 시 예산도 줄었고요." 그린이 말을 멈췄다가 다시 이었다. "그런데 데커 씨는 이 일에 능숙한 사람 같더군요."

"내가 본 사람들 중 최고예요. 역대 FBI에서 일한 사람들 가운데 최고가 아닐까 싶을 정도죠."

"음, 그렇다면 우리가 문제를 해결할 수 있을지도 모르겠군요. 몇 마디 말로 아프게 찌르긴 했지만, 그만하면 같이 일하기는 어렵지 않아 보이더군요."

재미슨이 웃음을 참으며 대꾸했다. "아, 좀 두고 보세요."

0 010

"배 안 고파요?"

저녁을 먹으러 들어간 음식점에서, 재미슨은 맞은편에 앉은 데커를 빤히 보았다. 두 사람은 그날 방문한 범죄 현장에 대해 서로 이야기를 나누었다. 데커는 검시관이 확정한 사망 시각을 자신이 의심한다는 사실을 래시터가 그린에게 알려줄 거라는 이야기도 했다.

배 안 고프냐는 질문은 음식을 깨작거리는 데커에게 재미슨이 던진 거였다. 데커는 나이프와 포크를 내려놓고 맥주잔을 집어 들었다.

"살인 사건이 여섯 건. 서로 명확한 관계가 없는 사람들. 현재로서는 뚜렷한 유사성이 보이지 않지만, 어쩌면 동일한 지그소퍼즐의 조각들일지 몰라요."

역시 포크와 나이프를 내려놓은 재미슨이 말했다. "우리는 어떻게든 조각들을 정확히 짜맞추어야 하고요." 와인을 주문했던 재미슨이 잔을 들어 한 모금 마셨다.

데커가 물었다. "만약 들어맞지 않으면요?"

재미슨은 와인잔을 내려놓고 냅킨을 만지작거렸다. "나는 이 사건들이 서로 연관되어 **있어야만** 한다고 그런 형사한테 말했어요. 내 말은, 이런 데서 기묘한 살인 사건이 여섯 건이나 일어난다고요? 그들이 서로 연관돼 있지 않을 확률이 얼마나 되죠? 그건 우리가 발견한 두 사람이 다른 넷에 얽혀 있다는 뜻이에요."

"한데 우린 지금 진척이 없잖아요."

평소의 뛰어난 운동 능력이 필요한 게 바로 이런 때일 텐데.

"데커, 우리가 이 사건에 발을 들인 지 아직 24시간도 안 됐어요. 시간이 필요해요. 다른 누구보다 당신이 더 잘 알면서."

"시간이 별로 없어요, 알렉스. 우리 휴가는 일주일이에요."

"젠장, 그걸 깜박했네."

"왠지 이 망할 일을 해결하는 데 시간이 꽤 걸릴 거라는 감이 오네요."

"당신은 어떻게 했으면 좋겠어요?"

"지금은 사건을 해결하는 데 총력을 기울이되, 일이 잘 안 풀리면 보거트한테 이야기해서 휴가를 연장해야죠. 아니면 FBI를 대리해 우리가 사건을 맡게 하든가."

재미슨이 얼굴을 찌푸렸다. "그리 단순한 일일 것 같지 않아요, 데커."

"음, **그래야만** 해요. 죽지 말아야 할 사람 여섯 명이 죽었으니까."

"그건 알겠어요." 재미슨이 불안한 어조로 말했다. 데커가 목소리를 높이자 다른 테이블에 앉은 사람들이 그들을 보며 두리번거렸기 때문이다. 재미슨은 재빨리 덧붙였다. "그러니까, 우리가 그 집에서 뭘 찾아냈는지 내가 말했죠? 희생자 두 명, 벽에 적힌 성경 구절."

데커가 딴 데 정신이 팔린 투로 대답했다. "맞아요."

"당신은 어떻게 생각해요?"

"내 생각에는 좀 과한 것 같아요."

재미슨이 어리둥절한 표정을 지었다. "무슨 말이에요?"

"내가 래시터에게 질문을 하나 했는데, 이제 당신한테도 물어볼 게요. 왜 배런빌일까요?"

"왜 배런빌이냐니 무슨 소리예요?"

"기묘하고 설명할 수 없는 살인 사건이 여섯 건이나 일어났어요. 이 도시에 무슨 특별한 점이 있길래 기묘한 살인 사건이 이렇게 많이 일어나는 거죠?"

"작은 시라고 해서 기묘한 범죄들이 일어나지 말란 법은 없죠."

"그건 사실이에요. 하지만 이 사건에는 뭔가 아귀가 안 맞는 데가 있어요."

재미슨이 물었다. "사건들이 서로 연관되어 **있다고는** 생각하는 거죠?"

데커가 고개를 끄덕였다. "이건 모방 범죄가 아니에요. 주요 세부 사항들이 다르니까요. 나는 우리가 찾는 범인이 동일 인물이거나 동일 무리일 거라고 생각해요."

"그래서 당신의 완벽한 기억력이 오늘 쓸모가 있었나요?"

"도움이 될 법한, 기억할 만한 거리는 하나도 없었어요."

"정말로? 아무것도요?"

데커가 대답했다. "실은, 누전으로 생긴 불꽃을 보기 몇 분 전에 차가 떠나는 소리를 들었어요."

재미슨이 의자에서 자세를 바로잡았다. "전에도 이야기했잖아요. 그 차를 본 거예요?"

"아니요. 내가 있던 데서는 시야를 명확히 확보할 수 없었어요."

"음, 그 거리에 사는 사람은 노인 세 명이 전부예요. 그들은 심지어 운전을 안 할지도 몰라요. 우리가 차로 가봤을 때 길가에 차가 한 대도 안 보였잖아요. 당신이 들은 그 소리가 시신들을 던져놓고 떠나는 살인자들의 차 소리라고 생각하는 거예요?"

"그럴 수도 있겠죠. 검정파리들은 시신을 아주 빨리 찾아낼 수 있으니까요."

비가 내린 지 시간이 좀 지나 이전의 온기는 식어버리고 기온이 떨어졌다.

재미슨이 말했다. "그린한테 뭔가 생각나면 내일 아침에 이야기해주겠다고 했어요. 래시터하고는 어떻게 이야기를 마쳤어요?"

"잠정 결론이라도 낼 만한 게 없어요. 게다가 나는 지금 아무 생각도 나지 않아요."

"밤중에 뭔가 생각이 떠오를지도 모르잖아요."

"과연 그럴까요?"

"어이, 이 사건을 맡고 싶어 한 사람은 당신이에요, 데커." 재미슨이 언성을 높였다. "그러니 더 이상 징징대지 말고 얼른 당신 일을 시작하라고요."

데커는 재미슨을 날카롭게 노려보았지만 재미슨은 웃음 짓고 있었다.

데커가 소심하게 씩 웃었다. "당신 말이 맞아요. 내가 바보같이 굴었네요."

"우와. 당신이 내 말에 수긍한 횟수는 한 손으로 세도 손가락이 남을 텐데 말이죠."

"당신 말이 옳았던 적이 상당히 많아요."

재미슨이 안색을 바꿨다. "조이가 당신이 한 말을 전해줬어요. 내가 사람들을 읽을 뿐 아니라 남들이 못 보는 무언가를 볼 수 있다고 했다면서요."

"너무 많이 믿지는 말아요."

재미슨이 짓궂은 웃음을 떠올렸다. "고마워요. 그린 형사가, 우리가 훑어볼 수 있도록 내일 파일을 전부 준비해놓겠대요."

데커가 반색을 했다. "좋아요. 어쩌면 뭔가 튀어나올지도 모르겠군요."

두 사람은 잠시 침묵에 잠겼다.

재미슨이 물었다. "멜빈하고 최근에 이야기해봤어요?"

"아니요. 멜빈하고 하퍼는 다른 데서 휴가를 보내고 있어요. 지중해인가, 그럴걸요. 왜요?"

"당신하고 멜빈이 얼마나 가까운지 알아요. 당신이 그쪽하고 같이 휴가를 가지 않을까 싶었어요. 하지만 세 사람이 함께 있으면 어색했을지도 모르죠. 특히 낭만적인 지중해에서는요."

데커는 아무 말 없이 멍한 얼굴로 음식 접시를 내려다보았다.

재미슨이 말했다. "그건 그렇고 알아두시라고, 언니 집 근처에 조깅용 도로가 있는 공원이 있어요."

데커가 재미슨을 응시했다. "왜 그걸 굳이 알려주는 거죠?"

"당신은 운동을 계속한 거 알아요. 체중도 엄청 줄었고. 그냥 계속 운동을 했으면 좋겠어요. 알죠, 몸매는 유지하기보다 되찾기가 더 힘들다는 거."

"몰랐던 사실을 깨우쳐줘서 고맙네요."

데커는 어둑해진 거리를 물끄러미 바라보았다. 차 몇 대가 지나갔고 보행자 한두 명이 눈에 띄었다. 배런빌 시내는 폭풍이 다가오고 있지만 사위는 비교적 조용했다. 지금으로서는.

"무슨 생각 하고 있어요, 데커?"

데커는 계속해서 어둠 속을 응시했다. "다음번에는 누가 죽을지 궁금해하고 있어요."

0 011

한때는 어디 내놔도 꿀리지 않는 대저택이었으리라. 그러나 이제는 낡고 쓰러져가는, 어쩌면 구제 불능인 애물단지였다. 돈이 거침없이 콸콸 쏟아져 나오던, 소득세 따윈 존재하지도 않던, 세계가 좀 더 단순했고 다들 여봐란듯이 살았던, 그리고 모든 사람이 제 분수를 알았던 시대의 산물이었다. **세계화**라는 말은 나오기도 전이었고, 정보는 훨씬 느리게 움직여, 사람들은 축복과도 같은 무지 속에서 살았다. 남자들이 밥벌이를 맡았다. 직장에서 일하고 집으로 퇴근해 가족과 함께 시간을 보내고, 담배를 피우며 맥주를 마시고, 다른 지역에 사는 국민들과 동일한 라디오 프로그램, 나중에는 텔레비전 프로그램을 보다 잠자리에 들고, 잠자리에서 일어나 다시 출근을 했으며, 여자들은 가정이라는 전선에서 같은 일을 했다.

존 배런은 자기 집 뒤편, 예전에는 아름답게 가꾸었던 곳을 내다보았다. 하지만 이제는 잡초로 뒤덮인 진흙밭일 뿐이었다. 그는 190센티미터에 육박하는 장신에 어깨가 넓고 허리는 가늘었다. 줄

곧 강하고 탄탄한 육체를 유지했다. 하지만 나이가 쉰셋인지라 조금씩 약해지는 근육과 뻣뻣해지는 관절은 어쩔 수 없었다. 소금과 후추를 뿌린 듯한 머리카락은 길었고, 전문 미용사의 손길이 닿은 흔적이 없었다. 옷차림은 제각기 따로 노는 잡탕이었다. 바랜 턱시도 재킷, 위아래가 붙은 작업복, 흰색 폴로셔츠, 그리고 바지가 흘러내리지 않게 붙잡아주는 낡은 가죽 벨트. 발에는 작업용 장화를 신었다. 잘생겼지만 풍파에 시달린 얼굴은 거칠거칠하고 지저분했다. 그는 외양에 신경 쓰지 않았다. 어차피 혼자 사는 처지라, 누구에게 잘 보일 필요도 없었다.

조상 대대로 살아온 그의 집이 자리잡은 땅은 2만 5천 제곱미터도 넘었고, 별채와 다른 건물들의 면적 또한 1만 3천 제곱미터 정도 되었다. 일대에서 단연코 가장 큰 저택이었고, 아마도 펜실베이니아주 전체를 따지더라도 손꼽히는 큰 집이었으리라. 주인과 이름이 같은 시, 배런빌의 가장 높은 지점에 자리한 대저택은 예전에는 수백 에이커의 면적을 차지했다. 다른 모든 사람들을 내려다보는 배런 집안에게 딱 걸맞은 위치에 자리 잡았다.

그는 줄곧 여기서 살아왔다. 여기 마지막으로 거주한 부부, 벤저민과 도로시 배런의 외동아들이었다. 부부의 아들은 평생 독신으로 살아왔다. 무지막지하게 뛰어난 운동선수였고, 영리하며 호감이 가는 사람이었다. 미래는 탄탄대로일 것 같았다. 모두 부러워하고 누구도 무시할 수 없을 터였다. 양친이 끔찍한 사고, 또는 어쩌면 희생자가 되어 같은 날 사망하기 전까지는 그랬다. 배심원의 평결은 아직 나오지 않았다. 부부는 당시 겨우 열아홉 살이었던 존을 유일한 상속인으로 남겨놓았다. 그는 자신이 더는 꿈에서나 볼 법한 부자가 아님을 알았지만, 그래도 돈이 조금은 남아 있을 거라고 믿었다. 변호사와 회계사를 만나서 빚이 남은 자산의 스무 배라는 말을 듣기 전까지는 그랬다. 이제는 대가를 치러야 할 때였고, 그건 자신의 몫이 될 터였다.

수십 년 전, 그는 남아 있던 집안 재산을 대부분 팔아치우고, 이 집을 지키기 위한 절박한 전투에서 가능한 한 노련하게 협상을 했다. 하지만 장원은 거액의 융자에 짓눌려 있어서 수입 대부분은 이자를 갚는 데 투입되었다. 선대들이 그랬듯, 그 또한 장원 주변에 딸린 토지들을 팔아치웠다. 몇십만 제곱미터가 몇만 제곱미터로 줄어들었다. 별채들은 대부분 폐허가 되었다. 저택은 허름한 잔해로 변했다. 그는 자신이 아내나 자식 없이 세상을 떠나면 은행이 들이닥쳐 그걸 팔아치울 테고, 결국 집은 헐려버릴 거라는 사실을 알았다. 대신 뭔가 현대적이고 새로운 것이 들어서겠지. 만약 배런 빌이 그때까지 존재하기만 한다면. 심지어 집에서 멀찍이 떨어진 자리에 180센티미터 높이의 벽돌담으로 둘러싸여 있는 가족 묘지조차 파헤쳐져서 이장될지 모른다.

그는 서재 창밖으로 소년 시절 행복하게 돌아다니던 땅을 내다보았다. 기운이 남아돌던 당시에도 집안 소유의 땅을 벗어날 만큼 멀리까지 전력 질주하는 것은 무리였다. 그걸 생각하면 마음이 편해지는 동시에, 겸허해지는 느낌이었다. 그는 어깨너머로 책들로 가득한 벽을 보았다. 모두 이미 읽은 책이었다. 그래도 생각보다 훨씬 많은 책들을 지켜낼 수 있었다. 가장 희귀한 책들은 빚을 갚느라 오래전에 팔아치웠다. 책들을 놓을 책장이나 집이 없다면 책을 지켜봤자 무슨 의미가 있겠는가. 그는 자리에서 일어나 책상으로 걸어가 의자에 앉았다. 체중이 실린 의자가 삐걱이며 신음했다. 이 집의 모든 물건이 건드리기만 해도 삐걱이며 신음했다.

나는 그저 살아 있는 것만으로도 삐걱이고 신음하지.

어떻게 보아도 비참한 삶이었다. 그리고 남은 평생 지고 가야 할 삶이었다. 그는 양친이 돌아가신 후 처리해야 할 일들 때문에 대학을 떠나 집으로 돌아와야 했다. 그후 장학금을 받아 다니고 있던 학교로 돌아갔지만, 회전근이 망가지고 말았다. 투수에게는 죽음을 알리는 조종이나 다름없었다. 이듬해에 장학금이 취소되자, 학교를 계속 다닐 여유가 전혀 없어 학위를 포기하고 떠났다. 사업을 시작하려고 여러 번 시도해봤지만 자본 부족으로 실패했다. 배런 집안의 발밑에서 그토록 오랫동안 살아온 사람들이, 이제는 마지막 생존자의 살길을 막아버리는 것이 꽤 신나는 일이라고 생각하는 모양이었다. 심지어 다른 주인들이 맡아 운영한 지 이미 오래였는데도, 마지막 광산과 공장이 문을 닫자 쫓겨난 피고용인들과 배런 시 전체가 오로지 한 사람만을 비난하며 책임을 지웠다. 당시 겨우 20대 후반이었는데도, 그는 시 전체의 불만을 고스란히 뒤집어썼다. 심지어 시 이름을 바꾸자는 청원이 나돌기까지 했다. 청원이 실패로 돌아간 이유는 시민들이 자신들의 문제에 대해 배런 집안을 계속 비난하기 위해서였으리라. 그러자면 배런이라는 이름이 남아 있어야 하니까.

그는 천민이 되었다. 이사를 갔어야 했다. 태어난 집과 도시, 그리고 삶이라 하기도 민망한 비참한 삶을 두고 홀홀 떠났어야 했다. 하지만 그러지 않았다. 고집 때문인지 광기 때문인지, 아니면 둘의 강력한 조합 때문인지는 자신도 알 수 없었다. 그렇지만 머릿속에 남은 뭔가가 모두 놔버리고 어딘가 다른 데서 새 출발을 하지 못하게 막았다. 머릿속의 뭔가는 그의 생각보다 더 힘이 셌다. 마침내 그는 재산을 팔 만큼 팔아서, 자기 집에 살려면 치러야 하는 대가를 어느 정도 치렀다. 안락함은 전혀 없었고, 정말이지 그냥 숨쉬고 살아갈 뿐이었다. 뭔가를 더 하려는 야심이 있었다 해도, 세월의 흐름에 따라 희미해지고 말았다.

한밤중 어둠 속을 응시할 때면 그는 탄탄대로였던 자신의 삶이 장엄하게 망가졌음을 속속들이 느낄 수 있었다. 도시 역시 그와 함께 시들었다. 한때 붐볐던 집들과 가게들이 텅 빈 채 주저앉아 있었다. 선조들이 세운 강력한 제분소와 광산들은 사라지고 없었다. 배런빌은 존 배런 1세가 품었던 부를 향한 꿈의 하나로 세상에 존재하게 되었다. 이제 꿈은 악몽이 되고 말았다. 모두에게.

높은 데 자리 잡은 집에서, 그는 시립 묘지를 향해 천천히 이동하는 장례식 행렬을 자주 굽어보았다. 수많은 교회 묘지들은 다 찬 지 이미 오래였다. 그는 치명적인 약물 과용이 너무 자주 일어난다는 것을 알았다. 아무런 희망도 없으니, 사람들은 자신들의 삶이 얼마나 밑바닥으로 떨어졌는지를 잊게 해줄 주사와 약물에 의존하고 있었다. 한편으로 그는 들어오는 이삿짐 차들도 굽어보고 있었다. 새 희망을 품고 오는 새로운 가족을 실은 차들. 그는 그들이 이미 속이 완전히 파먹힌 시체를 찔러보고 있는 것은 아닌가 하는 의심을 품었다. 이 시에 과연 다시 일어설 기회가 있을까…….

비록 자신이 어떻게 해볼 수 있는 일은 아니지만, 그는 집안의 파국을 마치 개인의 실패인 양 등에 지고 다녔다. 앞으로도 그럴 터였다. 어쨌거나, 이 시는 배런 집안이 자기들을 실망시켰음을 끊임없이 상기시키리라.

그는 책상에서 몸을 일으켰다. 침대로 가기에는 시간이 너무 일렀다. 사실은 가고 싶은 곳이 있었다. 이는 일종의 의례였다. 주방 문을 통해 집을 나선 그는 차 여섯 대를 동시에 주차할 수 있지만 지난 30년간 오로지 단 한 대의 차량만을 수용해온 차고로 들어섰다. 차는 옛날 정원사가 타던 연푸른색 1968년형 서버번이었다. 양친의 사망 이후 배런은 얼마 안 남은 집안 일꾼을 모두 내보내야 했지만, 정원사만은 붙잡아둘 수 있었다. 여전히 관리해야 할 땅이 많이 남아 있었기 때문이다. 하지만 토지가 팔린 후로는 상황이 바뀌었다. 당시 아흔이 다 됐던 정원사는 타던 차를 그에게 넘기고 근처 요양원에서 죽음을 맞이했다. 그의 아내는 몇 년 전에 먼저 떠난 후였다.

그로서는 대학에서 공학을 전공한 것이 다행이었다. 어떤 유형이든 기계가 작동하는 방식을 직관적으로 이해할 수 있었다. 긴긴 세월 내내 서버번을 잘 달래가며 남은 생명을 쥐어짜냈다. 하지만 50년이 지난 지금, 과연 남은 수명이 얼마나 될지는 확신할 수 없었다.

하긴, 내 남은 수명도 모르는 판국에.

그는 서버번에 올라탄 후 차를 몰아 차고를 벗어났다. 내리닫이식 문은 더는 작동하지 않아서, 차고 문을 항상 열어두고 차 열쇠는 그냥 차양 밑에 두었다. 언덕을 굽이굽이 돌아 내려가, 시에서 자기 집 다음으로 전망이 좋았던 배런 집안 소유의 땅에 둥지를 튼 동네를 지났다. 적어도 여전히 사람이 사는 집들은 좋은 전망을 제공할 터였다. 큰길에 이르자 속도를 올렸다. 주머니에 돈이 있었다. 그걸 쓸 생각이었다. 머큐리 바는 그가 이 시에서 어느 정도 평화를 찾을 수 있는, 정말이지 유일한 곳이었다. 길거리의 적당한 데에 차를 세우고 내렸다. 턱시도 재킷은 트럭에 벗어 놔뒀다. 굳이 튀어 보이지 않아도 자신은 이 시에서 충분히 만만한 과녁임을 알고 있기 때문이었다. 나는 배런 집안 사람이니까. 최후의 한 사람. 건강이 이상 없이 유지된다면, 아마도 이 거지 같은 일을 앞으로 30년은 더 견뎌야 했다. 스카치앤드소다 한 잔, 어쩌면 두세 잔이 필요한 것도 무리는 아니었다. 하지만 오늘 밤 존이 얻게 될 것은 단순한 술 한 잔이 아니었다.

0 012

존 배런은 눈을 감고 신음을 삼켰다. 칵테일 잔을 양손으로 그대로 감싼 채 감았던 눈을 떴다. 이게 몇 잔째였더라…… 음, 얼마나 마셨는지 기억나지 않았다. 하지만 이전 잔들을 기울일 때 목 넘김이 너무 좋았던 것은 기억했다. 이번 잔은 심지어 더 좋았다. 하지만 이윽고 **그 작자들이** 기분을 망치려고 다가왔다.

"당신이 존 배런이란 친구지, 안 그래?"

그는 옆으로 다가온 젊은 남자 셋을 건너다보았다. 젊은 여성 바텐더가 유리잔을 닦으면서 불안한 기색으로 그들을 지켜보았다.

그는 유리잔을 입술로 가져가 한 모금 마신 후 소다와 섞인 부드러운 스카치를 서서히 목으로 넘겼다. 이어 유리잔을 내려놓은 다음 대꾸했다. "맞는데. 뭐 문제 있나?"

남자들은 얼룩덜룩한 진과 티셔츠를 입고 끈이 없는 오버사이즈 운동화를 신었으며 개중 둘은 미식축구팀인 피츠버그 스틸러스 모자를 썼다. 삼인조 중에 가장 덩치가 큰 남자가 악의가 담긴 웃음을 씨익 지었다.

"문제? 이봐, 우리는 아무 문제가 없어. 하지만 너한테는 문제가 좀 있을지도 모르지."

"예를 들면?"

"망할 놈의 너희 집구석이 이 시 전체를 망쳐놓은 거."

"정확히 어떻게 망쳤다는 거지?"

"광산을 닫았잖아. 제분소를 폐쇄하고."

"그곳을 수십 년간 운영하고 많은 사람들한테 일자리를 제공한 후에 말이지? 그 많은 사람들 중에는 아마 저희 부모님도 있었을걸. 그리고 너희 조부모님, 증조부모님까지." 그는 술을 한 모금 더 마셨다. "따라서 나는 우리가 누군가를 **망쳐놨다**는 말은 전혀 아니라고 봐."

남자가 말했다. "너는 나한테 일자리를 준 적이 없어."

그가 받아쳤다. "너한테 일자리를 주는 게 내 의무인 줄은 몰랐는데."

다른 남자가 입을 열었다. "너는 언덕 위의 큰 집에 살잖아. 네가 우리보다 잘난 줄 아나 본데."

"내가 누구보다 잘났다는 생각은 해본 적도 없을뿐더러 잘나지 않았음을 **잘 알고 있지. 그걸** 확실히 해두고 싶군. 큰 집으로 말하자면, 뭐든 겉모양만 봐서는 모르는 거야."

"우리 엄마 말로는 네 집에 오래된 동전하고 보석이 잔뜩 있다던데. 네가 그냥 가난한 척하는 거라고."

그는 몸을 돌려 사내를 보았다. "가난한 **척을** 한다고? 빌어먹을, 누가 그런 짓을 해? 너라면 그러겠냐?" 이어 다른 두 남자에게 물었다. "너희라면 그러겠어?"

"우리 엄마 말로는 너희 집안이 근친을 한다던데. 누나랑 결혼하고 뭐 그런 거 말이야. 그러면 머리가 돌아버리지. 그러니까 어쩌면 가난한 척하**려 할** 수도 있잖아."

"음, 나는 누나가 없어. 결혼도 안 했고. 가난한 척을 하고 있지도 않아. 그러니 너는 삼진 아웃이야."

덩치 큰 남자가 말했다. "아닐걸."

남자가 어찌나 세게 밀쳤는지 그는 하마터면 의자에서 굴러떨어질 뻔했다.

바텐더가 말했다. "어이, 내가 경찰에 전화할 일은 만들지 말아요. 그 사람을 가만 내버려두라고."

또 다른 남자가 이죽거렸다. "여자 뒤에 숨으시겠다?"

바텐더가 손을 휴대전화로 가져가며 말했다. "경고했어요."

남자가 다시 그를 밀쳤다. "그럴 거냐고. 여자 뒤에 숨냐, 이 새끼야?"

그는 남자의 얼굴에 남은 술을 부어버렸다.

그가 일어서서 패거리를 굽어보며 말했다. "아니, 정말 그럴 생각은 없어."

남자가 얼굴에서 스카치앤소다를 뚝뚝 떨어뜨리며 주먹을 날리자, 그는 놈의 주먹을 붙잡아 비틀고 등 뒤로 꺾었다. 그리고 남자를 세게 밀쳐 마룻바닥에 대자로 뻗게 했다. 이어 다른 남자의 주먹을 막고 상대의 턱을 갈겼다. 하지만 세 번째로 가세한 남자가 비겁하게 등 뒤에서 신장 부위를 치는 바람에 비틀거리면서 바에 기대어 쓰러지고 말았다. 다른 두 남자가 덤벼들어 주먹질과 발길질을 퍼붓기 시작했다. 바에는 다른 사람들도 있었지만 아무도 그에게 쏟아지는 뭇매를 멈추려 하지 않았다. 단 한 명만 빼고.

"FBI다!"

데커가 남자들에게 총을 겨누었다. 모두 얼어붙었다.

방금 바로 걸어 들어와 뭇매를 가하는 현장을 목격한 데커가 부르짖었다. "그 사람한테서 떨어져. 당장!" 남자들이 물러선 후, 데커가 그를 보며 물었다. "괜찮아요?"

입술이 피로 물들고 오른 눈이 부어오른 채로, 그는 힘겹게 몸을 일으켜 바를 잡고 간신히 일어섰다. 옆구리를 움켜쥐고 등을 손으로 문지르며 몸을 쭉 폈다. "영구 손상은 없는 것 같네요." 그는 비록 고통으로 얼굴을 찌푸리면서도 그렇게 말했다.

덩치 큰 남자가 말했다. "저놈이 내 얼굴에 술을 부었어요. 놈이 선뺑을 날렸다고."

바텐더가 말했다. "아니, 그러지 않았어. 너희 개자식들이 그런 거지."

데커가 추궁했다. "그래서 3 대 1로 덤비냐? 게다가 너희는 저분 나이의 절반밖에 안 되면서?"

그는 말했다. "저 사람들을 잡아갈 필요는 없어요."

데커가 물었다. "뭐라고요?"

그는 휴대전화를 들고 911 번호를 누르던 바텐더에게 말했다. "그럴 필요 없어요. 이 젊은 남자분들은 틀림없이 술에 좀 취했을 뿐이고 나를 해칠 생각은 없었을 겁니다."

데커가 반박했다. "내가 생각하기엔 분명 해칠 생각이 잔뜩 있었던 것 같은데요. 당신을요."

그가 손을 들어올렸다. "그렇다 해도, 저들을 체포해봤자 득 될 일이 하나도 없어요. 오히려 해될 게 훨씬 많을 겁니다."

"확실합니까?"

"확실하다고 확신합니다. 고마워요."

데커가 남자들을 노려보았다. "이분을 건드릴 생각만 해도 혼쭐이 날 줄 알아. 알아들었나?"

개중 가장 덩치 큰 남자가 눈에서 술을 닦아내면서 데커를 노려보았다. "그러든가 말든가."

데커는 총을 집어넣고 성큼성큼 걸어가 셔츠를 움켜쥐고 남자를 벽에다 밀어붙였다. "아니, '그러든가 말든가'가 아니지. **알아들었냐고?**"

"알아들었어요, 알아들었다고. 됐어요? 젠장!"

데커는 남자를 놓아주고 출구로 밀쳤다. "이제 꺼져!"

세 남자는 느린 걸음으로 그곳을 떠났다. 마지막 남자가 데커와 그를 노려본 후 등 뒤로 문을 쾅 닫았다.

데커는 그를 보았다. "이게 다 뭣 때문이랍니까?"

"못 들으셨어요?"

"못 들었는데요. 확실히 내가 너무 늦게 와서요."

"음, 요는 이 도시가 지옥이 되어가고 있고, 그게 다 내 탓이라는 거죠."

데커가 느릿느릿 말했다. "그렇군요."

"내가 처음 들은 말도 아니고, 마지막으로 들은 말일지도 의심스럽네요."

"그렇다면 이곳 사람들이 앙심을 품고 있다고 이해하면 되겠습니까?"

"여기 사람들은 많은 걸 품고 있죠. 내가 감사의 표시로 술 한잔 사도 될까요?"

데커는 바 앞에 앉았고 그 역시 도로 자리에 앉았다.

그가 한 손을 내밀었다. "정식으로 소개하죠. 나는 존 배런 4세입니다."

데커가 손을 잡아 흔들었다. "에이머스 데커입니다. 이 시가 당신 집안의 이름을 딴 걸로 아는데요?"

"제대로 아셨습니다, 맞아요. 예전에는 정말 좋은 일이었죠. 자부심을 느낄 만했고요. 유감스럽게도 더는 그렇지 않아요. 음, 직접 보셨으니 아시겠지요."

바텐더가 말했다. "뭘 주문하시든 내가 쏠게요, 존. 그리고 여기, 이거 받아요." 바텐더가 건넨 얼음이 든 비닐봉지를 받아 그는 얼굴의 멍 자국에 갖다 댔다.

그가 웃음을 지으며 말했다. "정말 친절하군요, 신디." 그리고 스카치앤드소다를 새로 주문했다. 데커는 맥주를 달라고 했다.

그가 물었다. "여기엔 출장을 오셨습니까?"

"휴가를 왔죠."

그가 어리둥절한 표정을 지었다. "정말 이곳에…… 놀러 오셨다고요?"

"제 동료의 가족이 여기 살아서요. 며칠 들른 거죠. 나는 따라왔고요."

그가 술을 한 모금 마셨다. "그럼 동료분은 지금 어디에 계신가요?"

"집에 있습니다. 나는 잠자리에 들기에는 아직 너무 이른 것 같아서요."

"그럼 우리의 작은 천국에서 즐겁게 지내고 계신가요?"

"사실은 그렇다고 말씀드리기 어렵네요. 아마 살인 사건 때문인 것 같기도 합니다."

그가 생각에 잠긴 표정으로 고개를 끄덕였다. "저도 들었습니다. 듣기론 꽤 심각한 일 같더군요. 뭐, 힘든 시기에는 나쁜 일들이 생기는 법이지요."

"그게 당신 지론입니까?"

"나는 아무런 지론이 없습니다. 점점 취기가 올라서 입에서 나오는 대로 아무 말이나 지껄이고 있을 뿐이죠."

"자주 그러십니까?"

"달리 할 일이 많지 않아서요. 나는 일주일에 한 번 여기 와서 한 시간 정도 있다 갑니다. 집으로 돌아가면 다시 여기 오기 전까지는 절대 집을 떠나지 않죠. 다만 한두 가지 사소한 볼일을 보러 갈 때만 빼고요. 정말이지 사소한 일상에 방해가 될 만한 의무나 책임 따위는 전혀 지고 있지 않답니다."

"운이 좋으시군요."

"어쩌면 운이 좋은 게 아닐지도 모르죠, 사실은. 그건 그렇고, 여기 들어오실 때 'FBI다'라고 외치시던데요. 특수 요원입니까 아니면 뻥을 치신 겁니까?"

"나는 그냥 평범한 경찰입니다, 하지만 FBI와 함께 일하죠."

"어디 출신이세요?"

"오하이오주 벌링턴이요. 여기처럼 러스트 벨트 도시죠."

"그렇군요. 이 시의 역사와, 도시의 파국이 우리 가족의 잘못이라고 주장하는 글을 읽어보신 적이 있나요?"

"약간은요."

"일부는 사실입니다, 아시겠지만. 이 시는 저희 조상, 제게 이름을 물려주신 분이 풍부한 석탄 광맥을 발견하면서 만들어졌습니다. 석탄은 대부분 피츠버그에 있는 제철소의 용광로로 갔지요. 제

조상님은 석탄과 코크스 공장들도 세우셨습니다. 섬유 공장도 세우셨죠. 나중에는 천연가스를 발견했고요. 이외에도 수많은 사업체를 운영했고 실제로 배런빌의 많은 땅과 주택을 소유했습니다. 사실, 이곳 주민 대부분을 고용하셨죠. 흔한 에너자이저 토끼 유형의 사업가였지만, 그후로 집안의 운과 자본력은 그분이 생존해 계실 때보다 한참 떨어졌죠."

"그분이 일으킨 사업 이야기는 모두 들었습니다. 하지만 철강 사업은 금시초문인데요."

배런이 고개를 끄덕이며 대답했다. "철강을 만드는 데 쓰는 코크스는 증류 과정을 거친 석탄에서 나옵니다. 당시에는 석탄이 풍부했고 값도 비교적 쌌지요. 철강 왕들은 번영을 누렸고, 그들 사업에 원료를 공급하는 사람들 역시 그랬습니다. 존 배런 1세는 신뢰성이 증명된 공식을 따랐던 셈이지요. 그분은 무자비한 남자였다고 들었습니다. 노조를 짓밟고, 부패한 정치인들한테 뒷돈을 먹이고, 강과 공기와 땅을 오염시켰죠. 노동자들한테는 가능한 한 적은임금을 주었고 주위 사람들을 가능한 한 가혹하게 대우했습니다. 그 덕분에 막대한 재산을 일구었고 후손들은 그분이 이룩한 것에 빈대 붙었죠."

"이후에 내리막길로 굴러떨어졌다?"

"거의 늘 내리막길로 굴러떨어지죠. 일반적으로 미국은 경제 왕조를 좋아하지 않아요. 록펠러 같은 가문들은 법칙이라기보다는 예외죠. 다들 자수성가를 칭송하니까. 그런데 그것도 말만 그런 것 같아요. 제 짐작엔 《포브스》가 선정한 부자 명단에는 돈을 물려받은 부자들이 엄청 많은 것 같으니까요. 자수성가라는 통념이 무색할 만큼."

"그렇지만 당신 집안에는 여전히 돈이 있었고요?"

"약간은요. 적어도 한동안은."

"살해당한 사람들 중에 아는 이가 있습니까?"

그가 흥미로운 표정으로 데커를 건너다보았다. "꽤 뜬금없는 질문이네요. 왜 물으시죠?"

"나는 경찰입니다. 혹시나 범죄 해결에 도움이 될까 해서 질문들을 던지죠."

"피해자들이 누구라고 하셨죠?"

데커가 대답한 후 덧붙였다. "마지막 둘은 아직 신원이 확인되지 않았습니다."

"나는 그들 중 누구도 안다고 말씀 못 드리겠는데요."

하지만 데커는 그가 망설이는 기색을 눈치챘다.

"확신하십니까?"

그가 술잔을 들어올렸다. "나는 거의 아무것도 확신하지 않습니다. 특히 머큐리 바에서는요."

데커가 바텐더를 쳐다보니, 바텐더는 바를 닦는 척하면서 두 사람의 대화를 집중해서 듣고 있었다. 꽤 아름다운 여자로, 금발을 어깨까지 길렀으며 큰 키와 낭창한 몸매에 딱 달라붙는 검은 진을 입었다. 민소매 블라우스가 가늘고 단단하게 그은 팔을 드러냈다.

데커가 그를 다시 돌아보았다. "여기 정말 일주일에 한 번씩 오십니까?"

"달리 갈 곳이 거의 없으니까요." 그가 바텐더를 쳐다보았다. "나는 여기 술친구가 마음에 들어서요."

여자는 이 말에 웃음 지었지만 자신을 응시하는 데커의 시선을 의식하고는 재빨리 지저분한 유리잔들을 바 뒤의 식기세척기에 집어넣느라 바쁜 척했다.

"주소를 좀 알려주실 수 있을까요?"

"왜요?"

"어쩌면 다시 이야기를 나누고 싶을지도 몰라서요."

"왜죠?"

"이미 말씀드렸는데요. 나는 범죄 사건을 해결하려고 애쓰는 경찰이라고요."

"음, 이 시의 가상 높은 지점을 찾으면 가상 크고 보기 흉한 십을 보게 될 겁니다. 혹시 몰라 말씀드리자면, 초인종은 고장 났고 나는 일찍 일어나지 않습니다."

그는 잔을 비우고 바텐더 쪽으로 고개를 숙여 술값으로 현금을 얼마쯤 밀어 보냈다. "고마워요, 신디. 다음에 봐요." 그리고 데커의 어깨를 두드렸다. "고맙습니다, 데커 씨. 나를 구해줘서요."

그는 불안정한 걸음걸이로 걸어갔다.

데커가 등에 대고 말했다. "이봐요, 운전할 수 있겠어요?"

뒤를 돌아본 그는 고개를 숙이고 한 손을 들어올렸다. "나는 전혀 괜찮지 않지만, 그럼에도 용감하게 시도해볼 겁니다. 내가 뭘 들이받든 거기에 우리 가문의 이름이 새겨져 있어서, 제 법적 책임을 줄여줄 확률이 매우 높다는 점을 염두에 두고 말이죠."

데커는 그의 뒷모습을 잠시 지켜본 후 바텐더를 돌아보았다.

하지만 여자는 이미 그 자리에 없었다.

0 013

파일들. 그리고 더 많은 파일들. 살점은 거의 붙어 있지 않은 종이 뼈다귀들. 배런 대로에 자리 잡은 배런빌 경찰서에서 데커는 마지막 파일을 책상 한복판에 쌓인 서류 더미 위에 떨어뜨린 후 뒤로 기대앉아 사무실을 꽉 채운 탁한 공기를 들이마셨다. 바로 옆 건물은 배런빌 시청이었다. 재미슨이 맞은편에 앉아 뭔가를 적고 있었다. 완벽한 기억력으로 무장한 데커로서는 할 필요가 없는 일이었다. 재미슨의 펜이 종이 위로 미끄러지는 모습을 한가로이 지켜보았다. 잠시 후 문이 열리더니 그린 형사가 들어왔다.

형사가 껌 하나를 입안에 집어 넣으며 물었다. "운이 좀 따랐습니까?"

재미슨이 쓰던 문장을 마저 마무리 짓고 고개를 들었다.

데커가 눈을 감은 채 줄줄 내뱉었다. "조이스 태너와 토비 배벗은 무직이었습니다. 마이클 스완슨은 마약 거래상이었고요. 브래들리 코스타는 은행 전무였습니다. 그들 모두 혼자 살았습니다. 가족은 없었고요. 태너는 결혼했었지만 나중에 이혼했습니다."

그린이 등 뒤로 문을 닫았다. "음, 이미 알고 있는 것들이군요."

데커가 눈을 뜨더니 맞은편 자리에 앉는 그린에게 물었다. "배넌의 장애는 뭐였습니까?"

재미슨이 지적했다. "파일에는 그냥 장애가 있었다고만 쓰여 있던데요. 어쩌다 그랬는지, 원인이 뭔지는 설명해두지 않았어요."

그린이 물었다. "그게 어떤 관련이 있나요?"

데커가 말했다. "관련이 없다고 증명되기 전까지는 뭐든 관련이 있지요."

"확인해보죠." 그린이 의자에 등을 기대고는 물었다. "그래서, 정말 아무것도 떠오른 게 없나요?"

데커나 재미슨이 미처 대답할 틈도 없이, 문이 열리더니 래시터 형사가 들어왔다. 베이지색 재킷과 무릎 길이 스커트를 입고 밑창이 두툼한 힐을 신었다. 풀린 머리카락이 어깨까지 내려왔다.

래시터가 그린의 옆자리에 앉으며 물었다. "그래서, 내가 못 들은 이야기라도 있나요?"

동료 형사가 대답했다. "많지는 않아. 그냥 '관련이' 있을지도 없을지도 모르는 질문 하나가 던져졌을 뿐이야."

데커가 반대편 벽을 응시했다. "어젯밤 존 배넌을 만났습니다."

재미슨은 놀란 표정을 지었지만 침묵을 지켰다.

데커가 말을 이었다. "젊은 불한당들 몇 명이 그분을 두들겨 패고 있더군요. 내가 개입했지요. 하지만 그분은 고소하지 않겠다고 하더군요. 혹시 왜 그랬는지 아십니까?"

그린이 대꾸했다. "죄책감 때문이겠죠, 아마도."

재미슨이 물었다. "뭐에 대해서요?"

래시터가 대답했다. "복잡해요."

데커가 대꾸했다. "나는 시간이 남아돕니다. 휴가 중이거든요." 양손을 몸 앞에서 마주 잡고 기대에 찬 표정으로 래시터를 뜯어보았다.

불편한 얼굴로 그린을 쳐다보던 래시터가 입을 열었다. "좋아요, 배런 가문은 기본적으로 이 도시를 착취한 후 나중에 공장을 모두 기업들에 팔아넘겼고 기업들은 모두 폐쇄해버렸어요. 그 사람들이 언덕 위 대저택에서 엄청난 사치를 누리는 동안 나머지 사람들은 고생만 하다가 서서히 죽어갔죠. 사실 우리는 여전히 죽어가고 있어요."

데커가 물었다. "지금 남아 있는 존 배런도 이런 일에 관련이 있습니까?"

래시터가 고개를 저었다. "아니요. 양친이 사망했을 때 존은 대학에 다니고 있었습니다. 여기 돌아와 줄곧 그 집에서 살았죠."

재미슨이 물었다. "그런데 왜 그 사람 탓을 하죠?"

그린이 끼어들었다. "배런 집안 사람이니까요."

재미슨이 물었다. "연좌제에 의거해 유죄라는 건가요?"

그린이 대꾸했다. "나는 이게 옳거나 공정하다고 말하는 게 아닙니다. 그냥 사실을 말씀드리는 거죠. 개인적으로 존에게 아무런 유감도 없습니다. 그 친구가 저나 저한테 소중한 사람을 다치게 한 적도 없고요."

래시터가 말했다. "운도 좋으셔라."

재미슨이 래시터를 보았다. "그 사람이 형사님한테 소중한 누군가를 다치게 했나요?"

래시터가 한 손을 들어올렸다. "그건 이 일과 아무 상관 없는 일이에요."

그린이 데커를 보고 씩 웃으며 덧붙였다. "그리고 요원님 말을 빗대어 말하면, 이 짧고 추악한 배런빌 역사기행이 우리가 여섯 건의 살인 사건을 해결하는 데 무슨 도움이 되는지 모르겠는데요."

데커가 말했다. "내가 존에게 피해자들 중 아는 사람이 있느냐고 물었더니 없다고 하더군요."

래시터가 말했다. "음, 은행가를 빼면 아는 사람이 없을걸요. 길거리 마약상 부류는 존과 같은 무리들과 어울리지 않죠."

데커가 말했다. "당신 말대로 존이 다른 '무리들' 가운데서 움직인다 해도, 스완슨을 비롯한 피살자들 중 한 명을 **알지도** 모르죠."

그린이 날카롭게 물었다. "그렇다면 당신은 존의 대답을 믿지 않는다?"

데커가 대꾸했다. "나는 아무도 믿지 않습니다. **기본적으로는요.**"

그린이 파일 더미를 가리키며 물었다. "좋아요, 하지만 뭔가 **쓸만한** 실마리가 있습니까?"

데커가 말했다. "우리는 모든 피해자들을 다시 훑어볼 필요가 있습니다. 왜냐하면 나는 그들이 서로 엮여 있다고 믿거든요."

그린이 항변했다. "그거라면 우리가 이미 했는데요."

데커가 반박했다. "새로운 눈으로 보는 거죠. 모든 사건 현장에 들어맞는 만능열쇠가 필요합니다."

래시터가 지적했다. "하지만 우린 마지막 두 명의 신원도 밝혀내지 못했어요."

"하지만 다른 네 명은 밝혔죠."

그린이 실망한 어조로 말했다. "아마 내가 지나치게 낙관했겠지만, 나는 FBI 요원들이 들이닥쳐서 이 거지 같은 일을 하룻밤 새 해결해줄 줄 알았습니다."

데커가 물었다. "동료한테서 검시관의 사망 시각 판정 오류를 비롯한 엉터리 짓에 관해 들으셨나요?"

그린이 약간 소심한 표정을 지었다. "그래요, 들었습니다. 검정파리하고 사반이요. 잘 잡아내셨더군요. 우리는 전부 처음부터 다시 들여다보는 중입니다."

"잘됐군요. 그동안 두 분 형사님이 뭔가 **들이닥치는** 느낌을 받을 수 있도록 내가 **또 다른** 뼈다귀를 하나 던져드리지요."

래시터가 물었다. "무슨 뼈다귀요?"

"이곳 검시관한테 범죄 현장에서 발견된 '인간의 것이 아닌' 혈액이 혹시 **돼지** 피인지 확인해보게 하세요. 아마도 이 일은 망치지 않고 해낼 거라고 생각합니다."

그린이 외쳤다. "돼지 피요? 도대체 왜 그런 생각을 하신 거죠?"

"옛날 경찰 드라마를 보십니까?"

그린이 물었다. "뭐, 〈로 앤드 오더〉 같은 거요?"

"한참 옛날 것들요."

래시터가 물었다. "이 일하고 무슨 관련이 있는데요?"

데커가 대꾸했다. "이 일과 모든 면에서 관련이 있을지 모릅니다."

길을 따라 차를 몰아가면서 재미슨이 물었다. "돼지 피라고요?"

"그냥 넘겨짚은 거예요. 어떻게 풀려가나 두고 봅시다."

"어제 존 배런과 만난 거 나한테 말 안 했죠?"

"음, 이제 알게 됐잖아요."

"어떤 사람이었어요?"

"키가 크고 말랐고, 덥수룩한 회색 머리에 나이는 50대. 잘생긴 남자였어요. 영화배우나 모델 같은 우아함이 있더군요. 박식하고 말투에도 격식이 있고. 한편으로는 재치와 순발력도 갖췄더군요. 심지어 불한당들이 자기보다 훨씬 젊었는데도, 열세에 빠지기 전까지는 두 놈을 패준 것 같더군요. 싸움도 잘한단 거죠."

"그 남자가 정말 바에서 공격을 당했다고요?"

"확실히 배런 집안에 앙심을 품고 있는 세 멍청이들한테요."

"음, 래시터 형사를 기준으로 삼아도 된다면, 이 시 전체가 앙심을 품고 있는 것 같네요. 그 집안 성이 정말로 **배런**이라고 생각해요? 우연이라기엔 너무 공교로워 보이잖아요."(배런이라는 성은 '악덕 자본가'라는 뜻의 robber baron과 일치한다―옮긴이)

데커가 대꾸했다. "그건 정말이지 알아보지도 않았고, 관심도 없는데요."

"당신은 배런이 실제로 이번 살인 사건들하고 관련이 있다고 믿어요?"

"전혀 모르겠는데요. 하지만 피해자들 중에 아는 사람이 있느냐고 물었는데 없다고 하더군요. 하지만 나는 믿지 않았어요."

"왜요?"

"감이죠."

"음, 당신 감은 꽤 정확한 걸로 입증된 바 있죠."

"잘됐네요, 내 감은 남들 감보다 크니까."

"당신 재치와 순발력도 남 못지않은데요. 그래서 우린 어디로 가는 거죠?"

"먼저 조이스 태너의 집에 가봐야죠. 우리는 한 번에 하나씩 처리할 거예요."

* * *

태너의 '집'은 거센 바람 한 방이면 바로 무너질 듯한, 다 쓰러져가는 목조 건물의 지하 원룸이었다. 데커는 그린에게서 받아온 열쇠가 있었다.

작은 거실을 둘러볼 때 재미슨이 말했다. "그린과 래시터가 따라오겠다고 우기지 않아서 놀랐어요."

"그린이 대놓고 얘기했듯이 두 사람은 우리가 사건을 바로 해결하지 못한 데 실망한 모양이더군요. 더 이상 우리를 상대해봐야 시간 낭비라고 생각하는 듯해요. 래시터는 애초에 우리가 이 일에 관여하는 것을 내키지 않아 했죠."

"지금은 달라졌을지도 몰라요. 나하고 래시터 사이에 나름 교감이 생긴 것 같거든요. 그런데 세상에, 래시터는 배런 가문을 정말 싫어하더군요."

"내가 어젯밤에 본 일을 감안하면 당신이 여기서 배런 가문 사람을 좋아하는 이들을 얼마나 만나게 될지 의심스럽네요. 어젯밤 바에는 스무 명쯤 되는 사람들이 있었는데 그 양반을 구해주려고 손이라도 까딱하는 사람이 없더군요. 심지어 휴대전화를 꺼내서 경찰에 전화하는 사람도 없었어요." 데커가 잠시 말을 멈췄다. "바텐더만 빼고요. 여자는 그 사람을 좋아하는 것 같았어요. 존 배런도 같은 감정인 게 분명해 보였고요."

재미슨이 주위를 둘러보며 말했다. "여긴 꽤 말끔해 보이네요."

"경찰이 이미 지문을 채취하려고 먼지를 털었으니 라텍스 장갑은 낄 필요 없어요. 얼른 시작합시다."

* * *

수색을 마친 후 재미슨이 말했다. "여기는 뭐가 없네요. 개인 소지품들은 어떻게 될지 궁금하네요?"

"그런 말로는 태너한테 켄터키에 먼 사촌이 하나 있어서 여기 올 거랍니다."

"빨리도 찾아오네요."

"사촌이 그 여자의 유일한 가족인 듯해요. 전남편은 오래전에 이혼해서 이 지역을 떠났거든요. 아이는 없었고요."

데커는 침대에 앉아 주변을 둘러보았다. 그는 무엇보다 무지막지한 기억력을 동원해 아귀가 안 맞는 점들을 지적하길 좋아했다. 거의 새로운 자료들 위에 템플릿을 놓는 것과도 같았다. 겉보기에 아무리 하찮아 보이든, 뭔가 어긋나는 게 있다면 바로 짚어낼 터였다. 하지만 어찌 된 일인지 여기서는 통하지 않았다. 하지만 데커는 다른 자산을 동원할 수 있었다. 예컨대 상식.

데커가 지적했다. "이 여자가 여기에 1년 정도 살았다고 그린이 말했죠?"

"맞아요."

"역시 파일에 따르면 여자는 6개월 전에 JC 페니에서 해고당했고 그후로 쭉 실업자였고요."

"그것도 맞아요."

"그렇다면 월세를 비롯한 비용들을 어떻게 냈을까요? 실업수당으로는 해결이 안 될 텐데. 돈을 왕창 저금해뒀을 리도 없어요. 이런 데 살 이유가 없을 테니까. 파일에 따르면 판매직을 그만둘 때 해고에 따른 수당을 전혀 받지 못했고요."

재미슨이 덧붙였다. "그리고 차가 있었으니까 보험료니 가스비니 하는 비용들을 내야 했을 거예요. 당신은 누군가 여자를 도와주고 있었다고 생각해요?"

"음, 누군가 도와주지 **않았다고** 생각할 근거는 없죠. 여긴 월세가 밀리면 당장 거리로 쫓겨나는 종류의 집처럼 보여요. 내 말 믿어요. 그런 데서 살아봤거든요."

"나도요."

데커가 말했다. "여자의 차를 확인해봅시다."

차는 12년 된 회색 닛산으로, 길거리에 세워져 있었다.

데커는 그린에게서 받은 열쇠로 차 문을 열었다.

재미슨이 악취를 흩어버리려고 얼굴 앞으로 손을 휘저으며 말했다. "흡연자였군요. 여기에 며칠쯤 그냥 앉아 있기만 해도 폐암에 걸릴 것 같아요."

데커는 커다란 덩치를 소형차의 운전석에 욱여넣고 차 안을 둘러보는 중이었다.

재미슨은 뒷기울에 봉제 주사위 모형 두 개가 매달려 있음을 알아차렸다.

"도박을 했을까요?"

데커가 말했다. "주사위를 굴려본 적 없는 사람이라도 봉제 주사위 모형은 얼마든지 살 수 있어요."

"그냥 농담이었어요."

"그린하고 래시터가 알아낸 바로는, 죽기 사흘 전에 누군가 여자를 마지막으로 봤어요."

"사흘이면 많은 일이 일어날 수 있는 시간이죠."

"신용카드 대금을 어떻게 낼 수 있었을지도 궁금해요."

재미슨이 말했다. "그래서 역시 비밀 자금원이 있었다? 어쩌면 여자가 살해된 일과 연관돼 있는지도 모르겠네요. 마약? 그러면 적어도 스완슨하고는 엮일 수 있죠."

두 사람은 차에서 내렸고 데커는 차 주변을 돌아다녔다. 걸음을 멈추고 조수석 타이어 옆에 무릎을 꿇었다. 차 열쇠로 타이어 접지면에서 뭔가를 파내더니 물건을 들어올렸다.

재미슨이 말했다. "못이네요."

"정확히 말하면 타정못이죠. 동력 타정총에 쓰이는 거요."

"이건 아무 데서나 박힐 수 있는 거잖아요."

"내 생각은 달라요. 타이어를 봐요."

못이 제거된 타이어에서는 바람이 빠지고 있었다. 공기가 새어 나가는 소리가 들렸다.

"전혀 녹이 슬거나 하지 않았어요. 못이 거기 있은 지 꽤 됐고 차가 이걸 달고 달렸다면, 못이 뚫고 들어갔을 테고 그러면 바람이 빠져서 타이어가 납작해졌을 거예요. 이 타이어는 비교적 새것처럼 보여요. 앞창의 검사 스티커를 보니 이번 달에 검사를 받았어요. 장담컨대 이전 타이어는 검사를 통과하지 못했을 테고, 그래서 이 타이어로 교체해야 했을걸요."

"좋아요. 그래도 못은 아무 데서고 박힐 수 있어요. 예컨대 철물점 주차장 같은 곳에서요."

"아마도요. 하지만 이 못들은 띠로 된 못집에 들어 있어요. 산탄총의 탄띠처럼요. 저절로 떨어지지 않는다고요."

재미슨이 휴대전화로 타이어와 못의 사진을 찍었다. "뭐 다른 건 없어요?"

"태너의 차는 여기 있으니, 시신이 다른 도구를 이용해 옮겨졌다는 얘기예요. 범인이 태너를 죽이고 차를 도로 가져다 놓은 게 아니라면요."

"어쩌면 태너가 살인자의 차를 타고 갔을까요?"

"아니면 따로 갔을지도. 어쩌면 배벗하고 같이?"

"에이머스, 경찰은 두 사람이 어떤 관계인지 아직 밝혀내지 못했어요."

"아니에요. 두 사람은 한 가지 점에서 아주 강력하게 엮여 있어요."

"뭐죠?"

"함께 죽었다는 거죠."

0 015

배벗은 단독주택이나 원룸에 살지 않았다. 시 외곽으로 몇 킬로미터쯤 떨어진 낡은 임대 트레일러에서 살았다. 들어가는 길은 일부는 자갈길, 일부는 흙길이었고, 트레일러 주위의 누렇게 시든 작은 잔디밭을 나무들이 둥그렇게 에워싸고 있었다. 재미슨이 트레일러 앞에 SUV를 세웠고 두 사람은 차에서 내렸다.

데커가 총을 꺼내 들고 속삭였다. "안에 누가 있어요." 재미슨 역시 총기를 꺼냈다.

데커는 트레일러의 창 앞을 지나가는 그림자를 목격한 터였다.

차로 다가가면서 재미슨이 물었다. "뒷문이 있을까요?"

다음 순간 두 사람은 누군가 트레일러 뒤편으로 도망치는 소리를 들었다.

데커가 트레일러를 향해 달려가면서 대답했다. "답이 나온 것 같네요."

재미슨은 데커의 뒤를 바짝 따라붙었다. 트레일러 한 귀퉁이에

도달한 두 사람은 잠시 멈춰 서서 뒤편을 샅샅이 훑었다.

재미슨이 울창한 숲의 오른편을 가리키며 부르짖었다. "저기예요, 데커!"

재미슨과 데커는 나무들이 있는 곳으로 맹렬히 내달렸다. 데커는 살이 찌는 바람에 둔해져서 몸 상태가 최상은 아니었지만 놀랍도록 민첩하게 나무들 틈새를 빠져나갈 수 있었다. 하지만 쫓던 사람을 시야에서 놓치고 너무 갑작스레 멈춰선 탓에 그만 재미슨에게 들이받히고 말았다. 숨을 몰아쉬며 주위를 둘러보았다. 달리는 발소리가 사방에서 메아리치는 듯했다.

재미슨이 물었다. "어디로 갔죠?"

데커가 고개를 저었다. "놓쳤어요."

차 문이 닫히고 엔진이 으르렁대며 잠에서 깨어나는 소리가 들려왔다. 데커는 다시금 전력 질주했지만, 숲에서 벗어났을 때는 쌍둥이 후미등이 자갈길 위로 사라지는 것을 구경하고 있을 수밖에 없었다. 재미슨이 잠시 후 데커에게 합류했다. 둘 다 몸을 숙이고 거칠게 공기를 들이마셨다.

숨을 돌린 재미슨이 말했다. "다시는 당신더러 몸 관리를 하라고 들볶지 않을게요."

데커가 몸을 쭉 펴고는 내뱉었다. "음, 나는 그자를 잡기에는 너무 느렸어요. 심지어 남자인지 여자인지조차 확인하지 못했어요. 차는 완전히 놓쳐버렸고요. 심지어 번호판 글자 하나 못 봤으니." 땅에 굴러다니던 오래된 녹슨 깡통 하나를 발로 찼다.

"데커, 우리가 할 수 있는 일은 다 했잖아요."

"적어도 그자가 뭘 찾고 있었는지라도 알아낼 수 있을지 봅시다." 데커가 꿍얼대면서 트레일러를 향해 성큼성큼 걸어갔다.

두 사람은 뒷문을 통해 안으로 들어갔다.

"여기엔 강제 침입 흔적이 전혀 없네요. 앞문도 멀쩡해 보이고요."

재미슨이 추론했다. "그럼 트레일러가 잠겨 있지 않았거나 그자가 열쇠를 가지고 있었겠네요."

차 안은 수색을 마친 곳처럼 보이지 않았다. 온 사방에 물건들이 널려 있었다. 탁자들, 의자들, 조리대들, 그리고 마룻바닥에 온갖 물건이 겹겹이 쌓여 있었다.

데커가 잘 안다는 투로 말했다. "수집가로군요. 하지만 많이 갖지 못한 사람은 뭐든 함부로 버리지 않는 법이죠."

"그린은 배벗 외에 다른 사람의 지문은 전혀 발견하지 못했다고 했어요."

"그렇다면 방문객은 없었다는 이야기로군요. 장갑을 꼈다면 모를까."

재미슨이 지적했다. "음, 방문객은 방금 다녀갔죠."

수색을 마치고 데커는 비좁은 주방 벽에 몸을 기댔다. "화장실에 지지대 따위는 전혀 없고 변기도 일반용이에요. 휠체어를 사용할 길이 없죠. 하지만 처방 진통제의 빈 병들이 잔뜩 있는 걸 보면 뭔가 병을 앓은 걸까요?"

"그린이 확인해볼 거랬어요."

"뻔한 거라면 확인해볼 필요도 없겠죠. 그리고 배벗의 차는 어디 있죠?"

재미슨이 앞창 밖을 내다보았다. "어쩌면 차가 없었을지도요."

"어느 시점에서는 있었어요. 흙에 바큇자국이 남아 있으니까요. 매번 같은 자리에 주차를 했을 거예요. 트레일러 뒤에 오래된 모터 오일 빈 깡통들이 있어요."

"어쩌면 배벗은 시신이 발견된 집으로 자기 차를 몰고 갔을지도 몰라요."

"그렇다면 파일에 관련 내용이 있어야 하는데, 없잖아요."

데커는 주방과 거실 사이의 중간쯤에 설치된 붙박이 탁자 위로 몸을 숙였다. 커다란 모눈종이 묶음이 있었다.

데커는 탁자 앞에 앉아 묶음을 보았다. "이걸 어디에 썼는지 궁금하네요."

재미슨이 다가와서 종이를 내려다보았다.

"고교 시절 수학 숙제를 할 때 비슷한 걸 썼어요, 하지만 내 종이는 훨씬 작았는데."

데커가 허리를 숙여 맨 위 장을 좀 더 자세히 들여다보았다. "눌린 자국이 있군요."

"뭔가 썼었다는 말인가요?"

데커가 고개를 끄덕였다. "그런 것 같아요."

데커가 주의 깊게 종이를 찢어내서 건네자 재미슨은 미리 준비해둔 비닐봉지에 담아 가방에 집어넣었다. 데커는 탁자에 놓인 잡지 몇 권을 집어 들어 훌훌 넘겨보았다. 작은 선반에 있는 책들 역시 훑어보았다. "배벗은 독서 취향이 뒤죽박죽이라 흥미롭군요. 포르노에서 기계, 총들, 역사 음모론까지."

재미슨이 농담조로 말했다. "딱 미국인이네요."

데커는 주방 조리대에서 텅 빈 처방약 병을 집어 들었다. "불행히도, 이것도 대다수 미국인에게 해당되죠." 라벨을 눈여겨보며 말했다. "이건 페르코셋이에요. 바이코딘, 옥시콘틴, 타일록스, 그리고 데메롤 빈 병들도 있어요. 모두 강력한 약들이죠."

"다 중독성이 있고요. 약물 과용. 그게 우리가 마약성 진통제로 위기에 처한 한 가지 이유죠."

데커가 처방전 라벨을 읽었다. "프리드먼 박사. 다른 병들에도 그렇게 쓰여 있어요."

재미슨이 말을 받았다. "프리드먼은 배벗이 앓던 장애에 관해 알지도 모르겠군요."

데커는 주변을 둘러보았다. "배벗이 여기서 얼마나 오래 살았을까요? 장애연금을 받았다고는 해도 그걸로 호화롭게 살기에는 한참 부족하죠. 청구서가 점점 쌓여서 최근에 이리로 이사를 왔다면, 최소한 예전 이웃하고 이야기해볼 가치는 있을 겁니다. 그들이 배벗에 관해 쓸 만한 이야기를 들려줄지도 모르죠. 어쩌면 그린이 관련 정보를 가지고 있을지도 모르겠군요."

데커가 뒤창 밖으로 나무들을 내다보며 꿍얼거렸다. "여기 있는 우리한테는 다람쥐와 사슴뿐이네요."

재미슨이 불쑥 물었다. "방금 그거 뭐였죠?"

데커가 재미슨을 보며 말했다. "뭐요?"

"무슨 소리가 들렸어요. 트레일러 앞에서요."

두 사람은 앞 창가로 가서 밖을 내다보았다. 이제는 아주 어두웠다.

데커가 대꾸했다. "아무것도 안 보이는데요."

"동물이었을지도 몰라요."

데커가 킁킁 냄새를 맡았다. "냄새 맡아져요?"

재미슨이 공기를 들이켰다. "연기인가?"

데커가 말했다. "불이에요!"

두 사람은 앞문으로 달려갔다. 데커가 손잡이를 붙잡고 돌렸지만 문은 꿈쩍도 하지 않았다. 두 사람은 서로 마주 보았다.

재미슨이 말했다. "내가 들은 소리가?"

데커는 뒷문으로 달려가 힘을 주어서 문손잡이를 돌렸다.

데커가 외쳤다. "두 문 다 막아놨어요!"

평 하는 굉음과 함께 트레일러 한쪽 끝이 화염에 휩싸였다. 마룻바닥에서 솟구친 화염은 순식간에 벽과 천장으로 옮겨붙었다.

재미슨이 비명을 질렀다. "이런 세상에! 데커?"

데커는 화염이 계속 다가오는 가운데 주위를 둘러보고 있었다. 책들과 잡지들이 점차 불길에 휩싸였다. 공기는 연기로 매캐했다. 재미슨은 격하게 기침을 하기 시작했다. 두 사람은 다가오는 불을 피해 뒤로 물러섰지만 퇴로는 없었다. 트레일러에 들어오기 전에 데커는 트레일러 몸체 길이의 절반쯤 되는 거리에 떨어져 연결돼 있는 프로판 탱크를 얼핏 보았다. 화염이 닿는 순간 이곳은 통째로 날아갈 터였다. 이제는 연기가 어찌나 두터운지 재미슨조차 거의 보이지 않을 지경이었다. 창문들은 기어나가기에는 너무 작았지만, 데커는 어쨌거나 의자로 창문 하나를 깨부수고 머리를 내밀어 신선한 공기를 조금이나마 들이켰다. 총을 꺼내 앞문 자물쇠를 쏘았다. 있는 힘을 다해 문손잡이를 돌렸다. 여전히 꿈쩍도 하지 않았다.

"알렉스, 내 등에 업혀요."

"뭐요?" 알렉스가 헉헉거렸다.

"업히라고요. 당장!"

재미슨은 데커의 등에 올라타 양다리를 데커의 허리에 단단히 감았다.

데커가 고함쳤다. "고개를 숙이고 있어요."

데커는 뒤로 물러났다가 전력 질주를 해서 문짝을 들이받았다. 문이 약간 내려앉으면서 틈새가 벌어졌다. 데커는 어깨를 늘어뜨리고 쪼그려 앉았다가 다시 앞으로 몸을 날렸다. 경첩이 떨어져 나가면서 문이 마당으로 나동그라졌다. 다음 순간 데커는 여전히 재미슨을 등에 업은 채 그들이 타고 온 SUV를 향해 비틀비틀 걸어가고 있었다. 뒤를 돌아보았다. 화염은 앞문까지, 아니 앞문이 있던 곳까지 도달했다. 트레일러의 대략 중간쯤이었다. 이는 두 사람에게 남은 시간이 고작 몇 초뿐이었음을 의미했다. 데커는 거친 숨을 몰아쉬며 재미슨을 업은 채 SUV 뒤로 갔다. 재미슨은 무릎을 꿇고 쓰러지는 데커의 등에서 뛰어내렸다.

데커가 숨을 몰아쉬었다. "트럭 밑으로 들어가요, 알렉스, 어서!"

데커는 재미슨이 유콘 밑으로 몸을 밀어 넣도록 도와주었다. 재미슨의 발이 밖으로 빠져나왔다. 데커는 차량 밑으로 들어가기엔 너무 덩치가 컸다. 자기 몸으로 빠져나온 재미슨의 발을 덮었다.

다음 순간, 화염이 프로판 탱크에 닿았고 대폭발이 일어났다. 트레일러를 콘크리트블록 지반에서 통째로 들어올려 파편을 온 사방으로 날려 보냈다. 물건들이 떨어져 커다란 SUV를 가격했고 차는 폭발의 위력으로 사정없이 뒤흔들렸다. 데커는 차 앞창에 금이가는 소리를 들었다. 무언가가 차량의 지붕을 위에서 아래로 강타했다. 재미슨이 비명을 질렀다. 데커는 숨을 제대로 쉴 수가 없었다. 가슴이 조여오고 있었다. 넓은 가슴 한복판에 거대한 추가 내려앉은 느낌이었다.

젠장! 심장마비가 오는 건가? 하필이면 이럴 때?

다음 순간 뭔가가 하늘에서 떨어져 데커의 머리를 때렸다. 암흑이 에이머스 데커를 삼켰다.

0 016

새로운 색 하나가 보였다. 노란색이었다. 푸른색은 데커의 공감
각 뇌에서 죽음을 의미했다.

노란색은 도대체 무슨 뜻일까? 천국?

내가 죽었나?

눈이 안 떠지는 걸 보면, 어쩌면 그럴지도 몰랐다. 하지만 눈이
떠지지 않음에도 노란색이 보인다는 건 데커가 머릿속으로 보고
있다는 뜻이었다. 이건 의식적으로 사고한다는 증거, 따라서 살아
있다는 증거일까? 아니면 이게 내가 맞은 **내세**인가?

데커는 뭔가를 느꼈다. 쿡 하고 찌르는 느낌. 이 감각은 아주 멀
고 동떨어진 감각으로 다가왔다. 눈이 아팠다. 그렇지만 여기서도
뭔가를 감지할 수 있었다. 커다란 소음 하나를 희미하게 인지했다.
대포가 발사되는 것 같은 소리였다. 자신에 관해서는 아무것도 느
낄 수 없었다. 그냥 소리뿐. 노란 색깔뿐. 쿡쿡 찌르는 느낌뿐. 귓속
의 감각은 사라지지 않았다. 도리어 강도가 세어졌다. 뭔가가 얼굴

을 때렸다. 가볍게, 뒤이어 세게. 눈을 뜨려 했지만 아무리 애를 써도 이마를 움찔거리는 정도가 고작인 듯했다. 그때 얼굴에 날아온 타격 한 방이 효과를 발휘했다. 기념비적인 노력을 들여 데커는 눈을 깜빡이는 위업을 달성했다.

처음에는 어둠만이 보였다. 이윽고 어둠 한복판에서 뭔가가 얼핏 보였다. 털북숭이였고 가까이 있었다. 숨결이 느껴질 만큼. 하지만 다시 눈이 감겼다. 땅속으로 가라앉는 느낌이었다. 이제는 기억이 났다. 그들은 바깥에, 숲속에 있었다. 트레일러. 트레일러가 폭발했었지. 그후 데커는 생각하기를 멈췄다. 가슴을 들썩이기를 멈췄다. 찰나, 털북숭이 생물의 호흡이 더 가까이 느껴졌다. 동물. 나를 먹이 삼아 만찬을 벌이려고 다가오는 동물. 데커는 무의식 속으로 추락했다. 어쩌면 무의식보다도 더욱 캄캄한 무언가일 수도 있었다. 모든 것이 다시 암흑으로 가라앉기 직전, 데커는 뭔가가 자신의 입을 억지로 벌리는 느낌을 받았다. 그리고 가슴 바로 밑에 한 방.

암흑. 얼마나 많은 시간이 흘렀는지 짐작조차 할 수 없었다. 몸이 급작스레 일으켜지고 모로 쓰러지는 것을 느꼈다. 속을 게워낸 후 몇 초쯤 누운 채 신음을 토했다. 팔에 와 닿는 뭔가를 격렬한 동작으로 떨쳐버렸다. 이윽고 무릎으로 일어나 기어가려고 했다. 털북숭이 동물을 상상했다. 쿡쿡 찌르던 느낌. 숨결. 가슴을 갈긴 한 방. 데커는 겁을 먹었다. 공포에 질렸다. 곰이었을까?

"에이머스!"

외침 소리에 데커는 버둥대기를 멈추고 등을 돌려 헉헉대며 엉덩이를 깔고 앉았다. 1미터도 안 되는 거리에 재미슨이 쪼그리고 앉아 있었다. 지저분하고 머리는 산발에 가까웠지만 다친 데는 없어 보였다. 하지만 얼굴에 어린 극심한 공포 때문에 데커는 입을 쩍 벌리고 바라볼 수밖에 없었다.

"아, 알렉스, 괜찮아요?"

재미슨은 위태위태하게 일어섰다. "나요? 당신은…… 숨을 멈췄었어요. 심폐소생술을 실시해야 했어요."

데커는 자기 입술을 만져본 후 흉골을 더듬어보았다.

심폐소생술?

재미슨이 인공호흡을 하고 주먹으로 두들겨서 데커에게 생명을 도로 불어넣고 있던 거였다.

"당신이었어요? 나한테는 그냥…… 머리통만 보였어요. 동물인 줄만 알았어요. 커다란 털북숭이 동물이요."

재미슨이 얼굴을 찌푸리고는 얼굴에 잔뜩 들러붙은 머리카락을 떼어냈다. "흠, 커다란 털북숭이 동물로 오해받기는 난생처음이네요." 재미슨의 표정이 부드러워졌다. "지금은 괜찮아요?"

데커는 깊은숨을 들이쉬고 뒤통수를 문질렀다. 손을 떼자 피가 묻어 있었다. "뭔가가 저 뒤쪽을 때렸나 봐요. 좀 다친 것 같아요."

재미슨이 외쳤다. "이런, 안 돼." 휴대전화를 꺼내 플래시를 켜고 데커의 뒤통수를 검사했다. "베였어요. 틈이 깊이 벌어졌는데요. 치료를 받아야겠어요."

재미슨이 가방에서 휴지 몇 장을 꺼내 상처에 대고 눌렀다. "여기요. 갖다 대고 있어요."

데커는 재미슨의 말을 따랐다. "심장마비인 줄 알았는데, 하지만 그건 말이 안 되죠. 깊은 잠에 빠졌었나 봐요."

데커는 서서히 일어서서 주위를 둘러보았다. 트레일러는 사라졌고 SUV는 심한 손상을 입었다.

데커가 말했다. "당신이 내 목숨을 구했군요."

"음, 확실히 당신은 내 목숨을 구했고요." 재미슨이 트레일러가 있던 자리를 가리켰다. "저기가 우리 화장터가 될 뻔했죠."

데커가 고개를 끄덕이고 길고 깊은 한숨을 연달아 토해냈다. "틀림없이 내 폐가 연기를 왕창 들이마신 것 같아요. 그후 달리기까지 했으니."

"나를 등에 업고 말이죠. 당신은 머리 부상도 당했어요. 틀림없이 폭발로 생긴 파편들이 당신을 때렸을 거예요. 당신이 차 밑에 들어갈 수 있었으면 좋았을 텐데."

"정말이지 내가 지금보다 날씬했을 때라고 해도, 아무리 이게 SUV라 해도 그건 좀 무리일 거예요."

"구급차를 불러야 해요."

"시내로 돌아가고 싶다면 누군가를 부르긴 해야죠." 데커가 SUV의 앞 타이어들을 보았다. 타이어는 납작해졌고 바퀴는 안으로 쑥 들어갔다. "숲에 불이 옮겨붙기 전에 소방서에서 와서 불길을 잡아야 하고요."

재미슨은 휴대전화를 꺼내 그런에게 전화를 걸어 무슨 일이 일어났는지를 간결하게 설명했다. 형사는 바로 조치하겠다고 말했다.

재미슨은 휴대전화를 집어넣고 트레일러로 다시 눈길을 돌렸다. "어떤 작자들이 우리가 죽기를 간절히 바랐나 봐요."

"사실 잘된 일이죠."

재미슨이 경악한 표정으로 물었다. "무슨 뜻이에요?"

"우리가 누군가를 불안하게 만들고 있다는 뜻이니까요. 우리가 올바른 방향으로 나아가고 있다는 얘기예요. 그러니 잘된 일이 **맞아요**."

재미슨이 따지는 투로 말했다. "우리가 죽었다면 그리 잘된 일은 아니겠죠!"

"모눈종이 가지고 있어요?"

"뭐라고요?"

"트레일러에 있던 모눈종이요."

"맙소사, 데커, 우리는 하마터면 죽을 뻔했어요. 당신은 확실히 **죽었고요**. 그런데 당신 머릿속엔 오로지 사건 생각뿐인가요?"

아무런 대답도 듣지 못한 재미슨은 한숨을 쉬고는 가방에 든 봉투에서 종이를 꺼내 데커에게 건넸다. 데커는 머리에 휴지를 붙인 채로 종이를 땅에 내려놓고 휴대전화 플래시를 켜서 비췄다. 종이에서 겨우 2.5센티미터 떨어진 데서 비췄지만 그럼에도 알아보려면 눈을 찡그려야 했다.

재미슨이 물었다. "뭔가 보여요?"

"맨 위 장에 연필이나 펜으로 뭔가를 그리느라 눌린 자국이 있을 뿐이에요. 자국이 꽤 커 보여요. 종이 대부분을 덮었어요. 환할 때 제대로 봐야겠어요."

데커는 휴대전화 플래시를 끄고 종이를 도로 재미슨에게 건넨 다음 SUV 범퍼에 몸을 기댔다.

재미슨이 말했다. "우리가 쫓던 누군가가 돌아와서 우리를 죽이려 한 걸까요?"

"모르겠는데, 그럴 수도 있죠. 하지만 그러려면 자신도 위험을 감수해야 했을 거예요."

"그렇다면 다른 사람이? 우리가 미행을 당했을까요?"

데커는 흙과 자갈로 된 길을 돌아보았다. "누구든 우리한테 들키지 않고 여기까지 따라오기는 힘들었을걸요."

재미슨이 트레일러 쪽을 돌아보았다. "그게 사라지기 전에 둘러 보아서 그나마 다행이었어요. 비록 확실한 뭔가를 찾아내지는 못 했지만요."

"뭔가를 찾아냈잖아요."

"예를 들면요?"

데커가 갑자기 머리를 움켜쥐고 신음했다.

재미슨이 불안하게 물었다. "데커, 뭐예요?"

"그냥 모든 두통의 끝판왕이요."

몇 분 후 경찰차 두 대, 구급차 한 대, 그리고 소방차 두 대가 나 타났다. 소방관은 트레일러와 주변 구역을 물로 적셨다. 구급의료 원 두 사람은 재미슨과 데커를 검진했다. 재미슨은 혹이 몇 군데 났고 연기를 약간 흡입했다. 구급의료원들이 재미슨을 치료하고 산소를 공급했다. 데커에게도 똑같이 했지만, 머리 부상을 검진하 고 인지 반응을 검사하더니 병원으로 가서 엑스레이를 비롯한 검 사를 받으라고 강권했다.

데커가 말했다. "뇌진탕은 당하지 않았어요. 적어도 심한 정도는 아니에요."

재미슨이 나무랐다. "데커, 당신은 호흡을 멈췄어요. 병원에 **가 야 해요**. 내가 당신이랑 같이 구급차를 타고 갈게요."

차를 타고 가는 동안, 데커는 피 묻은 붕대를 머리에 감은 채 들 것에 누워 있었다. 재미슨은 흙투성이 얼굴을 씻고 구급의료원이 준 젖은 천으로 옷에 묻은 얼룩을 닦아냈다.

"새 옷을 좀 사야겠어요. 이 여행을 하려고 짐을 꾸릴 때 몬순에 익사할 뻔하고 공중으로 날아가리란 생각은 꿈에도 못 했거든요."

재미슨이 구급차 안쪽 벽에 몸을 기대고 눈을 감았고, 데커는 들것에 누운 채 재미슨을 응시했다.

데커가 나지막한 목소리로 물었다. "그래서, 알렉스, 당신은 즐기고 있나요?"

재미슨이 눈을 뜨고 어리둥절한 표정으로 물었다. "**뭘** 즐겨요?"

"휴가요."

0 017

그린이 말했다. "배벗은 산재 사고를 당해서 머리에 금속판을 달고 있었어요."

데커는 병원에서 퇴원 절차를 밟는 중이었다. 아무리 아니라고 우겨도 뇌진탕을 당한 것은 **사실이었다**. 병원에서는 데커가 머리에 강한 충격을 받고 연기를 흡입해서 심장이 멈췄었다고 진단했다. 찢어진 두피를 꿰매 붙인 자리에 머리카락이 앵무새 깃털처럼 삐죽삐죽 솟았다. 또한 뇌진탕 때문에 검은 안경을 끼고 있어야 했다.

데커가 투덜댔다. "내 머리에 금속판이 든 느낌이에요."

그린은 데커가 탄 휠체어와 나란히 걸어 재미슨이 계약한 새 렌터카로 향했다. 재미슨은 휠체어를 밀고 갔다.

재미슨이 물었다. "그러니까 배벗은 뇌 관련 장애를 앓았었다고요?"

"그런 것 같습니다. 그후로 배벗은 잡일들을 하고 실업수당을 받아 생활했어요. 돈이 다 떨어진 후에는 부분 장애 지원금으로 살았고요. 푼돈에 불과했죠."

데커가 물었다. "트레일러로 들어가기 전에는 어디 살았죠?"

"벳시 오코너라는 여자하고 같이 집을 구해 살았어요. 아주 플라토닉한 관계였죠. 적어도 지난주에 저하고 이야기했을 때 그 여자 주장에 따르면요."

재미슨이 물었다. "어떤 관계였는데요?"

"그냥 서로 아는 사이였어요. 둘 다 형편이 어려웠고요. 각자 집세를 낼 수는 없었지만, 함께 내면 되니까. 여기서는 많이들 그렇게 합니다."

데커가 물었다. "그렇다면 남자는 왜 이사를 나갔죠?"

"일자리를 유지하지 못해서요. 오코너는 여기저기서 닥치는 대로 일을 했지만, 자기 봉급만으로는 월세를 비롯한 비용들을 부담할 수 없었어요. 두 사람은 집을 잃고 헤어졌죠. 여자는 다른 룸메이트 두 명하고 시 동쪽의 아파트에서 살고 있습니다. 배벗은 분명 숲속의 버려진 트레일러를 발견하고 이사를 간 거죠. 오코너하고 함께 살다가 이후 트레일러로 옮기기 전에 어디서 살았는지는 명확히 알 수 없습니다."

"차가 있었나요?"

"있었어요. 그렇지만 은행에 빼앗겼죠."

재미슨이 물었다. "그럼 어떻게 돌아다녔을까요?"

"그건 저도 모르죠."

재미슨이 물었다. "배벗이 태너하고 같이 죽은 채 발견된 집까지는 어떻게 갔다고 생각하세요?"

"어쩌면 살인자가 데려갔을지도 모르죠."

새 렌터카 앞까지 오자, 데커는 약간 휘청거렸지만 휠체어에서 일어섰다. 그린이 팔을 둘러 부축했다.

"괜찮은 거 확실해요? 병원에 하루 입원하는 편이 나을 것 같은데요."

"괜찮아요. 실은 배가 고파요. 먹고 나면 괜찮을 겁니다."

"배런 스퀘어에 괜찮은 밥집이 한 군데 있어요. 리틀 이터리라고. 음식이 맛있고 비싸지도 않아요. 우리 동네에 비싼 데가 있는 것도 아니지만."

재미슨이 말했다. "배런 스퀘어라고요? 배런이란 이름에서는 도무지 벗어날 방법이 없나 봐요?"

그린이 웃으며 말했다. "그러려면 여길 떠나야 할 겁니다. 아, 방화 전문가한테 트레일러를 검사하라고 했어요. 두 분을 가두는 데뭐가 이용되었는지는 모릅니다. 사라진 지 오래라서요. 하지만 화염병 비슷한 것의 잔해와, 발화 시점을 알려주는 마른 나뭇더미를 트레일러 밑에서 찾아냈어요. 아무리 비가 많이 내렸다 해도, 숲에는 바로 불이 붙었을 겁니다. 그리고 트레일러는 정말 낡았더군요. 요즘 같은 때라면 화재 방지 코드를 통과했을지 의심스럽습니다."

재미슨이 언니 집에 이르기까지 운전대를 잡았고, 두 사람은 씻고 30분쯤 지나 아래층에서 다시 만났다. 거의 9시가 다 된 시각이었는데도 프랭크는 아직 퇴근 전이었고 앰버와 조이는 학교 행사에 가 있었다. 재미슨은 자신들이 당한 일을 언니에게 알리지 않았다. 시계를 보았다. "시간이 늦어지고 있어요. 아직 문을 닫지 않았으면 좋겠네요."

두 사람이 트럭으로 향할 때, 재미슨은 데커가 안경을 벗고 있음을 알아차렸다. "의사가 안경을 끼고 있어야 한댔잖아요."

"또 완벽한 침묵과 어둠 속에 앉아 있으라고도 했죠. 뇌진탕이라면 이전에도 겪었어요, 알렉스. 이건 별일 아니에요."

재미슨이 미심쩍은 얼굴로 말했다. "좋아요." 두 사람은 몇 분간 말이 없었다. "데커, 그렇게 오랫동안 미식축구를 하면서, 혹시 그런 걱정 해본 적……."

"뭐, 만성 외상성 뇌질환, 치매 같은 것 말이에요?"

"음, 맞아요."

"매번 경기가 끝나고 경기장을 나설 때마다 자동차 사고를 당한 기분이었어요. 모든 경기에서 헬멧이 서로 부딪히곤 했죠. 원래 그래요. 앞으로 무슨 일이 일어나든, 내가 그걸 막을 방법은 전혀 없어요."

"꽤 운명론적 태도네요."

"꽤 **현실적인** 태도죠. 다행히도 나는 프로에서 거의 뛰지 않았어요. 그러니 나한테는 희망이 있을지도 몰라요. 프로 미식축구 선수들은 대학 선수들보다 훨씬 세게 얻어맞거든요."

"당신 말이 맞았으면 좋겠네요. 우리가 나쁜 놈들을 찾아내려면 당신 뇌가 필요하니까."

"이야기를 나눠볼 사람들의 명단을 만들어야 해요. 프리드먼 박사와 오코너, 그리고 태너하고 관련된 사람이면 전부 다. 그리고 태너가 어떻게 먹고살았는지 알아내야 해요. 코스타의 직장과 집도 찾아가 봐야 하고요. 그후 스완슨의 거처도 확인해야 합니다."

"봐요, 우리 둘 다 이 사건들이 서로 연결돼 있다고 믿긴 하지만, 증거가 하나도 없어요."

데커가 재는 듯한 눈길로 재미슨을 보았다. "이 사건들이 서로 연결돼 있지 않다면, 우리가 조사를 그만둬야 하나요?"

재미슨이 깜짝 놀란 표정을 지었다. "아니요, 당연히 아니죠. 그냥 내 말은…….."

"나는 그냥 살인자가 한 명이든 두 명이든, 혹은 서로 협력하든 따로따로 활동하든, 놈들은 죗값을 치러야 한다고 **말하고** 있을 뿐이에요. 왜냐하면 내가 아는 유일한 접근법이거든요."

재미슨이 한숨을 쉬고 고개를 끄덕이고는 말했다. "무슨 말인지 알겠어요. 하지만 사람들 명단이 길어요. 시간이 좀 걸릴 수 있어요. 일주일은 넘을 거예요."

"그럴 수도 있죠. 당신이 보거트한테 전화해서 휴가를 연장해야 할지도 모른다고 말해두는 게 좋겠어요."

"아니요, 전화는 **당신이** 걸어요. 이건 당신 생각이었잖아요. 나는 그냥 언니랑 조카를 방문하고 싶어서 여기 온 거지, 또 다른 살인 사건 수사에 관여하고 싶지는 않았으니까."

데커는 아무 말도 하지 않았다.

재미슨이 덧붙였다. "우리는 어젯밤에 하마터면 살해당할 뻔했어요."

"그래요, 알아요. 나도 거기에 있었어요, 알렉스."

"그 짓을 저지른 자는 다시 손을 쓸지도 몰라요. 우리가 이 일을 계속한다면요."

"이미 말했지만, 이 일은 나 혼자서 해도 돼요. 당신은 그냥 가족들하고 같이 있으면 되고요."

"당신 혼자 이 일을 하는 동안 나는 한숨도 못 자겠죠."

"그럼 우리는 어떻게 해야 하죠?"

"내 생각엔 이 살인 사건들이 서로 연관이 있든 없든, 우리가 조사하는 수밖에 없을 것 같아요. 함께."

데커가 재미슨을 돌아보았다.

"나는 당신을 무사히 지켜내기 위해서라면 내가 할 수 있는 모든 일을 할 겁니다, 알렉스."

"알아요. 조이한테 약속했잖아요."

"아니요, 당신은 내 동료예요. 우리는 서로 뒤를 받쳐줘요. 기억해요? 당신이 전에 나한테 한 말인데."

"기억해요, 에이머스. 당신은 이미 내 목숨을 여러 번 구해줬어요. 하지만 나는 당신뿐만 아니라 나 자신한테도 의존해야 해요. 당신도 마찬가지고요."

"동감이에요."

* * *

리틀 이터리는 아직 열려 있었고, 두 사람이 식사하는 동안 자리는 반쯤 차 있었다. 두 사람은 사람들이 끊임없이 자신들을 훔쳐보는 것을 알아차렸다.

재미슨이 말했다. "확실히 배런빌에서는 소문이 꽤나 빨리 퍼지나 봐요."

데커가 남은 스테이크 조각을 삼키며 대꾸했다. "소도시에서는 원래 소문이 빨리 퍼지는 법이죠. 우리는 방금 날아간 숲속의 트레일러에서 머리에 금속판이 박힌 채 장애연금으로 살다가 살해당한 남자를 추적하고 있어요. JC 페니에서 해고된 이후 뭘로 먹고 살았는지 아무도 모르는 태너도 있죠."

"추가로 죽은 사람 네 명이 더 있고요."

순간 휴대전화가 울리자, 데커는 전화기를 내려다보았다. 인상을 찌푸리고 포크를 내려놓았다.

재미슨이 물었다. "뭐예요? 또 누가 죽었어요?"

"아니요. 그런이 내 질문에 답을 줬어요."

"무슨 질문이요?"

"그게 돼지 피 아니냐고 물었거든요."

"맞았어요?"

"그래요."

재미슨이 짜증이 묻어나는 어투로 말했다. "그럼 어떻게 되죠? 당신은 나한테 아직 알려주지 않았잖아요."

데커는 대답하지 않았다. 누군가에게 전화를 걸어 신호음이 가는 동안 천장을 올려다보았다. 그때 상대가 전화를 받았다.

"그린 형사, 데커입니다. 방금 문자를 받았어요."

"맞아요, 돼지 피였어요. 왜 그렇게 생각하셨죠?"

"그냥 대충 넘겨짚었는데 내가 틀렸기를 바랐습니다. 이런 결과가 나왔으니 우린 또 다른 데이터베이스를 확인해야 합니다."

"우리는 접근할 수 있는 모든 범죄자와 민간인 데이터베이스를 확인했는데요?"

"그 남자들은 민간인도 범죄자도 아니었던 것 같아요."

"그러면 그들이 누구였다고 생각하시는데요?"

"경찰이요."

0 018

경찰서로 향하는 차 안에서 재미슨이 물었다. "왜 경찰이죠?"

"당신은 그걸 알기에는 너무 어리지만, 60년대와 70년대에 '돼지'는 경찰에 대한 흔한 멸칭이었어요. 그래서 옛날 경찰 드라마 이야기를 꺼냈던 거예요. 경찰 제복을 입은 피해자에게 돼지 피가 묻어 있었던 데는 이유가 있었어요. 이건 우리가 특정한 세대에 속한 살인자들을 다루고 있다는 뜻일 수 있어요."

재미슨이 반박했다. "어쩌면 아닐 수도 있잖아요. 돼지=경찰, 이 용법은 확실히 되살아났는걸요. 이제 다른 집단에서도 쓰이고 있어요."

"좋아요, 하지만 우선 우리가 찾아낸 죽은 남자 둘이 경찰**이었는지**를 알아내야 해요. 내 가설이 완전히 빗나갈 수도 있어요."

"맙소사, 이건 마치 공포 드라마 같아요."

"내 평생 조금이라도 긍정적인 요소가 있는 살인은 단 한 번도 본 적이 없어요, 알렉스."

데커는 창문 밖을 내다보았다. "그들이 경찰이라면 어디 소속일까요? 지역 경찰이었다면 지금쯤 신분 확인이 됐어야 하거든요."

"그럼 다른 주 출신일까요?"

"왜 여기 왔을까요? 내 생각에는 그들이 특수 임무를 수행하고 있었을 것 같아요. 지역 경찰들은 거의 주 경계선을 넘지 않으니까."

데커는 말을 멈추고 다시금 먼 데를 바라보는 눈빛을 보였다.

"잠깐 기다려요, 데커, 당신이 생각하는 게…… 내 짐작이 맞는 거예요?"

"그 남자들은 FBI 요원일 수도 있어요, 알렉스."

* * *

그린과 래시터가 서에서 두 사람을 기다리고 있었다.

그린이 말했다. "우리가 접근할 수 있는 데이터베이스에 지문들을 돌려보았어요. 하지만 제한이 걸려 있고 아무 결과도 나오지 않더군요."

데커가 말했다. "내가 FBI에 지문을 돌려보게 할 수 있습니다. 그냥 나한테 디지털 지문을 주세요." 그리고 재미슨을 보았다. "결국 내가 보거트하고 이야기해야겠어요."

재미슨이 대꾸했다. "운도 좋으셔라."

데커는 사람 없는 사무실에 혼자 들어가 보거트에게 전화했다. FBI 특수 요원 보거트는 데커가 그동안 일어난 일들을 풀어놓았을 때 고함을 치기는커녕 중간에 말 한 번 끊지도 않았다.

보거트가 물었다. "지문을 지금 보내줄 수 있어?"

"전화 끊고 나서 바로."

"만약 그들이 FBI 요원이면 상황이 아주 지옥으로 치닫을 거야, 데커."

"이미 꽤 그런 편이야."

데커와 재미슨은 강력계의 칸막이 없는 방에 나란히 놓인 그린과 래시터의 책상에서 기다렸다. 다른 책상에서는 사복형사 한 명이 일하고 있었다. 30분이 지나 데커의 휴대전화가 울렸다. 데커와 재미슨은 빈 사무실로 들어가 전화를 받았다. 보거트였다. 데커는 재미슨이 들을 수 있도록 스피커폰으로 돌렸다.

"우리 직원 데이터베이스에 지문을 돌려봤는데 아무것도 안 나왔어. 연락담당관을 통해 자매기관에도 지문을 제공했네."

"그래서, 결과가 나왔어?"

"아니. 한 군데만 빼고 모든 곳에서 회신을 받았어."

"그게 어딘데?"

"DEA(마약단속국—옮긴이)."

"좋아. 그쪽에서는 연락이 없었던 모양이네. 혹시 그쪽에다 연락은 해봤어?"

"연락해본 결과, DEA 소속의 특수작전팀이 두 시간쯤 후에 배런빌에 도착할 예정이라더군."

재미슨이 물었다. "그렇다면 죽은 남자들은 그쪽 **소속**이었다?"

"그게 문제인데…… 그쪽에서는 긍정도 부정도 하지 않았어요."

"그렇지만 팀을 보낸다는 건?"

"많은 의미가 있을 수 있지. DEA의 워싱턴디시 지부에 친구가 하나 있거든. 자네한테 전화하기 전에 이야기해봤지. 그게 DEA 국장실로 곧장 올라갔대. 봐, 내가 지금 바로 우리 수사국 비행기를 잡아타면 한두 시간이면 도착할 수 있어."

"아니, 이미 맡은 일이 많잖아."

"그리고 두 사람은 휴가 중이어야 **하고.**"

데커가 말했다. "언제쯤 그 말을 꺼낼까 궁금해하던 참이야."

재미슨이 끼어들었다. "나는 데커를 설득해서 말리려고 했어요. 하지만 이 양반이 좋은 살인 사건이라면 사족을 못 쓰잖아요, 잘 아시죠?"

보거트가 말했다. "진지하게 말하는데, 여기서는 뭔가 내 마음에 안 드는 일이 벌어지고 있어요."

"여기서는 내 마음에 안 드는 수많은 일들이 벌어지고 있어. 일단, 살해당한 사람들이 수두룩하거든. 나와 알렉스가 거의 불에 구워질 뻔했던 일도 그렇고."

"나는 여기서 상황을 확인하고 있겠네. DEA 팀이 도착하면 두 사람하고 이야기를 하고 싶어 할 거야."

"내가 그 사람들한테 어디까지 말해야 하는지 감이 안 잡혀. 아직은 초기 단계라."

"문제는 DEA가 상황을 비밀리에 풀어가려 할 거라는 거야."

재미슨이 한마디 했다. "알파벳 약자로 불리는 우리 수사국 부서의 친구들하고 똑같이 말이죠. DIA(국방부 정보국—옮긴이) 기억해요? 입을 아주 풀로 딱 붙였던데."

보거트가 말했다. "만약 죽은 남자들이 거기 소속이었다면, DEA는 주도권을 쥐고 싶어 할 거예요. 영역 다툼이 벌어질지도 몰라요."

데커가 말했다. "난 그냥 진실을 알아내고 싶을 뿐이야. 정치질 따윈 알아서들 하라고 해."

"그래서 내가 **자네**한테 부탁하는 거야, 알렉스. DEA에 안전장치 역할을 해줘. 그 사람들은 흡사 독일 전차부대처럼 들이닥칠 거야. 지역 경찰 따윈 곧장 밟고 지나가려 할 게 분명해. 당신들한테는 그러지 못하게 하라고. 두 사람은 거기 있을 권리가 있어. 조사에 합류하도록 요청을 받았으니까. 그들은 두 사람을 강제로 밀어낼 권리가 없어."

재미슨이 대답했다. "최선을 다할게요."

"만약 판세에 변화가 일어나면, 내가 FBI를 긴급 투입할 수 있어. 그러면 우리는 누구한테도 밀릴 이유가 없지. 행운을 빌어."

데커는 휴대전화를 집어넣고 재미슨을 보았다.

데커가 투덜거렸다. "영역 다툼에 사무실 정치질이라니. 그런 거지 같은 짓은 딱 질색인데."

재미슨이 웃으며 대꾸했다. "그래서, 데커, **당신**은 이제 휴가를 즐기고 있나요?"

0 019

    8인조 DEA 팀은 캣(재난 예측 모델—옮긴이) 4급 태풍의 위력으로 들이닥쳤다. 지휘자는 특수 요원 케이트 켐퍼였다. 강철 같은 손아귀 힘을 자랑하는 악수와 화강암을 깎아 만든 듯한 표정으로 데커와 다른 사람들에게 자신을 소개했다. 나이는 40대 중반에 중키였지만 강단 있는 여윈 몸매로, 짙은 금발과 삶에서 마주친 수많은 장애물을 죄다 뛰어넘은 사람만이 가질 수 있는 단호한 표정의 소유자였다.

    켐퍼가 잘라 말했다. "먼저 시신들을 봐야겠어요."

    그린이 고개를 끄덕였다. "시체안치소에 있습니다. DEA 소속인가요?"

    "시신들을 본 다음에 이야기합시다. 내가 할 수 있는 한도까지."

    그린은 켐퍼의 말에 얼굴을 찌푸렸지만 고개를 끄덕였다. "함께 가시죠."

    DEA 팀은 그린, 래시터, 데커, 그리고 재미슨을 따라 시체안치소로 향했다. 안에서 서랍들이 열리고 철제 침대들이 굴러 나왔다. 시트들이 젖혀지고, 켐퍼는 첫 남자를 내려다본 후 둘째 남자를 보았다. 그러는 동안 데커는 켐퍼를 면밀히 지켜보았다.

켐퍼가 검시관에게 말했다. "감사합니다. 유류품은 우리가 챙기죠." 이어 그린을 돌아보며 말했다. "우리가 이 수사를 넘겨받을 겁니다."

그린이 말했다. "요원님은 그걸 수사할 수 있고, 나는 요원님을 막을 수 없습니다. 하지만 요원님 역시 우리가 수사하는 걸 막을 수는 없습니다."

켐퍼가 휴대전화를 꺼냈다. "막을 수 있는지 없는지 어디 내기할까요? 젠장. 전화 한 통화면 돼요."

그린이 막 뭐라고 항변하려는 참에 재미슨이 끼어들었다. "보세요, 이건 복잡한 수사이고 여러 분야에서 동시에 진행돼야 할 겁니다. 이 거지 같은 일을 해결하기 위해 모든 자산을 한데 모으는 편이 더 나을 것 같은데요." 이어 켐퍼를 보고 말했다. "DEA가 주도권을 잡는 거야 상관하지 않아요. 그렇지만 FBI가 이미 관여했고 우리는 끝을 보고 싶어요. 배런빌은 이제 여섯 건의 살인 사건 현장이 됐어요. 그리고 지역 경찰들을 범죄 수사에서 따돌렸다가는 언론이 아주 신이 나서 물고늘어질 가능성도 없지 않고요. 그건 어떤 방송사의 텔레비전 시청률 말고는 누구에게도 도움이 안 되겠죠. 그러면 우리는 이들을 누가 죽였는지를 알아내는 일에 집중하지 못하고 한눈을 팔 수밖에 없을 거예요."

재미슨의 말에 어떤 반응을 보일지 궁금해하는 사람들의 시선이 켐퍼에게 쏠렸다. 처음에 켐퍼는 재미슨의 말에 기분이 상한 것처럼 보였다. 하지만 이윽고 고개를 끄덕였다.

"기본 원칙이 있어요. 모든 조사는 나를 거쳐 진행돼야 합니다. 단서든 실마리든 신문 기록이든 검사 결과든. DEA가 중앙지휘소입니다."

데커가 말했다. "나는 여섯 살인 사건 모두가 연관되어 있다고 믿습니다. 그렇다면 DEA 소속의 두 피살자가 어떤 식으로든 이 모든 사건과 관련이 있다는 뜻입니다."

켐퍼가 응수했다. "나는 어떻게 그럴 수 있는지 모르겠는데요."

데커가 말했다. "나는 그럴 수도 있다고 생각합니다."

켐퍼가 받아쳤다. "어떻게요?"

"우선, 나는 그들이 잠입 수사를 얼마나 오래 했는지를 알아야 합니다."

켐퍼가 따지고 들었다. "두 사람이 잠입 수사를 하고 있었다는 말을 도대체 누구한테서 들었어요?"

"아무한테도 들은 적 없는데요."

재미슨이 말했다. "그럼, 데커, 어떻게 알았어요?"

데커는 늘어선 DEA 요원들을 둘러보았다. "FBI가 정부기관 요원이었을 가능성이 있는 죽은 남자들에 관해 문의를 했죠. 귀 기관을 제외한 모든 자매기관들이 FBI에 아니라는 답을 줬고요." 데커가 켐퍼를 가리키며 말을 이었다. "귀 기관은 반응이 없었을뿐더러, 해당 문의는 DEA 꼭대기로 곧장 올라갔고, 특별팀이 즉각 파견되었습니다."

켐퍼가 물었다. "그렇지만 잠입 수사라고 했잖아요? 그냥 우리 임무를 수행하고 있었을 수도 있잖아요."

"평상 업무를 수행 중인 요원 두 명이 실종되면 곧장 상황이 파악될 겁니다. 그렇지만 **잠입 수사 중인** 요원들은 정기적으로 연락을 하지 않겠죠. 실종된다 해도 접선책과 확인하기로 한 약속을 어기기 전에는 확인되지 않을 수도 있습니다."

켐퍼가 수상쩍다는 어조로 물었다. "당신은 잠입 수사에 관해 잘 알고 있는 것 같군요?"

"믿으실지 모르겠지만, 나는 오하이오에서 경찰로 일할 때 잠입 수사를 한 적이 있습니다. 원래 꾀죄죄하게 태어난 덕분에 그런 일에 제격으로 보였지요. 나는 덩치가 큽니다. 내가 행동대장 일을 찾고 있는 중이라고 말하면 대다수 사람들은 믿어줬지요. 나쁜 놈들한테 밀착 감시를 받다 보면 접선 날짜가 며칠씩 미뤄지기 일쑤였습니다. 슬쩍 빠져나가서 경찰에 5분마다 문자를 보내는 식으로는 일을 할 수 없으니까요. 위장하고 잠입을 하면, 맡은 역할에 빙의하는 거죠. 아무것에도 얽매이지 않고. 신뢰를 얻어야 하니까요. 인간쓰레기들하고 같이 호흡해야 하는 겁니다. 그래서 두 사람은 뭘 하고 있었습니까?"

켐퍼가 날카롭게 대꾸했다. "그건 나하고 내 팀 말고는 이 방 안의 누구도 알아서는 안 될 사항입니다."

데커가 한마디 했다. "그럼 같이 일하기가 무척 어렵겠군요."

"나는 내가 지휘소이자 정보교환소라고 말했지, 우리가 **함께** 수사하게 될 거라고 말한 적은 없어요."

데커가 그린을 보며 말했다. "좋아요, 그럼 우리는 그냥 나머지 네 건을 조사해야 할 것 같군요. 그건 DEA의 영역 다툼에 속하지 않고 정확히 형사님 관할권 안에 있으니까요. 우리가 수사 중에 겹치는 부분을 발견하면, FBI를 불러들여서 주도권을 잡도록 하죠. 우리가 전체 사건을 해결하면 DEA는 얼간이로 보이겠군요. 실제로도 그렇지만."

켐퍼가 부르짖었다. "아주 주제넘은 소리를 하고 있구먼, 이 사람이!"

데커가 켐퍼를 보며 눈동자를 굴렸다. "아니요, 당신네 기관의 자존심을 앞세우느라 누가 그쪽 사람들을 살해했는지를 알아내는 일을 뒷전에 밀쳐두고 헛소리로 시간을 잔뜩 낭비하게 만든 쪽이 주제넘죠. 만약 이게 당신네 방식이면, 좋을 대로 하십쇼. 하지만 나는 내 수사를 그런 식으로 굴리지 않을 겁니다. 그러니, 적어도 FBI를 대표해서 말씀드리는데, 좆 까시고, 나중에 볼일 있으면 봅시다."

데커는 사무실을 걸어 나갔다.

켐퍼는 데커의 뒷모습을 지켜본 후 재미슨에게 눈길을 주었다. "당신 입장도 그렇습니까?"

"저분은 제 동료니까, 그래요, 맞아요. 하나 더 알려드릴까요? 공교롭게도 저 양반 말이 맞아요."

재미슨은 사무실을 걸어 나갔다. 잠시 후 그린이 래시터와 함께 뒤를 따랐다.

0 020

데커는 미셸의 집에서 침대에 누워 찢어졌다 도로 봉합된 두피를 문지르고 있었다. 밤이 늦어 몸은 피곤하고 머리는 쿵쿵 울려댔다. 재미슨한테 솔직히 다 털어놓지는 않았다. 미식축구 선수 시절 많이 맞은 것은 사실이었다. 또 선수 생활을 하면서 여러 차례 뇌진탕을 겪기도 했다. 그렇지만 이 부상은 다르게 느껴졌다. **더 깊이 파고들어온 느낌.** 엑스선 촬영 결과를 보면 데커를 때린 뭔가는 두개골을 관통하지 않았다. 금 간 데도 부러진 부위도 없었다. 그래도 **기묘한** 기분이 들었고, 이건 단순히 뇌가 두개골 안에서 튕겨져서, 즉 뇌진탕이 일으났기 때문만은 아니었다. 왜 뭔가 다른 느낌이 드는지, 도무지 모를 노릇이었다. 아무래도 잠이 올 기미가 없어서, 새벽 3시쯤에 샤워를 하고 옷을 입고 아래층으로 내려갔다. 주방 조리대에 놓인 종이 한 장이 보였다. 집어 들어 보았다. 조이가 데커의 암기력을 확인하려고 보여준 숫자들이 적힌 종이였다.

무슨 변덕인지, 데커는 그걸 시험해보기로 했다. 종이를 내려놓았다. 머릿속으로 그 페이지를 불러내 아래로 쭉쭉 내려갔다. 맨 끝에 도달하기 전까지는 모두 순조로웠다. 돌연 머릿속에서 뭔가가 마치 표면에 금이 간 DVD처럼 팟 하고 튀었다.

마지막 두 숫자가 안 보여.

반쯤 멍한 상태에서 뒷문으로 걸어 나가 뒤편 데크에 놓인 고리버들 의자에 앉았다. 앉은 자리 위에 가림막이 일부 드리워져 있어서 다행이었던 것이, 가느다란 빗줄기가 떨어지고 있었기 때문이다. 비록 데커에게는 별문제가 되지 않았지만. 전에도 빗속에 나가 앉아 있던 적이 있었으니까. 심지어 예전 오하이오에서 잠시 노숙 생활을 할 때는 빗속에서 **자기도** 했었다.

관자놀이를 문질렀다. 완벽한 기억력과 너무 오랫동안 함께했던지라, 종종 이 능력의 존재를 당연시했다. 여기에는 데커가 증오하는 요소들도 있었는데, 가족이 살해당한 끔찍한 기억은 시간이 지나도 녹슬지 않는다는 것이었다. 그럼에도 범죄들을 해결하려고 애쓰다 보니 자신의 놀라운 재능에 의존하는 처지가 되었다. 그런데 이제 거기에 오류의 가능성이 생겨난 거라면?

데커는 눈을 감고 숫자들이 적힌 페이지를 다시 불러냈다. 이번에는 마지막 두 숫자는 보였지만 가운데 두 개가 안 보였다. 마치 누군가 숫자를 적는 데 쓴 펜으로 문지른 것처럼 흐려졌다.

흠, 끝내주는군.

현재 수사를 초래한 뒷집을 건너다보았다. 그날 맥주잔을 들고 여기 나와 주변을 둘러보고 있지 않았더라면, 데커와 재미슨은 결코 이 일에 말려들지 않았을 것이다.

누가 당신을 살해했는가?

데커는 다른 무엇보다도 이 질문에 대한 답을 알고 싶었다.

"괜찮아요, 에이머스 아저씨?"

몸을 돌려보니 분홍색 잠옷 바지를 입은 조이가 문간에 서 있었다. 형광 녹색 담요를 들고 있는 아이의 엄지손가락이 입가를 맴돌았다. 불안해 보였다.

"괜찮단다, 조이."

"알렉스 이모가 그러는데 아저씨가 머리를 다치셨다면서요."

"아무것도 아니었어. 이건 그냥 혹이야. 잠이 안 오니?"

아이는 데커 옆자리로 걸어와 다리를 꼬고 앉았다. 담요는 가슴 앞에 야무지게 쥔 채였다. "가끔씩 그냥 잠에서 깰 때가 있어요. 그러면 우유를 마시러 가는데, 오늘 엄마는 우유 사놓는 걸 잊어버리셨어요." 아이는 말을 멈추고 엄지손가락을 입에 물었다.

데커가 아이를 내려다본 순간, 불현듯 또 다른 어린 여자아이가 보였다. 자신의 딸, 몰리였다.

데커가 나지막한 목소리로 물었다. "네 담요에 이름이 있니?"

조이가 고개를 저었다.

"내 딸도 담요가 있었단다. 헤르미온느라는 이름을 붙여줬지. 《해리 포터》 알지? 헤르미온느 그레인저."

"엄마가 아직 저한테 그 책을 읽어주거나 영화를 보여주시지 않았어요. 내가 아직 어려서 안 된대요."

"음, 네가 충분히 나이를 먹으면 아주 좋아하게 될 거야."

"아저씨 딸 이름이 뭐예요?"

"몰리."

"저보다 나이가 많아요?"

데커는 목이 메어옴을 느끼며 고개를 돌렸다. 몰리 이야기를 꺼내다니 어리석었다.

고개를 끄덕이며 대답했다. "너보다 여섯 살쯤 많아."

"왜 아저씨랑 같이 오지 않았어요?"

그래, 정말 생각을 잘못했어.

"그애는…… 학교에 가야 해서."

"아. 그럼, 아저씨네 아줌마는 언니랑 같이 있어요?"

"그래, 둘이 같이 있단다, 맞아."

조이는 두 남자가 발견된 집 쪽을 건너다보았다.

"아저씨랑 알렉스 이모는 저기서 일어난 일 때문에 같이 일하시는 거예요?"

"우리는 경찰이 그 일을 알아보도록 도와주는 중이란다."

조이는 엄지손가락을 도로 입에 물고 빨았다. 눈이 커지고 이마에 고랑이 졌다. "엄마가 그러는데 사람들이 저 집에서 **죽었대요.**" 우물거리는 말투였다.

"보렴, 조이야, 너는 그런 생각을 하지 않아도 된단다, 알겠지? 그건 너랑 가족하고는 아무 상관 없는 일이야."

"알렉스 이모는 우리 가족**인걸요.** 그리고 아저씨는 경찰을 돕고 있다고 하셨잖아요."

데커는 허를 찔렸다. "맞아. 아저씨도 알아. 아저씨 말은 그러니까……." 자신을 올려다보는 조이의 막막한 시선에 데커의 목소리가 흐려졌다.

"너…… 이제 그만 자러 가야지, 조이. 시간이 이렇게 늦었는데."

"왜 **아저씨는** 잠을 안 주무시는데요?"

"때로는 머릿속에 생각이 너무 많아서, 그냥 잠이 안 오거든."

"나는 이게 도움이 되더라고요." 조이가 자기 담요를 들어올려 데커에게 건네며 말했다.

어린아이가 베푼 이 친절에 데커는 자기도 모르게 미소 지었다. 담요를 살짝 건드리고는 말했다. "고맙구나. 하지만 내 생각에 네 담요는 너랑 같이 있어야 할 것 같아. 그냥, 그게 더 좋아."

조이는 담요를 소중히 껴안고 일어서서 도로 문간으로 향했다.

이윽고 데커를 돌아본 조이가 말했다. "아저씨가 더는 다치지 않았으면 좋겠어요, 에이머스 아저씨."

데커는 아이를 보았다. "그러지 않으려고 애써보마."

아이가 도로 안으로 들어간 후, 데커는 다시 뒤편 집을 응시했다. 두 눈을 감고 머릿속에 담긴 기억을 마치 필름처럼 풀어놓았다. 눈이 번쩍 뜨였다. 그럴 만도 했다.

보통, 기억은 데커가 보았던 대로 돌아왔다. 데커에게 이 과정은 늘 **새것처럼** 깔끔했다. 조이가 숫자들이 적힌 종이를 보여주고 데커가 암기했을 때처럼. 하지만 이제, 숫자를 떠올리려다 잘 안 됐을 때처럼 기억들은 불규칙하고 끊어져 있었다. 한데 뒤섞어놓은 프레임 같은 것들이 머릿속을 무질서하게 회오리치고 있었다. 당황스럽고 거슬리는 일이었고, 데커는 이를 머리에 입은 부상 탓으로 돌렸다. 그 **기묘한** 두부 부상.

데커는 의자에 몸을 편히 기대고 그날 밤 사건이 담긴 프레임들을 두서없이 헤집고 나아갔다. 자신이 본 것. 들은 것.

멀어지는 차.

머리 위로 날아가는 비행기.

창가의 빛의 번쩍임.

끔찍한 장면들의 발견.

그리고 순서와는 상관없이, 자신이 들은 두 가지 소음. 쿵 하는 소리와 긁히는 소리.

데커는 뭔가를 알지 못하는 상황이 달갑지 않았다. 하지만 수사관이 되면 뭔가를 알지 못한다는 건 당연히 따라오는 조건이었다. **모든 것**을 알기 직전까지 아무것도 모르는 경우가 드물지 않았다. 갑자기 산책이 하고 싶어졌다. 도로 집 안으로 들어가서 비를 막아줄 우산을 가만가만 찾았다. 보통 때라면 약간 젖는 것쯤이야 개의치 않겠지만, 머리 부상을 염두에 두어야 했다. 입구의 벽장 문을 열었다. 안쪽 벽에 우산 하나가 기대서 있었다. 그리고 다른 것도 있었다. 낡은 싸구려 서류가방 옆에 기대 세워놓은, 건축용 청사진 두루마리였다. 처음에는 그저 이 집의 도면이겠거니 싶었지만, 이런 소박한 집치고는 두루마리가 너무 컸다. 관심이 생긴 데커는 평면도를 펼쳐 현관 바닥에 놓았다. 휴대전화를 꺼내 플래시를 켜서 전체 페이지를 훑어보았다. 그것은 모눈 위에 그려진 대형 건물 도면이었다. 맨 위에 적힌 글씨가 눈에 들어왔다. 프랭크가 일하는 물류 센터 상호였다. 이해할 수 있었다. 프랭크는 관리직 직원이니까. 시설은 비교적 새것이었다.

데커는 평면도를 도로 말아서 집어넣었다. 밖으로 나가 우산을 펼쳐 들고 거리를 걷기 시작했다. 길 끝까지 다다르자 모퉁이를 돌아 다음 블록으로 걸어갔다. 보고 싶은 게 있었다. 죽음의 집, 데커가 그 집에 붙인 이름이었다. 집에는 불이 들어와 있었고 경찰차 한 대가 앞에 서 있었다. 순찰차 뒤로 검은색 SUV 두 대가 보였다. 지켜보고 있으려니 노란 우비 차림의 경관 하나가 나왔다. 이어 DEA 바람막이를 입은 한 남자가 SUV 한 대에서 나오더니 그곳 순찰을 맡은 경관에게 합류했다. 켐퍼는 지역 경관들에게 아무것도 의지할 생각이 없는 게 분명했다.

데커는 집, 부지, 거리에 주차된 얼마 안 되는 차들, 그리고 이편

저편에 있는 불 꺼진 집들을 쭉 눈으로 훑었다. 비행기가 날아갔던 하늘을 올려다보았다. 이어 다시 거리를 내려다보았다. 이상하군. 시계를 확인했다. 3시 40분이었다. 거리 건너편, 사건 현장에서 한여섯 집쯤 떨어진 집에 불이 들어와 있었다. 데커는 그쪽으로 걸음을 옮겼다.

0 021

"늦게까지 안 자는군, 젊은 친구. 아니면 일찍 일어났거나."

불이 켜진 집으로 다가간 데커는 휠체어에 앉아 지붕 덮인 현관에 앉아 있는 늙은 남자를 보았다. 현관에 대어놓은 나무 경사로도 함께 눈에 들어왔다. 너와판 지붕이 얹힌 집은 작았고 수리 상태가 엉망이었다. 집 앞에 달랑 한 그루 있는 나무는 죽은 잎만 무성했다. 좁은 잔디밭은 잡초들에 점령당했다. 집은 온통 버려진 느낌을 풍겼다. 모든 것이 죽을 때만을 기다리고 있는 듯했다. 집 옆의 간이차고에는 낡은 승합차가 서 있었다.

데커는 집 앞에 멈춰 섰다. "어르신도요."

노인의 쪼글쪼글한 몸은 휠체어에 파묻혀 있었다. 태양이 피부 손상을 일으켜 갈색 반점들이 노인의 대머리를 온통 뒤덮고 있었다. 쇠테 안경을 쓴 노인이 어깨를 으쓱하며 말했다. "내 나이쯤 되면 시간이 문젠가?" 그리고 스웨터를 몸 주위로 바짝 끌어당기며 살짝 몸서리를 쳤다. 비로 공기가 습한데도 다리에 담요를 두르고 있었다.

노인은 담요를 보는 데커의 시선을 눈치채고는 말했다. "여름, 겨울, 젠장, 그런 건 중요하지 않아. 여전히 한기가 들거든. 의사들은 순환 문제래. 내가 보기엔 너무 오래 살아서 배관이 막힌 듯한데. 봐, 너무 오래 살지 않게 돼 있는 데는 다 이유가 있다니까. 모두 망가지지."

"어르신은 여기 사십니까?"

"어떤 것 같아?"

"프레드 로스 씨 맞으십니까?"

"그렇게 묻는 그쪽은 누군데?" 노인이 다그쳤다.

"저요. 에이머스 데커입니다."

"에이머스? 오랜만에 듣는 이름일세. 그런 프로그램이 있었지, 〈에이머스 앤드 앤디〉였나? 한참 옛날이지. 젠장, 모두 옛날 일이지만. 늙으면 다 그렇지. 나는 여든다섯이야. 대개는 백여든다섯은 된 기분이지만. 어떤 날은 잠에서 깨어나 보면 내가 누군지 몰라, 오리무중이라니까. 이 늙다리가 어쩌다 내 몸 속에 들어갔담? 재미없는 일이야."

데커는 현관에 더 가까이 다가갔다. 비가 멎었음을 확인하고 우산을 내렸다. "이틀 전 밤에 여기 계셨습니까, 로스 씨?"

래시터 형사에게서 로스가 집에 없었을 거라는 말을 들었지만, 본인에게 직접 듣고 싶었다.

로스가 거리를 내려다보았다. "뭔 일인지, 저기서 일이 벌어졌을 때 말이지?"

"그렇습니다."

"당신 경찰이야?"

"그렇습니다."

로스가 거리를 가리키며 말했다. "일이 일어나기 전에 그 남자들이 들어가는 걸 본 적이 있지. 내가 보기엔 FBI 요원들 같더군."

"그걸 어떻게 아시죠?"

"난 텔레비전을 보거든."

"그래서, 그날 밤 여기 계셨습니까?"

로스가 고개를 저었다. "병원에 있었어. 호흡 문제가 있어서. 지금은 괜찮아. 호흡 문제가 아주 많지. 응급실 친구들이 내 이름을 알 정도니까. 말해두는데, 자랑은 아니야. 자네가 늙었는데 부자라면 이야기가 다르겠지. 하지만 늙고 가난하면, 그건 최악이지, 에이머스."

"그 말씀을 들으니 안타깝네요. 경찰이 어르신을 뵈러 온 적이 있습니까?"

"아니. 나는 오늘 막 돌아왔어. 아니, 이제 어제인가."

"혼자 사십니까?"

로스가 고개를 끄덕였다. "마누라가 죽었거든, 아, 이제 거의 20년이나 됐네. 흡연 때문에. 담배는 아예 피우질 마, 에이머스, 끔찍한 고통 속에서 죽고 싶지 않으면 말이야."

"집 근처에서 누군가를 본 적 있습니까, 로스 씨? 그냥 아무라도? 대수롭지 않아 보여도 상관없습니다. 아니면 이상해 보이거나, 어울리지 않아 보이는 뭔가요?"

로스가 꿰뚫는 듯한 시선으로 데커를 보며 대꾸했다. "나는 눈이 썩 좋지 않아서, 더는 뭘 잘 보질 못해."

"그래서 안경을 쓰시는군요. 그런데 어르신은 그 집으로 들어가는 'FBI 요원들'을 봤다고 하셨죠."

로스는 안경을 벗고는 스웨터에 문질러 닦았다. "이 거리의 집들은 대부분 비었어. 배런빌도, 대부분은 비었지." 말을 마치고 안경을 도로 썼다.

"그렇지만 이곳엔 물류 센터가 있잖습니까."

로스가 어깨를 으쓱했다. "거기 일자리만으로는 이 시를 되살리기에 역부족이지. 옛날 직장만큼 돈을 주지도 않고. 젠장, 옛날 직장들만큼 주는 회사는 아무 데도 없어. 나는 대학을 가지 않았어. 그럴 기회가 없었으니까. 그래도 보수 좋은 직장이 있었지. 하지만 이제는 컴퓨터를 모르면 좆 된 거야." 로스가 양손을 하늘로 쳐들었다. "이제 더는 뭘 짓는 사람이 아무도 없어. 그저 거지 같은 키보드질이나 해대지. 지금 사람들은 그런 짓이나 하고 있어. 키보드 치기. 내 말은, 젠장, 무슨 직업이 그따위야?"

"어르신은 광산에서 일하셨습니까, 아니면 공장에서?"

"석탄, 제지 공장, 그다음에는 섬유 공장. 제지 공장에서는 기계 고치는 일을 했지. 코크스 공장에서도 잠깐 일했고. 당시에는 이 시에 들어오면 곧장 악취를 맡을 수 있었지. 석탄, 그리고 종이 만드는 데 쓰던 빌어먹을 것들. 예전에는 배런 집안이 그걸 돈 냄새라고 불렀다고 하더군. 좆 까라 그래. 이제 멕시코인들하고 동양인들이 하루에 몇 페니를 받고 그런 일들을 도맡아서 하지. 하지만 머지않아 망할 놈의 로봇들한테 넘어갈 거야. 그렇게 되면 되놈들하고 멕시코놈들도 일자리에서 밀려나겠지." 프레드 로스가 실실 웃으며 말을 이었다. "예전에는 피츠버그의 제철소로 석탄과 코크스를 실어나르는 철도 선이 이 시 한복판을 직통으로 가로질렀지. 덕분에 이 나라 곳곳에서 불이 계속 지펴질 수 있었고. 그래, 나는 광부였어. 하지만 그 일은 일찌감치 그만뒀지. 보수가 좋았지만,

젠장, 폐가 시커메지는데 좋을 사람이 어디 있겠어, 안 그래? 내 마누라가 그것 때문에 죽었는데, 정말이지. 그 여자는 광산에 발도 들인 적이 없다고. 그런 염병할 게 내 몸에 들어가는 일은 사양이야. 됐수다."

"배런 집안을 아십니까?"

"개새끼들이지, 하나도 빠짐없이."

프레드가 현관에 침을 뱉었다.

"왜 그렇습니까?"

"이곳을 기껏 만들어놓고는 지옥으로 떨어지게 내버려뒀으니까. 그게 이유지. 언덕 위의 큰 집에 앉아서 우리 모두를 내려다보는 놈. 개자식!"

"존 배런 말씀입니까?"

"개새끼."

"그렇지만 어르신은 좋은 삶을 사셨잖아요, 아닙니까? 방금 본인이 그렇게 말씀하셨는데요."

"흠, 내가 일을 해서 일궈낸 거야. 젠장 나는 누구한테서든 뭐 하나 공짜로 받은 적이 없다고. 손이 닳아서 뼈가 드러나도록 일했지. 확실히 돈을 벌긴 했지만, 그놈들에 비하면 좆도 아니었어."

"가족은 있으십니까?"

"제 놈을 세상에 낳아주신 분을 생전 한 번 찾아올 줄 모르는 아들놈이라면 하나 있지. 좆 까라 그래."

데커가 휠체어에 눈길을 주며 물었다. "대체 무슨 일이 일어났던 겁니까?"

유리 렌즈 속에서 프레드의 눈이 까만 총알만 하게 작아지는 듯했다. "나한테 무슨 일이 일어났느냐고? 젠장, 나한테 인생이 일어났지. 그것만 알면 다 안 거야."

"좋습니다. 어르신은 그 집 근처에 있는 누군가를 보신 적이 있습니까?"

"경찰은 자네 아냐? 내가 그걸 어떻게 알아? 난 늙었고, 인간은 물론이고 더는 아무 것에도 확신이 없어."

데커가 로스에게 다가가 신분증을 꺼냈다.

로스가 쑥 들어간 눈구멍 속의 작은 눈으로 신분증을 빤히 보며 물었다. "FBI 요원이시라 이거야?" 그러더니 거리로 시선을 돌렸다. "동네에 FBI 요원들이 쫙 깔렸어. 왜? 거기서 발견된 시체 두 구 때문이라고, 텔레비전에서 그러더군. FBI가 거기에는 뭣하러 관심을 가지지?"

데커가 대꾸했다. "FBI가 워낙 여기저기에 관심이 많죠."

자기 집 현관에 또다시 침 덩어리를 뱉으며 로스가 땍땍거렸다. "너무 많아서 탈이지. 우리가 뭘 하든 망할 놈의 정부가 사사건건 끼어들어. 진저리가 나."

"그래서 어르신은 모든 사람이 각자 알아서 살아야 한다고 보십니까?"

"나는 정부가 내 일에서 손을 떼야 한다고 봐. 그런 입장이지. 그리고 정부는 도움이 필요 없는 놈들을 군이 도와줄 필요가 없어. 나를 봐, 아무것도 없어. 그렇다고 내가 언제 우는 거 봤어? 내가 무슨 문제가 생겼다는 둥, 아니면 누군가한테 억울한 일을 당했다는 둥 하면서 공돈을 내놓으라고 조르는 꼴은 절대 못 볼걸. 망할, 인생이란 원래 불공평한 거야. 그게 정 마음에 안 들면 전에 있던 데로 돌아들 가라지. 그게 내 소신이야. 그리고 나가는 길에 미국 국기에 엉덩짝을 얻어맞지 않게 살펴들 가라고 해."

데커가 한마디 했다. "흥미로운 철학이네요."

"망할, 내가 무슨 철학을 쥐뿔이나 안다고. 나는 그냥 세상을 내 두 눈으로 볼 뿐이야. 진짜 모습 그대로를."

"그렇다면 진짜 세상은 뭐죠?"

"나 같은 사람한테는 예전에 비해 한참 안 좋아진 곳이지."

데커는 화제를 바꾸기로 마음먹었다. "아까 어르신은 집 근처에서 사람들을 본 것 같다고, 그렇게 말씀하셨죠?"

"지금은 다 잊어버렸어."

"로스 씨, 뭔가 아신다면 정말이지 제게 말씀해주셔야 합니다."

"이유가 궁금한데? 자네가 FBI 요원이라서? 그게 무슨 마법의 주문이라도 되나?"

"아니요, 저는 진실을 알아내려고 노력하는 경찰이니까요."

프레드가 악의 어린 미소를 지었다. "그건 빌어먹을 작자들이 텔레비전에서 노상 떠들어대는 소리지. 나는 그때도 안 믿었고, 지금도 안 믿어."

"어르신이 뭔가를 보셨는데 우리한테 말하지 않으면, 그들을 죽인 자들 역시 같은 생각을 할 겁니다. 어르신이 뭔가를 봤을지도 모른다고요. 위험해질 수도 있습니다."

로스가 대답 대신 시들어버린 다리를 덮고 있던 담요를 들어올리자 총열을 잘라낸 산탄총이 드러났다. 로스는 데커가 선 쪽을 향해 총구를 들어올렸다.

"이 아가는 나하고 오랫동안 같이 있었지. 레밍턴 더블에 매그넘 탄창. 누군가 나를 해치려 했다간 **그놈이** 도리어 위험에 처할 거야. FBI 요원도 예외는 아니지. 나는 경고 사격을 하지 않아. 그래야 하는 이유를 전혀 모르겠거든."

데커는 한 걸음 물러섰다. "그냥 혹시나 해서 말씀드리지만, FBI를 위협하는 것은 범죄입니다. 그리고 총열을 잘라낸 총에 그런 탄창을 사용해 발사하면 어르신은 넘어지고 휠체어는 반동으로 벽을 곧장 들이받겠죠. 혹시 때운 치아가 있다면 몽땅 빠져버릴 겁니다. 다음 사격 기회는 없는 거나 마찬가지죠. 왜냐하면 어르신은 뇌진탕을 일으킬 테니까요."

"내가 쏜 상대를 스위스치즈 꼴로 만들 수 있다면 뇌진탕 따위 알 게 뭐야?"

"그리고 제가 알기로는 펜실베이니아에서 총열을 잘라낸 산탄총은 분명 불법일 텐데요. 이것만으로도 어르신을 체포할 수 있습니다."

노인이 앞으로 몸을 숙였다. "어쩌면 자네는 여기 있는 동안 그걸 배우게 될지도 모르겠군. 어쩌면 못 배울 수도 있지만."

"그게 뭐죠?"

"배런빌에 불법인 건 아무것도 없다는 것."

0 022

"데커!"

외침을 들었을 때 데커는 죽음의 집을 막 지나친 참이었다. 켐퍼였다. 집 앞 진입로에 서 있었다. 데커는 걸음을 멈추고 몸을 돌려 켐퍼를 마주 보았다.

켐퍼가 다가오며 물었다. "여기서 뭐 하는 거죠?"

데커가 대답했다. "그냥 산책 나왔는데요."

켐퍼는 시계를 확인하고는 말했다. "새벽 4시에 산책을 나왔는데 우연히 발걸음이 이리로 향했다고 말하는 건가요?"

데커가 켐퍼의 어깨너머로 살인 사건이 난 집을 보는 사이 켐퍼가 다가와서 데커 앞에 섰다.

켐퍼가 물었다. "저 집 안에 다시 들어가 보고 싶어서 아주 근질근질한 모양이죠?"

데커가 켐퍼의 얼굴에 눈길을 꽂았다. "당신이라면, 당신이 나라면 안 그러겠습니까?"

켐퍼는 데커의 뻗친 머리를 보았다. "우리가 처음 만났을 때 당신 머리에 관해 물어볼까 했었어요. 어쩌면 원래 그런 걸 수도 있겠네요."

"머리 부상을 당했습니다."

"어쩌다 그렇게 됐죠?"

"트레일러가 폭발해서요."

켐퍼가 입을 쩍 벌렸다. "뭐라고요? 어쩌다 그런 일이 일어난 거죠?"

"우리가 이동주택 트레일러를 수색하고 있는데 누군가 나와 동료를 안에 가둔 채로 그걸 오븐으로 만들어야겠다고 마음먹은 모양입니다. 우리는 통구이가 되기 전에 빠져나갔지만, 트레일러가 펑 터지면서 프로판 탱크에 불이 옮겨붙어 폭발했고 파편이 내 머리를 가격했죠."

"누가 그랬는지 알아요?"

"아직은 모르죠. 그렇지만 알아보는 중입니다. 나는 누군가 나를 죽이려 하면 개인적 원한을 품거든요."

"나라도 그러겠네요." 켐퍼가 데커를 뜯어보았다. "우리의 마지막 만남 이후 당신에 관해 좀 알아봤어요. FBI에서는 당신을 믿을 수 없을 만큼 높이 평가하더군요."

"으흠. 집 안에서 뭔가 흥미로운 걸 발견했습니까?"

켐퍼가 고개를 갸웃하고 말했다. "칭찬을 안 좋아하나 봐요?"

"어디다 써야 할지 모르겠으니까요."

켐퍼가 재는 듯한 시선으로 데커를 보며 말했다. "알겠어요. 당신 질문에 대한 답은 '흥미로운'을 어떻게 정의하느냐에 달려 있을 것 같네요."

"당신이라면 어떻게 정의하겠습니까?"

"범죄과학적 개념은 어때요? 검시관이 우리한테 정보를 좀 더 줬어요. 들어볼 마음 있어요?"

"우리가 개입하는 걸 원치 않는 줄 알았는데요."

"나는 그냥 모든 일이 나를 거쳐서 진행되어야 한다고 말했을 뿐이에요."

"듣고 있습니다."

"지하실의 남자는 카펜타닐을 과용했어요. 시중에 나와 있는 가장 강력한 상업용 아편제죠. 코끼리 같은 대형 동물을 마취할 때 써요. 러시아인들은 그걸 암살 무기로 이용하죠."

"그 남자의 입술에 생긴 거품은 그로써 설명이 되겠군요."

이 말에 켐퍼는 기묘한 웃음을 떠올렸지만 계속 말을 이었다. "목매달린 채로 당신에게 발견된 남자는 목이 졸려 사망했어요."

"그렇지만 목매달린 게 원인일 리 없는데요."

켐퍼가 눈썹을 들어올렸다. "당신은 원인을 이미 알았다는 얘긴 가요?"

데커가 고개를 끄덕였다. "이곳 검시관을 너무 믿지 말았으면 합니다. 왜냐하면 그 친구는 사망 시각조차 엉망으로 추정했거든요. 범죄과학이라면 그 검시관보다 내가 더 잘 알 겁니다."

켐퍼가 흥미롭다는 눈으로 데커를 보았다. "그 사람이 사망 시각을 엉망으로 확정해놓은 걸 당신은 어떻게 알았죠?"

"붉은 깃발만큼이나 명백한 증거들을 완전히 놓쳐버렸으니까요. 표정을 보아하니 당신도 알고 있군요. 그렇다면 추가로 알아낸 사실을 알려주시죠."

"내가 추가로 알아낸 사실이 있다는 것은 어떻게 알았죠?"

"왜냐하면 당신은 일을 자기 식대로 하기를 좋아하지, 지역 경찰들이 숟가락으로 정보를 떠먹여주기만 바랄 사람으로는 보이지 않거든요."

켐퍼가 웃음을 지었다. "당신의 다른 면이 보이기 시작하네요, 데커."

"내게는 또 다른 면도 잔뜩 있습니다. 그래서, 뭘 알아낸 겁니까?"

"당신 말이 맞아요. 나는 우리 쪽 검시관을 데려왔어요. 시신들과 검사 결과들을 살펴보고 지역 건시관의 판정과 부합하지 않는 몇 가지 결론에 도달했어요. 말하기 전에, 우선 당신의 사망 시각 분석에 관해 먼저 들어보죠."

"사후 경직은 사망 두 시간쯤 이후에 시작됩니다. 소근육, 얼굴, 목에서 시작해 신체 말단에 있는 더 큰 근육 덩어리들을 향해 바깥쪽으로 진행되죠. 그후 이 과정은 역행합니다. 완전한 경직은 전형적으로 사망 후 열두 시간에서 열여덟 시간 사이에 진행되죠. 시신은 대략 그 시간 동안 뻣뻣한 상태를 유지할 수 있어요. 그후 경직이 역순으로 풀리기 시작해, 환경을 포함한 특정 요소들에 따라 서른여섯 시간에서 마흔여덟 시간쯤 지나면 완전히 풀어지죠. 그런 다음 시신은 축 늘어집니다." 데커는 잠시 말을 멈췄다 다시 이었다. "이제, 이 사건에 그걸 적용해보죠. 피해자들이 버려진 집에 스무 시간 이상 있었고, 그중 하나는 곰팡이가 핀 지하실에 있었다? 시신은 부패를 시작하면서 곤충과 알들로 뒤범벅이 됐을 겁니다. 그리고 지하실에 있던 남자의 사지는 경직 상태에서 흔히 그런 것과는 달리 뻣뻣하게 느껴지지 않았어요. 적어도 내가 만져본 바로는 어쩐지 이상했죠. 그곳의 실온에 비하면 너무 차가웠고요. 검시관은 심부 체온 검사에서 그걸 잡아냈어야 하는데, 그냥 자기 온

도계가 고장 났다고 생각해버렸죠."

데커가 말하는 내내 고개를 주억거리고 있던 켐퍼가 입을 열었다. "이제 우리 쪽 검시관 소견을 당신한테 알려드리죠. 피해자들이 지역 검시관이 생각한 시각 즈음에 살해당한 것은 **맞는데**, 관련 상황의 시나리오는 무척 달라요." 켐퍼가 말을 멈추고 데커를 뜯어 보았다. "당신이 한번 추측해볼래요?"

데커는 다시 집을 돌아본 후 서서히 입을 열었다. 말투는 혼잣말에 가까웠다. "이걸 설명할 유일한 방법은 시신들이 내게 발견되기 스무 시간 이상 전에 다른 데서 살해당했다는 겁니다. 예컨대 극저온 냉동고 같은, 폐쇄된 컨테이너에서 보관돼서 경직 과정에 아직 들어가지 않았고 곤충들이 찾아오지 못했다는 얘기죠. 일단 시신들이 폐쇄된 환경에서 나오면 경직 과정이 시작될 테고, 그러면 지역 검시관의 시신 온도 측정기가 이상한 숫자를 내놓은 이유도 설명이 될 겁니다. 사지가 기묘하게 뻣뻣한 점도요. 그건 근육 경직과 관련된 화학반응 때문이 아니라 언 시신이 해동 중이었기 때문이겠죠. 그리고 검정파리들은 시체에서 액체와 가스들이 방출될 때 나는 냄새 같은 것을 기반으로 시체를 추적합니다. 만약 시신들이 냉동돼 있었다면 그런 냄새들이 방출될 수 없었겠죠. 시신들이 그곳에 있었던 시간이 아주 짧았다면 곤충이 그리 심하게 침입하지 않았을 겁니다, 이는 범죄 현장의 실제와 부합하고요." 데커는 잠시 말을 멈췄다. "하지만 이게 사실이면 그 남자의 입술에는 거품이 없었어야 합니다. 오래전에 사라졌을 테니까요."

"범인들이 시신을 가져다놓은 후 증거를 날조했다면 그렇지 않겠죠. 왜냐하면 놈들은 독극물을 검사하면 시신의 체내에서 마약이 검출될 것을 알았을 테니까요. 또 사람이 처음부터 거기서 죽어 있었다면 거품이 남아 있어야 한다는 사실도 알았을 테고요."

"그쪽 검시관은 시신들이 사망 후 옮겨졌다고 생각합니까?"

"두 시신 중 적어도 하나는 그렇다는 걸 **알아요**. 사후경직 반점이 그걸 보여주었죠."

"목매달린 남자, 맞죠?" 데커가 고개를 주억거렸다. "나는 그 남자의 등에서 사반을 보았습니다. 목이 매달린 채로 거기 있었다면 절대 일어날 수 없는 일이죠."

켐퍼가 말을 빈다. "정확히 우리 검시관이 말한 대로네요. 실제로 묶음실징후가 **두 곳**에서 나타났어요. 이곳 검시관은 그걸 못봤거나 보고도 대충 넘겼거나 아니면 둘의 차이를 알지 못했겠죠. 밧줄로 인한 흔적은 명백히 사후에 생긴 거예요."

"이 짓을 저지른 자는 세세한 부분까지 신경 썼고, 유능한 검시관이 이 일을 맡지 않기를 바랐을 겁니다. 거의 희망대로 될 뻔했죠. 그쪽 검시관은 냉동고 시나리오를 어떻게 알아냈습니까?"

"정말이지 범죄과학에 어긋나는 사실을 설명할 방법은 그것뿐이니까요. 또 두 피해자 중 한 명의 어깨에는 찰과상 흔적이 있었습니다."

"저희도 보았습니다. 경찰은 의료용 패치 때문이 아닐까 추측하고 있었죠."

"우리 검시관은 냉동고에서 피부가 노출되는 바람에 생긴 동상 자국이었다고 믿어요. 그게 사후에 생겼다고 거의 확신하더군요. 그렇지만 자신이 말한 사망 시각이 사실은 추측이라는 점을 강조했어요. 시신들을 사망 직후 냉동고에 보관했다 현장에 가져다 놓았다면 사망 시각을 정확히 계산하기는 불가능해지니까요."

"이 짓을 저지른 자는 그 남자들이 언제 죽었는지를 우리가 정확히 알아낼 수 없게 하는 데 그야말로 심혈을 기울였군요."

"그렇게 함으로써 강력사건 수사에 필요한 핵심 도구를 빼앗아 가 버렸죠."

데커가 생각에 잠긴 어조로 말했다. "알리바이의 유무는 큰 의미가 없어지겠군요."

"바로 그거죠."

"시신들은 내가 그들을 발견한 시각과 비교적 가까운 시각에 여기로 옮겨졌어야 합니다. 그 집에는 속이 넓은 냉동고가 없으니, 시신들은 이리로 옮겨지기 전에 다른 어딘가에서 냉동 보관된 게 분명합니다."

"차 소리를 들었다고 했죠?"

"들었습니다. 다른 소음도 하나 들었죠."

"소음이라면 어떤 종류죠?"

"연쇄적인 소리처럼 들렸어요. 긁히는 소리와 쿵 소리."

"다른 건요?"

"머리 위로 날아가는 비행기 소리. 그게 전부입니다. 도대체 시신 두 구를 옮겨놨는데 어떻게 뭔가를 본 사람이 아무도 없을 수가 있죠?"

"음, 내가 알기로는 이 동네에 사람들이 많이 남아 있지 않다던데요."

"그렇지만 거리에 갑자기 차가 나타날지 어떨지 살인자들 입장에서는 결코 확신할 수 없잖습니까. 아니면 누가 창밖으로 내다볼 수도 있고요. 제 말은, 바깥을 볼 수 있는 눈만 있으면 되는 거니까요." 데커는 잠시 침묵에 잠겼다. "이제, DEA 요원들이 여기서 뭘 하고 있었는지 저한테 알려줄 마음이 드셨나요? 그리고 왜 잠입 수사를 했는지? 당신네 요원들이 나쁜 무리와 어울리고 있었다면, 우리가 용의자 명단을 좁힐 수 있을 것 같은데요. 특히 이런 동네에서는요."

캠퍼가 입술을 삐죽 내밀고 데커를 빤히 보았다. "이건 절대 다른 데 발설하면 안 돼요."

데커가 대꾸했다. "어디 발설할 데도 없습니다."

"윌 비티와 더그 스미스, 집 안에서 죽은 두 남자 이름이죠. 비티는 지하실에 있었어요. 스미스는 목매달린 쪽이고요."

"두 남자는 DEA에서 잠입 수사 요원으로 일했습니까?"

"그렇기도 하고 아니기도 해요." 캠퍼의 대답은 예상을 벗어났다.

"도대체 그게 어떻게 가능하죠?"

"그들이 우리를 위해 잠입 수사를 한 것은 **맞아요**. 그후에 배신했죠."

"그들이 배신했는지는 어떻게 아십니까? 어쩌면 정체를 들켰는지도 모르잖습니까."

"우리도 그랬을 가능성을 붙들고 있었는데 어떤 일이 일어나는 바람에 생각을 고쳐먹을 수밖에 없었죠."

"무슨 일인데요?"

"두 남자는 랜디 하스라는 남자하고 같이 일하고 있었어요."

"그 남자도 DEA 소속이었습니까?"

"아니요. 우리한테 덜미가 잡혀서 정보원 노릇을 하던 범죄자였죠. 비티랑 스미스하고 같이 일하고 있었어요. 우리한테 엿을 먹였다간 평생 감옥에 처박힐 처지였죠."

"하스한테 무슨 일이 일어났습니까?"

"치사량의 모르핀을 투여당했어요. 그렇지만 죽기 직전에 비티와 스미스를 자신의 살인자로 지목했죠."

"이유를 말했습니까?"

"아니요. 그냥 그 두 사람이라고만 했어요."

"그들이 하스를 죽이려 할 이유가 뭘까요?"

"모르죠."

"당신은 하스의 진술을 믿습니까?"

"죽어가면서 남긴 마지막 말이잖아요. 거짓말을 해야 할 이유가 뭐겠어요? 무엇보다 우리는 비티나 스미스하고 연락이 닿지 않았어요."

"누구든 비티와 스미스를 죽인 자는 두 사람이 경찰임을 **알았습니다.** 한 사람한테는 경찰 제복을 입히고 한 사람 주변에는 돼지 피를 부은 걸 보면요."

"하지만 두 남자가 어두운 쪽으로 넘어갔다는 것은 사실이에요."

데커가 말했다. "음, 어떤 사람들은 도무지 용서하는 법을 모르죠. 특히 이미 어두운 쪽에 있는 사람들은요."

0 023

데커는 겨우 세 시간쯤 눈을 붙이고 아래층으로 내려갔다. 주방에서는 조이가 학교에 가기 전 아침 식사를 마치려는 참이었다.

데커는 커피 한 잔을 손수 따르고 앰버가 구워서 건네준 베이글을 받아들었다. 앰버는 한편으로는 조이의 도시락을 싸고 다른 한편으로는 주방에 딸린 작은 방에서 세탁물을 처리하느라 분주히 왔다 갔다 하는 중이었다. 프랭크는 이미 출근한 후였다. 데커는 시리얼을 숟가락으로 떠먹고 있는 조이 맞은편에 지친 몸을 앉히고 커피를 마시며 베이글을 씹었다.

조이를 건너다본 데커는 아이가 자신을 빤히 보고 있음을 깨달았다.

"아저씨, 어젯밤에 나가셨죠. 제 방 창문으로 봤어요."

"그때도 말했지만 잠이 안 와서 그랬단다. 너는 왜 안 자고 있었니? 도로 잠자리에 든 줄 알았는데?"

조이가 어깨를 으쓱하고는 숟가락으로 그릇을 두드렸다.

세탁실에서 앰버가 말했다. "조이, 서두르렴. 5분 후면 출발해야 하는데 아직 양치질도 안 하고 머리도 안 빗었잖니. 책가방은 챙겼니, 꼬마 숙녀님? 그리고 플루트는?"

조이가 눈알을 굴리더니 시리얼을 한 입 더 떠먹었다. 눈길은 여전히 데커에게 꽂혀 있었다. "나쁜 사람들은 이제 찾으셨어요?"

"아니, 아직은 아니야. 여전히 찾는 중이란다."

"머리가 이상해 보여요."

"원래 그래."

"아니요, 가운데가 엄청 뻗쳤는데요."

"어, 실수로 풀이 좀 묻어서 그래."

이 말에 조이의 얼굴에 화색이 돌았다. "나도 머리에 풀 묻은 적 있어요. 실수는 아니었어요. 엄마가 엄청 화를 냈어요. 가위로 잘라내야 했거든요. 내가 잘라줄까요?" 아이가 목소리를 낮췄다. "엄마는 자기가 없을 때 내가 가위를 쓰는 걸 진짜 싫어해요. 하지만 엄마한테 말 안 하면 돼요."

"고맙구나. 하지만 아저씨는 그냥 자라게 놔둘 생각이란다."

조이가 실망한 기색을 또렷이 드러내며 다시 시리얼 그릇으로 고개를 돌렸다.

앰버가 주방에 들이닥쳐 딸에게 물었다. "좋아, 준비 다 했니?"

"양치질을 하고 머리를 빗어야 해요. 그리고 플루트가 어디 있는지 모르겠어요."

"오늘이 네 생일이긴 하지만, 그만 가야 해요, 꼬마 숙녀님."

조이가 반쯤 남은 그릇을 들어올리고 입을 열었다. "하지만 엄마……."

"아, 안 돼, 그런 수법 이제 안 통해. 남은 것은 차에서 마저 먹으

면 돼. 자, 가자! 그리고 플루트 안 가져올 셈이면 아래층으로 내려
오지 마. 어젯밤에 네 서랍에 있는 거 봤어."

조이가 느릿느릿 자리에서 일어서더니 데커에게 힘없이 손을
흔들며 작별인사를 했다.

데커가 말했다. "생일 축하한다, 조이."

아이가 방을 나가자 앰버가 숨을 몇 번 깊이 들이쉬고 말했다.
"아이들이란."

데커가 말했다. "그래요."

"저는 아들은 안 키워봤지만, 딸보다 힘들 리는 없어요."

데커가 말했다. "저도 아들은 안 키워봤습니다. 딸만 하나 있었
지요."

앰버가 몸을 굽히며 데커 맞은편에 천천히 앉았다.

앰버가 불안한 투로 말했다. "알렉스한테서 얘기 들었어요. 그
게……"

데커가 말했다. "맞습니다."

"정말 유감이에요."

"그래요."

데커가 더는 말하지 않자, 앰버는 자리에서 일어나 어색하게 입
을 열었다. "저는…… 어, 조이를 학교에 데려다줘야 해서요."

데커는 테이블을 내려다보며 말했다. "그러세요."

* * *

몇 분 후 재미슨이 주방으로 내려와 커피 한 잔을 따랐다.

"어젯밤에 켐퍼를 봤어요. 아니, 오늘 새벽에 봤다고 해야 하나."

재미슨이 입을 쩍 벌리고 데커 맞은편에 앉았다.

"어디서요?"

"우리가 죽은 남자들을 발견한 집에서요."

"당신은 거기서 뭘 하고 있었는데요?"

"잠이 안 와서요. 산책하다가 죽음의 집 앞을 지나가게 됐어요. 프레드 로스, 그린과 래시터가 아직 이야기해보지 않았다는 이웃 사람을 만났죠. 고집 센 개자식이었는데, 담요 밑에 총열을 잘라낸 산탄총을 숨기고 있더군요. 나를 쏘려고 했던 것 같아요."

"맙소사, 데커, 그냥 다른 사람들처럼 자러 갈 수는 없었던 거예요?"

"로스는 자기가 그때 집에 없었다고 하더군요. 하지만 뭔가 다른 이야기를 했어요."

"뭐요?"

"배런빌에서는 아무것도 불법이 아님을 깨닫게 됐다나요."

재미슨이 얼굴을 찌푸렸다. "무슨 뜻으로 한 말일까요?"

"나도 모르죠. 그 남자를 만나고 여기로 돌아오고 있는데 켐퍼가 죽음의 집에서 나왔어요."

"땍땍거리던가요?"

"아니요, 사실은 누그러진 것처럼 보였어요. 죽은 남자들에 관해 뭔가를 말해줬어요. 그들은 DEA 요원들이 **맞았어요**. 윌 비티와 더 그 스미스. 비티가 지하실에 있던 남자예요. 내 생각대로 잠입 수사를 하던 중이었고요. 다만 켐퍼 말로는 그들이 배신했다고 하더군요."

"배신했다고요? 그게 무슨 뜻이죠?"

"그 남자들은 공조 중이던 범죄자를 죽였다는 혐의가 있어요. 하스라는 남자였죠. 범인들이 비티와 스미스를 더 일찍 살해한 후 사망 시각 판정을 망쳐놓으려고 냉동을 해뒀던 것 같아요. 켐퍼가 지역 검시관을 믿지 못해서 자기네 검시관을 데려왔어요."

"흠, 당신도 그랬죠. 당신이 옳다는 사실이 입증된 모양이네요."

"비티의 사인은 초강력 마약성 진통제 과용이었어요. 엄청난 양이죠. 강제로 복용당했음이 분명해요. 스미스는 목이 졸렸지만, 밧줄이 사망 원인은 아니었어요."

"이미 죽은 상태로 옮겨졌다는 얘기군요?"

"그런 것 같아요."

"왜 그렇게 수고로운 일을 했을까요?"

"전혀 모르죠."

"죽은 남자 둘을 거기 데려오는 일은 아주 위험한 거잖아요. 누가 볼 수도 있으니까요."

"알아요. 설명이 안 되는 일이죠."

"그래서 비티하고 스미스는 배신자였다는 건가요, 그럼?"

"그게 켐퍼의 생각이에요."

"당신은요? 당신은 어떻게 생각해요?"

"나는 정말이지 뭔가 생각을 할 만큼 충분히 알지 못해요. 아직 정보를 수집 중이에요."

"그럼 우리는 뭘 하죠?"

"계속 파헤쳐야죠. 다음 순서는 코스타, 은행가예요. 우선 이 남자의 직장으로 갈 겁니다. 다음 순서는 집이고요. 그러고 나면 스완슨을 확인해야죠. 이어서 존 배런 4세를 찾아가서 이야기를 나눠봤으면 해요."

"존 배런이요? 왜요?"

"이미 말했듯이, 나는 존이 피해자들 가운데 아는 사람이 없다고 한 말이 거짓이라고 생각하거든요. 그런 식으로 거짓말을 하는 사람을 보면 더 잘 알고 싶어지죠."

"당신 말에 따르면 흥미로운 사람처럼 보이네요."

"흥미로운 사람 **맞아요**. 그렇다고 존이란 남자가 이 일과 무관하다는 뜻은 아니에요." 데커는 생각에 잠긴 표정으로 덧붙였다. "모두가 자신을 미워하는 이 도시에 왜 계속 머무르는지 궁금해요. 왜일까요?"

"어쩌면 처벌받기를 좋아하는지도 모르죠."

"아니면 다른 이유가 있거나요."

데커는 조리대로 손을 뻗어 숫자가 적힌 종이를 집어 들었다.

재미슨이 물었다. "그게 뭐예요?"

데커는 조이가 자기 기억력을 시험한 이야기를 해주었다.

"조이가 당신한테 정말 호기심을 느꼈나 보네요."

"요는 그게 아니에요. 내가 뇌진탕을 당한 후에 종이를 다시 봤는데, 마지막 두 숫자가 기억이 안 나요. 다음에 다시 봤을 때는 마지막 두 숫자는 기억이 나는데 중간에 있는 숫자들 몇 개가 기억이 안 나더군요."

"당신 생각엔 머리 부상하고 관련이 있는 것 같아요?"

"모르겠어요. 어쩌면 그럴 가능성이 높죠."

데커가 어찌나 침울해 보이던지 재미슨은 이렇게 말했다. "데커, 당신의 기억력은 정말 경이로워요. 하지만 당신이 이토록 뛰어난 성과를 올린 이유는 기억력 때문만은 아니에요. 당신은 20년도 넘게 경찰로 일했어요. 당신은 보는 눈이 있고 생각하는 머리가 있어요. 내가 지금까지 본 누구하고도 달라요. 그리고 당신은 포기를 모르고요."

"어쩌면요."

"아니, 확실해요."

"고마워요, 알렉스. 고마워요."

"우와, 어쩌면 뇌진탕이 약간 **긍정적인** 영향도 있나 봐요."

"그게 무슨 뜻이죠?"

재미슨이 한숨을 쉬었다. "신경 쓰지 말아요." 재미슨이 데커를 올려다보며 커피잔을 손가락으로 어루만졌다. "켐퍼가 정말로 우릴 개의치 않는 걸까요?"

"내 생각엔 그런 것 같아요. 하지만 그렇지 않다 해도, 나는 포기하지 않고 계속할 거예요."

"당신은 어떤 상황의 정치적 측면이나 남의 시선 따윈 전혀 신경 쓰지 않죠, 안 그래요?"

데커가 대꾸했다. "살인 사건에 관한 한, 나는 그래야 할 이유를 전혀 모르겠으니까요."

024

주위를 둘러본 데커가 얼굴을 찌푸렸다. 은행은 영 마음에 들지 않았다. 예전 벌링턴에서 은행이 담보로 잡은 데커의 집과 차를 빼앗아 간 이후로 줄곧 그랬다. 은행은 데커의 머리 위에서 지붕을, 엉덩이 밑에서 바퀴를 빼앗아 가버렸다. 코스타가 몸담았던 배런빌 내셔널 뱅크 사무실은 넓고, 지역에서 열린 행사의 기념물들로 가득했다. 은행은 고교 토론대회, 리틀 리그 야구단, 지역 키와니스클럽(어린이 국제봉사 단체—옮긴이)과 VFW(해외파병용사협회—옮긴이) 지부들에 이르기까지 온갖 단체를 후원했다. 시에서 공로를 인정해 수여한 열쇠가 책상에 놓여 있었다. 가족사진은 전혀 없었다. 코스타는 독신에 아이도 없었기 때문이다. 두 사람이 알아본 바에 따르면 코스타는 뉴욕 퀸스에서 태어나서 시러큐스에서 대학을 다니고, 뉴욕주립대학에서 경영학 석사를 딴 후 배런빌에 오기 전에 월가에서 일했다.

재미슨은 벽에 걸린 사진들을 자세히 살펴보았다. "주지사, 시장, 시의원, 경찰서장들하고 같이 찍은 사진들이네요. 저쪽에는 지역 역사협회, 숙녀정원클럽, 그리고 미국혁명의딸들이 있고요. 확실히 사교적인 사람이었던 모양이네요."

데커의 시선이 방 안을 더듬었다. 깔끔하고 정돈되고 효율적인 방이었다. 중심에는 분명 자신과 아무런 연관이 없는 지역 마약상과 함께 자동차 정비소에서 총에 맞아 죽은 남자가 있었다. 두 사람은 코스타의 은행 동료들과 이야기를 나눈 터였다. 다들 입을 모아 코스타가 친근하고 열심히 일하며 꼼꼼하고 양심적인 사람이었다고 말했다. 아무도 코스타가 살해당할 만한 이유를 전혀 짐작하지 못했고, 스완슨과 어떤 관계가 있을 거라고 생각하는 사람도 없었다.

재미슨이 물었다. "혹시 코스타에게 남모르는 은밀한 삶이 있었을까요?"

데커는 죽은 은행가의 책상에 놓인 사진 한 장을 들어올렸다. 코스타와 젊은 여자 한 명이 찍혀 있었다.

데커가 말했다. "내가 아는 사람이네요."

"누군데요?"

"머큐리 바의 바텐더예요. 이름이 신디죠. 존 배런하고 친구 사이고요."

재미슨이 사진을 응시했다. "코스타는 미남이었군요. 그리고 신디라는 사람은 정말 아름답네요. 혹시 둘이 사귀는 사이였을까요?"

데커가 말했다. "우리가 알아내야죠."

재미슨이 나가서 코스타의 비서인 에밀리 헤이스를 데려왔고, 두 사람은 사진에 관해 물었다.

헤이스가 대답했다. "브래들리가 조직한 지역 업체 모임에서 찍은 걸로 알아요. 그분은 이런 모임을 가능한 한 많이 열고 싶어 했죠. 배런빌에는 성공하고 부유한 사람들이 몇몇 있었고, 브래들리는 그 사람들하고 친분을 쌓는 데 능했어요. 집에서 칵테일 파티를 비롯한 이런저런 행사를 열었죠. 정말이지 여기서 그런 일을 한 사람은 그분이 처음이었어요. 진정 야심가였죠. 우리에게 정말 필요했던 에너지를 가지고 계셨어요. 정말 아쉽기 짝이 없어요."

헤이스의 표정과 어조에서 데커는 50대인 이 여자가 젊고 카리스마 넘치던 은행가를 짝사랑하지 않았나 하는 생각이 들었다.

데커가 물었다. "그런데 이 사람을 아십니까?"

"아, 네, 신디 라일리예요. 머큐리 바 주인이에요."

데커가 살짝 놀라서 물었다. "거기 주인이라고요? 바 소유주치고는 다소 젊어 보이던데요."

"음, 그분 아버님이 주인이었어요. 하지만 신디 자신도 훌륭한 사업가예요."

"코스타와 라일리 씨가 사귀는 사이였습니까?"

"내가 알기로는 아니었어요, 아뇨."

"그렇군요. 하지만 이건 코스타 씨의 책상에 있는 단 한 장의 사진이라서요. 그동안 수많은 사업가들하고 사진을 찍었을 텐데 말이죠."

헤이스가 당혹스러운 표정을 지었다. "뭐라고 말씀드려야 할지 모르겠네요. 내가 아는 한, 브래들리는 일과 사생활을 철저히 분리했어요. 나는 브래들리한테 누구를 만나는지 캐물은 적이 없고요."

데커가 물었다. "존 배런은 어떻습니까?"

여자가 얼굴을 찌푸리고 물었다. "그 사람은 왜요?"

"은행 고객이었습니까?"

"예전에 계좌가 있긴 했죠, 맞아요."

"그분이 코스타 씨하고 알고 지냈습니까?"

"그랬다 해도, 저로서는 알 수 없죠." 헤이스가 말을 멈추고 골똘히 생각에 잠긴 표정을 지었다. "이제 생각해보니까, 은행이 배런 씨 땅을 **실제로** 담보로 설정했던 것 같아요. 하지만 자세한 내용은 저도 몰라요."

"코스타 씨가 거래를 담당했습니까?"

"가능한 일이긴 한데, 나는 확실히 몰라요. 고객 계좌를 들여다보고 누군가에게 정보를 줄 권한이 없거든요."

데커가 물었다. "알겠습니다. 당신은 배런 씨를 개인적으로 **아십니까?**"

헤이스가 입술을 쑥 내밀었다. "아니요, 모르는데요."

재미슨이 말했다. "약간 적대적으로 들리는데요."

헤이스가 재미슨을 꿰뚫을 듯 쏘아보았다. "저희 할아버지가 배런 소유의 광산에서 돌아가셨어요. 어머니는 수년간 섬유 공장에서 허리가 끊어져라 일하셨고요. 어느 날 출근했더니 폐업 공지가 문에 걸려 있었대요. 최종 통보도, 예고도 없이. 심지어 연금도 사라졌고요. 어머니는 얼마 안 가 돌아가셨어요. 아마 그 일로 스트레스를 너무 많이 받은 탓일 거예요."

데커가 물었다. "하지만 광산이며 공장은 배런 가문이 이미 팔아치운 지 오래 아니었나요?"

헤이스는 가슴 앞으로 팔짱을 끼고 부아가 난 표정으로 데커를 보았다. "그렇다면 요원님은 배런 집안이 계속 소유했다면 노동자들을 조금이라도 다르게 대접했을 거라고 진심으로 생각하세요?"

데커가 되물었다. "코스타 씨에 관해 저희에게 알려주실 정보가 있나요? 그분은 사라진 날 출근했습니까?"

"네. 하루 종일 일했어요. 이튿날 브래들리가 출근하지 않고 연락도 닿지 않았을 때 우리 지점장인 비처 씨가 경찰에 신고했죠."

"그날 사무실에서 평소와 달라 보인 점은 전혀 없었습니까?"

"내가 아는 한은요. 멀쩡해 보였어요. 경찰한테도 같은 질문을 받았는데, 나는 똑같이 대답했어요."

"퇴근 후에, 그러니까 밤에 혹시 일정이 있었습니까?"

"내가 아는 한은 없었어요. 아까도 말씀드렸지만, 브래들리는 저한테 그런 이야기를 하지 않았습니다."

데커가 물었다. "코스타 씨가 여기서 누구하고 어떤 문제를 일으킨 적이 있었습니까? 아니면 고객들 중 누군가하고?"

"내가 아는 한은 없었어요."

데커가 지적했다. "같은 말씀을 계속하시네요. 그런 일이 있었다면 아셨을까요?"

헤이스는 약간 발끈하는 눈치였지만 이렇게 대답했다. "나는 비서니까, 아마 알았을 거예요. 브래들리는 여기서 모든 사람하고 잘지냈어요. 사실, 누구나 그분을 좋아했죠. 아주 행복한 사람이었어요. 고객들에 관한 한, 은행은 확실히 일부 융자를 회수하고 일부 자산들을 담보로 잡아야 했죠. 하지만 여기 사람들은 가능하면 이자를 갚아요. 그러지 못해서 집이나 차를 잃게 되더라도 납득하죠. 계약은 계약이니까요."

"무척 공정한 분들이군요." 이렇게 말하는 데커의 어조에는 불신이 담겨 있었다.

헤이스가 물었다. "다음에는 코스타 씨의 집에 가실 건가요?"

데커가 말했다. "왜 물으시죠?"

"꽃에 물을 주시면 좋겠어요. 다른 뜻은 없어요."

데커가 말했다. "거기 가보신 적이 있나 보네요?"

헤이스가 딱딱한 어투로 말했다. "나는 그분의 사업 모임을 몇 차례 도와드린 적이 있어요."

두 사람이 은행 건물을 나왔을 때 재미슨이 말했다. "음, 저분은 입이 무겁네요, 어쩌면 아무것도 모를 수도 있고요."

데커가 대꾸했다. "아니면 거짓말을 하고 있거나요."

재미슨이 말했다. "음, 꽃에 물을 줄 필요가 있긴 하군요."

두 사람은 배런빌 시내 중심가에 자리 잡은 코스타의 아파트 한 복판에 서 있었다. 탁 트여 있고 공기가 잘 통하는 집으로 노출된 벽돌 벽으로 치장돼 있었다. 모르긴 해도 집주인은 두둑한 지갑만 제공하고 재주는 전문 디자이너가 부렸으리라.

재미슨이 내부 공간을 둘러보며 말했다. "좋네요. 아낌없이 돈을 쓴 흔적이 보여요. 여기가 옛날 섬유 공장 중 하나였다고 쓰인 명 판이 아래층에 있더라고요. 적어도 배런 집안이 이곳 시민들한테 뭔가를 남기긴 했네요."

데커가 한마디 했다. "음, 코스타는 더는 이걸 누리지 못하겠죠."

데커는 한쪽 벽에 설치된 붙박이 선반을 응시했다. 다양한 액자 에 든 사진들을 하나하나 빠짐없이 살펴보았다.

"이거 봐요."

재미슨이 다가왔다. 데커는 리틀 리그 야구단이 현수막을 들고 있는 사진을 가리켰다.

"그게 왜요? 은행이 야구단을 후원하는 거잖아요. 코스타의 사무실에서 이미 봤고요."

"맞아요. 하지만 코치를 봐요."

재미슨이 사진 속에서 웃고 있는 키가 크고 마른 남자를 보았다.

"미남이네요. 누구죠?"

"존 배런이요."

"뭐라고요? 농담이겠죠."

데커는 액자에 새겨진 날짜를 보았다. "1년 전에 찍었네요. 존 배런은 은행의 후원을 받는 야구단의 코치를 맡았는데, 코스타를 몰랐다? 이렇게 중요한 후원자를?"

"음, 그럴 수도 있을 것 같은데요. 내 말은, 야구단을 후원한다고 해서 꼭 코치를 만나야 할 이유는 없잖아요. 그냥 수표만 써주면 되죠."

데커가 반박했다. "하지만 여기에 사업 관련 사진은 이거 한 장뿐이에요. 나머지는 산, 강, 그리고 이 지역 경관을 찍은 사진이에요. 어쩌면 코스타는 아마추어 사진작가였을지도 모르겠네요. 하지만 왜 이 사진 하나만 여기 있죠? 다른 리틀 리그 야구단 사진들은 사무실에 있는데."

"나도 모르죠."

데커가 창가로 가서 손가락질을 했다. "저기 언덕 위에 있는 건물은 틀림없이 존 배런의 집이겠군요."

재미슨이 창가로 다가왔다. "우와, 여기서 봐도 대저택이라는 걸 알겠네요."

"틀림없이 쓰러져가고 있고요."

"음, 나는 유지비가 얼마나 들까 하는 생각밖에 안 드네요. 틀림없이 난방비만 한 재산 들 것 같아요."

"내 생각엔 존 배런한테 재산이랄 게 남아 있을 것 같지 않아요. 지금은요."

"어쩌면 집의 일부만 사용할 수도 있겠죠."

데커가 아파트를 둘러보며 말했다. "이곳에 가구를 들이는 데도 돈이 꽤 들었겠네요."

"코스타의 보수가 상당히 좋았나 봐요. 이 동네는 물가가 퍽 쌀 것 같아요. 아마도 뉴욕 시절에 모아둔 돈도 좀 있었을 테고요."

"그건 인정하지만, 왜 여기서?"

"뭐라고요?"

"코스타는 월가에서 일했어요. 어차피 은행에서 일할 거라면 왜 배런빌로 왔을까요? 월가에도 있는데. 여긴 코스타에게 익숙한 환경하고는 정반대 같은데요."

재미슨이 대꾸했다. "어떤 사람들은 변화를 원하죠."

"이렇게 큰 변화를요? 다 죽어가는 시에 찾아올 정도로? 무슨 기대를 가지고?"

"기회가 있을 테고 상황이 바뀔 거라는 기대요. 비서 말마따나, 코스타는 행복했고 사업을 일으키고 있었어요. 이 집도 가지고 있었고요."

"결국 총에 맞아 죽고, 이마에 낙인이 찍힌 채 자동차 정비소의 체인에 매달리는 결말을 맞았죠. 대단한 기회로군요."

"데커, 코스타는 그런 일이 일어날 줄 **알지** 못했어요." 재미슨이 지적했다.

데커는 대꾸하지 않았다. 그냥 계속 주위를 둘러보았다.

재미슨이 말했다. "그린은 태너가 JC 페니에서 잘렸다고 했어요. 여기에는 수상쩍은 구석이 없어요. 다른 사람들 다섯 명도 동시에 해고당했으니까. 나중에 JC 페니도 결국 문을 닫았죠. 코스타하고는, 적어도 우리가 알아낸 바로는 아무런 연관도 없어요. 배벗하고도 마찬가지고요. 우리는 아직 스완슨을 살펴보지 않았어요. 어쩌면 다들 스완슨한테서 마약을 사고 있었을지도 몰라요."

"우리는 배벗의 집에서 마약 관련 용품을 하나도 발견하지 못했어요. 여기서나 태너의 아파트에서도 마찬가지였고요. 또 우리가 이야기를 나눠본 사람들 중에 코스타, 태너, 또는 배벗이 불법 마약을 복용한 낌새가 있었다고 말한 사람도 없어요."

"그렇다 해도 마약이 어떻게든 관련되어 있을지 몰라요. 배벗은 강력 진통제를 복용하고 있었어요. 그리고 DEA가 여기 왔잖아요, 결국."

데커는 시내를 조망하는 유리창을 손가락으로 두드리고는 말했다. "어쩌면 그 사람들의 죽음은 서로 관련이 없을지도 몰라요."

"계획된 살인이 아니었다는 뜻인가요?"

"꼭 그런 뜻은 아니에요."

"음, 그들이 서로 관련이 없다면, **무작위**로 살해당했다는 뜻이 되지 않나요?"

"아니죠. 네 사람 모두 **또 다른** 사람과 관련되어 있을 수는 있죠. 거미줄의 거미, 바퀴의 중심인 바퀴통. 그 누군가가 공통분모일지도 몰라요."

재미슨이 의자에 앉아 골똘히 생각에 잠겼다.

"그렇다면 누굴까요?"

데커가 말했다. "음, 그걸 안다면 사건을 해결할 수 있겠죠. 자,

180

갑시다."

재미슨이 자리에서 벌떡 일어나며 물었다. "어디로요?"

"스완슨의 마지막 보금자리로."

* * *

그린 형사가 건네준, 스완슨이 마지막으로 지낸 주소는 배런빌 한구석에 있는 모텔이었다. 데커도 재미슨도, 살면서 그렇게 황폐한 곳은 처음 보았다.

"예전에 내가 살던 곳 같군요." 데커가 화장실이 딸려 있지 않은 작은 방을 둘러보며 말했다. 모텔 관리인이 스완슨이 두 달 전 이곳을 떠났다고 알려주었다. 그다음엔 오리무중이었다.

두 사람은 텅 빈 방을 둘러본 후 관리인의 사무실로 돌아갔다. 재미슨이 물었다. "경찰이 다녀갔나요?"

머리가 반백이 된 50대 남자가 고개를 끄덕이며 새된 목소리로 대답했다. "경찰한테도 똑같이 말했습니다. 마이크는 8주쯤 전에 여기를 떴어요. 그후로는 한 번도 못 봤고요."

데커가 알려주었다. "음, 다시는 못 볼 겁니다. 죽었거든요."

"젠장, 마이크가 약을 판다는 사실은 다들 알았어요. 그쪽 세계에 몸담으면, 결국 그렇게 죽는 거죠."

재미슨이 물었다. "그에 관해 더 해줄 말이 있나요?"

"마이크는 사실 좋은 사람이었습니다. 잘나가는 친구는 아니었죠. 제 말 무슨 뜻인지 아시죠? 하지만 여기서 도움을 많이 줬어요. 다른 거주자들 몇 명을 도와줬죠. 마약 문제만 빼면 괜찮은 친군데. 사실 마이크가 죽었다니 마음이 아프네요."

재미슨이 물었다. "그래서 심지어 마약을 하는데도 여기 있게 해 준 겁니까?"

관리인이 어깨를 으쓱했다. "젠장, 숙녀분, 그런 식이면 나는 우리 어머니를 비롯해 배런빌 사람 절반한테는 방을 못 빌려줄 겁니다. 우리 어머니는 70대 후반이신데도 말이죠."

데커가 물었다. "누군가 그 사람을 찾아온 적이 있습니까?"

"아니요. 제가 보기에 마이크한테 친구가 많았던 것 같지는 않아요."

"실종되기 얼마 전에 보셨습니까?"

"실은, 여기를 떠난 이후로는 마이크를 한 번도 못 봤습니다."

재미슨이 물었다. "그 사람한테 혹시 적이 있었나요?"

"내가 아는 한은 없었어요. 하지만 마약을 팔았으니 또 모르는 일이죠."

"차가 있었습니까?"

"아니요. 자전거가 있었어요. 떠날 때 가져갔죠."

데커가 물었다. "어떻게 생겼습니까?"

"네, 바퀴가 두 개 달렸더군요."

두 사람은 별 소득 없이 모텔을 나섰다.

재미슨은 타고 온 차의 옆구리에 기대어 말했다. "음, 이 사건은 두 바퀴가 **없는** 자전거만큼이나 진행이 빠르네요."

데커가 재미슨의 어깨너머를 응시했다. "저건 정말이지 배런빌에 살면 안 볼 수가 없겠군요. 틀림없이 여기 사람들은 저걸 보면 속깨나 쓰리겠어요."

재미슨이 데커가 말하는 쪽을 보았다.

"존 배런이 조상 대대로 살아온 저택이요?"

"그리고 우리의 다음 정거장이고요." 데커가 시계를 확인했다. "모르긴 해도 지금쯤이면 일어났겠죠?"

0 026

노후. 이게 배런 저택 외관을 뜯어본 데커의 머릿속에 떠오른 단어였다. 낡아빠진 이중 현관을 두 번 두드렸지만 아무런 응답도 들려오지 않았다.

재미슨이 말했다. "어쩌면 집에 없을지도 몰라요."

"집이 크잖아요. 문간에 나오려면 한참 걸어야 할지도 모르죠. 존 배런은 자기가 보통 여기 있다고 말했어요."

잠시 후 두 사람은 다가오는 발걸음 소리를 들었다. 문이 벌컥 열리자 존 배런 4세가 두 사람 눈앞에 나타났다. 데커는 배런이 전날 밤과 동일한 옷을 입고 있음을 알아차렸다. 머리도 까치집이었고 눈은 졸음으로 가득했다.

데커가 배런을 빤히 쳐다보면서 물었다. "저희 때문에 깨신 건가요?" 때는 이미 늦은 오후였다.

"실은 그렇습니다. 물론 일어나긴 아까 일어났죠. 평소처럼 정오 무렵 곧장 침대에서 굴러 내려왔습니다. 다만 밤에 잠들기 전까지 맑은 정신을 유지하려고 잠깐 낮잠을 자던 중이었죠."

배런이 눈을 크게 뜨고 재미슨을 응시하더니 물었다. "이쪽 분은 누구실까요?"

재미슨이 말했다. "이쪽 분은, 알렉스 재미슨입니다. 데커의 동료예요."

배런이 말했다. "운이 좋으시군요, 데커. 자, 어쩐 일로 이 먼 데까지 이렇게 반가운 걸음을 해주셨을까요?"

데커가 대답했다. "우리는 살인 사건을 조사 중입니다."

"그렇다고 말했죠."

"귀하에게 몇 가지 질문을 하고 싶습니다."

웃음을 띤 배런의 표정은 조금도 흔들리지 않았다. "왜죠?"

"그냥 통상적인 절차입니다."

"그렇죠. 사람들이 뭘 캐물을 근거는 딱히 없지만 그렇거나 말거나 치고 들어오고 싶을 때 그렇게 말하더군요. 음, 기꺼이 환영합니다. 다만 여기 매력적인 알렉스도 같이 질문을 한다는 조건으로 말이죠."

배런은 뒤로 물러서서 들어오라고 손짓했다. 두 사람이 들어가자 등 뒤로 문을 닫았다. 복도를 흐르는 쌀쌀한 공기에 재미슨은 바로 몸서리를 쳤다.

배런이 그것을 알아차리고 말했다. "나는 1월까지는 난방을 하지 않거든요. 날이 다시 따뜻해질 때까지 몇 달 더 버텨야 합니다. 아궁이에 기름을 때죠. 지독히도 비싸다니까요. 사람은 자기 벌이에 맞게 살아야 하는 법이죠."

배런은 두 사람을 복도로 이끌고 갔다. 웅장한 통로 양편으로 열린 문간을 지날 때마다 데커와 재미슨은 수십 년 전의 장식품과 가구들을 갖춘 엄청나게 큰 방들을 얼핏얼핏 볼 수 있었다. 썩어가는 분위기가 물씬 풍겼다.

재미슨이 말했다. "대단한 집이네요."

"사실 건축 솜씨는 최악이었고 재료는 구할 수 있는 가장 싸구려를 썼죠."

데커가 물었다. "그건 왜죠?"

"왜냐하면 배런 1세는 1달러도 남한테 주기를 싫어했거든요. 제 생각에는 에베네저 스크루지를 본받고 싶었던 것 같습니다. 한편으로는 시 전체가 볼 수 있도록 당신 부의 상징을 전시하고 싶어 했죠. 이게 그 결과물이고요."

"그럼 일꾼들은요? 그들도 별로였나요?"

"아, 내가 듣기로는 일꾼들은 뛰어난 사람들이었어요. 하지만 고용주가 너무너무 싫어서 날림으로 작업을 한 거죠. 적어도 집안에 전해 내려오는 뒷이야기에 따르면 그렇습니다."

배런이 열린 문간을 가리켰다. "총기 보관실입니다."

배런은 6제곱미터 약간 못 되는 공간으로 두 사람을 인도했다. 3면 벽에 줄줄이 총 선반들이 있었지만, 고작해야 장총 몇 자루가 걸려 있을 뿐이었다. 총신이 위아래로 두 개 달린 골동품 산탄총 한 자루, 사냥용 소총 세 자루, 그리고 우아해 보이는 화승총 한 자루. 방 한복판에 놓인 유리 캐비닛 속에 든 권총 몇 자루, 나팔총, 구식 탄환들, 그리고 각종 사냥 장신구들도 보였다.

"배런 1세는 자신을 봉토의 영주라 생각했고, 남들한테도 그렇게 보이기를 좋아했지요."

데커가 물었다. "사냥을 했었나요?"

"오로지 돈을 목적으로 한 사냥만요. 총은 사용하지 않았습니다.

그냥 칼로 사람들의 등을 찌르기만 했죠."

재미슨이 그 말에 눈썹을 치켜올렸다. "예전에는 틀림없이 훨씬 더 많은 총이 있었을 것 같아요."

"예전에는 이곳에 **모든 것**이 훨씬 더 많았죠. 총으로 말하자면, 이곳의 유지비를 충당하려고 이따금씩 내다 팝니다. 보셔서 아시겠지만, 내 재산은 점차 동이 나는 중입니다. 이제, 나의 조그만 내적 성소로 가시죠."

배런은 두 사람을 복도로 안내해 20세기 초 시대극에서 곧장 가져온 듯한, 커다란 서재 같은 공간으로 들어갔다. 뒷벽 가까이에 두 사람이 마주 앉아 일할 수 있는 거대한 책상이 놓여 있었다. 책상에는 컴퓨터가 놓여 있었는데, 분명 구식임에도 오래된 장식품들 사이에 있으니 영 어울리지 않는 물건 같아 보였다. 책장들, 책과 잡지 들이 수북이 쌓인 낮은 탁자들, 받침대 없이 서 있는 아주 오래된 금속 지구본, 그리고 거의 마룻바닥에 닿을 정도로 푹 꺼진 가죽 소파가 방 여기저기에 흩어져 있었다. 한쪽 벽에는 복잡한 부조가 새겨진 식기 진열장을 기대어놓았고, 거기에는 크리스털 유리잔들 뒤로 반쯤 빈 술병들이 일렬로 서 있었다. 책상 맞은편에 푹신하게 속을 채운 의자 두 개가 더 있었는데, 존 배런은 두 사람에게 손짓해 의자에 앉으라 하고 자신은 책상 뒤에 자리를 잡고 앉아 거치적거리는 종이 더미와 책들을 치웠다. 데커의 의자는 그의 무게로 인해 불길하게 삐걱거렸지만 버텨냈다. 배런 뒤로는 잔뜩 얼룩이 진 진녹색 휘장이 드리워져 있었다.

데커가 큼지막한 컴퓨터에 눈길을 주었다. "그래서, 생업이 뭔지 여쭤봐도 되겠습니까?"

"내가 막대한 재산을 물려받아 그걸로 먹고살 수도 있다는 생각은 안 하시나요?" 배런은 이렇게 되물었지만, 얼굴에 떠오른 미소를 보면 그리 진지하게 한 질문은 아니었다. 배런이 컴퓨터를 가리켰다. "나는 사실 펜실베이니아주립대학과 펜실베이니아대학의 교수들을 위해 연구를 합니다. 보수가 썩 좋지는 않지만 집에서 할 수 있고 어느 정도 수입이 되긴 하니까요."

재미슨이 물었다. "어떤 방면의 연구인가요?"

"대체로 역사죠. 나는 과거를 들여다보길 좋아합니다. 현실을 잊게 해주고 미래의 전망, 아니 좀 더 정확히 말하자면 전망 없는 미래에 너무 깊이 빠질 시간을 주지 않으니까요."

데커가 물었다. "당신 가족의 역사를 연구한 적도 있습니까?"

"그냥 세대에서 세대로 전해 내려오는 것들이죠. 다른 동네에서 흔히 보는 악덕 자본가들하고 별로 다르지 않습니다."

재미슨이 말했다. "배런이라는 성 이야기가 나와서 말인데, 원래 성인지, 아니면 존 배런 1세가 새로 지은 이름인지 궁금해하던 참이었어요."

"내가 아는 한 원래 성입니다. 비록 우리 조상이라면 무슨 짓을 했다고 해도 별로 놀라울 것은 없지만요."

배런이 양손으로 뒤통수를 받치고 뒤로 기대앉아 기다란 다리를 책상 위에 올려놓으며 말했다. "좋아요, 나는 두 분의 **통상적** 신문을 받을 준비가 됐습니다."

재미슨이 녹음기를 꺼냈다.

그렇게 하지 않는 데커를 보고 배런이 물었다. "동료가 당신 대신 모든 기록을 담당하나요?"

"아니요, 나는 꽤 기억력이 좋아서요."

"아, 그럼 엄청 편리하겠군요."

"맞아요, 그럴 때도 있죠."

"그럼, 통상적 질문은요?"

"전에 내가 피해자들 중에 아는 사람이 있느냐고 물었죠?"

"어렴풋이 기억이 나네요."

"당신이 모른다고 말한 것도 어렴풋이 기억이 나십니까?"

"어쩌면요."

재미슨이 끼어들었다. "기억이 나거나, 안 나거나, 둘 중 하나죠, 배런 씨."

배런은 재미슨을 향해 미워할 수 없는 웃음을 지어 보였다. "친애하는 알렉스, 보통 나는 망설임 없이 그런 질문에 대답합니다만, 여기 당신 동료가 질문했을 때는 알코올을 상당량 섭취한 후였습니다. 다른 말로, 술에 취한 상태였지요. 집까지 걸어갔어야 했는데, 실은 차를 강으로 몰고 들어갈 뻔했지 뭡니까. 하지만 내가 당신의 질문 구조가 탁월하며 내용 역시 적확하다고 말씀드려도 되겠습니까?"

재미슨이 깜짝 놀란 표정을 지었다. "아, 그래요."

배런이 다시 데커를 보았다. "이제 내가 비교적 술이 깼으니, 다시 한 번 해볼까요?"

데커는 이제 신원이 밝혀진 DEA 요원들은 빼고 나머지 이름들을 한 번 더 읊어주었다.

"음, 나는 대학에 다니느라 잠시 떠났던 시절을 제외하면 배런빌에서 거의 평생을 살았습니다. 이 사람들이 여기서 평생을 살았다면 내가 그들을 만났거나, 우연히 마주쳤거나, 아니면 실제로 정확하고 상세히 기억하진 못할지라도 어떤 방식으로든 알았을 수도 있을 거라고 생각합니다."

"태너는 여기서 40년 넘게 살았습니다. 당신 또래였지요. 스완슨은 이곳에서 평생을 살았지만 30대였고요. 코스타와 배벗은 좀 더 최근에 왔습니다."

"그들 중 누구도 딱히 기억에 떠오르는 사람은 없는 것 같군요."

"우리는 당신과 리틀 리그 야구단이 함께 찍은 사진을 발견했습니다. 아이들이 우승 기념 현수막을 들고 있더군요. 날짜는 작년이었습니다."

배런이 웃음 지었다. "우리가 작년에 주 결승전에서 우승했기 때문이죠."

"축하합니다. 은행이 당신 팀을 후원했죠. 코스타 씨는 은행의 전무였고요. 그분이 자기 집에 야구단 사진을 갖다놨더군요."

"그런가요? 왜 그랬을까요?" 배런이 재미슨을 돌아보았다. "나는 대학 때 야구를 했습니다. 장학금을 받았죠. 실제로 1학년 때 애틀랜타 브레이브스에 드래프트되었답니다."

재미슨이 말했다. "대단하네요."

"나는 투수였습니다. 팔팔하고 좋은 팔을 가졌죠. 타격도 잘했고요. 힘이 좋거든요."

"그래서 무슨 일이 일어났습니까?"

배런은 미워할 수 없는 웃음을 한 번 더 지어 보였다. "다르게 말하면 인생이라고들 하지요." 그러고는 데커를 보았다. "나는 리틀리그 야구단의 코치 일을 10년쯤 했습니다. 그렇지만 우리가 선수권대회에서 우승한 작년에 일을 그만두었지요."

"왜요? 이곳 사람들은 이기는 것을 좋아하지 않나요?"

"사람들은 내가 너무 논란거리라고 하더군요. 번역하자면, 그들한테 나는 너무 '배런'이라는 거지요."

데커가 물었다. "그러면 왜 10년간이나 당신한테 코치 일을 맡겼답니까? 그때는 덜 배런이었습니까?"

"잘 모르겠습니다. 그건 선량하신 이곳 시민들한테 물어야 할 겁니다. 어쩌면 우리가 영 시원찮을 때 저한테 이래라저래라 하고 고함을 칠 수 있기 때문일지도 모르죠. 그러니, 내가 코치를 맡은 팀이 주 대회에서 우승한 데 사람들이 성질이 난 건 당연하다면 당연하겠죠. 그래서 이번 시즌 봄 훈련을 시작하러 간 내게 더는 봉사가 필요 없다는 정중한 안내를 하게 된 거고요."

"누가 당신한테 그 말을 하던가요?"

"신사분 성함은 기억이 잘 안 나네요. 단지 그분의 어조만 기억나는데…… 아주 신이 났더군요."

데커가 물었다. "당신은 왜 여기 남아 있습니까, 배런 씨? 왜 여기 머물러서 이 거지 같은 일들을 매일 당합니까?"

배런이 책상에 올렸던 발을 내리고 앞으로 몸을 기울였다. 비록 표정은 좀 더 진지해졌지만 연푸른색 눈동자에는 여전히 즐거운 빛이 감돌았다. "다소 마조히스트처럼 들릴지도 모르지만, 나는 결투를 즐기게 되었거든요. 내가 떠난다면, 그들이 이겼다는 뜻이지요. 또, 내가 가면 어디로 가겠습니까?"

"삶을 사는 방식이 좀 많이 특이하시네요."

"그렇지요? 그래도 이게 제 소박한 삶이죠."

"그래서 당신은 여전히 브래들리 코스타 씨를 모른다고 말하는 겁니까?"

"안다고 말씀드리고 싶어도 그럴 수가 없네요. 나는 그냥 아이들한테 코치를 했을 뿐입니다. 은행은 유니폼, 야구공, 그리고 주스 상자값을 내죠." 배런이 갑자기 일어섰다. "집을 구경시켜드리고 싶은 마음은 굴뚝같지만, 먼저 두 분이 파상풍 주사들 맞으셔야 할지도 모릅니다. 내가 두 분께 이 부지를 관광시켜드리면 어떨까요? 예전의 웅장함에는 한참 못 미치지만, 한 30분 정도는 배런빌 생활을 잊고 기분 전환을 하실 수 있을 겁니다. 가족 묘지로 가는 산책길은 다소 귀신 나올 것 같은 분위기를 풍기지만 꽤 사랑스럽답니다."

두 사람이 미처 대답할 틈도 없이 배런은 뚜벅뚜벅 방에서 걸어 나갔다.

재미슨이 데커를 건너다보았다. "우와, 그냥 저렇게 방을 나가버리다니. 저거 보고 누구 생각나는 사람 없어요?"

데커가 재미슨을 보았다. "누구요?"

재미슨은 대답 없이 과장되게 눈동자를 굴릴 뿐이었다.

0 027

일행이 배런 가족 장지로 향하는 구부러진 포장도로에 오를 때, 배런이 재미슨에게 슬쩍 팔짱을 꼈다.

배런이 말했다. "이제는 물론 구식이 됐죠. 죽어서 자기 소유의 땅에 묻히는 일 말입니다. 하지만 그때는 당연한 일이었고 이렇게 포장도로를 깔았죠. 운구차가 지나갈 수 있도록요. 심지어 제 장지도 마련되어 있을 정도라서, 나는 때가 오기만 기다리고 있답니다. 실제로 내 장례를 치를 만한 돈이 좀 남아 있었으면 좋겠네요."

재미슨이 물었다. "당신은 여기 묻히고 **싶으세요?**"

"그야 안 죽는 쪽이 제일 좋지만, 내가 어찌해볼 수 있는 일은 아니니까요. 안 그렇습니까?"

180센티미터도 넘는 높은 벽돌담이 주위를 둘러싸고, 울창한 나무들이 벽을 에워싸고 있어서 음울한 안락함이 구석구석에 드리워져 있었다.

재미슨의 가라앉은 표정을 읽었는지 배런이 말했다. "그래요, 여기는 꽤 숨이 막히죠."

배런이 주머니에서 열쇠를 꺼내 녹슨 연철 문을 열었다. 장지로 가는 유일한 입구였다. 배런이 문 옆 벽에 볼트로 고정한 놋쇠 판에 적힌 명문을 가리켰다.

재미슨이 물었다. "라틴어인가요?"

배런이 대꾸했다. "정확히 맞혔어요, 알렉스."

데커가 물었다. "무슨 뜻이죠?"

배런이 대꾸했다. "음, '네가 남들한테 엿을 먹이면 남들도 너한테 엿을 먹일 것이다', 뭐 그런 뜻이죠."

재미슨이 깔깔 웃으며 반박했다. "그런 뜻이 아니잖아요."

"음, 아마도 속뜻은 그럴 겁니다. 대충 번역하자면 이런 식이죠. 이곳에 위대한 배런 집안이 영원히 잠들다. 잡역부들은 주의하라."

재미슨이 다시 깔깔 웃었다. 배런은 두 사람을 이끌고 널찍한 부지로 들어섰다. 대부분의 무덤에는 망자들의 이름이 적힌 정교한 대리석 또는 화강암 조각들로 된 표석이 보였다. 비석은 모두 질서 정연하게 배열되었고 일자로 곧추서 있었다. 틀림없이 누군가 관리하고 있을 터였다. 부지 한복판에는 비바람에 심하게 얼룩이 진 커다란 대리석 영묘가 자리 잡았다. 배런은 앞장서서 그리로 가서 녹슨 연철 문을 손으로 토닥였다. 문을 둘러싼 대리석은 금속에서 돌로 침출된 녹청으로 얼룩져 있었다. 바깥벽은 흙먼지와 더께, 하얀 줄들, 그리고 녹 얼룩과 곰팡이 덩어리로 뒤범벅이었다.

배런이 선포했다. "여기에 우리 가문의 시조이자 은인인, 앞서 언급한 존 퀄스 배런 1세가 누워 있노라. 아내인 아비가일, 그리고 자녀들과 함께 여기 잠들었노라. 그들 이후로 세상을 떠난 모든 가족들과 더불어."

데커가 언급했다. "내부 공간이 엄청 넓겠네요."

"죽은 배런이 여기서 자기들보다 더 잘 산다는 점은 배런빌의 **살 아 있는** 사람들과 불화를 빚는 원인 중 하나죠."

영묘 한구석이 10센티미터가량 가라앉은 곳에 데커의 눈길이 쏠렸다. 그가 물었다. "구조적 문제일까요?"

"내 생각에는 아마도 구두쇠였던 그분 성품 탓인 듯합니다. 심지어 자신의 마지막 휴식처조차 예외는 아니었죠."

재미슨이 한마디 했다. "무척 지저분하네요."

"나는 땅과 무덤 표석들을 관리하려고 이따금씩 여기 내려옵니다. 그렇지만 영묘에는 별 신경을 쓰지 않아요. 이건 기계로 세척하거나 산성 세제로 닦아낼 수 없죠. 손상되거나 대리석이 녹아버릴 테니까요. 제 손으로 박박 문질러 닦고 싶은 마음도 없고요. 내가 설사 배런 1세를 사랑했다 하더라도 그런 일은 사양할 겁니다. 사랑하지도 않지만."

배런이 다른 열쇠를 들어올렸다. "안쪽을 보시겠습니까?"

재미슨은 즉시 뒤로 물러섰지만, 데커는 달랐다. "그럼요."

배런은 자물쇠를 따고 문을 밀어 열었다. 그리고 앞장서서 안으로 들어갔다. 데커가 따라 들어가자 재미슨도 머뭇대며 뒤를 따랐다. 내부 공간 양쪽에는 벽을 따라 놓인 긴 선반들에 봉안당들이 자리 잡고 있었다. 한복판에는 세월과 습기 탓에 얼룩진 대형 화강암 봉안당이 하나 있었다. 배런은 그쪽으로 두 사람을 인도했다.

"내 시조입니다. 아니, 시조의 유골이라고 해야겠죠. 그분은 당연히 중앙 무대를 차지해야만 했습니다."

데커와 재미슨은 존 배런 1세의 마지막 휴식처를 내려다보았다.

데커가 말했다. "인상적이군요. 여기에는 모두 배런 가문 사람들만 있습니까?"

배런이 어깨를 으쓱했다. "어렸을 때 할머니가 돌아가신 이후로 나는 여기에 온 적이 없습니다. 저쪽이 그분 자리지요." 벽 왼편에 있는 한 봉안당을 가리키며 덧붙였다. "살면서 가보았던 가장 소름 끼쳤던 곳으로 기억하고 있습니다. 얼른 나가고 싶어서 안절부절 못했지요."

데커는 계속해서 공간을 둘러보았다. 흰곰팡내가 코를 찔렀다. 두 벽을 검게 뒤덮은 것의 정체는 곰팡이 아니면 균사인 듯했다. 다른 벽에는 바깥에서 본 것과 동일한 하얀색 물질이 두텁게 발라져 있었다. 천장은 물이 스며들었는지 얼룩덜룩했다.

앞으로 걸음을 내디디던 데커는 가운데 공간으로 튀어나온 봉안당에 다리를 부딪혔다. 허벅지를 문지르면서 대리석에 새겨진 이름을 내려다보았다.

아비가일 배런.

데커의 시선이 어디로 향하고 있는지를 알아차린 배런이 말했다. "그분은 확실히 영생을 독차지하고 싶어 했던 모양입니다. 심지어 자기 아내마저 한켠으로 옮겨놓은 걸 보면요." 그러고는 주변을 둘러보았다.

"이제는 꽉 찼습니다. 더 이상 입장은 불가능하죠. 제 자리는 바깥에 있습니다."

재미슨이 천천히 주위를 둘러보며 말했다. "당신이 어렸을 때 왜 여길 나가고 싶어 했는지 알겠네요. 제 말은, 이건 모두…… 죽음에 관련된 거니까요."

배런은 두 사람을 도로 밖으로 안내한 후 문을 잠갔다. 재미슨은 한쪽으로 걸어가서 가장 최근에 생긴 듯한 무덤을 살펴보았다. 하지만 날짜를 확인해보니 이미 30년도 더 된 것이었다.

재미슨이 물었다. "당신 부모님이신가요?"

배런이 천천히 영묘에서 고개를 돌려 쌍둥이 묘비를 보았다.

"내 부모님인 벤저민과 도로시입니다. 친애하는 고인이라고들 하지요."

데커가 그쪽으로 걸어가 비석에 적힌 정보를 읽었다. "겨우 40 대셨네요. 같은 날 돌아가셨고요. 무슨 일이 있었습니까?"

두 사람 옆으로 다가온 배런이 대답했다. "그건 저도 정확히 모릅니다."

데커와 재미슨은 배런을 응시했다. 데커가 물었다. "무슨 뜻입니까? 부모님이 어떻게 돌아가셨는지, 당신은 알고 있어야죠."

"몇몇 사람들은 그분들이 사고로 돌아가셨다고 믿습니다. 또 다른 사람들은 스스로 생명을 끊었다고 믿고요."

재미슨이 물었다. "당신은 어느 쪽인데요?"

"어느 쪽도요."

재미슨이 물었다. "당신은 그분들이 어떻게 돌아가셨다고 생각하세요?"

배런이 재미슨을 똑바로 보았다. "나는 그분들이 살해당했다고 생각합니다."

재미슨이 놀란 기색이 역력한 얼굴로 말했다. "**전혀** 다른 세 가지 가능성이 있는 거네요."

"예, 그렇습니다."

데커가 물었다. "혹시 그분들이 살해당했다고 생각하는 이유가 뭡니까?"

"같이 산책 좀 하시죠. 부지에 큰 연못이 하나 있습니다. 진달래

꽃은 오래전에 졌지만, 나뭇잎은 여전히 무척 사랑스럽답니다." 배
런이 음울한 어조로 덧붙였다.

배런은 두 사람을 이끌고 몇 그루 나무들을 지나 잘 닦인 길을
따라갔다. 계속 걸어가서 오른쪽으로 방향을 틀었다.

배런이 설명했다. "예전에는 시내로 이어지는 도로에 닿는 저 아
래쪽 땅까지 전부 우리 소유였죠. 하지만 저쪽 땅은 몇 년에 걸쳐
팔려나갔습니다. 남은 땅은 얼마 되지 않지만, 제 생각에는 가장
아름다운 구역입니다."

배런은 두 사람을 이끌고 숲을 벗어나 커다란 진달래 덤불을 지
나 표면이 식물로 반쯤 뒤덮인 커다란 연못으로 향했다. 주위 땅들
은 연못을 향해 경사져 있었다.

연못 가장자리에 다다르자 배런이 수면을 응시하며 말했다. "나
는 어릴 때 이곳을 찾곤 했습니다. 연못에서 헤엄을 친 적은 한 번
도 없었지만요. 식물의 덤불을 보셨습니까? 덩굴들이 맨 밑바닥까
지 가 닿습니다. 얽혀들기에 십상이지요. 사실, 선대의 어떤 분은
하마터면 이곳에서 익사할 뻔했답니다. 그후로 우리는 오로지 구
경만 했지요. 아니면 노 젓는 작은 배를 타고 건너편으로 가거나
요. 한복판은 무척 깊답니다. 예전에는 양어를 했지만, 이미 오래
전 일입니다."

재미슨이 캐물었다. "그런데, 당신 부모님은요?"

배런이 짧게 대꾸했다. "부모님은 여기서 돌아가셨습니다."

"아무도 연못에 수영하러 가지 않았다고 방금 말씀하셨는데요."

"그분들은 수영을 하고 있지 않았습니다. 차를 타고 계셨지요."

데커가 말했다. "차가 어떻게 여기 들어갔지요?"

"당시에는 집과 이곳을 잇는 도로가 있었습니다. 내 증조부가 오

래전에 길을 놓으셨지요. 돈이 좀 더 넉넉할 때였습니다. 두 분은 여기로 차를 몰고 와서 피크닉을 했죠. 여기서 하루 종일 있다 가곤 했다고 들었습니다. 내가 아이였을 때, 아버지가 나와 어머니를 여기로 데려오신 게 기억납니다. 비록 우리는 온종일 피크닉을 하는 사치는 한 번도 누리지 못했지만요. 그래도 무척 좋았습니다. 여기서 내가 보낸 가장 행복한 시간들 중 일부를 부모님과 함께 보냈어요."

배런이 잔디 위에 다리를 꼬고 앉았다. 데커와 재미슨은 그대로 서 있었다.

"이제는 이따금씩 생각할 거리가 있을 때 여길 찾곤 합니다. 그리고 연못을 구경하죠. 술을 마시면서요." 배런이 다시 덧붙였다. "나는 당시 대학에 있었습니다. 2학년이 막 시작됐을 때인데, 경찰한테 전화를 받았습니다. 저희 부모님이 탄 차를 연못 밑바닥에서 찾아냈다고요. 그분들은 물론 죽은 지 오래였습니다."

재미슨이 말했다. "하느님, 맙소사."

배런이 재미슨을 올려다보았다. "하느님이 그 일에 조금이라도 관련이 있을지 의심스럽네요." 그러고는 다시 수면에 눈길을 던졌다.

데커가 물었다. "경찰은 당시에 뭐라고 말하던가요?"

"사고였을 거라고, 아니면 일종의 동반 자살일 가능성이 높다고 확신하더군요. 나는 몰랐지만 심지어 당시에도 우리는 거지였습니다. 부모님은 배런 가문의 이미지를 유지해야 한다는 압박을 느끼고 계셨지만 실제로 돈은 없었습니다. 여기 두 분은 지금 집이 어떤 꼴인지 보셨죠. 당시에는 이보다 나았고, 아직 집과 땅을 관리하는 일꾼을 둘 수 있었지만, 힘든 상황이었습니다. 아버지는 선량한 분이셨습니다. 다가올 일들을 예상할 수 있었지요. 그분은 대학

졸업 후 로스쿨을 나오셨습니다. 변호사 수입은 좋았지만, 그걸로는 배런 집안이 쌓아놓은 것들을 온전히 유지하기에 역부족이었지요. 어머니가 결혼하면서 가져오신 지참금도 좀 있었지만, 그것 역시 충분하지는 않았습니다."

재미슨이 물었다. "그렇다면 왜 집과 땅을 팔고 이사를 가지 않았죠?"

"심지어 당시에도 집은 이미 융자에 잔뜩 짓눌려 있어서, 매각이 정말이지 불가능했습니다. 그리고 세금을 비롯한 빚들이 있었는데, 모두 이자가 쌓였지요. 아버지가 그걸 내려고 더 열심히 일하실수록 빚도 더 빨리 쌓이는 것 같았습니다. 아버지는 계속 앞으로 나아가셨지만, 결국 이 빚을 내서 저 빚을 막는 상황에 처하고 말았지요. 내가 야구 장학금을 받고 대학에 가게 돼서 그분들이 얼마나 좋아하셨는지 모릅니다."

데커가 말했다. "아버님이 파산 선언을 하실 수도 있었는데요."

"그분에게는 명예가 달린 문제였습니다. 그분은 도망치려 하시지 않았지요."

재미슨이 추측했다. "그러니까 절박한 상황이었을 수도 있었겠군요."

배런이 벌떡 일어섰다. "자살을 할 정도로까지 절박하지는 않았습니다. 심지어 그런 결론에 도달했다 해도, 확신하건대 결코 어머니에게 함께 내세로 가자는 제의를 하지는 않으셨을 겁니다." 배런은 말을 멈췄다가 다시 이었다. "나는 그분들이 어떤 결정을 내리시든, 두 분의 유일한 자식을 반드시 염두에 두셨을 거라고 생각하고 싶군요. 나를 철저히 외톨이로 남겨두길 원하지는 않았을 거라고요."

재미슨이 물었다. "그렇다면 사고였을 수도 있을까요?"

"그게 가능한 일인지 모르겠습니다. 차를 실수로 연못으로 몰고 들어갈 수는 없으니까요. 그럴 의도가 있어야만 합니다."

데커가 말했다. "그러면 당신은 의도적인 **살인**, 다시 말해 타살이라고 생각합니까? 당신 부모님께 적이 없으면 이상하죠."

"성이 배런인데 적들이 있었습니다."

"경찰은 뭐라고 결론을 내렸습니까?"

"경찰이 공식적으로 뭔가 결론을 내리기는 했는지, 나는 잘 모르겠습니다. 부모님이 사고로 돌아가신 게 아니라면 스스로 목숨을 끊은 걸로 짐작한다고 내겐 말했습니다. 하지만 유서는 전혀 발견되지 않았어요."

데커가 고개를 끄덕였다. "그분들이 먼저 움직일 수 없는 상태가 된 다음 차에 태워졌다면? 경사가 있다면, 누군가 기어를 중립에 놓기만 하면 끝납니다. 차는 곧장 물로 굴러떨어질 테니까요."

"나도 경찰에 그걸 물어봤습니다."

"그랬더니 뭐라고 하던가요?"

"아직 조사 중이라 세부 사항을 알려줄 수는 없다더군요."

재미슨이 물었다. "더는 조사 중이 아니게 된 건 언제죠?"

"아직도 조사 중인 게 분명합니다. 왜냐하면 경찰은 끝내 조사 결과를 발표하지 않았으니까요. 아직도 내 질문에는 전혀 답하지 않으려 하고요."

재미슨이 물었다. "아직도 문의를 하시나요?"

"1년에 한두 번쯤요. 예전에는 편지를 쓰거나 전화를 걸었죠. 이제는 경찰국장한테 곧장 이메일을 씁니다."

"그러면 답장이 옵니까?"

배런이 재미슨을 응시하면서 대꾸했다. "숙녀분 앞에서 사용하기에는 적절하지 않을 언어로요. 아, 이제 더 이상 물어볼 게 없다면, 나는 정말이지 다시 낮잠이나 잤으면 합니다." 배런이 느닷없이 걸음을 떼어놓았다.

재미슨이 여전히 연못을 응시하고 있던 데커를 돌아보았다.

재미슨이 말했다. "저 사람은 복잡한 남자로군요. 한순간 농담들을 던지다가 다음 순간에는 자기 부모님이 살해당한 이야기를 남한테 하다니."

데커는 막 숲속으로 사라지려는 배런을 돌아보았다.

"데커? 내 말 들었어요?"

데커가 고개를 끄덕였다.

"당신은 저 사람의 양친이 살해당했을 수도 있다고 생각해요?"

"나는 이렇다 저렇다 말할 처지가 못 돼요. 그분들 일 때문에 여길 찾아온 것도 아니고요. 우리는 **최근** 일어난 여섯 건의 살인 사건을 조사하러 온 거니까." 데커가 도로 몸을 돌려 연못을 보았다.

"그렇지만 당신도 궁금한 거는 **사실이죠**, 아닌가요?"

데커가 몸을 돌려 재미슨을 지나쳐 걸어갔다.

"잠깐 기다려요. 어디 가요?"

"배런이 '낮잠 자는' 동안 좀 둘러보고 싶어서요."

0 028

"데커, 우리는 배런이 여기 있는데 마구잡이로 집에 들이닥칠 수는 없어요. 영장이 없다고요."

재미슨은 걸음을 재촉했지만 늘어선 나무들을 벗어나 대저택과 다른 건물들이 다시금 시야에 들어온 후에야 데커를 따라잡을 수 있었다.

"그냥 여기 땅하고 별채들 몇 곳을 둘러보고 싶을 뿐이에요."

"그걸 하려 해도 영장이 필요해요."

"그런가요?"

"젠장, 잘 알면서 그래요."

데커는 재미슨의 말을 무시하고 차고까지 계속 걸어갔다. 차고는 집에 붙어 있지 않고 벽돌이 깔린 혹투성이 뜰을 사이에 두고 서로 분리돼 있었다. 총 여섯 칸인데, 칸막이들이 모두 활짝 열려 있어서 안이 훤히 들여다보였다.

데커가 둘러보고는 말했다. "고작 서버번 한 대가 다니요. 무척 낡아 보이고요."

차는 집과 가장 가까운 칸에 약간 삐뚜름하게 세워져 있었다.

재미슨이 말했다. "딱히 눈에 띄는 것은 없어 보이는데요."

데커는 차고 안으로 발을 들여놓고 한쪽 벽을 뜯어보았다.

"이걸 봐요, 알렉스."

다가간 재미슨은 벽에 난 구멍을 보았다.

"구멍이네요. 그런데요?"

데커가 주변에 손가락질을 했다. "저기도 구멍들이 있고 저기도 구멍들이 있어요. 아까 우리가 복도를 지나갈 때 집에서도 구멍 몇 개를 봤어요. 배런의 서재에도 있었고요."

재미슨이 얼굴을 찌푸렸다. "그거 이상하네요. 쥐가 있는 걸까요? 그래서 사람들이 그걸 확인하려고 벽을 파헤쳤나? 아니면 곰 팡이 때문에?"

"그럴지도 모르죠. 내 짐작이지만 여기는 유해조수들과 곰팡이로 넘쳐날 것 같군요."

"끝내주네요. 우리가 내내 해로운 공기를 들이마시고 있었다는 거죠."

"음, 배런은 평생 그걸 호흡하고 있었겠죠." 데커가 어깨너머를 응시했다. "어쩌면 운이 좋으면 저 건물에서는 뭔가 나오려나 모르겠네요." 그렇게 말하고는 90미터쯤 떨어진 한 구조물을 향했다.

재미슨은 데커의 뒤를 따라 걸음을 서둘렀다. 혹시나 배런이 자기들을 보고 있지는 않은지 확인하려고 집 쪽을 돌아다보았다. 데커는 건물에 다다랐다. 돌벽과 양철 지붕, 두꺼운 나무문, 그리고 앞문 양쪽에 걸쳐 있는 한 쌍의 창문으로 이루어져 있었다.

재미슨이 물었다. "당신 생각에는 이게 무슨 건물 같아요?"

"알아내는 방법은 하나뿐이죠."

데커는 문을 열고 안으로 발을 들여놓았다. 재미슨은 이 불법 침입에 편치 않은 표정을 지으며 서둘러 뒤따랐다. 안에 들어가니 진흙 화분이 얹힌 선반들, 오래된 놋쇠 개수대가 보였고 측면에 쓰인 글자들이 다 지워진 나무 상자들이 차곡차곡 쌓여 있었으며 벽에는 다양한 정원 도구들과 기구들이 고리에 매달려 있었다. 작업대 위에는 오래된 씨앗 봉투들과 윗부분이 철망으로 덮인 길고 얕은 나무 상자들이 보였다. 옆에는 가죽 표지를 입힌 낡은 일기장 몇 권이 있었다. 재미슨이 그중 하나를 펼쳐보니 거미가 기어가는 듯한 글씨로 식물 관련 정보, 날씨, 토양 조건, 그리고 비품들과 원료들의 목록이 적혀 있었다.

재미슨이 잘 안다는 듯 말했다. "정원 관리용 헛간이네요. 이런 걸 마지막으로 언제 봤더라. 음, HGTV(가정과 정원 관리 프로그램을 방영하는 채널─옮긴이)에서 봤네요. 이 일기장의 몇몇 항목들이 적힌 날짜는 무려 80년 전이에요."

"옛날에는 바깥일을 도맡아서 하는 일꾼이 있었을 거예요. 어쩌면 꽃과 텃밭 담당이요."

데커가 수도꼭지를 돌리자 물이 나왔다.

재미슨이 말했다. "여긴 정말 냄새가 지독하네요. 여기 봐요, 벽에도 구멍들이 있어요. 틀림없이 안에서는 생물들이 군락을 이루고 있을 거예요."

데커가 서랍 몇 개를 끄집어냈다. "그리고 썩어가는 흙과 두엄과 아마도 썩어가는 식물들, 거기다 곰팡이하고 흰곰팡이까지 수십 년에 걸쳐 모였죠. 좋은 혼합물은 아니지만……."

데커는 거기서 말을 멈추고 벽장문으로 보이는 문을 열어 안을 들여다보았다.

"이것 좀 봐요."

안에는 베개, 얇게 말린 매트리스, 담요, 그리고 작은 더플백이 하나씩 있었다.

재미슨이 어깨너머로 들여다보고는 말했다. "누군가가 여기 묵고 있었던 것 같아요?"

"어쩌면요." 데커가 더플백을 꺼내 작업대에 올려놓고 열었다. 안에는 올이 다 해진 셔츠 두 벌, 지저분한 남자용 작업복 한 벌, 운동화 한 켤레, 그리고 돌돌 말린 캔버스 허리주머니 하나가 있었다.

데커가 돌돌 말린 주머니를 펴자 재미슨이 내뱉었다. "젠장."

주사기 세 개, 끝에 코르크 마개가 달린 주삿바늘 세 개, 액체가 든 유리병 몇 개, 숟가락 하나, 마약 파이프, 긴 고무 밴드 한 개, 흰 가루가 든 비닐봉지 몇 개, 빅(Bic) 사의 라이터, 대마초 네 개비, 그리고 접는 칼이 두 사람의 눈앞에 펼쳐졌다.

데커가 말했다. "약쟁이의 고전적인 생존 배낭이네요."

"이게 배런 거라고 생각해요?"

데커는 바지를 들어서 자기 다리에 대보았다.

"배런은 나보다 5센티미터가량 작아요. 이 바지는 키 180센티미터가 안 되는 남자용이니까, 아니요, 그렇게 생각지 않아요."

"그러면 불법 거주자?"

"그쪽이 더 그럴싸하죠."

"당신은 배런이 이 일을 안다고 생각해요?"

데커는 창밖으로 본체를 내다보았다. "모르죠. 여기서 저기까지는 방해물 없이 바로 보여요. 누군지 몰라도 불청객이 밤에만 드나들지 않는다면요."

"음, 어쩌면 허락 없이 침입했다면 그랬을지도 모르죠."

"배런빌에는 사람들이 무단 점유한 텅 빈 집들이 많다는 말을 들었는데, 왜 하필이면 이곳을 고르죠? 거지 같고 낡은 헛간까지 이렇게 먼 길을 뭐 하러 찾아오죠? 쉽게 왔다 갔다 할 수도 없잖아요. 만약 불법 침입자라면, 여기까지 차를 몰고 오면서 눈에 띄지 않기를 기대하기는 힘들 테고요. 물이야 수도꼭지를 틀면 나오지만, 주변에 먹을거리는 전혀 없어 보여요. 밥을 어떻게 먹죠? 그리고 화장실도 없어요."

재미슨이 말을 받았다. "어쩌면 배런은 이 일을 **실제로** 알았을 수도 있겠군요. 어쩌면 이 방문객에게 밥을 주고 집 안 시설들을 사용하게 해줬으려나요."

"배런이 마약중독자에게 밥을 먹이고 낡은 정원 관리용 헛간에 머물게 해줬다, 왜죠?"

"배런도 일종의 빈털터리니까요. 어쩌면 그를 동정했을지도요."

데커가 고개를 저었다. "배런이 부자였다면 더 납득하기 쉬웠을 거예요. 하지만 그렇지 않죠. 이 시의 모든 사람이 배런을 싫어하고요."

"어쩌면 이 남자는 배런빌 출신이 아닐 수도 있죠."

"만약 그렇다면 여긴 어떻게 알고 찾아왔을까요? 이 저택은 멀리서 보면 이렇게 낡아빠졌다는 것을 알아차리기가 힘들어요. 여기에 한 사람만 산다는 사실은 또 어떻게 알겠어요? 아니면 자기가 머물 수 있는 별채가 있는지는 또 어떻게 알고?"

"배런빌 사람들한테 들어서 알았을 수도 있잖아요."

"나는 그 남자가 지금 어디 있을지 궁금한데요?" 데커는 마약들과 거기 딸린 용품들을 보았다. "그리고 왜 여기를 떠나죠? 내가 경찰 시절 마주친 약쟁이들은 대부분 자신들의 소중한 보따리를 결코 두고 가는 법이 없던데요."

데커가 비닐봉지들 중 하나를 집어 들었다. "코카인 봉지. 한 1그램쯤 되겠네요. 이 유리병에 든 것들은 아마도 헤로인일 테고요. 도시 근처에서는 1회분에 3~4달러 하죠. 이런 곳에서는 더 줘야 하려나요. 고무줄은 주사 놓을 자리의 혈관을 튀어나오게 하는 데 쓰이죠. 라이터와 숟가락은 코카인으로 크랙(강력한 코카인의 일종—옮긴이)을 만들 때 사용하고요. 물과 베이킹소다 한 자밤을 조금 섞어 넣고, 혼합물을 휘저어서 파이프로 액체 코카인을 피우죠." 데커는 주사기 세 개를 들여다보았다. "하지만 약쟁이 한 명이 바늘을 세 개나 쓰는 건 본 적이 없어요."

"감염을 피하려고 그랬을지도 모르잖아요."

"그건 대개 다른 사람하고 바늘을 함께 쓸 때 일어나는 일이죠."

철저히 수색한 끝에 두 사람은 몇 가지 물품을 더 찾아냈다. 소독용 물티슈, 휴대전화 두 개, 전화번호가 적힌 종이. 그리고 개수대 밑에서, 벽으로 들어가는 파이프와 만나는 패널 뒤에 교묘하게 숨겨놓은 황금 항아리를 찾아냈다. 아니, 마약 항아리라고 해야 할까. 가루 코카인 봉투 쉰 개, 액체 헤로인이 든 유리병 스무 개, 크랙 열 덩어리에다 고무줄로 동여맨 현금 한 다발, 그리고 일련번호가 지워졌고 장전이 된 9밀리 식사우어 권총.

"데커, 이 남자는 약쟁이가 아니에요. 약장수예요."

데커는 마루 위에 있는 뭔가에 한눈이 팔려 대답하지 않았다.

재미슨도 같은 것을 보았다. "먼지 위로 가느다란 선이 그어져 있네요. 뭔가를 끌고 간 흔적 같아요."

데커는 무릎을 꿇고 흔적을 좀 더 면밀히 관찰했다. 이윽고 일어서서 재미슨을 보고 말했다. "여기 머물던 사람이 돌아올지 안 돌아올지를 두고 내기할래요?"

"무슨 뜻이에요?"

"이 흔적은 마루 위로 뭔가를 끌고 가느라 생긴 게 아니에요. **자전거** 타이어 자국이에요. 내 생각엔 우리가 지금 스완슨이 마지막으로 거주한 장소를 찾아낸 것 같아요."

0 029

두 사람은 정원 관리용 헛간에서 발견한 물건들을 사진 찍은 다음 모두 원래대로 돌려놓았다. 영장이 없었으므로, 여기서 발견한 것은 법정에서 증거로 채택할 수 없을 터였다. 법정까지 갈 수나 있다면 말이지만. 두 사람은 차를 출발시켜 굽이굽이 언덕을 돌아 배런빌로 향했다.

재미슨이 운전대를 꺾으며 물었다. "우리가 발견한 걸 그린하고 래시터 형사한테 알려줄까요?"

데커는 고개를 저었다. "아니요, 우리가 이런 짓을 했다는 걸 알면 열 받을 겁니다. 그런 전투는 나중으로 미뤄도 돼요. 그게 정말 스완슨의 물건인지 아닌지도 모르잖아요. 그냥 느낌일 뿐. 스완슨의 옛날 집주인이 자전거 이야기를 하긴 했죠."

"여기서 거기까지는 먼 거리인데요."

"어이, 당신이 가진 바퀴 달린 물건이 그것뿐이라면?"

"음, 만약 그렇다면 어떻게 되는 거죠?"

"배런의 거짓말이 밝혀질 수도 있죠. 자기 말로는 코스타를 모른다지만, 나는 알았다고 확신해요."

"좀, 데커, 리틀 리그 야구단을 후원하는 기업들은 많아요. 은행의 거물이 야구단 코치를 전부 알고 있기를 기대할 수는 없어요."

"인정해요. 하지만 **거물**이 야구단 사진을 집에 두는 일 역시 기대할 법하지 않죠. 그리고 배런빌 내셔널 뱅크가 골드만 삭스나 시티뱅크 같은 대기업도 아니잖아요. 아마 다들 서로 알걸요. 만약 그게 스완슨의 물건이라면, 배런이 희생자 네 명 중 **두** 명을 안다는 뜻이에요. 코스타의 비서 말로는 은행이 이곳에 담보를 설정했다고 했잖아요. 우리가 아는 한, 코스타가 배런의 상대역이에요."

"배런한테 알리바이를 물어봐도 되겠죠?"

데커가 고개를 저었다. "나는 그 양반하고 거기까지 가고 싶지는 않아요, 아직까지는. 배런은 비밀스러운 데다 혼자 있는 시간이 많은데 두 쌍의 살인 사건에 대해 과연 어떤 알리바이를 내놓을 수 있겠어요?"

재미슨이 차의 시계를 보았다. "아, 안 돼, 우리 늦겠어요."

데커가 재미슨을 응시했다. "뭐가요?"

"조이의 생일 저녁 식사요."

"우리가 가야 하나요?"

재미슨이 얼빠진 얼굴로 데커를 보았다. "**내가** 저녁을 사는 사람이에요, 데커. 거기는 이 시에서 가장 고급스러운 음식점이에요. 당신도 알고 있었잖아요. 우리가 여기 들른 이유 중의 하나가 조이의 여섯 번째 생일이라구요. 축하해줘야죠. 그애 선물을 차 뒤쪽에 놔뒀으니 다시 집에 들렀다 갈 필요는 없겠네요."

"하지만 지금 한창 수사 중인데요."

"네, 하루 종일 수사를 하고 있었죠. 이젠 밥을 먹어야 하고요. 그러니 저녁 식사에 갈 거예요."

"하지만……."

"하지만이란 말은 넣어둬요, 데커. 우리는 가야 해요!"

"알렉스……."

재미슨은 자유로운 한 손으로 옆으로 긋는 동작을 해보였다. "한 마디도 더 하지 마요. 그애는 내 조카고 나는 그애를 세상 그 무엇보다 사랑해요."

데커는 한숨을 쉬고는 좌석에 축 늘어져서 등을 기댔다.

* * *

식당은 반쯤 차 있었다. 재미슨이 말한 배런빌에서 가장 좋은 식당이 어떤 곳일지 데커는 짐작조차 가지 않았다. 막상 와보니 안락하게 꾸며져 있었고 반짝반짝할 정도로 깨끗했다. 시중드는 직원들은 흰 셔츠에 검은 나비넥타이를 맸고, 냅킨은 리넨이었고, 메뉴판의 요리들 중 몇 가지는 데커는 들어본 적도 없었지만 고급스러워 보였다. 앰버와 조이는 드레스를 차려입었는데, 앰버가 화장을 한 데다, 자신과 딸의 머리에 공을 들였음을 데커조차 눈치챌 수 있었다. 이것은 확실히 중요한 행사였다. 데커는 자연스레 자기 딸의 생일에 대한 기억들을 떠올렸다. 중요한 행사였지.

데커는 조카에게 사랑이 넘치는 눈길을 보내고 있는 재미슨을 응시했다.

재미슨이 물었다. "오늘 학교에서는 재미있었니, 조이?"

"괜찮았어요."

앰버가 말했다. "전학은 늘 쉽지 않지. 하지만 친구를 사귀게 될 거야, 조이. 너는 늘 그러잖니."

조이가 맥없이 식탁 위를 응시하며 말했다. "그래요."

데커는 아이를 뜯어보았다. 머릿속에 뭔가 하고 싶은 말이 맴돌았지만 왠지 입 밖으로 나오지 않았다. 그러다 문득 자신이 죽은 딸의 얼굴을 조이의 얼굴에 겹쳐 보고 있음을 깨달았다. 고개를 돌려 관자놀이를 문질렀다.

아, 데커, 이건 확실히 건강하지 못해.

재미슨이 물었다. "형부는 어디 있어?"

앰버가 과장된 얼굴 표정을 지어 보였다. "직장에. 일이 생겼어. 하지만 곧 올 거야."

데커가 말했다. "일이 많이 힘드나 보네요."

앰버가 말했다. "음, 그래도 보수는 좋으니까요. 등골이 휠 정도는 아니고요. 우리는 이미 집을 좀 손보긴 했지만, 프랭크가 여기 자리를 잡으면 이 집을 팔고 더 큰 집을 살 생각이에요. 이 도시에는 비어 있는 아름다운 옛날 집들이 몇 있어요. 그냥 조금만 신경써서 관리하면 될 거예요."

조이가 배신이라도 당한 듯한 표정으로 엄마를 보았다. "또 이사를 가야 한단 말이에요?"

앰버가 불안한 표정을 지었다. "금방 가진 않을 거야, 예쁜아."

엄마의 위로에도 아랑곳없이, 조이는 슬픈 표정을 지으며 의자에서 몸을 축 늘어뜨렸다.

이를 알아차린 재미슨이 말했다. "선물을 지금 열어보면 어떨까, 조이?" 그러고는 가방에서 상자 두 개를 꺼내 조카 앞에 놓았다.

앰버가 말했다. "알렉스, 이럴 필요 없는데. 이미 저녁을 사기로 했잖니."

재미슨이 조이에게 눈길을 꽂은 채 단호하게 대꾸했다. "생일 하면 선물이지."

조이의 얼굴이 환히 빛났다. "어느 걸 먼저 열까요?"

"이모 생각엔 오른쪽이 좋겠는데. 더 작은 거."

조이는 무척 조심스럽게 포장지를 펼쳤다. 작은 나무 상자가 나왔다. 아이는 뚜껑을 잡고 응원하듯 고개를 끄덕이고 있는 이모를 쳐다보았다. 그리고 상자를 열었다. 안에는 십자가가 달린 목걸이가 있었다.

"우와." 조이가 천천히 목걸이를 꺼냈다.

재미슨이 물었다. "그 목걸이에 얽힌 멋진 이야기를 들려줄까?"

앰버는 고개를 끄덕이는 조이의 목에 목걸이를 걸어주었다.

"바로 지금 너처럼 내가 여섯 살이 됐을 때 우리 이모가 주신 목걸이란다."

"이게…… 이게 이모 거였어요?"

앰버가 말했다. "내가 이걸 몰라볼 줄이야."

"그렇지만, 알렉스 이모, 이모 목걸이를 받을 순 없어요."

"아냐, 받아도 돼. 왜냐하면 사실 내 목걸이가 아니거든. 우리 집안에서 7대에 걸쳐 전해 내려온 거야. 그러니 지금은 네가 목에 걸 차례란다. 더 나이가 들면, 사랑하는 누군가에게 다시 물려주는 게 조이 너의 책임이 될 거야."

조이가 감탄 어린 얼굴로 이모를 올려다보았다. "너무 멋져요."

데커가 동료를 응시하며 말했다. "**정말** 멋지네요."

재미슨이 환한 얼굴로 데커에게 말했다. "고마워요."

"좋아, 다른 걸 열어보렴."

조이가 다른 선물 포장을 벗기자 책이 나왔다.

조이가 외쳤다. "《샬럿의 거미줄》이다! 엄마가 읽어준 적 있어요."

재미슨이 말했다. "안쪽을 보렴."

책을 펼쳐본 조이가 입을 쩍 벌렸다. "이건…… 서명이 되어 있어요."

"E. B. 화이트. 그 사람이 40년쯤 전에 어린 친구한테 서명을 해줬단다. 아이 이름이 보이니?"

조이가 이름을 읽었다. "조이요!"

"맞아."

앰버가 물었다. "이런 걸 도대체 어떻게 찾아냈니?"

"뉴욕의 희귀본 서점에서 일하는 친구가 있거든. 걔가 내 부탁을 받아 1년쯤 전부터 이런 걸 찾고 있었어."

조이가 느릿느릿 말했다. "분명히 돈이 엄청 들었을 것 같아요."

재미슨이 몸을 기울여 조카를 안아주고 이마에 입을 맞췄다. "이 책은 말이야, 조이, 네가 평생 동안 몇 번이고 질리지 않고 읽을 수 있는 위대한 책이란다."

"이 책을 펼칠 때마다 나는 그분이 저한테 서명해준 척할 수 있어요!"

"그럼, 얼마든지 그럴 수 있지. 상상력은 그럴 때 쓰라고 있는 거니까. 화이트 씨도 상상력 덕분에 이런 이야기를 쓸 수 있었단다."

조이가 말했다. "내가 받은 선물들 중에 이것들이 최고예요."

앰버가 동생한테 웃음을 지어 보이며 양 엄지손가락을 세웠다.

그때 식당 문이 열리더니 그린과 래시터 형사가 문간에 나타났다.

먼저 데커가, 이윽고 재미슨이 그들을 알아보았다.

재미슨이 끙 소리를 냈다. "아 이런, 저 사람들이 무슨 일로 온 걸까요?"

앰버와 조이가 문간을 바라보았다. 조이가 서글프게 말했다. "이모, 가야 하는 거예요? 저녁도 먹기 전에?"

데커가 일어서서 말했다. "내가 확인할게. 무슨 일이 생겼다 해도, 기다려줄 수 있을 거야."

데커가 형사들에게 걸어갔다. "보세요, 우리는 어린 여자아이의 생일 파티를 한창 하는 중입니다. 무슨 일인지 몰라도 나중에 하면 안 될까요?"

그린이 말했다. "사실 우리는 요원님을 보러 온 게 아닙니다."

데커가 영문을 모르겠다는 표정을 지었다. "그러면 알렉스를?"

"아니요, 요원님 동료분도 아닙니다."

"그럼 누구요?"

그린이 데커의 어깨너머 테이블 쪽으로 시선을 보냈다. "앰버 미첼 씨요."

데커가 잠시 얼어붙었다. "알렉스의 언니요? 왜요? 우리가 수사하는 살인 사건하고 관련된 일인가요?"

"아닙니다."

래시터가 덧붙였다. "경찰서로 신고가 들어왔는데 우리가 아는 이름이어서요. 이미 그분의 가족을 만난 적이 있는 우리가 이 일을 맡아야 할 것 같았습니다."

"아는 이름이라니요? 무슨 이름 말입니까?"

"프랭크 미첼 씨. 앰버의 남편이요."

데커가 재미슨과 앰버를 돌아다보니 두 사람은 데커의 안색을 살피는 중이었고, 조이는 책장을 넘기고 있었다. 데커가 다시 등을 돌려 두 형사를 마주 보았다.

"그분이 왜요?"

그린이 말했다. "유감스럽게도 그분이 돌아가셨습니다."

0 030

밤 10시. 자기 성찰에 썩 좋은 시간은 아니다. 우선 데커는 피곤했다. 중요한 문제를 깊이 궁리할 상태가 아니었다. 바깥에서는 폭풍우가 거칠게 휘몰아치고 있었다. 비극을 맞이한 이 집에서, 데커는 의자에 앉은 채 양동이로 쏟아붓는 듯한 빗줄기를 내다보았다. 데커는 자기 성찰을 하려고 애쓰고 **있었다**. 일어난 모든 일을 조금이라도 이해해보려고 했다. 텅 빈 맥주캔을 내려놓고 입가를 훔쳤다. 맥주가 아니라 무슨 산성 용액을 마시는 듯했다. 언젠가는 다시 이걸 맛있다고 느낄 날이 올까? 가망 없는 생각이었다.

번개의 빛줄기들과 뒤를 잇는 천둥의 굉음이 마치 심장 박동과 일치하는 듯한 불편한 기분이 들었다. 폭풍이 으르렁대는 소리에 묻혀 직접 들을 수는 없었지만, 데커는 집 안의 두 여자가 여전히 눈이 빠지도록 울고 있을 것임을 알았다. 하나는 아버지를 잃은 아주 어린 여자아이, 하나는 겨우 30대의 나이에 남편을 잃은 여자. 데커는 마음의 눈으로 두 사람이 마치 내면에 남은 얼마 안 되는 뭔가를 잃지 않으려고 안간힘을 쓰듯 웅크린 채 양팔로 몸을 감싸고 있는 모습을 그려볼 수 있었다.

수증기로 덮인 창에 손가락으로 동그라미를 하나 그렸다. 아까 음식점 정문에서 테이블까지 돌아가는 길은 데커가 그때까지 걸어본 가장 먼 길이었다. 데커는 자신이 가서 미첼 모녀를 바깥으로 안내할 수 있게 해달라고 그린과 래시터에게 요청했다. 두 사람을 기다리는 소식을 공공장소에서 전해주고 싶지는 않았다. 데커는 자신이 왜 그런 생각을 했는지 알지 못했다. 옛날의 데커라면 본능적으로 그렇게 했을 것이다. 바로 타인의 마음을 헤아리고 인정을 베풀었다. 그후 구장에서 당한 충격 때문에 예전 모습과 거의 정반대로 바뀌었다. 육체는 동일하되 전혀 다른 사람이 된다는 것은, 조금도 과장 없이 말해서, 사람을 심히 불안하게 만들었다. 그럼에도, 데커는 앰버와 조이가 다른 사람들이 없는 데서 비극적인 소식을 들어야 한다는 생각을 **떠올렸다.** 그리고 이를 바탕으로 행동했다.

그건 사소한 일이 아니다. 그렇지 않나?

데커는 두 사람에게 형사들이 긴히 할 이야기가 있는데, 몇 블록만 가면 있는 경찰서에서 이야기를 했으면 한다고 전했다. 기다릴 수 없는 일이라고 했다. 지금 당장 이야기해야 한다고. 앰버의 눈에 떠오른 놀란 빛이 어찌나 강렬했던지, 데커는 그녀가 이제 일어나려는 사건이 바로 자신의 일임을 알고 있는 게 아닐까 싶을 정도였다. 하지만 앰버는 겉으로는 침착함과 차분함을 유지했다. 데커는 이유를 알 것 같았다. 조이가 여전히 책을 보면서 웃음 짓고 있었다. 어머니는 딸을 위해 억지로 마음을 가라앉히고 있는 게 분명했다. 데커의 아내인 카산드라였어도 똑같이 행동했을 것이다.

일행이 소지품을 챙기는 틈을 타서 데커는 재미슨에게 속삭였다. "프랭크 일이에요. 나빠요. 최악이에요."

처음에 재미슨은 남이 눈치챌 만한 반응을 전혀 보이지 않았지만, 이윽고 낯빛이 눈에 띄게 창백해졌다. 자리에서 일어서면서 몸을 지탱하려고 테이블을 짚는 재미슨의 손이 살짝 떨렸다. 형사들은 앰버와 조이를 차에 태워 경찰서로 데려갔다. 재미슨은 언니와 조카와 함께 그린의 차에 탔고, 데커는 뒤를 따랐다. 일행은 서에서 다시 만났다. 조이가 괜찮아 보였다. 경찰차에서는 아무 이야기도 나오지 않았음이 분명했다. 무슨 일이 일어나고 있는지 궁금해하고 있지만, 불안한 기색은 보이지 않았다. 하지만 오래가지 않을 터였다.

일행은 방으로 들어갔다. 그러니까, 앰버가 두 형사와 함께 들어갔고, 재미슨은 조이와 함께 바깥에 남았다. 뜻밖에도 앰버는 데커에게 방으로 같이 들어가 달라고 부탁했다. 방에 들어가자 형사들은 앰버를 자리에 앉히고 자신들은 맞은편에 가 섰다. 방의 다른 쪽 구석에 있는 여성 경관이 데커의 눈에 띄었다.

그린이 먼저 입을 열었다. "이 소식을 전하게 되어 무척 유감입니다, 미첼 부인. 남편에 관한 일입니다."

앰버가 눈물이 그렁그렁해서 몸을 떨기 시작했다.

"아 안 돼, 아 제발 안 돼." 앰버가 신음했다.

래시터의 눈길을 받은 경관이 휴지 상자와 물병을 들고 앰버에게 다가왔다. 데커는 벽에 기대서서 이 모든 광경을 지켜보고 있었다.

그린이 말했다. "물류 센터에서 끔찍한 사고가 일어난 게 분명합니다. 저희는 남편분이 고통 없이 가셨다고 들었습니다. 순식간에 일어난 일이었다더군요."

앰버는 확실히 더는 듣고 있지 않았다. 얼굴이 무릎에 닿도록 몸을 웅크린 채, 앞뒤로 흔들고 있었다. "아 하느님, 제발. 프랭크, 아, 제발. 프랭크."

그린은 무력한 시선으로 래시터를 보았다. 래시터는 앰버 옆에 의자 하나를 끌어다 놓고 앉아 그녀의 떨리는 어깨에 한 팔을 둘렀다.

"정말 유감입니다, 미첼 부인. 정말, 정말 몹시 유감입니다."

프랭크 미첼은 가버렸다. 그냥 그렇게. 앰버와 조이는 남편과 아버지를 잃었다. 그냥 그렇게. 데커는 공감할 수 있었다. 바로 똑같은 일이 어느 날 밤 자신에게도 일어났기 때문이다. 집에 와보니 아내, 처남, 그리고 딸이 죽어 있었다. 살해당했다. 데커에게서 영원히 떠나버렸다. 어느 날 밤. 단숨에. 인생에서 그보다 더 나쁜 일이 과연 있기나 할지 데커로서는 도저히 알 수 없었다. 데커의 머리는 숨이 막힐 정도로 특별했지만, 완전한 무방비 상태에서 그토록 치명적인 사건을 견뎌내도록 만들어진 것은 아니었다. 비극은 몸에서 모든 기력을, 근육에서 모든 단단함을 앗아가고, 뇌에서 모든 시냅스 연결을 끊어놓았다. 사람을 쪼그라들고 텅 비고 파괴된 상태로 남겨놓았다. 사건이 데커에게서 카산드라와 몰리를 앗아간 지 2년이 훌쩍 지났지만, 데커는 여전히 사건이 자신에게 어떤 영향을 미쳤는지, 그 깊이를 이루 다 헤아릴 수가 없었다.

앰버는 마음을 가라앉혔다. 얼굴을 말끔히 닦고, 흔들림 없는 두 다리로 방에서 걸어 나와 딸을 안아주고, 집으로 갔다. 내내 아이의 어깨를 두른 팔을 떼지 않았다. 앰버는 시신을 보여달라고 요청했지만, 보지 않는 편이 나을 거라는 조언을 들었다. 거기에…… 상당한 손상이 있었다고 했다. 장의사가 기적을 행하지 않는 한,

장례식은 관을 닫은 채 치를 가능성이 높았다. 데커는 상세한 이야기를 빠짐없이 듣기 위해 경찰서에 남았고, 재미슨은 언니와 조카와 함께 귀가했다.

그린과 래시터가 상세한 이야기를 들려주었다. 그린이 말했다. "이 물류 센터라는 곳은 거대합니다. 그리고 온갖 종류의 자동화 장치들이 있지요. 로봇들이 복도를 돌아다닙니다. 거대한 금속 팔처럼 생긴 것들은 믿기 어려울 정도로 무거운 물품 팰릿들을 선반 위로 올립니다. 대당 약 쉰 명분의 일을 하죠. 이러다가 인간들이 할 일이 남기는 할까요?"

하지만 데커는 다가오는 자동화 혁명으로 인한 경제적 시련보다는 프랭크가 숨을 쉬던 마지막 순간의 상세한 상황에 더 관심이 있었다.

데커가 물었다. "그건 그렇고 프랭크한테는 무슨 일이 있었던 겁니까?"

래시터가 이야기를 넘겨받았다.

"물류 센터에서는 추가 건설 공사가 진행 중이었어요. 프랭크 미첼 씨는 몇 가지 확인할 사항이 있어서 현장에 갔었고요. 마티가 방금 말했듯 무거운 팰릿을 높은 선반에 올리는 데 이용되는, 벽에 고정된 로봇 팔이 하나 있었어요. 작동 구역이 협소하고 당시에는 정지 상태였어요. 그렇지만 확실히 뭔가 잘못된 모양이에요. 미첼 씨를 찾으러 간 사람들은 로봇 팔이 콘크리트 벽에서 뭉개진 그를 여전히 붙들고 있는 걸 발견했어요."

데커가 물었다. "정지 상태였는데, 대체 어쩌다 켜진 겁니까?"

그린이 얼굴을 찌푸렸다. "이제 그게 6만 4천 달러짜리 질문입니다. 사람들 말로는 컴퓨터가 사소한 오류를 일으킨 것 같답니다.

망할 소프트웨어가 잘못됐거나 아니면 전력 공급에 이상이 생긴 거죠. 다시 말씀드리지만, 아직 건축 공사가 진행 중이라, 오류가 아직 다 해결되지 않은 상태가 아닐까 하고 짐작하고 있습니다."

래시터가 떨리는 목소리로 덧붙였다. "소식을 들은 후 내가 조사를 좀 해봤거든요. 로봇이 맛이 가서 사람이 죽은 게 이번이 처음은 아니더라고요. 미시간과 오하이오, 그리고 다른 지역들에서도 이런 사례들이 있었어요. 이 초강력 금속 맹수들을 인간하고 같이 놔두면 그런 일이 벌어지는 법이죠. 상황이 잘못되면 대책이 없어요. 로봇 팔은 4.5톤의 무게를 아무 문제 없이 들어올릴 수 있죠. 그런 위력을 사람을 대상으로 발휘하면, 음, 나는 미첼 씨의 시신을 봤어요. 아 그건…… 끔찍하다는 말로는 표현할 수 없을 정도였어요."

데커는 앰버의 집으로 차를 몰았고 재미슨을 만났다. 재미슨은 다른 가족과 프랭크의 양친에게 전화를 걸어 끔찍한 소식을 알렸다. 프랭크의 부모와 네 형제가 바로 출발했다. 재미슨의 두 자매 역시 장례식에 참석하기로 했다. 재미슨은 언니에게 잠을 좀 잘 수 있도록 뭔가를 주었다. 앰버와 조이는 서로를 꼭 보듬은 채 앰버의 침실에 있었다. 데커와, 이제 좀 진정된 재미슨은 부엌에 앉아서 상황을 의논했다. 데커가 재미슨에게 무슨 일이 일어났는지를 알려주었다.

"너무 끔찍해요, 데커. 이리로 이사를 온 지 얼마나 됐다고. 지금 같은 때 이런 일이 일어나다니."

데커는 침묵을 지켰다.

재미슨이 눈물이 그렁그렁한 얼굴로 데커를 올려다보았다. "무슨 생각을 하고 있어요?"

"당신은 언니하고 조이한테 집중해야 해요. 수사는 나한테 맡겨요. 적어도 지금은요."

재미슨이 천천히 고개를 가로저었다. "나는 그러고 싶지 않아요, 그거 알죠?"

"알아요."

"조이가 충격을 많이 받았어요. 너무 걱정돼요. 아이가 아빠를 얼마나 사랑했는데. 그것도 자기 생일에……. 내 말은, 얼마나 끔찍한 일이에요?"

"젠장, 정말 끔찍하죠."

"우리는 장례식 준비를 해야 해요. 여기서는 선택지가 많지 않아요. 장례식을 치르자고 미국 전역에 흩어져 있는 가족 친지를 불러모으는 것은 악몽이에요. 장지는 또 어쩌죠? 프랭크가 여기 묻히고 싶어 했을까요? 여기에는 아무런 연도 없잖아요. 그러면 화장을 해야 하나? 맙소사, 내가 이런 이야기를 하고 있어야 한다니 믿어지지가 않아요."

재미슨이 나지막이 흐느끼기 시작했다. 망설이다 자리에서 일어선 데커는 재미슨에게 다가가 어깨를 다독였다. 자신이 들려줄 수 있는 위로의 말들이 머릿속에 떠올랐지만, 마치 벽에 가로막히기라도 한 양 실제로 입 밖으로 꺼낼 수는 없었다.

재미슨은 데커의 마음속 갈등을 이해하는 것 같았다. 데커의 커다란 손을 꼭 움켜쥐고 말했다. "고마워요, 에이머스."

데커는 아무 말도 하지 않았다. 그냥 계속 재미슨의 어깨를 다독이며 속수무책인 자신의 무능을 저주했다. 이제, 방으로 돌아온 데커는 방금 자신이 유리창에 그린 동그라미를 지운 자리를 응시하고 있었다. 여섯 사람이 죽었다. 모의와 살의에 따른 살인, 자살이 아닌 타살임은 반박의 여지가 없었다. 이제 일곱째 사람, 프랭크가 죽었다. 어느 모로 보아도 원인은 사고였다.

재미슨은 마침내 침대에 들었다. 하지만 데커는 도저히 잠이 올 것 같지가 않았다. 비가 내리고 있지만 아랑곳없이 다시 산책을 가기로 마음먹었다. 복도 벽장에서 지난번에 썼던 우산을 꺼내고 외투 단추를 채운 뒤 집을 나섰다. 발길은 데커를 죽음의 집이 있는 거리로 데려갔다. 그곳은 불이 꺼져 있었지만 경찰 테이프가 여전히 붙어 있었다. 지역 경찰차는 없었지만 켐퍼의 검은 SUV는 있었다. 차에 탄 남자가 보였다.

데커는 거리를 내려다보았다.

댄 본드, 눈먼 남자.

마틴 부인, 주일학교 교사.

그리고 총열을 잘라낸 산탄총과 태도가 심히 적대적인 프레드 로스.

이 거리에 살고 어쩌면 뭔가를 봤을지도 모를 사람들. 이게 기준이라면 본드는 명단에서 제외되어야 했다. 어쩌면 뭔가를 **들었을** 가능성은 있을지 몰라도. 프레드 역시 그랬다. 자기 말로는 병원에 있었다고 했으니까. 하지만 데커는 이를 직접 확인할 생각이었다. 시계를 보았다. 10시 30분이었다. 마틴 부인은 1640호에 살았다. 불이 켜져 있었다. 데커는 그녀의 집을 향해 걸음을 옮겼다.

0 031

"누구세요?" 문구멍 반대편에서 목소리가 들려왔다.

데커는 관찰경에 신분증을 들이밀었다.

"마틴 부인? 에이머스 데커라고 합니다. FBI와 함께 일하고 있습니다. 부인께 몇 가지 여쭐까 해서 찾아왔습니다."

"무슨 일로?"

"거리 저쪽에서 일어난 일에 대해서요."

"시간이 좀 늦었잖아요. 그리고 나는 당신을 모르고요."

"늦은 시각에 죄송합니다. 그렇지만 불이 켜져 있어서요. 저는 래시터 형사하고 같이 일하고 있습니다. 부인이 주일학교 선생님이셨다고 형사님한테 들었습니다." 데커는 대화를 트는 데 도움이 되기를 바라며 덧붙였다.

효과가 있었다. 자물쇠 돌아가는 소리에 이어 문이 벌컥 열리고, 성긴 백발에 낯빛이 창백한, 키 크고 나이 든 여자가 나타났다. 길고 울퉁불퉁한 코에 철테 안경이 낮게 걸쳐져 있었다. 풀 먹인 흰 블라우스 위에 베이지색 카디건을 걸친 차림이었다. 품이 넉넉하고 우중충한 회색 운동복 바지가 따로 노는 느낌으로 전체 스타일을 완성했다. 발에는 튼튼한 흰색 정형외과 신발을 신었다.

"감사합니다, 마틴 부인, 감사드립니다."

"뜨거운 차 좀 드릴까요? 밖이 너무 습해서." 부인이 진저리를 치며 말했다. "뼈가 시리다니까."

데커는 딱히 차가 당기지는 않았지만, 시간을 좀 더 벌 수 있을 것 같아서 말했다. "그래 주시면 정말 감사하겠습니다. 너무 번거롭게 해드리는 게 아니라면요."

"전혀요. 다른 할 일도 없고, 나도 차를 한 잔 더 마실까 하던 참이었으니. 아, 미시가 나왔네."

마지막 말은 거실의 소파 뒤에서 미끄러지듯 나온, 은색과 검은색의 매끈한 줄무늬가 아로새겨진 고양이를 향해 한 것이었다. 고양이는 쭈뼛쭈뼛 다가와 몸통을 데커의 다리에 비벼댔다.

"착한 고양이구나." 데커가 고양이에게 어색하게 말을 걸었다.

"아, 어쩌나 성가시게 구는지 몰라요. 하지만 지금은 우리 둘밖에 없으니까."

데커는 한쪽 벽에 걸려 있는 사슴 머리를 보았다.

데커가 말했다. "뿔이 여섯 갈래로 갈라진 수사슴이네요."

"죽은 남편 거예요. 그이가 걸어놓은 게, 아, 벌써 40년 전이네. 하지만 일부 사냥꾼들하고는 달라서 그이는 자기가 잡은 짐승을 먹었답니다. 사슴 고기 덕분에 꽤 오랜 시간을 버틸 수 있었지요."

몸을 돌린 부인이 자세를 안정시키려고 손으로 벽을 짚었다. 한쪽 구석에 서 있는 지팡이가 눈에 띄었다. 단단한 발 네 개가 달려 있어 흔들림 없이 땅을 짚을 수 있는 지팡이였다.

데커가 물었다. "지팡이를 가져다드릴까요?"

부인이 고개를 저었다. "저 망할 것을 수리해야 해요. 집 안에서는 못 써요. 나무로 된 마룻바닥을 긁어놓거든."

부인은 안정된 자세를 유지하려고 걸어가는 내내 벽을 한 손으로 짚으면서 데커를 주방으로 이끌었다. 데커가 짐작하기로 1950년대에 지어진 듯한 집의 주방은 작지만 기능적이었다. 개수대 위 창문에는 작은 주름 커튼을 달아놓았고 나무 식탁 하나에 사다리 모양의 등받이 의자 두 개가 딸려 있었다. 벽에 달아놓은 유선 전화에서 긴 전선이 뻗어 나와 있었다. 옆 벽에는 연필로 적어둔 전화번호와 이름 들이 보였다.

마틴 부인은 데커의 눈길이 향한 곳을 바라보더니 웃음을 지었다. "나는 스마트폰인지 뭔지도 없고 숫자도 잘 기억하지 못해서, 중요한 번호들은 저기 적어둔답니다. 전화번호 벽이라고 하죠."

"좋은 시스템이네요."

"그쪽은 숫자를 잘 기억하시나?"

"확실히 예전만은 못 하죠."

마틴 부인은 가스레인지에 주전자를 올려놓고 긴 성냥으로 불을 켰다. 이어 래커로 광을 낸 소나무 캐비닛에서 컵과 받침 들을 꺼냈다.

플라스틱 용기를 열며 부인이 물었다. "쿠키 좀 드시려나? 오트밀 건포도 쿠키인데. 직접 만든 거예요."

"맛있겠네요. 감사합니다."

"그래서 FBI하고 같이 일하신다고. 아이고, 신기해라. 하지만 FBI 요원들은 정장을 입지 않아요? 텔레비전에서는 그러던데." 부인은 데커의 구깃구깃한 입성을 훑어보며 입가에 한 손을 올렸다.

"아니면 잠입 수사 요원인가? 잠입 수사 요원이라고 해도 이상하지 않을 것 같아 보여서."

끝까지 듣고 있던 데커가 대답했다. "그랬던 적도 있습니다. 하지만 지금 여기서는 저쪽 집에서 일어난 일로 지역 경찰의 수사에 협조하는 중입니다."

"그래요, 끔찍한 일이지." 마틴 부인이 다시 몸서리를 쳤다. "내 말은, 이 시가 안 좋은 시절을 겪은 거야 나도 알지만, 이 동네에 **살인** 사건이 일어난 적은 한 번도 없었거든."

부인은 종이 냅킨들과 함께 쿠키 접시를 차려놓았다. "차에 우유하고 설탕 넣어요, 영국식으로? 물론 요원님은 영국인이 아니지만. 혹시 영국인은 아니죠? 말투로 보면 영국인 같진 않은데 내가 워낙 뭐든 물어보는 걸 좋아해서."

"오하이오 출신입니다. 그리고, 아니요, 그냥 차만 주십시오. 감사합니다."

"페퍼민트 차예요. 목과 부비강에 무척 좋지."

"정말 그렇겠네요."

"나는 오하이오 출신 친구가 하나 있어요. 털리도라는 곳에. 가본 적이 있으신가?"

"있습니다."

"거기 갔었는데 좋은 곳 같데요. 그때가, 아, 1965년이었지. 많이 달라졌으려나?"

"그럴 것 같습니다, 네."

"대다수 장소들은 변하죠, 안 그래요?"

데커가 물었다. "배런빌처럼요?"

그 말에 부인이 데커를 응시했는데, 표정에는 산만한 노인네 같은 느낌이 사라져 있었다.

부인이 말했다. "나는 평생 이곳에서 살아왔답니다. 세상이 발전할 때는 전부 그렇게…… 좋지만은 않은 특정한 면들이 있죠."

"좀 더 자세히 설명해주시겠습니까?"

부인이 자기 찻잔 위로 데커를 넘겨다보았다. "흘러간 물인걸, 뭐. 자, 요원님 사건에 내가 어떻게 도움을 드릴 수 있을까?"

"우리는 문제의 집에서 뭔가 이상한 걸 보았을지도 모르는 사람을 찾고 있습니다."

"이 거리의 다른 사람들하고는 이야기해봤어요?"

"그냥 한 분하고만요. 프레드 로스 씨요."

남자의 이름을 듣자 마틴 부인의 얼굴이 구겨졌다.

부인이 경멸조로 말했다. "그 인간."

"두 분 사이가 별로이십니까?"

"내 남편은 가는 날까지 그치를 혐오했어요. 프레드하고는 잘 지내기가 무척 어렵지. 증오심 넘치고, 편견이 심하고, 교활하니까."

"앞의 두 가지는 이해가 갑니다. 저도 만나봤으니까요. 하지만 교활하다고요?"

마틴 부인은 물이 다 끓고 차를 따를 때까지 아무 대답도 하지 않았다. 데커에게 찻잔을 건네고 맞은편에 앉고 나서야 입을 열었다.

"프레드의 아내가 죽은 게…… 아, 이제 20년도 더 됐네. 우리 해리하고 비슷하게 갔어요. 여자는 착하고 점잖은 사람이었는데 그 인간이 그이를 잠시도 가만 놔두는 법이 없었죠. 저녁상을 안 차려놨다고, 아니면 저녁상이 마음에 안 든다고, 아니면 식료품값을 너무 헤프게 썼다고, 아니면 집이 지저분하다고, 그냥 밑도 끝도 없이 괴롭히곤 했어요. 끔찍했죠."

"아내분이 경찰에 신고한 적이 있습니까?"

마틴 부인은 대답하기 전에 차를 한 모금 마신 후 다시 내려놓았다.

"바로 이 대목에서 교활하다는 말이 나오는 거예요. 그 인간은 절대 그이한테 손을 올리지 않았거든. 소리를 지르거나 위협한 적도 없었어요."

"그럼 무슨 짓을 했습니까?"

"그냥 조금씩 조금씩 계속 갉아먹었죠. 겉모습이 어떻고, 옷 입는 꼴이 어떻다는 등 하면서. 동네의 다른 숙녀들처럼 현모양처가 못 되는 데 수치심을 느껴야 한다나. 딱한 여자의 머릿속이 제 장난감인 양 온통 헤집어놓았답니다. 죄다 자기 잘못이라고 믿게 만든 거지. 꽤나 재주가 좋았어요, 역겨운 자식. 심지어 자기 아들한테도 잔인했어요. 그래서 둘이 서로 데면데면할걸."

데커가 차를 조금 마시고 고개를 끄덕였다. "로스 씨가 그러는 모습이 충분히 상상이 갑니다. 늘 뭔가 대답이 바로 나오죠. 상황을 상대 탓으로 돌려놓고. 저한테도 그러더군요."

두 사람은 잠시 침묵에 잠겼다.

마틴 부인이 말했다. "그렇지만 요원님이 궁금해하는 것은 그날 밤 일 아니었나?"

"래시터 형사와 그린 형사가 부인을 뵈러 들렀었나요?"

"그린이라는 형사가 이야기하러 왔더군. 그러고 나서, 오늘 일찍, 도나가 들렀어요. 공식 방문은 아니라고 하데. 그냥 내가 어떻게 지내나 보러 왔다고. 몇 년 만에 봤는지도 몰라요. 경찰에 들어갔다는 소리에 얼마나 놀랐던지. 뭔가 의사 같은 일을 할 줄 알았거든요. 늘 무척 영리했고, 기운이 넘치는 애였어요. 무엇도 그애를 막을 수 없었죠."

데커가 한마디 했다. "음, 경찰이 되고 강력계 형사가 되려면 아주 강인해야 하죠."

"아무렴, 당연하지. 나는 그애가 무척 자랑스러워요. 정말 먼 길을 왔고 많은 장애물을 뛰어넘었답니다."

"무슨 뜻입니까?"

"이런, 나는 요원님이 그애 아버지에 관해 아는 줄 알았는데?"

"아니요, 모릅니다."

"아무래도 입을 다무는 편이 낫겠구먼."

"말씀해주셨으면 좋겠습니다. 도움이 될 수도 있습니다."

"음, 사실은 도나가 경찰이 된 걸 알고 내가 놀랐다고 한 이유가 있어요."

"왜 그렇죠?"

"왜냐하면 그애 아버지가 죄를 지어서 유죄 판결을 받았거든."

데커가 물었다. "무슨 죄를요?"

"사람을 죽였답니다."

"누구를요?"

"여기 시의 은행가."

데커는 놀란 기색을 얼굴에 드러내지 않으려 애쓰며 물었다. "그게 언제였습니까?"

"아, 몇십 년도 더 됐죠. 도나는 그때 어린 여자애였어요."

"은행가를 왜 죽인 겁니까?"

"왜냐하면 은행이 그애네 집에 담보를 실행했거든. 도나의 아버지, 리치 래시터는 시에 마지막 남은 섬유 공장에서 일하고 있었어요. 그게 문을 닫자 100명쯤 되는 다른 사람들하고 같이 오갈 데

없는 처지가 됐지. 집을 잃고, 모두 잃었어요. 그이가 어느 날 밤, 분명 술에 취해서, 은행가의 집으로 가서 불을 놓은 거야. 은행가는, 이름은 기억이 안 나는데, 혼자 살았어요. 어쨌거나 결국 화재로 죽었지. 내가 짐작하기에 리치는 자기가 저지른 짓에 경악했을 거예요. 그렇지만 불을 놓은 사실을 인정했답니다. 감옥에 갔죠. 2년쯤 있다 죽었고. 모르긴 몰라도 아마도 죄책감 때문이었으려나."

"래시터 형사는 그때도 어렸습니까?"

"자기 아버지한테 그런 일이 있고 나서 무척 **슬퍼했지**. 아마 힘든 시기를 버텨내려고 종교에 의지했던 것 같아요. 그애 어머니는 도나가 대학을 마치고 여기로 돌아온 후에 약물 과용으로 자살했답니다."

데커가 말했다. "이래저래 무척 비극적인 이야기로군요. 현재로 돌아와서, 부인은 그린 형사에게 무슨 말을 하셨습니까?"

"아무것도 못 봤다고 했지. 두통이 있어서 일찍 잠자리에 들었거든요."

"그게 몇 시였습니까?"

"〈지오파디!〉가 끝난 후였고 나는 약간 미적대고 있었으니까, 틀림없이 8시는 지났을 거예요."

"잠자리에 들기 전에 듣거나 보신 게 있습니까? 사건하고 관련이 없는 거라도 상관없습니다."

마틴 부인이 잠시 생각에 잠겼다. "폭풍이 다가오기 시작했지요. 그건 기억나요."

"비가 떨어지기 직전에 뭔가 소리를 들은 기억은요?"

"소리라면 어떤 종류?"

데커는 생각을 돌이켜 기억의 프레임들을 머릿속에서 불러냈다.

좋은 질문이다. 어떤 종류의 소리였지?

"확실하진 않습니다. 그냥 흔치 않은 소리였어요. 저는 사건이 일어난 집 뒷집에 머물고 있었습니다. 비행기가 날아가는 것도 보았죠."

마틴 부인이 고개를 저었다. "비행기는 보지도 듣지도 못했는데. 이튿날 아침에는 6시 넘어서 일어났고."

"경찰 사이렌 소리에도 깨지 않으셨습니까?"

"나는 수면유도제를 먹는답니다. 그래서 안 깼어요."

"사람들이 드나드는 모습을 보신 적이 있습니까?"

마틴 부인이 차를 한 모금 더 마시고 과자 접시를 데커 쪽으로 밀어놓았다. 데커는 과자를 집어 들어 한 입 베어 물었다.

마틴 부인이 불쑥 말했다. "한 가지 있긴 했어요."

"뭡니까?"

"그게, 남자들이 살해당한 집하고는 관련이 없어요. **옆**집이었지."

"뭔가 보셨습니까?"

"한 2주 전이었어요. 그린 형사한테는 이 이야기를 안 했어요. 그분은 죽은 남자들이 발견된 날 밤에 관해서만 물어보길래. 하여튼 어, 밤 11시쯤에 그 집에 들어가는 남자를 봤어요. 그게, 나는 집주인이었던 스캐퍼 부부를 알고 지냈거든요. 부부가 죽고 나서 그 자식들이 집을 팔려고 했지만 안 됐지. 그래서 내내 비어 있었어요."

"계속 말씀하십시오." 데커가 추임새를 넣었다.

"음, 이 남자가 길을 걸어가고 있더라고. 차는 안 보였고. 미시가 내보내달라고 하지 않으면 나도 그를 못 봤을 거예요. 문을 열었더니 남자가 길거리에 있는데. 보름달이 어찌나 밝은지 무척 또렷이 보였어요. 음, 남자가 거리를 걸어가서 스캐퍼 부부의 옛집으로 들어가더군."

"어떻게 생겼는지 묘사해주실 수 있습니까?"

"키가 컸는데, 180센티미터가 넘어 보였어요."

"백인이었습니까 흑인이었습니까?"

"아, 확실히 백인이었어요. 마른 몸매였고."

"얼굴을 보실 수 있었습니까?"

부인이 고개를 저었다. "그리고 두 밤이 지나서, 다시 봤어요."

"같은 남자를요?"

"아니, 이번에는 다른 남자였어요. 키가 더 작았는데, 180센티미터는 안 되고 더 땅딸막했어요. 이번에도 백인이었고. 그 집으로 들어가더군요. 잠시 지켜봤는데 나오는 모습은 안 보였어요."

"차는 없었습니까?"

"없었어요. 남자는 그냥 거리를 걸어와서 그 집에 들어갔어요. 같은 11시에. 나는 그전에 낮잠이 들었다가 9시쯤에 일어났기 때문에 안 자고 있었어요. 나이가 들면 그렇게 되지." 부인이 덧붙였다.

"경찰에 신고하셨습니까?"

마틴 부인이 고개를 저었다. "아니. 그럴 생각은 못 했어요. 내 말은, 그들이 집을 세냈는지, 그래서 거기서 생활할 완전한 권리를 가졌을지 어떨지 어떻게 알겠어요. 그게 아니라 해도, 음, 텅 빈 집을 **이용하는** 사람들을 처음 본 것도 아닌걸. 여기에는 노숙자들이 수두룩하지. 그들이 머물 장소가 필요하면······."

데커의 얼굴에 관심의 빛이 떠올랐는데, 부인이 갑자기 불안한 기색을 드러냈기 때문이다. "혹시 신고를 하지 않으신 다른 이유가 있습니까?"

부인이 고개를 떨어뜨렸다. "거친 시절은 사람들은…… 거칠게 만들지. 내가 경찰에 신고를 해서 경찰이 와서 뭔가를 하고, 그래서 내가 경찰에 신고한 당사자임을 사람들이 알아낸다면? 나는 늙었고 홀몸인걸. 내가 곤란해지는 것도 남들을 곤란하게 만드는 것도 사양이에요."

"그래서, 키 크고 마른 백인 남자하고, 그보다 작고 땅딸막한 백인 남자를 보셨다는 말씀이죠?"

"맞아요."

몇 분 후 데커는 마틴 부인이 이야기한 집을 향했다. 아닐 수도 있지만, 마틴 부인이 묘사한 남자들은 비티와 스미스, 죽은 DEA 요원들일 가능성이 높아 보였다.

0 032

데커는 자신이 죽은 두 남자를 찾아낸 집을 마주 보며 서 있었다. 고개를 돌려 옆에 붙은 집, 마틴 부인이 2주 전에 두 남자가 들어가는 모습을 목격했다고 말한 집을 응시했다. 검은 SUV는 비어있었다. 이곳을 경비하는 DEA 요원은 분명 순찰을 나갔을 터였다. 거리에 다른 차는 한 대도 없었다. 인기척 또한 없었다.

데커는 길 건너편의 눈먼 남자, 본드가 사는 집을 보았다. 집은 어두웠다. 하지만 다시 생각해보면, 빛과 어둠은 본드에게 중요하지 않을 터였다. 본드는 나중에 상대할 것이다. 추적해볼 만한 단서는 있었다. 데커는 마틴 부인이 말한 집 뒤편으로 민첩하게 다가가 주변을 살폈다. 죽음의 집과는 달리 뒷마당의 담장선을 따라 덤불이 울창하게 자라 있어서 명확히 보이지 않는 앰버의 집을 돌아보았다. 오른쪽으로 고개를 돌려 시신이 발견된 집을 분간할 수 있었다. 두 집 사이에는 많은 식물이 멋대로 자라 있었지만. 둘 다 상당 기간 비어 있었음을 생각하면 놀라운 일도 아니었다.

데커는 집 뒤편에 눈길을 주었다. 여기에도 데크가 붙어 있었는데, 마치 땅에 박힌 지지 기둥들이 무너지기 시작하는 것처럼 약간 오른쪽으로 기우뚱해 보였다. 어둠에 잠긴 옆집에서 작은 번갯불처럼 흘러나오는 빛의 기둥들이 눈에 띄었다. DEA 요원이 순찰을 도는 중이었다. 빛이 지나가고 동료 연방 요원이 도로 집 앞으로 돌아갈 때까지, 데커는 무지막지하게 큰 떡갈나무 뒤에 숨어 커다란 덩치를 감췄다. SUV 문이 쿵 하고 닫히는 소리가 들릴 때까지 머릿속으로 초를 셌다. 데커는 집의 뒤편으로 다가가 문손잡이를 돌려보았다. 놀랍게도, 손잡이는 가볍게 돌아갔다.

사람들이 드나들고 있었음을 생각하면 어쩌면 그리 놀라운 일이 아닐 수도 있겠지. 데커는 안으로 들어가 휴대전화 플래시를 이용해 주변을 둘러보았다. 집 내부는 옆집과 비슷했다. 아마도 같은 건축가가 설계했겠지. 어쩌면 이 동네 전체가 그럴지도.

데커는 주방을 한 바퀴 휘 둘러본 후 거실로 들어가 주위를 빛으로 비췄다. 아무것도 없었다. 가구 한 점, 벽에 걸린 장식 하나 없었다. 러그도. 창문을 가린 커튼은 지저분하고 너덜너덜했다. 무슨 소리가 들려 데커는 주변을 둘러보았다. 플로어 레지스터(난방에 사용되는 건축 자재—옮긴이)를 손으로 쓱 훑었다. 불이 방금 들어온 게 분명했는데, 집에 전기가 들어온다는 뜻이었다. 그렇지만 등을 켜면 옆집의 요원이 보고 조사하러 올지도 몰랐고 데커는 그런 위험을 감수할 수 없었다.

집 안은 눅눅한 냄새와 좀약 냄새, 폐가의 냄새를 풍겼다. 데커는 위층을 점검했고, 위층 역시 다르지 않았다. 지난번 지하실에 들어갔을 때의 상황을 떠올리며 총을 꺼내 들고 지하실 계단을 내려갔다. 맨 밑 칸에 도달해 주위를 둘러보았다. 습기와 흰곰팡이와 죽은 벌레들. 그렇지만 시체는 없었다. DEA의 두 요원이 얼마간 이곳에서 지냈다 해도 알 수 없을 것이다. 흔적이 전혀 없었다. 버려진 포장 음식도. 앉을 자리도. 옷장의 옷도. 처음에 데커는 두 남자가 여기에 감시 본부를 차렸을 거라고 생각했지만, 그런 흔적은 전혀 없었다. 어쩌면 장비를 치워버렸을지도 모른다. 하지만 왜 여기에 감시 본부를 차리지? 뭐 볼 게 있다고? 두 남자가 만약 **이** 집을 이용하고 있었다면, 어쩌다 옆집에서 죽게 되었지?

위층으로 막 올라가려던 데커는 얼어붙어서 지하실의 먼 쪽 구석으로 물러났다. 1층 어딘가에서 문 하나가 방금 열렸다. 앞문인지 뒷문인지는 확신할 수 없었다. 이윽고 머리 위의 마루 판자가 삐걱대는 소리가 들렸다. **뒷문**이었다. 누가 앞문 쪽으로 가는 중이었다. 데커는 권총을 쥔 손에 힘을 주었다. 머리 위의 누군가는 옆집의 요원일 수도 있었다. 데커가 집 안에서 돌아다니는 것을 보았거나, 아니면 휴대전화 플래시 불빛을 얼핏 보고 조사하러 왔을 것이다. 데커는 연방 소속의 동료 요원과 서로 총을 겨누는 일만은 피하고 싶었다. 그렇지만 만일 옆집 남자가 아니라면?

발걸음 소리는 계단 위로 올라갔다. 1분 후 발소리가 1층으로 돌아올 때까지 데커는 기다렸다. 사이렌 소리는 전혀 들리지 않았다. 바깥을 내다볼 수도 없었다. 위에 있는 자가 지원을 요청했을까? 이윽고, 데커가 예상한 소리가 마침내 들려왔다. 지하실 문이 열리는 소리였다.

지하실 구석 자리를 떠나지 않은 채로 데커가 외쳤다. "나는 에이머스 데커, FBI에 협력 중이다. 누군지 밝혀라."

누군가의 목소리가 즉각 대답했다. "옆집에 배치된 DEA 소속 스트링어 요원이다."

데커는 움직이지 않았다. "믿고 싶지만, 신분증을 먼저 좀 봐야 겠는데."

"이하동문이야. 지원을 요청할까 하는데, 그전에 어떻게 하면 좋을까?"

데커가 물었다. "내 목소리를 모르나? 우리가 시체안치소에 있을 때 켐퍼 요원을 상대로 꽤 목소리를 높였는데."

"나는 오늘 아침에 교대 요원들하고 같이 이곳에 도착했거든."

"좋아, 신분증을 층계 밑으로 던져. 나도 내 걸 위로 던질 테니."

"이봐, 나는 원래 여기 있어야 할 사람이고, 그쪽은 아니잖아. 젠장, 나는 도대체 댁이 누군지 모르니까 **그쪽** 신분증이나 위로 던지시지, 지금 당장."

데커는 일부러 시간을 들여 천천히 신분증을 꺼냈다. 총을 허리띠 안으로 집어넣고 남은 손으로 휴대전화 번호를 눌렀다.

위층을 향해 소리쳤다. "지금 꺼내는 중이니까 잠깐만 기다려."

신호 두 번 만에 켐퍼가 전화를 받았다.

데커가 속삭였다. "일이 좀 생겼는데요. 오늘 밤 사건 현장에 배치된 스트링어라는 이름의 요원이 있습니까?"

"아니요. 젠킨스가 밤 근무예요. 저녁 8시에서 오전 8시까지. 스트링어 요원이라니 들어본 적도 없어요."

"좋아요, 지금 여기로 사람들을 몇 명 보내주세요. 나는 거리에서 봤을 때 범죄 현장 왼쪽 집에 있습니다. 지하실에, DEA 소속인척하는 남자하고 같이 있습니다."

켐퍼가 뭐라고 말할 틈도 없이 데커는 딸깍 전화를 끊고 휴대전화를 내려다보았다.

자칭 스트링어 요원이라는 남자가 말했다. "2초 준다. 신분증을 위로 던지지 않으면 상황이 지저분해질 거야."

"지금 바로 간다."

데커는 앞쪽으로 기어가 측면에서 계단에 접근했다. 엄지손가락을 휴대전화 화면에 올리고 마음의 준비를 한 후 휴대전화 플래시를 켜서 불빛이 층계 위쪽을 향하게 한 채로 휴대전화를 앞으로 던졌다. 즉시 실탄 네 발이 날아왔다. 소음기가 장착된 총이었다. 실탄이 마룻바닥을 때리고 되튕겼다. 총에 맞지 않았음에도, 데커는 상대가 경계심을 풀도록 마치 맞은 양 비명을 질렀다. 잠시 후, 데커는 문간을 온통 가로지를 정도로 넓은 호를 그리며 계단 위를 향해 탄창 절반을 비워냈다. 쿵 소리 한 번, 이어 한 번 더, 그리고 외마디 신음이 들려왔다. 뭔가가 계단을 굴러 내려와 밑바닥에 털썩 쓰러졌고, 데커는 때맞춰 옆으로 비켜섰다. 휴대전화를 찾아와 쓰러진 덩어리에 빛을 비췄다. 남자였다. 그리고 죽어 있었다. 데커로 인해.

시신을 내려다보던 데커는 자신도 모르게 헉 하고 숨을 들이켰다. 죽음에 직면하면, 보통 데커의 공감각이 깨어났다. 마치 전류가 몸을 관통하는 것처럼 목덜미의 솜털이 곤두섰다. 어지러움과 멀미가 엄습했고, 무엇보다 선명한 형광 푸른빛이 사방에서 덮쳐와 숨통을 조일 터였다.

하지만 데커는 지금 무엇도 느끼고 있지 않았다. 그저 시신을 보고 있을 뿐이었다. 마치 공감각이 온데간데없이 사라져버린 것 같았다.

사이렌이 울렸다. 뒤이어 앞 현관에서 덜커덕하는 무거운 발소리가 들렸다. 옆집의 젠킨스 요원일 거라고 데커는 확신했다. 지원팀이 도착했다. 데커는 맨 밑 계단에 주저앉아 기다렸다.

"좋아요, 이제 밤에는 외출 금지예요. 농담 아니에요, 젠장!"

긴 티셔츠와 운동복 바지 차림으로 데커 앞에 서서 재미슨이 소리쳤다. 맨발에 머리카락은 헝클어져, 방금 전까지 잠들어 있었음을 알 수 있었다. 두 사람은 거실에 있고 앰버와 조이는 위층에서 아직 잠들어 있었다.

데커는 의문의 남자를 쏘아 죽인 집의 지하실에서 재미슨에게 전화를 걸어 상황을 알렸다. 그전에, 현장에 처음 출동한 요원에게 상황을 모두 설명한 후 다음은 켐퍼에게, 이어 현장에 나타난 그린과 래시터에게도 설명을 해야 했다. 켐퍼가 실탄 두 방을 가슴에 맞고 마룻바닥에 쓰러져 있는 남자를 보았을 때 진정 놀라운 사실이 밝혀졌다.

켐퍼가 말했다. "저 남자는 브라이언 콜린스예요."

데커가 물었다. "뭐 하는 사람이죠?"

"마약상이요."

"저 남자가 스완슨하고 아는 사이였을 것 같습니까? 어쩌면 같이 일했거나?"

"그랬을 성싶지 않은데요. 콜린스는 헤비급이었거든요. 마약 유통과 살인으로 몇몇 주에서 현상수배를 걸었어요."

그린이 물었다. "저 남자는 여기서 뭘 하고 있었던 거죠? 그리고 왜 당신을 죽이려 했을까요?"

데커가 말했다. "틀림없이 이 집으로 들어오는 나를 봤을 겁니다. 어쩌면 여길 감시하고 있었을지도 모르고요."

그린이 물었다. "그럴 수도 있겠네요. 하지만 왜 DEA 요원이 바로 옆집에 있는데 위험을 무릅쓰고 당신을 습격하려 했을까요?"

데커가 말했다. "제 생각엔 이건 좋은 신호 같습니다. 그자들이 우리가 더 가까이 가고 있음을 우려했다는 뜻이니까요. 저와 재미슨을 배빗의 트레일러에 가두고 통구이로 만들려 했을 때처럼요."

그린이 물었다. "그래서, 가까이 가고 있는 게 **맞나요**?"

데커는 시신을 내려다보았다. "어쩌면 너무 가까이 갔는지도 모르겠네요."

데커는 잔뜩 열이 오른 재미슨을 올려다보았다. "나는 이런 일이 일어날 줄은 생각도 못 했어요, 알렉스. 그냥 잠이 안 와서 몇 가지 확인해야겠다 싶었던 것뿐이에요. 마틴 부인하고 이야기를 나눠봤는데 관심이 생겨 그 집으로 가게 됐어요."

재미슨이 데커 옆에 풀썩 주저앉았다. "데커, 당신이 이해하지 못할 수도 있지만, 우리 언니와 조카는 방금 끔찍한 소식을 들었어요. 프랭크가 죽었다고요. 이건 두 사람한테 남은 평생 영향을 미칠 일이에요."

"모두 **알아요**, 알렉스. 알고 있어요."

"나는 당신이 이런 **사실들**을 안다는 점은 알아요. 하지만 이따금 씩 당신은 사실 이면에 있는 것들을 놓쳐요."

"정확히 무슨 말을 하고 싶은 겁니까?"

"지금으로서는 **한 가지** 비극이면 충분해요. 제발 당신이 가세해 서 총량을 늘리는 일은 없게 해줘요. 그런 일이 일어나면 우리 중 누구도 버텨내지 못할 테니까. 확실히 나는 못 버텨요. 자, 당신이 또 뭔가 믿을 수 없을 정도로 위험하고 어리석은 짓을 저지를 작 정이 아니라면, 나는 머리가 터져버리기 전에 그만 자러 가야겠어 요. 당신도 그러는 편이 좋을 것 같고요."

데커는 무거운 발을 끌며 위층으로 올라가는 재미슨을 천천히 뒤따랐다. 몸을 씻고 잠옷으로 갈아입었다. 콜린스의 삶에 종지부 를 찍은 방아쇠를 당긴 자신의 손을 내려다보았다. 딱히 마음에 걸 리는 건 아니었다. 콜린스는 데커를 살해하려 했으니, 그것은 응분 의 대가였다. 하지만 알지도 못하는 남자가 왜 오늘 밤 나를 죽이 려 했을까, 이건 설명할 수가 없었다.

헤비급 마약상. 여러 주에서 수배를 받고 있는.

DEA.

배신한 요원들.

여섯 건의 살인 사건. 그중 네 명의 피해자는 서로 무관해 보였다. 이 모든 일의 핵심이 마약일까? 마약으로 죽은 사람들이야 수도 없이 많다. 어떻게 보아도, 배런빌은 공포스러운 마약성 진통제의 손아귀에 붙들려 있었다. 데커와 재미슨은 이를 정면으로 들이받 았다. 또 래시터의 아버지가 은행가의 집에 불을 지르고 감옥에 가 서 죽은 사건은 어떤가? 그리고 래시터의 어머니가 나중에 자살한 것은? 데커는 이제 래시터가 현재의 배런에게 원한을 품은 이유를, 비록 비합리적인 이유라 해도 이해할 수 있었다.

마지막으로, 망할, 내 머릿속에서는 도대체 무슨 일이 일어나고 있는 것인가? 왜 형광 푸른빛이 떠오르지 않았을까? 멀미와 목덜미의 솜털이 곤두서는 증상은? 이런 증상들이 일어나기를 데커가 바라진 않았다. 하지만 적어도 무슨 일이 벌어질지 예측할 수는 있었다. 이 증상들이 더는 일어나지 않는다, 이는 데커가 생각하기에 전보다 더 나쁜 조짐이었다.

내 뇌가 다시 변하고 있는지도 몰라. 내일이면 또 다른 누구로 변해 있을까?

한숨이 절로 나왔다. 이런 추측에 사로잡히고 싶지는 않았다. 그때 한 가지 생각이 번뜩 떠올랐다. 고맙게도 사건과 관련된 생각이었다. 휴대전화를 집어 들어 켐퍼에게 전화를 걸었다. 전화는 두 번 울리고 연결됐다.

데커가 물었다. "당신네 소속 두 요원은 뭘 하고 있었을까요?"

"전혀 모르겠는데요."

"음, 뭔가 또는 누군가를 감시하고 있었을지도 모릅니다."

"감시 본부 따위를 말하는 건가요?"

"그런 거죠, 비록 증거는 찾지 못했지만요."

"그 거리에 사는 사람은 세 명뿐이에요, 데커. 세 사람 다 노인인데, 그중 하나는 맹인, 또 하나는 전직 주일학교 교사라고요."

"남은 하나는 총열을 잘라낸 산탄총을 가진 개자식이죠."

"자세히 이야기해봐요."

데커는 프레드 로스와 대적한 일에 관해 들려주었다.

"아무리 그래도 휠체어 신세인 심술 맞은 80대 노인이 이 일하고 무슨 관련이 있을까요. 나는 감이 안 잡히는데요."

"나도 마찬가지예요."

"음, 당신한테 들려줄 소식이 있어요."

그 말에 데커는 기운이 났다. "뭐죠?"

"죽은 남자, 콜린스요."

"네."

"오늘 밤에 내가 그 집에서 알려준 것보다 더 많은 정보를 얻었어요."

"당신은 왜 그걸 지금 나한테 자진해서 알려주려는 거죠?"

"당신이 점점 마음에 들어서요."

"아무렴 그러시겠죠."

켐퍼가 말했다. "우리는 그자의 예전 동료를 알고 있어요."

"그게 누굽니까?"

"랜디 하스, 우리 두 요원들을 배신자라고 고발하고 죽은 남자지요."

0 034

"우리한테 뭘 부탁했다고요?"

아침 식사 시간, 데커가 식탁 맞은편에 앉은 재미슨을 빤히 보았다. 재미슨이 커피잔을 내려놓고 부루퉁한 어조로 대꾸했다. "앰버가 우리한테 물류 센터로 가서 프랭크의 사무실에 있는 개인 소지품들을 챙겨다 달라고 부탁했다고요. 차도 가져오고요."

"하지만 나는 사건을 조사해야……."

재미슨이 싹둑 말을 잘랐다. "에이머스, 우리 언니는 오늘 아침에 남편의 장례식 계획을 짜야 해요. 우리가 줄 수 있는 최소한의 도움은 이 부탁을 들어주는 거예요."

"준비 다 됐어요, 알렉스 이모."

두 사람은 등을 돌려 문간에 서 있는 조이를 보았다. 외투를 차려입었고, 눈은 울어서 부어 있었다.

"좋아, 예쁜아, 우리도 곧 준비를 마칠 거야. 자, 앞문에 가서 기다리렴."

조이는 슬픔에 찬 눈으로 데커를 응시한 후 무거운 발걸음을 옮겼다.

데커가 재미슨을 보았다. "우리가 조이를 학교에 데려다주는 건가요?"

"아니요, 조이는 우리하고 함께 가요."

"우리하고 같이요? 학교는 어쩌고?"

"데커, 저애 아버지가 방금 세상을 떠났어요. 조이는 오늘 결석할 거예요. 그애는 유치원생이에요. 유치원 며칠 빠진다고 하버드 갈 아이가 못 가게 되지는 않아요."

"하지만 조이가 우리하고 같이 가는 게 좋아요? 내 말은, 아버지의 물건들을 보는 게?"

"정말이지 다른 방법이 없어요. 앰버는 조이를 맘 편히 믿고 맡길 만큼 잘 아는 사람이 없어요. 특히 지금은 더 그렇고요. 언니는 오늘 장례식 준비를 하느라 바삐 돌아다녀야 해요. 관하고 화환하고 매장지를 골라야 하거든요. 당신은 조이가 **그런 일들**을 옆에서 지켜봤으면 좋겠어요?"

데커가 깊이 뉘우치는 표정을 지으며 뒤로 기대앉아 말했다. "아니요."

"잘됐네요, 그럼 커피 마저 마시고 출발하죠. 가는 길엔 내가 운전하고 오는 길엔 당신이 프랭크의 차를 몰고 돌아오면 돼요."

두 사람이 현관 앞으로 가자 조이는 이모가 아니라 데커에게 손을 내밀었다. 깜짝 놀란 데커는 재빨리 재미슨을 흘끗 보았고, 재미슨이 고개를 끄덕이자 큼지막한 손으로 어린 여자아이의 작은 손을 감싸 쥐었다. 세 사람은 출발했다.

"맙소사, 여긴 정말 크군요."

재미슨이 감탄했다. 일행이 차를 막 맥서스 물류 센터의 주차장에 세운 참이었다. 그곳은 실로 거대했고 주차장은 차들로 가득했다. 건물 뒤편에서 일행은 세미트럭 함대들이 끝이 안 보이는 적하 라인에서 트레일러들을 싣고 내리는 광경을 보았다.

데커가 건물 서쪽의 공사 현장을 가리키며 말했다. "저기에 추가로 더 짓고 있어요."

재미슨이 찾아낸 주차 공간은 입구에서 한참 멀리 떨어진 곳이어서, 일행은 차량의 바다를 헤치고 건물 정문을 향해 걸어갔다.

조이가 물었다. "여기가 우리 아빠가 일한 곳이에요?"

재미슨이 대답했다. "맞아, 그렇단다, 예쁜아. 우리는 아빠 물건 몇 가지를 챙겨올 거야."

"엄마한테 들었어요. 그리고 아빠 차도요."

"맞아."

조이는 이모를 슬쩍 곁눈질하며 물었다. "아빠는 정말로 죽었어요?"

재미슨은 몸이 얼어붙어 차마 입도 떼지 못하는 것처럼 보였다.

재미슨이 미처 뭐라고 대답하지 못하는 사이 데커가 몸을 숙여 조이를 양팔로 안아 올린 뒤 건물을 가리켰다. "이곳이 얼마나 큰지 보이니?"

조이가 고개를 끄덕였다.

"음, 너희 아빠는 이곳 전체를 운영하는 일을 동료들과 같이 하셨단다. 이 많은 차들과 여기서 일하는 많은 사람들을 좀 보렴. 아빠는 무척 중요한 일을 하신 거야. 이 건물과 여기 있는 모든 사람들을 돌보는 일. 모두 너희 아빠한테 달려 있었지. 그분은 정말 일을 잘하셨단다."

조이의 엄지손가락이 입가로 올라가고 눈에는 눈물이 차올랐다.

데커가 말을 이었다. "우리는 안에 들어가서 아빠 물건들을 가지고 나올 거야. 왜냐하면 그분 물건들이 있어야 할 곳은 너와 네 엄마가 있는 집이니까, 맞지?"

조이는 여전히 불안하게 엄지손가락을 빨고 있었지만 그럼에도 힘차게 고개를 끄덕였다. 작은 여자아이를 팔에 안은 채 걸어가는 데커를 깜짝 놀란 표정으로 재미슨이 서둘러 따라갔다. 안에 들어간 일행은 시설관리자의 사무실로 안내되었다. 사무실 문 옆 벽에 명판이 걸려 있었다.

명판을 읽은 데커가 말했다. "테드 로스. 흥미롭군."

사무실 벽에 난 창문을 가린 블라인드 날 틈새로 책상 앞에 앉아 전화 통화 중인 중년 남자가 보였다. 정장 셔츠를 입고 타이를 맨 남자의 잿빛 머리는 탈모가 한창 진행 중이었다. 사무실의 석고 벽 3면은 희게 도색되었고, 뒤편 벽은 몰딩과 메달리언들로 가장자리를 두른 목제 패널로 꾸며져 있었다. 벽에는 안에 테러블 타월(피츠버그 스틸러스 팀의 응원용 타월—옮긴이)과 피츠버그 스틸러스 유니폼이 든 상자가 걸려 있었다.

재미슨이 물었다. "뭐가 흥미롭다는 거죠? 아는 사람이에요?"

"저 사람의 노친네를 만난 것 같아서요."

문을 두드리자 남자가 고개를 들더니 통화를 마치고 문을 열려고 방을 건너왔다. 먼저 데커를, 이어서 조이를 올려다본 남자가 심각한 표정을 지었다.

"테드 로스입니다. 찾아주셔서 감사합니다. 우리는 어떻게 처리해야 할지 몰라서……."

테드는 말을 멈추고 어정쩡한 표정으로 조이를 응시했다.

재미슨이 말했다. "연락 주셔서 감사해요. 앰버는 저희 언니예요. 나는 알렉스 재미슨이고 이쪽은 에이머스 데커예요."

"두 분 다 FBI 요원이라고 들었습니다."

재미슨이 대답했다. "맞아요. 그리고 이쪽은 조이, 프랭크의 딸이에요."

테드는 조이에게 악수하려고 손을 내밀었다. "안녕, 조이, 만나서 무척 반갑구나."

조이는 고개를 끄덕이고 테드의 손을 마주 잡았지만 아무 말도 하지 않았다. 입에는 여전히 엄지손가락을 꼭 물고 있었다.

데커가 물었다. "프레드 테드 씨가 아버님 맞습니까?"

테드가 놀란 표정을 지었다. "맞는데요, 그건 왜 물으시죠?"

"요전 날 밤에 만나뵀습니다."

테드가 굳은 태도로 말했다. "죄송합니다. 우리 아버지는 정말 만만찮은 분이죠."

데커가 대꾸했다. "그렇게 말할 수도 있겠네요."

"그건 그렇고, 소지품들이 있는 곳으로 안내해드리겠습니다."

테드가 일행을 이끌고 긴 복도를 걸어갔다.

데커가 물었다. "이곳은 얼마나 큽니까?"

테드가 대답했다. "11만 제곱미터입니다. 거기다 5만 5천 제곱미터 면적을 추가로 조성하고 있죠. 이게 소매업의 미래입니다. 좋든 나쁘든요. 전국의 쇼핑몰들이 문을 닫고, 체인점들은 무너지고 있습니다. 고객들은 물건을 사려면 인터넷에 접속하고, 여기서는 물건들을 배송하죠."

데커가 말했다. "그래서 이렇게 큰가 보군요."

"맞습니다. 우리와 우리 회사에 물류를 위탁하는 판매업체들 양쪽에 이건 정말이지 누이 좋고 매부 좋은 일입니다. 이러면 그쪽은 제품과 서비스에만 초점을 맞출 수 있고 배송은 **우리가** 담당하죠. 현재 우리한테 주문을 맡긴 판매업체는 1만 5천 곳도 넘고, 계속 늘어나는 중입니다. 이 물류 센터들을 짓고 운영하는 비용은 싸지 않습니다. 그래서 온라인 판매를 하고 싶은데 유통 시설을 지을 돈이 없는 업체들은 맥서스 같은 회사들에 외주로 넘기죠. 우리는 선반 공간을 0.2센티미터 단위로 나눠 업체들한테 요금을 매기고 판매 대금에서 일정 부분을 떼어 가지만, 방금 말씀드린 이유들로 업체들에는 그럴 만한 가치가 있습니다. 여긴 열 번째 센터이고, 앞으로 5년에 걸쳐 거의 동시에 열 곳을 더 지을 계획입니다. 사업은 정말 잘되고 있습니다. 말 그대로, 따라잡기가 힘들 정도죠."

재미슨이 말했다. "행복한 고민이겠군요."

"맞습니다. 하지만 알아서 몸을 건사하지 않으면 죽을 때까지 부려먹히죠."

테드는 말을 내뱉은 즉시 낯빛이 창백해져 조이를 보았지만 아이는 듣지 못한 눈치였다. 아이는 데커의 팔에 안겨 높은 데서 주위를 둘러보느라 바빴다. 데커는 한번 조이를 내려놓으려 했지만, 아이가 하도 미친 듯이 매달리는 바람에 계속 안고 다녔다.

테드가 말했다. "다 왔습니다."

잠긴 문을 열자 로스의 사무실 넓이의 3분의 1쯤 되어 보이는 사무실이 드러났다. 책상 하나, 의자 하나가 있고, 한쪽 벽에는 철제 파일 캐비닛, 다른 쪽 벽에는 알림과 목록 들로 뒤덮인 흰 칠판이 설치된 말끔히 정리된 공간이었다. 책상 한가운데에는 반짝반짝 윤이 나는 컴퓨터가 놓여 있었다.

테드가 말했다. "프랭크는 무척 체계적이고 능률적이었어요." 그리고 조이를 보았다. "너희 아버지는 맡은 일을 **정말** 잘하셨단다."

아이는 아무 말 없이 고개만 끄덕였다.

테드가 책상에 놓인 종이 상자를 가리켰다. "개인 소지품들을 모아두었습니다. 전부 저 안에 있습니다." 그러고 나서 자기 주머니를 뒤졌다. "이건 프랭크의 열쇠들입니다. 차는 입구 근처에 세워두었습니다. 파란색 기아 4도어입니다. 알고 계시겠지만."

재미슨이 열쇠를 받아 데커에게 건네며 말했다. "감사합니다."

데커가 제의했다. "알렉스, 조이를 데리고 먼저 돌아가요. 나는 상자를 챙겨서 내 차로 갈게요."

조이가 엄지손가락을 입에서 빼며 말했다. "**우리 아빠** 차인데요."

재미슨이 재빨리 대꾸했다. "맞아, 너희 아빠 차지. 좋아요, 집에서 봐요."

재미슨은 조이를 데리고 걸어갔다. 조이는 모퉁이를 돌아 시야에서 사라지기 전에 쓸쓸한 얼굴로 데커를 돌아보았다.

데커가 테드를 돌아보았다. "저, 부탁 하나만 드려도 될까요?"

"가능한 거라면, 물론이죠."

"그 일이 어디서 일어났는지 볼 수 있을까요?"

테드가 살짝 놀란 표정을 지었다. "프랭크가…… 목숨을 잃은 곳 말씀입니까?"

"그렇습니다."

"그건 사고였습니다. 비극적이고 어리석은 일이었고, 절대 일어나서는 안 되는 일이지만, 그래도 사고였습니다."

"그걸 부정하는 게 아닙니다. 조사를 하려고 여기 오지도 않았고요. 그냥 부인께 뭐라도 대답할 말이 있었으면 해서요. 뭔가 물어보실지도 모르니까요. 그게 답니다. 부인은 차마 여기에 오실 수 없었거든요. 장례식 준비도 해야 하고요."

"그렇죠. 무슨 말씀이신지 알겠습니다. 이 모든 일이 너무 끔찍합니다. 장례식을 비롯한 모든 비용은 우리 쪽에서 댈 겁니다." 테드가 마지막 말을 재빨리 덧붙였다.

"감사한 일이로군요."

"그리고, 그분 부인이 맥서스를 고소하실 걸 압니다. 젠장, 저라도 그러겠습니다."

"맥서스 직원임을 감안하면 꽤 놀라운 말씀이네요."

"나는 이곳 공사가 시작된 이후에야 이 회사에 들어왔습니다. 그들은 이 부근에서 커다란 시설을 경영해본 몇 안 되는 사람이라서 나를 뽑았고요. 공사 단계에서 내가 조언을 좀 하기도 했죠. 부인이 모든 법적 보상을 받으실 수 있기를 바랍니다."

"어떤 시설을 운영하셨습니까?"

"나는 지금 60대 초반이라, 배런빌의 한창때, 아니면 적어도 끝물에 한몫 끼었을 정도의 나이는 됩니다. 처음에는 마감목수로 일을 시작했고, 나중에는 건설 회사를 운영했지요. 그후로는 이 시의 마지막 제지 공장을 관리했고요. 여기만큼 크지는 않았지만 200명쯤 되는 직원을 고용했고, 트럭이 매시간 드나들면서 원료를 들여오고 완성된 제품들을 내갔죠. 그렇다 보니 이곳을 운영하는 일이 나하고 잘 맞았습니다."

"자 그럼, 프랭크가 일하던 곳으로 가볼까요?"

"이쪽으로 오십시오."

0 035

테드는 데커를 이끌고 복도 끝에 난 문으로 향했다. 문을 열자 방대한 1층을 한눈에 조망할 수 있는 중이층이 드러났다.

테드가 말했다. "내 방에는 경영진 구역에 앉아서도 사람들이 들고 나는 것을 지켜볼 수 있도록 창이 나 있습니다. 그렇지만 여기가 가장 많은 관심을 기울이는 곳입니다. 왜냐하면 돈이 들어오는 곳이거든요."

데커는 선반들의 바다와 몇 킬로미터는 이어진 듯한 컨베이어 벨트를 내려다보았다. 사람들과 고정된 로봇, 그리고 움직이는 로봇들이 겉보기에는 완벽한 조화를 이루어 작업하고 있었다.

데커가 한마디 했다. "움직이는 것들이 많군요."

테드가 고개를 끄덕이며 대꾸했다. "이곳은 하나의 알고리즘에 따라 움직입니다. 전반적인 개념은 매우 단순하죠. 저희는 상품을 가능한 한 빠르고 정확히 들여오고 내보냅니다."

테드가 적하장들이 자리 잡은 시설 뒤편을 가리켰다. "트럭에서 내려진 상품들은 개봉되고 스캔을 받은 후 저 파란 가방들에 담깁니다. 저기 보이는 컨베이어벨트는 '물센'의 각 부분들로 향하도록 경로가 설정돼 있습니다." 테드가 데커를 보며 설명했다. "'물센'은 물류 센터의 준말입니다. 일단 물품이 시설 내의 목적지에 닿으면 내려져서 다시 스캔을 받고, 바코드 스캔을 거친 후 선반의 좁은 자리에 배정됩니다."

데커가 물었다. "좁은 자리요?"

"맞아요. 지금 보시는 모든 칠제 선반은 바코드와 글자와 숫자로 이루어진 아이디가 딸린 작은 공간들로 나뉩니다. 옛날 도서관 분류 체계와 비슷한 거죠. 다만 이건 디지털이라는 점이 다르고요. 주문이 초당 수백 건의 속도로 들어오면, 집하 담당자들, 저 노란 조끼를 입은 사람들이 휴대용 스캐너로 해당 제품을 찾아 스캔하고 가방에 담죠. 가득 찬 가방은 컨베이어벨트 시스템으로 갑니다."

"그쪽으로는 어떻게 가죠?"

"사람이 손으로 들고 가거나 바퀴 달린 수레를 이용합니다. 아니면 로봇이 맡을 수도 있고요." 테드는 곧추선 대형 진공청소기처럼 생긴 장비를 가리켰다. "저건 AMR, 자동 이동 로봇의 준말입니다. 인공지능과 앱 소프트웨어, 달리 말하면 뇌를 이용해서 속이 가득 찬 가방을 벨트로 가져가죠."

테드는 대형 선반을 운반하고 있는 또 다른 장비를 가리켰다. "저건 들어올리기 전문 로봇입니다. 로봇 진공청소기처럼 생겼지만, 1톤 남짓한 무게를 특수하게 설계된 선반들로 들어올릴 수 있죠. 미리 정해진 모눈형 분류 체계에 따라 가야 하는 곳으로 움직입니다."

테드가 시설의 또 다른 부분을 가리키며 말을 이었다. "이제, 제품들은 저기에, 예비 포장 구역에 도착합니다. 품목들은 높은 바퀴가 달린 선반들의 작은 틈들로 분류, 투입됩니다. 각 틈이 주문 한 건에 해당하는데, 이제부터는 전체 덩어리가 별개의 주문들로 나뉘고 깔때기가 정말 좁아지기 때문입니다. 고객이 엉뚱한 물건을 배송받으면, 음, 문제가 생기겠죠. 선반에 있는 물건들은 이후 포장 구역들로 굴려지고 거기서 배송용으로 포장되죠."

데커가 말했다. "그건 사람 손으로 하겠군요."

"로봇은 절대 포장을 할 수가 없습니다. 적어도 아직은요. 알고리즘이 주문에 맞는 크기의 상자를 토해내면, 롤러들이 상자에 들어가는 제품을 보호하기 위한 에어쿠션 봉투와 접착 테이프를 뱉어냅니다. 상자는 벨트를 타고 라벨링 기계로 가고 송장이 부착됩니다. 다음 행선지는 적하장이고, 거기서 트럭에 실리죠. 모든 트럭을 가능한 한 빈틈 없이 꽉꽉 채워야 하기 때문에 일종의 지그소퍼즐 같죠. 택배를 수백만 개씩 실어야 할 때는 5센티미터만 낭비해도 문제가 되니까요."

"트럭에 짐을 싣는 일도 사람이 하고요?"

"그래요, 로봇들은 그 일도 하지 못합니다. 아직은."

"계속 **아직은**이라고 말씀하시네요."

테드가 데커를 보았다. "로봇에게는 한 가지 큰 문제가 있습니다. 인간 같은 손을 가지고 있지 않다는 거죠. 저기에 고정된 로봇 팔 보입니까?"

테드의 손이 가리키는 곳으로 시선을 돌린 데커는 죽 늘어선 커다란 금속 팔들이 거대한 팰릿들을 시설 뒤편의 높은 선반들 쪽으로 들어올리는 광경을 목격했다.

테드가 말했다. "자, 저건 로봇을 사용하는 아주 좋은 방식입니다. 인간이 안전하게 들어올릴 수 없는 무거운 물건을 들어올리는 거죠. 한 방향, 한 장소에 놓기만 하면 됩니다. 섬세한 운동 기술이 필요하지 않고, 그저 야수 같은 힘만 있으면 되죠. 인간은 손으로 사물을 감지하고 로봇들이 아직은 하지 못하는 방식들로 좁은 공간에서 일할 수 있습니다. 뭔가를 여기서 살짝 저기서 살짝 움직일지 말지 재빨리 판단할 수 있죠. 왜냐하면 그편이 더 잘 먹히니까요. 또한 전에 본 적 없는 새로운 제품들을 인지하고 그때그때 처리할 수도 있습니다. 아직은 로봇들이 안정적으로 해내지 못하는 일들이죠. 하지만 업계에서는 이 문제를 해결하려 노력하고 있습니다. 사실, 물류 센터 사업의 성배는 뭐랄까 안전한 움켜쥐기 메커니즘이라고 할 수 있습니다. 로봇들이 물건을 집어 들어 특정한 장소에 놓을 때 좀 더 인간처럼 행동하게 하는 거죠. 이런 문제는 언젠가는 해결될 겁니다. 왜냐하면 인간은 병에 걸리고, 화장실에 가고, 점심을 먹어야 하고, 피로를 느끼고, 휴가와 건강 보험이 필요하니까요. 로봇을 쓰면 그런 문제가 사라지죠."

"언젠가 이곳에 **로봇들**만 남게 될 거라는 말씀입니까?"

"기업들은 일자리 창출에는 아무런 관심도 없어요. 오로지 **수익**을 창출하는 데에만 관심이 있을 뿐. 로봇을 쓰면, 그냥 로봇들을 유지하고 수리할 기술자들만 몇 명 있으면 되죠."

데커가 물었다. "그렇지만 사람들이 일자리가 없어서 돈을 벌지 못하면 선반 위의 물건들은 다 누가 사겠습니까?"

테드가 씩 웃었다. "제 생각에 부자들은 거기까지 충분히 생각해 보지 않은 것 같습니다. 아마도 정부가 해결하겠거니 하고 있겠죠. 그게 사실이라면 신이여, 우리를 보우하소서."

데커는 저 멀리 벽에 줄줄이 나 있는 문들을 가리켰다. "저건 자기탐지기입니까?"

"그래요. 저긴 직원용 입구입니다. 우리는 직원들을 '동료들'이라고 부르죠. 어쨌거나, 어떤 사업에서든, 도난 문제를 해결해야 하니까요. 직원들은 자기탐지기를 거쳐야 하고 가방 수색도 당합니다."

데커가 물었다. "모든 사람이 저길 거쳐야 합니까?"

"네, 저도 포함해서요."

"여기서 일하려면 상당히 강한 육체적 능력이 필요할 것 같은데요."

"우리는 1초에 약 4백 건의 주문들을 처리하는데, 잠시도 쉬지 않고 움직여야 한다는 뜻이죠. 집하 담당자 한 명이 들고 다니는 장비는 주문이 들어올 때마다 떵 하고 한 차례 알림을 보냅니다. 시스템은 집하 담당자를 해당 품목이 있는 선반으로 안내하죠. 그러면 주문 처리 과정이 시작됩니다. 여기서 직원들은 약 23킬로그램의 물건을 들고 하루 최장 열두 시간 동안 걷거나 서 있을 수 있어야 합니다. 아마도 근무 시간 한 타임에 24킬로미터쯤은 걸어야 할 겁니다. 그렇지만, 뭐, 걷기는 좋은 운동 아니겠습니까? 나는 매일 같은 시간에 순회를 합니다. 진행 상황을 확인하려고요." 테드가 시계를 보았다. "사실, 한 시간쯤 있다 순회를 가야 합니다. 그러면 직원들하고 친분을 다질 수 있고, 관리자가 바로 현장을 돌아다니면 직원들 사기도 올라가죠. 하지만 전부 재밌고 놀이 같기만 한 것은 아닙니다. 현장에는 다른 관리자들이 있고, 그들의 업무는 일이 제대로 완료되도록 확인하는 겁니다. 우리는 사람들을 꽤 고되게 부리는데, 경영진 상층부에서 닦달을 해대거든요. 할당량을 채우지 못하면 다른 일자리를 찾아야 하죠. 그리고 이곳은 미식축구장 스무 개는 넉넉히 들어가고도 남을 정도로 커서 돌아다녀야 할 면적이 큽니다. 심지어 목적지에 더 빨리 도달하고 가능한 한 많은 면적을 돌아다니기 위해 자전거나 삼륜차를 탈 때도 있을 정도죠. 새 건물이 완공되면 지금보다 1.5배는 커질 겁니다. 이곳은 실내 온도 조절 시스템이 있지만, 그래도 무척 더워질 수 있지요."

"음, 확실히 사람들은 이곳에서 일하고 싶어 하겠군요."

"보수가 좋으니까요. 집하 담당들은 처음에 시급이 10달러이고, 건강보험과 401(k) 플랜(회사와 노동자가 급여의 일정 비율을 정년까지 나눠 내는 미국의 퇴직연금제도—옮긴이)도 있습니다. 5년 근속하면 시급이 16달러로 인상되죠. 저희는 잔업을 꽤 하고, 크리스마스처럼 엄청 바쁜 기간에는 의무 잔업이 있어서 주당 55시간에서 70시간 근무를 합니다. 잔업 덕분에 여기서 1년에 4만 달러 이상을 벌어가는 사람이 꽤 됩니다. 특히 부부가 둘 다 여기서 일한다 치면, 요즘 기준으로 중산층이라고 할 수 있죠. 그런 사람들이 많고요. 그리고 젠장, 이런 지역에서는 심지어 부자라고까지도 말할 수 있을 겁니다."

"그렇지만 프랭크 말로는 회사가 노동자들을 찾는 데 어려움을 겪고 있다고 하던데요?"

"아마 이유도 말했을 것 같은데요. 저희는 직원이 천 명 정도 되지만 늘 이보다 더 많이 필요합니다. 새 센터가 온라인 주문을 받기 시작하면 분명 더 많이 필요할 테고요. 문제는 수많은 지원자들이 약물 검사를 통과하지 못했다는 겁니다. 젠장, 전국적으로 다 그런 것 같아요. 애들, 애들 엄마 아빠, 할머니 할아버지들까지 몽땅 다 마약에 코가 꿰었죠." 테드가 말을 멈췄다. "그게 답니다. 물류 센터의 세계는."

데커가 말했다. "그럼 이제 프랭크가 목숨을 잃은 세계로 가볼까요."

테드는 데커를 이끌고 1층으로 이어지는 철제 계단을 내려가 추가로 건축 공사가 진행되고 있는 긴 중앙홀로 향했다. 잠긴 문 하나를 열자 두 남자의 눈앞에는 방금 떠나온 공간을 닮은 휑뎅그렁한 구역이 펼쳐졌다. 다만 여기에는 사람이 아무도 없고 높이 솟은 선반들에는 아무런 제품도 보이지 않았다.

"평소에는 수많은 건설 노동자들이 있는데, 경찰이 조사하는 동안 이곳을 닫았습니다. 경찰이 얼른 노동자들의 출입을 허가해줬으면 좋겠네요. 경영진이 벌써부터 연락을 해오고 있거든요. 여기가 폐쇄된 게 불만인 거지요. 완공까지 공사 일정이 빠듯합니다."

"경찰들은 공사 일정에 관심이 없죠."

"그렇죠. 아까 오셨을 때 나는 경영진하고 통화를 하던 중이었습니다. 제 말은, 프랭크의 사망에 경영진도 슬퍼하고 있다는 것은 분명합니다. 프랭크가 당한 사고는 누구도 당해서는 안 될 일이었죠. 하지만 사업은 누가 뭐래도 사업이니까요."

데커가 주변을 둘러보며 맞장구쳤다. "맞습니다. 그런데 사고는 어디서 일어났습니까?"

"저쪽에서요."

로스가 공사장의 한쪽 구석으로 앞장서 걸어갔다. 여기에는 로봇 팔들이 일렬로 늘어서 있었지만, 로봇들이 상자들을 들어올릴 높은 선반들은 아직 설치돼 있지 않았다. 콘크리트 벽들만 서 있었다. 벽의 한 부분에 묻은 핏자국과, 인간 신체를 이루는 물질들이 데커의 눈에 들어왔다. 이 공간의 로봇 팔 주변에는 노란색 경찰

테이프가 붙어 있었다.

"우리는 테이프 안으로 들어가지 못하게 되어 있습니다." 이렇게 말한 테드가 서둘러 덧붙였다. "이미 알고 계시겠지만요."

"경찰이 이 구역을 다녀갔습니까?"

"어제도 왔었고 오늘 아침에도 일찍 찾아왔더군요. 사진을 찍고 도표를 그리고 측정을 하고 표면의 먼지를 털었지요."

"이런 일에는 꽤 통상적인 절차죠." 데커가 한마디 하고는 말을 이었다. "누군가 무슨 일이 일어났는지 알아내기 위해 로봇 팔을 점검했습니까?"

"그걸 설치한 회사가 면밀히 조사하기 위해 팀을 보낸다고 합니다. 이 일은 반드시 소명되어야 합니다. 이런 일이 두 번 다시 일어나서는 안 되니까요. 절대 어림없죠. 프랭크가 발견되었을 때, 저것은 여전히 그를 붙잡고 있었습니다. 프랭크는 벽에 뭉개졌습니다. 로봇 팔은 느리게 움직일 수도 있지만, 머리통을 뜯어내기 충분한 힘으로 빠르게 움직일 수도 있습니다."

"프랭크는 어젯밤 왜 여기 있었습니까?"

"공사장 상황을 감독하는 일도 프랭크의 업무였습니다. 그 친구는 보통 퇴근하기 직전에 여길 한 바퀴 돌았습니다. 건축 현장 노동자들은 아침 7시에 출근해서 오후 5시경 퇴근하죠. 나는 사고가 일어났을 때 여기 있지 않았지만 전화를 받고 알게 되었습니다."

"누가 전화를 했던가요?"

"마조리 린턴이요. 기계조정실에서 일하는 직원이죠. 프랭크하고 같이 일했고요. 마조리는 프랭크가 뭔가를 확인하러 갔음을 알고 있었습니다. 그런데 시간이 돼도 돌아오지 않아서 휴대전화로 전화를 걸었지만 받지 않았답니다. 그래서 직접 찾으러 갔고요. 그리고 시신을 발견했죠."

"그 사람이 당신한테 전화를 했다고요?"

"그래요. 히스테리한 상태였습니다. 무슨 말을 하는지 알아듣기 위해 일단 진정을 시켜야 했지요. 그후 내가 경찰에 전화를 했습니다."

데커는 살인범인 로봇 팔을 보았다. "그렇다면 프랭크는 여기서 로봇을 점검하고 있었을까요?"

"분명 그랬을 수 있습니다. 프랭크는 서로 다른 로봇들이 어떻게 작동하는지 알았습니다."

"로봇은 작동 중이었습니까?"

"음, 전원은 들어와 있었지만 켜져 있지는 않았습니다. 우리가 테스트를 했거나, 아니면 제조사가 했을 겁니다. 일주일 전에 현장에서요. 모두 정상이었습니다."

"그렇다면 로봇이 어쩌다 프랭크를 죽인 걸까요?"

"그래서 로봇 회사가 확인팀을 파견했습니다. 그쪽에서 분석을 마치기 전까지는 알 수 없겠죠."

"하지만 그쪽에서 말해줄 수 있을까요? 확실한 답을 줄 수 있을까요?"

테드가 어깨를 으쓱했다. "나는 그 질문에 답할 만한 전문 지식이 없습니다. 확실한 답을 알았으면 좋겠습니다. 왜냐하면, 말씀드렸듯, 이런 일은 두 번 다시 일어나지 않아야 하니까요."

데커가 피 묻은 벽을 보았다. "음, 한 번도 너무 많죠."

두 남자는 물류 센터로 돌아오는 길에 커다란 탁자 옆을 지나갔다. 탁자 위에 놓인 돌돌 말린 종이 다발이 데커의 눈에 들어왔다.

데커가 물었다. "저게 뭡니까?"

테드가 탁자 쪽으로 걸어갔다. "추가 공사 현장의 건설 도면입니다. 기존 도면하고 거의 동일하죠. 다만 크기가 절반일 뿐. 왜 그러십니까?"

도면을 내려다보는 데커의 머릿속에 영상 프레임들이 팔락팔락 지나갔다. 그러다 하나가 멈추고, 다음 프레임으로 넘어갔다. 데커가 둘을 머릿속에서 나란히 놓자 뇌 속에서 딸깍 소리를 내며 맞아떨어졌다. 데커의 기억력이, 적어도 지금은 제대로 작동하고 있는 모양이었다.

데커가 대꾸했다. "아무 이유 없습니다."

0 036

주방으로 들어온 재미슨이 물었다. "데커, 뭐 하는 거예요?"

데커는 현관 앞 벽장에서 전에 본 건설 도면들을 꺼내다 주방 식탁 위에 막 펼쳐놓던 참이었다. 도면을 편편하게 편 후 재미슨을 올려다보았다. "이건 맥서스 물류 센터의 건설 도면이에요."

재미슨이 맞은편에 앉아 말했다. "그래서 뭐요? 뒤에 남아서 뭐 했어요?"

"프랭크가 죽은 곳을 보고 싶었거든요."

재미슨이 멍한 눈빛으로 데커를 응시했다. "왜요? 그건 사고였는데."

데커가 재미슨의 어깨너머로 주방 문간을 살폈다.

"앰버하고 조이는 어디 있어요?"

"앰버는 아직 안 들어왔고 조이는 낮잠 자고 있어요. 어젯밤에 잠을 별로 못 잤나 봐요. 차 타고 오는 동안 거의 눈을 못 뜨더라고요."

데커는 도면에 다시 초점을 맞추고, 원하는 것이 나올 때까지 계속 페이지를 넘겼다.

"잠깐 기다려요."

데커는 자리에서 펄떡 뛰어올라 주방을 뛰쳐나갔다.

"데……." 재미슨이 입을 열었다 다물고 고개를 저었다. 도면을 넘겨다보았지만 이게 뭔지 도무지 감이 오지 않았다.

1분 후, 데커가 접힌 종잇조각을 손에 들고 와서 식탁에 펼쳐놓고 매끈하게 폈다.

연필을 찾아 주방 서랍 두 개를 뒤적이는 데커에게 재미슨이 물었다. "그게 뭐예요?" 데커는 대답 대신 식탁에 앉아 종이에 선들을 긋기 시작했다.

데커를 찬찬히 뜯어보던 재미슨이 말했다. "배벗의 트레일러에서 찾아낸 모눈종이군요."

"맞아요."

"연필로 뭘 하는 거죠?"

"그 종이의 눌린 자국들을 채우고 있어요. 알죠? 배벗이 뭘 그렸는지는 몰라도 이 모눈종이 위에 그렸어요. 필압 때문에 자국이 이 종이에 남았고요."

"좋아요, 그건 알겠어요. 어쩌면 바람이 난 배우자가 맨 위 장에 가해진 필압이 밑장까지 전달된다는 사실을 알지 못해서 수많은 결혼 생활이 파국을 맞았겠죠. 하지만 그게 우리하고 무슨 상관이 있어요?"

이번에도 데커는 아무런 대답이 없었다. 계속해서 선들을 긋고, 다 끝나자 뒤로 기대앉았다.

재미슨이 종이를 내려다보았다.

데커가 말했다. "그걸 물류 센터 건설 도면의 이 페이지하고 비교해봐요."

재미슨은 두 종이를 번갈아 보더니 입을 쩍 벌렸다. "둘이 똑같아요. 다만 비율만 축소됐을 뿐이죠. 배벗이 왜 맥서스 물류 센터의 건설 도면을 베낀 걸까요?"

"나도 모르죠. 하지만 알아내고 싶네요." 데커가 모눈종이를 집어 들었다. "추가 시설물의 도면을 봤을 때, 여기 벽장에서 본 도면이 떠올랐어요." 데커는 종이를 들어올렸다. "그후 이것의 표시나 기호가 벽장에서 본 도면과 무척 비슷해 보인다는 생각이 들었죠."

재미슨이 말했다. "음, 당신 기억이 예전 수준으로 돌아온 건가요? 하지만 우리가 왜 여기에 시간을 허비해야 하는지 난 정말 모르겠는데요."

"왜냐하면 우리가 배벗의 트레일러에 있을 때 누군가 우리를 죽이려 했으니까요, 알렉스. 어쩌면 그자는 우리를 죽이고 싶었거나 모종의 증거를 없애고 싶었을 수도 있어요." 데커는 모눈종이를 두드리며 덧붙였다. "예컨대 이런 거……."

"모종의 증거요?"

데커가 뒤로 기대앉았다. "나도 모르죠."

"그냥 그걸 가져가도 됐을 텐데요. 왜 트레일러를 태워 없애죠?"

"그럴 생각이었을지도 몰라요. 하지만 우리가 그자의 수색을 방해한 거죠. 우리가 모눈종이, 또는 배벗이 가지고 있던 뭔가를 발견할까 봐 걱정했는지도 몰라요. 그래서 불을 지른 거죠. 일거양득을 노리고."

재미슨이 가슴 앞으로 팔짱을 꼈다. "프랭크의 사고에 관해 당신이 알아낸 게 뭐죠?"

데커는 테드의 말을 들려주었다.

재미슨이 고개를 저으며 사나운 눈길을 했다. "로봇 난동꾼이라니, 끝내주네요. 기술 따윈 몽땅 갖다 버리고 망치와 삽으로 돌아 갔으면 좋겠다 싶어요."

재미슨은 반대편 벽을 응시하고 있는 파트너에게 눈길을 주었다. 깊은 생각에 빠진 기색이 역력했다.

"데커?" 대답이 없었다. "데커, 당신 혹시 프랭크의 죽음이 사고가 아니라고 생각하는 거예요, 그래요?"

데커가 마침내 몽상에서 빠져나왔다. "누가 우리한테 사고라고 말했다 해서 꼭 **그렇다**는 법은 없어요."

"그렇지만 데커, 프랭크는 여기에 적이 없었어요. 누가 왜 프랭크를 죽이고 싶어 하겠어요?"

데커가 재미슨을 건너다보았다. "이곳에 프랭크의 적이 없었단 사실을 당신은 어떻게 알죠?"

"그야, 왜냐하면…… 프랭크는…… 프랭크의 가족은 여기 오래 있지 않았으니까요. 그리고 프랭크는 정말 착한 사람이었고요."

"적을 만드는 데 일정한 기간이 필요하다니, 금시초문이네요. 아무리 착한 사람이라도 착하지 않은 사람을 적으로 만들 수 있어요. 분명한 사실은, 배벗이 자기 트레일러에 물류 센터의 도면을 갖고 있었다는 거예요. 프랭크는 물류 센터에서 작동해서는 안 되는 로봇 팔이 갑자기 미쳐 날뛰는 바람에 목숨을 잃었고요."

"두 일 사이에 도대체 무슨 관련이 있죠?"

"나는 두 일이 서로 관련이 있는지 어떤지는 몰라요. 하지만 그럴 **가능성이 있죠.**"

"그렇지만 우리는 이미 여섯 건의 살인 사건들을 조사하는 중이에요."

"그건 나도 알아요."

"당신은 프랭크가 살해당했다는 증거를 갖고 있지 않고요." 재미슨이 목소리를 낮춰 말을 이었다. "데커, 사람들한테, 특히 우리 언니하고 조이한테, 프랭크가 살해당했을지 모른다고 말하면 안 돼요. 두 사람은 충격이라면 받을 만큼 받았어요."

"나는 누구한테도 그런 말을 할 생각이 없는데요."

"그렇지만 당신은 그걸 어떻게 조사할 셈이죠?"

"로봇을 제작한 회사에서 어떻게 된 일인지 확인하려고 팀을 보낸다고 해요. 그들은 보고서 한 부를 경찰한테 보낼 테고 우린 경찰한테 요청해서 볼 수 있겠죠. 최소한 당신 언니한테는 보내줘야 할 테니, 그쪽을 통해서도 볼 수 있고요."

"보고서가 얼마나 빨리 완성될까요?"

"전혀 모르죠. 그래서 기다리지 않을 생각이에요. 조사를 해야죠." 데커는 재미슨이 반대하려는 기색을 보이자 서둘러 덧붙였다. "나는 물류 센터에 대해 **아무도 모르게** 조사를 할 겁니다."

"그렇지만 당신은 그린과 래시터를 도와주기로 했잖아요. 내가 알기로는 켐퍼 요원도 돕기로 했고요. 이 모든 살인 사건에 관여하고 있다고요."

"모두 계속할 겁니다. 사실, 오늘 그 일을 할 참이에요."

"도대체 뭐하러 프랭크의 죽음까지 조사하려고 하는지 이해가 안 가요. 단순 사고일지도 모르는데. 이런 종류의 사건들, 로봇 때문에 사람들이 다친 사건들은 이전에도 있었어요."

"그래요, 있었죠. 나도 찾아봤어요. 대강 계산해봤는데, 비행기 사고로 죽는 확률과 거의 동일하더군요." 데커가 재미슨을 빤히 보왔다. "그래서, 당신은 그게 **아마도** 사고일 거라고 생각해요, 아니면 조사할 가치가 좀 있어 보여요?"

재미슨이 아무 대답도 하지 않자, 데커는 자리에서 일어나 문을 향했다.

재미슨이 물었다. "지금 어디 가는 거예요?"

데커가 대꾸했다. "고교 시절로요."

0 037

데커는 생각했다. 이게 미국의 교육 현실이라면 이 나라는 심각한 상황에 처해 있다고. 배런빌 고등학교는 레킹볼(건물 철거용 쇠공—옮긴이)이 뚫고 지나갈 준비가 다 된 듯했다. 사실, 그곳을 무너뜨리는 데는 철거 팀까지도 필요 없을 듯했다. 그저 큰 망치와 레드불 여섯 개들이 팩을 든 남자 한 명이면 아무 문제 없이 작업을 마치고도 남을 것 같았다. 지붕에는 구멍이 숭숭 뚫렸고 창문 몇 개는 깨져 있었으며 정문은 어찌나 뻑뻑한지, 데커는 문을 잡아당기다 하마터면 어깨 관절이 나갈 뻔했다. 학교 건물로 들어가 교무실로 향하는데 흰 곰팡내와 눅눅한 냄새가 사방에서 코를 찔렀다. 리놀륨 바닥은 처음 깔린 이래 한 번도 보수하지 않은 것 같았다. 교무실 앞 트로피 진열장 안에는 트로피 하나 보이지 않았다. 교무실에 들어간 데커는 자신의 신분과 찾아온 목적을 밝혔다. 회색 머리에 생쥐처럼 생긴 조그만 할머니인 교감이 애수에 찬 표정과 뻣뻣한 걸음걸이로 데커를 도서실로 안내했다.

데커가 말했다. "지금이 이 학교의 최전성기는 아닌 것 같네요."

교감이 대꾸했다. "이 시 자체가 최전성기는 아니지요. 여긴 과세기준도 없어요. 지원금이 전혀 안 들어온다는 뜻이죠. 학생 수도 예전에 비해 절반밖에 안 돼요. 대탈출이 진행 중이죠. 실은 지금까지 거의 30년째 이런 상황이지만요."

"하지만 상황이 달라질지도 모르겠네요. 물류 센터가 있으니까요. 수많은 사람들을 고용하고 있더군요."

"내가 듣기로는 누가 거기서 죽었다면서요."

"불행히도, 그렇습니다."

교감이 앞장서서 도서실로 들어갔다. 책장들은 거의 텅 비었고, 철제 탁자들에는 골동품이나 다름없는 커다란 컴퓨터 두 대가 놓여 있었다. 학생은 한 명도 보이지 않았다.

교감이 저 멀리 한 구석을 가리키며 말했다. "연감들은 저쪽에 있어요."

"뭔가 궁금한 게 있으면 그냥 사서한테 물어보면 될까요?"

이미 문 앞까지 가 있던 교감이 데커를 돌아보았다. "사서가 있다면 그럴 수 있겠지요. 마지막 회계 연도에 예산이 삭감돼 그분을 보내야 했어요. 스포츠 구장에는 10억 달러를 쓸 수 있지만, 우리 아이들한테는 10센트 동전 하나 줄 수 없다는 얘기죠."

데커는 그냥 멀거니 선 채로 교감에게 어색한 시선을 고정했다.

교감이 조용히 말했다. "필요한 게 있으면, 데커 요원님, 그냥 와서 나를 찾으세요. 기꺼이 도와드리죠."

"감사합니다."

교감이 떠나자 데커는 연감들이 있는 곳으로 걸어가 낡권들을 훑어보았다. 그중 확인할 필요가 있는 시간대에 속한 네 권을 꺼내 금방이라도 주저앉을 듯한 탁자에 올려놓고 첫 책을 펼쳤다. 1학년 연감에서 찾으려던 학생들을 찾았다. 당시 겨우 열네 살이 된 존 배런 4세는 싱싱한 젊음이 빛났다. 지금의 길고 마른 몸으로 다 자라기 전이었다. 사진 속의 배런은 목젖이 눈에 띄게 튀어나온 데다 이를 드러낸 채 활짝 웃고 있어 한눈에 들어왔다. 상류층인 배런이 공립학교에 다녔다는 사실에 놀라야 했겠지만, 배런의 학창 시절에 부모가 이미 파산 상태였음을 알았기에 놀라지 않았다. 돈이 안 드는 공립 교육이 유일한 선택지였을지도 모른다.

데커는 알파벳으로 순서가 매겨진 연감의 페이지를 계속 넘겼다. 아직 결혼해서 조이스 태너가 되기 전인 조이스 **리지**가 데커의 눈길을 맞받았다. 눈에 확 띄게 예쁜 얼굴, 긴 금발과 연푸른색 눈을 자랑하고 있었다. 산탄총에 맞아 조각나긴 했지만 검시 사진에서 본 그 얼굴이었다. 태너의 결혼 전 이름은 조사 도중 알아냈다.

몇 페이지를 더 넘겨본 데커는 태너와 배런이 교내 우등생 클럽 소속이었음을 알게 되었다. 연감의 스포츠 섹션으로 넘어가 보니 배런은 겨우 1학년임에도 미식축구와 야구팀에서 주전을 맡고 있었다. 쿼터백과 투수의 능력치들이 적혀 있었는데, 졸업반이라고 해도 감탄이 나올 정도였다. 태너는 테니스팀 소속이었고 치어리더이기도 했다. 데커는 2학년과 3학년 연감을 뒤적여 이 한 쌍이 성장해나가는 과정을 보았다. 태너는 2학년 전체 인기투표에서 1등을 했고, 배런은 운동선수로 승승장구하고 있었다. 2학년 때, 배런은 미식축구와 야구 양 종목의 주 대표선수였다.

다음으로 3학년 연감을 집어 들어 천천히 페이지를 넘겼다. 배런은 이제 거의 지금의 키로 자라 있었고, 이목구비가 뚜렷한 잘생긴 얼굴, 숱 많은 검은 머리, 그리고 사람을 홀릴 듯한 눈을 자랑했다. 연감의 스포츠 섹션에 실린 기사에 따르면 배런은 쿼터백으로 거의 2,750미터를 패스했고 30회의 터치다운을 했으며 야구팀 투수로는 패가 없고 학교 역사에서 유일하게 퍼펙트게임을 달성했다고 기록돼 있었다. 그해 두 스포츠 종목에서 주 선발팀에 이름을 올린 단 두 명의 고교 운동선수 중 한 명이었고, 그후 펜실베이니아주의 '올해의 선수'로 지명되었다. 또한 연감에 따르면 배런은 한 대학에 야구 장학금으로 입학 허가를 받았다. 이는 배런이 운동과 학업 양쪽에서 대단한 성과를 이뤘음을 입증했다. 리시는 아름다운 젊은 여성으로 자랐다. 큰 키와 운동선수 같은 몸매에, 테니스팀과 치어리더 양쪽의 주장을 맡고 있었다. 비록 대학에 입학할지 또는 장학금을 받을지의 여부는 전혀 언급돼 있지 않았지만, 미래는 한없이 밝아 보였다.

무도회 페이지로 넘어간 데커는 태너가 홈커밍 퀸으로 뽑힌 것을 보았다. 그렇지만 배런은 홈커밍 킹이 아니었다. 브루스 머서라는 또 다른 청년, 레슬링 선수 겸 스페인어 동아리 회장이 리지와 함께 영광스러운 행진을 할 남자로 뽑혔다. 필드 위의 한 쌍을 곰곰이 살펴본 데커는 태너의 표정이 만족스러워 보이지 않는다고 판단했다. 사진 가장자리에는 미식축구 헬멧을 벗어 든 배런이 서 있었다. 태너와 머서를 응시하는 고독한 시선은 보통의 경우 감정이 동요되지 않는 데커의 마음조차 움직일 정도였다.

데커는 4년간의 스포츠팀 사진들을 살펴보았다. 이들 사진에서 배런은 확실히 미식축구와 야구팀의 스타였지만 옆으로 밀려나 있었다. 데커는 경험상 최고의 선수들, 그리고 고학년 학생들이 팀 사진에서 제일 눈에 띄는 자리를 차지한다는 것을 알았다. 그냥 원래 그러는 법이었다. 하지만 기록이란 기록은 있는 대로 경신하고 있던 졸업반 때조차 배런은 뒷줄에, 오른쪽 끝에 있었다. 배런이 두드러진 이유는 오로지 다른 누구보다도 머리통 하나만큼 키가 큰 덕분이었다. 야구팀에서도 마찬가지였다. 퍼펙트게임의 투수가 사진 가장자리로 밀려났다. 데커가 느끼기에 배런은 양쪽 팀의 주장이었어야 했다. 하지만 그렇지 않았다. 데커는 확실히 그 이유를 알았다. 이 젊은 우등생 겸 운동선수가 홈커밍 킹으로 뽑히지 못한 이유도 알았다. 배런이라는 이름 때문이었다.

각 졸업생에게는 짧은 소개 문구가 딸려 있었다. 덕분에 데커는 태너가 배런빌 침례교회 목사를 삼촌으로 두었고 여름 성경학교에서 아이들을 가르쳤으며 지역 수영장에서 인명 구조 요원으로 일했고 1학년 학생들에게 자원봉사로 수학을 가르쳤음을 알았다. 이외에 댄스 대회에도 나갔고 장애인 관련 직장에서 일하고 싶다는 의견을 피력하기도 했다. 배런의 경우, 그리스 신화 동아리를 만들었고 라틴어를 읽을 줄 알며 언젠가 자기 사업을 시작하고 싶어 했고, 또 메이저리그에서 뛰길 바랐다는 것까지 알게 되었다.

분명 평범한 사람들이 아닌 것 같다고, 데커는 생각했다. 어쩌면 좀 **지나치게** 완벽했을지도. 학창 시절 데커의 주요 관심거리는 거의 대부분 미식축구 아니면 여자애들이었다. 하지만 다시 생각해보면 태너는 어린 나이에 부모를 잃고 숙모와 삼촌 밑에서 자랐다. 이미 알다시피 배런의 인생에 파란이 많았다는 사실을 감안하면 어쩌면 태너 역시 그랬을지 모른다. 두 사람은 개인 삶의 부정적 요소들을 보상하려고 그만큼 열심히 분투했는지도 모른다.

데커는 연감에서 찾아낸 사진들 몇 장을 다시 들여다보았다. 이 사진에는 태너와 배런이 함께 찍혀 있었다. 두 사람의 표정, 서로 손을 잡은 방식, 또는 어깨를 쓰다듬는 방식을 보고, 데커는 그들이 깊이 사랑하고 있음을 어렵잖게 알아차릴 수 있었다. 그렇다면 무슨 일이 일어났던 걸까? 왜 배런은 대학으로 떠나고 여자 친구는 여기 남았을까? 그리고 자기 인생을 그냥 흘러가는 대로 내버려둔 걸까? 그 결과는 JC 페니에서도 잘리는 것이었다. 누추한 아파트에서 사는 것. 자신과 아무 관계도 없는 남자 옆에서 살해당하는 것.

데커는 연감들을 도로 선반에 올려놓았다. 등을 의자에 기대고 자신이 알아낸 것을 곰곰이 생각해보았다. 데커는 몇 가지 사실에 기반한 감을 따라 여기 왔다. 요는 태너와 배런이 동갑이고, 같은 시기에 여기서 학교에 다녔다는 것이었다. 자, 태너와 배런은 고교 시절 연인이었다. 배런은 태너가 아는 사람인지 아닌지 기억이 잘 안 난다고 했으니 거짓말을 한 거다. 다음으로는 태너와 배벗의 시신 뒤편 벽에 쓰인 성경 구절이 있었다. 그게 태너의 종교적 배경과 관련이 있을까? 또 코스타의 이마에서 발견된 타나토스 상징은 배런이 그리스 신화 동아리를 만든 것과 관련이 있을까?

가능할 법한 다른 관계들도 있었다. 스완슨은 배런의 정원 관리용 헛간에서 살고 있었다. 코스타, 이 남자의 은행은 배런이 코치로 일했던 야구단을 후원했고, 집에는 관련 사진이 있었다. 그가 몸담았던 은행은 배런의 부동산을 담보로 잡았다. 데커는 은행에 코스타가 해당 융자 건의 담당자였는지 문의했지만 아직 아무런 대답도 듣지 못했다. 그렇지만 배벗은 어떤가? 역시 배런과 관련이 있었을까? 그렇지 않다면, 배런은 네 명 중 세 명과 관련이 있었다. 이는, 적어도 데커의 머릿속에서는 우연의 영역을 벗어나는 일이었다.

그렇다면 지금 해야 할 일은 뭐지?

데커는 학교 건물을 나섰다. 발을 끌며 계단을 내려와 타고 온 차로 향했다. 그리고 우뚝 멈춰 섰다. 연푸른색 서버번이 길가에 서 있었다. 차량의 펜더에 기대선 사람은 존 배런 4세였다. 가슴 앞으로 팔짱을 낀 채, 데커가 자신의 모교에서 나오는 모습을 지켜보고 있었다.

0 038

배런이 말했다. "나쁜 놈들 잡는 일에 지치셨나요? 교사 일자리라도 찾으시려고?"

데커가 배런에게 다가갔다. "아니요, 하지만 이곳은 애정 어린 보살핌이 좀 필요할 것 같네요."

"보살핌은 이 시 전체에 필요하죠." 배런이 차에서 몸을 일으키고 양손을 주머니에 집어넣었다.

데커는 배런이 전에 입었던 작업복을 입고 있음을 알아차렸다. 비록 셔츠는 바뀌었고 새로 세탁한 것처럼 보였지만. 공기가 쌀쌀한데도 샌들을 신고 있었다.

"내가 여기 있는 것을 어떻게 아셨습니까?"

배런이 데커의 차를 가리켰다. "저희 집에 찾아오셨을 때 저 차를 눈여겨보았지요."

"그렇군요."

배런이 물었다. "조사는 어떻게 되어갑니까?"

"되어간다고 할 만한 게 없네요."

"신문에서 보니 물류 센터에서 사망 사고가 있었다면서요."

"맞아요. 실은 제 동료의 형부였죠."

배런이 진심으로 놀란 표정을 지었다. "젠장, 내가 안타까워한다고 전해주세요. 좋은 분 같던데."

"그러지요."

하지만 데커는 배런이 재미슨을 제대로 알지 못한다고 생각하고 있었다.

"어쩌다 그런 일이 생긴 겁니까? 내가 읽은 기사에는 명확히 나와 있지 않아서요."

"사고였습니다. 로봇이 인간과 맞서서 인간이 졌죠."

배런이 고개를 끄덕였다. "형편없는 SF 영화 같네요." 그러고는 학교로 눈길을 보냈다. "그런데 배런빌 고등학교에는 왜 관심을 갖게 되었죠?"

"그냥 몇 가지 찾아볼 게 있어서요. 조이스 태너가 거기 학생이었더군요."

"당시에는 조이스 **리지**였습니다."

"그걸 아셨다니 놀랍군요. 우리한테 그분을 모른다고 하셨던 걸 감안하면요."

두 남자는 서로를 응시했다. 배런이 말했다. "어디 내가 한번 맞혀보죠. 우리를 아는 누군가가 학교에서 아직 일하고 있는지를 알아보신 건가요? 아니면 연감을 살펴보신 건가요?"

"후자입니다."

"내가 조이스와 아는 사이였다는 사실이 범죄입니까?"

"살인 사건 조사가 진행 중일 때 법 집행관에게 관련 사실을 두고 거짓말하는 것은 범죄입니다. 사법방해죄라고 하죠."

"그게 서로 무슨 관계가 있는지 이해가 안 가는데요."

데커가 날카롭게 말했다. "관계가 있는지 없는지를 판단하는 것은 내 일입니다. 당신 일이 **아니라**."

배런이 장난스레 눈인사를 했다. "내 탓이로소이다, 데커 요원님. 내가 틀렸고 당신이 옳습니다."

"무슨 일이 일어났습니까?"

"조이스한테요?"

"당신들 둘 모두한테요."

배런은 펜더에 다시 몸을 기댔다. "나는 대학에 갔고 조이스는 안 갔지요. 이유는 나도 모릅니다. 정말 영리한 친구여서 나는 계속 가라고 했었는데. 아마 조이스의 삼촌과 숙모가 그 친구의 죄책감을 자극해서 배런빌에 남아 직장을 구하고 자기들을 부양하게 만든 게 아닌가 싶습니다. 부모님이 돌아가신 후 조이스를 맡아 키워주신 분들이었으니까요. 삼촌은 돈을 얼마 못 버는 목사였는데 그 친구한테 정말 엄격하셨죠. 우리는 그래도 헤어지지 않았습니다. 대학에 간 후에도 나는 가능한 한 자주 집에 왔습니다. 우리는 같이 인생을 꾸려나갈 계획을 세웠습니다. 그후 우리 부모님이 돌아가시면서 나는 내가 빈털터리임을 알게 되었지요. 부자가 아니라는 사실은 당연히 알고 있었어요. 그래도 배런 영지에 살고 있었고, 아버지는 늘 제게 물려주실 돈이 좀 있을 거라고 말씀하셨는데, 알고 보니 사실이 아니더군요. 그후 공을 던지다가 팔이 망가지는 바람에 장학금을 놓치고, 거의 나선을 그리며 추락했지요. 조이스는 고사하고 무엇에도 할애할 시간이나 자금이 없었습니다. 내 한 몸 건사하기도 힘들었죠." 배런은 자기 옷을 내려다본 후 낡

아빠진 차를 보았다. "어찌 보면 그조차 비참하게 실패했다고 볼 수 있겠지요."

"연감에는 그분이 주일학교 교사였다고 나와 있더군요. 당신은 그리스 신화에 관심이 있었고요."

"거의 기억도 안 납니다. 오래전 일이니까요."

"여전히 신화에 관심이 있으십니까?"

"나는 현실의 삶을 처리할 시간도 모자랍니다."

"그래서, 태너 씨가 여기서 졸업한 후에 무슨 일이 있었습니까?"

"제 코가 석 자라 나는 그 친구의 삶에서 떨어져 나갔습니다. 졸업하고 한 4년쯤 있다가 조이스는 릭 태너라는 남자하고 결혼했고 두 번인가 유산했죠. 남편은 개자식이었고 술을 너무 많이 마셨고 그애를 때렸습니다. 결국은 이혼을 했죠. 조이스는 완전히 다른 사람이 돼버렸더군요. 자신감이나 야심 따윈 한 오라기도 남아 있지 않았죠. 마약에 빠져버렸어요. 갈수록 더 보수가 낮아지는 일자리들을 전전하다 그중 한 군데서 몸을 다쳐서, 이곳의 많은 사람들과 마찬가지로 진통제에 중독돼버렸죠."

"그분에 관해 많은 걸 아시는 것 같네요. 서로 연락을 주고받았습니까?"

"우리는 여전히 친구였습니다. 둘 다 삶이 기대한 대로 풀리지 않았지요. 그게 우리를 하나로 묶어주는 역할을 한 것 같습니다. 특히 조이스가 이혼한 후로는요."

"다시 만날 생각은 안 해보셨습니까?"

배런이 고개를 저었다. "내가 누군가하고 결혼을 할 거라면, 가족을 부양하는 데 보탬이 되고 싶습니다. 나는 아무것도 가진 게 없습니다. 내가 겪고 있는 온갖 거지 같은 일에 뭐하러 조이스를 끌어들이겠습니까? 그 친구까지 배런으로 만들다니요. 그건 내가 조이스한테 저지를 수 있는 최악의 짓입니다. 내가 돈이 좀 있는 줄 알고 있을 때, 제 계획은 멀리, 내 성이 뭔지 아무도 모르고 관심도 없는 데로 이사를 가서 조이스하고 같이 새 삶을 꾸리는 거였습니다. 빅리그의 투수가 되고, 제 소유의 사업을 시작하려고 했지요. 나 자신의 노력으로 성공하고 싶었습니다. 물론 뜻대로 풀리지 않았지요. 그렇지만 우리가 연락을 이어간 것은 사실입니다."

"그분은 죽기 몇 달 전에 JC 페니에서 해고당했습니다."

"압니다. 홈커밍 퀸한테 기대할 법한 미래는 아니죠. 하지만 조이스는 우등생 클럽의 일원이었고 수학에도 뛰어났습니다. 절대 멍청이가 아니었어요. 전혀 다른 삶을 살 수도 있었습니다. 나는 조이스가 그러지 않은 게 아쉽습니다."

"당신은 어떻습니까? 당신은 홈커밍 킹이 아니었지요. 주 전역에서 최고의 운동선수로 뽑혔으면서도 심지어 당신네 고등학교 팀의 주장도 아니었지요?"

"민주주의 사회니까요, 데커 요원님. 한 명당 한 표. 그건 거스를 수 없죠."

"사람들이 잘못된 이유로 투표를 한다면 옳은 일이 아니죠."

"이 나라에서 2년, 4년, 6년마다 일어나는 일이죠. 나는 홈커밍 킹이나 팀 주장이 되는 데는 관심이 없었어요. 정말입니다."

"하지만 조이스한테 관심이 있었죠. 오랜 세월 동안 지원해주었잖아요?"

배런은 약삭빠른 표정으로 데커를 흘깃 보고는 아무 대꾸도 하지 않았다.

데커가 말을 이었다. "그분은 직장이 없었으면서도 월세를 낼 수 있었죠. 차도 있었고요. 밥을 굶지도 않았습니다. 당신은 그분이 진통제에 중독돼 있었다고 했는데, 그것 역시 싸지 않죠."

"맞아요, 내가 그 친구한테 돈을 좀 줬습니다."

"돈이 없다고 하신 걸로 아는데요."

"많지는 않습니다. 하지만 **조금은** 있죠. 사실 하루 종일 낮잠만 자는 것은 아니거든요. 일을 하죠. 실제로 수입이 있습니다. 꼭 필요할 때 팔 수 있는 가보도 있고요. 저 자신한테는 정말이지 한 푼도 쓰지 않습니다. 그래서 조이스를 도울 수 있었지요. 그러고 싶었고요."

"마음이 고우시군요."

"조이스는 도움을 받을 자격이 있었으니까요. 그리고 확실히 말하건대 조이스는 **예전에** 진통제에 중독됐습니다. 예전에요. 그걸 떨쳐냈죠. 빌어먹을 정도로 힘들었지만, 마침내 해냈어요."

"그때도 도와주셨습니까?"

"그게 왜 당신한테 중요하죠?"

"사건을 조사할 때는 눈에 보이는 것의 전체 맥락을 파악하는 데 최선을 다해야 합니다. 그런 유의 세부 사항들이 전체를 완성하죠. 여러 차원에서 동기들을 제시할 것."

"살인의 동기들 말입니까? 나는 조이스를 죽이지 않았는데요."

"다른 종류의 동기들도 있죠."

"예를 들면?"

"다른 중독자들, 심지어 마약 판매책들을 돕는 일도 그렇고요. 스완슨은 어떨까요? 당신은 그를 모른다고 했지만, 나는 그 남자가 당신네 헛간에 살았다는 데 상당한 확신이 있습니다."

새로운 사실을 알게 됐음에도 배런의 표정에는 별 동요가 없었다. "그랬나요? 몰랐네요. 땅이 워낙 커서요. 배런 집안에는 수십 년 동안 '정원'이랄 게 없기도 했고요."

"그 남자가 당신 집에서 90미터 떨어진 공간을 드나드는데 전혀 몰랐단 말입니까?"

"당신은 '상당한 확신이 있다'고 했는데, 그건 증거가 전혀 없다는 뜻이죠."

"당신네 헛간에 누군가 불법 거주하는 낌새를 전혀 알아채지 못했다는 말씀이신가요?"

"'누군가', '낌새'. 무척 광범위한 용어죠. 내가 또 거짓말을 했다는 사실을 밝혀내려고 하시는 건가요?"

"내가 그걸 해낸다면 당신한테는 끝이 좋지 않을 겁니다."

배런이 고개를 갸웃했다. "말투가 엄청 심각해졌는데요."

"그저 연방교소도는 당신이 가고 싶어 할 만한 데가 아님을 짚어드리고 싶을 뿐입니다."

배런은 잠시 생각에 잠긴 채 고개를 들어 온난기류를 타고 둥둥 떠가는 새 한 마리를 물끄러미 바라보았다. "스완슨은…… 여러 면에서 낙오자였습니다. 나는 그의 처지에 공감하고 이해할 수 있습니다. 한편 낙오자들 중에는 악당들도 있지요. 정말 나쁜 사람들이요."

"하지만 스완슨은 그런 사람이 아니었지요?"

"그 남자는 얼간이였습니다. 하지만 착한 얼간이였지요. 대마초를 좀 팔았습니다. 알약도 좀 팔았고요. 기본적으로는 무해한 남자였습니다."

"그래서 당신이 그 남자한테 머물 장소를 제공했다는 겁니까?"

"어느 날 헛간에서 곤히 잠들어 있는 남자를 발견했습니다. 온갖 곳에서 쫓겨나서, 그냥 잠깐이라도 머물 만한 데가 있는지 보려고 먼 길을 자전거를 타고 올라온 게 분명해 보이더군요. 결국 더 오래 머물게 되었죠. 나는 굳이 나가 달라고는 하지 않았습니다. 여유 공간이 부족하지도 않았고요."

"우리는 헛간에서 스완슨의 마약 용품을 발견했습니다. 단순한 대마와 알약이 아닌 더 센 것들이었죠. 또 총 한 자루와 거액의 현금 뭉치도 있었습니다."

배런이 양손을 펼쳤다. "나는 그런 물건을 용납한 적이 없습니다. 하지만 이 근방에서 마약을 파는 사람들을 내가 몽땅 쫓아낸다면, 음, 나는 확실히 지금하고 똑같은 외톨이가 될 겁니다. 말해놓고 보니 좀 이상하긴 하지만요."

"좋습니다. 당신은 스완슨과 태너를 알았습니다. 그런데 나한테는 모른다고 거짓말을 했죠. 그리고 코스타는? 당신의 리틀 리그 야구단 사진을 집에 놔둔 은행가 말입니다."

"당신 말마따나 위증죄로 연방교소도에 간다 해도 하는 수 없지만, 나는 코스타를 몰랐습니다. 내가 가진 건 얼마 안 되는 현금과 어음이 전부고, 집 안에 숨겨두거든요."

"그게 현명할까요?"

"모르겠습니다. 하지만 그게 제 방식입니다. 은행들은 저나 저희 집안에 도움이 필요할 때 그다지 잘해주지 않았습니다. 내가 가진 얼마 안 되는 재산을 그들을 믿고 맡길 이유가 없습니다."

"그렇다면 코스타가 당신과 당신네 야구단의 사진을 집에 놔둘 이유를 전혀 떠올릴 수 없겠군요?"

"우리가 우승을 해서 자랑스러웠다면 몰라도. 알 수 없지요."

"배벗은 어떻습니까?"

배런이 고개를 저었다. "모르는 사람입니다."

"배벗은 장애가 있었습니다. 산재 사고를 당해서 머리에 금속판을 달았죠. 허름한 트레일러에서 살았습니다. 다른 데서 살 돈이 없었거든요."

"배런빌에 그런 처지인 놓인 사람이 배벗 하나만은 아니죠."

"알렉스와 내가 배벗의 집에 들어가 있는 동안 누군가 불을 질렀습니다."

배런의 눈이 커졌다. "누군가 당신들을 죽이려 했다는 겁니까?"

"사람이 안에 들어가 있는데 트레일러를 태우려 했으니까, 그렇지요."

"누가 무슨 이유로 그런 짓을 하려 할까요?"

"어쩌면 당신이 말해줄 수도 있겠군요."

그 말에 배런이 생각에 잠겼다. "배벗이 언제 산재 사고를 당했습니까?"

"몇 년 전이요."

"여기 배런빌에서요?"

"그래요."

"그거 이상하네요."

"뭐가요?"

"그런 산재 사고를 당할 만한 **산업**이 도대체 우리 동네 어디에 있을까요?"

이제는 데커가 놀란 표정을 지을 차례였다. "말이 되는 지적이네요. 그리고 내가 확인해볼 거리가 하나 생겼군요."

"뭐죠?"

"누군가가 **산업**이라는 용어를 얼마나 넓게 정의하느냐에 관해서요."

0 039

그렇다면 내 감이 맞았다.

데커는 주방에서 배벗이 머리에 금속판을 삽입하게 된 사고를 다룬 보고서를 내려다보고 있었다. '산재' 사고가 일어났을 때, 배벗은 맥서스 물류 센터의 건설 현장에서 일하는 중이었다. 지게차를 몰고 가다 다른 중장비와 충돌했다. 안전 장비를 갖추지 않았던 배벗은 지게차에서 멀리 날아가 부상을 입었다. 두개골 골절.

직장 건강보험에 들어 있었으니 병원비를 치르는 데는 문제가 없었다. 회사에 있는 대로 소송을 제기해야 했겠지만, 사고 당시 배벗의 혈류에서 알코올이 발견되는 바람에 브레이크가 걸렸다. 하지만 회사는 안전하게 가기로 했던 모양이다. 배벗을 내보내기 전에 몇 달간 사무실 공간에서 머물도록 허락했으니까.

앞문이 열리는 소리가 들렸다. 잠시 후 앰버가 문간에 나타났다. 너무나 창백해 보이는 모습으로 벌벌 떨고 있어서 데커는 앰버가 어떻게 똑바로 서 있는지조차 의아할 지경이었다.

앰버가 물었다. "조이가 어디 있는지 아세요?"

"알렉스가 엄마를 위해 심부름하러 가자면서 데려가던데요."

앰버가 고개를 끄덕였다. "당신은 어떻게 지내고 계세요?"

앰버가 이런 시기에 오히려 자신을 걱정해주자 데커는 어찌할 바를 몰랐다.

"저는 괜찮습니다. 음, 뭐라도 좀 갖다드릴까요?"

"아니요, 나는…… 나는 아무것도 필요하지 않아요. 프랭크의 차하고 개인용품들을 찾아다 주셔서 감사해요."

"아니에요. 그게 뭐라고요, 앰버. 그런 일이나마 할 수 있어서 기뻤습니다."

앰버의 입술이 떨렸다. "나는 프랭크에게 정말 좋은 관을 구해줬어요."

데커는 살갗이 차갑게 식는 느낌이 들었다. 자리에서 일어나서 격려의 마음을 담은 포옹을 해주고 싶었다. 하지만 머릿속에 있는 무언가가 그러지 못하게 막았다.

앰버의 양 뺨에 눈물이 흐르기 시작했다. 앰버가 나지막한 목소리로 말했다. "가서 좀 누워야겠어요."

데커는 그저 말없이 고개를 끄덕일 따름이었다. 앰버가 복도를 걸어 1층 침실에 들어가는 소리가 들렸다. 등 뒤로 문이 닫혔다. 이윽고 무언가 바닥을 때리는 소리가 들렸다. 신발이었다. 뒤이어 침대 스프링이 삐걱대는 소리. 앰버가 침대에 풀썩 쓰러지는 소리였다. 그때 새어 나온 흐느낌이 주방까지, 먼 거리를 주파해 단숨에 전해졌다. 남편을 잃은 여자의 울음소리를 견디지 못한 데커는 재빨리 자리에서 일어나 뒷문을 나섰다. 이 모든 일이 시작된 곳. 전신이 덜덜 떨리는 게 느껴졌다. 앰버가 겪고 있는 일은 자신도 경험한 일이었다. 사랑하는 이를 끔찍한 사고로 잃은 사람을 보자 한순간에 모든 기억이 불려나왔다.

거기엔 가면 안 돼, 데커. 네가 그러면, 너는 아무한테도 도움이 안 돼.

데커는 억지로 뒷집에 온 신경을 기울였다. 전기 스파크. 화재. 시신들 발견. 뒤따라 일어난 사건들. 의자에 앉아서 사건 수사와 관련한 일들로 생각이 흘러가는 와중에도 데커는 뒷집에 꽂힌 시선을 떼지 않았다. 그때 한 가지, 유독 주의를 잡아끄는 생각이 떠올랐다. 배벗이 맥서스와 관련한 일 때문에 살해당했다면, 프랭크는 어떨까? 그냥 사고가 아닐 수도 있을까? 결국 로봇이 어떤 일을 하게 만들 수 있다면, 엉뚱한 짓을 하도록 프로그래밍할 수도 있다. 얼마든지 가능했다. 하지만 왜 프랭크를 죽이지? 도대체 무슨 동기로?

데커는 휴대전화를 꺼내 FBI의 같은 팀에 있는 토드 밀리건에게 전화했다. 그리고 맥서스에 관해 알아낼 수 있는 거라면 뭐든 다 알아내달라고 부탁했다.

데커를 알 만큼 아는 밀리건은 아무런 질문도 하지 않았다. 그저 이렇게만 말했다. "바로 알아볼게요."

데커는 휴대전화를 도로 집어넣고 두 DEA 요원의 시신이 발견된 집을 계속 응시했다. 두 요원이 다른 곳에서 살해당했다는 사실은 이제 확실해졌지만, 아직도 이유를 전혀 알지 못했다. 왜 이 뒷집이 선택되었는지도.

눈을 감고 프랭크를 처음 만난 때로 기억을 되돌렸다. 프랭크가 퇴근한 후, 다 같이 거실에 앉아 있을 때였다. 프랭크는 자기 뒷마당에서 일어난 거나 다름없는 살인 사건에 당연히 심란한 상태였다. 어찌 된 노릇인지 궁금해했는데 이 역시 당연한 일이었다. 궁금해하지 **않았다면** 오히려 이상했을 것이다. 그때 데커에게 다른 이미지가 떠올랐다. 사진 한 장. 리틀 리그 야구단 사진. 이건 단순한 사진 한 장이 아닐지도 몰랐다.

* * *

나가는 길에 데커는 재미슨과 마주쳤다. 재미슨은 조이의 손을 잡고 집으로 이어지는 길을 걸어 올라오는 중이었다. 다른 손에는 식료품 봉투를 들고 있었다.

재미슨이 데커에게 물었다. "어디 가요?"

"그냥 몇 가지 확인할 게 있어서 잠깐 나가요."

"어떻게 돼가요?"

"별거 없어요."

"또 그런 일 있으면 안 되는 거……." 재미슨이 말을 멈추고 조이를 보았다. "알죠?"

"알아요."

서둘러 멀어지는 데커를 뒤에서 조이가 불렀다. "에이머스 아저씨, 돌아오실 거죠, 맞죠?"

데커는 걸음을 멈추고 천천히 돌아보았다. "돌아올 거야, 조이. 약속할게."

코스타의 아파트로 차를 몰고 간 데커는 래시터에게 받은 열쇠로 문을 열고 안으로 들어갔다. 선반에 놓인 사진을 향해 곧장 걸어갔다. 배런이 웃음 띤 얼굴로 데커를 마주 보았다. 남자아이들역시 행복해 보였다. 주 대회에서 우승했으니 그야 당연했다. 코스타의 신상을 알아낸 이후로, 데커를 줄곧 괴롭힌 한 가지 질문이 있었다. 왜 젊은 미혼 은행가가 뉴욕시를 떠나 이런 곳으로 오지? 특히 돈이 있는 젊은 남자에게 배런빌이 뭔가를 줄 수 있다 해도 뉴욕의 유혹에는 당해낼 수 없을 터였다.

사진을 응시하던 데커의 시선이 주위의 액자로 옮겨갔다. **당연한 걸 왜 확인하지 않았지?** 데커는 의아했다. 진즉 했어야 하는 일이었다. 데커는 사진을 뒤집어서 액자 뒤판을 고정하는 작은 금속 조각을 떼어냈다. 종이로 된 뒤판을 분리하고 사진을 끄집어냈다.

욕이 튀어나왔다. "염병할."

거기에는 이름 하나와 주소가 쓰여 있었다.

데커는 이름을 소리 내어 읽었다. "스탠리 노팅엄."

이름 밑에는 뉴욕시의 주소가 쓰여 있었다. 데커는 사진을 재킷에 쓱 집어넣었다. 뉴욕시의 스탠리 노팅엄은 누구고, 코스타는 왜 리틀 리그 야구단 사진 뒷면에 그 이름을 적었을까? 데커는 FBI 요원 밀리건에게 문자를 보내 이것도 같이 알아봐달라고 부탁했다. 노팅엄과 이야기하기 위해 뉴욕으로 출발해야 한다면 그럴 참이었다. 코스타가 왜 배런빌에 왔는지 그가 설명해줄 수 있을지도 몰랐다. 또 이 정보는 다른 뭔가로 이어질지도 몰랐다. 그러고 나면 마침내 사건들이 서로 아귀가 맞아들어갈지도 모른다.

범죄 조사는 보통 세부 사항들 위에 세부 사항들을 쌓아가는 일이다. 이것이 저것과 맞아떨어지거나, 아니면 더러 다른 뭔가와 충돌할 때까지. 어느 쪽이든, 이렇게 하면 옳은 방향으로 나아갈 수 있다. 데커는 제대로 된 방향으로 가려면 뭔가가 간절히 필요했다. 아파트를 나와 다시 차에 올라 다음번 목적지를 향해 출발했다. 벳시 오코너, 배벗의 마지막 룸메이트로 알려진 사람을 만나기 위해.

0 040

"그 사람이 당한 일은 끔찍하다는 말로는 형용이 안 돼요."

데커는 커피숍에 앉아 있었다. 테이블에 마주 앉은 사람은 웨이트리스로 일하는 오코너였다. 키는 163센티미터 정도에 몸매는 땅딸막했다. 세어가는 머리를 짧게 잘랐고 쓰고 있는 안경의 사슬이 목 주위로 내려와 있었다. 데커가 짐작하기에는 40대보다 50대에 더 가까워 보였다.

데커는 커피에 설탕을 조금 넣은 후 말했다. "그분과 몇 년간 함께 사셨다고요?"

"그래요. 아, 우리는 전적으로 플라토닉한 관계였어요." 오코너가 주저하며 덧붙였다. "내 남편은 자기 인생에서 뭐가 잘 안 풀리면 나부터 때리고 보는 나쁜 놈이었죠. 이혼한 다음에 두 번 정도 남자하고 데이트를 했는데 그놈들도 알고 보니 다를 게 없더군요. 그래서 한동안 남자라면 내다 버렸어요."

"그런데 배벗은 달랐습니까?"

"토비 배벗도 나름 문제가 있었어요. 하지만 인생이 거지 같아서 그렇지 기본 됨됨이는 착했어요. 그래서 우리는 같이 살았어요. 그럴 수밖에 없었지요. 혼자 살면 들어오는 돈보다 나가는 돈이 더 많으니까."

"두 분은 서로 어떻게 알게 됐습니까?"

오코너가 약간 민망한 표정을 지었다. "중독자 모임에서 만났어요. 우리 둘 다 진통제 알약 때문에 **문제가** 있었고 인생을 도로 제 궤도 위에 올려놓으려 애쓰고 있었어요. 둘 다 직장이 있었지만 생계를 꾸려가기에는 수입이 너무 적었죠. 하지만 우리 둘이 작은 집에서 같이 살기에는 충분한 액수였어요."

"배벗이 사고를 당했던 걸로 알고 있습니다. 머리에 부상을 당했나요?"

"맞아요. 건설 현장에서, 물류 센터를 지을 때요. 그 사람한테는 너무 힘든 시기였죠. 처음에는 회사에서 도와줬지만 나중에 본색을 드러내더니 잘라버리더군요."

데커가 물었다. "알코올 문제가 있었던 걸로 알고 있는데요?"

"그건 날조된 얘기예요. 토비는 알코올을 몇 년째 한 방울도 입에 대지 않았어요. 사고가 나고 여러 일이 한창 벌어지고 있을 때 함께 살았던 내가 알아요. 그 사람은 정상적인 삶을 되찾으려고 애쓰면서 너무나 열심히 일하고 있었어요."

"그렇지만 끝내 정상적인 삶을 되찾지 못했군요."

"못 했죠. 노력했지만 일자리를 도저히 구할 수 없었어요. 나는 같이 상황을 해결해보려고 애썼지만, 결국 내 돈만으로는 밀려드는 청구서를 감당할 수가 없었어요. 그래서 우리는 이사를 가야 했죠. 마음이 어찌나 아프던지. 살던 곳이 정말 마음에 들었거든요.

이혼한 후에 내가 처음으로 가진 진짜 집이었죠."

"우리는 배벗의 트레일러에서 꽤 많은 처방약 병들을 발견했습니다. 모두 진통제들이었어요."

"음, 그 사람은 부상 때문에 꽤 심한 통증에 시달렸어요."

"지금은 아파트에서 다른 분들하고 같이 산다고 들었는데요?"

오코너가 눈길을 떨어뜨리고 커피잔을 만지작거렸다. "그래요, 20대에 흔히들 그러는 것처럼요. 다만 나는 더 이상 어린애가 아니죠. 이 나이가 되어서 이러고 살 줄은 생각도 못 했지만, 별수 있나요. 여기 일자리는 아무런 혜택 없이 최저임금만 제공해요. 여기서 퇴근하면 다른 시간제 일을 하지만, 다 합쳐도 최저생계비에도 못 미친다니까요. 정말이지."

"맥서스에 취직하려고 해보셨나요?"

"저뿐만 아니라 이 시의 모든 사람이 그랬죠. 맥서스는 많은 사람들을 고용하고 실제로 이 도시에서 유일하게 굴러가는 곳이에요. 하지만 나는 체력검사를 통과하지 못했어요. 아주 무거운 것들을 잔뜩 들어올리고 먼 거리를 걸어야 하니까. 사실 뛰는 것에 더 가깝죠. 이사라도 가야 할 것 같아요. 이곳은 나를 바짝 태워버렸어요. 새 출발을 해야 해요."

"배벗은 당신하고 같이 살던 집에서 나간 후로 트레일러에서 살았습니다. 찾아간 적이 있습니까?"

오코너가 고개를 끄덕였다. "몇 번쯤요. 집에서 만든 음식을 좀 가져다주곤 했어요. 몇 달러인가 준 적도 있고요. 나는 배벗이 트레일러에서 사는 게 싫었어요. 전기나 수도조차 들어오지 않았거든요."

"누군가 트레일러를 불태우려 했습니다."

오코너가 깜짝 놀란 표정을 지었다. "뭐라고요?"

"제 파트너와 내가 트레일러 안에 있을 때요."

"하느님 맙소사!"

데커는 연필로 덧칠한 모눈종이를 꺼냈다.

"배벗의 트레일러에 갔을 때 이 종이를 본 적이 있습니까?"

오코너가 종이를 훑어보았다. "아니요. 이게 뭔데요?"

"간단히 말하자면 물류 센터의 건설 도면입니다."

"토비가 왜 이걸 가지고 있었을까요?"

"부인한테서 그 이유를 들을 수 있었으면 했는데요. 배벗이 센터에서 하는 일과 관련해 무슨 말을 한 적이 있습니까?"

"부상당하기 전에는 공사장 일을 좋아하는 것 같았어요. 보수도 꽤 좋았고 물건을 들어올리는 일은 하지 않아도 됐죠. 지게차를 비롯한 중장비를 몰았어요. 어쩌면 이 종이는 토비가 거기서 한 일과 관련이 있을지도 모르겠네요."

"그런데 배벗이 왜 굳이 모눈종이에 건설 도면을 베껴 그리려 했는지 이해가 안 갑니다. 부상당한 **후에** 물류 센터에 관해 뭐라고 말한 적이 있습니까?"

"그 사람들이 자기한테 등을 돌린 후로는 별말이 없었어요. 화가 나 있었죠."

"얼마나 화가 났습니까?"

"음, 이제는 죽고 없는데, 그게 뭐 중요할까 싶네요. 복수하겠다고 말했어요."

"어떻게요?"

"그런 말은 한 적이 없어요." 오코너가 말을 멈췄다. "설마 토비가, 어, 정말 몰라서 묻는 건데, 혹시라도 거길 폭파할 계획을 세우고 있었다고 생각하시는 건 아니죠? 그런 이유로 이 도면을 그렸을 수도 있을까요?"

"가능합니다. 부인은 배벗이 그런 일을 할 수 있는 사람이었다고 생각합니까?"

"부상 전에는, 아니요. 하지만 부상당하고 나서 사람이 달라졌어요. 머리 부상은 사람을 바꿔놓을 수 있답니다. 그거 아셨어요?"

데커가 건조하게 대꾸했다. "네, 그런 이야기를 들은 적이 있습니다. 그래서 부인은 배벗이 폭력적으로 변했을 가능성이 있다고 생각하세요?"

"나는 그렇게 생각하고 싶지 않아요. 나한테는 한 번도 그러지 않았거든요. 하지만 가능은 할 거라고 짐작해요. 그 작자들은 토비한테 제대로 엿을 먹였거든요."

"특히 누가?"

"대체로 회사 변호사들이었어요. 토비는 누군가를 고용할 돈이 없어서 모든 일을 직접 해야 했죠. 좋아서 할 만한 일은 아니었어요. 그건 내가 장담해요. 때로 변호사들은 지독하게 굴 수 있죠."

"성공사례금을 받기로 하고 일을 맡으려 한 변호사가 한 명도 없었습니까?"

"토비 말로는 이 시에 변호사가 몇 명 남아 있지 않대요. 사실 그들 중 누구도 시에서 가장 큰 고용주한테 밉보이고 싶어 하지 않았죠."

데커가 고개를 끄덕였다. "그가 조이스 태너, 마이클 스완슨, 또는 브래들리 코스타의 이름을 입에 올린 적이 있습니까?"

"아니요, 한 번도요. 그런데 조이스 태너는 토비하고 같이 발견된 여자 아닌가요?"

"맞아요."

오코너가 어깨를 으쓱했다. "음, 나한테는 한 번도 그 여자 이야기를 하지 않았어요."

"존 배런은요?"

오코너가 얼굴을 찌푸렸다. "그 사람은 언덕 위의 대저택에 살잖아요."

"그렇습니다. 하지만 직접 올라가봤는데, 나라면 대저택이라고 부르지 않겠습니다."

"음, 그래도 내가 가진 것보다는 훨씬 많을걸요."

데커가 물었다. "그건 그렇고, 배벗이 배런을 언급한 적이 혹시 있습니까?"

"내가 기억하는 한은 없어요. 난 여기 출신이 아니지만, 배런이 별로 호감을 사지 못하고 있다는 것은 알아요, 아닌가요?"

"그런 편이죠."

오코너가 말했다. "어떤 사람들이 하는 말을 들었는데 진짜 부자라던데요. 저기에 돈을 쌓아두고 있다고요."

"그렇다면 왜 거지같이 살까요?"

"그러게요, 나도 납득이 안 가더라고요."

"배벗의 시신이 발견된 방의 벽에는 성경 구절이 쓰여 있었습니다."

오코너의 표정에 호기심이 떠올랐다. "신문에서 비슷한 글을 본 것 같아요."

"뭔가 떠오르는 게 없습니까? 배벗에게 종교가 있었습니까?"

"내가 아는 한 토비는 한 번도 교회에 가지 않았어요."

"그러면 달리 기억나는 것은 전혀 없습니까?"

오코너가 잠시 생각에 잠겼다. "토비는 그냥 운이 나빴던 착한 남자였어요. 아마 우리 중 많은 사람들에 대해 같은 말을 할 수 있 겠죠. 하지만 다시 생각해보면, 우리 삶은 우리가 만들어나가는 거 잖아요, 그렇죠? 선택을 잘못해서 잘못돼도 남을 탓할 순 없죠."

"아마 그런 것 같습니다." 데커는 떠나려고 일어섰다.

"데커 씨, 당신은 토비하고 다른 사람들을 죽인 자를 찾아낼 수 있다고 생각하세요?"

"그게 내가 하려는 일입니다."

"토비는 그렇게 죽어야 할 사람이 아니었어요."

"내 생각엔 정말이지 그렇게 죽어야 할 사람은 아무도 없을 겁 니다."

0 041

차로 돌아온 데커는 모눈종이를 꺼내 좀 더 자세히 들여다보았다. 이번엔 종이를 얼굴에서 10센티미터도 안 되게 가까이 들어올렸다. 선이 잔뜩 그어져 있었지만, 그럼에도 종이 오른쪽 맨 밑 구석에 파인 자국 몇 군데가 빠져 있었다. 글러브박스에서 연필을 꺼내 파인 자국 위로 쓱쓱 긋자 뭔가 나타났다. 좀 더 면밀히 들여다본 데커는 그게 도면의 척도라는 결론을 내렸다. 몇 미터당 1센티미터의 축척이었다. 종이를 주머니에 집어넣고 차의 시동을 걸었다. 가는 길에 그린 형사에게 전화를 해서 프리드먼 박사의 주소를 물었다. 배벗이 복용한 수많은 진통제를 처방해준 의사였다.

"그 남자는 불법 약물 처방으로 감옥에 있어요."

"배벗 같은 사람들한테 진통제를 과처방한 죄로요?"

"정답이에요."

"감옥에 들어간 지 얼마나 됐습니까?"

"거의 1년이요. 그러니 지금 일어난 일하고 과연 무슨 관련이 있을지 모르겠네요."

데커는 꼭 동의하진 않았지만 군이 반박하지도 않았다.

"감옥이 어디입니까?"

"연방 범죄라, 다른 주에 있어요. 인디애나 같아요. 연방 교도국의 수감자 배치 방식에는 도무지 원칙이 없죠."

"감사합니다."

"조사는 어떻게 되어갑니까?"

"되어간다고 할 만한 게 없네요."

데커는 전화를 끊고 지도를 들여다보았다. 프리드먼과 이야기할 수 없다면, 면담자 목록에 있는 다른 사람을 찾아볼 생각이었다. 차를 돌려 도로 앰버의 집으로 향했다. 집이 있는 거리에 닿기 전에, 차를 꺾어 죽음의 집 건너편 집 앞에 있는 빈터에 차를 세웠다. 이 거리의 주민들 중 데커가 이야기를 나눠보지 않은 유일한 인물, 본드의 집 근처였다.

문을 두드리자 즉시 다가오는 발걸음 소리가 들렸다.

안에서 누군가가 외쳤다. "누구세요?"

"에이머스 데커입니다, 본드 씨. 연방수사국 수사에 협력하는 중입니다. 길 건너편에서 일어난 일에 관해 몇 가지 여쭤보고 싶어서 찾아왔습니다."

"모르는 사람한테 문을 열어주고 싶지는 않은데요."

"무슨 말씀이신지 압니다. 하지만 어르신께 몇 가지 여쭤봐야 할 게 있습니다."

"배지 있어요?"

"있습니다."

"고양이 출입문으로 넣어줄 수 있나?"

아래를 내려다보자 경첩 달린 작은 문이 있었다. 데커는 배지를 꺼내 안에 집어넣었다. 문 반대편에서 무슨 소리가 들리더니 30초쯤 있다가 배지가 고양이 문을 통해 도로 나왔다. 데커는 배지를 집어 들어 살펴보았다. 밀가루 같은 가루 위에 지문이 잔뜩 문질러져 있었다. 배지를 재킷에 문질러 닦은 후 다시 주머니에 집어넣었다. 자물쇠 세 개가 차례로 풀리는 소리가 들렸다. 문이 열리고 조그맣게 쪼그라든 늙은 남자가 다리를 떨며 앞에 서 있었다.

"본드 씨?"

"네?"

본드의 시력을 잃은 눈은 검은 안경에 가려져 있었다.

본드의 어깨너머로, 벽의 고리에 걸려 있는 흰 지팡이가 눈에 띄었다.

"들어가도 될까요?"

"그런 것 같군요, 그래요. 당신 배지를 만져봤어요. 진짜 같더군."

"그야 진짜니까요."

"조심해서 나쁠 건 없으니까."

"옳은 말씀입니다."

남자가 뒤로 물러서자 데커는 문간을 넘었다. 본드는 등 뒤로 문을 닫고 전실에 있는 의자로 느릿느릿 걸어가 앉았다. 데커는 이 사람이 자기 집의 가구 한 점 한 점 모두가 어디 있는지를 몸으로 아는 게 틀림없다고 생각했다. 데커는 노인의 맞은편에 앉았다. 집안에서는 익힌 케일과 좀약 냄새가 코를 찔렀다. 갓 구운 빵 냄새도 났다.

"빵 굽는 데 방해했다면 죄송합니다."

본드가 손을 휘저어 일축했다. "이미 다 했는걸. 방금 오븐에서 빵을 꺼냈어요. 내 얼마 안 남은 즐거움 중 하나지. 나는 밤낮 안 가리고 빵을 구워요. 잠은 별로 필요 없거든. 사실은 전혀 필요가 없지."

본드는 머리가 다 벗어졌는데 분홍색 두피가 왠지 약해 보였다. 카키색 바지를 입고 파란색 반팔 셔츠 밑에 흰색 티셔츠를 받쳐 입어 말쑥한 차림이었다. 검은색 정형외과 신발을 신고 있었다.

데커가 물었다. "혼자 사십니까?"

"그렇지, 돌리가 세상을 떠나 후로 줄곧. 돌리는 내가 키우던 고양이 이름이에요. 그래서 고양이 출입문이 있는 거지. 아내도 있었어요. 베티라고. 20년 전 지난주에 갔지. 암으로. 나는 아흔하나인데 딱 그렇게 보이지. 비록 내 눈에는 안 보이지만."

본드는 자신이 한 농담에 웃음을 지었다.

"좋아 보이시는데요. 집이 좋네요."

"늙었지, 딱 나처럼. 나는 다른 고양이를 들일 생각이 없어요. 내가 먼저 갈 텐데 그럼 누가 보살펴주라고?"

"여기 와서…… 어르신을 도와드리는 사람이 있습니까?"

"예전에는 그랬지. 예전에는 이웃이 더 많았어요. 하지만 나보다 먼저 가지 않은 사람들은 대부분 이사를 갔지. 슬픈 일이에요. 하지만 원래 그런 법이지. 너무 오래 버티고 있는 사람이 치러야 하는 대가랄까."

데커는 주변을 둘러보았다. "가게에는 어떻게 가십니까? 그리고 병원은요?"

"가게에는 작은 카트를 끌고 가요. 왔다 갔다 하는 데 거의 하루가 다 가지. 막내아들이 가끔 오긴 하는데, 그애는 피츠버그에 살아서. 그리고 이제 병원에는 안 가요. 굳이 가야 할 이유가 없지 않

나. 그냥 약이나 주고 먹으라고 할 뿐인데."

"배런빌에는 오래 사셨습니까?"

"내 평생."

"무슨 일을 하셨습니까?"

"회계사였지." 본드가 자기 안경을 툭 쳤다. "늘 이렇지는 않았거든. 황반퇴화 때문에. 60대부터 시작됐어요. 10년 전에 완전히 눈이 멀었고."

"두 남자가 길 건너편 집에서 시신으로 발견된 날 밤의 일 기억하시죠? 몇 가지 여쭤보고 싶습니다. 그때 집에 계셨습니까?"

"아 그럼. 밤이면 늘 집에 있지요."

"경찰이 이미 들러서 얘기를 나눴겠군요?"

"그래요. 래시터라는 형사였지. 질문을 많이 하더군. 내가 별 도움이 된 것 같지는 않지만."

"음, 아마 저도 같은 질문들을 할 겁니다. 그날 밤 일에 관해 뭘 기억하십니까?"

"사이렌 소리."

"사이렌 소리 전에는요."

"폭풍이 기억나요. 아주 유별났지."

"다른 건요?"

본드는 의자에 등을 기대고 턱을 긁었다. "차 한 대가 시동을 걸고 출발하던 게 기억나는데."

데커가 말했다. "저도 들었습니다. 비행기가 날아가는 것도 봤습니다. 폭풍이 찾아들기 몇 분 전에요."

놀랍게도 본드는 고개를 가로저었다. "아니, 그건 비행기가 아니었어."

"아니요, 비행기였습니다. 하늘에서 봤어요. 구름과 안개 속에서 깜빡이는 빛이며 전부 다 보이던데요. 젠장 맞게 낮게 날더군요. 그러니 이륙 중이었거나, 아니 그보단 착륙하고 있었을 가능성이 더 높을 겁니다."

"아니, 젊은이, 그건 비행기가 아니었대도."

"그렇지만 제가 **보았다니까요**, 본드 씨."

"당신이 무슨 생각을 하는지 알아요. 내가 아무것도 못 **본다**고 생각하는 거지. 사실, 이 동네에는 절대 비행기가 낮게 날 일이 없어요. 내가 알기로 이 근방에 공항은 종류를 막론하고 하나도 없거든. 그리고 피츠버그는 우리보다 한참 서쪽이고, 클리블랜드는 한참 남쪽이지. 그러니 심지어 비행기가 착륙 중이거나 이륙 중이라고 해도, 여기를 지날 무렵이면 한참 높이 떠 있어야 해요. 어쩌면 당신은 깜빡이는 빛을 보고 비행기인가 보다 했는지도 모르지. 하지만 구름이 너무 짙은 데다 안개까지 끼어서, 당신 말대로, 비행기는 보이지 않았을 거예요. 안 그런가? 그냥 빛만 본 거죠?"

데커는 눈을 깜빡이며 그 순간의 영상이 담긴 기억의 프레임을 불러왔다.

나는 빛 또는 빛의 반사를 보았다. 하지만 그게 전부였다. 구름과 안개가 너무 짙었다. 하지만 그건 비행기일 수밖에 없는데.

데커의 생각을 읽기라도 했는지 본드가 말했다. "그렇게 낮았다면, 엔진 소리가 들렸을 테지? 비행기는 낮은 고도에서 꽤나 시끄러우니까 말이에요. 심지어 프로펠러기라도. 나는 그날 밤 폭풍이 시작되기 전에 바깥에, 뒤쪽 데크에 나가 있었어요. 그와 비슷한 소리도 전혀 들리지 않더군."

데커가 생각을 멈추고는 고개를 저었다. "엔진 소리는 들리지 않았습니다. 그냥 빛만 보였죠."

본드가 낄낄거렸다. "그래서 그냥 비행기겠거니 해버린 거로군. 괜찮아요. 완전히 자연스러운 일이니까."

"그럼 비행기가 아니었다면, 뭐였을까요?"

"음, 사실 난 내 손자 제러미 생각이 나더군요."

데커가 호기심 어린 말투로 물었다. "어르신 손자 말씀입니까? 왜 그렇죠?"

"그애가 어느 날 놀러 왔을 때, 나한테 보여주려고 그걸 가져왔거든. 음, 보여준다는 말은 뭐 그렇단 얘기고. 제러미가 그걸 날려보낼 때 소리를 **들었지요.**"

"**무슨 소리를 들으셨다는 겁니까?**" 노인이 얼른 본론을 얘기하길 바라며 조바심이 난 데커가 다그쳤다.

"그애의 **드론** 소리. 제러미는 드론 중에서도 큰 놈을 가지고 있었거든요. 부동산 사업을 하는 데 필요한 항공 사진을 찍고, 아마추어 영화도 찍는다던데. 선명한 항공 사진을 얻는 데 이용한다고. 헬리콥터를 빌리는 것보다 훨씬 싸다고 하대. 그날 밤 당신이 본 게 그런 종류 같아요. 대형 드론."

데커가 입을 쩍 벌렸다. **드론**이라니. "잠깐만요. 밤에 드론을 날릴 수 있긴 합니까?"

"아, 당연하지요. 제러미가 그러던데. 사실, 그애가 저번에 왔을 때 여기서 그걸 날렸어요. 그때는 밤이었고. 내가 알기로 분명 관련된 법이니 규제 따위가 있을 겁니다. 조명 같은 게 달려 있어야 한다고, 내 생각엔 말이죠. 그리고 항공 경로에 있거나 공항 근처에 있으면 허가를 받아야 날릴 수 있을걸. 아무거나 막 찍어도 안 되고. 사생활 침해니 하는 문제들이 있으니까. 남의 집 뒷마당으로 날려 보내거나 창문을 통해 남의 사진을 찍거나 하면 법적으로 문제가 되죠. 내가 물어봤더니 제러미가 뭐 그런 식으로 설명했던 것 같아요."

"좋습니다. 하지만 드론이 여기서 뭘 하고 있었을까요?"

본드가 어깨를 으쓱했다. "난들 아나. 한데 그건 제러미의 드론은 아니었어요. 그애는 그날 밤 여기 없었거든. 그애는 메릴랜드에 살아요. 그렇다고 마틴 부인의 드론도 아니지. 왜냐하면 그 친구는 드론이 없으니까. 이미 구경도 못 해봤을걸. 그렇다면 프레드는? 그 자식이 드론을 본다면 망할 산탄총으로 쏴서 추락시켰을 거라는 데 돈을 걸어도 좋아요. 이 거리에 또 다른 사람은 없어요. 제러미 말로는 드론들은 각자 한계 범위가 있다네. 끝에 다다르면 더 멀리는 갈 수 없다는 거야. 하지만 제러미의 드론은 상업용 모델이라 무척 멀리 날아갈 수 있지요."

데커에게 불현듯 한 가지 생각이 떠올랐다. "그게 드론이 아니라 헬리콥터였을 수도 있을까요?"

본드가 고개를 저었다. "헬리콥터는 정말 시끄러운걸. 헬리콥터 소리라면 내가 확실히 들었을 거예요. 그날처럼 낮게 날면 당신도 들었을 거고."

"말이 되네요. 그리고 드론에는 카메라가 달려 있겠죠, 맞죠?"

본드가 고개를 끄덕였다. "뭐랄까, 그게 핵심이지. 드론은 사진이나 동영상을 찍을 때 쓰니까. 물건을 배달하는 데도 쓴다는 얘기를 들은 적이 있긴 하지만. 어쨌든, 제러미의 드론은 고급 카메라가 달려 있었어요. 휴대전화를 제어 박스에 집어넣기만 하면 드론이 카메라에 잡히는 걸 몽땅 바로 휴대전화로 보내준다고 하더군. 정말이지 모두 어떻게 작동하는지는 짐작도 안 가지만, 나야 그냥 늙다리일 뿐이니까. 이 거리에 사는 우리는 모두 늙다리일 뿐이에요. 아, 방금 말은 취소하지. 앨리스를 늙다리라고 부를 마음은 전혀 없으니까. 그 친구는 무척 품위 넘치는 숙녀랍니다. 예전에 주일학교 교사였지."

데커가 말했다. "그렇다면 어르신은 마틴 부인을 아시는군요?"

"아 그럼. 앨리스와 내 아내는 정말 친한 친구였어요. 장례식에도 왔었지."

"그럼 프레드 로스 씨는요? 그분과 산탄총 이야기를 하셨죠. 서로 잘 아십니까?"

본드의 얼굴이 찌푸려졌다. "불행히도 꽤 오래전부터요."

"그래요, 마틴 부인도 그렇게 말하더군요. 그날 밤 어르신이 바깥에 있었다고 하셨지요. 드론 소리를 들으셨습니까?"

"아니. 못 들었어요. 땅 위에 있을 때는 소리가 들리지만 공중에 높이 떠 있을 때는 안 들리거든. 무척 조용해요. 적어도 제러미의 드론은 그랬지."

"뭔가 다른 소리를 들으셨습니까? 정말 중요합니다."

본드가 다시 턱을 긁었다. "음, 전에 들은 적 없는 이상한 소리를 하나 듣긴 했는데. 뭔가 두드리고 긁는 소리였어요. 몇 번이고 반복해서."

두드리고 긁는 소리. 정말 좋은 묘사였다.

데커가 말했다. "저도 들었습니다, 하지만 그게 뭔지 모르겠더군요. 어르신, 전에는 한 번도 들어본 적이 없는 소리였습니까?"

본드가 고개를 저었다.

"그렇지만 뒤편 현관에서 소리가 들리던가요?"

"여기 집들은 마당이 좁고, 집은 그보다 더 작거든. 뒤쪽 현관에서 길거리까지는 그리 멀지 않아요."

"그리고 차가 시동을 걸고 멀어지는 소리는요? 혹시 마틴 부인의 차 소리라면 알 수 있었을까요?"

"앨리스는 운전을 하지 않고 차도 없어요."

"나는 로스 씨가 더는 운전하지 않는 걸로 알고 있습니다. 휠체어에 앉아 있으니까요."

"아니, 합니다. 그 자식은 온갖 장비를 달아놓은 커다란 검은 승합차가 있거든. 휠체어 이양기하고 특수 제어 장치들이 있어서 다리를 못 움직여도 운전할 수 있지. 음, 적어도 예전에는 그랬어요. 내가 앞을 볼 수 있을 때 그 자식이 운전하는 모습을 몇 번 봤지."

"그분은 어쩌다 장애를 얻었습니까?"

"자기가 일하던 섬유 공장에서. 어, 커다란 장비 덩어리가 위에서 떨어졌다나. 허리 아래로 마비가 돼버렸지. 수십 년 전 일이에요."

"그거 힘들었겠군요."

"음, 사고를 당한 후에 붙임성이 생겼다고 말하긴 힘들지. 솔직히 말해서, 프레드는 걸을 **수 있을** 때부터 이미 개자식이었으니까."

데커가 웃음 지었다. "저도 봤는데 확실히 그런 것 같더군요."

"당시에는 나도 그걸 볼 수 있었지. 내가 더는 도움이 되지 못해 미안하군요."

"아니요, 엄청나게 도움을 주셨습니다. 감사합니다."

데커는 자리에서 일어나 도로 차로 돌아왔다. 드론이라. 그렇다면 그날 밤 누가 무엇을, 또는 누구를 보고 있었을까?

0 042

 확실히 비극적인 장소였다. 데커는 죽음의 집의 뒤쪽 데크에 서서 앰버의 집 뒤편을 바라보고 있었다. 하루 종일 바깥을 돌아다녔다. 많은 거리를 돌아다녔지만 별 진전은 없는 것 같았다. 안타깝게도 강력계 형사 일은 늘 그렇다. 죽음의 집에는 여전히 DEA 요원이 근무 중이었지만, 켐퍼가 미리 말해둔 덕분에 데커는 신분증을 제시한 후 출입할 수 있었다. 지켜보고 있는데 앰버네 집의 뒷문이 열리더니 재미슨이 밖으로 나왔다. 키 크고 젊은 여성이 조이의 손을 잡고 따라나왔다. 세 사람은 야외 탁자에 다 같이 둘러앉았다. 데커는 앰버 말고는 재미슨의 다른 자매를 만나본 적이 없지만, 저 여자도 그중 하나일 거라고 짐작했다. 여자는 다른 자매와 똑같이 길고 낭창한 몸매와 특유의 이목구비를 가지고 있었다. 틀림없이 형부의 장례식에 참석하려고 먼 길을 왔을 터였다. 잠시 후 문이 열리더니 앰버가 밖으로 나왔다. 먼 거리에서 보기에도 앰버는 전보다 스무 살은 더 나이가 들어 보였다. 앰버는 걷는다기보다 차라리 발을 끄는 편에 더 가까웠다.

데커는 눈에 띄지 않도록 그림자 속으로 물러났다. 이유는 자신도 알지 못했다. 아니, 어쩌면 알았을지도 모른다. 적어도 지금은 그들과 함께 있고 싶지 않았다. 무슨 말을 해야 할지, 어떻게 행동해야 할지 알 수 없었기 때문이다. 또 재미슨을 당황스럽게 만들 말을 불쑥 내뱉고 싶지도 않았다.

데커는 엄마의 무릎 위에서 몸을 웅크린 채 엄지손가락을 빨고 있는 조이에게서 눈길을 떼지 않았다. 조이가 앞으로 생일을 축하할 때마다, 같은 날 일어난 아버지의 죽음으로 인한 고통이 기쁨을 잡아먹을 터였다. 선물 포장을 하나하나 열 때마다, 케이크 조각을 한 입 베어 물 때마다, 초 하나를 불어 끌 때마다 마지막 살아 있던 날 아버지의 기억이 떠오르리라. 너무나 불공평하고 온당치 않은 일이었다. 하지만 어쩌랴······.

때로 죄의식은 모든 것을 짓누를 수 있다. 또한 얼굴에서 웃음을, 목에서 웃음소리를 빼앗아가 버린다. 데커는 알고 있었다. 왜냐하면 거의 동일한 일이 자신에게도 일어났기 때문이다. 이런 생각에 분노했지만 한편으로는 활력을 얻기도 했다. 이 양가감정은 하나로 모여 프랭크가 살해당했는지 아닌지를 밝혀내려는 욕망을 한층 더 뜨겁게 달궜다.

공기가 쌀쌀해서 자매들은 청바지와 두툼한 스웨터를 입고 있었고, 조이는 보라색 타이츠 위에 긴 맨투맨 티셔츠를 입고 있었다. 데커가 지켜보는 사이 재미슨이 안으로 들어갔다가 쟁반 하나를 들고 나왔다. 차를 잔에 따랐다. 큰 접시에 담겨 나온 음식을 보니 데커의 위가 우렁차게 꾸르륵거렸다. 아침 식사 이후로 아무것도 먹지 않았는데 벌써 7시가 한참 넘어 있었다. 그렇지만 슬픔에 잠긴 여자들을 보고 있자니 자신의 허기에 죄의식이 느껴졌다.

하늘을 올려다보았다. 데커는 전에 보거트가 알려준 FAA(연방 항공국) 직원에게 전화해서 문제의 그날 밤 배런빌 상공을 지나간 항공편이 있는지 알아보았다. 확실히 배런빌 상공을 지나간 비행기는 없었다. 눈먼 남자, 본드가 옳았고 데커는 틀렸다. 앞이 보이지 않는 남자가 데커보다 더 멀리 '본' 것이다. 이는 겸손함을 일깨우는 경험이었고, 절대 잊지 못할 경험이기도 했다. 그게 드론**이었다는** 결론으로 성급히 뛰어들 생각은 없었지만 정말이지 다른 가능성은 하나도 떠오르지 않았다.

데커는 차를 몰고 그곳을 떠났다. 목적지는 머큐리 바였다. 지난번에 갔을 때 음료뿐만 아니라 다양한 식사 메뉴를 제공하는 것을 보아두었다. 목적지에 도착하기 전에 휴대전화가 울렸다. FBI 요원 밀리건이었다.

밀리건이 물었다. "알렉스는 어떻게 지내요?"

"이런 상황에서 기대할 수 있는 정도로는 잘 지내는 듯해요."

"제 조의를 전해주세요." 수화기 저편에서 종이가 부스럭대는 소리가 들렸다. 밀리건이 말을 이었다. "좋아요, 당신 질문에 대한 몇 가지 답을 얻어냈어요. 맥서스는 상장회사예요. 약 20년 전부터 물류업계에 있었죠. 수상한 점은 전혀 없어요. 거긴 큰 회사예요. 많은 회사들에 용역을 제공하죠. 수익도 높고요. 경영진은 털어도 먼지 하나 안 나올 사람들이에요. 이슬람 국가니 하는 부류하고도 아무런 관련이 없고요. 정확히 겉보기 그대로예요."

"좋아요, 스탠리 노팅엄은 어떤가요?"

"나이는 80대이고, 당신이 알려준 주소에 살긴 했지만, 최근 뉴저지의 요양원으로 옮겼어요."

"출신지는 어때요? 배런빌하고 관련이 있나요?"

"내가 찾아낸 한은 없어요. 뉴욕에서 자랐고 은퇴할 때까지 패션 업계에서 일했어요."

"양친은요?"

"역시 뉴욕 출신이에요. 아버지는 브루클린에서 식품점을 했어요. 어머니는 재봉사였고요. 양쪽 다 작고했어요."

"노팅엄에게 아이는 있었나요?"

"아니요, 결혼한 적이 없어요."

"요양원에는 어떻게 들어가게 됐을까요?"

"그건 알아내지 못했는데요."

"내가 준 주소에는 얼마나 오래 살았어요?"

"40년이요. 그런데 우리가 다른 걸 하나 알아냈어요. 코스타가 배런빌로 이사 가기 전에 노팅엄하고 같은 건물에 살았어요. 다시 말해 두 남자가 이웃**이었다**는 거죠."

"그거 말이 되네요."

"한데 당신은 배런빌과 노팅엄이 관계가 있을 거라고 생각하고 있지 않나요?"

"나는 코스타가 노팅엄 때문에 여기 왔을 거라고 생각했어요."

"음, 그 사람에 관한 사항은 전혀 알아내지 못했어요."

"고마워요, 토드. 요양원 연락처를 비롯한 정보를 이메일로 좀 보내줘요."

"그러죠. 나한테 계속 상황을 알려줘요. 일이 더 복잡해지면 내가 직접 갈 수 있어요. 지금도 충분히 복잡하겠지만."

데커는 전화를 끊었다. 거리의 주차 공간들은 죄다 임자가 있어서 결국 바에서 두 블록쯤 떨어진 공터에 차를 세워야 했다. 데커가 들어갔을 때 바 안은 번잡해 보였다. 작게 차려놓은 무대에서 3인조 밴드가 컨트리 음악을 연주하고 있었다. 가수는 목소리가 좋았고 연주자들은 악기를 능숙하게 다루었다. 데커는 무대에서 가능한 한 멀리 떨어진 2인용 탁자에 앉았다. 음악은 필요 없었다. 먹을거리와 맥주 한 병, 그리고 머릿속에서 상황을 제대로 정리할 시간이 필요했다. 웨이트리스가 다가와서 음료 주문을 받았다. 데커는 배런을 공격한 젊은 얼간이들을 찾아 실내를 둘러보았으나 찾지 못했다. 그후 배런을 찾았지만 역시 보이지 않았다. 바 쪽으로 시선을 보내자 10여 명의 고객들을 한꺼번에 상대하고 있는 라일리가 보였다. 데커는 라일리가 능숙한 손길로 수많은 음료들을 혼합하고 따르고 내놓는 동시에 단골들과 잡담을 나누는 와중에 계산서까지 관리하는 모습을 지켜보았다. 가족이 살해당한 이후, 데커는 말 그대로 바에서 살다시피 했다. 라일리는 진정한 프로였다. 그냥 봐도 알 수 있었다.

"술친구가 필요하세요?"

고개를 들자 래시터가 손에 맥주를 들고 서 있었다. 데커가 그렇지 않다고 대꾸하려 했지만 형사는 침묵을 동의로 오해하고 이미 맞은편에 앉아버렸다. 래시터는 네이비블루 치마와 흰 블라우스, 그리고 잘 어울리는 외투 차림이었다. 외투의 벌어진 앞섶 사이로 총집에 든 근무용 권총이 보였다.

"알렉스는 좀 어떻게 버티고 있어요?"

"잘 버티고 있어요. 앰버를 돕고 있죠. 다른 자매 한 명이 이곳에 도착했어요. 프랭크의 가족은 아마 내일 올 것 같아요."

"당신은 여전히 조사 중이고요?"

"그게 내가 하는 일이니까요."

"이야기 좀 해줄래요? 사실 계속 보고하겠다고 약속했잖아요."

데커는 맥주를 가져온 웨이트리스에게 먹을거리를 주문했다. 맥주를 몇 모금 홀짝인 후 래시터에게 대답하기 위해 입을 열었다.

"대체로 추측이에요."

"그거라도 받을게요. 그건 그렇고, 마티한테서 트레일러 일에 관해 들었어요. 당신들 둘은 운이 좋았어요. 마티 말로는 당신이 진실에 더 가까이 다가가고 있는 것 같다던데요."

데커가 물었다. "어쩌면요. 당신들은 진척이 좀 있었습니까?"

"우리 둘 다 조사 중이지만, 실마리가 전혀 보이지 않아요."

누군가의 목소리가 들려왔다. "저도 그래요."

두 사람이 고개를 들자 라임을 얹은 진앤드토닉을 든 켐퍼 요원이 서 있었다.

데커가 말했다. "여기가 경찰들이라면 모두 찾아오는 동네 옹달샘인가요?"

켐퍼가 자리에 앉았다. "선택지가 많지 않아서요. 자, 우리 정보를 공유하는 게 어때요?"

데커가 말했다. "두 분 말씀에 따르면, 두 분은 아무것도 공유할 거리가 없는데요."

켐퍼가 말했다. "나는 좀 과장하는 경향이 있답니다."

데커는 래시터를 보았다. "형사님도 뻥을 치는 경향이 있나요?"

"상황에 따라 다르겠죠."

데커는 뒤로 기대앉았다. "스완슨은 배런의 정원 관리용 헛간에 머무르고 있었고 배런도 알았어요. 배런은 고교 시절 태너와 연인 관계였고 태너가 죽기 전까지 금전적 도움을 주고 있었죠. 그리고 신화에 관심이 있었는데, 그건 코스타의 이마에 새겨진 타나토스

표지와 연결되죠. 태너는 성경학교 교사를 지냈고 이건 태너가 피살된 현장의 벽에 쓰여 있던 성경 구절을 설명할지도 모르죠."

래시터가 놀란 표정을 지었다. "이걸 다 어떻게 알아냈죠?"

데커가 형사에게 짐짓 진지한 표정을 지어 보였다. "나는 **조사를 했거든요.**"

켐퍼가 말했다. "이런 지역 살인 사건들이 내 관할권 밖이라는 사실은 알지만, 내 사건하고 뭔가 관련이 있다면 나도 알고 싶어요. 그러니까 이 배런이라는 남자가 죽은 희생자 네 명 중 두 명을 안다는 거죠. 다른 둘은 어떤가요?"

"그 사람들은 모른다고 합니다."

형사가 꼬집었다. "당연히 모른다고 **하겠죠.**"

켐퍼가 물었다. "태너와 스완슨이 살해됐을 때 왜 나서지 않았을까요?"

데커가 대꾸했다. "배런이 그들을 죽였다면, 답은 뻔하겠죠."

켐퍼가 물었다. "혹시 내 부하들을 안다고 얘기하던가요?"

데커가 대답했다. "물어보지 않았습니다. 왜냐하면 관련 정보를 유출하고 싶지 않았거든요."

래시터가 자신의 추측을 말했다. "태너는 배벗과 함께, 스완슨은 코스타와 함께 발견되었으니, 배런이 배후라면 네 사람 모두를 그가 죽였다는 뜻이겠군요."

켐퍼가 물었다. "배런이 그들을 죽이지 않았다면? 왜 앞으로 나서지 않죠?"

데커가 대답했다. "그 사람은 이 시의 미움을 한몸에 받고 있어요. 자기가 하지도 않은 일에 희생양이 되고 싶지 않았겠죠."

래시터가 따지는 투로 말했다. "우리는 일을 그런 식으로 처리하지 않아요, 데커."

데커가 래시터를 똑바로 보았다. "나는 형사님의 아버님 일에 관해서도 압니다."

래시터의 눈이 커졌다.

켐퍼가 물었다. "이분 아버님이 왜요?"

데커가 래시터를 보았다. "형사님이 직접 말해주시죠?"

"왜요? 이 일하고 무슨 상관이 있다고?"

데커가 말했다. "그분은 한 은행가가 집에 있을 때 불을 질러 유죄 판결을 받았습니다. 은행가는 배런 가문이 세운 회사에서 일자리를 잃은 그분 집에 담보권을 집행한 담당자였지요."

래시터가 말했다. "다시 말하지만, 상관없는 일이에요."

"상관있습니다. 왜냐하면 당신과 이 시 전체는 배런한테 원한을 품고 있으니까요. 그러니 원한을 보기 좋게 포장하려 하지 마세요. 이 동네에서 배런에게 앙심을 품은 사람은 아무도 없다고 우길 생각도 마세요."

켐퍼가 뭐라고 말하려는 참에 데커의 음식이 도착했다. 레어로 익힌 두툼한 스테이크와 감자 튀김, 소량의 샐러드였다.

켐퍼가 이죽거렸다. "샐러드는 뭐하러 굳이 시켰대요?"

"채소는 중요합니다. 그리고 엄밀히 말해 감자 튀김도 감자고요."

데커가 음식을 먹는 동안 켐퍼가 말했다. "그래서 공유할 만한 게 또 있나요?"

"배벗은 맥서스 물류 센터의 공사 현장에서 부상을 당했습니다. 그리고 트레일러에 모눈종이 조각을 보관하고 있었어요. 모눈종이에는 배벗이 그린 그림의 눌린 자국이 남아 있었고요."

켐퍼가 물었다. "무슨 그림이요?"

"물류 센터 건설 도면이요."

래시터가 물었다. "잠깐만요, 그걸 어디서 찾아냈죠?"

"배벗의 트레일러에서요."

"그런데 우리한테 얘기하지 않은 이유는요?"

"나도 안 지 얼마 안 됐거든요."

켐퍼가 말했다. "어째서 건설 도면을?"

"나도 모릅니다. 어쩌면 맥서스를 고소할 생각이었는지도 모르죠. 왜 진즉 안 했는지는 모를 일이지만요. 그래서 배벗이 마지막으로 같이 살았던 오코너하고 이야기를 해보았습니다. 배벗이 맥서스에 불만을 품었고 복수하겠다는 말을 했다더군요."

래시터는 맥주를 한 모금 마시고 탁자에 쿵 소리를 내며 유리잔을 내려놓았다. "나는 답을 얻으려고 당신을 찾아왔는데 이제 수천 가지 의문만 더 생겼네요."

켐퍼가 물었다. "다른 건요?"

"내가 시신들을 발견한 날 밤에 본 비행기에 관한 게 있죠."

켐퍼가 끼어들었다. "설마 그게 서부 펜실베이니아에 착륙 중인 마약 운반용 비행기란 소리는 아니겠죠."

"아니요, 그날 밤 비행기가 없었다고 말하려는 겁니다."

두 사람 다 어리둥절한 표정을 지었다.

켐퍼가 말했다. "이해가 안 가요. 비행기를 보지 못했다는 뜻이에요?"

"아니요, 그게 드론이었다고 생각합니다." 데커는 본드와 나눈 대화 내용을 전하고, 배런빌 근방에서 어디론가 가는 항공편은 전혀 없었음을 확인했다고 설명했다.

래시터가 분한 표정을 지었다. "나는 그분을 신문하러 갔을 때,

당신이 보았다고 말한 비행기에 관해 물어볼 생각은 하지도 못했어요. 그게 중요하다고는 생각 못 했거든요."

"나도 그랬습니다. 그냥 어쩌다 나온 이야기였어요. 뭔가가 사실이라고 섣불리 가정해서는 안 된다는 것을 보여주는 사례죠."

켐퍼가 물었다. "드론이라고요? 그게 뭘 하고 있었을까요?"

데커가 켐퍼에게 되물었다. "우리가 DEA 요원들의 시신이 발견된 집 옆집에 그들이 감시 본부를 차렸던 게 아닐까 추측했는데, 기억하십니까?"

"그래요."

"음, 어쩌면 드론 역시 감시 중이었을지도 모르죠."

래시터가 물었다. "뭘요?"

데커는 대답하지 않았다.

켐퍼가 물었다. "당신은 알아요?"

데커는 이야기하는 동안 식사를 마쳤다. 켐퍼의 어깨너머로 바를 보았다. 바는 비었고 라일리는 단 두 고객만을 상대하고 있었다.

데커는 20달러 지폐를 탁자에 올려놓고 자리에서 일어섰다. "그만 가봐야겠요." 그러고는 입을 헤 벌린 채 서로 마주 보는 래시터와 켐퍼를 남겨두고 곧바로 걸어나갔다.

래시터가 말했다. "보통 사람이 아니네요."

켐퍼가 데커의 등 뒤를 응시했다. "그래요. 우리가 절대로, 절대로 저 남자를 얕봐서는 안 된다는 느낌이 들어요."

318

0 043

"또 오셨네요?"

라일리가 데커를 향해 잔 받침을 밀어 보냈다.

"망가진 동전처럼 말이죠?"

라일리가 물었다. "뭐로 드릴까요?"

"이 가게에서 제일 좋은 인디카페일에일(알코올 도수가 높은 맥주—옮긴이)로 주시죠."

라일리가 미심쩍은 표정을 짓고는 말했다. "맥주 취향은 사람 따라 제각각인데요."

"당신 판단을 믿어보죠."

라일리가 허리를 숙여 바 아래의 작은 냉장고에서 맥주 한 병을 꺼냈다. 데커는 라일리를 뜯어보았다. 검은색 셔츠의 풀어놓은 맨 위 단추 틈새로 황갈색 브라와 가슴골이 살짝 엿보였다. 딱 붙는 청바지 차림에 머리카락은 운동선수 같은 어깨 바로 위에서 찰랑거렸다. 데커는 감질나게 하는 셔츠와 딱 붙는 바지가 모두 팁을 받아내기 위한 수법이라고 생각했지만, 그렇다고 라일리를 탓할 마음은 없었다. 바에 앉는 남자들은 대부분 예쁜 여자한테 이용당할 수만 있다면 목숨이라도 기꺼이 내놓을 단순한 족속들이니까.

라일리가 머그잔에 따른 맥주를 데커 쪽으로 밀어주었다. "한번 드셔보세요."

데커는 한 모금 마시고 감상하듯 고개를 끄덕였다. "맥주를 제대로 아시는군요."

라일리가 웃음 짓고는 데거가 앉은 자리 앞쪽을 행주질했다.

데커가 물었다. "그런데 왜 머큐리 바죠? 그리스 신화에 관심이 있나요?"

"아니요, 아버지가 오선 웰스의 열혈팬이었어요. 아시죠, 아마 **머큐리 라디오 극장**이었나, 뭐 그런 이름 같은데. 머큐리는 그리스 신화가 아니라 **로마** 신화에 나오죠. 그리스 신화에서는 헤르메스라고 하고요."

데커가 말했다. "내가 잘못 알았네요."

라일리가 데커를 세심히 뜯어보았다. "왜 당신이 알면서도 모르는 척하는 느낌이 들까요? 뭔가 찔러보는 중인가요?"

"어쩌면요. 최근 존을 만난 적이 있습니까?"

"어느 존이요? 하도 많아서."

"배런이요."

"아니요, 왜요?"

"그냥 궁금해서요. 두 분이 친구입니까?"

"그분은 술을 마시러 와요. 그걸로 친구 사이라고 할 수 있다면, 나는 이 시에 친구가 아주 많겠죠."

"요전 날 밤 여기 왔을 때 내가 본 바로는 단순한 친구 사이는 아닌 것 같아서요."

라일리가 행주질을 멈추고 카운터 밑에서 물병을 꺼내 한 모금 마셨다. "당신이 무슨 상관이죠?"

데커가 어깨를 으쓱했다. "배런 씨를 좀 더 잘 알게 되었는데, 괜찮은 분인 것 같더군요. 그분이 이 일에 안 좋게 말려든다면 유감일 것 같아서요."

라일리는 물병을 내려놓고 행주를 다시 집어 들었다. 손님이 라일리와 눈을 맞추고 한 잔 더 달라는 표시로 잔을 들어올리자 라일리는 데커에게 말했다. "그대로 있어요. 금방 돌아올게요."

데커는 대답 대신 맥주잔을 들어 한 모금 더 마셨다.

잠시 후 라일리가 돌아와 말했다. "10시에 다른 바텐더하고 교대할 거예요. 그때 이야기할 수 있어요?"

"네, 좋습니다."

라일리가 말했다. "당신 말이 맞아요. 존은 좋은 남자예요."

"내 말이 맞다니 기분 좋군요."

"그런데 무슨 일에 말려든다는 거죠?"

데커가 대꾸했다. "10시에 봅시다."

* * *

10시 정각이 되자, 라일리는 바텐더 일을 다른 사람에게 넘기고 데커에게 바 뒤편으로 오라는 몸짓을 했다.

"뒤쪽에 차를 세워놨어요."

"제 차는 앞에 있는데요."

"내가 여기까지 도로 태워다줄게요. 그리 멀지 않아요."

"어디로 가는데요?"

"우리 집으로요."

"그게 현명한 일이라고 확신하십니까?"

라일리가 되쏘았다. "당신은요?"

두 사람은 새카만 도요타 랜드크루저에 올라탔다.

데커가 말했다. "승차감 좋네요. 이 차 비싸다더군요."

"나는 팁을 두둑이 받고 차 거래도 유리하게 할 수 있거든요."

라일리는 시내 변두리의 커다란 벽돌 건물로 차를 몰았다. 가는 길에 리모델링 중인 공사 현장들이 데커의 눈에 띄었다.

데커가 물었다. "배런빌이 재기하는 중인가요?"

라일리가 암호 같은 대답을 했다. "부분적으로는요."

차가 지하 주차장에 도달하자 라일리는 번호가 적힌 공간에 차를 세웠다. 두 사람은 엘리베이터를 타고 맨 꼭대기 층으로 올라갔다. 라일리가 문을 열고 데커에게 안으로 들어오라는 몸짓을 했다.

라일리가 말했다. "여긴 옛날에 제지 공장이었어요. 호화 콘도로 탈바꿈했죠."

"예, 압니다. 와본 적이 있어요."

"언제요?"

데커가 재빨리 라일리의 눈치를 살폈다. "코스타의 아파트를 살펴보러 왔을 때요. 그 사람도 여기 살았죠."

라일리가 아무렇지 않게 말했다. "맞아요. 그랬죠."

데커는 윤이 나는 가구, 값비싸 보이는 러그, 그리고 노출된 벽돌 벽에 기대놓은 스테인리스 재질의 주방 가전들을 보았다. 먼 쪽 구석에는 설비가 잘 갖춰진 운동 구역이 있었는데, 덤벨, 턱걸이용 가로대, 슬램볼과 메디신볼을 얹어놓은 선반, 일립티컬, 펠로톤 바이크를 비롯한 운동기구들이 보였다. 단순히 몸을 강하게 만드는 수준을 넘어 고문용으로 설계된 물건처럼 보였다.

데커가 말했다. "당연히 몸매가 좋을 수밖에 없겠군요."

라일리가 말했다. "물론 저절로 얻어지는 건 아니죠. 노력이 필요해요."

값비싼 장식품들을 둘러보던 데커가 말했다. "팁을 **정말** 두둑이 받는 모양이군요."

"팁이 전부는 아니죠. 나는 사실 머큐리의 주인이거든요."

"그래요, 들었습니다. 아버님께 물려받으셨다고요?"

"맞아요."

데커는, 라일리가 청재킷을 벗어 앞문 옆에 세워둔 금속 외투걸이에 거는 모습을 지켜보았다.

"나이가 어떻게 되시죠? 스물둘?"

"고맙네요. 사실 거의 서른이에요."

"제 동료하고 비슷한 나이네요. 그래도 자기 바를 소유하기에는 꽤 젊은 나이죠."

"음, 이미 지적하셨듯, 물려받았으니까요."

"하지만 성공은 분명 스스로 일군 거겠죠. 사업 수완이 뛰어난 것 같군요."

"아버지가 좋은 스승이셨죠."

"그분께는 무슨 일이 있었습니까?"

"돌아가셨어요."

"네, 그건 압니다. 내 말은, 어떻게요?"

"심장마비로요."

"유감이로군요."

"술 한잔 하실래요?"

"제 주량은 다 된 것 같습니다. 혹시 소다 있습니까?"

라일리가 냉장고 서랍을 열어 데커에게 물 한 병을 던졌다. "몸에는 이게 더 좋아요."

그녀는 봄베이 사파이어를 더블 샷으로 따르고 토닉을 섞은 후레몬 한 조각, 라임 한 쪽, 그리고 조리대 밑에 있는 제빙기에서 꺼낸 커다란 얼음 세 조각을 곁들였다. 자신의 잔을 데커의 플라스틱 병과 부딪쳤다.

데커가 라일리의 칵테일을 가리키며 물었다. "당신 몸에는 그게 더 좋고요?"

"나는 일터에서 술을 마시지 않아요. 술집 운영 개론서 1장에 나오는 원칙이죠. 그렇지만 잠자리에 들기 전에 한 잔 하는 건 사실좋아해요. 나는 블루 보틀 진 취향의 숙녀고요."

라일리는 신발을 벗고 주방 구역 앞쪽의 소파에 웅크리고 앉아데커에게 맞은편 의자에 앉으라는 몸짓을 했다.

데커는 자리에 앉아 물을 마시면서 라일리에게서 눈길을 떼지않았다.

"여기서 태어난 걸로 알고 있는데요?"

"잘못 아셨네요. 나는 필라델피아에서 태어났어요."

"그렇다면 아버님이 여기 와서 바를 차리신 건가요? 당신이 태어났을 즈음 배런빌은 한창때가 이미 한참 지났을 텐데요. 그렇다면 왜 형제애의 도시(필라델피아를 가리킨다—옮긴이)를 버리고 여길택하셨을까요?"

라일리가 어깨를 으쓱했다. "나는 겨우 한 살이었으니까 내가 선택한 것은 아니었어요." 뒤이어 덧붙였다. "좋아요, 다 터놓고 말하자면 우리 엄마가 여기 출신**이었어요.** 두 분은 대학에서 만났고요. 아버지는 늘 바를 운영하고 싶어 하셨어요. 여기서 기회를 얻었고, 짠, 이렇게 된 거죠. 이따금씩 찾아오는 삶의 중요한 변화에 필요한 것은 하나예요. 꿈."

"어머니는 어디 계십니까?"

"좋은 질문이에요."

"모른다는 뜻입니까?"

"오늘은 여기에, 내일은 저기에. 내가 어렸을 때 집을 나간 이후로는 본 적이 없어요."

"힘들었겠군요."

"그리 힘들지 않았어요. 아빠 혼자서도 부모 역할을 무척 잘해내셨으니까."

"어머니를 기억합니까?"

"그다지요. 너무 어렸으니까. 잘됐지요, 알지도 못하는 사람을 그리워할 수는 없지 않나요?"

"그럴 것 같군요."

라일리가 음료를 홀짝였다. "그래서 존은 어떻게 돼가고 있는 거죠? 어떤 종류의 말썽에 엮였나요?"

"그저 수많은 고객들 중 하나일 뿐인 남자한테 꽤 관심이 많아 보이네요."

"그 사람은 무척 좋은 고객이에요. 자기가 당해야 할 이유가 없는 온갖 종류의 빌어먹을 일들을 당하고 있는 착한 남자죠."

"나도 그날 밤 바에서 그런 인상을 받았습니다."

"그날 난리 친 놈팡이들은 천치들이에요. 하지만 그런 수준이 아닌 사람들도 많죠. 그렇게 살면 안 되는 사람들."

"그런 사람들이라면 몇 명쯤 만나봤죠." 데커가 육중한 몸을 의자 위에서 움직였다. "살인 사건에 관해서는 알고 있습니까?"

"그게 존하고 무슨 상관이죠?"

"그분은 피해자 네 명 중 적어도 두 명을 알았습니다. 그중 한 명은 그분 땅에서 살았고요."

"그렇군요. 그래서요? 우연일 수도 있죠."

"나는 경찰입니다."

"그게 무슨 뜻이죠?"

"우연을 믿지 않는다는 얘깁니다."

"음, 내가 피해자들 네 명을 다 안다고 하면 어쩔 건데요?"

"그들이 당신 바에 온 적이 있기 때문에?"

"맞아요."

"심지어 배벗도 말입니까? 내가 알기로는 술을 끊었다던데요."

"머큐리에서는 사실 **음식도** 제공해요. 오늘 밤 식사를 하셨으니 잘 아시겠지만요."

"배런빌에서 머큐리 같은 데는 얼마 안 되니, 피해자들이 모두 그곳에 드나들었다고 해서 놀랄 일도 아니죠. 하지만 당신은 그들 중 누군가와 동거한 적이 없죠. 안 그렇습니까? 그들 중 누군가와 고교 시절 연인도 아니었고요. 아닌가요?"

"나는 늘 마이클을 좀 귀엽다고 생각했어요. 그리고 브래들리는 이 건물에 살았고요."

"브래들리가 바에 왔을 때 말고도 이야기해본 적이 있습니까?"

"사실 그 사람은 나를 좀 좋아했던 것 같아요."

"행동으로 보여준 적이 있습니까?"

"내가 좀, 괜한 짓 말라는 눈치를 줬어요. 사람은 썩 나쁘진 않지만, 나는 뻣뻣한 은행가 타입에는 관심이 안 가거든요. 내 취향은 보헤미안인데 브래들리는 너무 직장인이죠. 미묘하게 눈치를 줬더니 그냥 포기하더라고요."

"그 사람 사무실에 당신하고 같이 찍은 사진이 있던데요."

라일리가 놀란 기색을 내비쳤다. "그 사람 사무실에요? 어디서 찍은 사진이요?"

"비서 말에 따르면 어떤 사업과 관련된 행사였다더군요."

"아, 맞아요. 이제 기억났어요. 한 6개월 전에 브래들리가 칵테일 파티를 열었어요. 저 말고도 지역 자영업자들 여럿을 초대했죠. 사진사도 있었어요."

데커가 말했다. "그걸로 설명이 되겠군요."

라일리가 술을 홀짝였다. "자, 그러면 나는 피살된 네 사람을 모두 알고, 그중 한 사람하고는 같은 건물에 살았어요. 그럼 저 역시 존하고 똑같이 곤란한 처지에 놓인 건가요?"

"언덕 위의 대저택에 가보신 적이 있습니까?"

"왜요?"

"그냥 궁금해서요."

"어쩌면요."

"기억을 못 하시나 보군요."

"그래요, 몇 번쯤 갔었어요." 라일리가 인정했다.

"배런은 꽤 **보헤미안**이죠." 데커는 라일리의 반응을 기다렸다.

"나는 그 사람한테 흥미를 느껴요. 인정해요."

"나 역시 그분이 **무척** 흥미롭다고 생각합니다. 나는 그저 존이 살인자인지 알아내려고 노력할 뿐입니다."

"내가 알기로 그는 파리도 못 해칠 사람이에요."

"그분이 파리를 해치는 거야 아무래도 좋습니다."

라일리가 웃음을 지었다. "존은 **당신이** 무척 흥미롭다고 생각하더군요."

"당신한테 그런 말을 했습니까?"

"네, 했어요. 당신과 동료분이 그 사람 집에 다녀간 후에 통화했거든요."

"그분이 여기 온 적이 있습니까?"

"한두 번쯤요. 제발 구체적인 건 묻지 말아주세요."

"두 분이 나이 차이가 꽤 날 텐데요."

"사실 내가 아는 사람들 중에서는 존이 그나마 젊은 축에 속하긴 해요."

데커가 물었다. "정신연령을 말하는 건가요?"

라일리가 끄덕였다. "뿐만 아니라 몸매도 아주 잘 유지하죠. 예전에 운동선수였어요. 당신도 운동선수였던 것처럼 보이는데요."

"맞습니다. 한 45킬로그램쯤 체중이 덜 나갈 때 얘기지만."

"알리바이는 확인 안 하세요?"

"해야죠."

"음, 그 사람들이 죽었을 때 존에게 알리바이가 있나요?"

"네 피해자의 사망 시각은 아직 확정하지 못하고 있습니다. 하지만 우리는 결국 확인할 겁니다. 당신은 그분에게 알리바이를 제공할 겁니까?"

"그건 내가 문제의 시각에 존하고 함께 있었느냐에 달려 있죠, 안 그런가요?"

"그래요, 맞습니다."

"당신은 그 사람이 살인을 했다고 믿지 않죠, 안 그래요?"

"내가 뭘 믿느냐는 중요하지 않습니다. 사실이 뭐냐가 중요하죠." 데커가 라일리 쪽으로 고개를 기울이고 물었다. "당신은 왜 여기 남아 있습니까? 여기 말고 다른 데서도 바는 얼마든지 열 수 있을 텐데요."

"이 시는 다시 살아나고 있어요. 여기로 차를 타고 오는 길에 봤을 텐데요."

"그래요. 하지만 당신은 다시 일어서고 있는 것은 일부에 불과하다고 했어요."

"일부라도 전혀 없는 것보다야 낫죠. 나는 뭐랄까, 이런 지역들의 경제학을 공부했어요. 소도시에 일자리가 없어지고 침체되면 가족이 운영하는 가게들이 문을 여는 모습을 보게 되죠. 왜냐하면 사람들은 직업을 잃어도 기운까지 잃진 않거든요. 동네 밥집, 헬스장, 타투점, 전당포, 매니큐어와 페디큐어 가게, 지역 영화관, 빵집, 애견 숍, 그런 곳들이요. 사람들은 이럭저럭 살아나고, 살아남기 위해 해야 하는 일들을 하죠. 피츠버그를 보세요. 거기 사람들은 재건에 성공했잖아요. 예전 철강 도시가 지금은 건강과 금융 서비스 도시로 변모했죠."

"배런빌은 피츠버그가 아니잖아요."

"꼭 피츠버그가 될 필요도 없어요. 우리한테는 물류 센터가 있잖아요. 그게 내 사업에 엄청 도움이 됐어요. 확실해요. 최근 3년간 매출이 30퍼센트씩 올랐으니까요."

"그곳에서 엉덩이가 닳도록 일하고 온 사람들한테 술이 필요하기 때문이겠죠?"

"딩동댕. 그리고 음식도요. 왜냐하면 손수 차려먹기에는 너무 피곤하니까."

"오는 길에 본 발전상이 모두 가족 단위 업장이 이루어낸 거라고요? 그보다는 훨씬 더 많은 돈이 필요할 것처럼 보이던데요."

라일리가 얼굴을 찌푸렸다. "약물 과용으로 내 친구 몇 명을 잃었어요. 한 가지 좋은 점은 그들이 생명보험을 들어두었다는 거죠. 그애들이 죽고 난 뒤 가족이 돈을 받았고, 그중 많은 사람들이 가게를 열었어요. 수익금 일부를 이용해 시에 투자하기도 했고요. 이 건물도 몇몇 수익자들이 돈을 모아 개보수 공사를 모두 마쳤어요. 이제는 분양이 거의 완료됐고요."

"부정적인 사건을 긍정적인 사건으로 바꿔놓다니, 정말 굉장한 일이군요. 그렇지만 미제 살인 사건 여섯 건이 있죠. 그건 이 시에 이롭지 못해요."

라일리의 웃음이 흐려졌다. "여섯 건이요?"

"빈집에서 시신 둘이 더 발견됐습니다. 내가 발견했죠."

"그 일에 관한 글을 읽은 것 같아요. 비록 자세한 내용은 없었지만요. 좀 알려주실 수 있어요?"

"아니요, 그건 힘들겠습니다."

"다른 네 건하고 관련이 있나요?"

"전혀 모르겠습니다."

"어째 답보다 질문이 훨씬 많은 것 같네요." 라일리가 정곡을 찔렀다.

"수사의 초기 단계에서는 보통 그런 법이죠. 코스타 씨의 집에 가본 적이 있습니까?"

"한 번이요. 그분이 은행을 홍보하려고 만찬을 열었을 때."

"혹시 왜 뉴욕을 떠나 여기로 왔는지 물어본 적이 있습니까?"

"실은 물어봤어요. 잘생긴 남자였고, 확실히 머리도 좋았죠. 돈이 있고 경력도 좋았으니까."

"그가 뭐라고 하던가요?"

"뭔가 **자기** 꿈을 쫓는다던가 하는 말을 했는데."

"어떤 종류의 꿈이요?"

"나는 더 묻지 않았고 그 사람도 자세히 말하지 않았어요."

"그가 배런을 알았나요?"

"당신은 그랬다고 믿겠지만, 내가 아는 한은 아니에요. 존이 은행을 이용할 일이 많지도 않았을 거고요."

"하지만 배런의 집은 은행에 담보로 잡혀 있었는데요."

라일리가 정말 몰랐다는 투로 물었다. "그랬나요?"

"네, 그랬습니다. 하지만 그분은 깜빡 잊고 저한테 언급하지 않았죠."

데커는 배런과 리틀 리그 야구단 사진을 주머니에서 꺼내 치켜들었다. "이걸 코스타의 콘도에서 본 적이 있습니까?"

라일리는 사진을 건네받아 살펴보더니 이렇게 말했다. "네, 다른 사진들하고 같이 선반에 있었어요."

"배런 씨가 코치였습니다."

라일리가 날카롭게 말했다. "나도 **눈 있어요**, 데커. 그 사람은 야구단을 주 대회 우승으로 이끌고 나서 실세들한테 잘렸어요."

"배런 씨한테서 들었습니다. 이유를 아십니까?"

"야구단 때문에 그 사람이 너무 멋있어 보여서 실세들이 견딜 수 없었던 게 아닐까 싶어요."

라일리가 사진 뒷면의 글씨를 보았다. "스탠리 노팅엄. 이게 누구죠?"

"나도 모릅니다. 이름을 들어본 적이 있습니까?"

라일리가 고개를 저었다. "하지만 재미있네요."

"뭐가요?"

라일리가 사진을 도로 건네며 대답했다. "존이 예전에 한번 얘기하지 않았다면 나도 몰랐을 거예요. 심지어 사진까지 보여줬죠."

"무엇을 찍은 사진이었습니까?"

"무엇이 아니라 누군가를 찍은 사진이었어요."

데커가 어리둥절한 표정으로 물었다. "스탠리 노팅엄을 말하는 건가요?"

"아니요." 라일리가 잠시 뜸을 들이며 기억을 더듬었다. "스탠리가 아니에요. 맞아요, 나이절이었어요. 믿어져요? 나이절?"

"무슨 말인지 모르겠는데요."

"존이 나이절 **노팅엄**의 사진을 보여준 적 있어요. 그래서 기억하죠. 많이 듣기 힘든 이름이니까요. 제 말은, 이보다 더 영국인 같은 이름이 또 있을까요? 하지만 아마 영국인이 맞겠죠."

데커가 원망스런 투로 말했다. "아직 무슨 말인지 이해가 안 가는데요."

"나이절 노팅엄은 배런의 집사였어요."

"존의 집사요?"

"아니요! 존은 집사를 둘 돈이 없죠. 존 배런 1세 말이에요. 그분은 제대로 된 영국인 집사를 원했는데 나이절 노팅엄이 딱 맞아떨어졌죠."

데커가 자리에서 벌떡 일어섰다. "그만 가봐야겠습니다. 감사했습니다."

데커는 라일리가 심지어 자리에서 일어서기도 전에 이미 문밖에 있었다.

"하지만 데커, 당신은 내 차로 여기까지 왔잖아요." 라일리의 외침도 아랑곳없이 문이 쾅 닫혔다.

"도대체 뭘 하고 있는 거예요? 짐은 왜 싸는 건데요?"

더플백에 옷 몇 벌과 세면도구 가방을 급히 쑤셔 넣는 데커를 문간에 서서 지켜보던 재미슨이 물었다.

"가봐야 할 곳이 있어서요."

"어디로 가요? 워싱턴디시로 돌아가려고?"

"아니요. 뉴저지로요."

재미슨이 입을 쩍 벌렸다. "뉴저지요? 왜요?"

"실마리가 있어요. 좋은 실마리죠. 좀 전에 얻었어요. 신디 라일리한테서."

재미슨이 믿어지지 않는다는 얼굴로 데커를 보았다. "데커, 프랭크의 장례식이 내일모레예요. 그런데 떠난다고요? 할 일이 얼마나 많은데."

"늦지 않게 돌아올 수 있어요. 지금 바로 출발할 거예요. 아침 일찍 도착해서 볼일을 마치고 내일 돌아올게요."

"우리 자매들은 지금 여기 와 있어요. 프랭크의 부모님과 형제들은 아침에 올 거고요. 나는 당신이 버스 정류장으로 프랭크의 부모님을 마중 나갈 줄 알았어요. 프랭크의 누나 한 분도요. 그분은 기차로 오시거든요. 나머지는 운전해서 올 거고요."

데커가 짐을 싸던 손을 멈췄다. "그건 당신 자매들이 도울 수 있을 거예요. 미리 말해두는데, 렌터카는 내가 가져갈게요."

"잠깐만요, 뉴저지까지 **운전해서** 갈 셈이에요?"

"달리 방법이 없어요. 항공편을 알아봤는데, 피츠버그를 나가는 첫 비행기는 내일 아침 10시에 있고, 심지어 직항도 아니더군요. 샬럿을 경유해야 해요, 젠장. 믿어져요? 기차나 버스 편도 시간대가 안 맞아요. 승용차가 가장 빨라요. 일곱 시간도 안 걸릴 거예요."

"좋아요, 하지만 지금 몇 시인지 알고는 있어요? 잠은 도대체 언제 잘 셈이죠?"

"난 괜찮아요. 아드레날린이 용솟음치는 중이고, 도착해서 잠깐 눈을 붙이면 돼요."

"데커, 이건 좀 바보 같아요."

"나는 가야 해요, 알렉스. 꼭 확인해야 하는 뭔가를 오늘 밤 발견했어요."

재미슨이 침대에 앉았다. "신디 라일리한테서 실마리를 얻었다고 했죠. 그게 뭔데요?"

데커는 스탠리와 나이절 노팅엄, 그리고 코스타의 집에 있던 사진 뒷면에서 이름과 주소를 찾아낸 이야기를 들려주었다. 재미슨은 데커가 건넨 사진을 훑어보았다.

"그럼 좀 정리해볼게요……. 이 나이절 노팅엄이라는 사람이 배런 1세의 **집사**였다는 거죠?"

"그래요. 모르긴 몰라도 스탠리는 이 양반의 증손자나 뭐 그런 관계일 거예요. 내기를 걸어도 좋아요. 그래서 토드가 그와 배런빌의 관계를 밝혀내지 못했던 거죠. 토드는 스탠리의 부모까지만 거슬러 올라간 거예요. 스탠리는 뉴욕에서 코스타하고 같은 건물에 살았어요. 두 사람은 이웃이었어요."

재미슨이 사진을 도로 건네며 말했다. "그래서, 당신 가설이 정확히 뭐죠?"

"스탠리가 코스타에게 배런**과** 이 시에 관해 무슨 말을 했고, 코스타는 결국 맨해튼의 삶을 버리고 여기로 오게 됐어요. 라일리 말로는 코스타가 배런빌에 온 이유가 꿈을 쫓아서라고 했대요. 귀가 솔깃했어요. 음, 스탠리 노팅엄이 내게 그 꿈이 무엇인지 말해줄 수 있었으면 좋겠네요."

재미슨이 피곤한 표정으로 이마를 문질렀다. "좋아요, 중요한 것일 수도 있겠어요. 이해가 가요. 하지만 장례식이 **끝날** 때까지 기다렸다 하면 안 되나요?"

"스탠리는 나이가 많고 얼마 전 요양원에 들어갔어요. 그가 내일 당장 죽지 않는다는 보장이 어디 있어요? 그렇게 되면 사건의 유일한 실마리가 사라지는데요."

재미슨이 내쏘았다. "늘 **사건**이 중요하죠, 안 그래요? 늘 무슨 일보다 우선이죠. 그게 뭐든 상관없이."

데커는 짐 꾸리던 손을 멈추고 재미슨을 보았다. "그런 게 아니에요, 알렉스."

"**늘** 그렇잖아요, 데커."

"그렇지만 이건 중요한 일이에요."

재미슨이 침대에서 일어나 문간으로 향했다.

"아무래도 좋아요. 나는 그냥 여기서 자리나 지키고 있을게요."

"알렉스, 나는 돌아와요. 약속할게요."

재미슨이 무심한 투로 말했다. "그래요. 아무튼, 당신이 원하는 걸 찾았으면 좋겠네요."

데커는 의자에 걸린 외투를 움켜쥐었다. 돌아보았을 때 문간에는 아무도 없었다. 어딘가에서 문이 닫히는 소리가 들렸다. 더플백 지퍼를 올리고 어깨에 걸머졌다. 조용히 아래층으로 내려갔다. 맨 밑 계단에 누군가 앉아 있었다. 조이였다. 고양이 봉제인형을 안고 있었다.

데커를 본 조이의 눈길이 더플백으로 옮겨갔다. "어디 가세요, 에이머스 아저씨?"

데커는 아무런 설명 없이 그냥 아이를 지나쳐 뉴저지로 떠나고 싶었다. 하지만 아이의 암담한 표정을 보니 다른 충동이 일었다. 더플백을 내려놓고 아이 옆에 앉았다.

"그렇단다, 조이. 하지만 돌아올 거야. 보렴, 아저씨는 확인할 게 있어서 뉴저지에 가봐야 해. 뉴저지에 가본 적이 있니?"

아이가 고개를 저었다. "거기 좋아요?"

"그래, 그렇단다."

"거기서 뭘 하셔야 하는데요?"

"누군가하고 이야기를 해야 해. 아주 나이 많은 할아버지하고."

"뭐에 대해서요?"

"할아버지는 이곳의 어떤 사람을 알고 계셔. 아저씨는 할아버지한테 그 사람에 관해 몇 가지 물어보고 올 거란다."

"그 할아버지는 좋은 분이에요?"

"음, 만난 적은 없지만, 아마 분명 좋은 분일 거야." 데커는 잠시 말을 멈추고 아이를 자세히 살펴보았다. "너는 어떻게 지내니?"

아이가 고양이 인형을 더 꼭 껴안았다. "아빠 장례식이 내일모레예요."

데커가 나지막이 대답했다. "그래, 알고 있단다."

"우리는 아빠를 땅에 묻을 거예요. 엄마가 그렇게 말했어요."

"아저씨가 늦지 않게 돌아와서 같이 가줄게."

"약속해요?"

"약속."

아이의 표정에 불안한 기색이 어렸다. "에이머스 아저씨, 추울까요? 우리 아빠 말이에요. 저기요, 아빠를 묻는다는 말을 엄마한테 듣고 나서 주방에서 커다란 숟가락을 가져다 뒷마당으로 가서 구멍을 하나 팠어요. 안에 손을 넣어봤더니 추웠어요. 아빠는 추운 걸 좋아하지 않았는데 말이에요. 아빠는 저하고 같이 담요를 덮고 웅크리고 있곤 했어요. 저도 추운 걸 안 좋아해요."

아이는 자신의 말을 행동으로 보여주듯 몸서리를 쳤다. 데커는 가슴이 조여오고 목이 메여와서 난간에 몸을 기댔다.

"네 담요에는 이름이 없다고 했지. 고양이도 그러니?"

"얘는 펠릭스예요. 내가 다섯 살 때 알렉스 이모가 준 거예요."

"펠릭스라는 이름은 어떻게 지은 거니?"

"우리 아빠가 어렸을 때 키우던 개 이름이에요. 제 고양이 이름을 펠릭스라고 지으면 아빠가 그 개를 덜 보고 싶어 할 거라고 생각했거든요."

"정말 착하구나, 조이."

아이의 얼굴에 주름이 가고 눈이 눈물로 그렁그렁해졌다. "아빠가 여기 있었으면 좋겠어요."

"아저씨도 안단다. 아빠도 무엇보다 여기 있기를 바라셨을 거야. 아빠는 절대 너를 떠나지 않으셨을 거야."

조이가 데커의 다리에 몸을 기대자 데커는 아이의 머리를 부드럽게 다독였다. 둘은 말없이 앉아 있었다.

"아저씨가 아저씨 딸 이야기했잖아, 기억하니?"

"몰리 언니요."

"맞아, 몰리. 음, 아저씨는 사실 그애에 관해 사실대로 말하지 않았단다."

"아저씨가 거짓말했다는 말씀이세요?" 조이가 똑바로 일어나 앉아 커다란 눈으로 데커를 응시했다.

"아니, 거짓말이 아니라 그냥 너한테……. 사실, 내 딸은…… 내 딸은…… 열 살이 되기 직전에 죽었단다."

"아팠어요?"

"아니, 그애는…… 사고를 당했어."

"우리 아빠처럼요?"

"맞아. 어쨌든, 우리는 장례식을 치렀고 그애를 묻어야 했지. 나는 그애가 잘 있나 보려고, 알지, 그애를 찾아간단다. 내가 거기 가면, 나는…… 나는 그애가 춥지 **않다는** 걸 알 수 있어. 사랑하는 사람들끼리는 그럴 수 있지. 그러니까, 너와 엄마가 아빠를 만나러 가면, 아빠도 느낄 수 있을 거야. 거기 있으면 너는 실제로 아빠를 따뜻하게 해드리는 거야. 왜냐하면 아빠는 네가 같이 있다는 걸 알 테니까. 사랑하는 사람들이 바로 거기, 자기 곁에 있다는 사실을. 알겠니?"

아이가 데커에게 눈길을 못 박은 채 천천히 고개를 끄덕였다.

"내가 아빠를 보러 가면 아빠한테 말할 수 있어요?"

"당연하지. 그런데 아빠가 예전처럼 대답해주진 않을 거야. 하지만 너는 바로 여기에 뭔가를 느낄 거야. 아저씨가 약속할 수 있단다." 데커가 자기 가슴 정중앙을 살짝 건드렸다. "그건 네 아빠가 대답하고 계시다는 뜻이야. 아빠의 대답은 네 가슴으로 곧장 향하는 거야. 왜냐하면…… 이제는 거기가 아빠가 늘 계실 곳이니까. 영원히. 알겠니?"

아이는 고개를 끄덕이더니 몸을 기울이고 데커의 두툼한 허벅지를 껴안았다.

"돌아오시면 봐요, 에이머스 아저씨."

"그냥 에이머스라고 불러도 돼."

"좋아요, 에이머스."

데커는 더플백을 집어 들고 떠났다. 데커는 충계 꼭대기에 서 있는 재미슨을 보지 못했다. 대화를 처음부터 끝까지 듣고 있던 재미슨은 몸을 지탱하기 위해 난간을 꼭 붙잡은 채로 소리 없이 흐느꼈다. 계단을 올라가려다 재미슨을 본 조이는 이모에게 달려가 양다리를 부둥켜안았다.

재미슨이 계속 몸을 떨자 조이가 물었다. "알렉스 이모, 괜찮아요? 슬퍼요?"

재미슨이 조카의 머리카락을 쓰다듬었다.

뺨을 타고 흘러내리는 눈물은 멈출 수 없었지만, 재미슨은 간신히 이렇게 대답할 수 있었다. "이모는 괜찮아, 조이. 이제 정말 괜찮아."

0 045

아침 9시에 데커의 휴대전화 벨이 울렸다. 데커는 운전석에서 일어나 앉아 하품을 하고 주위를 둘러보았다. 아침 6시경 요양원에 도착해 거리에 차를 세운 후, 자리를 잡고 몇 시간 눈을 붙였다. 근처 맥도날드로 차를 몰고 가서 씻고 화장실에서 새 옷으로 갈아입었다. 아침 식사로 샌드위치를 먹고 커피 한 잔을 마셨다. 이어 다시 글렌몬트 양로원으로 차를 몰았다.

환영하는 분위기를 풍기는 널따란 로비는 수많은 창문으로 들어온 햇빛으로 이글대고 있었다. 공간 전체가 꽤 새것처럼 빛이 났다. 빵빵하게 속을 채운 의자들, 광을 낸 목재로 만든 커다란 접수대, 마음을 편하게 해주는 꽃과 덩굴 그림으로 디자인된 벽지를 바른 편안한 대기실이 보였다.

빠릿빠릿해 보이는 젊은 여성이 접수대에 앉아 있었다. 데커가 다가가자 직원이 고개를 들었다.

"도와드릴까요?"

데커는 신분증과 배지를 꺼내 들어올렸다. "FBI입니다. 이곳 환자 한 분과 이야기를 나누고 싶습니다."

직원이 데커의 배지에 눈길을 주며 말했다. "저희는 그분들을 **주민들**이라고 부르는데요. 무슨 일인지 여쭤봐도 될까요?"

"펜실베이니아에서 일어난 연쇄 살인 사건을 수사 중입니다. 이곳 **주민들** 중 한 분, 스탠리 노팅엄 씨가 뉴욕에 살 때 피해자들 중 한 명을 알았을 가능성이 있어서 확인이 필요합니다."

"윗분을 모셔와야 할 것 같은데요."

"필요하다면 그래야지요. 하지만 오래 기다리게 하진 마십시오. 시간이 빠듯해서요."

서둘러 자리를 뜬 직원은 1분도 안 되어 키 크고 통통하고 숱 많은 검은 머리의 남자를 데리고 돌아왔다. 남자는 자못 심각한 표정에 어울리는 줄무늬 정장을 입고 있었다.

"나는 이사인 로저 크랜들입니다. 무슨 문제라도 있나요?"

데커는 자신이 온 이유를 설명했다.

크랜들이 물었다. "영장 같은 게 필요하지 않습니까?"

"아니요, 아닙니다. 노팅엄 씨는 용의자나 요주의 인물이 아닙니다. 그렇지만 살인 사건을 조사하는 데 참고인일 수 있습니다. 나는 그분과 이야기할 모든 권리를 가지고 있습니다."

"이런 일이라면 회사 변호사를 불러야 할 것 같은데요. 나중에 다시 와주실 수 있습니까?"

대답 대신 데커는 수첩을 꺼내들었다. "크랜들 씨라고 하셨는데, 혹시 엘(l)이 두 개입니까? 하나로만 쓰는 경우를 본 적이 있는데, 확실히 하고 싶어서요."

"두 개입니다. 하지만 왜 물으시죠?"

"체포 영장에 이름의 철자를 잘못 쓰면 FBI의 제 상관이 버럭하거든요."

크랜들이 한 걸음 뒤로 물러섰다. "체포 영장이요? 나를!" 그러고는 새된 소리로 덧붙였다. "어째서요?"

"음, 귀하는 법 집행을 방해하고 있으니까요, 안 그렇습니까?"

"아닌 것 같은데요."

"나는 이미 귀하에게 귀하의 **주민**이 용의자나 요주의 인물이 아니라고 밝혔습니다. 그분은 아무런 범죄의 책임도 없어요. 그렇지만 참고인일 수는 있습니다. 그리고 귀하는 모르시는 모양이지만 FBI는 어떤 상황에서든 참고인과 이야기할 권리가 있습니다. 그걸 허락해주지 않으면, 귀하는 연방법을 어기는 범죄를 저지르는 겁니다. 이런 건은 연방교도소에서 최저 5년 형에 해당하죠." 데커는 남자의 말쑥한 옷차림에 눈길을 주었다. "그리고 모르긴 몰라도 귀하는 오렌지색 죄수복보다는 줄무늬 정장이 더 어울릴 것 같군요."

데커를 한참 멍하니 보고 있던 크랜들이 말했다. "제가 요원님을 노팅엄 씨한테 직접 모셔다드리죠."

데커는 보란 듯이 크랜들의 이름이 적힌 페이지를 찢어 구겨버린 다음 휴지통에 던져 넣는 광경을 연출했다.

"귀하의 협조에 감사드립니다."

복도를 걸어가던 데커가 물었다. "노팅엄 씨에 관해 뭔가 말씀해주실 수 있습니까? 최근에 여기 들어오신 걸로 아는데요."

크랜들이 고개를 끄덕였다. "맞아요. 보통은 가족이 나서서 사랑하는 사람이 여기 들어오게 합니다. 우리는 모두 언젠가는 늙고 자신을 돌볼 수 없게 되지만, 음…… 이따금은 그런 사실을 인정하기가 힘들죠. 하지만 노팅엄 씨는 달랐습니다. 가까운 가족이 없었고, 더는 혼자 살 수 없다고 판단해 스스로 여기 오셨습니다."

"그분은 이곳을 어떻게 알았답니까?"

"이곳은 뉴욕 사람들이 많이 옵니다. 주 경계선 바로 너머에 있고, 가족들이 긴 여행을 하지 않아도 찾아올 수 있거든요."

"그분이 예전에 패션업계에 종사하셨다고 알고 있는데요."

"그래요. 큰 패션 업체 몇 곳에서 일하셨습니다. 무척 선한 분이세요. 많이 배우신 분 같고요."

"건강은 어떤가요?"

"저희는 사실 그런 정보를 유출하지 않습니다만, 해당 연령대 어르신이라면 떠올릴 법한 문제들이 있다는 정도로 말씀드릴 수 있습니다."

"그렇군요. 한데 내가 궁금한 것은 그분 정신입니다. 여전히 맑으신지."

"아, 아, 그럼요, 아무런 문제도 없습니다. 적어도 아직은요."

두 남자는 어느 문 앞에 멈췄다. 문에 박힌 놋쇠 테두리 안에 끼워진 종이에 스탠리 노팅엄이라고 쓰여 있었다.

"음, 다 왔네요."

크랜들이 노크를 했다. "노팅엄 씨? 스탠리, 들어가도 되나요? 크랜들입니다."

목구멍 깊숙이에서 나온 듯한 목소리가 들어오라고 하자 크랜들이 문을 열었다. 두 남자는 안으로 들어섰다.

노팅엄이 침대 옆 의자에 앉아 있었다. 키가 크고 흰 머리카락이 머리를 에워싼 모습이 마치 유령 같았다. 두꺼운 검은 안경을 쓰고 물방울 무늬가 찍힌 파자마를 입었는데 재질이 비단인 듯했다. 한쪽 구석에 산소 탱크가 서 있고 벽에는 캣워크에 선 모델들을 찍은 흑백 사진이 든 액자들이 걸려 있었다.

"스탠리, 이분은……." 크랜들이 말을 멈추고 데커에게 물었다. "죄송한데, 성함이 뭐라고 하셨죠?"

"나는 에이머스 데커입니다, 노팅엄 씨. FBI와 함께 일하고 있습니다."

의자에 몸을 축 늘어뜨린 채 어마어마하게 지루하다는 표정을 짓고 있던 노팅엄은 즉각 의자에서 몸을 일으켜 똑바로 앉았다. 뜻밖의 사태에 눈에 띄게 즐거운 기색을 드러내며 양손을 마주 잡고 말했다.

"FBI시라고?" 노팅엄이 입이 찢어져라 웃었다. "이렇게 짜릿한 일이!"

데커가 크랜들을 응시했다. "여기서부터는 내가 알아서 하겠습니다. 감사합니다."

크랜들은 기분이 상한 표정이었지만 퉁명스럽게 고개를 끄덕이고 방을 나갔다. 하지만 문은 열어두었다. 데커는 걸어가서 문을 닫은 후 노팅엄을 돌아보았다.

"면담을 허락해주셔서 감사합니다."

"우리가 전에 만난 적이 있던가요?"

"아니요." 데커는 벽에 걸린 사진들을 보았다. "듣기로 어르신은 패션업계에 계셨다고요?"

"한 50년쯤 있었나. 대형 패션 명가 중에 나하고 일하지 않은 곳이 없어요. 디오르, 베르사체, 발렌티노, 캘빈, 토미. 끝도 없이 읊을 수 있지."

"무슨 일을 하셨습니까?"

대답 대신 노팅엄은 벽에 잔뜩 걸린 액자들을 향해 손을 휘저었다. "나는 **사진사**였어요. 내 입으로 말하긴 그렇지만 최고로 손에 꼽혔답니다. 발렌티노의 개인 제트기를 같이 타고 다녔을 정도니까. 조르조는 내 단축번호가 있었어요. 위베르 드 지방시하고는 막역한 사이였고. 오드리 헵번. 엘리자베스 테일러. 재키 오. 그 사람들을 전부 다 내가 찍었답니다. 내 인생에서 가장 멋진 순간들이었지." 눈을 감았지만 노팅엄의 얼굴은 그야말로 빛을 발하고 있었다. 다시 눈을 떠 좁고 사방이 막힌 방을 보자 남자의 행복한 표정은 흐려졌다.

노팅엄이 말했다. "그렇지만 요원님이 그런 일 때문에 여기 오진 않았을 테고."

데커는 방 안에 하나뿐인 남는 의자를 끌어다 앉은 후 물었다. "브래들리 코스타 아시죠?"

노팅엄이 인상을 썼다. "아, 브래드, 그래, 그래, 물론이지." 그러더니 어리둥절한 표정을 지었다. "그 친구가 FBI하고 무슨 문제라도 생겼나요?"

"아뇨. 그저 어떤 사건의 실마리를 쫓는 중입니다. 그분은 뉴욕에서 어르신 이웃에 살았지요?"

"맞아요. 소호의 내 건물에 있는 아파트를 샀지. 나는 거기서 수십 년간 살았어요. 브래들리를 뭐랄까, 내 날개 아래 받아줬지. 유쾌한 친구였어요. 무척 잘생겼고. 내 생각에는 아마 모델이 될 수도 있었을 겁니다. 영리했고. 아주 잘 나갔어요. 월가에서 일했으니까."

"나중에 이사를 갔습니까?"

"그래요, 이사를 갔지. 퍽이나 갑작스럽게. 솔직히 말하자면 나는 약간 상처를 받았어요. 심지어 작별 인사조차 하지 않고 갔으니까. 헤어지면 남남이라더니."

"어르신의 선대에 혹시 나이절 노팅엄이라는 분이 계십니까?"

노인이 웃음을 지었다. "그래요. **집사.** 내 증조부였지. 음, 지금은
잘 기억이 안 나는데, 뭐랬더라, 아주 끔찍한 데서 일하셨다고 들
었지. 독재자 같은 구두쇠 밑에서 죽어라 일하셨다고."

"존 배런이요. 그곳은 배런빌이라고 불립니다."

노팅엄이 손가락을 딱 튕겼다. "그래, 맞아요. 어디였더라, 오하
이오?"

"펜실베이니아요."

노팅엄이 서글픈 표정으로 데커를 보았다. "면도날처럼 날카로
웠던 기억력이 이젠 예전 같지 않아요. 그게 내가 여기 온 이유 중
하나지. 나는…… 자주 깜빡깜빡하거든. 내 건물을 실수로 태우고
싶지 않아서 여기 오게 된 거지."

"속상해하실 이유 없습니다. 잘하고 계시는걸요. 코스타는 배런
집안에 관심이 있었습니까?"

노팅엄은 다시 한 번 인상을 찌푸렸다. "음, 내가 몇 년 전에 연
만찬 파티가 생각나는군. 내가 패션업계에서 막 상을 받은 후라 기
억이 나요. 나처럼 오래 버티고 있었던 사람들한테 주는 흔한 상들
중 하나지." 노팅엄이 겸연쩍은 웃음과 함께 덧붙였다.

"만찬 파티에서 무슨 일이 있었습니까?"

"음, 식사를 마치고 작은 전시실에서 포트와인을 마시던 중이었
어요. 브래들리가 탁자에 놓인 사진 한 장을 집어 들더니 무슨 사
진이냐고 묻더라고. 음, 그건 내 증조부 나이절의 사진이었어요.
그래서 그분에 관한 이야기, 적어도 아버지와 할아버지한테 들은
이야기를 전부 들려줬지. 영국 서리에서 아주아주 오래전에 태어

나서 나중에 미국으로 이민을 왔다고. 그분이 어쩌다 배런빌에 가게 되었는지는 나도 잘 몰라요. 하지만 그분은 배런의 집사가 되셨지. 그분의 아들 새뮤얼, 우리 할아버지는 청년 시절 배런빌을 떠나 뉴욕주 북부로 이사를 왔고 우리 아버지를 낳으셨답니다. 부모님은 결혼 후 브루클린으로 이사하셨고, 나는 거기서 태어났지요."

"그렇다면 어르신 집안에는 배런빌에 남아 있고 싶어 한 사람이 아무도 없었군요?"

"아이고, 하느님 맙소사지. 내가 기억하기로, 배런빌은 석탄 광산들과 더러운 공장들뿐이고 사람들이 일하다 죽어가는 끔찍한 먼지 구덩이였다고 들었어요. 우리 할아버지는 너무너무 싫어서 그곳을 떠났다고 말씀하셨는걸. 가능한 한 빨리 벗어나고 싶었다고. 이 점에 관해서는 하느님께 감사하고 있답니다. 내가 거기서 태어나고 자랐다면 지금 같은 경력을 쌓을 수 있었을지 의심스럽거든."

"나이절은 어땠나요?"

노팅엄은 잠시 생각에 잠겨 긴 손가락으로 의자 팔걸이를 두드렸다. "맞아. 이제 기억이 나네. 그분은 죽을 때까지 배런 집안에 머무르셨답니다." 그러고는 말을 멈췄다 다시 이었다. "사실, 할아버지가 나이절의 장례식을 치르려고 배런빌로 돌아갔다고 말씀하신 기억이 납니다. 실은 재미있는 일이었지."

"뭐가 재미있었다는 말씀이시죠? 어르신 아버님이 돌아가시진 않았을 테고요?"

"아, 아니지. 그게 재미있었던 이유는 나이절이 배런하고 동일한 날에 돌아가셨기 때문이에요. 전체 시를 건설하고 거기에 자기 이름을 준 남자 말입니다."

"두 분이 같은 날 세상을 떠나셨다고요? 그건 몰랐네요."

"그래요. 그분들은 확실히 동갑이었어요. 주인과 하인으로 살다가 주인과 하인으로 죽었지. 하지만 죽고 나면 누가 작위니 돈이 얼마나 많니 따위에 신경을 쓰겠어, 안 그래요?"

"그럼 코스타가 배런빌로 이사를 갔다고 말씀드리면 어르신은 놀라시겠군요?"

노팅엄이 의자에서 몸을 축 늘어뜨렸다. "아이고 맙소사, 분명 농담이시겠지."

"아니요, 농담 아닙니다. 사실, 그분은 거기서 살해당했습니다."

데커는 말을 꺼내자마자 자신이 실수를 저질렀음을 깨달았다.

노팅엄은 호흡에 문제를 일으켰다. 숨을 몰아쉬며 가슴을 움켜쥔 채 뭔가를 가리켰다. 마침내, 데커는 그게 뭔지 깨달았다. 산소. 다급히 산소 탱크를 굴려와 노팅엄이 코 삽입관을 제대로 끼워넣도록 도왔다. 노인은 몇 번 깊은숨을 들이쉬고는 천천히 진정했다.

데커는 마음이 놓여 뒤로 물러나 앉아 사과했다. "죄송합니다, 노팅엄 씨, 그런 식으로 어르신한테 불쑥 말을 꺼내다니 제 잘못입니다."

노팅엄이 다시금 연달아 심호흡을 하면서 손을 저어 데커의 사과를 일축했다. 느릿느릿 말했다. "나는 만성 폐색성 폐질환이 있어요. 망할 놈의 담배 때문에. 그러면 불안 발작이 따라오지."

"어르신 반응을 보니 코스타가 배런빌로 이사 간 사실을 전혀 모르셨군요? 그 사람이 죽었다는 것도요?"

노팅엄이 고개를 저었다. "전혀. 그 친구가 어떻게 죽었습니까? **살해당했다**고 했지요? 끔찍하기도 해라!"

"상세한 정황은 중요하지 않습니다. 어르신께 또 심려를 끼치고 싶지도 않고요. 하지만 코스타는 살해당했고 나는 이유를 알아내려고 애쓰는 중입니다."

"맙소사, 딱한 브래들리."

"그가 왜 소호의 집과 월가의 직장을 배런빌과 맞바꾸려 했을지, 혹시 짐작이 가십니까?"

노팅엄은 천천히 코에서 삽입관을 빼내 한쪽으로 내려놓았다.

"내가 나이절과 배런 가문에 대해 말한 지 일주일쯤 지나서, 브래들리가 찾아와서 몇 가지 질문을 하더군요."

"예를 들면요?"

"그 이야기를 하려면 우선 대대로 전해 내려온 집안의 전설을 좀 알고 있어야 합니다."

"어떤 종류의 집안 전설 말씀입니까? 노팅엄 집안이요, 아니면 배런 집안이요?"

"사실은 둘 다랍니다. 내가 아직 어렸을 때 할아버지한테 들은 이야기지요. 알다시피, 배런 1세는 내가 말했듯 추악한 늙은이였어요. 할아버지는 어릴 때 하인 구역에 사셨지. 그곳을 증오하셨어요. 배런 노인네와는 몇 번밖에 만나지 못했지만, 끔찍한 인간이라고 생각하셨답니다."

데커가 물었다. "그렇게 끔찍한 사람이었다면, 나이절은 왜 떠나지 않았을까요?"

"좋은 질문입니다. 그런데 내가 들은 바로는 배런이 사실 나이절을 함부로 대하지 않았다는 느낌이 들더군요. 반대로, 동등한 관계 이상으로 대했던 것 같아요."

"좀 이해가 안 가는군요. 집사를 동등한 관계 이상으로 대하다니요."

"나이절은 배런하고 동갑이었고, 언덕 위에 커다란 집이 지어지기 전부터 배런 밑에서 일하기 시작했거든. 나는 그 집을 사진으로만 봤어요. 정말 괴물 같더군."

"나는 거기 가봤습니다. 그리 곱게 늙지 못했지요. 어르신, 아까 집안 전설에 관해 말씀하시던 중이었는데요?"

"배런이 죽은 후로는, 그 집안 사람들 중에 일을 해서 먹고사는 데 관심이 있는 사람이 아무도 없었던 모양입니다."

"늙은 창업자한테 빨대를 꽂고 싶어 하는 사람밖에 없었다는 말씀인가요?"

"그래요. 이 이야기는 집안 전설로 곧장 이어지지. 배런은 워낙 돈을 사랑하는 구두쇠이다 보니 단 1페니라도 손에서 내놓길 싫어했고, 할 수만 있으면 피하려 했지요. 일꾼들한테는 거의 한 푼도 주지 않았고 결코 10센트도 적선하는 법이 없었답니다. 보통 사람들은 감히 꿈도 꾸지 못할 정도로 부자였지만, 그걸로도 충분치 않았던 게지요."

데커가 한마디 얹었다. "정말 훌륭한 분이었던 것 같군요."

"음, 어쨌든, 배런은 자기 아들들도 높이 치지 않았지요. 장차 자기 사업을 물려받아 운영해야 할 후계자들을. 내가 말했듯, 그들은 사업에는 별 관심이 없었어요. 돈을 벌기보다는 쓰기를 훨씬 더 좋아했다더군."

데커가 말했다. "배런 집안이 결국 쇠락한 이유가 그거였군요."

"그랬나요? 잘됐군, 잘됐어. 이제부터가 흥미로운 부분이에요. 아까 말한 집안 전설이란 배런이 죽기 전에 자기 집 어딘가에 재산을 숨겨놨다는 겁니다. 내 말은, 그것도 엄청난 재산을."

"뭘로요?"

"난들 아나. 보석, 희귀한 동전. 현금. 어음. 주식. 채권. 그건 배런의 재산에서 아주 큰 몫을 차지했지요. 배런은 가족이 그걸 챙기기를 원하지 않았던 모양입니다."

"그럼 어르신은 코스타한테 그 이야기를 들려주신 겁니까?"

노팅엄이 고개를 끄덕였다. "그 친구는 관심이 있어 하더군요. 아주 관심이 많았다고 해야 하려나. 내게 질문들을 퍼부었지요. 나는 심지어 할아버지하고 아버지한테서 옛날에 받은 편지 몇 통을 보여주기까지 했답니다. 나이절이 우리 할아버지한테 보낸 편지들도 있었지."

"거기에 배런이 보물을 어디 숨겼을지 짐작할 만한 실마리가 있었습니까?"

"전혀, 적어도 내가 알기로는. 우리 할아버지와 아버지도 찾아낼 궁리를 했지만 알아내지 못했어요. 설사 안다고 해도, 그게 뭐가 중요할까? 배런 부동산은 그분들 소유가 아니었는데. 심지어 수색을 하려고 해도 거기 접근할 방법조차 없었을걸."

"그렇지만 배런 가문은 틀림없이 찾아보았을 테지요?"

"아마 그렇겠지요. 그리고 형편이 기울고 있었고 어딘가에 재산이 숨겨져 있다고 생각한다면? 음, 나라면 그걸 찾겠어요. 숨겨놓은 재산이 있을 가능성이 있다는 사실을 우리 할아버지가 알았을 정도면 배런의 후손들은 당연히 알고도 남았을 테지."

"제 생각엔 그 사람들이 **실제로** 유산을 찾아본 것 같습니다."

"당신이 그걸 어떻게 압니까?"

데커는 배런의 저택 벽들에 뚫린 수많은 구멍들을 생각하고 있었다. "그냥 좀 본 게 있어서요."

노팅엄이 의자에서 약간 몸을 일으켰다. "브래들리가 배런의 보물을 찾으려고 배런빌에 갔다고 생각합니까?"

"뉴욕 생활을 버리고 거기로 이사를 갈 만한 다른 이유가 떠오르지 않는군요. 어르신이 짐작하시기에는 코스타가 뉴욕을 떠나기 전에 직접 조사를 해봤을 것 같습니까?"

"가능하지요. 사실 아주 가능성이 높지. 우리는 그 일에 관해 많은 대화를 나눴으니까. 한데 브래들리는 내가 자기한테 말해주지 않은 배런 가의 일들에 관해 아는 것처럼 보였거든요. 그러니 직접 조사를 하고 있었을지도 모르지." 노팅엄이 갑자기 공포에 질린 얼굴을 했다. "그렇다면, 내가 브래들리에게 그런 이야기를 해줘서 거기 갔으니. 나…… 내가 그 친구를 죽게 만들었군."

데커가 단호하게 말했다. "아니요, 그렇지 않습니다. 사람들은 스스로 결정을 내립니다. 그로 인한 결과 역시 스스로 감당해야 합니다."

노팅엄이 썩 확신이 없는 투로 대꾸했다. "옳은 말씀이겠지요."

"혹시 코스타에게 보여주신 편지들 중 지금 가지고 계신 게 있습니까?"

"아마 그럴 겁니다. 내 방에는 없지만, 이곳 요양원에는 귀중품 보관함이 있거든. 편지들은 보관함의 파일에 있어요."

"복사를 한 후 원본은 보관함에 도로 넣어두겠습니다."

"그렇게 하시죠."

"시간을 내주셔서 감사합니다. 큰 도움을 주셨습니다." 데커가 노팅엄에게 명함을 건넸다. "다른 일이 또 생각나면, 전화 주십시오."

"당연하지요. 그리고 상황이 마무리되면 내게도 알려줄 수 있습니까?"

"그러겠습니다." 데커가 벽의 사진들을 보고 말했다. "정말 훌륭한 사진사셨군요."

노팅엄이 명함에서 고개를 들고 말했다. "고맙군요. 이제 뭘 할 겁니까?"

데커가 대답했다. "제 업무를 해야죠."

0 046

저녁 식사 시간이 되기 전에 뉴저지에 도착한 데커는 할 수 있는 한 평소의 자신과는 다르게 굴었다. 모든 일을 함께하고, 상을 차리고, 음식 내가는 것을 돕고, 재미슨의 자매들, 그리고 슬픔에 잠긴 프랭크의 부모 형제와 이야기를 나누고, 진심으로 귀를 기울이고 위로를 전했다.

그후 사람들이 숙박 장소인 근처 모텔로 떠나자, 재미슨은 데커가 있는 주방으로 쫓아갔다. 데커는 식탁을 치운 후 식기세척기에 접시를 집어넣는 중이었다.

재미슨이 걱정스러운 표정으로 물었다. "당신 괜찮아요?"

데커는 마지막 냄비를 식기세척기에 넣고 세제를 투입한 후 문을 닫고 재미슨을 돌아보았다.

"그저 뭐라도 도움이 되려고 애쓰고 있을 뿐인데요, 알렉스."

"알아요. 뭐랄까, 내 말이 그거예요. 그냥 뭔가 달라서…… 내 말 알겠어요?"

"그냥 나같지 않다는 뜻이에요?"

재미슨은 난처한 표정을 지었지만 아니라고 부정하진 않았다.

"분명히 당신한테 옮았나 봐요, 알렉스."

재미슨이 차분한 어조로 물었다. "그게 좋은 건가요?"

"틀림없이 그럴 거예요. 오하이오에 살 때보다 사람들이 나를 더 좋아하는 것 같거든요." 잠시 침묵에 잠겼던 데커가 말을 이었다. "내가 사람들과 어울리는 상황에서 어색하게 구는 거 알아요. 특정한 상황에서 하고 싶은 말을 하지 못하게 하는 뭔가가 내 머릿속에 있다는 것도 알고요. 말하자면 사람들이, 아마, 위로가 필요할 때처럼요. 하지만 내가 말하지 않는다고 해서 생각도 하지 않는 것은 아니에요."

재미슨이 데커의 팔을 쓰다듬었다. "알아요, 에이머스. 알아요."

"그렇지만 나는 노력 중이에요. 그냥…… 그냥 예전처럼 쉽지가 않아요."

재미슨이 웃음 지었다. "나는 당신이 먼 길을 왔다고 생각해요. 그건 양방향 도로고요. 당신은 나를 더 좋은 사람으로 만들었어요. 확실히 수사관으로는 훨씬 나아졌죠. 우리가 처음 팀을 꾸렸을 때 나는 내가 뭘 하는지 감도 잡지 못했는걸요."

데커는 조리대에 몸을 기대고 고개를 끄덕이며 자기 발을 곰곰이 살폈다. "카산드라와 몰리가 죽었을 때가 생각나요. 가족이 모이고, 할 일이 많았죠. 다들 절망에 빠져서…… 나는 정말이지 아무것도 할 수 없었어요. 그냥 꿔다놓은 보릿자루처럼 가만히 앉아 있었죠."

"하지만 충분히 그럴 만했어요. 당신한테는 너무 끔찍한 상실이었잖아요."

"많은 사람들이 끔찍한 상실을 겪죠, 매일. 그리고 어떻게든 계속 살아가고요."

"음, 당신이 오늘 해준 일은 정말 고마웠어요. 정말 많이 도와줬어요. 앰버가 얼마나 고마워했는지 몰라요."

데커는 아무런 대꾸도 없이 그저 정수리를 문질렀다.

재미슨이 물었다. "어떤 느낌이에요?"

"이상해요." 데커의 설명은 그게 다였다.

"더 이상 기억에 결함은 없고요?"

"그래요, 기억 손상은 다시 없었어요."

재미슨은 고개를 끄덕였지만 여전히 걱정스런 표정을 지우지 못했다. "뉴저지에서 뭘 알아냈어요?"

데커는 스탠리 노팅엄과 나눈 대화를 들려주었다.

재미슨이 물었다. "보물이라고요? 그 말을 믿어요?"

"코스타는 그걸 믿었을 거예요. 아니면 여기 올 이유가 없었으니까요."

"그렇지만 제삼자를 통해 주워들은 소문 하나만 믿고 뉴욕을 떠나 여기로 온다고요? 말이 안 돼요."

"코스타가 직접 파헤쳐봤다면 말이 될 거예요. 스탠리가 그러는데 코스타가 무척 많은 것을 알고 있는 것처럼 보였대요. 스스로 조사를 좀 했다는 얘기죠. 그 남자가 몸담았던 월가 사람들은 뭔가를 자세히 조사하는 데 도가 텄죠. 또 다른 것도 있어요."

"뭐요?"

"코스타가 수많은 지역 조직들에 가입한 거 기억해요? 키와니스니 기타 등등."

"그래요, 사진들을 잔뜩 봤잖아요. 그래서요? 거기엔 이상한 점이 없었어요."

"그렇지만 코스타는 지역 **역사** 협회에도 가입했었죠."

"당신 말은 역사 공부를 해서 보물의 소재를 알아냈을지도 모른 단 거예요? 또는 그 보물이 뭔지를?"

"확실히 가능하죠."

"그럼 존 배런은요? 당신 생각에는 그 사람이 보물에 관한 소문을 알고 있을 것 같아요?"

"모르겠어요. 하지만 그의 선조들은 찾아봤을 깃 같아요. 그렇다면 벽에 왜 구멍들이 났는지 설명이 되겠죠. 배런의 땅은 비록 지금은 잡초가 무성하지만, 사람들이 보물을 찾으려고 팠을 때 나왔을 법한 흙덩어리가 많이 보이더군요."

재미슨이 다시 물었다. "그렇지만 당신은 존 배런이 보물의 소재를 안다고는 생각하지 않는 거죠?"

"만약 알았다면, 지금처럼 살고 있겠어요?"

"맞아요. 그럼 이제 뭘 할 건가요?"

"코스타의 발걸음을 쫓아서 그가 뭘 발견했는지를 알아내야죠."

"그렇지만 누가 무슨 이유로 그를 살해했을까요?"

"그 사람이 보물의 소재를 알아냈다면, 동기가 될 수 있죠."

"그럼 다른 세 희생자들은?"

"지금은 나도 몰라요."

"저기요, 일단 장례식이 끝나면 내가 당신을 도와줄 수 있어요."

"그러지 않아도 돼요. 당신 가족한테는 당신이 필요할 거예요."

"나는 여자예요, 데커."

데커가 아리송한 표정을 지었다. "알아요. 그게 왜요?"

"다시 말해 난 **멀티태스킹**이 된다는 뜻이죠." 재미슨이 씩 웃으며 대꾸했다.

데커가 고개를 끄덕였다. "좋아요. 하지만 우리 사건에 난폭한 마약 중개상이 관련돼 있다는 점을 잊지 말아요. 나는 FBI 데이터베이스에서 브라이언 콜린스를 확인했어요. 돌처럼 차가운 살인자예요. 저 바깥에 콜린스 같은 자들이 더 있다면, 사건이 아주 지저분해질 수 있어요."

"어이, 그게 우리가 하는 일이잖아요, 맞죠?"

꿰뚫을 듯 강렬한 데커의 시선을 견디다 못한 재미슨이 말했다. "알아요. 당신이 내게 나쁜 일이 생기지 않기를 바란다는 거. 하지만 나는 이 일에 자진해서 뛰어들었어요. 모두 걸었다고요. 나는 당신 뒤를 받쳐주고, 당신은 내 뒤를 받쳐주고, 맞죠?"

데커가 끄덕였다.

"한 가지 더 있어요, 데커."

"뭐죠?"

재미슨이 망설이다 입을 열었다. "나…… 나, 당신이 계단에서 조이하고 나누던 대화를 우연히 들었어요. 당신이 뉴저지로 떠나기 전에요."

데커가 이마에 주름을 잡으며 시선을 피했다.

"당신이 그애한테 해준 이야기는 정말 좋았어요. 조이한테 정말 큰 도움이 될 거예요. 그리고…… 당신이 그렇게 해줘서 정말 고마워요."

여전히 시선을 피한 채, 데커가 말했다. "그애는 그냥 어린애예요. 이런 일을 겪어서는 절대 안 되는."

"하지만 조이가 이 일을 겪은 이상, 당신 같은 친구가 있으면 좋은 거죠."

데커가 말을 받았다. "당신 같은 이모도요."

데커는 다시 머리를 문지르며 여전히 뻗친 머리를 가라앉히려고 애썼다.

재미슨이 말했다. "뭔가 걱정이 있죠. 나는 알 수 있어요. 사건 때문이 아니에요, 맞죠?"

데커가 고개를 저었다.

"그럼 뭐예요?"

"뇌를 다친 이후 다녔던 시카고의 연구소에서 많은 이야기를 들었지만, 그중 하나가 머릿속을 떠나지 않아요."

"뭔데요?"

"연구소 사람들 말에 의하면, 다친 뇌는 지속적으로 변화할 수 있다고 했어요. 우선 완벽한 기억력과 공감각을 얻는 거죠. 그렇지만 변화가 다시 일어날 수 있다고 했어요. 오랜 세월에 걸쳐서요."

"하지만 20년이 지나도록 아무것도 변하지 않았잖아요, 맞죠?"

"여기서 머리를 세게 얻어맞기 전까지는요."

"그렇지만 기억에 공백이 생기는 일은 다시는 일어나지 않았다면서요. 공감각은 어때요?"

데커가 재미슨을 보았다. "콜린스를 쏘았을 때 평소와는 달리 형광 푸른빛이 보이지 않았어요."

"그럼 무슨 색이 보였는데요?"

"아무 색도 안 보였어요. 메스꺼움이나 폐소공포증을 느끼지도 않았어요. 이건 꼭 나쁜 증상은 아니죠. 하지만 확실히 내 머릿속에서 뭔가 변했다는 뜻이긴 해요. 음, 좀 불안한 느낌이 들어요."

"무슨 뜻인지 알겠어요. 머리의 부상이 어떤 영향을 미치긴 했군요. 그렇지만 당신의 공감각은 돌아올지도 몰라요."

"사실은 돌아오지 않았으면 하는 마음도 있어요. 하지만······."

"혹시 다른 변화들도 일어날까 봐 두려운 거죠?"

데커는 재미슨을 똑바로 마주 보았다. "나는 이미 다른 사람이 됐어요, 재미슨. 그런 일을 다시 겪고 싶지는 않아요. 왜냐하면 내가 다음번에 어떤 사람이 될지, 나조차 알 수가 없으니까요." 이어 겸연쩍어하는 미소와 함께 덧붙였다. "우리 서로 인정합시다. 그 사람은 나처럼 호감이 가는 스타일이 아닐 수도 있어요."

0 047

재는 재로, 먼지는 먼지로. 아내와 아이를 땅에 묻었을 때 데커는 잔인한 환영에 빠진 듯한 상태로 멀거니 서 있었다. 자기 앞에서 일어나고 있는 일을 머리로는 이해했지만, 도무지 현실 같지가 않았더랬다. 자신의 경험으로 미루어 프랭크의 아내와 어린 딸에게 이 장례식도 마찬가지일 터였다. 두 사람은 오늘 그런 감정들을 겪을 테고, 밤이 내리면 잠자리에 들 것이다. 그리고 내일 잠에서 깨어나 잠시 자신의 남편이, 아버지가 왜 옆에 없는지 의아해할 것이다.

비가 내리면서 날이 추워졌고, 안 그래도 짓누르는 듯한 대기에 음울한 구름이 더욱 무게를 더했다. 양옆에 다 자란 자녀들을 낀 프랭크의 부모는 쇠약하고 멍해 보이는 모습으로 앉아 있었다. 관바로 앞은 무릎에 조이를 앉힌 앰버의 자리였다. 아이는 엄마의 가슴에 머리를 딱 붙인 채 기대고 있었다. 자매들은 앰버의 양편을 지켰다. 다들 관 앞에 놓인 접이식 철제 의자에 앉아 있었다. 테드 로스를 포함해 물류 센터 사람 몇 명이 참석했다. 젊은 여자 몇 명도 보였다. 데커는 그들이 조이가 다니는 유치원의 학부모들일 거라고 짐작했다. 그들 말고는 아무도 없었다. 프랭크와 앰버는 친구를 많이 사귈 만큼 이 동네에 오래 있지 않았다.

데커는 장례식에서 입을 만한 정장이 없었는데, 워낙 시간이 촉박한지라 덩치에 맞는 옷을 구할 수가 없었다. 따라서 가지고 있는 면바지, 스웨터, 그리고 외투를 입어야 했다. 데커는 궂은 날씨 때문에 세워둔 천막에서 거의 벗어날 정도로 뒤쪽으로 가 있었다. 발밑에는 군데군데 뭉친 녹색 카펫을 깔아놓았다. 천막 뒤편에서 빗방울이 날아들었지만 전혀 개의치 않았고, 굳이 더 안쪽으로 들어갈 마음은 전혀 없었다. 가족이 아닌 자신을 빼고, 애도하는 사람들끼리만 있게 해주고 싶었다. 테드와 시선이 마주쳤고, 두 남자는 서로 재빨리 인사를 나눴다. 일부러 찾아오다니 마음이 좋은 사람이라고 데커는 생각했다. 가만히 서 있는 데커에게 테드가 게걸음으로 다가왔다.

테드가 나지막이 말했다. "내가 여기 있는 걸 싫어하는 사람이 없었으면 좋겠네요."

"조의를 표하러 오신 건데요. 그건 절대 잘못이 아닙니다."

테드가 주머니 깊숙이 손을 찔러 넣더니 명함 하나를 꺼내 데커에게 건넸다.

"이게 뭡니까?"

"도움이 될지 모르겠지만, 펜실베이니아에서 손꼽히는 변호사들 중 한 사람입니다. 맥서스에 맞서서 마지막 한 푼까지 받아내줄 겁니다." 테드가 앰버와 조이를 가리켰다. "두 사람은 그럴 자격이 있어요. 그리고 여길 떠나 더 좋은 데서 살아야죠."

데커가 대답했다. "감사합니다. 하지만 왜 이렇게까지 해주시죠? 당신이 일하는 회사에서 큰돈을 물어내야 할 텐데요."

"우리 아버지를 만났다고 말씀하셨지요?"

"그랬습니다."

"아주 개자식이에요."

"굳이 반박하지는 않겠습니다."

"그 인간은 우리 어머니에게 지독하게 굴었고, 터놓고 말해 저한테도 그랬습니다. 나는 그걸 한 번도 잊은 적이 없습니다. 노상 기지 같은 일을 당하는 쪽에 있고 늘 약자로 사는 사람에게는 흔적이 남죠."

"무슨 말인지 압니다."

테드가 나지막이 말했다. "그러니 약자가 반격으로 한 방을 먹일 때는 최선을 다해야죠." 그리고 명함을 가리키며 말했다. "여기 연락하라고 부인께 전해주세요."

"그러죠."

테드는 자리를 떴다. 잠시 후 목사가 알지도 못하는 남자에 관해 추도사를 했다. 찬송가 다음에는 마지막 기도문을 읊을 차례였다. 성직자가 미망인에게 다가가 뭐라고 위로의 말을 건넨 후 조이의 머리를 다독였다. 아이는 모르는 사람의 손길이 거북해 몸을 비틀었다. 재미슨이 그런 조카를 달래주려 어깨에 손을 얹었다. 그걸로 끝이었다. 대략 30년하고도 5년의 삶이 약 30분으로 정리되었고, 이로써 프랭크 미첼이 세상과 작별을 고하는 의식이 모두 끝났다.

데커는 생각했다. **우리 대부분이 이렇게 되겠지. 우리는 그저 기억, 그리고 탁자에 놓이고 벽에 걸린 바래져 가는 사진들 속에서만 살아가는 거야.**

이런 생각을 하면서도 우울을 느끼지 못하는 사람은 우울이 뭔지도 모르는 사람일 거라고, 데커는 중얼거렸다. 무덤을 판 건장한 남자들이 관을 내려 망자를 땅속에 두고 삽으로 흙을 떠 뿌리려고 앞으로 나서자 문상객들이 흩어지기 시작했다. 이제 배런빌은 영원히 프랭크의 마지막 보금자리가 될 것이다. 이렇게 생각하니 데커는 속이 뒤집히는 것만 같았다. 데커는 혼자 렌터카로 향했고 재미슨은 다른 두 자매에게 합류했다. 자매들은 마치 보호막을 형성하듯 앰버와 조이를 에워싸고 있었다.

"어이, 데커?"

데커가 소리 난 쪽을 건너다보니 장례 행렬에 참가한 차들 뒤편의 검은 SUV 옆에 켐퍼가 서 있었다. 켐퍼가 데커에게 다가왔다.

데커가 말했다. "여기서 만날 줄은 몰랐네요."

"내가 아는 사람들은 아니지만, 젊은 남자가 젊은 아내와 아이를 남겨두고 먼저 가다니. 그냥 조의를 표하러 와야겠다는 생각이 들었어요. 먼발치에서라도요. 방해는 하고 싶지 않았어요."

"마음이 고우시네요."

"나는 작년에 아버지를 여의었어요. 엄마는 내가 대학 때 돌아가셨죠. 내가 외동딸이었어요. 그러니 다음은 내 차례죠."

데커가 지적했다. "내가 보기에 당신은 아직 갈 길이 멀어 보이는데요."

"내일은 아무에게도 보장되어 있지 않아요. 특히 우리 같은 사람들에겐."

"그 말에는 이의 없습니다."

"마지막 만났을 때, 당신이 머큐리 바의 바텐더하고 같이 나가는 모습을 봤어요."

데커가 말했다. "기억합니다."

"그래서, 뭔가 보고할 거라도?"

데커는 자기 차에 몸을 기댔다. "당신이 먼저 한 가지 알려주면 어떨까요."

"그게 뭔데요?"

"당신은 그쪽 요원들, 비티하고 스미스가 뭘 하고 있었는지 말해 준 적이 없죠."

"말했잖아요. 그들은 조직을 배신했다고요."

"하스가 죽기 전에 한 고발에 따르면요?"

"그래요. 내가 당신한테 그 이야기도 했었죠."

"그렇지만 **배신자**가 되기 전에, 그들은 어디에 배치되었습니까?"

켐퍼가 물었다. "그건 왜요?"

"사건 수사 중이니까요. 그러자면 정보가 좀 필요합니다."

"좋아요, 이 지역에서 임무가 좀 있었어요. 구체적으로 배런빌은 아니었지만, 전반적으로 북서부 펜실베이니아 부근이에요."

"어떤 종류의 임무였죠? 가능한 한 구체적으로 말해줄수록 좋습니다."

켐퍼가 주변을 둘러보았다. "내 차로 가죠."

두 사람은 길을 건너 켐퍼의 SUV로 향했다.

차에 오르자 켐퍼가 말했다. "펜실베이니아의 이 지역에서, 80번 주간 고속도로와 주립 도로의 일부가 마약 유통 경로로 알려져 있어요. 그걸 이용하는 헤로인과 펜타닐 유통 집단들이 있죠. 다수의 출발점은 뉴욕이고, 그런 경로들을 타고 소도시나 도시 근교로 유통돼요. 디트로이트와 멀리 콜럼버스에서 마약을 운송하는 또 다른 공급 라인이 있어요."

"그래서, 비티와 스미스가 맡은 임무가 그거였습니까?"

"그래요. 두 사람은 공급책과 유통책 양쪽을 파악하려고 하고 있었어요."

"진척이 있었습니까?"

"그다지. 우리는 하스가 성과를 올리기를 기대하고 있었지만요. 하지만 그는 해당 공급 라인을 이용하는 마약 집단들 중 하나에 속해 있었어요."

"나는 어떻게 그런 일이 가능한지 이해가 안 갑니다. 비티와 스미스가 하스를 죽였다면, 하스가 죽기 직전에 어떻게 그들을 고발할 수 있었을까요."

켐퍼가 말했다. "하스는 스크랜턴의 뒷골목에서 발견되었어요. 치사량의 모르핀이 투여된 상태였죠. 하스가 소리를 지르자 근처에 있던 사람들 몇 명이 도와주러 왔어요. 팔에 주사기가 꽂혀 있었죠. 자기를 발견한 사람들한테 비티와 스미스의 짓이라고 말했어요. 그런 다음 죽었죠. 행인들이 하스의 마지막 말을 경찰에 알렸어요."

"주사기에 지문은 없었나요?"

"전혀요. 장갑을 꼈겠죠. 초짜도 아니고."

데커는 창밖으로 프랭크의 무덤을 내다보았다. 관이 땅속으로 내려지는 광경이 보였다. 조이가 엄마와 함께 장례식장 측에서 내준 차에 오르는 모습을 물끄러미 보았다. 조이는 땅속으로 들어가는 관을 돌아다보고 있었다. 데커는 아이가 몸을 떠는 것을 알 수 있었다.

데커가 조이의 등 뒤로 차 문이 닫힐 때까지 작은 여자아이에게서 눈을 떼지 않으며 물었다. "하스에겐 가족이 있었나요?"

"가족이요? 아마 있었겠지요. 사실 확인해보지는 않았어요."

데커가 켐퍼를 돌아보았다. "음, 내가 당신이라면 확인하겠습니다. 하스에 대해 검시를 했나요?"

"당연하죠. 모르핀으로 인한 심정지였어요. 화학적 산소요구량(COD) 저하로요."

"뭔가 다른 것도 나타났습니까?"

"예를 들면요?"

"하스가 어쩌면 이미 죽어가고 있었다거나?"

"뭐라고요? 검시관은 그런 이야기를 전혀 하지 않았는데요."

"그야 당신이 하스가 어떻게 죽었는지만 알고 싶어 했으니까 그랬겠죠. 전체 보고서를 읽으셨습니까?"

켐퍼가 입술을 내밀었다. "아니요, 안 읽었어요. 하지만 이건 바로 알 수 있어요." 그러고는 말을 멈추고 엄지손가락으로 문자를 쳤다. "그쪽에서 뭐라고 하는지 알려줄게요."

"좋아요."

켐퍼가 물었다. "애초에 당신은 왜 그런 가능성을 떠올린 거죠?"

"왜냐하면 나는 당신네 요원들이 배신을 했다고 생각지 않거든요." 데커가 켐퍼를 빤히 보았다. "동료 요원들이 배신자가 되었다고 그렇게 쉽게 믿다니 아주 놀랍군요."

"우리 조직에는 전에도 배신한 요원들이 있었어요, 데커. 야수의 본성이죠. 우리는 말 그대로 사람들을 망치려고 수십억 달러를 뿌리고 있는 자들을 쫓고 있어요."

"무슨 말인지 압니다. 하지만 그건 법을 집행하는 기관이라면 어디든 마찬가지죠. 두 사람의 경우 다른 점이 있었습니까?"

"우리는 늘 의견이 일치하지는 않았어요. 둘은 지나칠 정도로 매뉴얼을 따르지 않았죠. 나는 규칙대로 하는 걸 좋아하고요. 스미스와 비티는 그렇지 않았죠."

"아, 당신이 내 상관이 아니라서 기쁘네요."

켐퍼가 웃음 지었다. "동감이에요." 하지만 웃음은 곧 흐려졌다. "하스가 자신을 죽인 사람을 두고 거짓말할 이유가 있을까요?"

"나는 두 가지 이유를 떠올릴 수 있습니다. 그리고 우리가 곧 답을 얻기를 바랍니다."

두 사람은 자신들을 지나쳐 장지를 향하는 영구차 두 대를 더 지켜보았다. 나머지 장례 행렬이 뒤를 따라 모여들었다.

데커가 한마디 했다. "이 시에는 장례식이 많네요."

"장담하는데 우린 지금 약물 과용으로 인한 비극을 보고 있어요." 켐퍼가 차에서 내려 장지로 향하는 젊은이들 몇 명을 가리키며 말했다. "올해 미국에서만 8만 명도 넘었어요." 켐퍼가 말을 이었다. "베트남 전쟁과 중동 전쟁의 사망자를 합친 것 이상의 숫자죠. 교통사고나 총기 사고로 인한 사망자 수보다 훨씬 많고, 갈수록 심해지기만 할 뿐이에요. 내년이면 아마 사망자가 10만 명도 넘을걸요. 마약성 진통제 위기는 실제로 이 나라의 기대수명을 끌어내리는 원인이에요. **그게** 이해가 가요? 2000년 이후로 거의 50만 명이 죽었어요. 약물 과용은 50세 이하 미국인의 첫 번째 사망 원인이죠. 우리 DEA에서 최근 연구를 하나 했어요. 생명보험사들은 한 인간의 목숨값을 대략 5백만 달러로 잡아요. 이 액수와 다른 요인들을 바탕으로 하면, 매년 마약성 진통제로 인한 미국의 경제적 손실은 1천억 달러에 달해요. 인구의 3분의 1은 통증으로 약물을 복용하고 있어요. 그 사람들은 길거리가 아닌 병원 진찰실에서 중독자가 돼요."

"처방 진통제 때문에."

"맞아요. 80년대 미국은 크랙 코카인 위기에 처했어요. 정부는 무조건 금지했고 위반하면 감옥으로 보냈죠. 그래서 우리는 수백만 명, 주로 도심지의 남자들을 가뒀어요. 90년대가 되자 대형 제약회사들은 미국인들이 진통제를 충분히 복용하고 있지 않다고 판단했죠. 그들은 뭐랄까, **통증**을 제5의 활력 징후로 만들었어요. 광고에 수십억을 쏟아붓고, 의사들한테 뇌물을 주고, 합법적으로 보이는 단체들과 싱크탱크들을 이용해 아무런 문제도 없는 것처럼 보이게 만들었죠. '중독 가능성은 없습니다. 장기적인 부작용은 없습니다', 너나 할 것 없이 염불을 읊어댔죠. 알고 보니 죄다 불완전한 연구를 바탕으로 한, 아니 사실상 연구 자체를 안 했죠. 역설적이지만 수많은 마약성 진통제들이 처음에는 하부 요통 치료용으로 처방됐어요."

데커가 물었다. "그게 왜 역설적입니까?"

"왜냐하면 실제로 만성 하부 요통에 아무런 효과가 없거든요. 작년에 의사들은 거의 2억 5천만 건에 이르는 진통제 처방전을 썼어요. 우리 모두가 중독되지 않은 게 기적이죠. 우리 눈에 보이는 수치들은, 지금도 충분히 위험하지만, 빙산의 일각일 뿐이에요. 이는 한 국가의 위기를 넘어서는데 누구도 이에 대해서 아무런 행동도 하고 있지 않죠, 젠장. 80년대의 크랙 코카인에 대한 입장 때문에, 우리는 수많은 감옥을 지었지만 치료소나 중독을 위한 치료 계획은 별로 세우지 않았죠. 그래서 마약성 진통제 위기로 전국의 병원들과 감옥들이 가득 차고……." 켐퍼가 몸 앞에서 손을 내두르며 말을 이었다. "묘지들도 마찬가지죠. 이 사태의 정점은 이거예요. 작년에 약 2만 5천 명의 아기가 이른바 신생아 금단 증세를 안고 태어났다는 거예요. 엄마가 임신 중에 마약성 진통제를 이용했기 때문에. 이 아이들은 앞으로 어떤 인생을 살게 될까요?"

데커는 아직 고등학생으로 보이는 한 무리가 장지로 옮기고 있는 관을 응시했다. 이어 길을 따라 일렬로 주차된 차들로 눈길이 향했는데, 구닥다리 옆에 나란히 서 있는 신형 고급 차 몇 대를 보고 놀랐다. 갑자기 어디선가 클랙슨 소리가 들려왔다.

켐퍼가 물었다. "어디서 나는 소리죠?"

데커가 늘어선 차들 가운데에 세워진 픽업트럭을 가리키며 말했다. "저기요."

두 사람은 차에서 뛰어내려 길을 건너 달려갔다. 픽업트럭에 도달했을 때는 이미 몇 사람이 차를 둘러싸고 있었다. 운전대에 기대어 축 늘어진 젊은 남자가 보였다. 어깨가 클랙슨을 누르고 있었다. 데커가 열린 창으로 손을 집어넣어 남자의 등을 좌석으로 밀치자 소리가 멈췄다. 남자는 가쁜 숨을 몰아쉬고 있었다. 데커는 젊은 남자의 눈꺼풀을 뒤집었다. 동공이 콩알만 했다.

옆에서 보고 있던 켐퍼가 말했다. "약물 과용이에요."

올이 다 해진 외투를 입은 비쩍 마른 남자가 말했다. "그래요, 맞아요. 이번 주만 해도 세 번째예요."

데커는 트럭 좌석에 놓인 반쯤 빈 주사기를 발견했다. 안에는 맑은 모래색 액체가 들어 있었다.

데커가 말했다. "순수 헤로인처럼 보이네요."

켐퍼가 고개를 끄덕인 후 휴대전화로 911에 신고해 구급차를 요청했다.

데커가 물었다. "혹시 누구 나르칸 있습니까?"

비쩍 마른 남자 옆에 서 있던 여자가 대답했다. "저한테 있어요."

데커가 말했다. "이리 주세요." 트럭에 탄 젊은 남자는 숨을 몰아쉬고 있었다.

마른 남자가 말했다. "이 짓거리를 하더라도 최소한 장례식이 끝날 때까지는 기다려주지."

젊은 남자가 꿀럭대기 시작하는 것을 보며 데커가 외쳤다. "이리 주세요. 언제 호흡이 중단될지 모릅니다."

여자가 가방을 뒤졌다.

마른 남자가 다시 말했다. "그새를 못 기다리고. 멍청한 새끼."

데커가 외쳤다. "나르칸을 달라고요!" 젊은 남자는 문에 기대 축 늘어지더니 입술이 파랗게 변하기 시작했다.

여자가 지갑에서 꺼낸 병을 데커에게 건넸다. 데커는 끝부분을 젊은 남자의 코에 집어넣고 쥐어짰다. 몇 초쯤 기다렸지만 아무 일도 일어나지 않았다.

켐퍼가 주사기를 보며 말했다. "복용한 약물에 분명 펜타닐이 약간 있었나 봐요. 모르핀보다 더 단단히 뇌 수용기와 결합하는."

마른 남자가 말했다. "아가씨, 그건 모르핀이 아니라 **헤로인**이에요. 뭘 모르시는구먼."

켐퍼가 남자를 홱 돌아보고는 배지를 보여주었다. "내가 댁보다 훨씬 많이 알아. 헤로인이 몸에 들어가서 즉시 분해되면 **모르핀이 되거든!**" 데커를 돌아보며 말했다. "나르칸을 다시 집어넣어요. 뇌 수용기에서 약물을 떼어내야 해요."

데커는 한 번 더 비틀어 짰다. 몇 초가 지났을까, 젊은 남자가 긴 숨을 내쉬더니 똑바로 앉아 눈을 깜빡이며 멍한 표정으로 주변을 둘러보았다.

앞서 끼어들던 남자가 비웃는 투로 말했다. "끝내주네. 당신이 저 자식을 도로 살려냈네요. 그래 봤자 이번뿐이지만."

데커가 남자에게 물었다. "맥은 누굽니까?"

"쟤 삼촌이요. 저 덜떨어진 자식은 제 누나가 땅에 묻힐 때까지도 기다리지 못하고 이 거지 같은 짓을 저질렀죠. 인간에 대한 존중심이 없다는 얘기지, 젠장."

켐퍼가 말했다. "저 사람 누나요? 어떻게 죽었는데요?"

삼촌이 말했다. "망할 헤로인 과용으로요. 나르칸을 제때 찾지 못했지요." 이어 젊은 남자를 가리켰다. "저 개자식은 그애를 구할 수도 있었지만, 욕실에서 코카인을 하고 있었지요."

잠시 후 젊은 남자가 창밖으로 몸을 기울이고 토했다. 사람들은 모두 토사물을 피해 뒤로 펄쩍 뛰어 물러섰다. 데커를 본 젊은 남자는 화난 표정을 지었지만 이내 데커의 손에 들린 병을 알아차린 모양이었다.

데커가 말했다. "하마터면 세상을 하직할 뻔했어요, 친구."

남자가 여전히 후들대는 몸으로 입가를 닦으며 말했다. "고맙습니다."

데커는 켐퍼를 보고 다시 그 젊은 남자를 보았다. 나르칸 병을 여자에게 던져주고, 도로 차로 돌아갔다.

켐퍼는 남자의 삼촌과 숙모를 돌아보았다. "구급차가 올 거예요. 저 사람은 병원에 가야 할 겁니다."

삼촌이 말했다. "암요. 뭐, 그러든가 말든가."

켐퍼가 자리를 뜨자 남자는 조카의 뒤통수를 갈기며 욕설을 내뱉었다. "멍청한 새끼!"

켐퍼는 서둘러 데커를 뒤따라가서 차에 올라탔다.

자리를 잡은 후 켐퍼가 물었다. "괜찮아요?"

데커는 오랫동안 입을 열지 않았다. "그냥 우리들이 이 구덩이에서 벗어날 수는 있을지 궁금해하고 있었어요."

"DEA에서 온갖 것을 다 봤어요. 한 인간이 마약에 중독되면 얼마나 더러운 진창에 처박힐 수 있는지. 심지어 그때도 놀라지는 않았어요. 더한 것도 봤으니까. 다섯 살 먹은 아이들이 부모한테 심폐소생술을 하고. 중독자인 할머니가 약을 살 현금을 구하려고 아들의 머리를 때려 기절시키고. 엄마가 헤로인을 얻기 위해 열 살짜리 딸한테 성매매를 시키죠. 우리는 이걸 이겨낼 수 있어요, 데커."

데커가 켐퍼를 응시했다. "진심으로 그렇게 믿습니까?"

"그래야만 해요. 안 그러면 일을 할 수가 없으니까."

잠시 침묵이 흐른 후 데커가 입을 열었다.

"아까 보험사가 목숨값을 매긴다는 말을 했죠."

"그래요. 그들 사업의 일부죠."

"신디 라일리가 여기서 약물 과용으로 수많은 친구들을 잃었다는 말을 하더군요."

"놀랍지 않죠. 여기랑 똑같은 데가 수천 군데나 더 있어요. 예전에 사람들은 매일 아침 일어나서 나름 목적을 가지고 출근했죠. 지금은 아예 목적을 잃었어요. 일자리도 잃고. 자존감도 잃고. 약물은 대가를 지불하게 해요, 데커. 여러 방식으로요. 사람들이 마약성 진통제 돌림병을 절망의 약물이라고들 부르는 이유가 있죠."

"신디는 또 자기 친구들 몇 명이 생명보험을 들었다고도 했습니다. 이 시에서 이루어진 재건축이나 개보수 공사 가운데 몇 건은 사람들이 생명보험회사에서 거액의 보험금을 수령한 덕이라고도 했지요." 데커는 길을 따라 늘어선 신형 고급 차들을 가리켰다. "어쩌면 저런 차들을 구입하는 데도 보탬이 되고 있겠지요."

그 말에 잠시 생각에 잠겼던 켐퍼가 고개를 저었다. "곧 죽을 것처럼 상태가 형편없어 보이거나 마약에 중독된 사람한테 알고도 거액의 생명보험을 들어주는 보험사는 없어요, 데커. 혹시 당신이 그런 생각을 하고 있다면요."

데커가 반박했다. "어쩌면 그 사람들이 보험에 들었을 때는 중독자가 아니었을지도 모릅니다."

"당신이 하고 싶은 말이 뭐죠?"

"배런빌에서 약물 과용으로 죽은 사람들 중에 거액의 생명보험을 든 사람이 얼마나 되는지를 알면 흥미로울 겁니다. 그걸 알아봐 줄 수 있습니까?"

켐퍼가 도로에 일렬로 주차된 차들을 응시했다. "해볼 수는 있어요."

"좋습니다." 켐퍼가 미처 대답할 틈도 주지 않고 데커가 말했다. "나는 그만 돌아가야 합니다. 오늘 오후에 일손을 돕겠다고 알렉스하고 약속했거든요. 앰버의 집에서 조문객을 맞기로 했습니다."

차에서 내리는 데커를 향해 켐퍼가 말했다. "당신이 그렇게 가정적인 사람인 줄은 미처 몰랐네요."

"그게…… 요즘 내 모습에 나조차 놀라고 있습니다."

0 048

비가 쏟아지고 있었다. 비는 가족과 이웃들 몇 명이 모인 앰버의 집 지붕을 때려댔다. 데커는 재미슨과 자매들이 상차림 하는 것을 돕기에 딱 때맞춰 도착했다. 음식과 음료가 차려지고 주방과 다른 방에서 가져온 의자들이 주변에 놓였다. 데커는 테드에게서 받은 변호사 명함을 앰버에게 건넸었다. 앰버는 이번 주가 지나기 전에 전화하겠다고 했다. 조이는 담요와 고양이 펠릭스를 모두 껴안은 채 의자에 앉아 있었고, 앰버는 자리에 앉아 사돈들과 조용히 이야기를 나누는 중이었다.

마틴 부인은 파이를 상자에 담아 가져왔다. 지금은 재미슨, 그리고 조이가 다니는 유치원 엄마들 중 하나와 방 한쪽 구석에서 담소를 나누고 있었다. 테드와 함께 온 맥서스 사람들은 장지에서 작별 인사를 하고 이 모임에는 빠졌다. 데커는 그편이 현명하다고 생각했다. 테드가 앰버에게 다가가 조의를 표했을 때 프랭크의 아버지가 이를 악무는 것을 보았기 때문이다.

문간에서 노크 소리가 들리자 데커는 재미슨과 눈을 마주치고 자신이 가서 문을 열어주겠다는 뜻을 전했다. 재미슨은 미소로 응답했다. 문을 연 데커는 거기 서 있는 한 쌍을 멍하니 응시했다. 배런과 라일리였다. 둘 다 우산을 들고, 데커의 눈길을 빤히 마주 보고 있었다.

배런이 한마디 했다. "저희가 와서 놀라신 것 같네요. 긍정적으로 받아들이겠습니다."

데커는 팔꿈치를 덧댄 색 바랜 코듀로이 스포츠코트에 빳빳하게 다림질한 정장 바지와 흰 버튼다운 셔츠를 받쳐 입은 배런의 차림새를 눈여겨보았다. 라일리는 레인코트 속에 무릎 바로 아래까지 내려오는 낙낙한 검은 드레스를 입고 이에 어울리는 펌프스를 신었다. 머리카락은 프랑스식으로 땋아 올렸다. 다른 손에는 포장된 꾸러미를 하나 들고 있었다.

데커가 말했다. "맞습니다."

배런이 말했다. "저희는 조의를 표하러 왔습니다."

라일리가 데커에게 선물을 건넸다. "이것도 전해 드리려고요. 싱글몰트 위스키예요."

데커가 말했다. "알겠습니다."

재미슨이 자신의 팔꿈치께에 나타날 때까지, 데커는 선물을 든 채로 그냥 서 있었다.

재미슨이 두 사람에게 인사를 했다. "안녕하세요."

배런이 손을 내밀었다. "전에 뵀죠. 존 배런입니다. 이쪽은 신디 라일리고요."

재미슨이 두 사람과 악수를 나눴다.

배런이 말했다. "여기 동료분께 말씀드렸듯, 저희는 조의를 표하러 잠깐 들렀습니다."

데커는 말했다. "싱글몰트 스카치위스키도 가져오셨어요." 그러고는 재미슨에게 병을 건넸다.

라일리가 말했다. "나는 아일랜드인이에요. 우리는 조문할 때 그걸 가져가죠. 실례가 아니었으면 좋겠네요."

재미슨이 손님들을 안으로 인도하자 데커는 그들 뒤로 문을 닫았다. 방 안의 눈길이 새로 도착한 사람들에게 쏠렸다. 마틴 부인 말고는 아무도 배런을 알아보는 것 같지 않았다. 데커는 배런을 본 마틴 부인의 눈이 살짝 커지는 것을 목격했다. 마틴 부인은 이내 조이가 다니는 유치원의 젊은 엄마와 하던 대화를 이어갔다.

배런과 라일리는 앰버에게 다가가 잠시 조의를 표했다. 그후 재미슨이 두 사람을 조이에게 데려가 소개를 해주었다.

배런이 눈을 빛내며 조이 앞에 무릎을 꿇고 앉았다. "너는 마법을 믿을 아이처럼 보이지는 않는구나."

조이는 엄지손가락을 입에 문 채 아무 말도 하지 않았다.

배런이 물었다. "그렇다고 생각해도 되겠니? 네가 마법을 믿지 **않는다**고?"

조이가 고개를 끄덕였다.

"좋아. 이제 어디 보자. 내가 그걸 어디다 뒀더라?"

배런은 자기 재킷 주머니를 두드리고 의자 밑을 본 후, 담요로 손을 뻗어 가장자리를 톡 건드렸다. "아니, 확실히 거기엔 없는데."

조이가 엄지손가락을 입에서 빼고 물었다. "거기에 뭐가 없는데요?"

배런은 조이의 말을 못 들은 척 딴청을 부렸다. "아, 당연하지, 이제 기억이 나네. 조이, 네 고양이의 오른쪽 귀에 손이 닿니? 내 생각엔 거기서 찾게 될 것 같구나."

조이가 확신이 없는 표정으로 데커를, 이어 재미슨을 보자, 재미 슨은 응원하듯 조이에게 고개를 끄덕였다. 펠릭스의 오른 귀에 느 릿느릿 손가락을 넣은 조이는 눈을 휘둥그레 뜬 채 작은 은화를 꺼냈다.

아이가 물었다. "이게 어떻게 펠릭스의 귀에 들어갔어요?"

배런이 양손을 짝 마주치고는 재미슨을 응시했다. "음, 내 느낌 에 펠릭스는 분명 아주 특별한 고양이 같은데, 맞지?"

조이가 고개를 끄덕였다.

"음, 특별한 고양이들은 마법을 부릴 수 있단다. 귀에 동전을 숨 기는 것처럼."

배런은 동전을 건네받아 이리저리 살피는 척했다. "자, 이건 무 척 희귀한 동전이란다. 이 동전을 소유한 모든 사람에게 행운을 가 져다주지. 알겠니?"

"알겠어요." 조이는 여전히 크게 뜬 눈으로 고양이와 동전을 번 갈아 보았다.

배런이 동전을 아이 눈앞에 들어올리며 말했다. "이건 나이가 147살이나 됐단다. 예전에는 우리 조상 거였지. 그분은 동전을 아 주 많이 가졌고 마지막까지 간직했지만, 이 동전은 나를 찾아왔단 다. 네가 이렇게 용감한 꼬마 숙녀가 되었을 뿐만 아니라 특별한 고양이의 주인이라는 데 감사하고 싶은데, 이 동전을 받아주면 영 광이겠다. 그렇게 해줄래, 조이? 동전을 받아줄래?"

아이는 고개를 끄덕이며 손가락으로 동전을 감싸 쥐었다.

배런은 뒤로 물러나 앉아 아이와 눈을 마주쳤다. "그럼 이제 마 법을 믿어줄래? 어쩌면 그냥 조금이라도? 아니면 아주 특별한 고양이에 대해서만이라도?"

아이가 힘차게 고개를 끄덕였다.

재미슨이 감탄 어린 눈길로 배런을 보며 말했다. "이럴 땐 뭐라고 하지, 조이?"

"감사합니다."

"아니야, **내가** 고맙지, 그걸 받아주는 영광을 베풀어줘서." 배런은 방 건너편에서 이쪽을 응시하고 있던 앰버를 건너다보았다. "장담하는데 너희 엄마는 지금 네가 가서 안아주면 아주 좋아하실 거야. 그리고 아주 오래된 새 동전도 보여드리면 좋을 것 같구나."

조이는 웃는 얼굴로 벌떡 일어나 엄마에게 달려갔다. 배런은 자리에서 일어섰다.

재미슨이 말했다. "방금 정말 좋았어요."

라일리가 동의했다. "그랬죠."

재미슨이 덧붙였다. "당신은 재능이 많은 분 같네요."

"뭘요, 잡기에만 능하고 할 줄 아는 일이 없어서 유감입니다. 제 팔자죠. 그런데 여기 상황은 어떤가요?"

재미슨이 대답했다. "그냥 짐작하시는 대로죠. 일단 장례식이 끝나서 기뻐요."

배런이 고개를 저으며 말했다. "나는 장례식 의례와 장지 예배를 이해할 수가 없어요. 안 그래도 슬픔에 젖은 사람들이 그런 일까지 치러야 하는지."

라일리가 반박했다. "그건 존중을 표하는 방식이에요, 존."

배런은 재미슨이 들고 있는 병을 가리켰다. "나라면 그보단 저걸 마심으로써 존중을 표하겠어요. 주방이 어디 있는지 알려주면 내가 잔을 가져오지요."

재미슨은 라일리와 데커 둘만 남겨놓고 배런을 주방으로 안내했다.

라일리가 말을 걸었다. "요전 날 밤 우리 집에서 정말 급작스레 나가셨죠. 어디 가볼 데가 있다고 하셨는데요."

"맞습니다."

"어디였어요?"

데커가 라일리를 자세히 살피며 대답했다. "스탠리 노팅엄을 찾았습니다."

"누구요?"

"사진 뒷면에 적혀 있던 이름의 주인이요."

"아, 맞아요."

"배런 1세의 집사, 나이절의 친척이었어요."

"우와, 그거 우연이네요." 라일리가 데커를 날카롭게 응시했다. "그렇지만 당신은 우연을 믿지 않는다고 했죠."

"믿는다 해도, **그 정도로** 엄청난 우연은 믿지 않았을 거예요."

"그래서 뭘 찾아냈죠?"

"배런의 장원에 어떤 보물이 숨겨져 있다는 소문을 들은 적이 있나요?"

라일리가 고개를 저었다. "아니요, 왜요? 이 스탠리라는 남자가 그러던가요?"

"그분이 들은 이야기들이 있었습니다. 스탠리는 뉴욕에서 코스타와 같은 건물에 살았지요. 두 사람은 사실 친구였습니다."

"잠깐만요. 당신 말은 코스타가 어떤 보물에 관한 소문을 듣고 배런빌로 왔다는 거예요?"

"코스타가 소문만 믿고 온 것은 아니라고 생각해요. 제 손으로 얼마간 파헤쳐보고 여기 온 거죠."

"그렇지만 아무런 연고도 없는 데로 이사를 오려면 상당한 확신이 있어야 할 텐데요."

"같은 생각입니다."

"정말 거기에 보물 같은 게 있다고 생각하세요?"

"내 생각엔 사람들이 이미 그걸 찾아본 것 같습니다. 하지만 성공하지는 못한 듯하네요."

"젠장."

"존이 이 이야기를 당신한테 한 번도 안 했나요?"

"아뇨, 한 번도요. 뭔가를 찾아냈다면, 과연 저 사람이 지금같이 살고 있을지 의심스럽네요."

"동감입니다. 그렇지만 배런은 그 소문을 들었을 거예요."

라일리가 데커를 빤히 보았다. "당신은 왜 이 이야기를 저한테 해주는 거죠? 그건 당신 수사의 일부 아닌가요?"

"관련이 있죠. 당신한테 이 이야기를 하는 이유는 내가 감에 의존하고 있기 때문이죠. 내 감이 나더러 당신을 믿어도 된다고 말하거든요. 뿐만 아니라 나는 이 사건의 실마리를 찾고 있는데, 그러려면 현지인의 도움이 어느 정도 필요할 수밖에 없죠."

"존이 알면 저보다 더 잘 알 텐데요. 자기 집안 이야기잖아요."

"그렇지만 내가 그 사람을 믿어도 될까요?"

"나는 믿어요."

순간, 배런과 재미슨이 유리잔 네 개를 가지고 돌아왔다. 배런은 한 잔씩 차례로 위스키를 따랐다.

잔을 들어올리며 배런이 말했다. "프랭크를 위하여."

나머지 사람들도 건배사를 따라 하고 위스키를 한 모금씩 마셨다.

재미슨이 말했다. "우와, 나는 이렇게 독한 술에 익숙지 않아요. 적어도 이른 오후에는요."

배런이 재미슨에게 눈길을 주었다. "여기서 충분히 오래 살면 그게 얼마나 유용한지 알게 될 겁니다, 알렉스. 하지만 여기 살라고 권하진 않으렵니다."

데커가 라일리를 응시한 후 배런을 보았다. "나이절 노팅엄을 아십니까?"

배런이 잔을 내리고 데커를 빤히 보았다. "그 사람이 왜요?"

"배런 1세의 충직한 집사였죠."

"맞아요, 나도 압니다."

라일리가 재빨리 말했다. "이분이 그 사람의 친척과 이야기를 나누었대요. 코스타하고 같은 건물에 사는 이웃이었대요. 에이머스는 나이절의 친척이 코스타한테 당신 집에 보물이 있을 가능성에 대해 얘기했다고 생각해요. 코스타가 보물 때문에 여기 왔다고요."

데커가 여전히 배런에게서 눈길을 떼지 않으며 덧붙였다. "그것 때문에 살해당하기까지 했죠."

배런이 진력이 난다는 투로 내뱉었다. "그래요, 보물. 어딘가에 **있다는** 보물."

데커가 말했다. "당신은 우리한테 그 이야기를 하지 않았죠."

"왜 그래야 합니까? 있지도 않은데요."

재미슨이 말했다. "그걸 찾아봤다는 뜻인가요?"

"아니요. 그렇지만 제 선조들은 찾아봤죠. 수십 수백 년 동안요. 보물은 끝내 발견되지 않았어요. 왜냐하면 우리 물주는 자기 후손들에게 돈을 절대 한 푼도 남기지 않았을 테니까. 그분의 DNA에는 그런 게 없었어요."

데커가 말했다. "코스타는 분명 생각이 달랐던 모양입니다. 그렇지 않다면 왜 여기 오려고 뉴욕을 떴겠습니까? 그 사람이 보물에 관해 물어본 적이 있습니까?"

"전에 말씀드렸듯, 나는 그 남자를 모릅니다. 나하고 만난 적이 있어야 뭘 물어보든 말든 했겠죠."

"장담할 수 있습니까?"

배런이 입술을 오므리고 짐짓 유쾌한 표정을 지었다. "아무래도 조이스와 스완슨에 관해 몇 가지 깜빡하고 미처 알려드리지 못한 걸 비꼬는 것 같은데요?"

"당신의 신빙성은 제 기록상으로는 그리 좋지 않죠."

배런이 대꾸했다. "음, 내가 무슨 말을 해야 당신의 확신을 바꿔놓을 수 있을지 잘 모르겠네요. 그러니 이만 가봐야 할 것 같습니다." 그러고는 재미슨을 돌아보았다. "이런 일이 생겨서 몹시 유감입니다. 내가 무슨 도움이 될지 모르겠지만, 혹시라도 당신이나 당신 언니께서 필요한 게 있으면 말씀만 하십시오. 힘닿는 일이라면 뭐든 하겠습니다."

라일리가 말했다. "저도 마찬가지예요."

재미슨이 말했다. "고맙습니다."

네 사람은 다 함께 문간을 나섰다. 다행히도 비는 거의 멈췄다. 배런과 라일리가 낡은 서버번으로 가는 도중 사이렌 소리가 들려왔다.

데커가 한마디 했다. "이쪽으로 오는 것 같은데."

그들은 번뜩이는 전조등들이 죽음의 집이 있는 거리로 접어드는 광경을 보았다. 누가 먼저랄 것도 없이 다음 블록으로 뛰어간 네 사람은 때마침 차에서 급히 내린 경찰들이 한 집으로 달려가는 것을 목격했다. 앞문은 열려 있었고 나이 지긋한 여자가 괴로운 표정으로 현관에서 기다리고 있었다. 그들이 지켜보는 사이, 구급차 한 대가 서서히 집으로 다가왔다. 비상등을 끈 채였다.

라일리가 물었다. "저기에는 누가 살죠?"

데커가 말했다. "댄 본드 씨요. 상황을 보건대, 더 이상 그분이 저기 **산다**고 할 수 있을지 잘 모르겠네요."

0 049

"도대체 누가 무슨 이유로 댄을 죽이고 싶어 했을까요?"

마틴 부인이 금방이라도 눈물을 흘릴 것 같은 얼굴로 똑같은 질문을 어찌나 여러 번 반복하는지 데커는 마틴 부인이 쇼크 상태인지도 모른다고 생각했다. 데커와 재미슨의 배지를 확인한 경관들은 자연사나 사고사가 아니었다고 알려주었다.

한 경관이 보고했다. "누군가 그분의 두개골을 박살 냈습니다."

본드의 유류품이 수거된 후에 사람들은 앰버의 집에 모였다. 다른 손님들은 떠났고 앰버와 조이는 위층에서 쉬고 있었다. 재미슨의 자매들은 프랭크의 부모와 형제들을 모텔까지 도로 태워다 주었다. 배런과 라일리는 여전히 거기 남아서 말없이 거실 바닥을 뜯어보고 있었다. 배런은 새로 따른 위스키 잔을 손에 든 채였다.

재미슨은 마틴 부인의 어깨에 한 팔을 얹었다. "누가 그런 짓을 했는지 경찰이 반드시 알아낼 거예요."

마틴 부인이 재미슨의 말에 울음을 토해냈다. "흑, 경찰은 아직도 이전에 죽은 사람들을 누가 죽였는지도 알아내지 못했는걸요."

재미슨의 눈길을 받은 데커가 막 뭐라고 한마디 하려는데 누군가가 문을 두드렸다. 데커는 문간에 누가 서 있을지 예상했다. 그린과 래시터 형사가 데커를 마주 보았다.

그린이 음울하게 말했다. "농담 아니고, 거리의 다른 주민들을 다른 데로 옮겨야 할 것 같습니다."

"그중 한 분은 여기 와 계시죠." 데커는 마틴 부인을 생각하며 말했다. "프레드 로스 씨는 어떤가요?"

래시터가 대답했다. "우리는 문을 두드려서 그분을 깨웠습니다. 엄청 불쾌해하더군요."

"그 양반이 산탄총은 없었던 모양이군요. 다행이네요."

"음, 그게, 누가 자기 머리를 박살내려고 하면, 수고의 대가로 쌍배럴로 낯짝을 두들겨 맞을 거라고 하더군요."

데커가 물었다. "저한테 알려주실 만한 게 있습니까?"

래시터가 말했다. "밖으로 좀 나와주시겠어요?"

현관을 나간 데커는 등을 돌려 두 형사를 마주 보았다.

그린이 말했다. "피해자는 지난밤 자정 무렵부터 죽어 있었습니다."

"강제 침입은요?"

"그런 흔적은 없습니다. 친구인 한 노인이 피해자가 교회 모임에 나타나지 않고 전화도 안 되길래 확인하러 갔다고 합니다. 그 여자분이 주방에 있던 피해자를 발견했습니다."

"친구분은 어떻게 들어갔지요?"

그린이 대답했다. "열쇠가 있었습니다. 우리가 확인해봤는데, 그분 주장은 사실과 일치합니다."

데커가 물었다. "제복 경관 말로는 머리에 둔기로 인한 외상이 있었다던데요?"

래시터가 대답했다. "맞습니다."

"살해 무기는요?"

"찾지 못했습니다. 아마도 범인이 가져갔겠지요."

"뭔가 본 사람이 아무도 없다고요?"

"음, 인근에 사는 다른 사람은 단 두 명뿐입니다. 마틴 부인과 프레드 로스요. 둘 다 자정에는 침대에 있었을 겁니다."

데커가 물었다. "길 건너편의 DEA 요원은요?"

그린이 말했다. "켐퍼 씨가 어제 감시카메라를 들어냈습니다. 해당 현장과 당신이 콜린스를 쏜 옆집 현장을 처리하고 나서요. 우리는 놀려둘 인력이 없고요. 해서 순찰 근무 중인 사람은 아무도 없었습니다."

래시터가 말했다. "살인자는 틀림없이 그 집을 감시하고 있다가 경찰이 아무도 없다는 사실을 알았을 겁니다. 적당한 때 침입해서 그 짓을 한 거죠."

그린이 말했다. "그렇지만 왜 늙은 맹인을? 누가 무슨 이유로 표적으로 삼았을까요? 그분은 아무것도 **봤을** 리가 없는데요."

데커가 말했다. "그렇지만 그분은 **들을** 수 있었습니다. 그날 밤 비행기가 날고 있지 않았다는 사실을 알았습니다. 그게 드론일 가능성을 내게 제시해주었습니다."

그린이 껌을 입안에 던져 넣었다. "도나한테 그에 관한 당신 생각을 들었습니다. 피해자가 당신한테 한 말을 다른 사람한테도 했을 수 있다고 생각합니까? 그자가 피해자를 죽였을지도 모른다고?"

"가능하죠. 누군가 그분을 죽이고 싶어 할 만한 다른 이유가 떠

오르지 않습니다. 그분은 적이 많을 사람이 아니었습니다. 강도의
흔적이 있었습니까?"

"아니요. 피해자한테 훔쳐갈 만한 물건은 별로 없었을 듯합니다."

"내가 진술을 들으러 갔을 때 본드 씨는 자물쇠를 세 개나 열어
야 했습니다. 그분이 문을 열어두었을 리는 없어요."

래시터가 말했다. "열쇠를 가진 사람의 소행이겠군요."

데커가 지적했다. "아니면 그분이 살인자를 알아서 집에 들였거
나요. 본드 씨와 만난 경험으로 미루어보면, 밤 시간에 그러려면
꽤나 신뢰하는 사람이어야 할 겁니다."

그린이 따지는 투로 물었다. "당신은 여기서 **뭐라도** 납득이 가는
게 있습니까?"

"아직은 없네요."

그린이 허리띠에서 배지를 빼내 현관에 던져버렸다.

"젠장, 내가 내 시를 지켜내지도 못한다면 이건 도대체 뭐하러
달고 다닌담?"

데커가 허리를 숙여 배지를 집어 들고 찍힌 곳이 없는지 살펴본
후 도로 그린에게 건넸다. 데커가 말했다. "우리는 해낼 겁니다, 형
사님."

래시터가 물었다. "어떻게 확신하죠?"

데커가 대꾸했다. "왜냐하면 우리 업계에서 실패란 선택지는 존
재하지 않으니까요."

0 050

장례식이 끝나고 이틀 후, 데커는 주방 식탁에 앉아 있었다. 스
탠리의 요양원 사물함에서 찾아낸 편지 복사본들을 매끈하게 펴
서 식탁 위에 놓았다. 편지는 여러 통이지만 숨겨진 보물과 관련된
정보를 담은 것은 하나도 없어 보였다.

데커는 그중 한 통을 다섯 번째로 다시 보았다.

사랑하는 새뮤얼에게,

나는 우리 사이가 소원해졌고 서로 오랫동안 왕래가 없었던 것을 안다.
하지만 그리운 마음에 이제 이렇게 펜을 든다, 아들아. 네가 배런빌을 버리
지 않았더라면 좋았겠지만, 네가 너만의 삶을 꾸려나가야 한다는 사실을
안다. 네가 배런 주인님과 결코 살가운 사이가 아니라는 점은 알지만 그분
은 내게 무척 잘 대해주신단다. 작년만 해도 우리는 오스트레일리아를 가
로지르는 한 달간의 도보 여행을 포함한 장기 여행을 다녀왔단다. 그분은
우리 여행을 위해 개인 선박을 세내셨고, 여행은 비록 길었지만 매혹적이

었단다. 우리가 이전에 방문한 나라들 역시 진정 여러 면에서 독특하고 매력적이었지만, 내 평생 오스트레일리아 같은 곳은 본 적이 없구나. 우리는 해변 도시들을 여행했다. 시드니, 퍼스, 애들레이드, 그리고 현 수도인 멜버른까지. 캔버라라는 곳을 새 수도로 정할지를 두고 논의하는 중이라고 들었다. 우리는 또한 지롱, 터움바, 캘굴리, 발라라트, 몰리아굴 같은 이국적인 이름을 가진 지역을 열 곳도 넘게 방문했다. 원주민들도 보고, 캥거루와 에무, 웜뱃과 쿠카부라스, 그리고 존재하리라고는 감히 상상조차 못 해본 야생동물들도 보았지. 우리 안내인 하나는 몸길이가 내 키의 세 배나 되는 뱀을 죽이기도 했다. 웅장한 산호초들이 있고 물은 너무 맑아서 바닥까지 들여다보인단다. 이곳에서는 거대한 산맥들과, 드넓은 사막들을 따라 자리 잡은 울창한 다우림도 볼 수 있지. 내륙은 아웃백이라고 불리는데, 이루 말로 다 표현하기 어려울 정도란다. 그에 비하면 영국은 다소 지루해 보일 지경이지. 비록 많은 부분이 여전히 대영제국의 일부라는 점이 자랑스럽지만 말이다. 심지어 대체로 사업에만 관심이 있으신 대단하신 배런 나리도 여유를 가지고 즐기시는 것 같더구나. 그렇지만, 우리가 돌아온 후에 배런 주인님의 건강이 안 좋아졌다는 사실을 알리게 되어 내 마음이 아프다. 고된 여정이 그분에게는 너무 힘든 일이었던 모양이지. 이제 우리가 돌아온 지 1년이 다 되었는데도 그분의 강건함은 돌아오지 않고 있다. 주인님은 강한 모습을 잃지 않으려 하시지만 다른 누구보다 그분을 잘 아는 나는 그분이 무너지고 계심을 알 수 있단다. 주인님이 가시고 나면 여기가 어떻게 될지, 짐작조차 가지 않는구나. 그분은 자식들과 사이가 좋지 않으시다. 그들 중 누구도 그분의 사업 감각을 물려받지 못했지. 주인님이 자식들을 위해 그처럼 많은 일을 하셨는데도, 정말이지 더없이 배은망덕한 것들이지 뭐냐. 그리고 아들아, 진실을 말하자면, 네 아비도 그다지 몸이 좋지 않구나. 뼈가 삐거덕거리고 폐는 무겁다. 너와 네 아이들이 잘 지내고 있으리라고 믿는다. 내가 가기 전에 너를 보고 싶구나. 그러지 못한다면, 내 남은 흔적이라도 찾아 여기 와주렴. 모쪼록 내가 너보다 훨씬 높은 곳에서 지켜보고 있기를 바라지만, 혹시 모르는 일 아니겠느냐? 저 아래에 웅크리고 있을지도. 모든 것을 하느님의 손길에 맡기고 그저 조아려 그분의 용서를 빌 따름이다.

사랑하는 아버지,

나이절 씀

데커는 편지를 옆으로 밀어놓았다. 거기에 실마리가 있다 해도 데커의 눈에는 보이지 않았다. 나이절은 오로지 부자라는 이유만으로 배런을 숭배하는 것처럼 보였고, 참 딱한 일이었다. 하지만 다시 생각해보면 오늘날에도 여전히 많은 사람들이 그랬다. 두 남자의 건강이 악화되고 있다는 나이절의 염려는 기우가 아니었다. 편지의 날짜는 나이절과 배런이 죽기 겨우 6주 전으로 되어 있었으니까.

재미슨이 방으로 걸어들어오자 데커는 고개를 들었다. 재미슨은 맞은편 자리에 앉아 편지들을 응시했다.

재미슨이 물었다. "뭔가 관련 있는 걸 찾아냈어요?"

데커는 고개를 젓고 도로 의자에 몸을 기댔다. "조이하고 언니는 좀 어때요?"

"조이를 오늘부터 다시 등교시키기로 했는데 잘했다 싶어요. 그 애는 지금 상황에서 눈을 돌리게 해줄 뭔가가 필요해요. 나중에 내가 데려오려고요. 앰버는 은행에 가서 재정 문제들을 처리하고 있어요. 테드 로스가 추천한 변호사한테 전화도 했고요. 변호사가 언니를 만나러 올 거예요."

"잘됐네요. 앰버는 맥서스의 주머니를 탈탈 털어내야 해요."

"나도 언니한테 그렇게 말했어요. 그쪽에서 뭘 보내더라도 절대 서명하지 말라고요. 프랭크는 생명보험도 들어두었어요. 50만 달러짜리니까, 그것도 도움이 되겠죠. 언니 말로는, 그게 꽤 일찍 들어올 거래요."

"직장에서 들어준 거예요?"

"그런 것 같아요, 맞아요."

데커는 고개를 끄덕이고 다시 편지들을 내려다보았다.

재미슨이 물었다. "본드 씨가 왜 살해당했을지 혹시 짐작 가는 게 있어요?"

"그날 밤 일어난 일에 관해 뭔가 알았을지도 모르죠."

"뭔가를 봤을 리는 없고, 그럼, 뭔가를 들어서?"

데커가 고개를 끄덕였다. "프레드 로스가 그날 밤 검진을 받느라고 병원에 있었다는 사실을 확인했어요. 본드가 뭘 들었든 프레드하고는 관련이 없단 얘기죠."

"마틴 부인이 다음번 표적일지도 모른다고 생각해요? 본드를 살해한 자가 그분 역시 뭔가를 보거나 들었다고 볼 수도 있잖아요."

"안 그래도 그런한테 얼마 동안은 그쪽에 정기 순찰을 돌게 해달라고 부탁해뒀어요."

재미슨이 말했다. "잘했네요."

데커가 자리에서 일어섰다.

"어디 가요?"

"배런빌 역사협회요."

"오늘 아침에 다들 집에 가려고 떠났어요. 같이 가줄까요?"

"돌아와서 기쁘네요, 동료 요원."

＊ ＊ ＊

"그래요, 코스타 씨라면 분명히 기억합니다."

데커와 재미슨은 역사협회 이사인 제인 새터화이트와 이야기를 나누는 중이었다. 직원은 새터화이트 단 하나뿐임이 분명해 보였다. 볼품없는 회색 머리를 한 60대 후반의 여자로, 분홍색 숄과, 사슬이 늘어진 할머니 안경에 감싸여 있었다.

협회는 버려진 구조물들이 양 끝에 딸린 칙칙한 벽돌 건물에 둥지를 틀고 있었다.

새터화이트가 말했다. "우리 배런빌에는 무척 풍요로운 역사가 있답니다. 다만 이를 충실히 전시할 자원이 부족할 뿐이죠."

그 말에는 일말의 진실이 담겨 있는데, 눈에 보이는 책장들은 겨우 절반만 차 있었고, 낡은 전시품들은 먼지투성이였기 때문이다. 이곳 전체가 방치된 분위기를 풍겼다.

재미슨이 물었다. "방문객들이 많나요?"

"아니요, 유감스럽게도 그렇지 않네요. 사람들이 더는 역사에 관심이 없나 봐요."

데커가 한마디 했다. "그러다간 과거의 실수를 되풀이하게 될 텐데 말이죠."

새터화이트가 갑자기 생기를 띠며 말했다. "바로 그거예요. 정곡을 찌르셨네요. 다들 미래에서 답을 찾으려고만 하죠. 아무리 긴 세월이 지나도 인간은 근본적으로 변하지 않는다는 사실을 무시하고 말이에요."

"저희한테 브래들리 코스타 이야기를 해주시던 중이었는데요?" 재미슨이 슬쩍 화제를 되돌렸다.

"아, 맞아요. 맞아요. 아주 훌륭한 젊은이였죠. 우리 시에 무척 관심이 많았어요."

재미슨이 물었다. "특히 관심 있어 하던 게 있었나요?"

"존 배런이요. 1세요. 이 시를 건립한 사람."

데커가 물었다. "정확히 존 배런의 어떤 점에 관심이 있던가요?"

새터화이트가 두 사람을 다른 방으로 안내했다.

"여긴 배런 전문관이에요. 나는 그렇게 부르길 좋아하죠. 우리는 존 배런에 관한 모든 자료를 여기다 둔답니다. 출생에서 죽음에 이르는 모든 자료요."

"나는 그분이 집사인 나이절 노팅엄하고 같은 날에 세상을 떠났다고 알고 있는데요."

"그래요, 맞아요. 당신도 역사학자인가요?"

데커가 거짓말을 했다. "아마추어입니다. 코스타 씨가 그런 사실에 관심을 보이던가요?"

"음, 나이절이 보낸 서신을 혹시 우리가 가지고 있는지 알고 싶어 하더군요. 그걸 물어본 사람은 처음 봤어요."

데커가 물었다. "서신이 있나요?"

"아니요, 없어요."

"또 달리 물어본 게 있었나요?"

"당시부터 배런이 사망한 즈음까지 사업과 관련된 서신이 있는지도 묻더라고요."

재미슨이 물었다. "있나요?"

"그냥 편지 한 통뿐이에요."

새터화이트가 몸을 돌려 파일 캐비닛을 열고는 내용물을 뒤적이더니 말했다. "이상하네요."

재미슨이 물었다. "찾으실 수가 없나요?"

"흠, 바로 여기 있었거든요. 어쩌면 도로 갖다놓는다고 엉뚱한 데 집어넣었는지도 모르겠네요." 다른 서랍들도 뒤져봤지만 소득은 없었다.

"흠, 이상하네. 이 안에는 없어." 두 사람에게 하는 말이라기보다 혼잣말에 가까운 말투였다.

재미슨이 물었다. "편지를 마지막으로 언제 꺼내보셨습니까?"

"그게, 코스타 씨가 여기 왔을 때요. 그렇지만 나는 분명히 여기다 도로 넣어놨어요."

"다른 누군가 손을 댔을 수도 있을까요?"

"여기는 나 말고 아무도 없답니다. 우리는 사실 낮에는 문을 잠가두지 않아요. 내가 안쪽에 있는데 누군가 들어온다면, 그리고 나를 부르지 않는다면, 나 모르게 여기까지 들어올 수도 있겠죠. 하지만 누가 그런 짓을 하겠어요?"

데커가 물었다. "편지에 뭐라고 쓰여 있었는지 말해주실 수 있습니까?"

"네. 왜냐하면 코스타 씨한테 보여주려고 꺼냈을 때 거의 빠짐없이 읽었거든요. 특별한 내용은 전혀 없었어요. 배런이 제지 공장 건물을 더 짓는 일과 관련해 어떤 회사에 보내는 편지였죠. 장비, 점토, 다량의 콘크리트, 벽돌 거푸집 구매, 그런 내용이었어요. 정말이지 내가 보기엔 전혀 중요한 편지 같지 않았어요. 그냥 사업 이야기였거든요."

데커가 물었다. "편지를 쓴 날짜가 언제였습니까?"

"배런이 죽기 한 1년 전이요."

재미슨이 물었다. "수신인 측은 지역 회사였나요?"

"아뇨, 피츠버그에 있는 회사였어요."

재미슨이 물었다. "회사 이름을 기억하세요?"

"아, 잠깐만 생각 좀 하고요. 네, 맞아요. 오라일리앤드손스였어요. 시어머니의 결혼 전 성이 오라일리여서 기억하고 있었어요."

데커가 물었다. "코스타가 편지에 관심을 가졌던 모양인데요? 그분을 위해 편지를 꺼내셨다고 했잖아요."

"음, 맞아요. 하지만 사업 관련한 서신은 그 편지 하나뿐이었어요. 우리는 그런 자료들을 배런 가문에게서 얻어야 했거든요. 그쪽에도 많지 않았어요. 아니면 우리한테 내주고 싶지 않았을 수도 있지만."

재미슨이 사례했다. "음, 협조해주셔서 감사합니다."

차를 향해 걸어가는 길에 재미슨이 말했다. "흠, 편지가 없어졌다? 이상하네요. 코스타가 훔쳐갔을까요?"

"어쩌면요. 아니면 누군가 딴 사람이 그랬거나."

"더 많이 알아낼 수 있었으면 좋았을 텐데 아쉬워요."

"음, 답이 필요한 질문이 하나 생겼죠."

"뭐죠?"

"배런 1세가 주문한 물건을 실제로 어디다 썼을까요? 그건 제지 공장을 확장하는 데 사용하는 물건이 아니었거든요."

"그걸 당신이 어떻게 알아요?"

"그린 형사가 우리한테 해준 말 때문에요."

0 051

"존 배런에 대한 수색영장을 집행하려고 하는데 혹시 생각 있으면 같이 가시죠."

이튿날 이른 아침, 데커는 앰버의 집 앞 현관에 서 있는 래시터 형사를 멍하니 응시했다.

데커가 물었다. "파트너는 어디 있습니까?"

"다른 실마리 몇 가지를 쫓고 있어요. 나는 이쪽 지휘를 맡았고요."

"존 배런의 집에 수색영장이라니 무엇 때문이죠?" 데커가 졸음에 겨운 말투로 물었다. 래시터가 오기 전에 미리 전화한 덕분에 데커는 서둘러 옷을 챙겨 입고 문을 열어줄 수 있었다.

래시터가 대꾸했다. "우리는 배런이 일련의 살인 사건에 관여했다고 믿을 만한 근거가 있어요."

막 데커 옆으로 다가온 재미슨이 물었다. "근거가 뭔데요?" 데커에게 상황 설명을 듣고 온 터였다. 뒤집어쓴 스웨터를 당겨 내리면서 자느라 헝클어진 머리를 눈에서 떼어내고 있었다.

래시터가 데커를 손가락질하며 말했다. "여기 당신 친구분이 저한테 준 정보를 바탕으로요."

데커가 물었다. "배런은 피살된 네 사람 중에 적어도 세 명을 알았습니다. 우리는 배런이 태너를 알았고 스완슨이 배런의 정원 관리용 헛간에 살았다는 사실을 알고 있죠. 하지만 셋째는 누구죠?"

"배런의 집에 담보를 설정한 은행가요. 은행에서 융자를 담당한 사람이 누구게요?"

재미슨이 따분하다는 투로 대답했다. "브래들리 코스타."

"정답입니다."

데커가 말했다. "그러니까 존 배런은 피해자들 중 몇 명과 관련이 있죠. 틀림없이 이 시의 다른 사람들도 해당되는 얘기일 텐데요."

"다음으로 배벗하고 엮여 있죠. 그걸로 네 명 모두가 관련돼요."

데커가 날카롭게 따졌다. "무슨 관계 말입니까?"

"내가 옛날 체포 기록을 파헤쳐봤어요. 배벗은 배런의 땅을 불법 침입한 죄로 기소당한 적이 있어요."

재미슨이 물었다. "거기서 뭘 하고 있었는데요?"

"배벗은 경찰의 질문에 대답하지 않았어요."

"존 배런은 그런 사실을 알았나요?"

"**그 사람이** 배벗을 붙잡아 경찰에 신고를 한 당사자예요. 그러니 배런은 **네** 희생자 모두를 알았죠."

재미슨이 물었다. "이 사건에 대한 형사님의 가설은 뭐죠?"

"음, 코스타의 경우는 쉽게 설명할 수 있어요. 은행은 담보를 잡았어요. 그리고 이것도 데커한테서 들은 얘기지만, 배런은 그리스 신화에 관심이 있었어요. 타나토스는 **그리스 신화에 나오는** 죽음의 신이죠."

"그럼 태너는요?"

"존 배런은 태너를 도와주고 있었는데, 돈이 떨어져가고 있었죠. 어쩌면 태너가 배런의 약점을 잡았는지 몰라요. 그래서 배런이 태너를 도와줬다고 볼 수 있죠. 결국 태너를 죽이고 벽에다 노예제에 관련된 성경의 헛소리를 끄적인 거죠. 어쩌면 금전적 노예 같은 의미로. 그리고 태너는 고등학교 때 성경에 관심이 있었는데, 배런은 그런 것을 잘 알았어요."

데커가 물었다. "모든 게 좀 과해 보이지 않습니까?"

래시터가 되물었다. "무슨 뜻이죠?"

"그리스 신화의 상징, 성경 구절들, 배런이란 키워드로 손쉽게 추적할 수 있는 모든 것들요. 연감만 찾아봐도 바로 알겠더군요. 배런 집안 땅은 이미 오래전에 저당 잡혀 있었어요. 왜 지금에 와서 그것 때문에 은행가를 죽인단 말입니까?"

"왜냐하면, 내가 알아낸 사실인데, 존 배런이 최근 유동성에 문제가 있어서 이자율이 낮은 대출로 갈아타려 했거든요. 그렇지만 은행에서 거부했죠. **코스타**가 거부했다는 뜻이에요. 존 배런이 빚을 갚지 못하고 은행이 담보를 집행하면 땅을 몽땅 잃게 된단 얘기예요."

데커는 이 새로 알게 된 사실에 약간 경악한 표정을 지었다. "그렇다 해도 존 배런이 코스타를 죽였다고 단정할 수는 없습니다. 내가 보기에 너무 과한 추론입니다."

"살인자들은 이따금씩 과하게 생각을 해요, 데커. 그자들은 단순한 걸 복잡하게 만들죠. 영악함이 지나치달까."

"그래요, 맞습니다. 하지만 내가 보기에 존 배런은 그런 부류가 아니에요 누군가 그 사람에게 누명을, 그것도 영 형편없는 솜씨로 씌우려 하고 있는 것 같습니다."

"음, 나는 그보다 훨씬 적은 단서로도 사람들을 체포했었고, 내가 옳았음을 입증했어요."

"그럼 배벗은요?"

"그 땅에서 배런을 불안하게 만드는 뭔가를 발견했는지도 모르죠. 사실 그게 뭔지 알 것 같아요. 당신도 그렇겠죠. 왜냐하면 당신이 우리보다 앞서 그들의 관계를 밝혀냈으니까."

"뭐라고요?"

"스완슨은 마약상이었어요. 배런도 거기에 한몫했다면 어때요? 돈이 절박하게 필요했던 배런이 과연 돈이 어디서 나는지 상관했을지 의심스러워요. 그러다가 스완슨이 더 큰 몫을 원했거나 어쩌면 겁이 나서 발을 빼려 했거나, 아니면 배런을 밀고하려 했겠죠. 그러니 스완슨은 죽여야 하고, 이 일을 알았다면 배벗도 마찬가지겠죠. 사실, 배벗은 그들한테서 약을 사고 있었을지도 몰라요."

데커가 말했다. "그건 모두 추측일 뿐입니다."

래시터가 받아쳤다. "그래서 수색영장을 받아온 거예요. 우리 추측이 옳다는 것을 뒷받침하는 증거를 찾으려고요. 함께 갈 거예요, 말 거예요?"

데커가 대꾸했다. "갑니다."

재미슨은 걱정스런 표정으로 데커를 보았다.

* * *

데커와 재미슨은 래시터와 경찰 승합차 두 대를 따라 배런 가문의 땅으로 이어지는 언덕을 올라갔다. 겨우 아침 7시였고, 래시터는 배런을 불시에 습격하고 싶은 것이 분명했다.

데커가 말했다. "배런은 나한테 또 거짓말을 했어요. 코스타를 모른다고 나한테 분명히 말해놓고는."

"음, 어쩌면 한 번도 안 만났을지도 모르죠. 서신이나 이메일로 접촉했을 수도 있잖아요."

"그건 중요하지 않아요. 코스타는 담보를 집행할 생각이었어요. 당신도 알다시피 그건 살인 동기가 될 수 있죠. 배런은 내게 그 사실을 숨겼고요."

"정말 배런이 스완슨하고 같이 약을 팔고 있었다고 생각해요?"

"나야 모르죠. 거짓말은 모든 걸 오염시키니까요."

"하지만 배런이 살인자라고 생각하는 것은 아니죠?"

"나는 배런이 살인자가 아니라는 사실을 알 수 없어요."

"하지만 그 사람은 보기에 그냥 너무……."

"너무 뭐요? 착하다고? 별종이라고? 마술을 잘한다고? 그걸로는 부족해요, 알렉스. 당신도 알잖아요."

재미슨이 체념한 듯 한숨을 쉬었다. "래시터는 정말 흡족해 보이더군요."

"배런 가문이 한 짓 때문에 아버지가 감옥에서 죽었다고 생각할 텐데, 당연히 그렇겠죠."

"마지막 남은 배런을 잡아들이는 게 래시터한테 흡족한 보상이 될까요?"

데커가 말했다. "그게 내가 우려하는 겁니다."

0 052

"음, 이거 인상적이군요." 앞문을 연 배런이 래시터 뒤로 모여든 경관들을 내려다보며 말했다. 낡은 로브 차림에 맨발이었다.

배런은 한쪽으로 비켜서 있는 데커와 재미슨을 쓱 보았지만 아무 말도 하지 않았다.

래시터가 종이 한 장을 들어올렸다. "집, 별채, 그리고 부지의 수색영장입니다. 우리가 수색영장을 집행하는 동안 귀하는 여기 나와 앉아 계십시오."

배런이 짐짓 유쾌한 척하며 말했다. "그전에 목을 좀 축여도 될까요?"

래시터는 그 말을 무시하고 바로 뒤에 서 있는 경관에게 말했다. "다우스, 자네가 여기 남아서 저 사람이 움직이지 않도록 해. 어떤 증거를 숨기거나 내뺄 틈을 주어선 안 돼."

배런이 웃음 지으며 말했다. "음, 나는 예전만큼 빨리 뛰지 못합니다. 기운을 북돋아줄 술 한 잔도 없으니, 그냥 여기 앉아서 기다리다 잠이나 들었으면 하는 마음이 간절하네요."

래시터가 얼굴을 화강암처럼 굳히며 뭐라고 받아치려는 찰나, 데커가 앞으로 나서며 말했다. "그 영예는 우리가 맡겠습니다, 형사님. 여긴 큰 집이라 수색하려면 인력을 모두 투입해야 할 겁니다."

필요 이상으로 길다 싶게 데커를 응시하던 래시터가 고개를 끄덕였다. "좋아요. 하지만 저 사람이 움직이지 못하게 하라는 내 말 허투루 듣지 말아요."

데기가 대꾸했다. "명심하겠습니다."

래시터는 부하들에게 명령을 내렸다. 일부는 래시터를 따라 집 안으로 들어갔고 나머지는 별채들과 부지로 향했다.

배런은 현관에 앉아서 몸을 쭉 폈다. "혹시라도 돈이 발견되면 나는 소유권을 **필히** 주장할 겁니다. 현금이 있으면 요긴할 상황이라서요. 말 안 해도 이미 아시겠지만."

데커는 계단에 한쪽 발을 올리고 배런을 바라보았다.

"당신은 코스타에 관해 거짓말을 했죠. 그 사람은 이곳을 저당 잡았고 당신은 그걸 알았습니다."

"음, 엄밀히 말하면, **은행이** 잡은 거죠. 그 사람은 그냥 직원일 뿐이고."

"그게 별 차이가 없다는 건 당신도 알 텐데요. 그 사람하고 몇 번이나 이야기를 했습니까? 서신을 주고받았습니까? 당신은 거래 조건을 재협상하려 했지만 은행에 퇴짜를 맞았죠. 실제로 퇴짜를 놓은 사람은 **코스타**고요."

"은행이 저 같은 사람들한테 퇴짜를 놓는 일은 흔히 있습니다. 딱히 개인적인 감정은 품지 않았어요."

"코스타를 알았다는 사실은 인정하는 겁니까?"

"그냥 사업상 알고 지냈을 뿐이에요."

"그건 당신이 거짓말을 **했다는** 뜻입니다."

"사람들은 늘 거짓말을 하죠."

"그리고 늘 들통이 나죠." 데커가 다시 응수했다. "바로 지금처럼요. 자, 코스타는 당신 요청을 무시했습니다. 당신은 그 사람을 살해할 주요한 동기가 생긴 겁니다."

"다만 나는 살해하지 않았죠. 나를 나쁘게 대한 모든 사람을 죽였다면 세상에서 가장 바쁜 연쇄살인범이 됐을 겁니다. 왜냐하면 이 시의 거의 모든 사람을 살해해야 하거든요."

"그리고 래시터는 스완슨이 여기 있었음을 압니다. 태너와 당신의 관계도 알죠. 게다가 당신이 예전에 배벗을 무단 침입으로 고소했다는 사실도 파헤쳤어요. 이는 래시터가 당신이 네 희생자 모두와 엮여 있음을 안다는 뜻입니다. 이로써 당신은 무척 드문 조건을 충족시키는 동시에 용의자 명단 꼭대기로 곧장 올라가게 되죠."

재미슨이 덧붙였다. "래시터는 당신이 그들을 왜 살해하게 됐는지를 설명하는 가설도 세웠어요. 상황이 아주 안 좋아 보여요, 존."

배런은 상황을 받아들였는지 어깨를 으쓱했다. "음, 당신 말이 맞는 것 같네요. 내가 바꿀 수 있을 만한 건덕지가 안 보이는군요."

데커가 말했다. "그런데 당신은 왜 코스타에 관해 거짓말을 했습니까? 배벗에 대해서도요? 경찰이 알아낼 거라는 생각은 안 해봤습니까?"

배런이 실수를 인정했다. "이 시에는 경찰이 있긴 하지만, 정말이지 내가 보기엔 이름뿐인 것 같았거든요. 우리 부모님이 피살된 사건을 해결하지 못한 경찰이 다른 사건에는 실력을 발휘할 수 있을 거라고 생각할 이유가 없지 않습니까?"

"래시터 형사는 자기 아버지 때문에 당신한테 잔뜩 날을 세우고 있어요. 자신이 어린아이였을 때 아버지가 제지 공장에서 일자리를 잃는 바람에 은행에 집을 빼앗겨서, 은행가가 사는 집에 불을 질렀거든요. 그 일로 감옥에 가서 끝내 살아 나오지 못했고요. 자, 당신 생각에는 래시터 형사가 배런 집안을 얼마나 좋아할 것 같습니까?"

배런이 비꼬았다. "이런 말씀 드리긴 그렇지만, 그래서 래시터 형사가 도시의 다른 사람들하고 어떻게 다르다는 거죠?"

재미슨이 두 사람의 말싸움에 끼어들었다. "존, 당신은 심각한 곤경에 처했어요. 래시터 형사는 네 건의 살인에 대해 당신을 기소할 준비를 하고 있어요. 우리는 이 상황의 심각성을 이해시키려고 애쓰고 있는 거예요."

"나는 살아오면서 늘 깊은 곤경에 빠져 있었는데요."

데커가 말했다. "이렇게 깊지는 않았죠. 당신은 사형 선고를 받을 수도 있습니다."

"그거라면 사실 내가 여기서 태어났을 때 이미 받은 거나 다름없습니다. 그냥 시간문제예요."

재미슨이 다그쳤다. "정말 심각한 상황이라니까요."

배런이 자리에서 일어섰다. "심각한 상황임을 받아들인다 치면, 정확히 어떻게 하면 되는 겁니까?" 배런의 눈동자가 두 사람에게 한 번도 보여준 적 없는 위험한 빛을 띠었다. "여기 당신 친구분 말마따나 사람들이 저한테 잔뜩 날을 세우고 있다면, 내가 뭘 하든 뭐 그리 중요하겠습니까? 어차피 결과는 뻔한데요. 이제 당신은 내가 맨날 술을 퍼마시는 이유를 이해할 수 있을지도 모르겠군요."

데커가 물었다. "당신이 그 사람들을 죽였습니까?"

배런은 재미슨의 눈길을 한 박자 더 붙잡고 있다 놓아준 후 데커를 보았다. "음, 내가 그랬다 해도, 과연 제 입으로 FBI에 자백할지는 의심스럽네요." 이어서 다시 재미슨을 보았다. "**당신**은 내가 그 사람들을 죽였다고 생각합니까?"

"내가 어떻게 생각하는지는 중요하지 않아요. 뭔가를 입증할 수 있느냐가 중요하죠."

"좀 식상한 반응이군요. 솔직히 말하면 나는 당신한테 더 그럴싸한 걸 기대했는데 말이죠, 알렉스."

데커가 물었다. "당신이 스완슨의 물건들을 정원 관리용 헛간에서 치웠습니까?"

배런은 아무 말 없이 데커를 빤히 보기만 했다.

데커가 덧붙였다. "이미 말씀드렸죠. 헛간에서 스완슨이 머문 증거를 발견했다고. 거기 있던 약물하고 도구들도요. 당신이 그걸 치웠습니까?"

"대답해야 할지 어떨지 잘 모르겠는데요."

"언젠가는 해야 할 겁니다."

"그럼 일단은 미뤄두죠."

"경찰은 이곳을 구석구석까지 수색할 겁니다. 당신이 뭔가를 숨겨놨다면 그것까지 포함해 전부 찾아낼 가능성이 높습니다."

"변호사를 알아봐야 할까요?"

바로 그 순간 래시터가 문간으로 나왔다.

"아, 내 생각엔 그래야 할 것 같네요, 존 배런 씨."

래시터는 총 한 자루가 든 증거품 보관용 비닐봉지를 들어올렸다.

0 053

데커가 말했다. "탄도학에 따르면 존 배런의 소유지에서 발견된 총에서 코스타와 스완슨을 죽인 총탄이 발사됐습니다."

데커는 식탁에 재미슨과 마주 앉아 있었다.

"래시터 형사한테서 방금 전화를 받았어요. 내가 지금껏 들은 목소리 중 가장 행복하게 들리더군요." 데커가 덧붙였다. "경찰은 정원 관리용 헛간에서 약물 관련 용품들을 몽땅 다 찾아냈어요. 채취한 지문은 스완슨의 것과 일치했고요. 배런이 우리한테 그 이야기를 듣고도 그냥 놔둔 거예요."

재미슨이 말했다. "흠, 래시터가 마침내 배런 가문을 손아귀에 넣었군요. 당신은 그 사람이 살인을 했다고 믿어요?"

데커가 한마디 했다. "총은 누구라도 거기다 심어놓을 수 있죠. 래시터 형사는 그걸 꽤나 빨리 찾아냈고요."

재미슨이 지적했다. "그걸 어디서 찾아냈는지 입도 뻥긋하지 않았고요."

"나중에 나한테 말했어요. 총기보관실에 있는 유리 캐비닛 안에, 다른 권총들 몇 정하고 같이 있었다고."

"존이 총은 다른 총들 틈에 숨기는 게 좋다는 안일한 생각에 빠져 있었다는 얘긴가요?"

"음, 그게 생각만큼 잘 먹히지 않았나 봅니다."

"이 도시 사람들이 배런 집안에 대해 품고 있는 원한을 감안하면, 존이 과연 공정한 재판을 받을 수 있을지 의심스러워요."

"모쪼록 변호사를 선임하고 재판 장소가 바뀌기를 바라야겠죠."

재미슨이 물었다. "존은 뭐라고 주장하고 있어요?"

"자신은 총에 대해 전혀 아는 바가 없고 심지어 그게 어디서 났는지도 모른다고요."

"지문은?"

"래시터는 없다고 했어요. 하지만 문질러 닦았을 수도 있죠."

"이 사건에는 전체적으로 확정할 수 없는 요소들이 너무 많아요, 에이머스."

데커가 미처 대꾸하기 전에 휴대전화가 진동했다. 통화는 몇 분간 이어졌고, 데커는 내내 듣고만 있다가 짧게 질문을 던졌다. 마침내 "고맙습니다"라는 말과 함께 전화를 끊었다.

재미슨이 물었다. "무슨 일이에요?"

"켐퍼 요원이에요. 생명보험 정책에 관해 뭘 좀 물어봤거든요."

"왜요?"

데커는 이전에 DEA 요원과 나눈 이야기를 들려주었다.

"그래서 뭘 찾아냈대요?"

"지난 3년 정도에 걸쳐, 배런빌에서 300명 가까운 사람들이 약물 과용으로 죽었어요. 그중 약 절반이 적어도 50만 달러짜리 생명보험에 들어 있었고요. 상당수가 100만 달러 이상의 보험을 들어두었대요."

"맙소사, 거의 사흘에 한 명꼴로 죽어간다는 얘기네요."

"보험금 누적액도 엄청나죠. 켐퍼 말로는 보험사들이 그들 다수를 조사했다는데 자기가 알아본 바로는 확실히 피보험자들은 모두 건강검진을 받았고 약물 과용 전력이 전혀 없었다고 해요. 그래서 적어도 그 사건들에서는 가족들이 보험금을 수령했죠."

"젠장, 무슨 신종 아메리칸드림인가요? 친척을 생명보험에 가입시키고 약물 과용으로 죽어서 현금이 들어오기를 기다리는 게?"

"부디 아니길 바라야죠."

두 사람은 잠시 말없이 앉아 있었다.

재미슨이 물었다. "그럼 체포된 존은 어떻게 되는 거죠?"

"보석 심리를 받게 되겠죠. 워낙 심각한 사안이라 판사는 재판이 시작될 때까지 가둬두려고 구속영장을 발부할 겁니다. 또 보석을 허락한다 해도 그 사람이 돈을 낼 수 있을지 모르겠네요."

그때 누군가 문을 두드렸다. 문을 열어주러 일어난 재미슨은 잠시 후 라일리와 함께 돌아왔다. 색 바랜 진과 플란넬 셔츠에 가죽 재킷을 걸친 라일리는 차림새에 어울리는 지친 표정과 붉은 눈을 하고 있었다.

재미슨이 말했다. "커피를 좀 마시면 좋을 것 같아 보여요. 마침 새로 끓였어요."

그 말에 고갯짓으로 대답한 라일리는 데커의 맞은편 좌석에 쓰러지듯 주저앉았다.

라일리가 물었다. "무슨 일이 일어났는지 아세요?"

"존 배런 씨 말이죠, 압니다."

"그 사람은 그런 짓을 하지 않았어요. 아무도 죽이지 않았어요."

데커가 물었다. "그게 존 배런의 총인가요?"

"저도 모르죠. 당신도 그 사람 집을 봤잖아요. 사방이 쓰레기장이죠. 존은 거기 있는 물건들 중 절반은 있는지도 모를 거라고요."

재미슨이 라일리 앞에 커피잔을 내려놓으며 물었다. "변호사는 구했나요?"

"내가 얻어줬어요. 변호사를 구하려고 이 시를 벗어나야 했죠. 여기에는 그 사람을 변호하고 싶어 하는 사람이 아무도 없으니까요. 나쁜 자식들. 내 말은, 도대체 그 사람이 누구한테 무슨 짓을 했죠? 누가 그 사람 부모님을 살해했어요. 그 일을 두고 이 도시에서 누가 뭔가를 해준 적이 있나요?"

데커가 물었다. "존하고 이야기를 해보셨습니까?"

"그래요, 구치소에서요. 걱정돼 죽겠어요."

데커가 말했다. "존은 심각하게 걱정을 **해야 해요**. 경찰은 다중 살인 혐의로 기소할 겁니다."

"아니요, 그런 말이 아니에요. 존이 아예 포기한 것처럼 보인다는 뜻이에요. 늘 그토록 긍정적이던 사람. 여기 사람들이 어떤 오물을 쏟아붓든 상관없이 그냥 털어버리거나 농담으로 바꿔버리면서 계속 버텨왔는데."

재미슨이 라일리의 옆자리에 앉았다. "그런데 지금은 안 그런가요?"

"네. 아무래도 다 끝났다고 믿는 것 같아요. 자긴 감옥에서 죽을 거라고요. 도주 위험이 없어서 판사가 보석을 허가했어요. 심리가 끝나고 내가 보석금을 내려고 했는데, 그 사람이 못 내게 했어요."

데커가 말했다. "존이 한 짓이 아니라면, 감옥에 오래 있지 않을 겁니다."

라일리가 데커를 쏘아보았다. "당신은 경찰이잖아요. 죄 없이 감옥에 가는 사람이 얼마나 많은지 잘 알 텐데요."

데커가 대꾸했다. "우리가 다른 사람의 소행이라는 걸 입증하면 존은 자유의 몸이 되어 집으로 돌아갈 겁니다."

"그러려면 우리가 뭘 해야 하죠?"

재미슨이 말했다. "우린 내내 범인을 찾아내려고 애썼어요. 나름 진척이 좀 있었고요."

데커가 물었다. "살인 사건과 관련해 한 건이라도 배런 씨의 알리바이가 입증될 수 있나요?"

"안 그래도 그 얘길 해봤는데, 아니요, 없어요. 전에 말씀하셨듯, 피해자들 중 몇 명은 사망 시각을 정확히 판단하기가 어렵죠. 존은 우리 가게에서 일주일에 한 번, 두 시간쯤 있다 가고 이를 제외하면 대부분의 시간을 집에서 혼자 보내고요."

데커가 고개를 끄덕였다. "좋아요, 우리가 존의 누명을 벗기려면 다른 방식으로 접근해야겠군요."

라일리가 물었다. "당신은 그 사람이 누군가를 죽였다고 생각지 않는다는 뜻이죠?"

데커는 못 들은 척하고 말했다. "이곳에서 새로운 사업들이 진행되고 있다고 이야기하신 적이 있죠."

"맞아요."

"어떤 사람들이 생명보험금으로 집을 개축하고 이런저런 사업들을 한다는 얘기도 했고요."

"맞아요. 그게 왜요?"

"누군가 약물 과용을 하고 보험을 든 사람을 알고 있습니까?"

재미슨이 끼어들었다. "하지만 데커, 배런빌에서 일어난 사망 사건 몇 건을 보험회사에서 조사했는데 아무런 문제도 발견하지 못했다고 당신이 말했잖아요."

데커가 종용했다. "질문에 대답해주세요, 신디."

"모르겠어요. 잠깐만요." 잠시 생각에 잠겼던 라일리가 이윽고 입을 열었다. "키스 드루스가 그런 경우였어요. 그 친구 어머니가 시내 중심가에 빵집을 여셨거든요. 키스의 죽음으로 인한 좋은 결과는 그거 하나뿐이라고 말한 기억이 나요."

"그 친구는 약물을 오랫동안 과용했나요?"

"아니요."

"그렇다면 무슨 일이 있었던 거죠? 어쩌다 약물 과용을 했죠?"

"몸을 다쳐서, 처음에는 페르코셋을, 나중에는 바이코딘을 처방 받았죠. 그후 옥시코틴에 중독됐고요. 이후 쭉 내리막길이었어요. 결국 헤로인 과용으로 죽었죠. 누군지 몰라도 그걸 준 사람이 펜타 닐을 섞었어요. 키스는 아마 자기가 뭘 복용하고 있는지도 몰랐을 걸요. 그걸로 즉사했다고 들었어요."

"죽었을 때는 몇 살이었습니까?"

"지금 저보다 젊었어요."

"그분 어머니가 수령자로 지정되었다고 했죠. 보상금을 얼마나 받았습니까?"

"빵집을 열고도 남을 만큼요. 낡은 건물 1층을 모조리 들어내고 장비들을 모두 새것으로 들여놓았어요. 그러니 큰돈이었겠죠."

데커가 물었다. "**친구분 어머니**도 중독자였나요?"

"맞아요. 사실 그랬어요. 하지만 몇 년에 걸쳐 마침내 거기서 벗어났죠. 젠장, 그래서 당신이 하려는 말이 도대체 뭐죠?" 라일리가 화난 어조로 덧붙였다.

"이 시에서 많은 사람들이 약물 과용으로 죽었습니다. 나는 그 사람들 다수가 생명보험에 들었음을 알아냈고요. 자, 보험금 수령자로 지정되려면 피보험이익(보험금 수령자가 경제적 이익을 위해 피보험자를 해치려 하지 않도록 피보험자와 혈연 또는 법적 관계를 맺고 있어야 한다는 원칙—옮긴이) 요건에 해당돼야 합니다. 건강검진을 받고, 신청서에 자신이 제공하는 정보가 정확하다는 점에 대해 서약을 하지 않으면 보험에 가입하기가 쉽지 않죠. 심지어 회사는 범죄 전력까지 조사하고, 진료 내역을 평가하고, 신체검사를 받게 합니다."

"그게 HIPAA(미국 건강보험 양도 및 책임에 관한 법—옮긴이)를 무슨 수로 피해가죠?" 재미슨이 물었다. HIPPA법에 따르면 관계 없는 제삼자는 타인의 질병 이력을 열람하지 못하게 되어 있기 때문이었다.

데커가 대꾸했다. "옛날 오하이오에서 경찰이었을 때, 나는 생명보험에 들었었어요. 이 신청서에 따르면, 자신이 원하면 HIPAA의 보호를 포기할 수 있다고 되어 있군요. 사실, 대다수 보험사들은 회사가 의료 전력을 캐는 데 동의해주지 않는 사람들한테 가입을 허용하지 않을 겁니다. 불법 약물을 복용한 증거는 생명보험사에서 보기에 빨간불이나 마찬가지일 거고요."

라일리가 아리송한 표정을 지었다. "이해가 안 가요. 약물중독자는 생명보험에 들 수 없다는 말로 들리는데요."

"맞습니다. 적어도 약물 과용으로 인한 사망에 보험금을 주는 보험은 들 수 없겠죠."

"그러면……."

"그러면 특정한 보험을 든 사람들이 중독자가 **되고** 그후 약물 과용으로 죽는데, 이걸 도대체 누가 무슨 수로 미리 아느냐는 거죠?"

데커가 라일리 대신 문장을 맺었다.

0 054

저녁 식사 자리에는 네 사람밖에 없었다. 원래 다섯 명이어야 하지만, 다섯 번째 사람은 땅속 2미터 깊이에 있었다. 재미슨은 조이 옆에 앉았고, 데커는 앰버 옆에 앉았다. 네 사람은 주방 한복판에 놓인 작은 타원형 식탁에 둘러앉아 있었다.

재미슨이 물었다. "학교는 어땠니, 조이?"

조이가 손도 대지 않은 음식 접시를 밀어내며 대꾸했다. "좋아요."

원래 말랐던 앰버는 살이 더 빠졌다. 잔뜩 긴장한 표정에 눈은 차마 못 봐줄 정도로 붉었고 마치 약에 취한 것처럼 흐느적거렸다.

"엄마, 저 방에 가도 돼요? 배가 아파요."

앰버가 딴 데 정신이 팔린 투로 대답했다. "그럼, 예쁜아. 좀 있다 엄마가 가서 봐줄게."

조이가 식탁에서 일어나 서둘러 자리를 떴다. 아이의 신발이 달가닥거리며 계단을 올라가는 소리가 들려왔다.

앰버가 참담한 어조로 말했다. "아이가 도무지 먹지를 않아요."

재미슨이 말했다. "언니도 마찬가지잖아. 언니, 기력을 유지해야만 해."

앰버가 손을 휘저어 일축했다. "나는 괜찮아. 그냥 지금은 배가 안 고파."

재미슨이 데커를 본 후 포크를 내려놓았다.

"언니, 앞으로 어떡할 계획이야?"

앰버가 접시를 향했던 고개를 들고 물었다. "무슨 뜻이야?"

"내 말은, 여기서 계속 살지 아니면 이사 갈지를 묻는 거야."

앰버는 믿기지 않는다는 눈으로 동생을 보았다. "아직 거기까진 생각해보지도 못했어. 제발 좀, 프랭크가 죽은 지 채 일주일도 안 됐어, 알렉스."

"알아. 하지만 내 생각에 언니가 여기 남아 있어야 할 이유가 없는 것 같아. 가족하고 더 가까운 곳으로 이사 갈 수도 있잖아. 그러면 도움을 받을 수도 있고."

앰버가 수긍했다. "그 생각은 나도 해봤어. 아무리 보험금이 있다 해도, 다시 일을 해야 해. 이제는 내가 가장이니까."

재미슨이 말했다. "맥서스한테 소송할 **거지**, 그렇지?"

"당연하지, 젠장. 그렇지만 조이를 또 낯선 데에 떨어뜨려놓으라고? 이렇게 빨리? 나는 그애한테 안 좋은 영향이라도 미칠까 봐 걱정이 돼."

재미슨이 대꾸했다. "어딘가 다른 데서 새 출발 하는 게 조이랑 언니한테도 최선일지 몰라."

"정말 그럴지 확신이 안 서는걸."

데커가 끼어들었다. "조이하고 이 일에 관해 얘기해보셨나요?"

두 사람의 눈길이 데커에게 쏠렸다.

재미슨이 말했다. "데커, 그애는 겨우 여섯 살이에요."

"그렇다고 그애가 자기 생각이 없다고 할 순 없죠."

재미슨이 반박했다. "그애가 이 상황을 이해할 수나 있을지 잘 모르겠는데요."

"내 말은, 어머니가 아이하고 이야기해봐야 한다는 겁니다. 아이한테 영향을 미칠 일이라면 당연히 그래야 하지 않나요?"

앰버와 재미슨이 서로 눈길을 주고받았다.

앰버가 말했다. "사실 맞는 말씀 같기도 하네요." 이렇게 말하고는 식탁에서 일어섰다. "조이랑 이야기해본 다음 잠자리에 들어야겠어요. 너무 피곤해서."

재미슨도 따라 일어서서 언니를 껴안았다. "내가 이렇게 옆에 있을게, 우리 예쁜 언니. 언니 옆에는 언제든 내가 있어."

"알렉스, 너는 네 삶이 있잖니. 직업도 있고. 네가 우리를 위해 언제까지나 베이비시터 노릇을 해줄 수는 없어. 내가 원하는 바도 아니고. 내 삶은 내가 알아서 잘 꾸려나갈 거야. 그래야만 해. 조이를 위해서라도."

앰버가 데커를 응시했다. "조언 고마워요, 에이머스."

데커가 고개를 끄덕였다. 앰버가 주방을 나서자 재미슨은 다시 자리에 앉았다. 데커는 일어나서 커피를 한 잔 더 따른 후 다시 자리에 앉아 한 모금 마셨다.

"내가 안돼 보여요, 데커?"

데커가 재미슨을 보았다. "내가 뭘 어쨌는데요?"

"당신이 요새 **남들** 걱정을 많이 해주는 것 같아서요."

"나는 살인 사건들을 조사하고 있어요. 언제나 걱정해야 할 사람들이 널렸다는 얘기죠."

"당신은 언니랑 조이가 여기 있어야 한다고 생각해요, 아니면 배
런빌을 떠나야 한다고 생각해요?"

"내가 답할 수 있는 게 아닌 것 같은데요. 당사자가 아니니까."

"여기엔 언니랑 조이에게 남겨진 게 하나도 없는걸요."

데커가 대꾸했다. "하지만 프랭크가 여기 있죠. 그는 늘 여기 있
을 거예요."

재미슨이 얼굴색을 바꾸고 눈을 내리깔았다. "맞아요. 나는……
그런 생각은 못 했어요."

데커가 커피를 한 모금 더 마신 후 작은 창을 통해 바깥의 어둠
을 내다보았다. "나는 벌링턴을 떠나고 싶지 않았어요. 또 한편으
로는 그 망할 동네를 떠나고 싶기도 했죠. 내 가족이 살해당한 동
네니까요. 둘 다 거기 묻혔죠. 벌링턴을 떠나는데 마치 가족을 버
리고 떠나는 기분이 들었어요. 거기 살 때는 매일 무덤을 찾아가
앉아서 말을 걸곤 했어요. 이제는 못 가본 지 몇 달이나 됐네요."
데커가 커피잔을 내려놓았다. "그들과 나를 이어주는 유일한 끈이
벽에 걸린 빛바랜 사진들이 되는 건 싫어요, 알렉스."

"다른 사람들이라면 몰라도 당신은 절대 그들을 잊지 않을 거잖
아요."

"그런 말이 아니에요. 나는 그들을 벌링턴에 묻었어요. 바로 이
사실이 벌링턴과 나를 잇는 끈이에요. 내가 원하든 원치 않든 항상
나의 일부라는 얘기예요."

"요컨대 당신은 우리 언니가 여기 머물러야 한다는 거예요?"

"내 생각엔…… 그렇지만 사람들은 제각각이니까요."

데커는 자리에서 일어나 식탁을 치우고 식기세척기에 그릇들을
집어넣었다. 재미슨도 거들었다. 이어 데커는 주방을 나와 자기 방

으로 향했다. 벽장을 열고 두 가지 물품을 꺼냈다. 복도 벽장에서 찾아낸 건축 도면과 토비 배벗의 트레일러에서 발견한 모눈종이 조각이었다. 30분가량 유심히 들여다본 끝에 데커는 이걸 이해하려면 또 다른 뭔가가 필요하다는 결론을 내렸다. 방을 나와 복도를 걸어가 방문을 두드렸다. 잠시 후, 졸음에 겨운 눈으로 조이가 문을 열었다. 잠옷 차림으로 고양이 인형을 들고 있었다.

"조이, 아저씨가 아주 중요한 작업을 하던 중에 필요한 게 생겼는데, 아마 너한테 있을 것 같구나."

데커의 말에, 조그만 여자아이의 얼굴에 생기가 돌았다. "당연하죠, 에이머스. 뭐가 필요하신데요?"

"자. 있니?"

아이는 고개를 끄덕였다. 서둘러 한쪽 벽에 붙여놓은 흰색 책상으로 가서 서랍을 열고는 초록색 자를 꺼내 데커에게 가져다주었다.

데커가 자를 받아들며 말했다. "정말 고맙다, 조이."

"천만에요."

가려고 몸을 돌렸던 데커는 다시 아이를 돌아보았다.

"엄마하고 이야기해봤니?"

아이가 고개를 끄덕였다. "내가 여기 있고 싶은지 아니면 다른 데로 이사 가고 싶은지 물어보셨어요."

"그래서, 엄마한테 뭐라고 말씀드렸니?"

조이가 어깨를 으쓱했다. "아빠가 여기 계시잖아요. 아빠를 혼자 두고 떠나고 싶지 않아요."

데커는 조그만 여자아이와 눈높이를 맞추려고 무릎을 꿇었다.

"아저씨는 조이의 마음을 이해할 수 있단다."

조이가 데커의 눈길을 맞받았다. "내가 아빠를 보러 가면 아빠가 나를 알아볼 거라고 아저씨가 그러셨잖아요. 가슴으로 아실 거라고요."

아이가 제 작은 가슴 한복판을 톡 쳤다.

"맞아, 내가 그랬지."

"그러니까, 나는 아빠를 두고 떠날 수 없어요. 내가 떠나면 아빠는 여기가 슬플 거예요." 아이는 데커의 가슴 한복판을 톡 쳤다. "맞죠?"

"맞아." 차마 아이의 시선을 받아내지 못한 데커가 고개를 돌렸다.

아이가 하품을 했다.

"가서 좀 자는 게 좋겠다. 그렇지?"

"네, 에이머스."

조이는 데커를 안아주었다. 데커는 눈을 내리깔고 조용히 자기 방으로 돌아갔다.

인생이란 놈은 가끔 정말 못돼 처먹은 새끼지.

데커는 침대에 걸터앉아 펼쳐놓은 도면을 들여다보았다. 이윽고 자로 눈길이 향했다. '조이 미첼'이라는 이름이 마커 펜으로 적혀 있었다. 데커는 일어서서 창가로 다가가 절망에 빠져 있는 도시를 내다보았다. 도시는 서서히 다시 일어서고 있는 것처럼 보였다. 그렇지만 무엇을 대가로? 또 **온전히** 일어서기 전에 얼마나 더 많은 사람들이 죽을 것인가?

데커는 조이의 방 쪽으로 고개를 돌렸다. 두 사람은 머물러야 할까, 떠나야 할까? 떠나야 한다고 말하기는 더없이 쉬울 것이다. 폭력과 위험을 벗어나라. 더 안전한 곳으로 가라. 하지만 그런 데가 있기나 한가?

내 삶에 뭔가 목적이 있다면, 그 안전한 곳이 어딘가에는 남아 있도록

힘을 보태는 것이겠지.

이런 생각을 머리에 새긴 채 자리에 앉아 자를 이용해 건설 도면과 배벗이 그린 축소판의 치수를 훑었다. 종이와 펜으로 계산을 마쳤을 때 두 문서 사이에는 단 한 가지 차이밖에 없었다. 하지만 이건 실로 엄청난 차이였다!

0 055

"로스 씨를 꼭 좀 만나뵙고 싶은데요." 데커는 물류 센터의 안내 데스크에 있는 여자에게 신분증을 보여주었다. "그분이 나를 압니다. 전에 여기 왔었거든요."

데커는 이튿날 아침 일부러 특정한 시간을 택해 이곳으로 차를 몰아 왔다.

"죄송하지만 로스 씨는 지금 1층에 계십니다, 데커 요원님."

"내가 그분 사무실에 가서 기다려도 될까요?" 안내 데스크에는 이 여자 하나뿐인 데다 줄을 서서 기다리고 있는 사람들이 있었다. 그래서 데커는 "정말 중요한 일이라서요" 하고 얼른 덧붙였다. "그분 사무실에는 전에 가본 적이 있습니다. 프랭크 미첼이 목숨을 잃었을 때요."

"아, 맞아요, 당연하죠. 너무 끔찍한 일이었죠. 음."

데커는 여전히 망설이고 있는 직원의 팔꿈치 위에 난 멍을 가리키며 물었다. "어디 부딪히셨습니까?"

"체육관의 스콰용 지지대에요."

"운동을 하는군요. 좋은 일이죠. 건강에 유익하니까요."

"꼭 건강 때문만은 아니에요. 나는 집하 일을 하고 싶어요. 체력 검사를 통과할 수 있도록 몸을 만드는 중이에요."

"사무실 일은 별로인가요?"

"집하 담당이 돈을 훨씬 더 많이 받고 야근 수당도 있고 401(k) 조건도 더 좋거든요."

"음, 행운을 빕니다. 그럼 나는 이만 가서 로스 씨를 기다려도 될까요?"

직원이 데커 뒤로 줄지어 서 있는 사람들을 응시했다. 다들 인내심이 다해가는 표정이었다. "뭐, 괜찮겠죠. 로스 씨는 늘 하는 순회를 돌고 있어요. 한 45분쯤 걸릴 것 같아요."

"나는 급하지 않습니다."

데커는 안내 구역 뒤편으로 돌아가 물류 센터의 경영진 사무실들이 있는 쪽으로 향했다. 이전에 테드가 작업장을 돌아보는 시간을 말한 적이 있기에 때맞춰 여기 온 것이다. 그가 주변에 없기를 바랄 뿐이었다. 재빨리 복도를 지나 테드의 사무실 앞까지 왔다. 문손잡이를 돌려보았는데 잠겨 있었다. 올려진 블라인드를 통해 사무실이 비었음을 확인할 수 있었다. 주변을 둘러보았다. 복도에는 아무도 없었다. 주머니에서 펜 나이프를 슬쩍 꺼내 잠금쇠를 뒤로 밀었다. 이어 등 뒤로 문을 닫고 블라인드를 내렸다.

사무실은 이전에 왔을 때와 정확히 똑같아 보였다. 테드의 외투는 문 뒤 갈고리에 걸려 있었고 바닥에는 작은 더플백이 놓여 있었다. 데커는 더플백을 열고 안을 들여다보았다. 운동복 몇 벌과 운동화 한 켤레, 그리고 흰 양말이 있을 뿐이었다. 더플백 지퍼를 도로 올리고 가져온 물건을 주머니에서 꺼냈다. 줄자였다. 재빨리 방 사면의 길이를 쟀다. 방의 너비는 건축 도면에 적힌 수치보다 60센티미터 더 짧았다. 뒷벽 전체가 앞으로 60센티미터만큼 나와 있다는 뜻이었다. 당연히 여기에는 이유가 있어야 했다. 도면에 따르면 앞벽과 마찬가지로 뒷벽 역시 복도와 맞닿아 있었기에 당연히 여분의 공간은 있을 턱이 없었다.

데커는 테드의 책상 뒤편으로 걸어가 뒷벽을 살펴보기 시작했다. 이전에 왔을 때도 보았지만 정교하게 몰딩 처리된 목제 패널이 벽을 장식하고 있었다. 벽 한켠에는 피츠버그 스틸러스 유니폼이 들어 있는 상자가 걸려 있었다. 전에는 무심히 보아 넘겼지만 이제는 흥미롭게 다가왔다. 갑자기 무슨 소리가 들리는 바람에 데커는 펄쩍 뛰어올랐다. 주변을 둘러보니 책상 뒤편 책장에 놓인 휴대전화가 눈에 띄었다. 누군가 테드에게 전화를 걸고 있었다. 데커는 번호를 보았지만 누군지 알 방법이 없었다. 화면에는 번호만 떠 있고 이름은 뜨지 않았다.

다시 벽을 마주 보고 손마디로 여기저기 두들겨보았는데 마침내 그중 한 곳이 반향음을 냈다. 텅 비어 있다는 뜻이었다. 운동복이 든 상자가 걸려 있던 자리였다. 벽을 계속 두드려본 결과 빈 공간이 커다란 문짝만 한 넓이임을 알 수 있었다. 가장자리를 더듬어보았지만 별 소득은 없었다. 몰딩 처리가 돼 있었다. 바닥에 깔린 카펫을 내려다보았다. 마치 정기적으로 문지른 것처럼 약간 닳은 흔적이 보였다. 다시 벽을 올려다본 데커는 단순한 방법을 써보기로 마음먹었다. 손가락을 빈 공간 가장자리에 대고 밀었다. 하지만 아무 일도 일어나지 않았다. 다른 지점들도 밀어보았다. 마침내 팔을 길게 뻗어야 닿는 천장 근처에서 금맥을 찾았다. 다소 헐거워 보이는 메달리언이 하나 있었다. 시계 방향으로 돌려보았지만 꿈쩍도 하지 않았다. 이번에는 반시계 방향으로 돌려보았더니 마치 문손잡이처럼 돌아갔다. 딸깍 소리와 함께 벽이 휭 하니 열려 빈 공간이 드러났다. 문 아래쪽이 카펫에 걸렸다. 왜 닳은 흔적이 남 았는지 이제야 알 수 있었다.

영리하군, 데커는 생각했다. 문 측면에는 맨 위에 하나, 중간에 하나, 마룻바닥 근처에 하나, 이렇게 총 세 개의 금속 잠금쇠가 있었다. 메달리언을 반시계 방향으로 돌리면 잠금쇠가 모두 문 안으로 들어가서 열리는 방식이었다. 데커는 문을 끝까지 열고 드러난 공간을 들여다보았다. 너비 약 60센티미터의 공간에 선반이 줄줄이 설치되어 있었다. 그래서 사무실의 폭이 도면보다 60센티미터 더 좁은 것이다. 이 공간은 이 물품 저장용 벽장을 위해 고안되었다. 벽장을 원래 도면 안으로 넣으려면 벽 전체를 뒤로 밀어야만 했을 것이다. 뒤편에 복도가 있기 때문이다. 만약 이 부분만 튀어나오게 하고 나머지 벽은 그대로 두면 수상쩍어 보였을 것이다. 선반에는 직사각형 모양의 판지 상자들이 놓여 있었다. 상자 하나를 들어올렸다. 원래는 라벨이 붙어 있었지만 대부분 벗겨져서 뭔가 도움이 될 만한 정보는 남아 있지 않았다. 책상 옆에 놓인 파쇄기를 본 데커는 이걸로 라벨들을 모두 썰어버린 게 아닐까 짐작했다.

어쩌면.

상자들의 개수를 하나하나 세보았다. 스무 개였다. 그중 하나를 골라 테이프를 조심조심 벗겨서 열어보았다. 얇은 뽁뽁이가 내용물을 한 겹 감싸고 있고 안에는 플라스틱병 여러 개가 들어 있었다. 병들은 흰 알갱이 같은 물질들로 가득했다. 재빨리 머리를 굴려, 데커는 병 하나를 주머니에 넣고 상자를 닫은 후 테이프를 주의 깊게 붙여 도로 선반에 올려놓았다. 문을 닫았다.

테드의 의자를 내려다보았다. 엉덩이 받침에 흠집과 자국들이 찍혀 있었는데, 이유를 알 만했다.

데커의 키는 195센티미터가 넘었다. 테드는 약 175센티미터였다. 데커와 달리 테드는 의자를 딛고 올라서야 메달리언에 손이 닿았다. 블라인드 틈새로 복도에 사람이 없음을 확인한 데커는 원래대로 블라인드를 열어놓고 사무실을 나섰다. 안내 구역을 지나면서 직원에게 말을 걸었다.

"저기요, 실은 더 못 기다리게 돼서요. 내가 여기 왔었다고 말씀 안 하셔도 됩니다. 나중에 또 만나 뵙도록 하지요."

"알겠습니다. 감사합니다."

"아닙니다. **제가** 감사하죠. 아, 한 가지 더요."

"네?"

"여기 직원용 체육관이 있습니까?"

"체육관이요? 아니요. 왜 그러시죠?"

"저번에 여기 왔을 때 로스 씨의 사무실에서 운동용 더플백을 봤거든요. 혹시 운동복을 거기 담아 다니시나 해서요."

"아마 그럴 거예요. 퇴근하면 저랑 같은 체육관에서 운동하거든요. 시계태엽처럼 규칙적으로요. 때로 저도 같이 운동을 한답니다. 윗분하고 잘 지내서 나쁠 것 없으니까요."

"맞아요. 로스 씨가 옷을 여기서 갈아입으시나요? 아니면 체육관에서?"

직원이 당황한 표정을 지었다. "체육관에서요. 라커룸하고 샤워장이 있거든요."

데커가 말했다. "음, 그분이 몸 관리에 신경 쓰신다는 말씀을 들으니 반갑네요."

정말 반가운 일이야. 데커는 서둘러 나가면서 생각했다.

056

차를 몰아 주차장을 막 나서려던 데커는 갑자기 반대쪽으로 방향을 틀어 새 건물이 들어서는 곳으로 향했다. 차에서 내려 공사 현장으로 가능한 한 가까이 걸어갔다. 사방에서 일꾼들이 뛰어다니고 지게차와 트럭들과 밥캣(차량 형태의 건설용 장비를 만드는 회사─옮긴이)의 장비들이 자재들을 싣고 돌진하고 있었다. 경찰이 다시 공사를 허용했음이 분명했다. 데커는 잠시 번잡하게 움직이는 사람들을 지켜보다가 해당 구역을 더 자세히 살펴보았다. 그러다 뭔가를 발견하고 허리를 숙여 집어 올렸다. 잠시 들여다본 후 주머니에 집어넣었다. 이어 다시 돌아와서 차를 몰고 떠났다.

가는 길에 켐퍼에게 전화를 걸어 머큐리 바 앞에서 만나기로 했다. 켐퍼가 차를 세웠을 때 데커는 이미 도착해서 기다리고 있었다. 켐퍼의 차에 오른 데커는 병을 꺼내 이를 발견한 과정을 간략히 설명했다.

"이게 뭔지 확인해줄 수 있나요? 내 짐작이 맞을 것 같습니다만."

켐퍼가 병을 보았다. "거의 확실히 헤로인 아니면 펜타닐이에요. 겉으로는 똑같아 보여서 중개상들이 둘을 섞어서 팔죠. 문제는, 헤로인으로 누군가를 죽이는 데는 30밀리그램이 필요하지만, 펜타닐로 똑같이 하려면 3밀리그램만 있으면 된다는 거예요. 테드 로스의 사무실에서 이걸 손에 넣었다고요?"

"그렇습니다. 거기에 1톤은 더 있어요. 아무래도 이 마약이 물류 센터를 통해 유통되고 있는 것 같아요."

"왜죠? 자기 집이나 사서함을 이용하지 않고?"

"집이나 사서함 쪽이 수색하기가 훨씬 쉽죠. 물류 센터로는 택배 수백만 건이 들어오잖아요. 경찰 입장에서는 건초 더미에서 바늘 찾기나 다름없죠."

"하지만 센터에서는 택배를 아주 치밀하게 추적하지 않나요? 그걸 어떻게 아무도 몰래 컴퓨터 시스템에서 꺼내죠?"

"로스는 매니저예요. 무슨 방법이 있다면 해낼 수 있는 사람은 로스일 겁니다."

"애초에 로스의 사무실에 은닉처가 있다는 사실은 어떻게 알아냈죠?"

"배벗이 물류 센터의 도면을 그렸었어요. 공식 건설 도면을 우연히 발견해서 나란히 놓고 비교해봤죠. 배벗의 도면과 건설 도면의 차이는 딱 하나였어요. 로스의 사무실에 마련된 너비 60센티미터의 공간."

"한데 로스 같은 남자가 어쩌다 마약 유통 작전에 엮이게 된 걸까요?"

"그가 예전에 자신은 약자, 패배자라고 하더군요. 약자가 복수의 일격을 날릴 기회를 얻으면, 사생결단하고 덤벼야 한다고 얘기한 적도 있고요. 그래서 맥서스를 고소할 수 있도록 앰버한테 전해달라며 변호사의 연락처를 주었을 겁니다. 로스는 강한 자들을 증오하죠. 마틴 부인한테 듣기로는 아버지인 프레드가 아들과 아내를 거의 학대했다더군요. 테드 로스 자신도 장례식장에서 나한테 같은 말을 했고요. 이런 일들이 테드라는 남자를 망쳐놨을지도 모르죠. 프레드가 꽤나 불쾌한 인간이라는 사실은 내가 보증할 수 있어요. 거기다 배 한 척 분량의 돈이 더해지면, 젠장, 엄청난 동기 부여가 되겠죠. 어쩌면 놈들은 물류 센터 매니저라는 로스의 직위를 이용하려고 접근했을지도 모릅니다."

"데커, 당신은 정말이지 놀라운 일을 해냈어요." 켐퍼가 말을 멈췄다가 다시 이었다. "이제는 내가 당신의 호의를 갚을 차례예요. 당신이 하스에 관해 알고 싶어 했잖아요."

"죽어가면서 DEA 요원을 고발한 남자 말이죠?"

"당신은 하스한테 가족이 있었는지, 또 병을 앓았는지 물었죠. 음, 당신 생각대로였어요. 하스에겐 아내와 두 아이들이 있었어요. 본인은 췌장암에 걸렸었어요. 상당히 진행된 상태였고요. 살날이 아마 두 달쯤 남았던 것 같아요."

"가족은요? 가족은 어떻게 지내고 있습니까?"

"확실히 돈벼락을 맞은 것 같던데요. 캘리포니아의 벨에어에서, 300만 달러짜리 집에서 살고 있어요."

"그걸 어떻게 설명하던가요?"

"생명보험이요. 1천만 달러짜리."

"적은 액수는 아니군요."

"그래요, 적은 돈이 아니죠. 고액의 보험을 든 보답을 확실히 받았어요."

"그런데 과연 하스가 가입신청서에 직업을 '마약상'으로 기록했을지 의심스럽네요. 멀쩡한 보험사가 그렇게 엄청난 돈이 걸린 상품을 하스한테 팔았을까요? 도저히 믿을 수 없어요. 조기 사망할 확률이 높아도 너무 높잖아요."

"미국 내 보험회사가 아니었어요. 해외 보험인데, 알아내려고 애써봤지만 현재로서는 벽에 부딪힌 상태예요. 어쩌면 하스가 우리 요원에 대해 거짓말을 해준 대가를 그의 가족이 받았는지도 모르죠."

데커가 심각한 어조로 말했다. "다시금 생명보험으로 돌아가는군요."

"맞아요. 그런데 하스를 조사하면 그가 말기 질환자였음이 밝혀질 거란 사실은 어떻게 알았죠?"

"왜냐하면 나는 그자가 당신네 요원들에 관해 거짓말을 했다고 믿었거든요. 누명을 씌우려고 함정을 판 거죠. 두 사람은 배신자가 아니에요. 나는 당신네 요원들이 여기 배런빌에서 일어나고 있는 일을 우연히 밝혀냈고, 결국 제거당했다고 생각합니다. 그리고 부양해야 할 가족이 딸린, 이미 죽은 거나 다름없는 처지였던 하스가 조력자로 선택된 거죠. 하스는 당신으로 하여금 당신네 요원들이 배신했다고 오해하게 만들었고, 진짜 악당들이 그들을 죽입니다. 하스의 유족은 **거짓** 증언의 대가로 돈을 챙기는 거죠. 모르긴 해도, 하스는 치사량의 모르핀을 스스로 주사했을 겁니다."

"좋아요, 우리는 배런빌에서 성업 중인 대형 펜타닐 마약 집단을 알아냈어요. 그자들은 마약을 들여오려고 물류 센터를 이용하고 있고요. 로스는 그걸 어떻게 처리할까요?"

"마약을 센터에서 꺼내다 다른 자들한테 넘겨줘야죠. 로스는 사무실에 더플백을 놔뒀어요. 아마 거기에 담아서 반출할 겁니다. 퇴근한 후에는 체육관에 다닌다더군요. 하지만 다니는 체육관에 라커룸과 샤워장이 있다는데 뭐하러 운동복을 직장에 가지고 올까요? 그냥 차 안에 뒀다가 체육관에 갈 때 꺼내면 될 텐데요?"

"물류 센터에는 가방하고 소지품을 확인하는 보안 절차가 있지 않나요?"

"자기탐지기가 있긴 하지만, 이런 가루는 잡아내지 못하죠. 자, 그들은 가방을 수색하긴 합니다. 하지만 나는 더플백에 이중 바닥이 있다는 데 내기를 걸어도 좋습니다. 로스의 사무실에서 내가 열어봤는데, 그렇게 큰 가방치고는 바닥이 얕아 보이더군요. 이런 병들을 숨기는 데는 많은 공간이 필요하지 않죠."

"그래요, 맞는 말이에요."

데커는 병을 자세히 살펴보았다. "그럼 이 물건의 경제적 가치에 대해 강의를 좀 해주시죠."

"헤로인과 펜타닐 각 1킬로그램을 만드는 데 드는 비용은 대략 동일한데, 3천에서 4천 달러예요. 헤로인 1킬로그램은 거리에서 6만 달러의 수익을 내죠. 하지만 펜타닐이 훨씬 더 강력하기 때문에, 펜타닐 1킬로그램으로 약 24킬로그램의 마약을 생산할 수 있어요. 그래서 헤로인보다 펜타닐 쪽이 훨씬 더 수익성이 높죠. 펜타닐 1킬로그램으로는 한 알당 약 25달러에 팔리는 알약을 70만 개 정도 생산할 수 있고요." 켐퍼는 말을 멈추고 병을 더 자세히 들여다보았다. "이 가루는 5천 밀리그램쯤 되겠네요."

"로스의 사무실에 있는 상자는 총 스무 개였어요. 내가 열어본 상자에는 병 다섯 개가 들어 있었고. 다른 상자에도 똑같은 개수의 병이 들어 있다면, 거리에서 얼마나 수익을 올릴 수 있을까요?"

켐퍼가 암산을 마쳤다. "만약 이게 펜타닐이라면, 로스의 사무실에는 거의 900만 달러어치가 쟁여져 있다는 이야기가 되죠."

"그곳을 통해 들어오는 물량이 총 얼마나 될지 궁금하군요."

"나도 궁금해요."

"우리가 지금 언급하고 있는 금액을 감안하면 절대 소도시 규모의 장사가 아니에요. 국제적인 음모에 가까워 보이는데, 괜한 생각일까요?"

캠퍼가 고개를 끄덕였다. "내 마음을 읽었군요, 데커. 멕시코 카르텔이 펜타닐 유통에 총력을 기울이고 있어요. 중국에서는 펜타닐이 불법 제조되지만 합법 제약 회사도 제조하는데, 멕시코인들은 중국에서 직접 수입하거나, 필요한 재료를 중국에서 사와서 실험실을 차리죠. 이 병에 든 것처럼 가루로 팔거나 헤로인으로 만들기도 해요. 이 외에 펜타닐 알약들도 수백만 개씩 쏟아내고 있죠. 펜타닐의 특징은, 알약에 들어 있을 경우, 판매상들은 보통 거기 들어 있는지도 모른다는 거예요. 소비자들도 모르고요. 그렇지만 겁이 나서, 또는 중독자가 된 느낌이 싫어서 코로 흡입하거나 피우는 방식을 꺼리는 사람들은 알약을 복용하는 편이 더 안전하거나 합법적이라고 느끼기 때문에 그쪽을 택하기에 십상이죠. 왜, 일종의 처방약을 복용하는 것처럼 말이에요. 알약들은 옥시코돈 정제처럼 보이고, 아니면 자낙스나 다른 진통제들하고 섞을 수도 있어요. 심지어 옥시코돈 한 알의 정량이 보통 80밀리그램이기 때문에 80이라고 찍혀 나와요. '어둠의 80밀리'라고, 거리에서 그렇게 불리죠. 이미 말했듯, 알약 하나에 25달러 정도 나가는데 중독자라면 일반적으로 하루에 알약 스무 개를 복용할 거예요."

"하루에 500달러라. 돈이 많이 드는 습관이네요."

"나는 하루 최소 1천 개의 알약을 정기적으로 판매하는 자들을 체포한 적이 있어요. 1천 개는 거리에서 '배 한 척'이라 불려요. 물론 이보다 훨씬 더 많이 파는 판매상들도 있죠."

데커는 가루를 보며 말했다. "그자들은 가루를 알약으로 만들 셈일까요?"

"내 짐작으로는 그래요. 이 가루가 어딘가 가까운 데서 알약 제조 공정에 투입된다는 얘기겠죠. 안 그러면 왜 이런 장소로 배송하겠어요?"

"그러려면 공간이 얼마나 필요할까요?"

"그냥 방 한 칸에서 할 수도 있고, 아니면 합법 사업장의 뒷방에서 할 수도 있어요. 하지만 장비를 들여올 필요가 있겠죠. 0.25~0.5톤, 또는 생산 요구량에 따라 중량이 더 나가는 알약 압축기도 있어야 할 테고요. 0.25톤급 기계라면 한 시간에 3천~4천 개의 알약을 생산할 수 있어요. 물건을 처리하고 포장할 사람들도 필요하죠. 그걸 다룰 때는 주의해야 해요. 전에 지역 경관들이 마약 제조 현장을 급습해서 장갑을 끼지 않고 펜타닐을 만진 적이 있었어요. 순식간에 파랗게 질려서 바닥에 쓰러져버렸죠. 그렇게 위험해요."

"음, 이 주변에는 빈 건물들이 많습니다. 나는 당신네 요원이 발견된 빈집 생각을 하고 있었어요. 집 하나를 통째로 쓰면, 아마도 알약 압축기를 한 무더기 들여놓고 작동시킬 수 있겠죠. 왜 사람이 살지 않는 집에 전기가 들어와 있었는지도 설명이 될 테고요."

켐퍼의 눈이 커졌다. "정말 그럴까요?"

"앞서 말했듯, 놈들은 그날 밤에 드론을 날리고 있었을 겁니다."

"이유가 뭘까요?"

"나는 그자들이 장비를 들어내고 시신들을 들여놓고 있었을 거

435

라고 생각해요. 혹시 보는 사람이 없는지, 그쪽으로 오는 사람들이 없는지 확인하려 했겠죠. 항공 감시가 최선인데 여기에는 드론이 제격이죠."

"그럼 우리는 문제의 집을 다시 훑어볼 필요가 있겠네요. 알약 압축 공정의 흔적이 남아 있는지도 확인해야겠어요."

"저라면 옆집도 검사하겠습니다. 내가 콜린스를 쏜 집인데, 거기도 비어 있습니다. 전기도 들어와 있죠."

"길 건너에 살았던 노인은요?"

"본드 씨가 어쩌면 뭔가를 들었기 때문에 놈들이 그분을 제거했는지도 모릅니다. 그자들이 사건이 일어난 거리를 점찍은 이유는 거의 비어 있기 때문이겠죠. 사실, 주민이라고 해봐야 본드를 포함해 겨우 세 명에 불과합니다. 프레드 로스는 마약을 잔뜩 꿍쳐두고 있는 남자의 부친이고요."

"그래서 당신은 어떻게 하자는 거죠? 들이닥쳐서 테드 로스를 체포해요?"

"우리가 로스를 급습하면 다른 자들은 모조리 도망칠 가능성이 높습니다. 저한테 입수한 정보를 바탕으로 당신이 수색영장을 얻어내기도 불가능할 겁니다. 왜냐하면 오늘 로스의 사무실에서 내가 한 일에는 개연성 있는 이유가 전혀 없었으니까요."

"그런데 로스가 숨겨둔 것들을 확인하다 보면 병 하나가 없어졌다는 걸 알아차리지 않을까요?"

"어쩌면 거래 상대가 빼돌렸다고 생각할지도 모르죠. 하지만 로스를 감시할 필요가 있습니다. 그걸 알아차린 눈치가 보이면 바로 잡아들여야겠죠."

"좋아요, 우리 요원들한테 지시할게요. 당신은 뭘 할 거죠?"

"우리는 마침내 타깃을 정했어요. 바로 마약이죠. 이제는 퍼즐의 나머지 조각들만 찾으면 됩니다."

"당신은 다른 살인 사건들이 이 일하고 다 관련되어 있다고 생각해요?"

"그래요, 제 생각은 그렇습니다. 하지만 다른 뭔가가 함께 일어나고 있는지도 몰라요."

"예를 들면 어떤?"

"알아내면 즉시 알려드리죠."

0 057

"보석 신청이 거부당한 건가요?"

이튿날, 데커와 재미슨은 배런빌 감옥 면회실에서 배런과 마주 앉아 있었다. 데커는 자신이 테드 로스의 사무실에서 찾아낸 물건과, 켐퍼와 의논한 내용을 재미슨에게 알려주었다. 배런은 위아래가 붙은 흰색 죄수복 차림이었다. 면도도 하지 않은 얼굴에 머리는 까치집이 졌다. 행색을 보아하니 잠을 잘 자지 못한 모양이었다.

"맞습니다."

"아니요, 맞습니다가 아닐 텐데요. 보석 심리가 끝나고 신디가 보석금을 내주려고 했지만 당신이 거부했죠."

"이건 신디의 문제가 아니니까요. 신디는 이미 나에게 변호사를 붙여줬습니다. 더 이상 나 때문에 헛돈을 쓰게 만들 순 없죠."

데커가 말했다. "퍽 고결하시네요. 하지만 그런 고결함이 당신을 감옥에서 꺼내줄지는 잘 모르겠군요. 진실이라면 가능할지도 모르지만요."

배런이 날카롭게 쏘아붙였다. "내가 당신한테 거짓말을 했다고 그러는 겁니까? 그건 이미 인정했잖아요."

"꼭 당신을 두고 한 말은 아닙니다. 좀 더 일반적인 경우를 말씀드린 거지요."

"그럼 당신은 여기 왜 왔습니까? 어디 **일반적으로** 말씀해보시죠."

"코스타가 이 시에 온 이유가, 당신과 이름이 같은 조상이 남긴 보물이 어디 있는지 안다고 생각했기 때문이라는 점을 나는 확신하고 있습니다."

"내가 보물의 존재를 믿지 않는다고 무척 명확히 말한 것 같은데요. 지금쯤이면 발견되고도 남았어야죠."

"하지만 보물이 있다고 쳐봅시다. 그냥 토론을 해보자고요."

배런이 한숨을 푹 내쉰 뒤 플라스틱 의자에 기대앉아 말했다. "좋습니다. 달리 할 일이 있는 것도 아니니."

"만약 보물이 당신 땅의 어딘가에 숨겨져 있다 해도, 누군가 그걸 차지하기는 어려울 것 같은데요."

"그게 뭐냐에 달렸죠."

"우리가 이야기하는 보물이 종이로 된 물건은 아닐 겁니다. 시간이 흐르면 썩어 없어질 테니까요. 나는 당신과 이름이 같은 그분이 오랜 시간 남아 있을 만한 뭔가를 원했을 거라고 생각합니다."

"뭐하러 굳이 그런 데까지 신경을 쓰죠? 자신은 이미 죽은 후일 텐데요."

데커가 말했다. "왜냐하면 그 인간은 개자식이었으니까요. 남은 가족이 자기 돈을 차지하는 걸 원하지 않았던 거죠. 사실 나이절이 아들에게 쓴 편지를 읽어봤는데, 당신 조상은 자식들이 자기 재산을 물려받을 자격이 없다고 생각했습니다."

배런은 그 말을 곱씹는 기색이더니 이윽고 어깨를 으쓱했다. "나는 상황이 얼마나 위태로운지, 부모님이 돌아가시기 전까지는 정말이지 전혀 모르고 있었습니다. 집이 최대한도까지 저당을 잡혔고 은행에 현금이랄 게 전혀 없다는 사실을 닥쳐서야 알게 됐죠. 사실은 이전 세대들이 몽땅 다 써버렸겠거니 하고 생각했습니다. 사실은 조금 파헤쳐봤는데, 알고 보니 배런 1세가 애초에 남겨준 돈이 얼마 안 됐더군요."

재미슨이 물었다. "그분은 엄청난 성공을 일궜다면서요. 대체 돈이 다 어디로 간 거죠?"

"아버지가 한마디 하신 적이 있습니다. 그분 역시 돈의 행방을 알아보셨던 게 분명합니다. 변호사였기 때문에 어디를 찾아봐야 하는지 아셨죠. 아버지는 존 배런 1세가 자기 소유의 자산을 대체로 현금으로 전환했다고 말씀하셨는데, 자산을 담보로 큰 빚을 냈다는 뜻이었습니다. 상속자들한테 이중의 타격이었어요. 사업체들은 큰 빚을 진 데다 현금도 거의 없어서 버틸 수가 없었죠."

재미슨이 끼어들었다. "어쩌면 그게 보물인지도 몰라요. 사라진 재산 말이에요."

배런이 재미슨을 보았다. "보물은 없어요, 알렉스."

"왜 없죠?"

"왜냐하면 내 조상들이 다 찾아봤거든. 당신도 벽에 숭숭 뚫린 구멍들을 봤잖습니까. 땅도 전부 파헤쳐졌고요. 아버지가 마치 누군가 우리 땅에 광산을 판 것 같다고 말씀하셨을 정도죠. 만약 보물이 있었다면, 지금쯤 틀림없이 발견되었을 겁니다."

재미슨이 물었다. "선조들이 애초에 보물이 있다고 생각한 이유가 뭘까요?"

배런이 말했다. "저도 확실히는 모르지만, 아마 자기들이 물려받은 유산이 그것뿐이라는 사실을 도저히 믿을 수가 없었겠지요. 어쩌면 데커 씨 말마따나 배런 1세가 자기들을 엿 먹이는 거라고 생각했겠죠."

데커가 말했다. "사업들은 배런 1세가 죽은 후에도 여전히 운영되고 있었죠."

"그래요, 하지만 모두 쇠락한 상태였어요. 자본이 부족한 데다 상속자들의 사업 수완이 창업자에 한참 못 미쳤기 때문에."

데커가 말했다. "그렇다면 나는 원래 질문으로 돌아오게 되는군요. 저 위에 보물이 있다 해도, 당신에게 들키지 않고 누군가 그걸 찾기는 무척 힘들 겁니다, 맞죠?"

"음, 나는 거의 늘 거기 있으니까요. 가끔 자리를 비우긴 하지만 그래 봤자 겨우 두 시간 정도에 불과합니다. 또 앞문으로 곧장 들어오지 않고서는 내 땅에 접근할 수 없고요."

"당신은 여전히 그 땅의 주인이고요, 맞죠?"

"당연히 그렇죠."

"하지만 당신이 살인죄로 기소되면, 무슨 일이 일어날까요?"

"무슨 일이 일어나는지는 당신도 잘 알 텐데요, 젠장. 감옥에 가겠죠."

재미슨이 끼어들었다. "아니요, 데커의 말은 당신 **땅**이 어떻게 되느냐는 뜻이에요. 집이요."

배런의 이마에 주름이 갔다. "아, 알겠어요. 음, 나는 물 위로 간신히 머리를 내밀고 있는 형편입니다. 감옥 안에서는 일을 못 할 테니, 그나마 얼마 안 되는 제 수입은 완전히 말라버리겠죠."

"당신이 가진 개인 재산을 얼마쯤 팔 수도 있을 텐데요. 우리한테 보여준 옛날 총들처럼요."

"그것뿐만은 아니죠."

"달리 뭐가 있습니까?"

"음, 비록 코스타에게 거절당하긴 했지만, **사실** 한 1년 전에 은행에 진 융자를 차환할 수 있었어요. 전보다 약간 더 낮은 이자율로요. 그렇지만 조건이 붙었죠."

재미슨이 물었다. "조건이라면 어떤 종류요?"

"부도덕 조항이요. 우리 장원은 역사적 부지로 지정될 가능성이 있었어요. 그러면 가치가 높아집니다. 이렇게 추가된 가치는 제 차환 신청에 반영되었지만, 만약에 추문이 발생한다면 부동산 가치가 떨어질 겁니다."

재미슨이 말했다. "당신이 만약 범죄로 체포되어 유죄 판결을 받으면……?"

"은행은 채무불이행을 선언하고 담보권을 실행해 내 땅을 가장 높은 가격을 적어낸 입찰자한테 팔 수 있죠. 심지어 내가 융자를 계속 갚아나가더라도요."

재미슨이 말했다. "그렇지만 당신이 융자를 계속 갚을 수 있다면 은행이 굳이 왜 상관하죠?"

"왜냐하면 융자의 담보는 제 집이니까요. 내가 만약 중범죄를 저지르면 담보의 시장성과 가치가 떨어진다고 그들은 주장합니다. 따라서 은행은 자산 가치를 유지하려고 나를 채무불이행으로 몰아가고 싶은 거죠."

배런이 데커를 곁눈질했다. "당신은 내 말에 놀라는 것 같지 않네요."

"안 놀랐으니까요."

"왜 안 놀랐죠?"

"당신이 살인자가 아니라면, 당신이 누명을 쓰는 꼴을 보려고 누군가 지독히도 열심히 애쓰고 있다는 이야기가 되거든요. 당신은 피해자 네 사람과 알았거나 접촉한 바 있습니다. 네 명 모두와 관련해 그 사실이 명확하지는 않았죠. 우리 쪽에서 좀 파헤쳐본 후에야 알아냈으니까. 당신이 우리한테 거짓말한 것도 당신한테 도움이 되지 않았고요."

"분명 그렇죠."

"자, 누군지 몰라도 그들을 죽인 자는 일이 너무 쉽게 풀리기를 원하지 않았습니다."

재미슨이 물었다. "왜 그렇죠?"

"그랬다간 우리가 어떤 자들이 배런을 **모함하고** 있다는 결론에 도달할 테니까요."

배런이 물었다. "이게 지금 당신이 도달한 결론인가요?"

"그쪽으로 가는 중입니다. 부동산의 융자가 얼마나 되죠?"

"많습니다."

"그렇다면 누구든 융자를 끼고 땅을 사들이고 싶어 하는 사람은 주머니가 꽤나 두둑해야겠군요?"

"그렇죠. 은행이 약간 깎아주긴 하겠지만, 많이 깎지는 않을 테니까요."

"코스타는 이걸 다 알았다고요?"

"코스타가 부도덕 조항을 포함해 새 거래를 성사시킨 사람입니다. 내가 말했듯, 나중에 더 낮은 이자율과 더 나은 조건으로 한 번 더 연장을 요청했을 때 퇴짜를 놓았습니다."

재미슨이 물었다. "당신은 코스타가 모종의 방법으로 융자를 안고 땅을 사들일 계획이었다고 생각해요? 방해받지 않고 보물을 찾아내려고?"

데커가 말했다. "내 생각엔 그럴 계획이었을 것 같습니다. 코스타는 이미 보물이 어디 있는지도 알았던 것 같아요."

배런이 똑바로 일어나 앉았다. "뭐라고요? 그게 어디 있죠?"

"잘 모르겠어요. 하지만 코스타가 역사협회에서 슬쩍한 편지에 답이 있는 것 같습니다."

재미슨이 말했다. "그렇지만 데커, 코스타는 땅을 제 손으로 살 수 없었어요. 아닌가요? 부당거래에 해당할걸요. 그걸 금지하는 은행 내규가 분명히 있을 텐데요."

데커가 말했다. "아마 분명히 있을 거예요. 그래서 코스타에게는 허수아비가 필요했을 테고."

"땅을 사도록 명의를 빌려주고 나중에 자기가 보물을 손에 넣게 도와줄 사람이요?"

"그래요. 아마도 수익의 1퍼센트를 제시했겠죠."

재미슨이 말했다. "그럼 우린 그 사람을 찾아야겠군요."

"그래요, 찾아야죠. 왜냐하면 그자는 또한 배벗, 태너, 스완슨, 그리고 코스타를 죽였으니까." 데커가 말을 멈추고 재미슨을 보았다. "나는 그자가 프랭크도 죽였다고 생각해요."

0 058

앰버의 집으로 차를 운전해 가던 중에 재미슨이 불쑥 물었다. "그자들이 프랭크를 죽였다고 생각한다고요? 왜 나한테 미리 말하지 않았죠?"

"프랭크의 죽음이 사고가 아닐지도 모른다고 **의심한다는** 이야기는 이미 했는데요."

"그래요. 하지만 지금은 훨씬 더 확신하고 있는 것 같아서요."

"잘 봤어요."

"한데 왜 그자들이 프랭크를 죽이려 할까요?"

"봐서는 안 되는 뭔가를 본 거겠죠, 아마도."

"그렇지만 프랭크는 로봇이 죽였잖아요."

"로봇은 사람들이 조종하죠. 또 로봇이 정확히 프로그래밍된 대로 행동했다면요? 프랭크가 옆에 서 있을 때?"

재미슨이 미처 대답할 틈도 없이, 데커의 전화기가 울렸다.

켐퍼였다.

"방금 두 집을 싹 훑고 나왔어요. 두 집 다 헤로인과 펜타닐 흔적에 양성 반응을 보였어요. 데커, 내가 이걸 얼마나 더 오래 깔고 앉아 있어야 하는지 모르겠어요."

"그냥 조금만 더 시간을 주면 됩니다. 테드 로스는 감시하고 있습니까?"

"그래요, 어제 더플백을 가지고 나가는 모습을 봤어요. 내 장담하는데 안에 운동복만 담겨 있지는 않았을걸요. 체육관을 비롯해 여러 건물에 드나들더군요. 우리가 안으로 따라 들어갔다간 너무 티가 났을 거예요. 매번 더플백을 도로 가지고 나오긴 했지만, 약병들이 여전히 거기 있다는 보장은 없죠. 그러니 전에 증거가 있었다 해도 지금은 이미 사라지고 없을 거예요."

"우리는 이자들을 반드시 잡아넣을 겁니다, 켐퍼."

"그래야 해요. 잡아넣지 못하면 내 경력은 끝장이니까. 우리한테 시간이 얼마 없다는 사실을 부디 잊지 말아줬으면 좋겠네요."

전화가 뚝 끊긴 후 데커는 재미슨을 보았다. 재미슨은 DEA 요원의 날카로운 목소리를 수화기 너머로 들었음이 분명했다.

재미슨이 말했다. "좀 평정을 잃은 것처럼 들리네요."

데커가 모호하게 대꾸했다. "그래요. 그럴 거예요."

"당신도 평정을 잃는 일이 있나요, 데커?"

"평정을 잃고 흥분해서 좋을 일은 없으니까요."

"앰버한테는 프랭크에 대한 당신 가설을 알릴 수 없어요. 확신이 생기기 전까지는요."

"맞아요. 그래야죠."

하늘이 열리고 가느다란 빗줄기가 떨어지기 시작했다.

운전대를 잡은 재미슨이 탄식했다. "맙소사, 날씨까지 도와주지 않아도 배런빌은 이미 충분히 암울한데."

데커가 반박했다. "암울하지만 군데군데 밝은 빛이 비치고 있어요. 저기 저 빵집을 봐요. 신디한테 저 가게 이야기를 들었어요. 주인이 자기 아들한테 생명보험을 들어뒀다더군요. 아들이 약물 과용으로 죽어서, 새 가게를 열고도 남을 돈을 보상금으로 받았다고 하네요."

"당신은 정말로 구린 일이 일어나고 있다고 생각하는 거군요."

"저기 들러서 커피를 좀 마셔야겠다는 생각이 들 정도로요."

재미슨이 주차장에 차를 세우고, 두 사람은 피코크 베이커리로 들어갔다. 전면에 울긋불긋한 새 모양 네온사인이 빛나고 있었다. 하얗게 칠한 목제 식탁들, 색색의 식탁보들, 그리고 맛있는 음식들이 든 유리 진열장으로 꾸며진 가게는 정갈해 보였다. 계산대 뒷벽에 걸린 커다란 칠판에는 메뉴가 적혀 있었다.

재미슨이 킁킁 냄새를 맡더니 끙 소리를 냈다. "맙소사, 냄새만으로도 여기 있는 걸 죄다 먹고 싶어져요."

계산대 뒤편 커튼 뒤에서 한 여자가 나타났다. 주름이 깊게 파인 얼굴에 비쩍 마르고 닳아빠진 느낌을 주는 여자로, 머리는 새치투성이였다. 그렇지만 유쾌한 웃음을 지어 보였고 눈동자는 생기로 반짝였다.

여자가 물었다. "두 분을 어떻게 도와드리면 될까요?"

데커가 말했다. "커피 큰 잔으로 둘, 테이크아웃으로 주세요."

재미슨이 진열장에 든 음식들을 가리켰다. "저건 당근 케이크 머핀인가요?"

"네, 손님, 맞아요."

"맛있어 보이네요. 두 개 주세요."

"아주 잘 고르셨어요. 오븐에서 갓 나왔거든요. 나는 린다 드루스라고 해요. 여기 주인이죠."

"안녕하세요, 린다. 나는 재미슨이고 이쪽은 에이머스예요. 피코크 베이커리라는 가게 이름은 어떻게 지었나요?"

"내가 어렸을 때 늘 공작을 키우고 싶었는데 꿈을 이루지 못했거든요. 그래서 이렇게라도 하면 좋겠다 싶었어요. 사람들 말로는 이 간판이 확실히 눈길을 끈다나요."

드루스가 주문받은 머핀을 준비하는 사이 데커가 말했다. "아주 새 가게처럼 보이는군요."

"연 지 1년 안 됐어요. 나는 늘 빵 굽기를 좋아했던 터라, 이걸로 돈을 벌어서 안 될 게 뭐냐 싶었죠. 또 대장 노릇을 하기도 좋아하고요. 돈도 잘 벌린답니다. 어느 정도는 물류 센터 덕이에요. 거기서 오는 손님들이 많죠. 무거운 물건을 잔뜩 들고 걸어 다닌 다음에는 배가 고파질 수밖에 없거든요."

데커가 말했다. "맞아요, 그렇겠네요."

드루스가 커피를 따르며 물었다. "저희 가게 이름은 어디서 들으셨어요?"

"신디 라일리한테서요."

"아, 그렇군요. 정말 착한 아이예요. 동네 가게들에 관해 입소문을 내주죠. 우리는 다들 이 시를 되살리려고 애쓰고 있답니다."

"신디한테 아드님 이야기도 들었습니다. 친구였다고 하더군요."

드루스는 집게를 들고 허리를 숙여 유리 진열장에서 머핀 두 개를 꺼내던 중이었다. 데커의 말에 순간 몸이 경직되었다.

"신디한테 키스 이야기를 들으셨다고요?"

"그래요. 정말 마음이 아프더군요."

드루스가 느린 동작으로 봉투에 머핀을 넣었다.

"걔는 하나뿐인 아들이었어요. 그애를 잃은 상처는 절대 극복하지 못할 거예요."

데커가 맞장구쳤다. "당연하죠. 약물 과용이었다고, 신디가 그러더군요."

드루스가 고개를 끄덕였다. "배런빌에는 문제가 많아요. 가장 큰 건은 마약이죠. 사실은 나도 오랫동안 약을 했어요. 시작은 페르코셋이었지만 나중에 닥치는 대로 섞어서 했죠."

재미슨이 물었다. "섞어요?"

"나는 페르코셋을 옥시, 자낙스, 그리고 젠장, 떠올릴 수 있는 온갖 약과 섞어서 했어요. 일주일에 알약 200개를 복용했죠." 드루스가 머핀 봉투를 계산대에 올려놓으며 말을 이었다. "내가 몇 살쯤 돼 보여요?"

데커가 어깨를 으쓱하고는 편치 않은 표정을 지으며 말했다. "나는 다른 사람의 나이 알아맞히기를 좋아하지 않아서요."

"나는 막 쉰 살이 됐답니다."

두 사람의 놀란 표정에 드루스가 서글픈 웃음을 지었다. "약물은 미용에 도움이 되지 않죠. 내가 예순다섯 살은 되어 보일걸, 나도 알아요."

재미슨이 위로했다. "그렇지만 중독은 확실히 극복하셨잖아요."

드루스가 손마디로 나무 계산대를 두드렸다. "날마다 새로 시작되는 싸움이지만, 오늘은 깨끗하죠. 내일은요? 누가 알겠어요."

재미슨이 말했다. "사장님은 본인 경험을 놀랍도록 솔직하게 말씀하시네요. 우리가 누군지 모르시잖아요."

"약물중독 치료소에서 충분히 길게 이야기한 경험이 있거든요.

결국에는 머리로 이해하게 되죠. 더 나아지려면 영혼을 숨김없이 드러내야 해요. 나는 그렇게 하려고 이런저런 방법을 시도해봤어요. 왜냐하면 이런 방법이 이 사람한테 통한다고 해서 꼭 저 사람한테도 통한다는 법은 없거든요. 하지만 마침내 떨쳐냈죠, 하느님 감사합니다. 내가 해야 했던 일 중 가장 힘든 일이었어요."

데커가 말했다. "그렇지만 아드님은 그렇지 못했군요?"

주문 내용을 금전등록기에 입력하던 드루스가 손을 멈췄다. "네." 눈에 눈물이 차올랐다. "부모가 자식을 먼저 보내는 것은 정말 있을 수 없는 일인데, 나는 키스를 먼저 보냈죠. 그애는 16개월 전에 죽었어요. 다음 달이면 스물여덟 살이 됐을 거예요."

재미슨이 말했다. "정말 안타깝네요."

데커가 슬쩍 한마디 했다. "그래도 빵집이 있잖습니까."

"음, 그건 정말이지 키스 덕분이랍니다."

데커가 물었다. "어째서죠?"

"키스가 100만 달러짜리 생명보험을 들어두었거든요. 내가 수령인이었고요. 도대체 어디서 돈이 나와서 이런 가게를 열었겠어요. 망할 놈의 오븐만 해도 한 밑천 드는데." 재미슨이 커피와 머핀 값을 치르려고 내민 신용카드를 받아드느라 말을 멈췄던 드루스가 다시 입을 열었다. "그보다는 아들이 있는 게 더 낫죠." 무덤덤한 말투였다.

데커가 말했다. "음, 그래도 보험을 들어두었으니 다행이네요. 아마 직장에서 들어주었겠죠?"

"아니요, 직장에서 들어준 게 아니에요. 그애는 물류 센터에서 일했어요. 집하 담당이었죠. 온종일 뛰어다니고 허리를 굽혀 물건을 들어올렸죠. 그러다가 허리를 진짜 심하게 다치는 바람에 잘리고 말았어요. 병원에 갔어요. 진통제를 받았는데, 결국 그렇게 됐어요. 중독이 된 거예요. 뭐 흔해빠진 사연이죠. 그애는 자기가 헤로인을 복용하고 있는 줄 알았는데 사실은 펜타닐이 섞여 있었던 거예요. 구급의료원이 미처 손을 써보기도 전에 죽었죠."

재미슨이 말했다. "끔찍한 일이네요."

"음, 우리 배런빌 사람들은 그냥 흔한 일이라고 말하고 말아요. 정말 한심하죠, 젠장."

데커가 말했다. "흠, 천만다행히도 아드님이 중독되기 전에 보험을 들어두었네요. 그전에 중독 상태였다면 건강검진을 통과하기 힘들었을 테니까요."

"알아요. 윌리도 같은 말을 했어요."

"윌리라고요?"

"윌리 노리스라고, 키스한테 보험을 들어준 사람이에요. 저한테 수표를 주면서도 그렇게 말했죠. 키스는 보험을 들었을 때 깨끗했어요."

"그렇다면 다친 **후에** 보험을 든 겁니까? 그것도 100만 달러짜리로요?"

"맞아요. 그러는 게 좋다는 말을 어디선가 들었나 봐요. 그게…… 키스는 물류 센터에 다시 들어가고 싶어 했어요. 하지만 거기는 위험할 수 있거든요. 로봇들이니 뭐니 하는 물건들이 있으니까. 바로 요전에도 누군가 망할 로봇 때문에 목숨을 잃었다던데, 그거 아세요?"

재미슨이 재빨리 대답했다. "알아요, 들었습니다."

"아드님께 생명보험을 들라고 권한 사람이 누굽니까? 윌리라는 사람입니까?"

"정확히는 모르겠어요. 하지만 키스가 죽은 후에 그래도 좋은 점이 조금은 있었던 것 같아요. 보험금으로 그애 장례를 제대로 치르고 이 가게를 열 수 있었으니까요."

드루스가 두 눈을 문질렀다. "머핀 맛있게 드셨으면 좋겠네요. 그리고 입소문 좀 내주세요."

재미슨이 물었다. "혹시 노리스 씨의 연락처를 가지고 계신가요? 저희 형부가 막 세상을 떠나서, 언니한테 생명보험이 필요할 것 같아요. 어린 딸도 있고 해서요."

"아, 당연하죠. 그런 생각을 할 수밖에 없어요. 한 치 앞도 모르는 세상이니까요."

드루스가 서랍을 뒤적이더니 명함 한 장을 꺼냈다. "여기 연락처가 있어요. 여기서 1.5킬로미터쯤 가면 만날 수 있어요. 윌리는 좋은 친구예요. 언제부터 여기 살았는지 기억도 안 나요. 나도 그렇지만."

재미슨은 명함을 내려다보며 사례를 했다. "정말 감사합니다." 그리고 계산대의 팁 항아리에 5달러 지폐를 넣었다.

드루스가 말했다. "감사합니다."

데커가 가게 안을 둘러보며 말했다. "잘됐으면 좋겠네요."

드루스가 대꾸했다. "나도요. 이게 나한테 남은 전부거든요."

059

차에 오를 때 재미슨이 데커에게 명함을 건넸다.

데커가 말했다. "저런 걸 보면 궁금해지죠."

재미슨이 물었다. "뭐가요?"

"키스 드루스는 일자리를 잃고 난 다음 생명보험에 들었어요. 하지만 린다는 아들이 등을 다치고 **나서** 보험을 들었다고 말했죠. 키스가 이미 진통제를 복용 중이었을 가능성이 있다는 뜻이에요."

"어쩌면 그때는 중독에 이르지 않았겠죠."

데커가 미심쩍다는 투로 말했다. "그럴지도 모르죠."

"우린 이제 윌리 노리스를 보러 가나요?"

"아니요, 그건 나중에 해도 돼요. 지금은 드라이브나 좀 합시다. 커피를 마시고 머핀을 먹으면서 상황을 면밀히 들여다보자고요."

"좋아요, 그렇게 해요." 재미슨은 머핀을 한 입 베어 물고 감탄사를 내뱉었다. "아, 맙소사, 담배 한 대만 피웠으면 딱 좋겠네."

"그래요, 하지만 그건 조금 미뤄둡시다."

머핀을 한 입 베어 물고 커피도 한 모금 마신 후 데커가 입을 열었다. "코스타, 태너, 스완슨, 그리고 배벗. 이들을 차례로 살펴보고 우리가 어디까지 와 있나 검토해보죠."

"좋아요."

"코스타는 배런 가의 보물을 찾아내서 손에 넣으려고 이 시로 왔어요. 배런의 땅에 융자를 내준 은행에 취직했죠."

"처음부터 그럴 계획이었을까요?"

데커는 고개를 끄덕인 후 잠시 뜸을 들이며 입술에 묻은 크림을 닦아냈다. "나는 코스타가 직접 조사해봤다고 봐요. 그 은행에는 배런의 땅을 담보 잡고 있어서 들어갔다고 확신해요. 코스타는 잘나가는 전형적인 월가형 인물이었어요. 개중에 이런 데 제 발로 찾아올 사람이 얼마나 될 것 같아요?"

"한 명도 없죠."

"자, 그래서 코스타는 배런과 맺은 계약을 조정했고 부도덕 조항을 삽입했어요."

"그런 다음 배런에게 살인 누명을 씌우려 했다고요?"

"아니요. 코스타가 결국 살해**당했다**는 단순한 사실을 생각해봐요. 코스타가 부도덕 조항으로 배런을 궁지로 몰려는 계획을 품었다는 것까지는 생각할 수 있어요. 하지만 그게 꼭 살인 누명일 필요는 없죠. 어쩌면 마약일 수도 있어요. 스완슨이 거기 얹혀살면서 약물 관련 용품들을 정원 관리용 헛간에 놔두는 사실을 알았을지도 모르죠. 그러다 배런이 감옥에 가고 담보가 집행되어 땅이 압류되면 허수아비가 땅을 사는 거죠. 그후 일당은 보물을 손에 넣고요. 하지만 허수아비는 코스타를 배반하고 죽여버렸어요. 보물을 나눌 필요가 없으니까. 그런 다음 네 사람을 살해함으로써 배런에게 누명을 씌우려던 원래 계획을 완성하는 거예요. 이렇게 하면, 코스타라는 돌멩이 하나로 새 두 마리를 잡는 거죠."

"하지만 그건 모두 추론일 뿐이잖아요."

"개연성 있는 추론이죠."

"좋아요. 스완슨이 살해당한 이유는 배런의 땅에 얹혀살았기 때문이에요. 또 마약상이기도 했으니까, 당신 말마따나 배런을 마약 거래로 엮어 넣을 수 있다면 부도덕 조항을 써먹을 수 있겠죠."

데커가 고개를 끄덕였다. "그자들은 자기들이 보물을 찾는 동안 스완슨이 배런의 땅에 있지 않기를 바랐을 거예요. 여기서도 일거양득이죠. 스완슨을 땅에서 쫓아내는 동시에 배런한테 살인 누명 씌우기."

"그럴싸하네요."

"우리가 태너의 자동차 타이어에서 찾아낸 못 기억해요?"

"예, 기억해요."

"음, 물류 센터에 갔을 때, 나는 공사 현장으로 차를 몰았어요. 내가 뭘 찾아냈게요?" 데커는 재킷 주머니에서 주차장에서 찾아낸 물건을 꺼내 들어올렸다.

"태너의 차 타이어에서 당신이 찾아낸 못처럼 생겼네요."

"똑같아요."

"당신은 태너가 물류 센터에 갔었다고 생각해요?"

"나는 태너의 **차가** 거기 갔었다고 생각해요."

"거기서 납치당했다는 얘기예요?"

"그건 나도 몰라요. 하지만 태너는 배런과 연관이 있었어요. 배런의 예전 여자친구였죠. 배런한테 금전적 도움을 받고 있었고요. 그래서 살해당했죠."

"그럼 배벗은요?"

"래시터 형사가 말했듯이, 배벗은 배런의 땅에 무단 침입을 했어요."

"왜요? 보물을 찾으려고? 하지만 보물 이야기는 어떻게 알았을까요?"

"여긴 작은 도시예요. 어쩌면 뭔가를 들었을 수도 있죠. 보물찾기는 누구나 혹할 일이고요."

"배벗도 마야 집단에 관해 알았다고 생각해요?"

데커가 말했다. "확실히 가능한 일이죠. 아무리 소극적으로 판단해도, 배벗은 물류 센터에서 로스가 하고 있는 일에 의심을 품었을 거예요. 배벗의 도면과 실제 도면의 차이를 감안하면, 로스의 사무실에 있는 비밀 공간을 틀림없이 알았을 거예요. 다만 배벗이 비밀 공간에 뭐가 있는지를, 또는 거기 들어가는 방법을 어떻게 알았는지를 모르겠어요. 배벗이 실제로 의심을 품었다면, 배벗을 죽이면 그자들은 또 이중으로 이득을 얻는 셈이죠. 배런에게 누명을 씌우는 데 이용하고, 로스의 사무실 뒷벽에 빈 공간이 있다는 사실을 아무한테도 발설하지 못하게 할 수 있으니까."

데커는 갑자기 뒤로 기대어 눈을 질끈 감았다.

"데커, 괜찮아요?"

"그냥 뭔가를 기억해내려 하는데 떠오르질 않아서요."

재미슨이 걱정스러운 듯이 물었다. "머리를 다쳐서 그런 걸까요?"

데커가 이마를 문지르며 대답했다. "그럴 수도 있겠죠."

"뭘 기억해내려 하는 거예요?"

"숫자요."

"무슨 숫자?"

데커가 조급함을 드러내며 대답했다. "여러 숫자들이요!"

데커의 머릿속에 숫자들이 마구 소용돌이쳤다. 저마다 다른 색깔의 숫자들이었다. 공감각이 작동하고 있었다. 하지만 이번에는 뭔가 달랐는데, 몇몇 숫자들의 색깔이 전과 달랐던 것이다.

7, 4, 3, 저건 0인가? 아니야, 8인가? 빨강, 오렌지색, 녹색, 2?

데커는 이마에 주름을 잡았다.

저건 9인가 아니면 6이 뒤집힌 걸까? 이런, 젠장, 좀.

마침내 모든 숫자가 제대로 늘어섰다. 데커는 한 숫자 쌍과 다른 숫자 쌍을 나란히 비교해볼 수 있었다. 양쪽은 완벽하게 일치했다.

데커는 눈을 뜨고 휴대전화를 꺼내 자판 몇 개를 눌렀다.

"누구한테 전화하는 거예요?"

"전화가 아니라……."

자판을 몇 개 더 눌렀다.

"뭐 하는 건데요?"

"전에 본 적이 있는 전화번호가 입력되어 있는지 찾아보는 중이에요."

"어디서 봤는데요?"

"테드 로스의 휴대전화에서요."

"그게 왜요?"

"왜냐하면 다른 데서도 같은 번호를 봤거든요."

데커는 재미슨이 볼 수 있도록 휴대전화를 들어올렸다.

재미슨이 물었다. "프레드 로스, 테드 부친의 번호인가요?"

"그래요."

"아버지가 아들한테 전화하는 게 이상한 일은 아니잖아요."

"그래요. 하지만 아들의 연락처 목록에 아버지 번호가 없다, 이

건 이상하죠. 아무리 서로 사이가 나쁘다 하더라도요. 테드의 연락
처 목록에 아버지 번호가 있었다면 프레드의 번호가 아니라 이름
이 화면에 떴을 거예요."

"**이상하긴** 하네요. 잠깐만요. 당신은 그 번호를 다른 데서 봤다고
했죠?"

"그래요."

"어디서요?"

"벽에서요."

"무슨 벽이요?"

"마틴 부인이 전화번호를 적어놓은 벽이요."

"음, 두 사람은 **이웃이잖아요.**"

"마틴 부인은 자주 전화하는 번호들만 거기 적어둔다고 말했거
든요. 안 그러면 기억하지 못하니까요."

"알겠어요, 그래도 다시 말하지만, 두 사람은 이웃이잖아요."

"마틴 부인은 프레드 로스를 혐오한다고, 몇십 년간 쭉 그랬다고
말했어요. 직접 만나고 나니 나도 이유를 알겠더군요. 심지어 친아
들조차 아버지를 참아내지 못하죠. 범죄자인 친아들조차!"

재미슨이 물었다. "왜 그 사람의 전화번호가 마틴 부인의 집 벽
에 적혀 있었죠?"

"음, 적어도 한 가지 이유는 짐작이 가네요."

O O60

노리스의 사무실은 드루스의 빵집에서 1.5킬로미터 남짓 떨어진 동네의 옛 주택가에 있었다. 두 사람이 전실로 걸어 들어가자 젊은 여직원이 손님을 맞으려고 자리에서 일어섰다. 다소 수줍어 보이긴 했지만 정중한 태도였다. 다만 데커는 뭔가 방어적인 느낌, 표정에 서린 불안에 가까운 기색을 감지할 수 있었다. 직원은 청바지와 흰색 소맷동이 달린 셔츠를 입고 물 빠진 부츠를 신었다. 철제 책상에 놓인 컴퓨터는 적어도 10년은 더 된 물건 같았다. 종이 파일들이 책상에 흩어져 있었다.

두 사람은 진입로로 들어오는 길에 차 두 대를 보았다. 하나는 광택이 도는 검은색 신형 렉서스 컨버터블, 또 하나는 낡아빠진 데다 녹이 슨 포드 픽업트럭이었다. 어느 쪽이 노리스의 차이고 또 어느 쪽이 비서의 차인지 안 봐도 뻔하다고, 데커는 생각했다. 잠시 후 노리스가 방 안으로 들어왔다. 작은 키에 배가 나온 몸매로, 세어가는 머리는 뒤로 말끔히 빗어 넘겼다. 하관이 빠르고 콧대는 마치 산맥처럼 가늘고 뾰족했으며 눈은 살로 된 소켓 속에 집어넣은 석탄 두 조각 같았다. 스리피스 회색 정장을 빼입었지만 어째 몸에 잘 안 맞는 느낌이었다. 한쪽 손끝에서 궐련이 대롱거렸다.

"들어오세요, 들어오세요." 노리스가 무기력한 손짓으로 두 사람을 불렀다.

두 사람이 방으로 들어가자 뒤에서 노리스가 문을 닫았다. 데커는 방 안을 둘러보았는데, 예전에 침실이었음이 분명했다. 벽장이 있던 곳에는 플라스틱 바인더들이 가득 꽂힌 붙박이 책장이 자리 잡았다. 남자의 책상은 두 사람이 서로 마주 보고 일할 수 있게 되어 있는, 정교하게 몰딩 처리된 골동품이었다. 때가 탄 사각형 러그가 책상 아래 깔려 있었다. 벽에는 다양한 보험 조직들에 가입했음을 나타내는 증명서가 든 액자들이 나란히 걸려 있었다.

책상 앞으로 가 앉은 노리스가 두 사람에게 맞은편에 앉으라는 몸짓을 했다. 연기를 마지막으로 한 번 빨아들이고는 이미 꽉 찬 재떨이에 궐련을 비벼 껐다.

유감스럽다는 듯한 웃음을 지으며 노리스가 말했다. "제 보험은 저라도 안 들어줄 겁니다." 그리고 덧붙였다. "비만에, 흡연에, 폐도 안 좋은 데다 신장은 더 안 좋거든요."

재미슨이 유쾌하게 응수했다. "새 출발을 하기에 너무 늦을 때란 없죠."

"저한테는 좀 늦은 것 같습니다. 그런데 두 분은 보험을 드시려고 오셨나요?"

"네, 저희 언니를 위해서요. 얼마 전에 남편을 잃었거든요."

노리스가 다소 빠르다 싶게 물었다. "약물 과용인가요?"

재미슨이 되물었다. "아니요, 왜 그런 생각을 하셨죠?"

"고객님은 여기 출신이 아닌 모양이군요. 젊으시니까, 언니분도 그렇다고 봐도 되겠죠. 돌아가신 남편분도요. 젊은 남자가 여기서 죽으면, 술을 마셨는데 상황이 막장으로 치달았거나 아니면 약물을 복용하고 운전했거나, 그도 아니면 약물 과용 때문이죠."

"그분은 산재로 돌아가셨어요."

"아, 그렇군요."

"보험 가입 절차를 좀 알려주실 수 있나요?"

"당연히 알려드려야죠."

노리스가 서랍 하나를 열어 뒤적이더니 안에서 종이 몇 장이 빠져나오려고 하는 폴더를 재미슨에게 건넸다. "그게 있으면 언니분이 보험을 신청하는 데 도움이 될 겁니다. 하지만 뭐든 궁금한 게 있으면 지금 대답해드리겠습니다. 아니면 언니분이 저하고 약속을 잡으셔도 되고요."

데커가 물었다. "신청서만 작성하면 되는 게 아니라 건강검진을 받고 배경 조사 따위를 거쳐야 하지 않나요?"

"그건 어느 정도까지 보장을 받고 싶으냐에 달렸죠. 소액의 보험료를 책정하고 건강검진도 안 하고 당연히 거쳐야 할 절차들을 무시하는 회사들도 있거든요. 그냥 보험 통계표를 믿고 일 처리를 하는 거지만, 나는 그런 방식으로 사업을 하지 않습니다. 특히 여기서는요."

데커가 물었다. "약물 과용이 너무 흔해서요?"

"바로 그겁니다. 젊은 남자, 늙은 남자, 상관없어요. 알약 하나 잘못 삼켰다간 바로 죽은 목숨이죠."

데커가 물었다. "생명보험을 들 수 있는 최고 액수가 얼마죠?"

"개인에 따라, 그리고 보험사가 승인해주는 정도에 따라 다릅니다. 개인의 상황하고는 영 어울리지 않는 수억 달러의 보험금을 원한다면 문제가 될 수 있겠죠. 생업이 뭐냐에 따라서도 다르고요. 직업이 어린이집 교사라면 별문제가 안 됩니다. 하지만 경관이거나 소방관이라면 이야기가 다르죠. 보험사에서 가입을 아예 안 시켜줄 수도 있어요. 아니면 납입액이 더 높거나요. 심지어 직업과 관련된 일로 사망할 경우 보장을 빼버리는 수도 있습니다. 그러니까 경찰인데 근무 중에 총을 맞으면, 보험금을 못 받는 거죠."

"저희 언니는 서른세 살이고 아주 건강하고 어린 딸을 둔 가정주부예요." 재미슨이 차고 넘치는 재떨이를 응시하며 덧붙였다. "담배도 안 피우고요."

"알겠습니다. 물론 그것만 가지고 확정적으로 말할 수는 없지만, 언니분은 보험금을 얼마 정도까지 생각하고 계신가요?"

"100만 달러? 어쩌면 그 이상일 수도 있고요. 보통은 어느 정도인가요?"

"한 사람한테는 보통이지만 다른 사람한테는 곱빼기일 수 있죠." 노리스가 킥킥거렸다. "그렇지만 기본 한도가 있긴 합니다. 이제, 생명보험도 종류가 여럿으로 나뉘죠. 종신보험하고 만능보험이 있습니다. 종신보험은 좀 더 적금에 가까워서, 실제로 납입액이 점점 쌓이면 그걸로 돈을 빌릴 수도 있죠. 만능보험은 종신보험에 비해 더 유연성이 있지만 제 생각에 고객님은 익숙한 구식 생명보험을 말씀하시는 것 같군요. 사망 시에만 보험금을 지급하는 상품이요. 그러려면 일정 기간 정해진 보험료를 납입해야 합니다. 10년, 20년, 또는 30년이 보통이죠. 자, 여러 해 동안 지원이 필요한 어린아이가 있으면, 수령액이 더 많은 보험을 들고 싶겠죠. 아니면 피보험자가 고소득자여서, 사망 후에도 유족이 이전 생활수준을 계속 유지하기 위해 더 많은 돈을 원하거나, 뭐 그런 경우도 있을 테고요. 중역보험은 중요한 경영진의 생명에 대해 드는데, 수령자는 기업이죠. 이건 언니분에게는 해당되지 않을 테고요."

"우리 언니 같은 경우는 보험료를 얼마나 납입해야 할까요?"

"제 말을 그대로 믿진 마십쇼. 하지만 언니분하고 동일한 연령대에 건강 상태가 동일한 사람이라면, 일반적으로 말해서, 보장금 100만 달러의 보험을 20년간 납입한다고 치면, 1년에 400달러 정도를 내야 할 겁니다. 30년짜리면 1년에 600달러 좀 넘고요. 보험 통계표를 엄격하게 따르면 이렇단 말씀입니다. 그분은 앞으로 50년, 또는 더 오래 사실 가능성이 있겠죠. 예를 들어, 30년 보장이 끝나면, 다음 단계로 보험료를 높여서 계속 납입하실 수 있습니다. 하지만 나이가 60대 중반에 가까워질 테고 납입액이 훨씬 높아지겠죠. 그러면 아예 보험을 소멸시키려 하실 수도 있고요. 이 경우 보험회사는 피보험자에게 20년이나 30년간 보험금을 받아가고는 10센트도 내놓지 않게 되지요."

재미슨이 지적했다. "좋은 사업이네요. 사업자 쪽에서는요."

노리스가 웃음기를 보태 말했다. "어차피 보험 판매는 **영리 목적**의 사업이니까요."

재미슨은 데커와 눈을 마주친 후에 다시 노리스를 보고 말했다. "고마워요, 이 자료를 언니한테 전해주고 언니더러 연락하라고 할게요."

"그렇게 하시죠."

노리스가 일어섰다.

데커가 그대로 앉은 채 말했다. "우리는 린다 드루스 씨한테서 당신을 소개받았습니다."

노리스가 느린 동작으로 도로 자리에 앉았다. "아, 그렇군요." 짐 짓 서글픈 듯 고개를 저었다. "힘든 일이었지요. 그분 아드님이 그 렇게 가다니. 참 마음 아픈 일이었죠."

"그래요. 그분 아드님이 직장에서 등을 다쳐서 진통제를 복용 중 이었다고 들었습니다."

"맞습니다."

데커가 물었다. "그 일로 생명보험을 드는 데 지장이 있지는 않 았습니까?"

노리스가 데커에게 날카로운 시선을 던졌다. "계속 말씀을 나누 고 싶지만, 실은 약속이 있어서 그만 가봐야겠네요." 자리에서 일 어서며 말했다. "제니가 나가는 길을 안내해드릴 겁니다."

사무실을 나서서 차로 향하는 길에 재미슨이 말했다. "당신 때문 에 덜컥 겁을 먹은 모양이던데요."

데커가 고개를 끄덕였다. "아마 우리가 FBI 요원임을 눈치챘을 걸요."

재미슨이 물었다. "이게 일종의 보험 사기인가요?"

"그럴지도 모르죠."

"저 사람이 말한 보험료는 무척 낮았어요. 대부분의 사람들이 남 의 도움을 받지 않고도 낼 수 있을 정도로요."

데커가 대꾸했다. "어쩌면 아닐 수도 있겠죠."

재미슨이 데커를 응시하며 말했다. "당신, 확실히 짐작 가는 게 있군요."

"프레드 로스가 한 말을 떠올리는 중이에요."

"뭔데요?"

"배런빌에서 진정 불법인 행위는 하나도 없다고요."

0 061

데커는 침대에서 일어나 앉아 바깥에서 퍼붓는 빗소리에 귀를 기울였다.

이곳에 내리는 비가 멈추긴 할까?

창가에 놓인 작은 탁자를 내려다보았다. 옷을 벗어 개놓은 곳 위에 배지가 있었다. 데커는 침대에서 일어나 걸어가서 배지를 집어 들었다. FBI 특수 요원 배지가 아니었다. 그야 특수 요원이 아니니까 당연했다. 하지만 연방기관 배지이고 FBI의 권위를 등에 업고 있긴 했다. 또 데커는 FBI 특수수사팀 요원으로 체포권을 가지고 있었다. 배지와 함께한 세월이 벌써 20년째였다. 이제 자신에게 가족이 없음을 알게 된 밤에도, 데커는 배지를 가지고 있었다. 알렉스 재미슨이, 이어 멜빈 마스가 자신의 삶으로 들어왔을 때도 마찬가지였다. 이제는 펜실베이니아주 배런빌로 배지를 가져왔다. 위안이 필요할 때 배지는 위안을 주었다. 데커의 유일한 관심 대상을 손에 넣을 수단을 제공했다.

진실.

하지만 데커가 지금 배지를 내려다보고 있는 건 그 때문이 아니었다. 데커는 창밖을 응시했다. 비록 눈에 보이지는 않았지만, 본드의 집이 어디 있는지 정확히 가늠할 수 있었다. 노인은 평화롭게 남은 삶을 누릴 자격이 있었다. 하지만 누군가 가만 내버려두지 않았다. 이제 데커는 살인자가 대가를 치르도록 만들 작정이었다. 데커는 마틴 부인이 사는 집 쪽으로 고개를 돌렸다. 거기서 겨우 몇 집만 더 가면 프레드가 있었다. 총열을 잘라낸 산탄총을 가지고.

첫날 밤, 시신들을 찾아낸 직후로 기억을 되돌렸다. 데커는 재미슨과 함께 차를 몰아 문제의 거리를 지나갔다. 주차된 차는 한 대도 없었다. 하지만 프레드의 승합차는 간이차고에 세워져 있었다. 본인 말로는 병원에 입원해 있었다고 했다. 데커가 확인한 바로는 사실이었다. 프레드는 구급차로 이송되었는데, 이는 승합차가 그날 밤 간이차고에 세워져 있었다는 얘기였다.

문 두드리는 소리에 생각의 맥이 끊겼다.

"누구세요?"

재미슨의 목소리가 들렸다. "나예요. 시간 좀 있어요?"

데커가 대답했다. "잠시만요." 시계를 보니 자정이 지났다. 바지를 주워 입었다. "들어와요."

로브 차림의 재미슨이 들어왔다.

데커가 말했다. "무슨 일이에요?"

"아까 노리스하고 만났을 때의 일을 생각하다가, 좀 캐봐야겠다는 생각이 들었거든요."

"뭘요?"

"보험료에 대해서요."

"그렇군요."

"보험업계에 있는 친구한테 이메일을 보내서 몇 가지 물어봤어요. 구체적으로, 키스 드루스의 정보를 보내봤어요. 등을 다쳤고, 처방 약물을 복용했고, 사는 데가 어디인지도요. 방금 답신을 받았어요."

데커가 다시 시계를 보았다. "친구분이 아주 늦게까지 일하나 보네요."

"걔는 맨해튼에서, 세계 최대의 보험회사 중 한 곳에서 일해요. 뭐 늘 책상에 매여 있죠. 어쨌든, 친구 말로는 배런빌이 보험업계에서 얼마 전부터 이른바 '마약성 진통제 복도'라고 부르는 지대의 한복판에 박혀 있대요. 한 50년 전 같으면 보험회사들이 지역별로 다른 보험료를 매겼겠지만, 그건 법으로 금지됐어요. 그래서 아무리 배런빌을 마약성 진통제 복도 한복판이라고 부르더라도, 어디까지나 비공식적인 규정이에요. 사는 지역만 가지고 같은 보험에 요금을 더 매길 수는 없는 노릇이니까요. 하지만 보험사들이 한 주 전체를 기준으로 보험료를 적용하는 것은 **사실이고**, 마약성 진통제 사태가 실로 엄청나서 실제 수명에 영향을 미치고 있기 때문에, 보험료가 더 높게 매겨지는 경향이 있대요. 노리스 말마따나 보험이야 영리사업이니까. 친구가 그러는데 심지어 키스 드루스가 젊은 사람이었어도, 여기 살고 등에 통증이 있고 진통제를 복용하고 있다면 보험사로서는 빨간불이 켜진 거나 다름없대요. 게다가 대다수 마약성 진통제 남용 사례가 처방전 진통제 복용으로 시작된다는 사실 또한 감안해야겠죠. 더구나 결혼을 안 했고 아이도 없고 일자리도 없는 사람이 100만 달러짜리 보험에 들었다? 이것도 의문이고요. 기본적으로, 친구 말에 따르면, 드루스의 상황으로 보아

고액의 보험 가입이 승인된다는 것은 무척 미심쩍은 일이래요. 심지어 보험사가 승인한다 해도, 보험료는 아까 노리스가 한 말과는 달리 1년에 몇백 달러 수준이 아닐 거랬어요."

"얼마쯤 될까요?"

"친구는 대략의 액수밖에 알려줄 수 없댔지만, 10년짜리일 경우 1년에 2천 달러 정도일 거랬어요. 30년이면 4천 달러쯤일 테고요. 그러니 당신 짐작처럼 누군가 돈을 대신 내주지 않았다면 어떻게 키스 드루스가 보험료를 감당할 수 있었을까요?"

"하지만 당신 친구는 애초에 그런 경우는 승인이 안 됐을 거라고 했다면서요. 그런데 승인됐잖아요."

"맞아요."

"나는 보험사가 무엇 때문에 그런 위험을 감수했을지 궁금해지는데요. 또 키스 드루스의 건만 승인되지도 않았어요. 당신도 알다시피 켐퍼는 여기서 지난 몇 년간 수많은 사람들이 보험금을 탔다고 말했어요."

"보험회사들이 제대로 삽질을 했거나, 아니면 사람들이 신청서에 거짓말을 적어냈겠죠."

"분명 보험사는 보험금을 지급하기 전에 조사를 할 텐데요." 데커가 반박했다. "사실 켐퍼한테 들은 바로는, 회사들이 여러 사람을 **실제로** 조사했는데, 그래도 결국 보험금을 지급해야 했어요."

"음, 자기들이 보험 가입을 승인했고 아무런 문제도 발견하지 못했다면, 당연히 지급할 수밖에 없겠죠."

"켐퍼한테서 보험금을 지급한 회사들의 목록을 이메일로 받았어요. 목록이 길어요. 지역도 서로 다르고요. 대형 보험회사도 몇 곳 있지만, 대부분은 못 들어본 이름들이에요."

"그렇다면 노리스와 이 일을 벌이고 있는 다른 누군가의 활동 반경이 넓다는 뜻이겠죠. 이것도 친구한테 들은 얘긴데, 생명보험사들은 보험설계사들이 자기들한테 던져주는 건수를 기반으로 계약을 할당한대요. 만약 건수가 몇 년 동안 유지되지 않으면, 계약은 철회되는 거죠. 노리스가 굴리는 종류의 사기라면, 여러 보험사를 찾아가지 않아도, 아니 단 한 곳만 찾아가더라도, 이상한 일이 벌어지고 있음을 곧장 알아차리고 보험 가입을 중단시키고 해당 설계사하고는 더 이상 일하지 않을 거예요. 노리스의 경우 모종의 이유로 거기에 상관하지 않는 거겠죠."

"그럼 또 다른 중요한 질문이 생겨나네요."

"뭐죠?"

"린다 드루스가 보험금 100만 달러 중 얼마나 많은 액수를 차지했는지 궁금해요. 나머지는 누가 가져갔는지요."

0 062

1시가 조금 지나 데커는 마침내 잠이 들었다. 잠시 까무룩 긶아 떨어졌으나 기침을 토해내며 잠에서 깨어났다. 어제 비에 젖어서 감기에 걸린 게 아닐까 싶어 걱정스러웠다. 숨을 깊이 들이쉬자 더욱 격렬한 기침이 터져 나왔다. 일어나 앉아 컥컥대던 데커는 갑자기 침대 한쪽으로 몸을 웅크려 토했다. 어지러워하며 일어서자마자 바닥으로 쓰러졌다. 간신히 창문 밖으로 몸을 끌어내 창을 열고 머리를 빗속으로 내밀었다. 차갑고 습한 공기를 들이쉬자 흐릿한 머릿속이 맑아지고 구역질이 멈췄다. 머리를 도로 안으로 들여놓자 어떤 냄새가 났다. 티셔츠로 코와 입을 막은 채 무거운 몸을 억지로 방에서 끌어냈다. 재미슨의 방문을 난폭하게 두들겼다.

"알렉스! 알렉스!"

아무 대답도 들리지 않자, 데커는 문을 열고 방 안을 미친 듯이 두리번거렸다. 눈에 띄는 것은 침대 한쪽으로 삐져나와 있는 재미슨의 발뿐이었다. 순간 데커는 얼어붙고 말았다. 벌링턴의 예전 집에서 아내의 시신을 발견했을 때 처음 본 것과 정확히 동일한 광경이었다. 침대로 달려가 허리를 숙이고 재미슨의 목에서 맥박이 뛰는지 확인했다. 맥박이 느껴졌다. 끊길 듯 말 듯 하지만 아직 숨을 쉬고 있었다. 데커는 재미슨을 양팔에 안아 올려 자기 방으로 달려가 창문 옆에 눕히고 이어 창 밖으로 재미슨의 머리를 내밀었다.

재미슨이 숨을 컥 들이쉬더니 정신을 차리고 데커를 올려다보았다.

"이게 무슨⋯⋯."

"계속 심호흡하고 있어요. 전등은 절대 켜지 말아요. 알겠죠? 불꽃이 튀면 가스에 불이 붙을 거예요."

데커는 힘없이 고개를 끄덕이는 재미슨을 두고 방에서 달려나갔다. 조이의 침실 문을 벌컥 열었다. 아이는 침대에 누워 있었다.

"조이? 조이!"

쿵쿵 냄새를 맡았다. 여기는 그리 심하지 않았다. 아직은.

조이가 천천히 침대에서 일어나 앉았다. "에이머스 아저씨?" 아이가 졸음에 겨운 목소리로 물었다. "무슨 일이에요?"

데커는 달려가서 창문을 열었다. "머리를 창밖으로 내밀고 있으렴, 좋아. 집에 가스가 샜어. 다들 괜찮은지 아저씨가 확인 중이야."

조이가 외쳐 불렀다. "엄마!"

"아저씨가 바로 가서 데려올게. 머리를 창밖으로 내밀고 심호흡을 하렴, 알겠지? 절대 불을 켜면 안 돼."

아이는 고개를 끄덕이고 벌떡 일어나 창가로 달려갔다. 데커는 앰버의 침실이 있는 1층을 향해 번개같이 내달렸다. 원래 서재였는데 침실로 바꿔놓은 방이었다. 욕실은 복도 저쪽에 있었다.

데커는 방문을 열었다. "앰버?"

침대는 비어 있었다. 머리를 방 안에 들이밀자 가스 냄새가 났다. 바닥을 훑어보던 데커의 귀에 어디선가 신음이 들렸다. 복도를 재빨리 살폈다. 도로 뛰쳐나가 욕실 쪽을 보았다.

"앰버!"

신음이 다시 들려왔다. 데커는 복도를 달려가 욕실 문을 열었다. 앰버가 잠옷 차림으로 바닥에 쓰러져 있었다. 데커가 옆으로 가서 무릎을 꿇은 순간 앰버는 호흡을 멈추고 축 늘어졌다. 욕실에 가득 찬 가스 때문에 데커는 다시 컥컥대기 시작했다. 앰버를 안아 올려 바깥으로 나갔다. 현관에 눕히고 심폐소생술을 하기 시작했다. 잠시 후 옆으로 다가오는 인기척이 느껴졌다. 재미슨이었다.

언니를 내려다보며 재미슨이 속삭였다. "911에 신고했어요."

재미슨은 무릎을 꿇고, 언니의 가슴을 누르는 데커와 박자를 맞춰 언니의 입에 공기를 불어넣기 시작했다. 마침내, 고통스러울 정도로 긴 30초가량이 지나고, 앰버가 가슴을 들썩이며 입으로 공기를 토하더니 구역질을 했다.

"엄마!"

그들은 몸을 돌려 집에서 뛰쳐나오는 조이를 보았다. 조이는 쓰러지듯 무릎을 꿇고 엄마를 껴안았다.

"엄마!"

앰버는 천천히 딸의 허리에 한 팔을 둘렀다. 일어나 앉으려 했지만 데커가 부드럽게 도로 내리눌렀다.

"안 돼요, 그냥 누워 계세요. 구급차가 오는 중이에요."

잠시 후 구급차가 도착해 구급의료원들이 앰버의 호흡기에 산소통을 연결하고 들것에 태웠다. 재미슨은 조이와 함께 뒤 칸에 탔다. 구급차가 출발하기 직전, 재미슨은 눈물이 그렁그렁한 눈으로 말했다. "고마워요, 에이머스."

데커는 고개를 끄덕이고 구급차 문을 닫은 후 경찰차와 함께 도착한 가스 회사 차량을 피해 뒤로 물러섰다. 데커가 가스가 누출됐다고 말하자 남자들은 서둘러 뒤편으로 가서 가스 공급을 끊었다. 다가온 경관은 데커가 아는 얼굴이었다. 데커가 시신들을 발견한 현장에 출동했던 커리였다.

커리가 물었다. "괜찮아요? 얼굴빛이 약간 창백하네요."

"나는 괜찮습니다."

"가스 누출이라고요?"

데커가 경관을 보고 말했다. "맞아요."

"그건 정말 흔치 않은 일인데요."

"그렇죠."

집 뒤쪽으로 갔던 가스 회사 직원이 심각한 표정으로 두 남자에게 다가갔다.

커리가 물었다. "뭡니까?"

남자가 고개를 저으며 대답했다. "누군가 집으로 들어가는 배관의 압력 밸브를 건드렸어요. 살아 있는 게 천운입니다."

데커가 말했다. "그래요. 우리가 운은 타고났죠."

커리가 말했다. "도대체 누가 그런 짓을 했을까요?"

데커가 대꾸했다. "명단이 길지도 모릅니다."

0 063

몇 시간 후, 문을 열어준 데커는 문간에 서 있는 마틴 부인을 보았다. 한 손에는 네발 지팡이를, 다른 손에는 파이를 들고 있었다. 어깨너머로 연석에 주차된 경찰차가 보였다. 데커에게 전화를 받고 무슨 일이 일어났는지 알게 된 래시터 형사가 파견한 것이다.

마틴 부인이 짤막하게 말했다. "소식 들었어요. 다들 괜찮은 거예요?"

데커가 고개를 끄덕였다. "앰버는 병원에서 검진을 받았어요. 다른 사람들보다 좀 더 검사를 받아야겠지만 오늘 밤에는 집에 돌아올 겁니다."

"조이는요?"

"아이는 괜찮아요. 어찌 된 일인지 그애의 방에는 가스가 많이 퍼지지 않았어요. 사람들이 집 전체를 청소하고 가스 누출 여부를 점검했어요. 다시 들어가도 된다고 하더군요. 아이는 엄마랑 같이 병원에 있어요."

"어쩌다 그런 일이 일어났는지 알아냈나요?"

"아직 확인 중입니다."

마틴 부인은 몸을 돌려 순찰차를 응시했다. "경찰차가 와 있는데, 단순 사고가 **아니라는** 뜻 아닌가요?"

대답 대신 데커는 파이를 응시했다. "앰버한테 주시려고 가져온건가요?"

"다 같이 드시라고 가져온 거죠. 레몬 머랭이에요."

마틴 부인이 파이를 데커에게 건넸다.

데커가 말했다. "감사합니다. 앰버한테 꼭 이야기할게요."

마틴 부인이 주변을 둘러보았다. "예전에 여긴 무척 좋은 동네였지요. 이제는 영 그렇지가 못해요."

"왜 그런 말씀을 하시는지 충분히 이해가 갑니다."

"당신들 모두 그냥 배런빌을 떠나는 편이 좋을지도 몰라요."

데커는 아무 대꾸 없이 마틴 부인을 빤히 보았다.

마틴 부인이 말했다. "이런 곳에 머무르고 싶을 이유가 뭐 있겠어요?"

"나는 여기 살지 않습니다. 하지만 앰버와 딸은 여기 살죠. 앰버의 남편은 직장 때문에 여기 왔고요. 애초에 다른 선택지가 없었죠. 앰버의 가족이 여기 남을지 이사를 갈지에 관련해 나는 전혀 아는 바 없습니다." 데커가 말을 멈췄다. "**당신은** 왜 여기 남아 계시죠, 마틴 부인?"

"왜냐하면 여긴 내 고향이고 나는 이사를 가기엔 너무 늦었으니까요, 망할."

"부인의 이웃, 프레드 로스 씨처럼요?"

마틴 부인이 데커를 빤히 보다 대꾸했다. "사람이 오래 살 만큼 살면요, 데커 씨, 전에는 절대 용납하지 못할 거라고 생각했던 일도 용납하게 된답니다."

"그게 좋은 일인가요, 나쁜 일인가요?"

"사람에 따라서는 좋을 수도, 나쁠 수도 있죠."

"부인한테는요?"

"다들 파이를 부디 맛있게 먹어줬으면 좋겠네요. 나는 레몬 머랭을 무척 잘 만든답니다. 적어도 아직은 뭔가 잘하는 일이 있는 셈이죠."

떠나려고 몸을 돌렸던 마틴 부인이 다시 데커를 돌아보았다.

"여긴 한참 옛날에는 좋은 동네였어요."

"저임금으로 노동력을 착취하는 업체들이 성업 중이고 악덕 자본가들이 돈을 갈퀴로 긁어모으던 시절 말씀입니까?"

마틴 부인이 웃음을 지었다. "아마 우리는 다들 과거를 미화하게 되어 있나 봐요. 실제보다 더 좋게 만들고 싶어서 말이죠."

데커가 말했다. "어쩌면 그럴지도 모르죠. 과거의 향수는 사람들을 유혹할 겁니다. 마약성 진통제만큼이나 중독성이 강하고요."

마틴 부인이 날카롭게 쏘아보았다. "방금 파이를 가져다준 사람한테 별로 고마워하는 것 같지 않네요."

데커가 화들짝 놀란 표정을 지었다. "죄송합니다. 저는…… 제가 하마터면 목숨을 잃을 뻔한 직후라 신경이 좀 날카로워져 있었나 봅니다."

마틴 부인이 한결 부드러워진 어조로 대꾸했다. "그래요, 파이 맛있게 들어요."

마틴 부인은 자신을 지켜보는 데커를 두고 자리를 떴다. 처음에 데커는 마틴 부인에게 날카롭게 대꾸한 데 죄의식을 느끼고 있었다. 하지만 마틴 부인이 문 앞까지 이어진 자갈길을 벗어나 보도에 다다르자 저절로 몸이 굳었다.

철그렁, 끼익, 철그렁.

그날 밤 데커가 들은 소리였다. 마틴 부인의 네발 지팡이가 보도를 때리고 있었는데, 이 소리는 전에 마틴 부인이 데커에게 깨졌다고 했던 지팡이의 발받침이 내는 소리였다. 처음에는 보도를 긁는 소리가 났고, 이윽고 마틴 부인이 지팡이를 들어올렸다 내려놓자 철그렁 소리가 났다. 데커는 문을 닫고 목재에 머리를 기댔다.

배런빌은 무슨. 망할. 차라리 살인빌이라고 해라.

할 일이 많은데 시간은 많지 않았다. 우선 주방으로 가서 파이를 쓰레기통에 던져 넣었다.

0 064

"그래, 무슨 일이에요, 데커?"

데커는 머큐리 바에서 켐퍼와 마주 앉아 있었다. 라일리는 오늘 밤 결근했다. 감옥으로 면회를 갔을까, 데커는 짐작했다. 켐퍼는 머리를 핀으로 틀어 올렸다. 총기는 허리띠의 총집에 들어 있고 배지는 허리띠에 꽂혀 있었다.

"그냥 몇 가지 확인하고 싶은 게 있어서요."

"다들 가스 공격에서 회복은 됐나요?"

"소식이 꽤나 빨리 전해진 모양이네요."

"래시터 형사한테 전화를 받았거든요."

"래시터가 우리 집 앞에 경찰차를 파견해줬어요."

"그 말을 들으니 마음이 놓이네요. 누군가 당신이 진실에 지나치게 가까워지고 있다고 생각했나 봐요. 당신하고 재미슨을 트레일러에 든 채로 날려버리려고 했을 때처럼요."

"그런 것 같습니다."

"당신은 정말 진실에 다가가고 **있는 건가요**? 내 사건이 매분 매초 손아귀에서 빠져나가고 있는 게 눈에 보여서 하는 말이에요. 내가 이걸 얼마나 더 오래 깔고 앉을 수 있을지 모르겠어요."

"내가 시신들을 발견한 날 프레드 로스가 입원해 있던 병원에 알아봤는데, 911에 전화를 해서 가슴에 통증이 있다고 호소했다더군요."

"그렇군요."

"병원은 그 사람을 검진했지만 아무런 문제도 발견하지 못했어요. 이튿날 퇴원시켰죠."

"프레드 로스한테 왜 관심을 갖죠?"

"왜냐하면 당신네 요원들의 시신이 빈집으로 이송되기 전에 냉동돼 있었으니까요. 내 짐작에 프레드 로스의 승합차로 이송되었어요. 바로 전까지 냉동고에 보관되었다는 뜻이고요. 프레드는 자기가 뭔가를 안다고, 또는 그날 밤 뭔가를 봤다고 우리가 생각할까 봐 불안해했을지도 몰라요. 당시 응급실에 있었다는 사실은 철벽 같은 알리바이를 제공하는 **동시에** 우리가 그날 밤 일에 관해 캐문지 못하게 해주죠."

"시신들이 로스의 승합차로 옮겨졌다는 사실을 어떻게 알죠?"

"그 집에서 불빛이 깜빡인 **후에** 차 시동이 걸리는 소리가 들렸거든요. 이미 시신들을 내려놓고 피를 쏟아부었다는 말입니다. 그래서 불빛이 깜빡이게 되었으니까요. 놈들은 틀림없이 내가 뒤쪽 데크로 나가기 전에 시신들을 옮겨다 놨을 겁니다. 그날 밤 거리에는 오직 로스의 차만 있었고요."

"하지만 확실한 근거가 없잖아요."

"아뇨, 있습니다. 거긴 막다른 길이에요. 비록 차는 보이지 않았다 해도. 차가 거리 끝의 정지 신호까지 갔다면 차의 **조명등**이 내 눈에 보였을 거예요. 즉, 차는 거길 떠나지 않았다는 뜻이죠. 차는 시신들을 갖다놓고 **도로** 로스의 집으로 향했습니다. 그리고 시신 들을 버린 사람들은 아마도 걸어서 그곳을 떠났겠죠."

"휠체어에 탄 늙은 남자가 이 일의 한복판에 있다고요?"

"나는 그렇다고 생각합니다. 왜냐하면 그 남자의 아들도 마찬가 지니까요."

"알겠어요. 머리로는 이해가 되는데, 여든 살 먹은 늙은 아버지 를 대형 마약 작전에 끌어들였다니 사실 좀 터무니없게 들리기는 하네요."

"글쎄요, 그럼 앞으로 할 말은 더 터무니없게 들릴 텐데요. 왜냐 하면 마틴 부인, 그러니까 전직 주일학교 교사도 연루되었거든요."

"뭐라고요!"

"내가 그날 밤 들은 소리는 마틴 부인의 손상된 지팡이 소리였 습니다. 마틴 부인이 그 집 앞에 있었어요. 아마도 시신을 옮기는 작업을 확인하고 있었겠죠. 나한테는 프레드를 혐오한다고 말했는 데, 자기 집 벽에 적어놓은 자주 연락하는 전화번호 중에는 프레드 의 번호도 있었어요. 그뿐만이 아니에요."

"또 뭐죠?"

"나에게 비티, 스미스와 닮은 두 남자가 시신들이 발견된 집의 옆집으로 들어가는 모습을 봤다고 말한 사람이 바로 마틴 부인이 거든요."

"그래서요?"

"우리는 그 집들이 알약 압축 공정에 이용됐다는 사실을 알고 있죠. 당신네 요원들은 거기 드나들지 않았을 겁니다. 마틴 부인이 거짓말한 거죠."

"하지만 잠입 수사 중이었다면 거기 들어갔을 수도 있잖아요."

"마틴 부인은 두 사람이 2주쯤 전에 거기 들어가는 모습을 봤다고 말했어요. 두 사람이 잠입 수사를 하고 있었다면 DEA의 접선책에게 알약 압축 공정에 관해 보고했을 겁니다."

"맞는 말이에요."

"마틴 부인은 내가 자기 말을 듣자마자 확인하러 가리란 사실을 알았을 거예요. 당연히 나는 그렇게 했죠. 자, 마틴 부인의 통화 기록을 검토하면 사건 직후에 프레드나 다른 누구한테 전화를 걸었다는 게 밝혀질 겁니다. 괜한 생각일까요? 자, 그다음에 무슨 일이 일어났냐면, 콜린스가 경찰을 가장하고 나타나서 나를 죽이려 했죠. 보세요, 나는 콜린스가 그곳을 감시하고 있었다고 생각하지 않습니다. 그럴 이유가 없잖아요? 거기에는 아무것도 남아 있지 않았는데 말이죠. 이미 싹 비우고 나간 후였으니까요. 나는 콜린스가 나를 죽이라는 지시를 받고 현장에 갔을 거라고 생각해요. 마틴 부인은 거짓말을 한 겁니다. 내가 그 집에 조사하러 가게 만들려고요. 모두 함정이었죠. 내가 마틴 부인을 찾아가 질문을 하고 진실에 너무 가까워진다 싶으면 바로 실행하려고 미리 계획을 짜놓았을 겁니다."

잠시 깊은 생각에 잠겨 있던 켐퍼가 물었다. "우리는 테드와 마약 집단에 관해서는 이제 확실히 알았어요. 하지만 다른 뭔가가 또 있나요?"

"나는 다른 뭔가가 많이 있다고 봐요. 모두 마약과 관련된 사항은 아니고요. 어쩌면 당신은 관심이 없을지도 모릅니다."

켐퍼가 씩 웃으며 대꾸했다. "DEA에 들어오기 전에, 내 야망은

FBI 요원이 되는 거였어요. 하지만 마지막 순간에 진로를 바꿨죠."

"왜죠?"

"세상에서 제일 친한 친구가 멍청한 내기를 하다가 펜시클리딘(환각 작용을 일으키는 약물—옮긴이)이 든 칵테일을 마셨는데, 그만 뇌가 타버렸거든요. 문병 가서 머릿속이 텅 비어버린 아름다운 젊은 여자를 내려다보던 기억이 아직도 선해요. 그때 이후 내 삶은 독약을 파는 괴물들을 처단하는 일에 바쳐졌어요."

데커가 말했다. "그렇게 해서 진로를 바꾸게 됐군요. 이해가 갑니다."

켐퍼가 몸을 앞으로 기울였다. "그렇지만 내 관심사는 **모든** 악당들을 처단하는 일로도 확장될 수 있어요."

"그 말을 들으니 기쁘군요."

켐퍼가 목소리를 낮췄다. "앞서 한 이야기에 하나 추가하자면, 우리는 서부 펜실베이니아에서 대규모 알약 압축 공정이 진행되고 있다는 강한 심증이 있어요. 콜린스 같은 거물이 여기 온 이유가 설명되죠. 정말 콜린스가 관련이 있다면, 여기 배런빌에 헤비급 선수 몇 명이 내려와 있다고 장담해도 좋아요."

"이제 우리는 테드가 그들이 원하는 모든 펜타닐을 공급하고 있음을 알았죠."

켐퍼가 몸을 곧게 폈다. "맞아요. 한데 당신은 이미 다 알고 있는 사실이잖아요. 그런데 왜 나랑 만나자고 한 거죠?"

대답 대신, 데커는 허리띠에 꽂혀 있던 배지를 빼서 탁자에 올려놓았다. 켐퍼는 배지를 내려다본 후 영문을 모르겠다는 표정으로 다시 데커를 보았다.

"당신 배지가 이 일하고 무슨 상관이 있죠?"

데커가 대꾸했다. "내 배지가 아닙니다."

"그럼 누구 배지인데요?"

"곧 알게 될 겁니다. 다만 그러려면 당신 도움이 필요합니다."

0 065

"그분은 오늘 아침에 출근하지 않으셨어요. 댁으로 전화를 걸어봤는데 아무도 안 받더라고요. 그래서 차를 몰고 찾아가봤는데 차도 안 보였어요. 창문 틈으로 엿보았더니 집 안은 아주 어두웠고요. 이웃 사람이 그러는데 한밤중에 짐을 잔뜩 가지고 집을 나섰다고 하더군요. 하지만 저한테는 어디 간다는 말이 전혀 없으셨어요. 어떻게 해야 할지 모르겠어요."

노리스의 조수인 제니가, 마주 앉아 있는 데커와 재미슨에게 단숨에 말을 쏟아냈다.

제니가 덧붙였다. "오늘 아침 일정이 있었는데 모두 거르셨어요. 좋은 일은 아니겠죠?"

"과연 좋은 일일지 의심스럽네요." 데커가 말하고는 주위를 둘러보았다. "내가 그쪽이라면 슬슬 다른 일자리를 알아볼 겁니다."

제니의 얼굴이 찌푸려졌다. "젠장, 이 직장도 엄청 힘들게 구한 건데."

데커가 덧붙였다. "혹시 모르니 좋은 변호사도 구해두시고요."

"뭐라고요?! 왜요?"

"혹시 몰라서 하는 말입니다."

데커는 재미슨과 함께 사무실을 나서는 길에 켐퍼에게 전화를 걸었다.

"도망자가 하나 있어요." 그리고 켐퍼에게 노리스의 정보를 알려주었다. "이게 정확히 DEA 관할 사건은 아니겠지만, 내가 아는 한 노리스는 이 시에서 일어나고 있는 온갖 더러운 일들에 연루돼 있어요. 어쩌면 지금부터 사람들을 시켜서 노리스의 사업 기록을 좀 캐보는 것도 나쁘지 않을 겁니다."

"바로 하죠."

데커가 물었다. "그리고 '다른 건'은요?"

"거의 다 됐어요." 켐퍼가 전화를 끊었다.

데커는 휴대전화를 집어넣었다.

재미슨이 물었다. "다른 건이라니 뭐요?"

"내가 켐퍼 요원한테 부탁해둔 게 있어요. 나중에 알려줄게요."

"우리를 황천길로 보낼 뻔했던 가스 누출 음모에 그 개자식이 가담했을까요?"

"그렇지 않다면 도리어 놀라운 일이죠. 우리가 노리스를 겁주고 나서 얼마 안 되어 가스 누출 사고가 일어났어요. 지금 그자는 도피했고요."

"그래서 노리스가 이 일에서 얻는 게 뭐죠?"

"돈이죠. 일반적인 수수료에 더해 뒷구멍으로 들어오는 뭔가……. 이건 확실히 알아낼 수 있어요."

"어떻게요?"

데커가 재미슨을 응시하며 말했다. "당근 케이크 머핀 또 먹으러 갈래요?"

* * *

드루스가 카페로 들어서는 두 사람에게 인사하고는 웃음 띤 얼굴로 말했다. "우리 가게에 다시 안 오고는 못 배기겠죠?"

데거가 대꾸했다. "네, 못 배기겠더군요. 당근 케이크 머핀 두 개 더 주시고, 커피도 주세요."

"포장해드릴까요 아니면 여기서 드시겠어요?"

"포장이 좋겠네요. 커피는 뜨거운 걸로 주시고요. 그런데 몇 가지 여쭤봐도 괜찮겠습니까?"

드루스는 어리둥절한 표정이었지만 웃음을 잃지 않고 대답했다. "그럼요."

데커가 자신의 신분증을 보여주자 그제야 드루스의 얼굴에서 웃음이 사라졌다.

"FBI 요원이시라고요? 내가 무슨 곤란한 상황에 처한 건가요?"

"그럴 수도 있고 아닐 수도 있죠. 저희는 노리스 씨하고 만났습니다. 그다지 솔직한 사람은 아니더군요. 부인은 더 나은 모습을 보여주시기를 바랍니다."

드루스가 자신을 지탱하기 위해 계산대에 한 손을 얹었다.

데커가 벽에 몸을 기댔다. "아드님은 원래 그 생명보험을 들 수 없는 처지였어요. 절대로. 아십니까?"

드루스의 입술이 떨리기 시작했다. "이제 와서 생각해보니 그런 듯해요, 요원님."

재미슨이 말했다. "노리스가 마법을 부린 거죠?"

"사실은 그 사람 생각이었어요. 요원님한테 진즉 말씀드렸어야 했겠지만, FBI 요원이신지 몰랐어요. 키스가 등을 다치고 나서 윌리가 나를 찾아왔어요. 저하고는 오랫동안 알고 지낸 사이였어요. 자동차 보험도 그 사람을 통해 들었고요. 지금은 집이 없지만 예전 집 보험도요. 이런 미친 세상에서는 그게 현명한 생각이라고 윌리가 그러더군요. 저도 키스를 수령인으로 해서 보험을 들고 싶었지만, 윌리는 제 약물 복용 기록 때문에 절대 승인이 안 날 거라고 했어요."

데커가 음산한 어조로 말했다. "아마 부인한테는 다행스러운 일일 겁니다. 그럼 서류 작업은 모두 노리스가 알아서 했습니까?"

"예, 그리고 지역의 구급의료원한테 건강검진을 맡겼어요."

"구급의료원이요?"

"네, 그 사람들도 검사를 할 수 있다고, 윌리가 그랬어요. 보험사들이 구급의료원이랑 지역의 연구소하고 계약을 해서 혈액검사 따위를 할 수 있다고 하더군요."

"아, 지역의 선수들이 각자 한몫씩 했군요. 흥미롭네요. 아드님이 등을 다치고 나서 진통제를 복용하고 있다는 이야기를 구급의료원한테 했습니까?"

"나는 몰라요. 거기 없었거든요."

"데커가 물었다. 아드님한테서 나중에라도 무슨 말 못 들으셨습니까?"

"내가 변호사를 구해야 하나요, 요원님?"

"부인의 대답에 따라 다를 수 있지요."

"저기요, 키스는 정말이지 더는 진통제에 의존하고 있지 않았어요. 그애가 보험에 들었을 때는 등이 훨씬 나아진 상태였어요."

"그렇지만 100만 달러짜리 생명보험이에요. 정말 큰돈입니다. 아드님은 심지어 직장도 없었고요."

"윌리는 키스가 아주 젊어서, 도움이 될 거라고 했어요. 죽으려면 한참 있어야 할 테니까요."

"으흠, 알고 보니 그건 잘못된 생각이었죠. 보험료는 어떻게 내고 있었습니까? 큰 액수가 아니라 해도 아드님은 수입이 없었을 텐데요."

"내가 보태주려고 했어요, 음, 그럴 수 있으면요. 그리고…… 그리고 윌리도요."

"노리스가 아드님한테 보험을 팔고, 보험료를 대신 내줄 계획이었다는 겁니까?"

드루스가 손에 쥔 냅킨만큼이나 창백한 낯빛으로 고개를 끄덕였다.

데커가 말했다. "부인은 그게 불법이란 사실을 몰랐습니까?"

드루스가 고개를 저었다. "몰랐어요, 요원님. 그냥 윌리가 친구라서 신경 써주는 줄로만 알았어요."

"그후 아드님은 마약성 진통제에 중독되어 죽었고요?"

"맞아요."

데커가 미심쩍어하는 어조로 지적했다. "아까는 아드님이 진통제를 끊었다고 하셨는데요."

"그게, **거의** 끊었었어요."

재미슨이 물었다. "부인은 아드님이 펜타닐을 헤로인으로 착각해서 과용했다고 하셨죠?"

"맞아요."

데커가 물었다. "약은 어디서 했습니까?"

"친구네 집에서요."

데커가 말했다. "친구는 그때 집에 없어서 제때 나르칸을 주지 못했고요?"

"네, 그애는 혼자였어요. 나는 일이 다 끝난 후에야 알았어요. 눈이 빠지도록 울었죠."

"보험사에서 조사를 했습니까?"

"네, 했어요. 하지만 윌리는 그쪽에도 빠삭했어요. 그들이 나를 속여서 내 돈을 빼앗아가지 못하게 하겠다고 장담하더군요. 결국 윌리는 약속을 지켰어요. 나는 몇 달 후에 돈을 받았죠."

데커가 말했다. "부인은 100만 달러를 받았고요?"

드루스는 잠시 뜸을 들인 후 대답했다. "네, 맞아요."

"아니죠, 사실이 **아니잖아요**."

"뭐라고요?"

"부인은 100만 달러를 고스란히 받지 못했습니다. 노리스가 얼마나 가져갔죠?"

"그게, 어, 그 사람은 자기 수수료를 받아갔어요."

"그게 얼마였습니까?"

"30퍼센트요."

"노리스가 30만 달러를 가져갔다?"

"네, 요원님. 윌리 말로는 생명보험 업계의 표준이라고 했어요."

"돈은 어떻게 지급되었습니까?"

"윌리가 알아서 했어요. 내 계좌에 돈이 확실하게 들어오게 해 줬죠."

"아무렴, 그랬겠죠." 데커가 말을 멈추었다가 다시 입을 열었다.

"드루스 부인, 아드님이 노리스 씨의 제안으로 100만 달러짜리 생명보험을 들자마자 약물 과용으로 죽고 노리스가 30만 달러를 받아간 게 이상하다는 생각을 한 번도 안 해보셨습니까?"

드루스의 입술이 떨려오더니 눈물이 뺨으로 흘러내리기 시작했다. "요원님, 그러니까 지금 요원님 말씀은……."

데커가 말했다. "그래요, 그렇습니다. 그자들은 아드님에게 함정을 놓았습니다. 큰 액수의 보험을 들게 하고, 결국 약물 과용으로 죽게 만든 겁니다."

드루스가 떨리는 손으로 얼굴을 가린 채 흐느꼈다. "나는 내 아들이 죽기를 바란 적이 없어요. 하느님, 제발 저를 도와주세요."

"하지만 현실은, 아드님이 **정말로** 죽었다는 겁니다."

"그리고…… 그리고 요원님은 정말 윌리가 그 일하고 관련이 있다고 생각하세요?"

"나는 그렇게 생각하는 게 아닙니다. 그렇다는 것을 **압니다.**"

드루스가 다시 물었다. "내가 곤경에 처한 건가요, 요원님?"

"내가 부인이라면 변호사를 고용하겠습니다. 그리고 커피하고 머핀은 사양하겠습니다. 방금 식욕이 사라졌거든요."

데커와 재미슨은 가게를 나섰다.

차로 돌아와서 재미슨이 말했다. "맙소사, 도저히 믿을 수가 없어요. 저 여자는 무슨 일이 일어나고 있는지 알았어야만 **해요.**"

"어쩌면 알았을 수도, 아니면 몰랐을 수도 있죠. 내가 이 업계에서 배운 게 하나 있다면, 인간은 원하기만 하면 무슨 일이든 합리화할 수 있다는 거예요."

"그러니까 보험 사기, 마약 판매, 그리고 보물을 차지하려고 엉뚱한 사람한테 누명을 씌우기까지. 손바닥만 한 도시에서 이렇게 많은 빌어먹을 일들이 제각기 벌어지고 있을 줄이야. 아, 누가 생각이나 했겠어요?"

데커는 차의 기어를 바꿨다.

"다만, 제각기는 아니에요, 알렉스. 별로 매끈하지 않은 작은 매듭으로 한데 묶여 있어요."

0 066

잠시 후 전화 한 통을 받은 데커와 재미슨은 배런빌 경찰서로 향했다. 엄숙한 표정을 한 켐퍼와 부하 요원 세 명이 문 앞에서 두 사람을 맞았다. 데커와 재미슨이 강력계 사무실로 들어갔을 때, 래시터 형사는 책상 옆에 서 있었다. 형사가 놀란 표정으로 일행을 쳐다보았다.

"안녕하세요, 여기는 어쩐 일이세요? 나는……"

두 사람 뒤로 켐퍼와 부하 요원들이 들이닥치자 형사의 말이 도중에 끊겼다.

데커가 래시터에게 말했다. "동료를 좀 불러주시겠습니까?"

"마티요? 아마 서 안에 있을 것 같은데요. 문자 보낼게요."

래시터가 문자를 보내고 1분쯤 지나 그린 형사가 방으로 들어왔다.

그린이 데커와 재미슨에게 인사했다. "안녕하세요."

데커가 고개를 끄덕였다.

그린이 켐퍼를 힐끔 본 후에 래시터를 보았다. "자네가 나를 찾은 거야?"

래시터가 데커를 가리켰다. "아니요, 하지만 저분이 무슨 일인지 당신을 보고 싶어 해서요." 래시터가 이어서 물었다. "괜찮아요, 마티? 좀 정신이 없어 보여요."

데커가 물었다. "혹시 잃어버린 거 없나요?"

그린이 소심한 표정을 지으며 자기 책상에 가 앉았다. "망할 놈의 경찰 배지요. 보통 체육관 사물함에 넣어두는데, 어디 갔는지 모르겠네. 옆 건물에서 라켓볼을 치거든요. 짜증이 나서. 배지를 잃어버리면 서류 작업을 왕창 해야 하는데."

그린이 책상 서랍 하나를 열어 살살이 뒤지기 시작했다.

데커가 말했다. "한 가지 여쭤보고 싶은 게 있습니다. 댄 본드 씨가 죽은 날 밤, 피해자의 집 앞에 서 있는 순찰차를 봤다는 사람이 있어요."

그린이 재빨리 고개를 들며 물었다. "그게 누굽니까?"

켐퍼가 끼어들었다. "익명의 제보였습니다."

그린이 물었다. "누구인지, 전혀 단서가 없나요?"

데커가 말했다. "흠, 형사님은 그쪽에 많이 가셨죠. 그날 밤 거기 있었던 사람이 형사님일 수도 있을까요?"

그린이 서둘러 고개를 저었다. "나는 순찰차를 몰고 다니지 않습니다."

데커가 고개를 끄덕였다. "하지만 댄 본드 씨를 전에 만난 적은 있지요?"

그린이 고개를 저었다. "아니요, 그분 댁에 한 번도 가본 적이 없습니다. 적어도 피해자가 살아 있을 때는요. 나는 피해자가 피살된 채로 발견된 후에야 거길 갔습니다."

데커가 물었다. "확실합니까? 장담할 수 있습니까?"

그린이 자못 궁금해하는 눈빛으로 데커에게 대꾸했다. "그런데요, 왜 물으시죠?"

래시터가 끼어들었다. "무슨 말을 하려는 거죠, 데커? 댄 본드 씨를 신문한 사람은 마티가 아니라 나예요."

데커는 그린에게서 눈길을 거두지 않았다. 이윽고 입을 열었다. "배지는 그만 찾아도 됩니다. 켐퍼 요원이 가지고 있으니까요."

그린이 켐퍼에게 놀란 눈길을 내쏘며 물었다. "당신이요? 왜요?"

켐퍼가 외투 주머니에서 증거물 비닐봉지를 꺼냈다. 안에 배지가 들어 있었다.

그린의 얼굴에서 서서히 핏기가 빠져나갔다. "제 배지가 왜 증거물 봉투에 들어 있는 겁니까?"

켐퍼가 사무적인 어조로 말했다. "그야 **증거물**이니까요. 살인 사건 수사의 증거물이요."

"무슨 말씀을 하시는 겁니까? 무슨 살인 사건이요?"

"댄 본드요."

"말씀드렸을 텐데요. 그분은 만나본 적도 없다고요."

데커가 말했다. "그렇다면 왜 댄 본드의 지문이 당신 배지에서 발견됐을까, 이런 의문이 제기되겠군요."

"뭐라고요?!"

데커가 자신의 배지를 꺼냈다. "댄 본드는 경계심이 많은 사람이었습니다. 어두워져서 내가 대문을 두드렸을 때 고양이 출입문으로 내 배지를 밀어 넣기 전에는 나를 들여보내려 하지 않았죠. 낯선 사람을 집에 들이길 좋아하지 않는다면서요. 진짜 배지가 맞는지 손가락으로 확인한 후에야 문을 열어줬죠. 그리고, 정말이지, 그렇게 늦은 밤 시각에 경찰 말고 다른 누구를 집에 들였겠습니까?" 데커가 배지를 들어올렸다. "그래서 **내** 배지에는 그분 지문이 묻은 겁니다. 하지만 당신은 방금 그분을 만난 적도 없다고 했는데, 어찌하여 그분 지문이 **당신** 배지에 묻어 있을까요. 당신은 그걸 어떻게 설명할 셈입니까, 그린 형사님? 당신이 그날 밤 본드 씨를 찾아가서 살해하지 않았다면 말이죠."

"개소리 마!"

그린이 래시터를 보았다. 래시터는 입을 쩍 벌린 채 멍하니 그린을 보고 있었다. "내 배지에 어떻게 그 사람 지문이 묻을 수가 있나. 그건 불가능해."

데커가 말했다. "당신이 배지를 내팽개쳐서 내가 주워준 날 기억합니까? 그때 지문이 문질러져 있는 걸 봤습니다. 다른 것도 묻어 있었는데 나중에 알고 보니 밀가루였죠. 본드 씨는 나에게 시간을 가리지 않고 빵 굽기를 좋아한다고 했습니다. 내 배지를 확인할 때도 거기에 밀가루를 묻혔죠. 또한 켐퍼 요원이 알려준 바에 따르면, 당신 배지에서도 밀가루 흔적이 발견됐습니다. 자, 그게 본드 씨의 주방에 있는 밀가루와 일치할지 모르지만, 어쨌거나 당신 지문이 있으니 이건 굳이 확인하지 않아도 되겠죠."

그린은 아무 말도 하지 않았다. 그저 데커를 멍하니 보기만 했다.

데커가 덧붙였다. "요는, 형사님, 기왕 누군가를 죽이는 수고를 감수하기로 했다면, 정말이지 세부 사항에 주의를 기울여야 한다는 겁니다."

그린이 켐퍼에게 덤벼들었다. "이 나쁜 년! 내 배지를 영장도 없이 가져가다니. 어차피 그러면 증거로 채택하지도 못해."

켐퍼가 종이 한 장을 들어올렸다.

"나는 영장을 가지고 있어. 서명도 됐고, 봉인도 됐고, 수취 확인도 됐지."

"뭘 근거로?"

"우리가 마틴 부인의 통화 기록을 확인했거든. 본드는 자기가 살해당한 날 밤 마틴 부인에게 전화를 했어. 마틴 부인은 즉시 프레드에게 전화를 걸었지. **당신**은 프레드한테 전화를 받았고. 그리고 한 시간 후, 본드가 살해당했지. 우리 기설은 이래. 본드가 마틴 부인한테 전화를 해서 마틴 부인이 우려할 만한 말을 했고, 마틴 부인은 프레드한테 전화를 걸어 그걸 처리하게 만들었다는 거야. 프레드는 당신한테 전화를 해서 임무를 맡겼지."

래시터가 말했다. "그렇지만 마틴 부인이 우려할 만한 일이 도대체 뭘까요? 그냥 예전 주일학교에서 아이들을 가르쳤던, 나이 든 부인일 뿐인데요."

데커가 말했다. "그분은 절대 만만히 볼 사람이 아닙니다. 한참 윗길이라고요. 나는 본드 씨가 살해당한 이유가, DEA 요원 두 명의 시신이 발견된 날 내가 들은 소리가 마틴 부인의 네발 지팡이가 보도를 때리는 소리임을 눈치챘기 때문이라고 믿습니다. 어쩌면 본드 씨가 살해당한 날 집 앞을 지나가던 마틴 부인이 인사를 했고, 그래서 마틴 부인의 지팡이가 내는 소리임을 알아챈 거겠죠. 어쩌면 나중에 부인한테 전화를 해서 그날 밤 밖에서 뭘 하고 있었는지 물었던 게 아닐까요? 사실 달갑지 않은 일이었죠. 왜냐하면 본드가 다른 누군가, 나 같은 사람한테 그걸 말했을지도 모르니까요."

그린이 부르짖었다. "변호사 불러줘!"

데커가 말했다. "그래요, 음, 어쩌면 당신이 사형 선고 대신 종신형을 받고 싶으면 다 털어놓으라고, 변호사가 설득해줄 수도 있겠군요."

켐퍼가 부하들을 보고 말했다. "이 쓰레기한테 수갑을 채우고 보장된 권리들을 읽어준 다음 유치장으로 끌고 가."

남자들이 앞으로 나서 그린에게 수갑을 채웠다.

그린 형사가 맥없이 저항하며 외쳤다. "당신이 누굴 건드렸는지 알면 크게 후회할걸, 데커!"

"재미있군요. 나도 당신한테 같은 말을 하려고 했는데."

0 067

데커가 말했다. "부인은 누군가를 지키려고 입을 다물 이유가 없습니다."

데커는 경찰서 취조실에서 켐퍼와 재미슨, 그리고 래시터 사이에 앉아 있었다. 맞은편에 꽤나 고고한 모습으로 앉아 있는 사람은 마틴 부인이었다. 마틴 부인은 데커의 말에 대답하지 않았다.

데커가 말했다. "우리는 부인 집 지하실에서, 사냥으로 잡은 동물 고기를 보관하는 대형 냉동고를 확인했습니다. 추정컨대 남편분이 사슴 고기를 저장하는 데 이용하던 거겠죠. 그렇지만 부인은 거기에 그냥 사슴 고기만 저장하지 않았습니다. 비티와 스미스를 거기 넣은 자는 누군지 몰라도 세심하지 못했더군요. DEA에서 그들의 DNA를 수집했습니다." 데커가 의미심장한 눈빛을 켐퍼에게 보내며 말을 이었다. "그리고 DEA는 피에 굶주려 있습니다. 그러니, 다시 말씀드리지만, 부인은 누군가를 지키려고 입을 다물 이유가 없습니다."

마틴 부인이 고개를 들어 데커와 눈을 맞췄다. "그걸 당신이 어떻게 알죠?"

"제 말이 틀렸다면 반박해보십시오."

마틴 부인이 긴 스커트를 구김 없이 매만지고 양손을 무릎에 얹었다.

"나는 아이들하고 손자들이 있고, 곧 증손자도 볼 거예요. 그애들을 생각해야 해요."

래시터가 물었다. "부인 같은 분이 도대체 어쩌다가 이런 일에 말려들게 된 거죠?"

"수중에 있던 얼마 안 되는 돈은 이미 다 떨어지고 없었는데 나는 너무 오래 살았지. 나는 여든여덟 살이고 건강도 꽤 좋아요. 일단 이 나이에 도달하면, 앞으로 10년쯤은 더 살 확률이 무척 높지. 10년 세월을 극도의 빈곤 속에서 살고 싶지 않았어요. 평생 꼼짝없이 여기에만 처박혀 있는 데 그만 질렸고요. 늘 빈손으로 살아야 하는 것도."

"자녀분들이 도와주지 않았습니까?"

"그애들도 버는 족족 다 나가는 형편이에요. 나는 사회보장연금이 있지만 그게 전부예요. 너무 적은 돈이라 이런 데서도 할 수 있는 일이 별로 없고요."

켐퍼가 꼬집었다. "사회보장연금으로만 살아가는 사람들이 수없이 많지만, 돈을 더 벌겠다고 마약 카르텔에 가담하지는 않아요."

마틴 부인이 날카롭게 쏘아붙였다. "나는 마약 카르텔에 가담하지 않았어요!"

래시터가 말했다. "그러면 **뭘** 했는지 부인 입으로 우리한테 말씀 좀 해주시죠."

"나는 그저 고개를 돌리고 있었을 뿐이야." 그렇게 대꾸하며 마틴 부인은 실제로 고개를 돌렸다. 그리고 덧붙였다. "우리 거리에서 뭔가 일이 벌어질 때마다."

데커가 물었다. "어떤 종류의 일 말입니까?"

"그 남자들이 발견된 집과 그 옆집으로 어떤 장비들을 들여오던 일. 바람직하지 못한 부류의 인간들이 매시간 드나들던 일이요."

데커가 말했다. "그건 알약 압축기였습니다. 그들이 이 거리를 고른 이유는 주민이 단 세 명에 불과하고 그중 하나는 장님이었기 때문이죠."

래시터가 덧붙였다. "또 주민 하나는 거기 가담했고요. 프레드가 부인한테 접근해서 고개를 돌리고 있어달라고 했나요?"

마틴 부인이 고개를 끄덕였다. "맞아요. 댄은 눈이 멀었고 프레드는 끔찍한 인간이었지요. 그리고 나는……." 목소리가 차츰 잦아들었다. "내가 그들 말을 따르지 않으면 간단히 나를 죽여버렸을 거예요. 내가 어떻게 해야 했을까요?"

재미슨이 말했다. "경찰에 신고를 한다든가……."

"경찰이라고?" 마틴 부인이 콧방귀를 뀌었다. "흥, 프레드 말로는 경찰의 절반은 거기 가담했다고 하던데요."

래시터가 외쳤다. "개소리 말아요! 저한테 올 수도 있었잖아요, 앨리스. 내가 알았으면 어떻게든 했을 거예요."

데커가 물었다. "그자들이 뭘 제안하던가요?"

"보상이요."

"얼마나?"

"일주일에 2천 달러요. 현금으로. 나는 정말이지 아무것도 할 필요가 없었어요. 그냥…… 고개만 돌리고 있으면."

재미슨이 말했다. "아니죠. 부인은 그자들이 부인 댁 냉동고에 시신들을 보관하게 해줬잖아요."

마틴 부인은 몸서리를 쳤지만 아무런 대꾸도 하지 않았다.

데커가 말했다. "큰돈인데, 그걸로 뭘 하셨습니까?"

"난…… 이런저런 물건을 샀어요. 라면하고 맥앤드치즈 말고 다른 음식을 먹기 시작했어요. 집 안 물건들을 고쳤어요. 아이들한테도 돈을 좀 보냈고요. 도대체 몇 년 만에 손주들한테 선물을 사주었는지 몰라요. 나머지는 그애들한테 물려주려고 집 안의 트렁크에 보관했어요."

래시터가 물었다. "그러니까 부인은 시신들이 운송된 날 집 밖에 있었나요?"

마틴 부인이 고개를 끄덕였다. "그 사람들은…… 내 냉동고에서 시신들을 꺼내다 프레드의 승합차에 싣고는 시신을 거기다 옮겨놓았죠. 자기네 장비들은 이미 그 집에서 내간 후였어요. 나는 바깥으로 나갔는데, 왜냐하면…… 음, 그들이 시신들을 내갈 때 집 안에 있고 싶지 않았거든요. 그리고 주변에 아무도 없는지 확인해야겠다고 생각했어요. 이미 주변을 살피려고 드론을 날리고 있었지만요. 그들은 사람들이나 물건들을 들여가거나 내갈 때면 흔히 그렇게 했어요. 혹시 들킬 위험이 없는지 확인하려고요. 프레드 말로는 원래 밤이 아주 늦기를 기다려서 일을 처리하고 싶어 했는데, 폭풍이 온다고 하니까 설마 누가 나와 돌아다니겠냐 했던 모양이에요. 아무래도 질질 끄는 것보다야 빨리 끝내버리는 편이 나았겠죠. 어쨌든, 그들은 승합차를 간이차고에 대놓고 옆문을 통해 시신들을 차에 실었어요. 나중에는 승합차를 도로 프레드의 집에 갖다놓고 걸어서 떠났죠. 나는 비가 떨어지기 전에 걸어서 다시 집에 들어왔고요."

데커가 말했다. "그때 내가 부인의 지팡이가 철그렁거리고 보도를 긁는 소리를 들은 거로군요. 전에 우리가 이야기를 나눌 때 내가 들은 소리를 부인께 묘사하지 않아서 정말 다행이었습니다. 그랬다간 부인이 낌새를 챘을 테니까요. 그렇지만 본드 씨도 소리를 들었죠. 그걸로 부인을 추궁했고요, 맞습니까?"

처음으로, 마틴 부인의 눈에서 눈물이 반짝였다.

"요전 날 내가 지나갈 때 댄이 앞쪽 현관에 나와 있었어요. 내가 불렀더니 그이가 '좋은 아침이에요' 하고 인사를 했죠. 하지만 그러고 나서 약간 이상한 표정을 짓는 거예요. 나는 집에 갔죠. 나중에 그이가 전화를 해서 그날 밤 왜 밖에 나와 있었는지 묻더군요. 정말이지 전혀 나를 다그치거나 하지는 않았어요. 하지만 당신이 그 소리에 관해 물었다고 하더군요. 당신이 그걸 중요한 단서로 보고 있다고요. 그이는 지팡이 소리를 전에 어디서 들었는지 기억하려고 애쓰고 있었어요. 나는 내 지팡이가 그런 소리를 내는지조차 몰랐고 생각해본 적도 없었는데. 밖에 돌아다닐 때만 넘어지지 않으려고 썼거든요. 진즉 수리했어야 했는데."

데커가 물었다. "그래서 본드 씨는 어떻게 죽었습니까?"

"나는 그이가 당신한테 알릴까 봐 겁이 났어요. 그날 밤 밖에 있던 사람이 나라고요. 결국 프레드한테 전화를 걸어서 사정을 이야기했죠."

데커가 말했다. "부인 댁 벽에 적힌 번호로요."

마틴 부인이 데커와 눈을 마주쳤다. "맞아요."

래시터가 물었다. "프레드가 어떻게 하겠다고 말하던가요?"

"자기가 알아서 처리하겠다고 했어요." 마틴 부인의 몸이 떨리기 시작했다. "나는 그 사람이 댄을 죽일 거라는 생각은 추호도 하지 못했어요! 나는 결코, 결코 그가 죽기를 바라지 않았어요. 그이는 좋은 남자였어요. 오랜 세월 좋은 친구로 지냈는데."

데커가 말했다. "젠장, 도대체 부인은 그자가 뭘 할 거라고 생각했습니까? 부인 집 **냉동고**에 연방 요원 두 명의 시신을 저장했던 남자요?"

마틴 부인이 고개를 저었다. "나는……." 그리고 침묵에 빠졌다.

"부인은 프레드한테 다시 전화를 했죠. 내가 그날 밤 부인하고 만난 후에도. 아닌가요?"

마틴 부인은 데커를 응시할 뿐, 아무 말도 하지 않았다.

"프레드나 다른 누군가가 콜린스한테 전화해서 나를 죽이라고 시켰죠. 시체가 발견된 집의 옆집으로 들어가는 비티와 스미스를 보았다고 거짓말을 했을 때, 부인은 이제 무슨 일이 일어날지 알았습니까?"

"나…… 나는 그냥 시킨 대로 했어요. 당신이 내 집에 나타나면 그렇게 말하라고 하더군요. 그게 다예요."

긴 침묵이 뒤따랐고, 마틴 부인의 거친 숨소리만이 들릴 뿐이었다.

데커가 말했다. "아시죠, 부인은 부인을 잡아들인 우리한테 감사해야 합니다."

마틴 부인이 데커를 올려다보았다. "그건 왜죠?"

"그자들이 부인을 얼마나 오래 살려뒀을 것 같습니까? 솔직히 말해 아직 부인을 죽이지 않은 게 놀라운데요."

"어쩌면 내게는 자비를 베풀었을지도 모르죠."

"나는 이자들의 마음속에 자비라는 게 과연 있기나 할지 심히 의심스럽습니다."

부인이 말했다. "나는 사람들에게서 선한 면을 찾아야 해요."

"나는 악한 면을 찾아야 하죠. 그리 어려운 일은 아닙니다만."

마틴 부인이 눈을 깜빡이며 말했다. "이곳은 예전에는 이렇지 않았어요."

데커가 비꼬았다. "좋았던 옛 시절 말씀이시겠죠?"

마틴 부인이 받아쳤다. "좋았던 옛 시절은 **정말 있었어요.**"

"어떤 사람들한테는 그랬겠죠. 하지만 다른 사람들한테는, 지금이 부인한테 즐겁지 않은 시간인 것처럼 좋지 않았습니다."

침착함을 되찾는 기색으로 마틴 부인이 물었다. "나는 이제 어떻게 되는 거죠?"

데커가 말했다. "음, 우선 부인은 남은 삶 동안 주거 걱정은 안 하셔도 될 겁니다. 식사 걱정도요. 두 가지 모두 정부에서 제공할 테니까요."

마틴 부인이 턱을 높이 치켜들고 비난하는 시선을 데커에게 보냈다. "나는 그냥 평화롭고 품위 있게 살고 싶었어요. 이 사건에서 내가 의도한 일은 아무것도 없었어요. 그건 아무 의미도 없나요?"

데커가 마틴 부인과 눈길을 마주쳤다. "나는 오랜 세월 동안 많은 사람들에게 그런 말을 들어왔습니다. 심지어 다른 남자의 머리에 총을 겨누고 방아쇠를 당긴 사람들도 그런 소릴 하더군요. 단언컨대, 부인, 아니요, 그건 아무 의미도 없습니다."

래시터가 말했다. "그렇지만 부인이 다른 사람들에 대해 증언을 하고 우리가 그들을 기소하는 데 협조한다면 도움이 될 겁니다. 어쩌면 정상참작이 될 수도 있어요."

마틴 부인이 래시터를 보았다. "옛날 주일학교 선생님한테 당근을 던지는 거니, 도나?"

래시터가 고개를 저었다. "선생님은 이 도시를 거의 파멸로 몰아넣은 마약 집단을 도왔어요. 돈을 대가로요. 나는 단지 그 개자식들을 하나도 빠짐없이 잡아넣고 싶을 뿐이에요. 그리고 선생님이 우릴 도와줄 수 있다면, 아주 좋아요. 그러지 않으면 감옥에서 썩든 말든 제 알 바 아니에요."

"내가 정말 모든 일을 망쳐버린 거지, 안 그러니?"

데커는 재미슨을 본 다음 마틴 부인을 보았다.

"흠, 어쩌면 감옥에서 죗값을 치르기 위해 성경 강좌를 여실 수도 있겠죠."

마틴 부인이 비통하게 말했다. "이제는 나를 놀리는군요."

"아니요, 사실 진지하게 드리는 말씀입니다. 한 사람이라도 인생을 바꿀 수 있다면 좋은 일 아니겠습니까?"

"당신은 그게 정말 가능하다고 생각해요?"

"내가 살면서 보아온 일들을 생각하면, 불가능한 일이란 없습니다."

0 068

"데커, 큰 문제가 생겼어요."

켐퍼의 전화를 받았을 때 데커는 재미슨과 함께 차에 올라 경찰서를 떠나는 중이었다.

"무슨 일인데요?"

"방금 전화를 받았어요. 테드의 행방을 놓쳤어요."

데커가 소리를 낮춰 욕설을 내뱉었다. "젠장, 어쩌다 그런 일이 일어났죠?"

"솔직히 말해서 나도 몰라요. 우리가 그린과 마틴 부인을 체포했을 때 낌새를 챈 게 분명해요. 이제는 어디로 숨었는지 알 수가 없어요. 흔적조차 없네요."

"그 양반 노친네는 어때요?"

"이제 그 사람이 우리가 내놓을 수 있는 유일한 카드일지도 몰라요."

"왜죠?"

"프레드는 배런빌 감옥의 유치장에 앉아 있어요. 본드한테 전화를 받은 후에 마틴 부인이 전화했잖아요. 이 통화 내역을 기반으로 내가 체포를 지시했거든요. 이제 우리 요원들의 살해와 마약 집단의 범죄에 프레드가 개입했다는 마틴 부인의 증언을 손에 넣었어요. 곧 연방교소도로 이송할 거예요. 하지만 옮기기 전에 변호사를 불러달라고 비명을 지를 때까지 바짝 태워줘야죠."

"그럴 생각이라면 귀마개를 꼭 하길 바랍니다." 데커는 전화를 끊고 휴대전화를 차 앞좌석에 던졌다.

재미슨이 물었다. "나쁜 소식인가요?"

데커가 상황을 설명했다.

"그렇군요, 정말 나쁜 소식이네요. 프레드가 어떻게 나올까요?"

"우선 사형선고를 피하려고 하겠죠."

"우리는 뭘 해야 하죠?"

"집으로 돌아가서 조이하고 앰버를 이 망할 놈의 배런빌에서 빼내야죠."

"맞아요." 재미슨이 가속페달을 어찌나 세게 밟았는지 데커의 목이 뒤로 꺾였다.

* * *

차가 앰버의 집으로 향하는 진입로로 들어섰을 때, 여전히 배치돼 있는 순찰차와 앞좌석에 앉아 있는 경찰이 데커의 눈에 띄었다.

"언니한테 짐을 싸라고 해요. 차로 안전한 곳으로 모셔갈 겁니다. 내가 보거트한테 전화해서 두 사람 주변에 요원들을 배치하도록 할게요."

재미슨이 트럭에서 뛰어내려 집으로 달려 들어간 후 데커는 보거트에게 전화를 걸어 상황을 알렸다. 피츠버그에서 FBI 팀과 접선하기로 했다. 날은 이미 어두웠고, 도착할 즈음에는 더욱 어두워져 있을 것이다. 데커는 휴대전화를 집어넣고 집을 찬찬히 살폈다. 불과 얼마 전에 재미슨과 함께 좀 쉬면서 여유를 즐기러 여행을 왔다는 사실이 믿어지지 않을 정도였다.

내가 여기서 살아남으면, 남은 평생 휴가 따윈 두 번 다시 떠나지 않겠어.

시계를 확인했다. 어서 출발해야 했다. 재미슨이 언니와 조카에게 필수품만 챙겨 나오라고 말해야 할 텐데. 달리 필요한 물품이 있으면 뭐든 피츠버그에서 구하면 될 일이었다.

"데커!"

앞 현관을 보니 재미슨이 이쪽을 향해 양손을 휘젓고 있었다.

데커는 차에서 뛰어내려 집으로 달려갔다.

"뭡니까?"

"두 사람이 없어졌어요. 집 안에 아무도 없어요."

데커는 진입로에 세워진 승용차 두 대를 보았다.

"걸어서 어디 갔을 수도 있나요?"

재미슨이 데커의 어깨너머를 보고 느린 말투로 물었다. "내가 당신한테 고함을 쳤을 때 왜 경찰이 나오지 않았을까요?"

두 사람은 서둘러 경찰차로 다가갔다.

데커가 창문을 두드렸다. 반응이 없자 총을 꺼내 들고 서서히 차문을 열었다.

죽은 경관이 옆으로 축 늘어졌다. 좌석벨트가 시신을 붙잡아주고 있었다.

재미슨이 말했다. "아, 맙소사! 에이머스!"

데커가 집을 올려다보았다. "집이 비었어요? 확실해요?"

"큰 소리로 이름을 불러봤는데 아무도 없었어요. 1층을 둘러봤어요."

"반항한 흔적이 있던가요?"

"아니요, 내가 보기에는 없었어요."

"집을 샅샅이 수색해야 해요. 잠깐 기다려요."

데커는 래시터 형사에게 지원을 요청하려고 전화를 걸었지만 아무런 응답도 없었다. 다음으로 켐퍼에게 전화를 했다. 이번에도 아무도 받지 않았다. 둘 다 음성사서함으로 넘어갔다.

데커가 휴대전화를 집어넣었다. "좋아요, 우리뿐이네요. 총을 꺼내 들고 따라와요."

두 사람은 집으로 들어가 벽장까지 포함해 1층을 샅샅이 수색했다. 특이 사항은 없어 보였다. 텅 빈 주발과 유리잔이 개수대에 놓여 있었다. 뒤집힌 가구도 없었다. 위층으로 올라가 침실을 하나하나 들어가 확인하고 마지막으로 데커의 침실에 다다랐다. 데커는 문을 열고 주위를 둘러보았다. 침대 한복판에 놓인 접힌 쪽지가 시선을 끌었다. 옆에는 휴대전화가 하나 있었다. 종이를 집어 들고 서서히 펼쳤다.

이 휴대전화를 가지고 우리가 연락할 때까지 기다려. 경거망동하면 둘은 죽는다.

재미슨이 보여달라고 손을 내밀자 데커가 쪽지를 건넸다. 쪽지를 다 읽은 재미슨은 침대에 풀썩 주저앉아 양손에 얼굴을 파묻었다. 데커는 집 뒤편이 내려다보이는 창가로 걸어갔다. 이쪽으로 해서 두 사람을 데려갔음이 틀림없었다. 뒤뜰을 지나 담장을 넘어 거리로. 모든 일이 시작된 곳.

데커가 말했다. "놈들이 전화를 할 거예요, 알렉스. 미리 대비를 해둬야 해요."

재미슨은 아무 말도 하지 않았다.

데커는 재미슨 옆에 앉아서 납치범들이 남긴 휴대전화를 집어 들고 들여다보았다.

* * *

데커와 재미슨이 앰버의 집 앞에서 죽은 경관을 발견했을 즈음, 래시터와 사복 경관 세 명, DEA 요원 두 사람이 조서를 쓰고 사진과 지문을 찍은 마틴 부인과 그린 형사를 경찰서에서 데리고 나갔다. 다음 정거장은 감옥이었고, 두 사람은 법원의 심리가 시작되기 전 각자 독방에서 기다리게 될 터였다. 래시터는 이곳의 통로를 폐쇄한 후 경관들에게 주변에 문제가 없는지 둘러보도록 지시했다. 건물 뒤편을 나서던 래시터가 전화를 하자 호송 차량이 즉각 달려왔다. 일행이 차량을 향해 가는 도중 마틴 부인이 래시터에게 말했다.

"내가 저지른 일들에 대해 정말 미안하게 생각한단다."

"음, 미안하고 말고는 중요하지 않아요. 중요한 것은 선생님이 증언을 통해 상황을 바로잡는 거죠."

"알겠다. 그렇지만 궁금한 게 있어."

"뭔데요?"

"내가 아이들하고 가까운 감옥으로 보내질 수 있을까?"

"보세요, 선생님은 무슨 요구를 하실 입장이 아니에요."

"알아. 기대하지도 않아. 그냥 네 도움을 청하고 있을 뿐이야. 옛날 주일학교 선생님으로서."

래시터가 한숨을 쉬었다. "선생님이 어디로 보내지느냐는 제 손을 벗어난 문제예요. 하지만 말은 해볼 수 있을 거예요. 도움이 될지는 모르겠지만. 사실, 안 될 거예요. 그렇지만 전화는 걸어볼게요."

"애써준다니 고맙구나."

"그렇지만 제 도움은 선생님이 진실하게 증언을 해주느냐에 달려 있어요."

"이해한다. 실은 그걸 기대하고 있단다. 참회할 기회를 얻을 수 있을 테니까. 그들은 아무도 다치지 않을 거라고 말했어. 물론 거짓말이었지."

"이 일이 도대체 어디서 끝날 거라고 생각하셨어요?"

"나는…… 정말이지 그 점은 한 번도 생각을 못 해본 것 같구나."

"음, 이제는 좀 늦었죠."

"나도 너무 늦은 걸까, 도나?"

래시터가 그 말에 고개를 돌려 예전 동료를 보고 말했다.

"내가 당신을 위해 해줄 수 있는 일은 전혀 없어요."

"나는 당연히 가져야 할 무언가를 손에 넣으려고 노력하고 있었을 뿐이야."

"세상에 당연히 가져야 할 것은 없어요, 마틴, 젠장."

"내 평생 거의 아무것도 갖지 못한 채 죽어라 고생만 했어. 민중의 지팡이랍시고. 망할, 민중은 내가 위험을 무릅쓸 가치가 없어."

"음, 이제 더는 거기에 신경 쓸 필요가 없겠네요"

다음 순간, 멀리서 날아온 총탄이 마틴 부인의 가슴을 정통으로 맞히고 살점을 뒤편으로 날려버렸다. 피와 쪼개진 뼈가 호송차의 창에 날아가 부딪혔다. 그린 형사는 비명을 질렀지만 다음 총탄이 형사의 머리를 관통해 커다란 뇌 조각을 날려보내자 비명은 목구멍 속에 갇혔다.

"저격수다!" 래시터가 총알이 날아온 방향으로 총을 겨누며 고함을 치고 몇 발을 쏘았다.

하지만 총탄들이 이번엔 래시터와 다른 두 명에게 명중해 그들 모두 땅바닥에 쓰러졌다.

0 069

전화벨이 울렸다. 그러나 납치범이 남겨두고 간 휴대전화가 아니라 데커의 전화였다. 화면의 번호를 내려다보고 나서 데커는 욕설을 내뱉었다.

폰을 스피커 모드로 놓고 소리를 질렀다. "전화했었다고요!"

켐퍼가 말했다. "미안해요, 데커. 꼼짝 못 하게 묶여 있었어요. 일이 대재앙으로 번지고 있어요."

"보세요, 지금은 통화 못 해요, 나는……."

"데커, 아직 못 들었어요?"

"뭘 들어요?" 앰버와 조이가 납치된 이야기일 거라고 데커는 넘겨짚었다. 하지만 도대체 켐퍼가 어떻게 벌써 알았을까.

"우리가 알기로 두 명이 죽었어요."

데커가 긴장했다. **앰버와 조이? 그럴 리가 없어.**

데커가 이를 악물고 물었다. "누구 이야기를 하고 있는 거예요?"

"마틴 부인과 그린이 감옥으로 호송되다가 총격을 당했어요."

"죽었습니까?"

"그래요. 래시터와 다른 둘은 부상을 입고 병원에 있어요."

"그럼, 내부자의 짓인가요?"

"그런 것 같아요. 놈들은 그 사람들이 언제 어느 쪽으로 건물을 나서는지 알고 있었어요."

"다른 문제도 있어요."

"뭐라고요?"

데커는 집 앞에 배치된 경관이 사망했고 제미슨 가족이 실종됐음을 알렸다.

켐퍼가 외쳤다. "젠장! 갈아 마셔도 시원찮을 개자식들."

"내 관심사는 오로지 앰버와 조이를 안전하게 돌려받는 것뿐이에요."

"누가 두 사람을 납치했을까요, 뭔가 실마리가 있나요? 아니면 어디로 갔다든가?"

"아니요. 당신 전화를 받았을 때 놈들의 전화를 기다리던 중이었어요."

"두 사람이 협상 카드로 납치됐을까요?"

"그게 아니라면 집 앞에 배치된 경관을 죽였듯 바로 죽였겠죠."

"놈들이 뭘 요구할까요?"

데커가 음울하게 대꾸했다. "분명 앞으로 말해주겠죠."

"나는 가서 지명 수배를 받아낼게요."

데커가 다른 데 정신이 쏠린 투로 말했다. "좋아요."

"그래 봤자 소용없을 거라고 보는 거예요?"

"내 생각엔 그런 걸로 잡혀 들어올 놈들이 아니에요. 아주 교활하거든요."

"경찰을 죽이고 두 사람을 납치했어요. 엄청난 위험을 무릅쓴 행위예요."

"아직 마치지 못한 볼일이 있고 인질들을 이용해 협상할 필요가 있다면 웬만한 위험은 무릅쓰려 하겠죠."

"하지만 놈들은 마약 용품을 싹 치웠고 유일한 증인들을 죽였어요. 그들을 기소할 근거가 전혀 없는 상황이에요."

"그건 놈들한테 중요하지 않을지도 몰라요."

켐퍼가 따지듯 물었다. "그럼 놈들한테 이보다 더 중요한 게 **있다**는 거예요?"

"내가 말했듯, 마치지 못한 볼일이요."

"예를 들면?"

데커가 쏘아붙였다. "내가 그걸 알면 여기 앉아서 놈들의 전화를 기다리고 있지 않겠죠."

"좋아요, 알았어요. 어쨌든 뭔가 계획을 세울 필요가 있어요."

"어려워요. 우리는 놈들이 무슨 꿍꿍이인지 전혀 모르잖아요."

"일단 그쪽에서 접촉을 해오면, 당신은 나한테 알려줘야 해요. 같이 협력해서 놈들을 추적하면 되죠."

"대신 내가 가장 적합하다고 생각하는 방식으로 일을 진행해야 합니다."

"그게 정확히 무슨 뜻이죠?" 켐퍼의 질문에는 경계심이 담겨 있었다.

"일이 잘못돼서 무고한 두 사람이 목숨을 잃는 일이 절대 일어나지 않도록 내가 할 수 있는 모든 일을 할 거라는 뜻입니다."

옆에 서 있던 재미슨이 몸서리를 치며 눈을 내리깔았다.

켐퍼가 말했다. "데커, 내가 그럴 수 있을지 잘 모르겠어요. 나는 실망시키면 안 될 사람들이 있어요."

"나도 마찬가지입니다. 바로 앰버와 조이예요. 당신이 내 방식대로 하지 않겠다면, 나는 혼자 추적할 수밖에 없습니다."

켐퍼가 투덜거렸다. "당신은 나를 불가능한 상황으로 몰아넣고 있어요."

"이건 불가능한 상황이죠. **사실입니다.**"

켐퍼가 침착성을 되찾은 투로 말했다. "내게 선택지가 많지 않은 것 같군요. 하지만 자신이 뭘 하고 있는지, 당신이 부디 알고 있었으면 좋겠네요."

데커가 전화를 끊고 휴대전화를 내려다보았다.

재미슨이 물었다. "알고 있는 거예요?"

데커가 나지막한 목소리로 되물었다. "뭘요?"

"당신이 뭘 하고 있는지."

"놈들한테 전화를 받고 나면 당신 물음에 대답할 수 있을 것 같군요."

"우리는 앰버와 조이를 잃을 수 없어요."

"잃지 않을 거예요."

재미슨이 외쳤다. "당신이 그걸 어떻게 확신해요?"

데커가 수긍했다. "확신 못 하죠."

재미슨이 따지고 들었다. "지금 나한테 도대체 무슨 말을 하고 있는 거죠?"

"나는 조이한테, 나쁜 사람들이 당신을 해치도록 놔두지 않겠다고 약속했어요. 지금은 놈들이 조이나 당신 언니를 해치도록 놔두지 않겠다고 당신한테 약속하고 있고요."

재미슨이 꺼내든 총을 내려다보았다. "아, 우리는 두 사람을 안

전하게 돌려받을 거예요, 에이머스. 그런 다음에는 개자식들을 하나도 빠짐없이 붙잡아서 벽에다 못질을 할 거고요."

070

전화는 한밤중에 걸려왔다. 데커가 미처 반응할 틈도 없이 재미슨이 휴대전화를 낚아챘다.

재미슨이 휴대전화에 대고 말했다. "나는 앰버와 조이의 목소리를 들어야겠어, 당장."

"당신 누구야?"

"FBI에 협력 중인 알렉스 재미슨, 네놈들한테 언니와 조카를 납치당해서 머리끝까지 열 받은 사람이다. 전화 바꿔, 당장!"

상대가 말했다. "네가 이래라저래라 명령할 상황이 아닐 텐데?"

"아니, 난 **한 가지** 명령밖에 안 했어. 두 사람한테 전화 연결해."

잠시 침묵이 흘렀다.

"알렉스?"

앰버였다. 정확히 예상했던 대로, 공포에 질린 목소리였다.

"괜찮아. 앰버, 어디 다치진 않았지?"

"그래, 안 다쳤어."

"조이는?"

"여기 나랑 같이 있어. 조이도 괜찮아. 그냥 겁만 먹었어."

재미슨이 데커를 돌아보고 입모양으로 말했다. "괜찮대요."

앰버가 말을 이었다. "다만 나는 모르겠어. 이 사람들이 뭘……."

아까 그놈이 돌아왔다. "좋아, 말하는 거 들었지. 이제 내 말 들어. 두 사람을 돌려받고 싶으면, 내가 시키는 대로 해야 해."

재미슨이 휴대전화를 데커에게 넘겼다.

데커가 말했다. "듣고 있다. 두 사람에 대한 교환 조건이 뭐지?"

"우리는 프레드 로스를 원한다."

"내 재량으로 가능한 일인지 잘 모르겠는데."

"가능하길 바라는 편이 좋을 거야. 아니면 다음번에 여자와 아이를 만날 때는 시체가 돼 있을 테니까."

"장소와 시간을 말해."

남자는 데커에게 위치와 시간을 제시했다. "누굴 달고 왔다간, 둘은 죽은 목숨이야."

"안 그러면 우리가 앰버와 조이를 데리고 무사히 빠져나가게 해주시겠다?"

"네가 우리한테 프레드를 데려오면 나는 누구도 다치게 할 이유가 없어. 우리는 그 영감을 원할 뿐이야."

"테드가 제 아버지를 그렇게 좋아하는 줄은 미처 몰랐는데."

"헛소리 말고 데려와! 1분이라도 늦으면, 둘은 죽어."

데커가 전화기를 내려놓았다.

재미슨이 물었다. "놈들이 원하는 게 뭐예요?"

"맞바꾸자는군요."

"맞바꿔요? 무슨 말이죠?"

"프레드 로스 대 앰버와 조이."

"왜 프레드를 원하는 거죠?"

"아마도 그 남자가 자기들에게 불리한 증언을 할 수 있기 때문이겠죠."

"하지만 프레드는 감옥에 있잖아요!"

"우리가 그 남자를 감옥에서 꺼내야죠."

"어떻게요?"

데커는 이미 휴대전화를 들고 있었다.

켐퍼가 바로 받았다.

"놈들은 앰버와 조이의 교환 대상으로 프레드 로스를 원해요."

"알겠어요."

"그자가 풀려나도록 당신이 조치를 해줘야 할 겁니다."

"그건 내 선에서 처리할 수 있어요. 놈들이 언제, 어디서 만나자고 하던가요?"

켐퍼의 물음에 대답한 데커가 덧붙였다. "우리가 누군가를 달고 오면 앰버와 조이를 죽이겠다고 하더군요."

"데커, 당신이 순진한 사람은 아니잖아요. 지원도 없이 가면 당신들은 모두 죽어요."

"그러니까 당신이 우리보다 먼저 거기 가 있어야죠. 헬리콥터 쓸 수 있습니까?"

"그래요."

"요원들을 태운 헬리콥터를 미리 대기시키는 쪽이 좋겠어요. 상황이 난장판이 되면 모든 사람이 위험에 처할 겁니다."

"우린 이 일로 먹고사는 사람들이에요, 데커. 저쪽에서 봐요."

데커가 전화를 끊고 재미슨을 보았다.

재미슨이 반박했다. "놈들은 누구도 달고 오지 말라고 했어요."

"놈들이 뭐라고 했는지 나도 알아요. 하지만 그놈들이 내가 앰버와 조이를 데려가게 가만 놔둘 것 같아요?"

재미슨이 화난 얼굴로 데커를 올려다보았다. "당신, 진짜! 내가 정말 당신 혼자 가도록 둘 것 같아요? 당신이 가는 데라면 **나도** 가요."

순간 데커의 휴대전화가 울리는 바람에 대화가 끊겼다.

아는 번호임을 확인한 데커가 전화를 받았다.

라일리가 부르짖었다. "망할, 상황이 도대체 어떻게 돌아가고 있는 거죠?"

데커가 되물었다. "무슨 말이죠? 이렇게 늦은 시각에 웬일로 전화한 겁니까?"

"왜냐하면 내가 보기엔 당신만이 존을 구할 수 있으니까요."

데커가 물었다. "존이 왜요?"

"내가 보석금을 내도록 존이 허락해줬어요. 하지만 경찰이 존을 풀어주려 하지 않아요."

"왜죠?"

라일리가 말했다. "래시터 형사가 서명해야 한대요."

"말도 안 돼요. 래시터 형사는 지금 병원에 있어요. 총에 맞았거든요."

"아니요, 그 사람은 병원에 있지 않아요."

데커가 긴장했다. "무슨 말이죠?"

"경찰서에서 그 사람이 병원에 있다는 말을 듣고 전화를 했어요. 서류를 병원으로 가져가려고요."

"그랬더니 병원에서 뭐라고 하던가요?"

라일리가 대답했다. "자진 퇴원을 했다고요."

믿기지 않는다는 투로 데커가 물었다. "자진 퇴원을 했다고요? 래시터 형사는 총에 맞은 사람이에요. 어떻게 자진 퇴원을 합니까?"

"나도 모르죠. 그렇지만 병원에서 그러던걸요."

"래시터 형사의 휴대전화에 전화를 걸어봤어요?"

"한 열두 번은요. 안 받아요. 이게 무슨 일이죠, 데커?"

데커는 잠시 뜸을 들인 후 대답했다. "10분쯤 후에 구치소로 당신을 만나러 가겠습니다."

0 071

경관이 복도를 따라 프레드의 휠체어를 밀고 와서 경찰서 로비로 들어섰다. 데커, 재미슨, 라일리는 프레드를 맞으러 미리 와 있었다.

프레드가 적의 어린 웃음을 띠고 데커를 올려다보았다.

"어쩐지 다시 보게 될 것 같더라고, 뚱보."

데커는 프레드의 말을 무시하고 담당 경관을 보았다. "우리는 존 배런 씨도 데려가야 합니다. 보석금은 완납했습니다."

담당 경관이 말했다. "래시터 형사님이 서명하기 전에는 풀어드릴 수 없습니다."

"래시터 형사는 무단이탈 상태예요."

경관이 입을 열었다. "그건 중요하지 않습니다……."

데커가 주먹으로 책상을 내리쳤다. "뭐가 중요한지 내가 당신한테 말해주지." 그러고는 라일리를 가리켰다. "저분이 판사가 결정한 보석금을 냈어. 당신은 관련 서류를 손에 들고 있고. 래시터의 망할 서명 따윈 필요치 않아. 그러니 가뜩이나 간당간당한 시 재정을 바짝 말려버릴 초대형 법적 소송을 바라지 않는다면 존 배런을 당장 꺼내오는 게 좋을 거야." 휴대전화를 들어올리며 말을 이었다. "당신이 안 움직이면, 한 10분 후에 FBI 요원들이 들이닥쳐서 당신과 이 망할 곳에 있는 모든 자들을 체포할 거야."

담당 경관은 마치 데커가 방금 자신을 주먹으로 갈기기라도 한 것처럼 꽁꽁 얼어붙었다.

뒤편에서 누군가 말했다. "안녕하세요, 데커 요원님."

데커가 등을 돌리자 커리 경관이 눈에 띄었다.

커리가 물었다. "무슨 문제라도 있습니까?"

"보석금을 지불하고 서류도 제출했는데, 이 작자가 래시터 형사가 서명을 안 해줬다는 이유로 수감자를 풀어주려 하지 않고 있어요. 하지만 오늘 총에 맞았던 래시터 형사는 병원에서 자진 퇴원을 해 **편리하게도** 행방을 감췄고요."

커리가 담당 경관을 쓱 보고는 도로 데커를 보았다.

"내가 지금 당장 가서 배런 씨를 데려다드리죠."

담당 경관이 입을 열었다. "그렇지만 래시터 형사님이……."

커리가 말했다. "망할, 닥쳐, 바비." 그는 몸을 돌려 떠났다.

잠시 후, 커리가 배런을 데리고 돌아왔다.

데커가 말했다. "협조해주셔서 감사합니다."

커리가 말했다. "뭘 이 정도로요. 이곳에서 일어나고 있는 이 염병할 짓거리에 나도 진절머리가 납니다." 그는 총에 손을 얹고 담당 경관을 잠깐 노려본 후 다시 데커를 보았다.

"요원님 계획이 뭔지는 모르지만 누군가 밀고하지 못하도록 내가 여기 남아서 감시하고 있을까요?"

데커가 말했다. "그래주시면 정말 고맙겠습니다." 접수대 뒤에 놓인 산탄총 시렁에 데커의 눈길이 가 꽂혔다. "기왕 편의를 봐주시는 김에, 저 산탄총을 한 자루만 빌려가도 괜찮을까요? 있으면 요긴할 것 같습니다."

"문제없습니다." 커리가 담당 경관인 바비를 보았다. "요원님께 내드려."

"그럴 수는……."

커리가 권총을 꺼내 들며 고함쳤다. "당장!"

바비가 잠긴 시렁을 열고 산탄총 한 자루와 탄환 한 상자를 꺼내 데커에게 건넸다.

커리가 말했다. "행운을 빕니다, 데커."

"고마워요."

데커는 총과 탄환을 재미슨에게 건네고 SUV를 향해 프레드의 휠체어를 밀고 갔다. 배런과 힘을 합쳐 노인을 들어올려 뒷좌석에 실은 다음 휠체어는 뒤편 짐칸에 실었다. 일행은 차에 올랐고, 데커가 운전석에 앉았다.

배런이 말했다. "젠장, 도대체 무슨 일이 벌어지고 있는 겁니까?"

데커가 대꾸했다. "많은 일이요." 그러고는 휴대전화를 꺼냈다.

재미슨이 물었다. "누구한테 전화를 거는 거죠?"

"전화 아니에요. 급히 검색을 좀 해야 해서요."

"뭐에 대해서요?"

"오스트레일리아."

데커는 몇 분간 화면을 아래로 훑어내렸다.

재미슨이 다그쳤다. "데커, 이러다 교환 시간에 늦겠어요!"

"아니요, 안 늦어요."

데커는 몇 분쯤 더 화면을 읽어내린 후 장문의 문자를 보냈다.

그제야 휴대전화를 집어넣고 차를 출발시켰다.

재미슨이 물었다. "필요한 걸 알아냈어요?"

데커가 고개를 끄덕였다. "그래요, 거의 모두 알아냈어요."

* * *

데커는 급히 차를 몰아 시내 중심가를 벗어났다.

뒷좌석에서 프레드가 외쳤다. "잠깐 기다려. 이 길이 아니……."

그리고 미처 말을 맺기 전에 입을 다물었다.

데커가 말했다. "교환 장소로 가는 길이 아니라고요? 당신이 알고 있을 줄 알았죠. 왜냐하면 이 모사꾼들은 심지어 경찰서까지 줄을 대고 있으니까. 당신 말이 맞아요. 이건 교환 장소로 가는 길이 아니죠. 나는 진짜 일이 벌어지고 있는 장소로 갈 작정이거든요."

재미슨이 걱정스러운 어조로 말했다. "무슨 말을 하는 거예요?"

"나를 믿어요, 알렉스. 나는 내가 뭘 하고 있는지 알고 있어요."

배런이 끼어들었다. "음, **나는** 남을 잘 믿지 않아서요."

데커가 말했다. "내가 당신이라면, 마찬가지일 겁니다. 사실, 이 망할 동네에서 누굴 믿을 수나 있을지 모르겠네요."

차는 배런 가문의 저택이 자리 잡은 언덕 꼭대기로 이어지는 구불구불한 도로를 타고 오르기 시작했다.

배런이 주변을 둘러보더니 갈피를 잡지 못하는 얼굴로 물었다. "왜 내 집으로 가는 거죠?"

"당신을 사형대로 보내려고 죽을힘을 다한 사람들을 만나게 해주고 싶어서요."

0 072

데커는 저택으로 이어지는 진입로에 닿기 전에 차를 세웠다. 엔진을 끄고 주변을 살폈다.

재미슨이 물었다. "우린 이제 뭘 해야 하죠?"

휴대전화가 띵 소리를 내자 데커는 잠시 말없이 문자를 읽었다. 앞서 보낸 문자에 대한 답신이었다.

데커가 재미슨에게 대답했다. "이 일을 끝내야죠. 내 바람대로 된다면."

재미슨이 외쳤다. "언니와 조이는 어쩌고요? 우리는 두 사람을 돌려받아야 해요."

"그럴 거예요. 왜냐하면 두 사람은 **여기** 있으니까요, 알렉스."

"여기라고요?! 하지만 교환 장소는 네 시간은 가야 나오는데."

"놈들은 우리가 그렇게 생각하기를 바랐죠." 데커가 프레드를 보고 물었다. "맞죠?"

프레드가 데커에게 음험한 눈빛을 보냈다. "너는 네가 뭘 건드렸는지 전혀 몰라, 뚱보."

"그래요, 다들 하는 말이죠."

일행은 차에서 내렸다. 데커는 뒤편 짐칸으로 가서 접이식 휠체어를 꺼내 펼쳤다.

배런이 말했다. "데커, 이 괴물은 그냥 여기 남겨두면 돼요. 어차피 아무 데도 못 갈 테니까."

"아니요, 우리는 이자가 필요합니다. 당연히 조심은 해야죠." 데커는 뒤편 도구함에서 질연 테이프를 꺼내 반항하는 늙은 남자의 입을 테이프로 칭칭 감았다. 다음으로, 발버둥 치는 프레드를 휠체어에 앉히고 양팔을 휠체어 팔걸이에 묶었다.

데커는 앞좌석에서 산탄총과 실탄을 꺼내 배런에게 건네며 말했다. "쏠 줄 아시겠죠?"

배런은 전문가 같은 솜씨로 실탄 다섯 발을 장전하고는 고개를 들었다. "장원의 영주라면 이쯤은 기본이죠."

데커가 휠체어 운전을 맡았다. 아스팔트가 깔린 앞뜰에 도달했을 때 속도를 올렸지만 이내 멈췄다. 일행은 정원 관리용 헛간에 다다랐다. 한편에는 흙이 거대한 둔덕을 이루었고, 헛간 문은 열려 있었다.

배런이 외쳤다. "무슨 망할 놈의 짓거리를 벌이고 있는 거지? 누가 저걸 팠어? 문은 왜 열려 있고?"

데커가 말했다. "놈들이 여기서 보물을 찾고 있었음이 분명합니다. 잠깐 기다려요." 그는 일행을 남겨두고 헛간으로 건너갔다. 이어 휴대전화 플래시에 의지해 땅굴로 내려갔다. 한 1분쯤 깜빡이는 휴대전화 빛만 보이다 이윽고 데커가 다시 일행의 눈앞에 모습을 드러냈다. 그는 이번에는 헛간으로 들어갔다. 하지만 1분도 안 되어 도로 나와 일행에게 합류했다.

재미슨이 물었다. "뭔가 찾아냈어요?"

"내가 생각한 대로예요. 아무것도 없어요."

"안은 어때요?"

"바닥을 깨부숴놨지만, 얇은 콘크리트판이 깔려 있고 아래에는 그냥 흙이 있었어요."

라일리가 물었다. "무슨 뜻이에요?"

"우리가 보물이 있는 장소로 다가가고 있다는 뜻이죠."

일행은 포장도로에 도달해 오른쪽으로 방향을 꺾었다. 길 끝에 이르자 데커는 걸음을 멈추고 프레드를 한켠으로 데려갔다. 데커가 총을 꺼내자 재미슨도 똑같이 했고, 배런은 산탄총을 고쳐 잡았다. 일행은 데커를 따라 다시 포장도로에 올라서 연석을 지나 앞쪽을 바라보았다. 인부들과 차량이 분주히 움직이고 있었다. 일행의 눈길이 가족 영묘 앞에 주차된 커다란 덤프트럭으로 쏠렸다. 트럭에는 텅 빈 평상형 트레일러가 딸려 있었다. 지켜보는 사이 밥캣 차량 한 대가 속도를 올려 트럭을 지나쳐 매장지에 들어섰다. 덤프트럭 옆에는 SUV가 두 대 서 있었고, 열린 정문을 통해 사람들이 매장지 안을 돌아다니는 모습이 보였다. 데커는 잰걸음으로 전진했고 다른 사람들도 바짝 따라붙었다. 밥캣의 소음 덕분에 소리가 나서 들킬까 봐 염려할 필요는 없었다. 데커는 SUV 두 대 중 한 대의 뒷문을 열고 거기 쌓여 있는 더플백 중 하나의 내용물을 들여다보았다. 테드의 비밀 벽장에서 찾아낸 것과 동일한 병들로 가득했다. 데커는 가만히 차 문을 닫고 일행과 함께 현관으로 돌아가 안쪽을 엿보았다. 한 무리의 사람들이 묘 주변에 모여 있었다. 임시로 설치된 작업용 조명들이 지하실 주변 구역을 비췄다.

재미슨이 속삭였다. "저기 테드 로스가 있어요."

라일리가 속삭였다. "래시터도요. 나는 총에 맞은 줄 알고 있었는데요?"

한 팔에 팔걸이 붕대를 하고 있는 형사는 동작이 둔해 보였다.

데커가 말했다. "아마 사람들의 짐작보다 훨씬 가벼운 부상을 입었을 거예요."

묘 옆에는 커다란 굴이 파여 있었고, 동력 드릴이 돌아가는 듯한 소음이 들렸다. 잠시 후 테드가 조명 기구를 들고 구멍 속으로 사라졌다. 래시터도 바로 뒤를 따랐다. 데커는 총을 꼬나들고 주변에 서 있는 남자들의 수를 셌다. 전부 열 명이었다. 잠시 후 테드와 래시터가 구멍에서 나왔다. 둘 다 기분이 썩 좋아 보이지 않았다.

재미슨이 왼쪽을 가리키며 말했다. "데커."

그쪽을 보자 커다란 묘석을 등지고 땅바닥에 앉아 있는 앰버와 조이가 보였다. 포박되고 재갈이 물려 있었다. 데커는 슬쩍 빠져나가 1분 후 휠체어에 앉은 프레드를 태운 휠체어를 밀고 돌아왔다. 데커는 휠체어를 굴려 덤프트럭을 지나 묘지 안으로 살그머니 들어갔다. 자신의 권총 대신 배런이 들고 있던 산탄총으로 바꿔 들고 프레드의 목에 총열을 대고 밀어붙였다. 데커가 일행에게 고개를 끄덕여 신호를 보냈다. 배런과 재미슨은 벽돌 벽 양옆에 자리 잡은 채로 래시터를 비롯한 나머지에게 총구를 겨누었다. 라일리는 배런의 어깨 뒤에서 불안한 표정으로 엿보았다.

데커가 고함을 쳤다. "좋아, 인질을 교환하러 왔다."

묘 옆에 있던 모든 사람들이 얼어붙었다. 래시터와 테드가 천천히 등을 돌려 노인과, 노인의 머리에 산탄총을 들이대고 있는 데커를 보았다.

테드는 고개를 내젓고는 양손을 엉덩이에 얹은 채 웃음 지었다. 래시터를 향해 외쳤다. "이 망할 놈을 제거해야 한다고 내가 몇 번이나 말했냐고, 도나!"

래시터가 데커에게 고함을 쳤다. "여기 오다니 정말 멍청한 짓이로군."

데커가 자유로운 한 손으로 앰버와 조이를 가리켰다. "우리가 갈 **수 있는** 곳은 여기뿐이야. 교환, 기억해? 당신이 정했잖아, 내가 아니라."

래시터가 말했다. "이러면 끝이 좋지 않을 거야."

데커가 대꾸했다. "당신은 망보는 사람을 좀 세웠어야 했어, 테드 로스."

"내가 당신을 과소평가한 모양이군, 데커."

"나는 사람들이 그러는 게 좋더라고. 아마 당신은 도피 계획을 세워놨겠지. 우리한테 앰버와 조이를 넘기고, 우리가 당신한테 이 쓰레기를 넘기고 나면 도망칠 셈이었겠지."

테드가 대꾸했다. "그렇게 간단한 일이 아니야."

데커가 묘를 응시했다. "아직 찾아내지 못했다는 뜻인가?"

테드의 웃음이 희미해졌다. "뭘 찾아낸다는 거지?"

"배런 1세가 남겨둔 보물."

래시터가 날카롭게 추궁했다. "당신이 그걸 어떻게 알지?"

"나는 전부 다 알아. 하지만 당신은 왜 보물이 필요하지? 펜타닐로 벌 만큼 벌지 않았나?"

테드가 배런을 응시했다. "이건 펜타닐하고는 아무 상관도 없어. 내가 **저 자식**한테서 그걸 뺏어낼 수 있다는 사실이 중요하지!"

프레드가 휠체어에서 몸부림치고 있었다.

데커가 물었다. "고견을 들려주고 싶은가 보죠?" 그러고는 손을 뻗어 노인의 입에서 테이프를 뜯어냈다.

프레드가 고함을 쳤다. "이 개자식을 쏴버려, 테드. 놈을 죽여버리라고!"

"닥쳐요, 아버지." 테드가 조롱하는 투로 말했다. 그리고 데커를 돌아보았다. "그래서?"

"이미 말했지만, 나는 우리가 합의를 도출할 수 있다고 생각해."

테드가 묘를 응시하더니 말했다. "좋아, 우리한테 그게 어디 있는지 말해주면 이 여자와 아이를 데려가게 해주지." 그러고 나서 자기 아버지에게 총구를 겨눴다. "그리고 당신은 저 인간도 가져가도 돼. 저 인간이 하는 개소리라면 평생 들을 양을 다 들었으니까."

프레드가 고함을 쳤다. "이 쓸모없는 똥 덩어리 같은 자식! 네놈한테 그걸 말해준 사람이 바로 나였잖아. 이 배은망덕한 호래자식아!" 더러운 욕설이 줄줄이 쏟아졌다.

테드가 권총을 들어올리며 말했다. "내 말 무슨 뜻인지 알겠지? 닥쳐요, 아버지. 입 다물지 않으면 하느님께 맹세코 내가 당신을 쏴버릴 테니."

데커가 말했다. "프레드, 당신은 그리 영리하지 않죠, 그렇죠?"

"망할, 도대체 무슨 개소리야, 뚱보 놈아?"

"당신은 교환 계획을 알았죠. 하지만 우리가 약속한 장소에 도착했을 때, 당신과 교환할 사람은 아무도 없었을 겁니다. 아들은 당신을 딱하게도 혼자 내버려둘 작정이었습니다. 아비는 감옥에 보내고 자신은 새로운 삶을 향해 날아가는 거죠."

프레드는 입을 다문 채 아들을 노려보기만 했다.

데커가 테드에게 말했다. "이런 이유로 나는 당신이 거짓으로 인질 교환을 요구하고 그동안 여기서 보물을 찾고 있으리라 추론했지." 이어서 살기등등한 표정을 짓고 있는 프레드를 쏘아보았다. "왜 당신이 저자를 돌려받고 싶어 하겠어? 당신과 당신 어머니한테 그토록 잔인하게 군 남자를? 그냥 자신한테 불리한 증언을 못 하게 하려고? 젠장, 나라면 이 개자식이 시키는 대로 하느니 그냥 하늘에 운을 맡기고 말았을걸. 당신 역시 다르지 않을 거라고 생각했어."

프레드가 다시금 욕설을 퍼부었고, 데커가 절연 테이프를 도로 붙인 후에야 멈추었다.

데커는 묘 옆에 파인 구멍을 보았다. "당신은 보물이 정원 관리용 헛간 밑에 있지 않으면 봉안당 밑에 있으리라고 생각한 거지? 오라일리 회사로 보낸 편지 때문에?"

테드가 말했다. "어떻게 봐도 콘크리트가 제지 공장을 추가로 짓기에 충분한 양은 아니었거든. 또 배런 늙은이가 그 시점에서 제지 공장을 지었을 리도 없어. 사업이 기울고 있었으니까. 배런은 그걸 자기 봉안당의 기반 작업에 사용했지. 지금 우리가 알아낸 건 여기까지야."

데커가 고개를 끄덕이고 말했다. "그런이 우리한테 배런빌 역사 강의를 해주면서 제지 사업이 기울었다는 이야기도 했지. 나중에 내가 관련 지식을 요긴하게 써먹을 수 있는 편지를 발견할 줄은 몰랐겠지만. 그런데 당신은 보물이 뭐라고 생각해?"

"귀금속, 어쩌면 동전이나. 현금은 썩었을 테고."

데커가 고개를 끄덕이며 물었다. "저 밑에서 뭘 좀 찾아냈나?"

"콘크리트를 죄다 쏟아부어서 만든 기반 내부의 커다란 텅 빈 공간."

데커가 물었다. "보물 말고 다른 게 있던가? 이를테면 약간의 유골이라든가?"

테드가 대꾸했다. "저 밑에 뼈가 몇 개 **있긴** 하더군. 한데 당신은 그걸 어떻게 알아냈지?"

"배런은 늙은 몸이라 혼자서는 도저히 보물을 숨길 수 없었어. 한데 그걸 **실제로** 숨긴 사람들을 어떻게 남겨두겠어? 자기가 죽고 나면 그들이 여기 와서 훔쳐가면 그만인데. 아니면 누군가한테 발설할지도 모르고. 마침 빈 공간은 매장지로 쓰기에 편리했지."

"그래서 보물은 어디 있다는 거야?" 테드가 조바심을 내며 다그쳤다.

"오라일리의 주문서에 다 나와 있어. 다만 당신은 그 편지의 **엉뚱한** 대목에 초점을 맞췄을 뿐이지."

"그럼 좀 가르침을 주시지." 테드가 으르렁거렸다.

"나는 배런의 집사, 나이절이 아들한테 보내는 편지를 읽었어. 코스타도 읽었고. 편지에서 보물에 대한 실마리를 얻었지."

"코스타는 편지 이야기를 전혀 하지 않았는데."

"하지만 코스타는 그게 분명히 묘 밑에 있다고 생각했지."

"코스타는 엄청나게 연구를 했어. 장원의 역사에 관한 수많은 글을 읽고 위치를 좁혔다고 생각했지만, 확실히 알고 싶어 했지. 우리는 누군가를 여기 올려보낼 필요가 있었어. 그래서 내가 배벗을 부른 거야."

"왜 배벗이었지?"

"물류 센터에서 일하다가 다쳤거든. 내가 녀석한테 뼈다귀를 던져주고 있었지. 어쨌든, 녀석이 좀 파보긴 했어. 봐봐, 코스타는 배런이 오라일리에게 자재를 주문하는 편지를 쓴 후로 공사가 진행

된 데가 딱 **두 곳**뿐이라고 판단했어. 포팅셰드와 여기. 그래서 배벗이 여기 올라와서 두 곳을 정밀 측정한 결과, 오라일리한테 구입한 자재로 지은 콘크리트 기반과 포팅셰드의 용적이 거의 일치한다는 사실을 알아낸 거야.”

“배런은 무단 침입한 배벗을 붙잡아서 경찰에 신고했고?”

“음, 사실 토비가 찔러보고 다닐 때 스완슨 또한 여기 올라와 있었지. 배런이 토비를 쫓아낼 때 스완슨도 도왔어. 스완슨은 토비를 알고 있었으니까, 경찰에 신고할 수 있도록 토비가 누군지를 배런에게 알려줬겠지. 뭐 별로 중요한 일은 아니었지만.” 테드가 마지막 말을 퉁명스럽게 덧붙였다.

“사실 배벗**과** 스완슨한테는 **무척** 중요한 일이었어. 왜냐하면 두 사람 모두 사망 통지에 서명을 한 거나 마찬가지였으니까. 당신이 보기에는 말이야.” 데커가 덧붙였다. “배런은 이제 배벗에게 불만을 품었고 나름의 동기가 있으니, 당신은 배런에게 누명을 씌울 목적으로 그가 배벗도 살해했다고 꾸며댈 수 있었지. 배벗 덕분에 당신은 스완슨이 거기에 마약을 숨겨두었음을 알게 됐고, 그것 역시 배런에게 누명을 씌우는 데 이용했지. 또 스완슨을 제거할 필요도 있었고 말이야.” 데커가 잠시 말을 멈췄다. “당신은 이 외에도 배벗을 제거해야 할 이유가 또 있었다고 생각해.”

테드는 데커를 음험한 시선으로 쏘아볼 뿐 아무 말도 하지 않았다.

“배벗은 당신 사무실의 공간에 관해 알아냈지. 펜타닐 택배를 보관하는 장소 말이지. 배벗은 확실히 측량에 재주가 있었어. 영묘 **일도 그렇고,** 당신 사무실 공간을 알아낸 것도 그렇고.”

“상자 하나에서 병이 한 개 없어진 것 같다고 생각했는데. 당신 짓이었나?”

"그렇지."

"토비가 물류 센터 건축 도면을 가지고 있었는데 이를 당신이 알아냈다는 이야기는 도나한테 들었지. 그렇지만 당신이 두 가지를 하나로 짜맞추리라는 생각은 하지 못했어. 당신이 도나한테 한 말로 미루어, 토비가 맥서스에서 당한 대우 때문에 불만을 품었다는 추측만 하고 있는 것 같았거든."

"운이 좋았지. 왜냐하면 당시에는 래시터가 나쁜 경찰인지 몰랐으니까."

래시터가 부르짖었다. "당신은 나에 관해 아무것도 몰라."

데커가 말했다. "알 만큼은 안다."

테드가 말했다. "다시 사업 이야기로 돌아가지. 이 나이절이라는 인물의 편지에는 뭐가 있었지?"

"배런과 함께 다녀온 오스트레일리아 여행 얘기가 쓰여 있더군."

"오스트레일리아? 그게 뭐?"

"두 남자는 유명 관광지들을 방문했지. 그렇지만 내가 들어본 적 없는 지명들도 여럿 적혀 있었어. 여기 오기 전에 구글에서 검색해 봤지. 그중에 관심을 끄는 지명이 하나 있었어. 캘굴리."

테드가 물었다. "캘굴리? 뭐가 그렇게 특별한데?"

"보여드리지. 큰 망치 있나?"

테드가 영묘를 응시하며 말했다. "왜? 보물은 여기 없는데."

"나는 그게 여기 **있다**고 생각해. 당신이 오라일리의 편지에서 **엉뚱한** 대목에 초점을 맞췄다고 했잖아. 당신네 부하를 시켜서 큰 망치로 영묘의 **벽**을 부숴봐." 데커는 테드 바로 뒤의 벽을 가리켰다. "**저** 벽 말이야."

테드가 고개를 확 틀고 물었다. "왜?"

데커가 말했다. "한번 시켜봐. 내 판단이 틀렸다 해도 밑져야 본 전이잖아."

테드는 부하 하나에게 큰 망치를 가져다 영묘의 벽을 때리게 했다. 남자는 연장을 들어올려 벽을 타격했다. 대리석에 금이 갔다. 남자는 몇 번이고 반복했다. 커다란 대리석 덩어리가 떨어져나갔다. 남자는 대리석 뒤로 모르타르를 칠한 벽돌들이 드러날 때까지 망치질을 멈추지 않았다.

테드가 데커를 건너다보았다. "망할, 뭐가 어떻게 되어가는 거야? 그냥 망할 놈의 벽돌들뿐이잖아!"

"하나를 떼어내서 끄집어내 봐."

남자가 쇠 지렛대를 이용해 데커가 말한 대로 했다. 마침내 벽돌 하나를 꺼낸 순간, 남자는 그 무게에 비틀대다 하마터면 땅에 떨어뜨릴 뻔했다.

남자가 벽돌을 흙 위에 내려놓으면서 말했다. "이건 악마같이 무겁네요."

데커가 말했다. "금은 보통 그렇지."

테드가 외쳤다. "금! 영묘 전체가 금으로 만들어졌다는 소리야?"

"아니, 저 벽만 그럴 거야." 데커가 땅을 가리켰다. "그래서 봉안당이 이 부분만 땅속으로 가라앉은 거지. 그래서 콘크리트로 기반을 다진 거야. 추가된 금의 무게를 떠받칠 수 있도록. 다만 세월이 흐르면서 생각만큼 일이 제대로 진행되지 못했지. 금은 벽돌 속에 있어."

테드가 다른 부하에게 명령했다. "확인해봐."

남자는 끌과 망치를 쥐고 벽돌의 한쪽을 깎아나갔다. 이윽고 헉, 하고 숨을 들이쉬더니 고개를 들었다. 테드가 벽돌 위로 작업용 전등을 들어올렸다. 겉을 감싸고 있던 벽돌이 사라지니 번쩍이는 황금색이 드러났다.

데커가 말했다. "이제는 오스트레일리아와 어떤 연관이 있는지 알 수 있겠지."

테드가 데커를 쏘아보며 말했다. "하지만 이게 캘굴리라는 곳과 무슨 상관이지?"

"캘굴리는 지구상에서 금광이 가장 집중된 장소라서 골든 마일이라고 불리던 곳이거든."

래시터가 물었다. "세상에, 당신은 그걸 어떻게 알아낸 거죠?"

"배런이 거기 갈 만한 이유를 전혀 떠올릴 수 없었거든. 어느 모로 보나 휴가 따위와는 거리가 먼, 오로지 돈밖에 모르는 남자였으니까. 개인 임대한 선박에 아마 사금과 생금덩이를 되는 대로 실어 왔을 거예요. 그걸 금괴로 만든 후에 오라일리에서 주문한 주형을 이용해 벽돌을 덮어씌웠고."

테드가 넓은 벽돌 벽을 보고 재빨리 암산을 했다. "틀림없이 금괴가 수백 개는 있겠군."

데커가 동의했다. "분명 그렇겠지."

래시터가 물었다. "그런데 데커, 영묘 벽에 금이 숨겨져 있다는 걸 당신은 어떻게 알아냈죠? 그냥 구조물 일부가 땅속으로 꺼졌다는 사실만으로는 부족했을 텐데요."

"나는 당신도 코스타도 몰랐던 뭔가를 알았거든요." 데커가 배런을 가리켰다. "우리가 처음 여기 올라왔을 때 배런 씨가 내게 영묘 구경을 시켜줬어요. 들어가 보니 두 벽면은 오래된 지하 봉안당에서 흔히 볼 법한 얼룩으로 오염돼 있더군요. 하지만 그 벽 안쪽은 모두 바깥쪽과 똑같이 흰 줄로 뒤덮여 있었어요. 벽돌과 모르타르에서는 시간이 지나면서 알칼리 성분이 하얗게 새어나오죠. 아마 벽돌로 된 굴뚝과 벽 같은 데서 본 적 있을 겁니다. 실제로 오하이오의 내 집에서도 그런 일이 있었는데, 수리공한테 들어서 알게 됐죠. 자, 대리석은 다공성 물질이니, 안에 있는 성분은 결국 바깥으로 새어나오게 됩니다. 나는 오라일리의 편지를 통해 배런이 주형과 점토를 샀음을 알았고, 그걸로 벽돌을 만들었을 거라고 추론했습니다. 아마도 대리석 안에 벽돌이 있고 흰색 알칼리 성분이 결국 밖으로 새어나오리라는 사실도 알았지요. 거기다 캘굴리 여행을 했다는 사실을 겹쳐본 결과, 벽돌 안에 금괴가 숨겨져 있다는 결론에 이른 거죠. 또 영묘 안쪽에서, 내부가 벽 바깥쪽보다 30센티미터쯤 더 좁다는 것을 눈치채기도 했고." 이 대목에서 데커는 다리를 문질렀다. "한 봉안당에 다리를 부딪혔는데, 다른 쪽 봉안당들보다 더 튀어나왔기 때문이지요." 그리고 테드를 응시했다. "당신 사무실과 비슷한 거지. 여분의 공간은 벽돌로 위장한 금괴를 보관하기 위해 필요했어. 다른 벽들은 추가 공간이 필요 없었지. 단순한 대리석일 뿐이었으니까."

테드가 물었다. "하지만 왜 군이 번거롭게 금에 벽돌을 씌우지? 어차피 금괴들은 벽 안으로 들어갈 텐데?"

"음, 그게 비록 무겁긴 하지만, 영묘를 지은 인부들한테서 금괴를 숨길 수 있을 테니까. 혹시 대리석이 파손된다 해도 속에 있는 벽돌들만 드러날 뿐, 금은 들키지 않을 거야. 당신네 부하가 벽을 부쉈을 때 그저 벽돌을 발견한 것과 똑같이."

배런이 물었다. "그런데 누가 인부들을 죽여서 지하실에 유골을 놔둔 거죠?"

데커가 어깨를 으쓱했다. "내가 아는 한은 배런 1세와 집사겠죠.

둘이서 시신들을 안에 넣은 다음 누군가를 불러다 막아버리게 했겠죠. 사실 아들에게 보내는 편지에서, 나이절은 자기가 결국 지옥에 가게 될지도 모른다면서 뭐랄까, 하느님의 용서를 빌고 있었어요. 살인자로서 죄의식을 털어놓은 것일지도 모르죠."

테드가 물었다. "당신 생각엔 금으로 된 벽의 가치가 얼마나 될 것 같아?"

데커는 재빨리 벽돌의 개수를 암산했다. "지금 금값은 30그램에 1,300달러가 넘어. 저 정도 금괴라면 무게가 12킬로그램 정도 될 테고. 그러니 금괴 하나에 거의 60만 달러 가까이 되겠지."

래시터가 외쳤다. "이런 세상에. 금괴 하나당?"

데커가 지하실 벽을 눈으로 훑으며 말했다. "그래요. 당신 눈앞에 있는 벽돌이 대략 900개 정도는 될 겁니다. 어쩌면 더 될 수도 있고요."

테드가 머릿속으로 셈을 하면서 말했다. "그렇다면……."

답은 존 배런이 냈다. "5억 달러어치가 넘는다는 얘기지."

데커가 농담을 던졌다. "옛 속담이야 어떻든 배런 1세는 확실히 **모든** 걸 저승으로 가져가고 싶어 했던 모양입니다. 그래서 나는 금이 정원 관리용 헛간에 있지 않을 거라고 확신했지요."

래시터가 말했다. "맙소사, 배런 1세가 부자란 사실은 나도 알았지만, 젠장."

데커가 말했다. "음, 당시에는 금이 지금보다 훨씬 쌌어요. 알고 보니 현명한 투자였죠."

테드는 금괴에서 데커에게로 눈길을 옮겼다. "그래서, 우리 거래는 성립된 건가?"

데커가 말했다. "실은, 내가 보기엔 도저히 가능할 것 같지 않아.

당신은 내가 아는 한 적어도 열 명을 살해했고, 그중에는 내 동료의 형부도 있지. 물론 당신들이 팔던 쓰레기를 과용해서 죽은 수천 명이나 되는 사람들은 말할 것도 없고. 사실 나는 당신을 체포하려고 여기 왔어."

테드는 미치광이를 보는 듯한 표정으로 데커를 보고는 말했다. "좋아. 하지만 당신은 총도 모자라고 협상할 위치에 있지 않은데. 게다가 나는 당신이 돌려받고 싶어 하는 인질들을 잡고 있지. 당신이 가진 거라고는 내가 좆도 관심 없는 우리 노친네뿐이고."

"아니, 당신은 완전히 잘못 생각했어. 큰 실수를 저지른 거지."

테드가 경계심 어린 말투로 물었다. "무슨 말이지?"

대답 대신, 데커는 자유로운 손을 이용해 휴대전화를 꺼냈다. 전화기는 켜져 있었고, 스피커 모드였다. "내가 지원 병력도 없이 여기 올 정도로 멍청할 거라고 가정했다는 얘기지."

O 073

불빛들이 사방에서 그들을 직격했다. 남자들이 갑자기 벌떡 일어서서 장총으로 장지의 벽돌 벽 쪽을 겨누었다.

확성기를 통해 누군가의 목소리가 울렸다. "연방 수사관이다! 총을 내려놔! 땅에 엎드려서 손을 머리 뒤로 올려! 지금 당장!"

옆구리에 DEA 표지가 그려진 헬리콥터가 갑자기 나무들 위로 굉음을 내며 떠올라 스포트라이트를 비췄다. 헬리콥터에서 돌격용 자동 소총들이 튀어나와 테드와 일당을 겨누었다. 테드의 부하 몇 명이 헬리콥터와 갑자기 벽돌담 위에 나타난 무장한 남자들을 향해 발포했다. 사방에 총성이 메아리쳤다. 총기들이 일제히 불길을 내뿜자 묘지는 금세 연기에 휩싸였다. 섬광탄이 터지고 사람들이 비명을 질렀다. 연기가 더 짙어지고 비명은 한층 더 높아졌다. 데커는 재빨리 SUV의 측면으로 프레드의 휠체어를 밀고 갔다.

"머리 숙여요." 노인에게 당부한 다음 데커는 다른 사람들과 합류하러 갔다.

재미슨이 데커에게 고함을 쳤다. "난 앰버와 조이를 데려올게요."

앞으로 내달리는 재미슨에게 배런이 합류했다. 테드와 부하 한 명도 인질들을 향해 달리고 있었다. 양편은 앰버와 조이 바로 앞에서 맞닥뜨렸다. 테드가 재미슨에게 총을 겨누었다.

재미슨이 고함을 쳤다. "이 개자식!"

테드의 손을 걷어차 총을 떨어뜨리고 코에 주먹을 날렸다. 이어 고통으로 비틀대며 뒷걸음질 치는 테드의 사타구니에 무릎을 직통으로 박아 넣었다. 테드는 쓰러진 채 꼼짝도 못 했다. 혹시 몰라서 재미슨은 테드의 양손을 등 뒤로 낚아채 수갑을 채웠다. 그동안 배런은 테드 일당의 손을 움켜잡아 무기를 빼앗고 팔을 등 뒤로 꺾은 다음 화강암 묘비와 박치기를 시켰다. 남자는 땅에 쓰러져 움직이지 않았다. 재미슨은 조이를 품에 꺼안았고 배런은 앰버를 부축해 일으켰다. 네 사람은 총격전 현장을 피해 봉안당 뒤로 몸을 숨겼다. 재미슨이 조이의 재갈을 아래로 내려주자 아이는 경탄한 표정으로 이모를 올려다보았다.

"알렉스 이모, 이모가 방금 한 그거…… 너무 멋있었어요."

영묘 입구에서, 연기와 어둠 속에서 갑자기 뭔가 나타나 데커를 후려갈겼다. 양옆으로 비틀거리던 데커는 연철 문에 부딪혀 균형을 잃고 넘어졌다. 총성이 울려 퍼지는 가운데 라일리가 데커를 부축해 일으켰고 사람들은 비명을 질렀다. 데커의 귀에 어둠 속에서 달아나는 발소리가 들려왔다. 데커를 때린 자임이 분명했다. 묘지 안을 들여다본 데커는 걷혀가는 연기 사이로 테드의 부하 몇 명이 땅바닥에 엎드려 있는 것을 보았다. 나머지는 손을 머리 뒤로 올린 채 무릎을 꿇고 있었다. 방탄복을 입고 총을 든 DEA 요원들이 재빨리 움직이며 상황을 통제하고 있었다. 총격전은 금방 끝났다. 헬리콥터가 묘지 옆에 착륙하자 켐퍼가 뛰어내려 서둘러 다가왔다.

켐퍼가 말했다. "이 말은 꼭 해야겠어요. 당신이 여기로 오라고 보낸 문자를 읽고 기절할 뻔했다고요. 하지만 당신을 믿었죠. 젠장, 믿은 보람이 있네요."

데커는 고개를 끄덕인 후 배런과 재미슨이 앰버와 조이를 한 무리의 DEA 요원들에게 인도하고 있는 광경을 바라보았다.

데커가 물었다. "고무 총탄을 썼습니까?"

켐퍼가 고개를 끄덕였다. "당신이 그러라고 했잖아요. 이 사식들 입으로 먹이사슬의 윗대가리들을 불게 만들어야죠."

어느 정도 연기가 걷힌 가운데 라일리가 말했다. "데커, 테드 로스는 보이는데 래시터가 안 보여요."

모든 사람의 시선이 테드에게 향했다. 재미슨의 주먹에 맞아 얼굴에서 피를 흘리며 두 요원들에게 연행당하고 있었다.

데커가 말했다. "누군가 집 뒤편으로 달려갔어요. 아마 래시터일 겁니다."

켐퍼가 자신 있게 말했다. "금방 잡힐 거예요. 여긴 포위됐어요. 요원들을 시켜서 길에 바리케이드를 치게 했어요. 여길 빠져나갈 방법은 없어요."

데커가 SUV를 넘겨다보았다. 테드와 휠체어는 사라졌다. 그쪽으로 달려가 보았지만 땅에는 절연 테이프 조각들만이 흩어져 있었다. 어떻게 했는지는 몰라도 노인이 혼자 힘으로 결박을 풀었음이 분명했다.

잠시 후 켐퍼가 데커에게 합류했다.

켐퍼가 물었다. "뭐죠?"

데커가 덧붙였다. "휠체어를 탄 프레드가 어딘가에 있어요."

켐퍼가 웃음 지었다. "문제없어요. 도와줘서 고마워요, 데커."

켐퍼는 부하들과 상의한 후 테드를 신문하기 위해 자리를 떴다. 켐퍼의 뒷모습을 잠시 지켜보던 데커가 라일리에게 말했다.

"가서 다른 사람들을 도와주세요. 나는 어디 좀 갔다 올게요."

라일리가 뭐라고 대답할 새도 없이 데커는 서둘러 그곳을 떠났다. 잠시 후, 묘지로 가는 길에 모습을 드러낸 데커가 저택 방향을 쳐다보았다. 걸음을 멈추고 주변을 둘러보며 누군가가 달리는 소리를 들으려 귀를 쫑긋 세웠다. 아무 소리도 들리지 않자 다시 움직이기 시작했다. 프레드의 휠체어 소리가 들리는지 귀를 기울여 보았지만 역시 아무런 소리도 들리지 않았다. 노인이 갈 만한 데가 도대체 어딜까? 데커는 다시 걸음을 재촉했다. 래시터는 또 어디 있지? 걸어서 여길 떠났을 리는 없다. 금세 붙잡히고 말 것이다. 그렇지만 **차**가 있으면 켐퍼의 바리케이드를 뚫으려고 해볼 수 있다. 데커 일행이 타고 온 차의 열쇠는 데커에게 있었다. 하지만 데커는 쓸 수 있는 **다른** 차가 한 대 더 있음을 알았다. 서둘러 차고로 향했다. 도착하자마자 시동 거는 소리가 들렸다. 기어가 이를 가는 소리에 이어 낡은 서버번이 급히 후진해 차고 구역을 벗어나는 소리가 들렸다. 데커는 차에 치이지 않으려고 몸을 옆으로 날려야 했다. 데커가 몸을 굴려 일어나 앉는 사이 래시터는 운전대를 돌려 서버번을 180도 회전시켰다. 후드가 길을 향했다. 데커는 무릎을 꿇은 자세로 산탄총 개머리판을 어깨에 얹고 조준을 했다.

"차에서 내려, 래시터! 아니면 쏜다."

래시터는 대답 대신 열린 운전석 옆 창으로 데커에게 총알 다섯 발을 날렸다.

다행히도 운전하는 동시에 겨냥하는 재주는 시원찮았는지, 총탄들은 한참 옆으로 비껴갔다. 데커는 트럭 옆면을 향해 산탄총을 몇 차례 발포했다. 총탄들은 낡은 서버번을 타격해 양쪽 타이어를 날려버리고 창 하나를 산산이 깨뜨렸으며 문짝에 마맛자국을 남겼다. 래시터의 비명이 들려오고 잠시 후 조수석 문이 벌컥 열렸다. 흙길을 내달리는 발소리와 함께 래시터가 달아나고 있었다. 데커는 시야에 들어온 래시터가 저택 앞문으로 달려가 안으로 사라지는 것을 목격했다. 천천히 차로 다가가 안을 엿보았다. 운전석에 낭자한 피를 보고 데커는 래시터가 자신의 총에 맞았음을 알았다. 혈흔을 쫓아 저택 앞문으로 가서 머리를 안으로 들이밀었다. 눈이 뭔가를 보기 전에 귀가 먼저 소리를 들었다. 신음. 데커는 천천히 넓은 복도를 따라 나아가면서 방들을 주의 깊게 살폈다. 신음은 더 커져갔고, 워낙 넓은 곳이다 보니 소리가 사방에서 메아리치는 것 같았다.

데커는 멈춰 서서 온 신경을 집중해 소리에 귀를 기울였다.

"데커?"

몇 걸음 앞으로 가서 안을 엿보았다. 래시터가 등을 벽에 기댄 채 바닥에 앉아 있었다. 팔걸이 붕대를 하고 있던 팔이 피로 얼룩진 채 옆구리에서 힘없이 대롱거리고 있었다. 데커는 래시터가 오른손에 든 권총에 눈길을 고정했다.

데커가 말했다. "불렀어요?"

"지옥에나 떨어져!"

"다 끝났어요, 도나. 총을 내려놓으면 처치를 받을 수 있도록 도와줄게요."

래시터는 소리 내어 웃고는 얼굴을 찌푸리더니 한쪽으로 몸을 틀어 토했다. 총을 든 손으로 입가를 훔치고 문간에 서 있는 데커를 쳐다보았다. "당신이 나를 제대로 잡았네, 데커." 그러고는 피범벅인 옆얼굴을 총구로 건드렸다. "이제 그리 예쁘지 않지, 안 그래?" 소리 내어 웃던 래시터가 고통을 못 이겨 몸을 웅크렸다.

"왜 그랬죠, 도나? 당신은 경찰이잖아요."

래시터가 자세를 좀 더 바로잡았다. "너무 많은 돈을 제시했어요, 데커. 망할, 너무 많은 돈."

신음을 내뱉고는 도로 벽에 기대어 몸을 늘어뜨렸다.

"거기다 배런을 괴롭히고 싶은 마음도 한몫했겠죠. 당신 아버지 때문에. 그리고 어머니도."

래시터가 피 묻은 붕대에 감싸인 팔을 마룻바닥에 내려놓았다. "원래는 우리가 마티와 앨리스를 이송하는 동안 두 사람을 제거할 계획이었어. 나와 한두 사람한테도 총을 쏴서 의심을 피하고. 다만 망할 총이 내 방탄복을 스쳐서 왼쪽 팔을 망가뜨렸지. 그냥 움직이려고만 해도 진통제를 잔뜩 털어 넣어야 할 정도로 힘들었어. 그랬는데 이제 당신이 산탄총으로 완전히 망가뜨렸지. 팔이 떨어져 나갈 것만 같아. 폐가 피로 가득 찬 느낌이야."

"당신이 병원에서 퇴원한 게 실수였어요. 그게 나를 여기로 이끌었으니까."

래시터가 고개를 흔들었다. "그럴 수밖에 없었어. 테드가 나를 엿 먹이지 않을 거라는 믿음이 없었거든."

"맞아요, 깡패들의 의리란. 비티와 스미스 시신을 가지고 온갖 헛짓거리를 한 이유가 도대체 뭐죠? 시신을 얼렸다가 그 집에 버렸잖아요."

"우리 검시관이 무능하다는 사실은 나도 알았어요. 하지만 두 사람의 신분이 밝혀지면 DEA가 들이닥치지 않는다는 보장이 없었으니까. 그래서 시신을 냉동하면 우리한테 도움이 될 거라고 테드가 생각했던 거지." 래시터가 피를 한 모금 뱉어냈다. "그렇지만 당신이 뒷집에 머물지 알았더라면, 내 말 믿어도 좋아, 우리는 시신을 몇 킬로미터는 떨어진 곳에 갖다버렸을 거야."

"총 내려놔요, 도나, 그래야 내가 당신을 도와줄 수 있어요. 그러지 않으면 당신은 살아남지 못할 거예요."

"누가 죽이나 상관한데!" 래시터는 말을 멈추고 넝마같이 거칠게 갈라진 숨을 길게 들이쉬었다. 손상된 폐로 더 많은 피가 들어갔음이 분명했다. "배런빌! 여긴 모든 사람들에게서 생명력을 모조리 빨아들인다니까. 그 망할 놈의 거리들, 건물들에서 배런이란 이름을 볼 때마다 내 망할 골통을 날려버리고 싶어지거든. 우리 아빠는 선량한 분이었어. 이곳이 그분을 망쳐놓은 거야. 여긴 모든 걸 망쳐놓지!"

데커가 말했다. "당신은 필라델피아로 가서 대학을 다녔잖아요. 거기서 살 수도 있었을 텐데요."

래시터가 고개를 저었다. "여기로 돌아와야만 했어. 엄마를 보살펴야 했거든. 뭐 결국에는 자살해버렸지만. 그 무렵엔 나도 이미 발목이 잡혀버렸고."

"맞아요, 당신의 거지 같은 인생, 다 다른 사람 탓이죠."

"망할 당신 말이 맞아." 래시터가 다시 고개를 저었다. "빌어먹을 금덩어리, 아까 그 자식이 뭐라고 했지, 5억 달러?"

"뭐 비슷한 액수죠. 하지만 돈이 행복을 주진 않아요, 도나."

래시터가 쓰디쓰게 웃었다. "배부른 사람들은 그런 소리가 입에서 쉽게 나오겠지." 신음을 하며 옆구리를 움켜쥐었다. "젠장, 너무 아파."

"총 내려놔요, 도나. 당신의 통증은 내가 사람을 불러서 가라앉힐 수 있어요. 하지만 총을 먼저 내려놔야 해요."

래시터가 자세를 더 바로잡고 앉아 좀 더 평온한 표정을 지었다. "나는 사형을 받을 거예요, 데커. 내가 한 짓들이 있으니." 나지막한 목소리였다.

"심지어 그렇게 된다 해도, 상당히 긴 과정을 거쳐야 해요."

데커는 래시터의 출혈이 너무 심해 위험한 단계에 접어들었음을 알 수 있었다. 래시터가 말을 더듬기 시작했다. "나는 감옥에 가지 아-않을 거야. 전직 경찰인데. 가-감옥에는 안 가. 어림없어. 어-어림없어."

"설마 그럴 생각은 아니죠." 래시터의 의도를 알아챈 데커가 만류했다.

"나는 조-좋은 경찰이었어. 정말 그랬다고. 그랬는데…… 그랬는데 모든 게 지-지옥으로 고-곤두박질쳤어."

데커는 매번 심장이 펌프질을 할 때마다 래시터의 혈압이 떨어지면서 얼굴에서 핏기가 빠져나가는 것을 볼 수 있었다. 이제 남은 결과는 오직 하나뿐이었다.

데커가 래시터의 생각을 다른 데로 돌려놓으려고 질문을 던졌다. "테드하고는 어쩌다 엮이게 된 거죠?"

래시터가 데커의 질문에 정신이 퍼뜩 드는지 명확한 말투로 대꾸했다. "테드하고는 평생 알고 지냈어. 내부자의 도움이 필요하다면서 찾아왔지. 테드는 우리 아빠는 물론이고 엄마에 관해서도 알았어. 내가 뭐랄까 절박한 처지임을 알았지. 말하자면 거절할 수 없는 제안을 한 거야."

"마틴 부인은 당신에 관해 몰랐죠, 아닌가요?"

래시터가 고개를 끄덕였다. "그-그분한테, 나는 좋은 겨-경찰이었어."

"그런은요?"

래시터가 다시 고개를 저었다. "테드 말고는 아무도 나에 관해 몰랐어. 테드는 마티와 여러 경찰들한테 뇌물을 먹였지. 하지만 나는 아-안전장치였어. 그렇지 않았다면 당신이 본드의 살인범으로 마티를 잡아넣었을 때 마티가 나를 고-고발할 수도 있었을 거야."

"총을 내려놔요, 도나."

"어림없어." 래시터가 애원하는 눈으로 데커를 올려다보았다. "나를 쏴줘요, 데커." 총구로 자기 이마를 가리키며 말했다. "바로 여기. 제발. 동료 경찰로서 부탁할게. 그냥 해치워."

"미안하지만, 나는 못 해요."

래시터가 음산하게 말했다. "좋아, 부탁해서 손해 볼 건 없다고 생각했을 뿐이야."

래시터는 권총을 입에 집어넣고 눈을 감은 후 방아쇠를 당겼다. 데커는 아무런 대응도 하지 않았다. 어쩌면 이런 방식이 더 나으리라. 옆으로 풀썩 주저앉은 시신에 다가갔다. 뒤편 벽은 래시터의 폐와 뇌 조각으로 범벅이었다. 시신을 내려다본 순간 데커는 눈을 질끈 감았다. 보통 죽음과 연관되는 형광 푸른빛이 머릿속을 가로질렀다. 목덜미의 털이 곤두섰다. 잠시 멀미와 폐소공포증이 엄습했다. 데커는 하마터면 웃음 지을 뻔했다. 래시터의 시신을 굽어보며 서 있는 상황만 아니라면 그랬을 것이다. 래시터는 확실히 나쁜 경찰이었다. 하지만 그래도 여전히 경찰이었다. 데커는 래시터의 죽음을 축하할 마음이 조금도 없었다. 어쩌면 내일이면 데커는 결국 예전과 똑같은 사람, 적어도 사각지대에서 들이받힌 충격으로

인해 탄생한 바로 그 사람이 될 것이다. 예측 불가 그 자체처럼 보이는 세계에서, 이는 어쩌면 가장 바람직한 일이리라.

O 074

"방금 뭐였죠?"

재미슨, 그리고 라일리와 함께 앰버와 조이를 이끌고 집으로 이어지는 길을 오르던 배런이 멈춰 섰다. 그의 몸이 뻣뻣이 굳었다.

배런의 시선이 숲을 가로지르는 길 쪽을 향했다.

재미슨이 되물었다. "뭐가요?"

"저쪽에서 무슨 소리가 들렸어요."

"데커일까요?"

집으로 이어지는 길에 어느새 모습을 드러낸 데커가 말했다. "나는 아니에요."

재미슨이 물었다. "에이머스, 어디 있었어요?"

"저 집에서, 래시터랑 같이요."

재미슨이 물었다. "무슨 일이 있었죠?"

데커가 조이를 응시했다. 아이는 피곤한 데다 겁을 먹은 표정이었다.

"나중에 말해줄게요. 방금 캠퍼 요원한테 문자를 받았어요. 앰버와 조이가 타고 갈 구급차를 불렀대요. 집 앞으로 데리러 온댔어요. 알렉스, 신디하고 같이 두 사람을 데려다주고 기다려줄 수 있어요?"

"왜요, 당신은 어디 가는데요?"

"존하고 같이 가서 확인할 게 있어요."

배런은 여전히 길 아래를 응시하고 있었다.

재미슨이 배런을 빤히 보고 다시 데커를 보았다. "나는 당신하고 같이 갈래요."

"안 돼요, 당신은 언니하고 조카하고 같이 가야 해요. 당신은 총이 있고, 저 바깥에 누가 있을지 알 수 없어요. 캠퍼가 당신한테 요원 몇 명을 보낼 거예요. 그들이 도착할 때까지, 당신은 두 사람과 함께 있어줘야 해요."

재미슨이 갈등하는 표정을 지었다.

"좋아요, 하지만 적어도 어디로 가는지는 말해줄 수 있죠?"

데커가 배런을 응시하며 말했다. "어쩌면 과거로요."

* * *

데커와 나란히 길을 따라 걷던 배런이 물었다. "당신은 이 길이 어디로 이어지는지 알고 있는 거죠?"

"압니다."

"지금 이 소리가 당신한테도 들리나요?"

데커가 다시 대답했다. "들립니다."

"하지만 그 사람은 절대 알 리가 없어요. 여기 와봤을 리가 없거든요."

데커가 대꾸했다. "그가 알 수 있는 방법이 **하나** 있긴 하죠."

나무들이 가림막처럼 늘어선 지대를 벗어난 두 남자의 눈앞에 커다란 연못이 모습을 드러냈다. 물가에 프레드가 앉아 있는 휠체어가 눈에 띄어 두 사람은 발길을 멈추었다.

데커가 물었다. "프레드 로스 씨? 어디 가시게요?"

프레드가 휠체어를 돌려 두 남자를 마주 보았다. 절연 테이프가 떨어진 입에서 욕설이 마구 쏟아져 나왔다. 배런이 늙은 남자를 향해 성큼 걸음을 떼어놓자 데커 역시 뒤를 따랐다. 두 남자가 자신에게 이르기 전에 프레드는 양옆으로 몸을 비틀어 휠체어를 뒤집었다. 쓸모없는 다리를 진흙탕 위로 질질 끌며 물가로 기어가기 시작했다. 배런이 앞을 가로막고 프레드를 내려다보았다.

프레드가 배런을 쳐다보며 으르렁거렸다. "내 망할 산탄총만 있었어도."

데커가 말했다. "그거 안됐네요. 테이프는 어떻게 풀었죠?"

"너는 내 팔을 그렇게 세게 묶지 않았어. 약간 꼼지락거릴 틈이 있었지. 그거면 충분했어. 내가 늙었으니 약하다고 생각했겠지. 음, 나는 보기보다 힘이 세거든, 이 뚱보 놈아, 평생 열심히 일하고 오랜 세월 저 금속 새장을 밀고 다닌 덕분이지."

배런이 말했다. "이 연못이 여기 있다는 사실은 어떻게 알았습니까?"

프레드가 소리 내어 웃었다. "내가 어떻게 알았을 것 같아?"

데커가 프레드 옆에 무릎을 꿇었다. "당신은 왜 저분의 양친을 죽였습니까?"

배런이 데커를 놀란 눈길로 쏘아본 후 다시 프레드를 응시했다.

"그들은 배런이었으니까. 그 정도면 충분한 이유 아냐?"

"왜 연못에서?"

"그야 붙잡히고 싶지 않았으니까, 이 멍청한 새끼야."

데커가 물었다. "애초에 여기에는 왜 올라왔나요?"

"그걸 찾으러 왔지. 아님 뭐겠어?"

"보물을?"

프레드가 교활한 눈길로 데커를 흘끔 본 후 고개를 끄덕였다.

배런이 물었다. "보물 이야기는 도대체 어떻게 들은 겁니까?"

"우리 할머니가 젊었을 적에 네놈의 망할 **저택**에서 하녀로 일했거든. 빌어먹을 잘난 집사는 당시 이미 늙은이였는데, 주방에서 술에 취해 입을 놀리곤 했다지. 죽기 직전에, 우리 할머니한테 자기가 배런하고 같이 묻힐 거라고 뻐겼다더군. 꽤나 들떠 있었다지 뭐야. 마치 그러면 지가 대단한 인간이 되기라도 하는 양. 배런이 자식들한테 뭔가 남긴다 해도 얼마 되지 않을 거라는 소리도 했다더군. 배런은 버릇없는 애새끼들한테서 자기 돈을 숨길 작정이었어. 아무리 친자식이라도 놈에게는 남남이나 다름없었던 거지. 장원 어딘가에 숨겨놓을 셈이었어. 집사 영감이 한 말이었지. 그래, 할머니는 우리 엄마한테 말했고 우리 엄마는 나한테 말해줬지. 몇 년 후 어느 날 밤, 나는 보물을 찾으러 거기 올라갔지만 찾지 못했어. 그래서 망할 배런 놈들이 입을 열게 만들어야겠다고 생각했지."

배런이 고함을 쳤다. "그분들도 몰랐어, 이 얼간아! 알았다면 찾지 않고 그냥 내버려뒀겠어?"

프레드는 배런을 무시하고 데커에게 계속 눈길을 고정했다. "하지만 그들은 말해주려 하지 않더군. 나는 더욱 뚜껑이 열려서 놈들의 대가리를 날려버리고 잘난 차에 태워 여기로 운전해와서 곧장 물속에 처넣었지."

데커가 물었다. "연못이나 여기 오는 길은 어떻게 알았어요?"

프레드가 배런을 보며 대꾸했다. "우리 할머니가 엄마한테 말해줬으니까. 할머니는 잘나신 배런 나리들이 피크닉 따위를 하려고 여기 오곤 했다고 말씀하셨어. 그래서 좋아, 내가 놈들한테 **피크닉**을 시켜주마 하고 생각했지. 6미터 아래로." 프레드가 수면을 응시했다. "나는 망할 제지 공장으로 일하러 돌아갔다가 신체가 마비됐지." 휠체어를 노려보며 말을 이었다. "그날 이후 이 똥 덩이리에 줄곧 갇힌 신세야."

데커가 경멸이 담긴 어조로 말했다. "음, 사람들은 하느님이 신비로운 방식으로 손을 쓰신다고들 하지요. 그건 그렇고 지금은 여기서 뭘 하는 겁니까?"

"흥, 나는 감옥엔 안 가. 차라리 물에 빠져 죽고 말지."

배런이 총을 꺼내 프레드를 겨눴다. "내가 그 영광을 차지해도 될까요?"

늙은 남자가 배런을 보고 악의가 담긴 웃음을 슬며시 지었다. "그래, 얼른 해치워, 등신아. 방아쇠를 당기라고."

배런이 공이치기를 젖혔다.

프레드가 꽥꽥거렸다. "쏴버려, 이 은수저 얼간이 놈아, 쏘라고. 어디 해봐."

데커가 말했다. "저자는 당신이 쏘길 원하는 거예요, 존. 내가 당신을 체포해야 한다는 사실을 아니까요. 그러면 저자는 부모님은 물론이고 당신까지 죽이는 거나 다름없어집니다. 저자가 당신을 엿 먹이게 할 겁니까?"

배런은 총열을 프레드의 이마에 밀어붙이고 공포로 떠는 늙은 남자의 눈에서 눈물이 흘러나올 때까지 꼼짝도 하지 않았다.

이윽고 배런은 공이치기를 제자리로 돌려놓고 웃음 지으며 총을 건네주었다. "농담이시겠죠. 나는 그런 술수에 넘어가기에는 너무 **고귀하다**고요."

배런이 휠체어를 똑바로 세우고 노인을 번쩍 들어올려 도로 앉히는 와중에도 프레드는 욕설을 멈추지 않고 심지어 침까지 뱉었다.

"좀, 프레드 로스 씨, 나는 당신을 범인 호송차까지 밀어드릴 겁니다. 아드님하고 같이 감옥까지 드라이브하면 참 좋으시겠어요. 그래서 그 아들에 그 아비라더니."

데커가 몸을 숙여 프레드를 쏘아보았다.

"당신이 틀렸습니다."

프레드가 날카롭게 받아쳤다. "무슨 소리야?"

"배런빌에는 불법인 게 몇 가지 **있어요**."

앞서 지나온 나무들 사이에 난 길로 돌아갈 때, 배런이 데커를 보며 말했다. "내 유일한 친구는 신디 라일리예요."

"알아요."

"지금까지는 그랬다고요." 배런이 말을 멈추고 휠체어를 세웠다. 이어 다시 말을 이었다. "나는 당신하고 알렉스도 친구로 생각합니다. 두 분이 그렇게 관심을 가지고 진실을 파헤치지 않았다면 내가 지금쯤 어디 있을지……."

데커가 배런을 바라보았다. "나는 두 번째 기회가 있음을 믿습니다, 존. 내게도 그런 기회가 찾아온 적이 있으니까요. 그것도 가장 절실했던 순간에요. 당신은 어떤가요? 당신도 그걸 믿습니까?"

배런이 예전에는 자기 가문의 우아한 장원이었던 주위 땅을 둘러보았다.

"믿지 않았어요. 조금 전까지만 해도요."

"음, 정말 중요한 겁니다. 사실 그게 전부죠."

0 075

"순금으로 총 6억 달러가 넘어요. 심지어 이런저런 세금을 제하고도 어마어마한 액수예요."

배런은 라일리, 재미슨, 그리고 데커와 함께 자기 집 서재에 앉아 있었다. 데커와 재미슨은 워싱턴으로 복귀했다가 몇 주 만에 이 만남을 위해 배런빌로 돌아온 참이었다.

데커가 말했다. "전망이 상당히 호전됐다고 할 수 있겠네요."

재미슨이 물었다. "이렇게 많은 돈으로 뭘 할 생각이에요?"

"음, 우선 여길 헐어버리고 이보다는 간소하고 훨씬 더 고상한 취향이 묻어나는 건물을 세울까 합니다. 그런 다음에는 배런빌에 투자할 생각이에요."

재미슨이 물었다. "어떤 식으로요?"

"지역 교육, 재교육 센터, 그리고 마약성 진통제 중독 치료 시설을 짓는 데 자금을 투입하려고요. 새로운 기업들이 여기 찾아와 사람들을 고용하게 만들어야죠. 스타트업을 위한 인큐베이션 센터도 세우고요. 여길 바꿔놓는 데 힘을 보태기 위해 내가 할 수 있는 일은 뭐든 할 겁니다."

라일리가 말했다. "평생 당신 얼굴에 침을 뱉어온 이곳 사람들을 돕다니 너무 착한 거 아닌가요."

배런의 밝았던 표정이 진중하게 바뀌었다. "사람들의 독기 어린 말들이 나한테 아무런 영향도 미치지 못한다고 진심으로 믿고 싶었습니다. 그래서 사람들의 분노를 재치 있는 말과 농담으로 되돌려줬죠." 모든 사람의 눈길을 받으며 말을 멈췄던 배런이 다시 입을 열었다. "하지만 이런 겉포장 뒤에는 오로지 분노로 가득한 남자가 있었어요." 한숨을 푹 쉬며 덧붙였다. "온전한 삶이 아니었죠." 그리고 빙그레 웃으며 말을 이었다. "특히 삶이 이토록 많은 돈을 안겨준 지금에 와서 생각해보면요. 재미있는 게, 다들 나를 부자라고 생각한 모양이지만 나는 살면서 한 번도 부자인 적이 없었어요. 이제 실제로 부자가 되고 보니까, 확실히 부자와 빈자의 거리가 얼마나 가까운지를 몸으로 알겠어요. 어떻게 이 돈을 남들을 돕지 않고 딴 데 쓸 수 있겠습니까. 젠장, 내가 노력해서 번 돈도 아닌데. 단지 우연히 금수저로 태어난 덕일 뿐이지요. 그렇지만 존 배런 1세가 **끔찍한** 남자였다는 점은 부정할 수 없는 사실이죠. 이 도시나 후손인 저나 모두 그 양반 때문에 고통을 겪었고요. 아무 잘못도 없이 말이죠. 내가 그 남자의 돈으로 두 가지 부조리를 모두 바로잡기 위해 노력할 수 있게 됐다니, 이건 정말이지 가장 달콤한 역설입니다." 배런이 재미슨을 응시했다. "우선 당신 가족부터 돕기 시작할 겁니다. 언니분이 맥서스를 고소할 계획이지만, 사고의 배후에 테드 로스가 있다는 사실 때문에 일이 복잡해질 수 있어요. 맥서스는 이 점을 자기 방어에 이용할 테고요. 그러니 나는 언니분과 조카를 위해 신탁을 설립하려고 합니다. 다시는 돈 걱정 안 해도 되게 해드리죠."

재미슨이 말했다. "언니한테 들었어요, 존. 정말 마음도 넓으시네요."

배런이 데커를 응시했다. "두 번째 기회를 헛되이 날려버릴 수야 없지요."

라일리가 물었다. "언니 가족은 어디로 이사 갈 생각을 하고 있나요?"

재미슨이 대꾸했다. "음, 지금으로서는, 배런빌에 머물 수도 있어요."

배런이 말했다. "정말 놀랍네요."

라일리가 따라 말했다. "저도요."

데커가 말했다. "나는 아닙니다."

모든 이들의 눈길이 데커에게 쏠렸지만 데커는 굳이 설명하지 않았다.

배런이 데커에게 물었다. "테드 로스 쪽은 상황이 어떻게 되어가고 있습니까?"

"수사에 협조하고 있어서 사면 없는 종신형을 받을 겁니다. 테드의 행위는 마약이 이 나라 전역으로 유통되는 데 대형 도관 노릇을 했어요. 테드의 정보를 바탕으로 DEA는 다른 네 주의 마약 집단들을 박살 냈어요. 멕시코 정부가 카르텔 두 군데의 우두머리를 체포했다고 켐퍼 요원이 알려주더군요. 중국의 대형 제약 회사 회장이 체포당하기 직전 자살했고요."

라일리가 물었다. "테드는 어쩌다 마약 업계의 헤비급들하고 엮이게 된 거죠?"

"그는 늘 합법과 불법의 경계에서 살았어요. 건설 일을 할 때든 제지 공장을 운영할 때든 늘 사기를 치거나 횡령을 저지르고 있었죠. 우리한테 털어놓은 바에 따르면 마약성 진통제 위기가 시작됐을 때 기회를 감지하고 배런빌 지역에서 소규모 유통 몇 건을 시작했어요. 이 일을 통해서 콜린스를 만났고 몇몇 거래를 같이 했다고 들었어요. 그러다 물류 센터 관리직에 채용된 후 직장을 펜타닐 유통 거점으로 이용할 속셈으로 다시 콜린스를 찾아갔죠. 당국은 우편을 통한 마약 밀수와 유통을 엄중 단속하고 있었지만, 물류 사업은 매일 물동량이 엄청나서 누구에게도 들키지 않고 마약을 들여올 방법을 고안할 수 있었죠. 콜린스라는 끈을 통해 그들은 거대한 마약 집단을 꾸릴 수 있었어요. 테드는 택배를 집하하러 갈 때면 자기 수하들만 모아놓은 구역들로만 갔죠. 택배 추적 시스템은 마약 택배들이 반드시 해당 구역들로만 보내지도록 조작됐고요. 시스템에서 마약 택배들이 꺼내질 때 컴퓨터 추적을 담당하는 누군가가 IT 부문에 있었어요. 다른 데보다 훨씬 많은 돈을 벌 수 있기 때문에 그런 일을 했죠. 젠장, 놈들은 마틴 부인한테 단지 고개를 돌리고 외면하는 대가로 1년에 수십만 달러를 제공하고 있었어요. 이 일이 얼마나 많은 현금을 쏟아붓는 사업인지 알 수 있죠."

재미슨이 덧붙였다. "경찰과 관리감독 자원이 많지 않은 배런빌 같은 소도시들은 이런 범죄 조직들이 침투하기에 딱 알맞아요. 거기다 높은 실업률 때문에 먹고살 수만 있다면 뭐든 가리지 않는 사람들까지 넘쳐나니, 재앙이 일어나는 것도 당연하죠."

라일리가 말했다. "배런빌이랑 똑같은 일들이 벌어지고 있는 데가 얼마나 될지 궁금하네요."

데커가 대꾸했다. "절대 여기뿐만이 아니라는 데 내기를 걸어도 될 겁니다."

배런이 끼어들었다. "그런데 이상하군요. 래시터와 그린, 둘 다 가담했다면 왜 당신과 함께 사건 해결에 나섰을까요?"

"그린은 래시터도 가담했다는 사실을 몰랐습니다. 래시터는 그린도 한 패임을 알았지만요. 본인 입으로 제게 말했듯, 래시터는 테드의 안전장치였습니다. 그린은 이 도시에 다른 살인 사건들도 있었다는 이야기를 해주지 않았어요. 우리는 앰버한테서 들었죠. 우리가 물어보자 그린은 아마도 즉석에서 우리를 끼워주기로 결정했을 겁니다. 가까이에서 감시하고 있다가 우리가 문제의 핵심에 접근하는 것 같으면 필요한 행동을 취할 수 있으니까요. 자기들도 의심을 벗을 수 있고요. 래시터도 애당초 우리가 사건에 관여하는 것을 원하지 않았어요. 하지만 그린과 마찬가지로 우리를 가까이에서 감시할 수 있겠다는 생각을 떠올린 듯합니다. 하지만 두 사람은 사건 해결에 도움을 주진 않았어요. 그냥 주변을 어슬렁거리면서 우리 수사가 어느 정도나 진척됐는지 알아내려고 캐묻기만 했죠. 래시터는 여기 검시관이 영 형편없다는 사실을 알았어요. 노련한 강력계 형사들이라면 응당 사반과 검정파리 따위를 알아야 하는데, 둘 다 전혀 모르는 척했죠. 솔직히 처음에는 의심을 품지 않았어요. 법집행 분야에 있으면서 실무를 잘 모르는 사람들을 이미 만난 적이 있거든요. 자기들이 뭘 하고 있는지 모르는, 시간제로 일하는 검시관들도 있었고요. 하지만 그린과 래시터는 우리를 혼란시키고 조사를 더디게 하려고 일부러 아무것도 모른 척하고 있었다는 데 내기를 걸어도 좋습니다. 두 사람은 배벗이 물류 센터에서 부상을 당한 사실을 일부러 말해주지 않았어요. 우리의 주의가 그쪽으로 쏠리는 상황을 바라지 않았겠죠. 어차피 나중에는 알게 됐지만요. 그것도 끔찍한 일을 계기로."

데커의 눈길을 받은 재미슨이 나지막이 말했다. "테드가 프랭크를 죽인 이유를 우리한테 털어놨어요."

라일리가 말했다. "아, 나는 그저 로봇이 갑자기 미쳐 날뛰는 바람에 돌아가신 줄로만 알았는데요."

재미슨이 대답했다. "아니에요. 테드가 말하길, 자기가 매일 순회하는 모습을 프랭크가 봤대요. 최신 배송된 펜타닐 가루 택배를 집하 중일 때요. 마약 택배 상자들이 쏙 들어맞게 만든 안주머니가 딸린 특수 제작 조끼를 입고요. 그런 다음 자신의 비밀 벽장에 숨겨놨다가 정기적으로 꺼내서 알약압축기를 설치해놓은 빈집들로 배달하는 거였죠."

데커가 설명을 이어받았다. "분명 프랭크가 테드의 순회에 관해 캐묻기 시작했던 모양입니다. 내가 말했듯, 테드는 물류 센터에 자기 일당들을 두었는데 프랭크가 불운하게도 그중 한 사람한테 테드의 **수상쩍은** 행동에 관해 물어본 거죠. 그 남자가 테드한테 가서 말했고요. 그래서 공사장 인부들이 퇴근하자 테드는 프랭크에게 신축 중인 건물을 '점검'하라고 시켰죠. 거기서 두 남자가 프랭크를 기다리고 있다가 둔기로 때려서 정신을 잃게 만들었습니다. 그후 로봇 팔로 데려갔고, 나머지는 우리가 아는 대로죠."

재미슨이 말했다. "프랭크가 관련 의혹에 관해 우리한테 아무 말도 하지 않았다는 데 놀랐어요."

데커가 어깨를 으쓱했다. "테드가 하는 일에 나름 타당한 이유가 있을지도 모르는데, 새로운 상사를 난처하게 만드는 일은 피하고 싶었겠죠. 테드는 그걸 철저히 자기한테 유리하게 이용했고요."

라일리가 분개해서 외쳤다. "정말 개자식이에요!"

데커가 고개를 끄덕이고 말했다. "테드는 배벗의 트레일러에서 우리를 통구이로 만들려 했던 자가 그린이었다는 사실도 털어놨습니다. 또, 배벗이 이상해져서 테드가 무슨 꿍꿍이를 꾸미는지 안다는 등 떠벌리기 시작했답니다. 보물 말고도요. 그래서 배벗을 죽여야 했던 거지요."

배런이 물었다. "내 집에 총을 심은 자는 래시터였나요?"

데커가 고개를 끄덕였다. "당신을 그 땅에서 내쫓으려고 철저히 계획을 세웠던 겁니다. 모든 준비를 마친 다음 테드는 래시터를 시켜 당신 집을 수색하게 했죠. 래시터가 총을 가져가서 꾸민 대로 했습니다. 당신은 꼼짝없이 감옥에 갇혔고요. 그런 다음에 인질 교환이라는 속임수를 써서 거치적거리는 우리를 치워버릴 셈이었죠. 보물이 있을 법한 두 곳, 정원 관리용 헛간과 영묘를 수색할 시간을 벌기 위해 인질 교환 장소를 멀리 떨어진 장소로 잡은 겁니다. 우리가 들이닥칠 염려 없이 보물찾기를 할 수 있으니까요." 데커가 라일리에게 눈길을 보냈다. "신디가 전화를 해서 래시터가 제 발로 병원을 나갔다고 알려주지 않았더라면 상황은 지금과는 다른 결말을 맞았을 겁니다."

배런이 라일리의 손을 꼭 쥐었다. "음, 신디는 늘 나보다 영리했지요."

재미슨이 고개를 저었다. "나는 래시터가 좋은 경찰인 줄로만 알았어요."

데커가 말했다. "전에는 좋은 경찰이었어요. 그러다 나쁜 경찰이 됐죠. 테드는 그린을 전적으로 믿지 않았고, 자기만 아는, 뇌물 먹은 다른 경찰을 두고 싶어 했어요. 래시터는 배런을 미워하는 데다 돈을 원했고요. 설득이야 쉬운 일이었죠. 래시터는 결국 대가를 치렀습니다."

재미슨이 물었다. "그러면 돼지 피하고 경찰 제복은요?"

"돼지 피는 프레드 로스가 떠올린 역겨운 농담이었어요. 목매다는 짓도 마찬가지였는데, **스파이들**은 응당 그런 꼴을 당해야 한다고 우겼답니다. 테드가 나중에, 자기는 어리석은 짓이라고 생각했지만, 노친네를 도저히 말릴 수가 없었다고 하더군요. 특히 후회한 이유는 피로 인해 누전이 일어났고, 그래서 재미슨과 내가 개입했기 때문이죠. 경찰 제복을 입힌다는 발상은 그린이 떠올렸어요. 돈을 먹고 고개를 돌리기로 한 경관들이 많았죠. 그린은 나쁜 경찰들 중 누군가 마음을 고쳐먹는 일이 없기를 바랐던 겁니다. 이제는 몽땅 다 체포됐죠. 이곳 경찰은 물갈이를 해야 했어요. 사실 그럴 때도 됐지만."

라일리가 물었다. "테드는 어쩌다 코스타하고 엮인 거죠?"

데커가 말했다. "아주 간단해요. 은행은 물류 센터의 급여를 유치했어요. 은행으로서는 가장 큰 거래처였죠. 그래서 코스타와 테드가 가까워진 겁니다. 테드는 코스타가 배린 저택에 보물이 존재할 가능성이 있다는 이야기를 했다고 하더군요. 테드가 아버지한테 들은 이야기도 한몫을 했죠. 코스타의 연구에 힘입어 두 사람은 보물의 위치를 좁혔어요. 존에게 누명을 씌워 보물이 득실득실한 땅에서 몰아내자는 발상은 테드가 했어요. 관련 장비를 봤으니 얼마나 노력을 들였고 얼마나 오래전부터 준비했을지 짐작이 갈 겁니다. 존, 당신이 거기 있었으면 그들의 음모가 순조롭게 진행되지 못했겠죠."

"하지만 나를 죽여버린 후에 보물을 찾으면 됐을 텐데요. 아니면 내가 감옥에서 재판을 기다리는 동안 그걸 차지할 수도 있었고요."

"테드한테 물어봤습니다. 당신이 감옥에 있는 동안 알렉스와 나 또는 다른 누군가가 얼씬거리지 않을 거라고 확신할 수 없었다더군요. 그렇게 되면 몹시 곤란했겠죠. 뿐만 아니라 당신이 실종되거나 시신으로 발견되면 상황이 너무 위험해졌을 거라고 하더군요. 그래서, 특히 스완슨이 정원 관리용 헛간에 살고 있음을 알아낸 후로, 당신을 마약 혐의로 집어넣을 음모를 코스타가 꾸미기로 한 겁니다. 그걸 이용해 담보 잡은 땅을 처분할 계획이었죠. 테드 말로는 코스타는 누군가를 살해하는 데 아무런 흥미가 없었고, 테드가 펜타닐 마약 집단을 운영하는 것도 몰랐다고 합니다. 테드는 달랐죠. 테드한테는 코스타와 배벗을 제거하고 싶은 나름의 이유가 있었어요. 그래서 은행이 만든 부도덕 조항을 적용하기 위해 당신을 살인자로 만들기로 한 겁니다. 그냥 당신을 죽여버리면 그게 불가능해질 테고요. 테드가 원한 건 그저 보물만이 아니었습니다. 당신이 감옥에서 썩거나 사형선고를 받기를 바란 겁니다. 테드의 노친네 역시 마찬가지였죠. 이는 두 남자의 개인적인 목표이기도 했어요. 당신은 배런 집안 사람이고, 그들의 증오가 집중된 존재라는 뜻이죠."

재미슨이 말했다. "나중에 은행이 땅을 매각하면 테드는 허수아비를 내세우고 마약 판매 자금을 이용해 매입했겠죠."

데커가 덧붙였다. "하지만 DEA 요원들을 죽일 수밖에 없게 되면서 배가 산으로 가기 시작하자 놈들은 계획을 바꿉니다. 거치적거리는 우리를 치워버리기 위한 미끼로 앰버와 조이를 이용하기로 했지요. DEA 요원들을 죽여야 했던 이유는 두 사람이 펜타닐 마약 집단의 존재를 밝혀냈기 때문이에요. 테드는 상황을 신속히 수습해야 한다는 사실을 알았죠. 일단 요원들의 정체가 밝혀지고 나면 당연히 DEA가 들이닥칠 테니까요. 실제로 그랬고요. 테드는 그런 일이 일어나기 전에 보물과 마약 판매 대금을 챙겨 사라질 작정이었습니다. 다만 우리가 끼어들 줄은 전혀 예상하지 못했죠. 조사를 더디게 만드는 역할은 그린과 래시터가 맡았어요. 둘이서만 조사를 했다면 DEA 요원들은 오랫동안 신원 미상으로 남았겠죠. 요원들의 정체는 내가 그들의 지문을 법집행 기관의 데이터베이스에 돌려보라고 제안한 후에야 밝혀졌으니까요."

라일리가 한마디 했다. "하마터면 그자들의 음모가 모두 성공할 뻔했죠."

데커가 말했다. "나처럼 테드 역시 졸업생 연감을 한 부 구해다 훑어봤답니다. 범죄 현장에 성서 구절이니 코스타의 죽음의 표지니 하는 괴상한 흔적은 그들 일당이 남겨놓았습니다. 존이 신화에 관심이 있었고 태너하고 사귀었고 태너가 성경학교에서 가르쳤다는 점에 착안한 거지요."

라일리가 말했다. "그래서 당신이 머큐리 바의 유래에 관심을 가졌군요. 뭐야, 설마 내가 살인에 가담했다는 생각이라도 했던 거예요?"

데커가 눈치를 보며 대꾸했다. "그냥 구석구석 쑤셔보고 있었을 뿐입니다."

라일리가 물었다. "그런데 생명보험에 관한 건요? 당신 말로는 린다 드루스가 곤경에 처할지도 모른다면서요."

데커가 대답했다. "제 생각엔 누군가 드루스의 뒤를 캐는 데 관심을 가질 것 같지는 않습니다. 그분은 아들을 잃었고, 돌아가는 상황을 알고 있었다는 증거는 하나도 없어요. 이제, 경찰이 윌리 노리스를 찾아내서 체포했죠. 알고 보니 구급의료원들과 지역의 연구실에 뇌물을 먹여 건강검진을 조작했더군요. 또한 어떤 한 회사가 낌새를 채지 못하도록 아주 다양한 보험회사들을 이용했죠. 어떤 사망자에 대해 조사가 시작되면 다양한 전략을 이용해 죄다 진흙탕으로 만들었고, 대부분의 회사는 결국 보험금을 지급할 수밖에 없었습니다. 수상쩍어 보이는 사건이 스무 건도 넘어요. 이 남자가 보험 한 건당 30만 달러나 그 이상을 받고 있었다면 상당히 큰 돈을 챙겼겠죠. 아무튼 온갖 방법으로 피보험자들한테 펜타닐이 섞인 진통제 알약들을 밀어 넣은 겁니다. 다는 아니지만 그들 다수가 죽었죠. 역설적이게도, 노리스는 알약들을 테드 밑에서 일하는 마약상들한테서 샀습니다. 그리고 보험금을 받아내서 자기 몫을 챙겼지요. 다 돈 때문이었습니다." 데커가 말을 멈추고 재미슨을 응시했다. "앰버의 집으로 들어가는 가스관에 손을 쓴 작자 또한 노리스였어요. 도주하기 전에 우리 입을 막으려고 필사적이었지요."

배런이 데커에게 눈길을 주며 물었다. "프레드 로스는요?"

"그자는 당신 부모님의 살인을 자백했습니다. 살아 있는 한 다시는 자유인으로 숨 쉬지 못할 겁니다. 감옥에서 오래 버틸 수 있을 것 같지 않고요."

라일리가 말했다. "당신이 끝을 맺었네요, 존, 마침내." 그리고 배런의 어깨를 꼭 쥐었다.

데커가 일어서서 한 손을 내밀었다. "이 두 번째 기회에 행운이 따르길 빕니다."

배런이 일어서서 손을 맞잡았다. "당신하고 알렉스가 없었더라면 두 번째 기회는 없었을 겁니다."

재미슨이 우아하게 대꾸했다. "우리는 누구나 때로 소소한 도움이 필요한 법이죠."

배런이 라일리의 손을 잡았다. "신디가 저를 도와줄 겁니다. 그동안 좋은 친구로 제 곁을 지켜줬지요." 배런이 웃음 지었다. "어쩌면 나를 친구보다는 아버지로 보고 있을지도 모르지만요."

라일리가 배런의 뺨에 입을 맞추며 말했다. "어쩌면 당신을 진짜 남자로 볼지도 모르죠."

재미슨이 말했다. "작별인사를 나누기 전에 두 분, 저희하고 점심 같이 하실래요?"

배런이 재빨리 말했다. "그거 좋겠네요. 내가 사겠습니다."

라일리가 반박했다. "아니요, 그렇게는 안 돼요. 왜냐하면 머큐리에서는 **내가** 계산하거든요."

데커가 말했다. "미안하지만 나는 가봐야 합니다. 여러분끼리 즐기세요."

재미슨이 짓궂은 표정으로 데커를 보았다. "무슨 데이트라도 있어요?"

"사실은, 있습니다."

O 076

차에서 내린 데커는 서둘러 반대편으로 가서 조이가 내리도록 도와주었다. 그리고 차문을 닫았다. 데커는 커다란 손을 내밀어 다가오는 아이의 손을 마주 잡았다. 조이의 손에는 작은 꽃들이, 데커의 손에는 접힌 담요가 들려 있었다. 두 사람은 나란히 걸어갔다. 하늘은 구름 한 점 없이 맑았다. 바람은 가벼우면서도 물기 없이 상쾌했다. 데커는 배런빌에 온 후로 이렇게 완벽한 날씨를 언제 봤는지 기억나지 않았다.

조이가 말했다. "같이 와줘서 고마워요, 에이머스."

데커가 대꾸했다. "달리 갈 곳도 없는데 뭐."

아이가 말했다. "오늘은 날이 정말 예뻐요."

"누군가 너를 지켜주고 있는 것 같구나."

조이가 하늘을 올려다본 후 데커를 쳐다보았다.

"정말 그렇게 생각하세요?"

"암, 그렇고말고."

데커와 조이는 흙을 쌓아놓은 둔덕을 보았다. 아직 비석은 없지만, 곧 세워질 거라는 얘기를 조이는 어머니에게 들었다. 비석은 프랭크 미첼이 좋은 남편이자 아버지였음을 증언할 것이다. 나중에는 먼 데로 이사를 가더라도, 지금 이곳은 남은 평생 조이를 끌어당길 것이다. 아이에게 배런빌은 늘 시금석일 것이다. 잊어버리고 싶은 도시이자 절대 자신에게서 떼어낼 수 없는 곳이 될 것이다. 데커는 이 사실을 경험으로 알았다. 조이의 도움을 받아 무덤 옆에 담요를 조심스레 펼쳐놓았다. 데커는 조이가 둔덕에 꽃을 올려놓도록 도와주었고, 두 사람은 담요에 앉았다. 조이는 제일 좋은 옷을 입었고 머리를 땋았다. 아빠가 가장 좋아하는 머리 모양이라고 했다. 데커 역시 챙겨온 옷 가운데 제일 좋은 것을 입었다. 멋진 옷은 아닐지언정 새로 세탁해서 다림질한 옷이었다.

조이가 불안한 표정으로 데커를 보았다. "이제 나는 뭘 해요?"

"아빠한테 이야기하면 되지."

"뭐라고 말해요?"

"평소엔 아빠한테 무슨 이야기를 했니?"

"학교에서 뭘 했는지, 또 아빠가 일하러 간 사이 엄마랑 하는 일들을 이야기했어요. 그리고 아주아주 마음에 든 책 이야기도요."

"음, 그런 이야기를 하렴. 아빠는 분명 네 이야기를 하나도 빼놓지 않고 듣고 싶어 하실 거야. 그동안 있었던 일들을 모두 말씀드리렴."

조이가 목소리를 낮추고 다른 무덤들을 불안하게 둘러보았다. "소곤소곤 말해야 할까요? 여기서는 큰 소리로 이야기하면 안 될 것 같아요."

"괜찮아, 조이. 아빠는 어떻게 말하든 문제 없이 들으실 거야."

"아빠도 저한테 이야기를 해줄까요?"

"그럼, 다만 예전 같은 방식은 아니야. 그냥 머릿속으로 아빠를 떠올려보렴. 그럼 아빠 목소리가 들릴 거야. 너는 그냥 모든 이야기가 저절로 흘러나오게 두면 돼. 알겠니?"

"알겠어요."

아이는 둔덕에 가까이 몸을 기울이고 조용히 말을 풀어놓기 시작했다. 데커는 인내심 있게 자리에 앉아 있었다. 둘러보니 사랑하는 사람들의 무덤을 찾아온 다른 사람들도 몇 명 보였다. 배런빌은 다른 시골, 교외, 도시들과 마찬가지로 많은 문제가 있었다. 하지만 문제는 해결할 수 있었다. 또한 사람들은 더 나은 삶을 일굴 수 있었다. 데커가 믿는 게 있다면, 바로 인간 영혼의 회복력이었다.

실제로 내가 살아 있는 본보기니까.

하지만 계속 주위를 둘러보고 있으려니 데커의 머릿속에 약간의 두려움이 엄습했다. 내일 아침에 깨어나 보니 완벽한 기억력이 사라졌다면? 예전에 보이던 색깔들이 더는 보이지 않게 된다면? 더 두려운 것은 데커의 머리가, 이런저런 면에서 능력들이 향상되기는커녕 저하될 수도 있다는 점이었다. 데커는 재미슨에게 미식축구 경력과 머리에 당한 충격에 관해 짐짓 무심한 척 이야기했더랬다. 실은 이로 인해 일부 뇌의 손상이 심해졌을 가능성이 있다는 사실을 누구보다도 잘 알았다. 불안의 수위가 점차 높아진다 싶은 순간, 팔에 와 닿은 손길에 데커는 퍼뜩 정신이 들었다. 고개를 돌려보니 조이가 올려다보고 있었다. 아이의 무구하고 믿음으로 가득한 얼굴에 웃음이 퍼져나가자, 막 데커를 집어삼키려던 공황의 파도가 산산이 흩어졌다.

데커가 물었다. "하고 싶은 말을 아빠한테 다 해드렸니?"

아이가 고개를 끄덕이며 말했다. "그런 것 같아요. 어쨌든 지금은요. 하지만 다음번엔 아빠한테 할 이야기가 더 많을 거예요."

데커가 자기 가슴을 건드리며 물었다. "여기서 느꼈니? 아주 따뜻한 느낌을?"

조이가 힘주어 고개를 끄덕이며 답했다. "네, **그랬어요**. 아저씨가 말한 대로요. 정말 아빠도 저한테 말을 걸어줬어요. 제 머릿속에서요."

"나는 네가 여기 온 게 아빠한테 큰 의미가 있다는 사실을 안단다. 아빠는 늘 너와 함께 계실 거야, 조이, 네 평생. 네가 어디로 가든 상관없이."

아이가 자기 가슴을 건드리며 말했다. "왜냐하면 아빠는 정말로 여기 계시니까요?"

"그래."

아이가 말했다. "나는 아빠가 여기에 저랑 같이 있었으면 좋겠어요. 아저씨처럼요." 돌연 아이의 눈이 커지고 눈물이 그렁그렁해졌다.

"아저씨도 몰리가 지금 아저씨랑 같이 있었으면 한단다. 그렇지만 그럴 수 없으니까, 우리는 그들을 위해 우리 삶을 계속 살아나가야 해. 좋은 일들을 하고. 그들이 자랑스러워할 일들을 하고, 알겠지?"

조이가 고개를 끄덕였다.

"우리 좀 더 여기 있어도 괜찮아요, 에이머스 아저씨? 아빠하고 같이?"

"네가 원하는 만큼 얼마든지 여기 있어도 괜찮아, 조이."

데커는 자신의 손을 쥐는 아이의 손을 마주 잡고 힘을 주었다.

어쩐지 자신의 삶이 한 아이의 손에 달려 있는 것처럼 느껴졌다.

하지만 이런 고요함, 내면의 평화는 아주 오랫동안 느껴보지 못한 것이었다. 데커의 시간은 나쁜 짓을 저지른 자들을 사냥하는 데 고스란히 바쳐졌고, 언젠가는 선이 악을 무찌르리란 사실을 데커는 알았다. 결국, 그렇다고 믿는 **수밖에 없었다**. 그렇지 않으면 켐퍼의 말마따나 내 일을 계속할 수 있다는 확신을 잃고 말 테니까.

때로는 그냥 믿는 수밖에 없어.

데커는 여전히 조이의 손을 쥔 채 깊은숨을 내쉬었다. 조그만 여자아이와 커다란 남자는 그 자리에 그렇게 앉아 있었다. 삶과 죽음이 두 사람을 에워싸고 돌고 있었다.

〈끝〉

옮긴이_ 김지선

서울에서 태어나 서강대학교 영문학과를 졸업하고 출판사 편집자로 근무했다. 현재 번역가로 활동하고 있다. 옮긴 책으로 《널 지켜보고 있어》, 《내 것이었던 소녀》, 《라이프 오어 데스》, 《괴물이라 불린 남자》, 《반대자의 초상》, 《사랑의 탄생》, 《페미니스트 유토피아》, 《오만과 편견》, 《엠마》 등이 있다.

폴른 : 저주받은 자들의 도시

초판 1쇄 발행 2019년 7월 12일
초판 2쇄 발행 2020년 3월 2일

지은이 데이비드 발다치
옮긴이 김지선
펴낸이 신경렬

편집장 김지연
마케팅 장현기 · 정우연 · 정혜민
디자인 이승욱
경영기획 김정숙 · 김태희 · 조수진
제작 유수경
교정교열 박기효

펴낸곳 (주)더난콘텐츠그룹
출판등록 2011년 6월 2일 제2011-000158호
주소 04043 서울시 마포구 양화로12길 16, 7층(서교동, 더난빌딩)
전화 (02)325-2525 | **팩스** (02)325-9007
이메일 book@ibookroad.com | **홈페이지** www.thenanbiz.com
ISBN 979-11-5879-113-1 03840